Vinko Möderndorfer

Die andere Vergangenheit

Vinko Möderndorfer

Die andere Vergangenheit

Roman

Aus dem Slowenischen übersetzt
von Erwin Köstler und Andrej Leben

Residenz Verlag

Von der Europäischen Union finanziert. Die geäußerten Ansichten und Meinungen entsprechen jedoch ausschließlich denen des Autors bzw. der Autoren und spiegeln nicht zwingend die der Europäischen Union oder der Europäischen Exekutivagentur für Bildung und Kultur (EACEA) wider. Weder die Europäische Union noch die EACEA können dafür verantwortlich gemacht werden.

Kofinanziert von der Europäischen Union

Wir danken für die Unterstützung

traduki

JAVNA AGENCIJA ZA KNJIGO RS

Die Herausgabe dieses Werks wurde gefördert durch TRADUKI, ein literarisches Netzwerk, dem das Bundesministerium für europäische und internationale Angelegenheiten der Republik Österreich, das Auswärtige Amt der Bundesrepublik Deutschland, die Schweizer Kulturstiftung Pro Helvetia, die Interessengemeinschaft Übersetzerinnen Übersetzer (Literaturhaus Wien) im Auftrag des Bundesministeriums für Kunst, Kultur, öffentlichen Dienst und Sport der Republik Österreich, das Goethe-Institut, die S. Fischer Stiftung, die Slowenische Buchagentur, das Ministerium für Kultur und Medien der Republik Kroatien, das Ressort Kultur der Regierung des Fürstentums Liechtenstein, die Kulturstiftung Liechtenstein, das Ministerium für Kultur der Republik Albanien, das Ministerium für Kultur und Information der Republik Serbien, das Ministerium für Kultur Rumäniens, das Ministerium für Kultur von Montenegro, die Leipziger Buchmesse, das Ministerium für Kultur der Republik Nordmazedonien und das Ministerium für Kultur der Republik Bulgarien angehören.

Die Übersetzer bedanken sich für die Zuerkennung eines Arbeitsstipendiums durch den Deutschen Übersetzerfonds sowie für ein Arbeitsstipendium der Kunstsektion des österreichischen Bundesministeriums für Kunst, Kultur, öffentlichen Dienst und Sport (BMKÖS)

Bundesministerium
Kunst, Kultur,
öffentlicher Dienst und Sport

Die Originalausgabe dieses Werks erschien 2018
unter dem Titel »Druga Preteklost« im Verlag Goga, Nove mesto.

Bibliografische Information der Deutschen Nationalbibliothek
Die Deutsche Nationalbibliothek verzeichnet diese Publikation in der Deutschen Nationalbibliografie; detaillierte bibliografische Daten sind im Internet über http://dnb.dnb.de abrufbar.

www.residenzverlag.com

Umschlaggestaltung: Sebastian Menschhorn
Umschlagbild: Karl Schmidt-Rottluff, Taunusfrühling, 1951, Brücke-Museum,
Foto: Nick Ash, Berlin (Ausschnitt)
Typografische Gestaltung, Satz: Lanz, Wien
Lektorat: Jessica Beer
Gesamtherstellung: GGP Media GmbH, Pößneck

ISBN 978 3 7017 1774 3

MIX
Papier | Fördert
gute Waldnutzung
FSC® C014496
FSC www.fsc.org

Für Eva Rohrmann
– in Dankbarkeit

Die Namen der Orte, Hügel, Häuser, Straßen, Flüsse und Bäche, die Namen der Menschen, ihre Gesichter, Beziehungen, familiären Verhältnisse, Kränkungen und Liebesbeziehungen, sämtliche Geschichten, die sich zwischen ihnen entspinnen … Alles ist erfunden. Alles!

Jedoch nicht in dem Maß, dass es nicht auch wirklich geschehen wäre. Und zwar genau so, wie es erfunden ist.

Und obwohl es erfunden ist, ist die Wahrscheinlichkeit groß, dass alles genau so, wie es hier steht, irgendwann wieder passieren wird.

Erster Teil

Zuerst scheint es die Vergangenheit zu sein,
dann stellt sich heraus, dass es eine andere Vergangenheit ist.

Wie es zur Geschichte kam

Ein Freund hat mir diese Geschichte erzählt. Ich habe sie nicht erfunden. Aber ich habe sofort gewusst, dass es meine Geschichte ist.

Wir saßen auf seiner wunderbaren Terrasse mitten in der Altstadt. Es war ein herrlicher, sonniger Tag. Die Sonne stand genau über uns. Unter der Terrasse zog die dunkelgrüne Ljubljanica dahin. Immer, wenn ich diesen Freund besuchte, sagte ich: »Das ist wie in Paris, die Seine und so.« Nach einer Weile, wenn die erste Flasche Wein geleert war, merkte ich für gewöhnlich an: »Hier ist es besser als am Meer«, und dann sagte ich noch: »Wenn du so eine Terrasse hast, brauchst du nicht auf Urlaub zu fahren.« Meine Kommentare waren wie Balsam für meinen Freund, und obwohl er sie unendlich oft zu hören bekam, gab er sich immer Mühe, sich zu freuen, als hörte er sie zum ersten Mal.

An diesem Tag ging ein starker Wind. Er kam über die nahen Dächer, stürzte sich auf die Terrasse, wirbelte um die Gartenstühle und wollte partout unseren großen Sonnenschirm umwerfen; er ließ ihn über die Terrasse tanzen und kippte ihn ein ums andere Mal. Schließlich beschlossen wir, ihn jeweils mit einer Hand festzuhalten und mit der anderen unsere Gläser auf dem Tisch zu fixieren. Einschenken würden wir uns gegenseitig: Zuerst stellt der eine sein Glas ab, ohne die Hand von der Holzstange zu nehmen, greift nach der Flasche und schenkt dem Freund und anschließend sich selber ein. Dann tritt der andere auf ähnliche Weise in Aktion. Nun, in solcher Atmosphäre erzählte er mir die Geschichte.

Ich weiß nicht, wie wir darauf gekommen waren, vermutlich spontan, wie es hierzulande üblich ist. Zuerst unterhält man sich über den Wein, dann über die Aussicht, das Wetter, und schon ist man bei der Politik. Ein Gespräch über Politik zieht sich hier bis in den Abend hinein, es kommt nie zu einem Ende. Freunde macht es zu Bekannten und Bekannte zu Feinden. Doch zwischen uns kam so etwas nicht vor. Die Geschichte, die er mir damals erzählte, hatte zwar *politische Dimensionen*, wie er mehrfach betonte, sie reichte zurück in die Zeit vor dem Zweiten Weltkrieg und zog sich über die vier Jahrzehnte nach dem Krieg, die bekanntlich viele in unserem Land, darunter auch mein Freund, gewissermaßen als politische Benachteiligung erlebt hatten, als totalitäre Tortur und dergleichen. Doch die Geschichte, die er mir erzählte, war im Grunde ganz gewöhnlich und sehr banal: Ein Junge trifft ein Mädchen. Der Junge und das Mädchen verlieben sich ineinander.

»Na bitte«, rief ich, »das ist meine Geschichte!«

Der Freund, der mit mir den riesigen Sonnenschirm festhielt, denn der Wind wurde heftiger und wollte uns unbedingt an das bekannte slowenische Märchen *Mein Schirm kann fliegen* erinnern, sah mich begeistert an und fragte: »Schreibst du sie auf? Du musst sie aufschreiben! Sie ist furchtbar.« Seine Begeisterung wuchs. »Solche Geschichten müssen erzählt werden, damit die Leute wissen, was für grässliche Dinge passiert sind.«

Statt auf eine konkrete Frage eine konkrete Antwort zu geben, trank ich mein Glas Weißwein aus, schmatzte ein wenig und sagte wieder, ich weiß nicht zum wievielten Mal an diesem herrlichen, jedoch sehr windigen Nachmittag: »Wenn du so eine Terrasse mitten in der Stadt hast, brauchst du nicht auf Urlaub zu fahren.« Dann streckte ich meine freie Hand mit dem leeren Glas über den Tisch zu ihm rüber.

Mein Freund stellte sein Glas ab, nahm die Weinflasche am Hals und schenkte mir nach. »Erzähl die Wahrheit über diese Zeit. Erzähl, wie die Menschen gelitten haben. Räche sie!«

Ich sah zu, wie der goldgelbe und absolut richtig temperierte Šipon ins Glas floss. Auf der Innenseite sammelten sich kleine Bläschen, Perlen des edlen Getränks, außen am Glas bildete sich Tau. Mir lief das Wasser im Mund zusammen, ich schluckte. »Ein Junge trifft ein Mädchen, ein Mädchen trifft einen Jungen. Die schönsten Geschichten fangen so an«, sagte ich, und der Wind, als wollte er sich am Gespräch beteiligen, fuhr nun mit aller Kraft in die Leinenbespannung des Schirms. Der Freund griff mit beiden Händen nach der Stange, auch ich stellte das Glas ab und packte zu. So rangen wir eine Zeitlang mit dem Wind. Weil jedoch das Glas des Freundes leer war, meines aber voll, was sich nicht gehörte, hielt ich den Schirm nur mehr mit einer Hand fest und schenkte ihm mit der anderen ein. Der Wind, als ob er gegen das nachmittägliche Besäufnis etwas einzuwenden hätte, warf sich in die Bespannung und versuchte uns von der Terrasse zu heben und auf einen kleinen Ausflug über die Dächer der Altstadt zu tragen.

Dann beruhigte sich alles ein wenig. Pause, genug, um auszutrinken. Je eine Hand hatten wir immer noch am Schirm, für alle Fälle.

»Diese Geschichte ist furchtbar!«, rief mein Freund, und schließlich erzählte er sie mir in kurzen, bildhaften Sätzen. In Wahrheit hörte ich gar nicht so genau hin, denn ich wusste, wie sie geht. Damals, gleich nach dem zweiten Krieg, was besonders betont werden muss, denn wir Slowenen hatten später noch einen weiteren, kleineren Krieg und der Balkan sein großes Völkergemetzel, nun, also: Damals, im Zweiten Weltkrieg und gleich danach, gab es viele solche Geschichten, wie mein Freund sie erzählte. In vielen Familien ereigneten sich die grausigsten Tragödien, eine Abfolge von Verwicklungen und Verstrickungen, auf die eine Schriftstellerphantasie kaum je gekommen wäre. Das Leben hat einen unfassbaren Sinn fürs Tragische. Das Leben hat eine schreckliche Phantasie, mit der es kein Nobelpreisträger aufnehmen kann. Das Leben ist der beste Geschichtenschreiber, überlegte ich, während sich die Erzählung meines Freundes dem Ende näherte.

»Und diese Metzgerei beziehungsweise Feinkost beziehungsweise Gaststätte, wo sich die jungen Leute kennengelernt haben, gibt es immer noch«, schloss er.

Ich nickte. Auch ich kenne diesen Ort und diese Gasse, ich erinnere mich sogar an das Geschäft, bin mir aber nicht sicher, ob dort immer noch eine Metzgerei, ein Feinkostladen oder etwas in der Art drin ist. Vor Kurzem, als ich das Städtchen aufsuchte, in dem ich, nebenbei gesagt, geboren wurde, in das ich aber nie gern zurückkam, ging ich genau durch diese Gasse und blieb aus irgendeinem Grund vor dem Haus stehen, wo früher einmal das Geschäft war, von dem der Freund erzählt hat. *Wie hieß es doch gleich? Was stand da auf dem Aushängeschild überm Eingang?*

»Dort werden jetzt Schuhe verkauft«, teilte ich dem Freund emotionslos mit, und wieder wollte uns der Wind unter allen Umständen über die Dächer der Altstadt tragen.

»Wirklich? Vor einem Jahr war dort noch die Metzgerei mit der Feinkost. Ich weiß nicht, ob sie am Ende noch gut war, aber zu meiner Zeit war sie die beste. Als Schüler haben wir dort immer unsere Jause gekauft. Und das Mädchen, das dort angestellt war, hat Mojca geheißen! Sie hat so schön gelacht und war immer gut aufgelegt, nur wegen ihr sind wir hin. Sie war so sexy, was die für einen Vorbau gehabt hat. Und sie hat mit uns immer Späße gemacht. Vor dem Unterricht haben wir sie immer belagert, wegen ihrem Busen. Na ja, damals waren sie schon verheiratet, sie und Peter. Peter hat er geheißen, weißt du noch?«, fragte er mich schließlich.

Ich zuckte die Achseln. Ich weiß nicht. An diese Details kann ich mich nicht erinnern, ich bin zehn Jahre jünger als er. Ich weiß aber von dieser Metzgerei und Feinkost, das kommt mir alles bekannt vor. So bekannt, als hätte ich die Geschichte von Mojca, der lauten, vollbusigen und kichernden Verkäuferin schon einmal gehört. Zweifellos habe auch ich meine Schuljause immer in diesem Laden gekauft, geht ja nicht anders, es war der einzige auf dem Weg zur Schule und wahrscheinlich überhaupt der einzige im Zentrum des verschlafenen Städtchens. Feinkost Mojca hat er geheißen, und später dann noch ein bisschen anders, Bistro Mojca, Gourmet-Bistro Mojca oder so ähnlich. Genau, jetzt hab ich's wieder! Und da ist noch etwas: Fast alles, was mir der Freund erzählt hat, kommt mir jetzt vor, als hätte ich es erlebt. Der junge Peter, die junge Mojca, die Zeit nach dem zweiten Krieg, genauer gesagt die frühen Sechzigerjahre, das alles hat in mir gelebt wie eine Erinnerung, die zwar nicht meine eigene ist, die ich aber trotzdem aus Erzählungen kenne. Es gibt Geschichten und Bilder, die man gar nicht erlebt hat, an die man sich aber trotzdem erinnert, als wäre man dabei gewesen. Andere haben uns davon erzählt, und wir haben es nacherlebt. Wir waren ganz nah am Geschehen, haben es verfolgt, uns daran beteiligt, in Wirklichkeit aber waren wir damals noch nicht einmal auf der Welt. Als Mojca in dieser Metzgerei oder Feinkost bediente, war sie vielleicht achtzehn, das heißt, man schrieb das Jahr 1958. Und als Peter jeden Morgen vor der Theke stand und beobachtete, wie Mojca zwei Scheiben Extrawurst und eine dünne Scheibe Käse in seine Semmel legte, während er in Wahrheit ihren schönen, runden und einladend über der Vitrine wallenden Busen anstarrte, war auch er achtzehn Jahre alt.

»Eigentlich«, korrigierte mich mein Freund, »war er ein bisschen älter als sie. Ich weiß nicht, wie viel, ein paar Monate.«

Als die beiden sich kennenlernten, überlege ich, schrieb man das Jahr 1958, vielleicht 59. Mir aber kommt es vor, als wäre ich dabei gewesen, dabei war ich damals gerade mal geboren. »Kann es sein, dass diese Mojca auch später noch im Geschäft gearbeitet hat?«, fragte ich den Freund. »Also 1968, als ich zehn war?«

Er überlegte, nippte an seinem Glas und sagte: »Auf jeden Fall. Auch in den Siebzigern und noch später hat sie dort gearbeitet. Ich glaube, Mojca und Peter haben den Laden irgendwann, als sie schon verheiratet waren, gekauft oder übernommen, was weiß ich. Ich glaube, er hat dann ihnen gehört. Mojcas Vater war bei der Geheimpolizei«, sagte mein Freund und streckte sich vertraulich über den Tisch zu mir herüber, als wäre es im zweiten Jahrzehnt des 21. Jahrhunderts immer noch gefährlich, gewisse Dinge aus der Vergangenheit in den Mund zu nehmen, »er war bei der Udba.« Er flüsterte und machte die Augen weit auf, um damit, wie ich vermute, das Schaurige und Geheimnisvolle des Gesagten zu unterstreichen. »Davor war er bei den Partisanen«, flüsterte er weiter, »ein hohes Tier bei den Kommunisten, geschult in Moskau, bei Stalin, dann war er ein noch höheres Tier bei der kommunistischen Geheimpolizei.«

Ich hörte nicht mehr zu. Mein Freund neigt dazu, Menschen aus der Vergangenheit, insbesondere ehemalige Partisanen und ihre Gefolgschaft, sehr schnell in zwei Schubladen zu stecken: in die der bösen und blutrünstigen Kommunisten und die der Geheimdienstler. Wichtig für die kommende Geschichte ist vor allem, dass sich Mojca und Peter in der Metzgerei, dem Feinkostladen, kennengelernt, dass sie sich verliebt und auch geheiratet haben. Sie hat dann weiter dort gearbeitet, und das ist wichtig, weil damit wirklich die Möglichkeit besteht, dass auch ich sie vom Jausenkaufen gekannt habe. Je mehr ich an sie denke, umso lebhafter erinnere ich mich an die großgewachsene Genossin Verkäuferin Mojca, die immer gut aufgelegt war, immer lachte und immer etwas Witziges sagte, wenn sie sich über den Ladentisch zu mir, dem zehnjährigen Buben, hinunterbeugte und mir die in weißes Wachspapier eingewickelte Wurstsemmel überreichte. Auch ich ging vor allem ihretwegen gern in dieses Geschäft, da bin ich mir auf einmal sicher. Ich sehe sie vor mir. Sie ist etwas kräftiger gebaut, aber hübsch, dunkelhaarig, hat große strahlende Augen, immer ein Lächeln auf den Lippen … Plötzlich vermeine ich ihre Stimme zu hören. Ja, die Erinnerung an diese längst vergangene Geschichte ist auch die meine.

»Schreibst du sie?«, fragte er mich noch einmal.

»Ja.«

»Schreib sie so, wie nur du es kannst«, schmeichelte er mir, »damit die ganze Wahrheit ans Licht kommt. Die ganze Qual. Das Leid, die Erniedrigung, der ungerechte und sinnlose Tod. Und am Schluss dann Vergebung, Versöhnung …«

Ich schüttelte den Kopf.

Mein Freund schaute mich verwundert an.

»Ich werde eine Geschichte über das Leben schreiben.«

»Aber das ist doch eine immanent politische Geschichte!«, sagt er, er brachte das Wort *immanent* fast nicht über die Zunge.

Ich schüttelte den Kopf. »Jede Geschichte ist nur eine Geschichte über das Leben. Die Politik hängen wir den Geschichten später um.«

Der Freund lächelte bitter. Er dachte wohl, dass ich die Geschichte und das, worum es ihm ging, nicht verstanden hatte. Aber ich hatte verstanden, nur anders, als er sich wünschte. Ich sagte: »Es ist eine fröhliche Geschichte.« Er sah mich noch erstaunter an und schüttelte nun seinerseits den Kopf. Mein Unverständnis enttäuschte ihn derart, dass er die Stange des Sonnenschirms losließ und sich abermals nachschenkte. In diesem Moment fuhr der Wind mit aller Kraft in das große Leinendach und hob es in die Luft, riss es auch mir aus der Hand, warf es herum und fetzte es wie das kaputte Segel einer alten Barkasse in die Ecke mit den Topfblumen, dem Griller und den Plastikstühlen. Die Terrasse über der Altstadt, unter der die grüne Ljubljanica schon seit Jahrhunderten friedlich dahinzog, verwandelte sich augenblicklich in ein zerwühltes Schlachtfeld. Wir sprangen auf, um zu retten, was zu retten war.

Ich verstand das als Zeichen.

Ich muss die Geschichte schreiben.

Das Foto vor dem Gasthaus

Der Ort heißt Dolina, Tal. Es mag dumm und phantasielos erscheinen, einen Ort so zu nennen. Vor allem, wenn der Ort tatsächlich in einem Tal liegt, einem Tal, das schier kein Ende nimmt.

Alte Legenden erzählen, dass es früher genau hier einen riesigen See gegeben habe, *einen See, so groß wie das Meer.* Die Menschen, die an seinen Ufern lebten und ihn befischten, waren von einem besonderen Schlag. Sie waren große Egoisten, die einander hassten und selbst ihren Angehörigen weder Glück noch Erfolg gönnten. Als dies dem allmächtigen Gott zu Ohren kam, schickte er Zwerge aus, die prüfen sollten, wie es die Menschen mit der Güte, der Solidarität, der Menschlichkeit, der Liebe zu ihren Nächsten und den Fremden und so weiter hielten. Die Zwerge kamen zu den Menschen, als der Fang einmal richtig üppig war. *Ihr habt so viele Fische*, sagten sie, *können wir auch welche haben*? Die Menschen aber versteckten die prallvollen Körbe vor ihnen, *davon kriegt kein Nachbar was und nicht mal mein Sohn … Ich wüsste nicht, warum ich euch welche geben sollte. Ihr Kreaturen, ihr fremdländischen, verschwindet! Sucht euch einen anderen See! An meinem Feuer habt ihr nichts verloren!* Gott war enttäuscht. Aber nicht zornig. Es waren nicht viele, die um den See lebten, ihr Hochmut, Zorn, Neid, Egoismus und Eigennutz aber mussten bestraft werden, dachte Gott damals noch. Und er trug den Zwergen auf, in das umliegende Hügelland, das Grmada, Scheiterhaufen, genannt wurde, weil sich die dummen Menschen dort gegenseitig die Häuser anzündeten, einen Tunnel zu bohren, sodass der See durch das Loch abfließen und ein Tal entstehen würde. Erstaunt stiegen die Menschen hinab auf den Grund des Sees und errichteten dort ihre Behausungen. Weil sie dumm und phantasielos waren, nannten sie den Ort einfach Dolina. So soll es wahrhaftig gewesen sein.

Lässt man die Märchen und Legenden beiseite, findet Dolina, der Ort, in dem die Geschichte spielt, Anfang des 13. Jahrhunderts erstmals Erwähnung. Die Babenberger und die Habsburger hielten die Hand über den Ort. Es gab dort ein Gericht. Der Ort war auch ein bekannter Handelsplatz. Die Türken brannten ihn zweimal nieder. Zur Zeit der Reformation war Dolina ein wichtiges Zentrum der Protestanten. Das Umland war reich und fruchtbar und von dichten Fichtenwäldern umgeben. Den Bach, der durchs Tal floss, nannten die Bewohner einfach Potok, Bach. Und bis in die nächstgrößere Stadt war es nicht so weit. Dolina hatte auch einen Bahnhof und war verkehrsmäßig gut angebunden, man konnte von hier nach Norden, in die Landeshauptstadt reisen, und auf der anderen Seite standen einem die südlichen Teile Europas und, wenn man wollte, der Weg nach Asien offen. Das Stadtrecht bekam der Ort erst in der zweiten Hälfte des 20. Jahrhunderts, trotzdem war Dolina stets ein reiches und bedeutendes landwirtschaftliches Zentrum.

Durch Dolina führt auch heute noch die Landstraße, die zugleich die Hauptstraße des Orts ist. Zu beiden Seiten stehen einstöckige Häuser, einige sind auch zweistöckig. Sie wurden zur Zeit der österreichisch-ungarischen Monarchie erbaut, weshalb sich der Ort nicht sehr von anderen im ehemaligen Kaiserreich unterscheidet. Hinter den Häusern erstrecken sich auf der einen Seite Felder, auf der anderen geht die Landschaft in bewaldetes Hügelland über. Seit jeher wurde hier Holzwirtschaft und Ackerbau betrieben. In der Umgebung gab es auch große Jagdreviere, in denen die Herren aus dem Kaiserreich ausgedehnte Jagden unternahmen. Die Wälder waren im Besitz dreier großer deutscher Adelsfamilien, die später auch in der Holzindustrie tätig waren. In Dolina gab es ein großes Sägewerk und auch eine zwischen den Kriegen errichtete Fabrik, in der Möbel hergestellt wurden. Das Land und die Wälder waren zum Großteil in deutschem Besitz. Über Dolina stand auch ein Schloss, wie die Einheimischen das dortige Gebäude nannten. In Wirklichkeit war es ein etwas größeres Landhaus, die Familienvilla des alten deutschen Geschlechts, dem der meiste Grund in der Umgebung Dolinas gehörte. Vor der Villa erstreckte sich eine Parkanlage mit alten Kastanienbäumen. Das Gebäude wurde schon im 19. Jahrhundert errichtet, genau an der Stelle, so wird erzählt, wo sich einst die alte Taborkirche befunden hatte. Die Besitzer des sogenannten Schlosses schrieben sich Eichhein. *Von* Eichhein.

In Dolina gab es auch ein Gasthaus, dessen Eigentümer die Novaks waren. Zugezogene, neue Leute. Auch diese Namensgebung für jemanden, der nach Dolina zugezogen und darum neu, also ein *Novak* war, zeugt von der beträchtlichen Einfalt der Bewohner dieser Gegend. Das Tal hieß Tal, der Bach Bach und die neuen Leute waren eben die Novaks.

Das Gasthaus in Dolina gab es schon lange. Wie die Bewohner zu erzählen wissen, haben dort viele wichtige Persönlichkeiten auf der Durchreise übernachtet. Sogar Napoleon soll dort genächtigt haben. Damals bürgerte sich auch der Name Francè ein, denn die französischen Soldaten ließen im Tal viele kleine Franzis zurück. Im Gasthaus Novak, und damit brüstet man sich in Dolina noch heute, seien sogar Metternich und Kaiser Franz Joseph abgestiegen. Nach dem Zweiten Weltkrieg erzählte man sich wiederum, dass auch Marschall Tito auf dem Rückweg nach Belgrad in diesem Gasthaus eine Nacht zugebracht habe, und zwar nachdem er auf dem Balkon der Universität in Ljubljana seine berühmte Rede *Gruß an die befreiten Slowenen* gehalten hatte. Nach den ausufernden Gelagen in der befreiten Hauptstadt waren Josip Broz und seine Mannschaft dermaßen müde, dass sie unterwegs ein wenig ausruhen mussten, und dafür suchten sie sich ausgerechnet Dolina und in Dolina das Gasthaus Novak aus.

Die Novaks waren jedoch nicht nur Wirtsleute, sondern sie verwalteten gemeinsam mit den reichen deutschen Adelsfamilien jahrzehntelang den Ort und das ganze Tal. So wurde mit der Zeit aus dem Gasthaus auch eine Art Rathaus. Die anderen Bewohner dieses Gebiets waren zum Großteil arme oder verarmte Bauern, die den ganzen Tag im Sägewerk oder später in der Möbelfabrik arbeiteten, während ihre Frauen rund um die Holzhütten Gemüse zogen und Hühner hielten.

Zwar änderten sich in der Zwischenkriegszeit die sozialen Verhältnisse im Ort, der Reichtum des Tals befand sich jedoch weiterhin in den Händen fremder Familien. Das neu entstandene Königreich war den reichen, alten Besitzern gewogen, so behielt in Dolina das Deutsche den Vorrang vor dem Slowenischen. Im Ort hatten zwei Familien das Sagen: Die deutschen, eigentlich bayrischen Eichheins, denen auch der Lebemann Oto angehörte, der sich hier seinen ständigen Wohnsitz eingerichtet hatte, und die Gasthausdynastie der Novaks, die Slowenen waren. Die Dorfprominenz verständigte sich auf Deutsch, obwohl Oto von Eichhein auch Slowenisch konnte. Er war ein leidenschaftlicher Jäger, ein Freund des Schnapses und der Bauernmädchen, weshalb er sich auch ein slowenisches Kauderwelsch angeeignet hatte, mit dem er, wie er fand, bei den jungen Tagelöhnerinnen leichter und schneller Einlass fand. In der Zwischenkriegszeit richtete Oto für seine deutschen Freunde große Jagdfeste aus. Er besaß auf den Waldhängen in der Umgebung Dolinas mehrere Jagdhütten, Schützenhäuser, wie er sie nannte, in denen er mit seinen Gästen wilde, zügellose Saufgorgien veranstaltete. Um die Jagdhütten kümmerten sich seine Förster, die auch die jungen Bauernmädchen herbeischafften. Letztere machten gegen Bezahlung bei den Jagdfesten mit, und so manche hegte insgeheim auch die Hoffnung, Otos ständige Beischläferin zu werden oder vielleicht sogar mit einem seiner Freunde in den Norden zu ziehen. Doch der edle Oto von Eichhein hatte es ausschließlich und nur aufs Vergnügen abgesehen. Er war glücklich verheiratet und hatte zwei Kinder, einen Sohn, Erich, und eine jüngere Tochter, Maria. Für unsere Geschichte ist vor allem Maria von Eichhein wichtig, die 1930, im Alter von zwanzig Jahren, den ältesten Sohn des Gastwirts, Mihael Novak, kennenlernte. Er war siebenundzwanzig und kannte Maria schon seit seiner Kindheit, denn auch Mihael war in die deutsche Schule gegangen, hatte die verwöhnte Eichheintochter aber nicht leiden können, bis er eines Tages feststellte, dass sie sehr hübsch war. Bald wurde geheiratet. Oto Eichhein nutzte die Gelegenheit und richtete anlässlich der Hochzeit ein großes Jagdfest aus. Die Feier dauerte eine ganze Woche. Geladen waren Gäste aus allen Familienzweigen, sogar die entfernten Verwandten aus dem deutschen Norden reisten an. Der ganze Ort putzte sich heraus, im Archiv in der nahegelegenen Stadt gibt es sogar ein paar Fotos von diesem Anlass. Da ist die Hauptstraße mit Kränzen aus allen möglichen Blumen geschmückt, und vor dem Gasthaus Novak hat sich eine große Menschenmenge versammelt. Überall gibt es Aufschriften: *Braut und Bräutigam … Willkommen!* Die Leute tragen typisch deutsche Kleidung, in der sie wie uniformiert aussehen. Inmitten der Menschenmenge steht verschämt das junge Paar. Maria trägt ein helles Kleid, jedoch nicht ihr Hochzeitskleid, offenbar wurde das Foto ein bis zwei Tage vor dem Ereignis aufgenommen. Mihael trägt einen Jagdanzug und hat einen typisch bayrischen Hut auf. Beide wirken irgendwie scheu, die umstehenden Leute aber lächeln. Oto von Eichhein, der Brautvater, hat sogar die Arme erhoben und vermittelt so gar nicht den Eindruck eines Menschen von blauem Blut. Da das Fotografieren in jenen Zeiten ein sehr anspruchsvolles Handwerk war und die Gruppe beim Ablichten reichlich stillhalten musste, verdient die Vehemenz Otos von Eichhein umso mehr Beachtung. Denn um so verewigt zu werden, muss er die Arme eine ganze Weile in die Luft gehalten haben. Dies sagt zweifellos etwas über seinen wichtigtuerischen und sogar anmaßenden Charakter aus, denn selbst auf einem Foto, auf dem es vorrangig um das *junge Paar* geht, wollte er sich unbedingt in den Vordergrund drängen.

Das Foto ist in der Tat merkwürdig. Es ist erblasst, gelblichbraun, und im Stadtarchiv hat es niemand sonderlich beachtet. Auf der Rückseite klebt ein Zettel mit den nötigsten Angaben: *Entstehungsjahr: Frühjahr 1931. Vor dem Gasthaus Novak. Vermutlich an einem lokalen Feiertag.* Das ist alles. Vergleicht man jedoch die Gesichter der Hauptfiguren Maria und Mihael mit späteren Fotos der beiden aus dem Jahr 1940, so lässt sich zweifellos sagen, dass es sich um das künftige Ehepaar handelt. Ihr Äußeres wie auch das Aussehen aller anderen, die sich vor dem Gasthaus drängen, ist historisch bedeutungslos. Im zwanzig Kilometer entfernten Stadtarchiv hat sich das Foto lediglich als volkskundliches Bilddokument einer bestimmten Atmosphäre zu einer bestimmten Zeit erhalten. Lediglich als: *Vermutlich an einem lokalen Feiertag.* Die einzelnen Personen spielen keine Rolle, beliebige Leute, die in der Zeit verschwinden und zu Atmosphäre werden, zu einer ethnografischen Momentaufnahme des pulsierenden Lebens in den Dreißigerjahren.

Das Foto lässt auch weder erkennen noch erahnen, dass Maria schwanger war. Ihr Kleid ist in der Tat ein wenig weit, aber die Kleider haben damals so ausgesehen. Wenige

Monate später, das heißt im Hochsommer, gebar sie ihrem Mann das erste Kind. Und ein Jahr später das zweite. Zwei Söhne, hintereinander. Und nach ein paar Jahren, 1940, kam der dritte. Drei Buben. Zwischen den ersten im Fieber der Verliebtheit in einem Aufwaschen gezeugten Söhnen und dem letzten lagen fast zehn Jahre. Dem Jüngsten gaben sie den Namen Peter. Er war es, der 1958 im Feinkostladen vor der bezaubernden, ebenfalls achtzehnjährigen Mojca stand und auf ihren üppigen Busen starrte, während sie sich vorbeugte und ihm über die Glasvitrine eine in Wachspapier eingewickelte Semmel mit zwei Scheiben Wurst und einer dünnen Scheibe Käse reichte.

Die wahre Geschichte

»Ich gebe dir die Nummer von einem Freund, der im Stadtarchiv arbeitet«, rief mein Freund, als wir uns wieder auf seiner Terrasse trafen, überschwänglich und begeistert, weil mich seine Geschichte interessierte. An diesem Tag war es windstill. »Dort kriegst du haufenweise Daten über das Leben in Dolina in der Zwischenkriegszeit und vor allem über die blutigen Ereignisse nach dem Krieg. Du wirst sehen, was für ein unglückliches Ende Maria und Mihael Novak genommen haben.«

»Wenn ich die Geschichte schreibe«, antwortete ich ihm, »dann nicht als Rekonstruktion historischer Ereignisse.«

»Wie dann?«, fragte der Freund überrascht. »Der Sinn von Geschichten ist doch, die Wahrheit zu erzählen.«

»Und was ist das, die Wahrheit?«, fragte ich ihn und kam mir zugleich sehr albern vor – wie ein Lehrer in der Sonntagsschule, der seinen herausgeputzten Schülern etwas zu erklären versucht, von dem er selbst nicht viel Ahnung hat, und der deshalb große Worte schwingt, die möglichst klug klingen sollen. »Beim Geschichtenerzählen geht es nicht um die Wahrheit«, fuhr ich fort, »also, zumindest nicht um die historische Wahrheit, die sich sowieso nicht einfangen lässt.«

Mein Freund sah mich nur verwundert an. Er dachte sich wohl: *Da bin ich ja an den Richtigen geraten, echt!*

»Woher sollen wir wissen, was vor fünfzig oder siebzig Jahren tatsächlich passiert ist? Wir können die Umstände verstehen, vielleicht sogar in die Logik der Dinge und des Geschehens eintauchen, aber ist das die Wahrheit? Ist es wirklich so gewesen?« Ich sah seinen ungläubigen Blick, er blinzelte und er dachte sich wohl: *Spiel dich nicht so auf! Sitzt da, trinkt meinen Wein und redet gescheit daher!* Ich ließ mich nicht irritieren und redete weiter: »Nicht einmal die sogenannte Geschichtsschreibung, die vorgibt, eine genaue und exakte Wissenschaft zu sein, ist in der Lage, ein objektives Bild der Vergangenheit zu zeichnen. Schau dir doch an, wie unterschiedlich die Geschichtsdoktoren heute Dinge erklären, die noch gar nicht lange zurückliegen. Auch die Geschichte steht oft im Dienst aktueller politischer Interessen. In Wahrheit gibt es keine Objektivität, jeder sieht die Geschichte anders.«

»Aber gewisse Tatsachen sind unumstößlich«, mein Freund wurde lauter, und es hörte sich an, als machte er sich auf einen heftigeren Wortwechsel gefasst. »Dass Unrecht geschehen ist, dass manche ohne Urteil verurteilt wurden, dass sie spurlos verschwunden sind …«

Ich unterbrach ihn: »Das ist nur ein Teil der Geschichte. Was ist denn mit all dem, was dazu geführt hat, dass Unrecht geschehen ist, dass man sich gerächt hat, dass manche spurlos verschwunden sind? Die Geschichte ist immer eine Abfolge von Ereignissen, aber das ist nicht alles. Ihr liegen oft unvorhersehbare, irrationale menschliche Reaktionen und Handlungen zugrunde. Eine gute Geschichte wird vor allem das beschreiben, sie wird versuchen, die Menschen lebendig zu machen, sich in sie einzuleben, in ihre Gefühle, die beileibe nicht immer logisch und nachvollziehbar sind. Eine Geschichte darf nie im Dienst der Rache, der Wiedergutmachung von Unrecht stehen. Das ist nicht der Sinn des Erzählens.«

»Du glaubst also, für eine gute Geschichte brauchst du kein Archiv, keine Daten?«

Ich nickte: »Doch. Allerdings nur als Wissen, nicht als Grundlage einer Rekonstruktion. Die Wahrheit einer Geschichte liegt nicht in einem einzelnen tragischen Ereignis, sondern im Geflecht menschlicher Handlungen und

Umstände, die zu einem bestimmten Ereignis geführt haben. Tatsächlich erschafft der Erzähler immer eine neue Geschichte, in der es um das Wesentliche geht und nicht um die Wiedergabe des realen Geschehens. Anliegen des Erzählers ist nicht, uns zu sagen, wie es wirklich war, das kann er gar nicht, sondern er will möglichst lebendig erzählen. Eigentlich geht es um überzeugende Erfindungen zu einem gegebenen Thema.« Ich merkte, wie ich mich in Widersprüche verstrickte. Ich kam mir immer blöder vor, wie ein Bierphilosoph in einem Gasthaus am Stadtrand.

Mein Freund war verärgert, seine Augen gingen hin und her. »Dann willst du also eine erfundene Geschichte schreiben?«

Ich nickte. »Ich glaube schon.« Und ich schüttelte den Kopf. »Obwohl, nein.«

»Entscheid dich mal«, sagte er und schenkte sich ein Glas Weißen ein, mir nicht, was darauf hindeutete, dass er ein wenig böse war. Er war mit mir fertig, hielt das Ganze für Blödsinn, er würde gar nicht mehr weiterreden. Der Klügere gibt nach, dachte er sich.

»Für die Geschichte spielt es echt keine Rolle, ob Mihael Novak blaue oder braune Augen gehabt hat. Wenn es der Erzähler für wichtig hält, dass sie blau sind wie die eines Filmstars, und dass die Mädchen wegen seines verführerischen Blicks an ihm kleben wie die Fliegen am Honig, dann werden sie in der Erzählung blau sein. Egal, ob sie in Wirklichkeit vielleicht braun waren.«

»Demnach hat ein Braunäugiger nicht das Zeug zum Eroberer!«, erwiderte mein Freund und runzelte die Stirn, denn seine Augen sind braun.

»Ich will damit sagen, dass der Erzähler, um sein Ziel zu erreichen, die Wirklichkeit verfälschen kann. Oder sich vielmehr eine neue, seine eigene Wirklichkeit erfindet.«

»Dann hat deine Geschichte mit dem, was wirklich passiert ist, gar nichts zu tun«, sagte mein Freund schon sehr ungehalten. Nebenbei sah er über meine Schulter hinweg ins Innere seines Hauses, wo eine antike Pendeluhr an der Wand hing.

»Wenn sich zwei ineinander verlieben, tun sie es unabhängig davon, welche Farbe ihre Augen haben oder ob ein Kleid mit großen roten Rosen gemustert ist, so wie das, das Maria Eichhein am 2. Dezember 1929 getragen hat, als sie im Feuerwehrhaus bei der Theatervorstellung *Eine Handvoll Groschen zu viel* dem sieben Jahre älteren Mihael Novak, dem Sohn des Wirts und Bürgermeisters, begegnet ist.«

»Woher willst du wissen, dass das am 2. Dezember passiert ist?«, fragte der Freund überrascht.

»Vielleicht war's am 3., oder sogar am 23., unmittelbar vor den Feiertagen. Obwohl eine Begegnung vor Weihnachten zu symbolisch und damit ein wenig künstlich, fast schon gekünstelt wirkt«, sagte ich lächelnd. »Ihre schicksalhafte Begegnung findet besser an einem gewöhnlichen Tag statt, am 2. Dezember, und zwar bei einer Amateurtheateraufführung.«

»*Eine Handvoll Groschen zu viel*. Ist das eine Komödie?«, fragte er.

»Keine Ahnung, klingt nach einer Komödie, nach etwas Seichtem, Unverbindlichem, Dummem, Trivialem. Da ist nichts Schicksalhaftes in dem Titel, den ich eben erfunden habe.«

»Du hast ihn erfunden!«

»Ich sehe den Anfang ihrer Liebe als etwas Gewöhnliches, aber Leidenschaftliches. Deshalb hat Maria auch das weiße Kleid mit den großen roten Rosen angezogen. Solche Kleider trägt man im Sommer, sie aber zieht es im Dezember an. Rote Farbe, Leidenschaft, Begehren, Verführung. Sie ist zwanzig und nicht vergeben.«

Der Freund nickte. »Stimmt.«

»Sie hat einen Entschluss gefasst. Sie geht mit ihrem Vater Oto von Eichhein zur Veranstaltung im Feuerwehrhaus und nimmt die jungen Burschen in Augenschein.«

»Mihael Novak ist kein junger Bursche mehr.«

»Der sieben Jahre ältere Sohn des Bürgermeisters und Wirts. Eine gute Partie.«

»Und wenn sie sich woanders schicksalhaft, wie du sagst, begegnet sind«, begann sich der Freund für die entstehende Geschichte zu erwärmen, »vielleicht auf einem Jahrmarkt? Dolina war bekannt für seine Märkte.«

»In Wahrheit ist das nicht wichtig. Wichtig ist vor allem, dass sie schon im nächsten Frühling geheiratet haben und dass Maria Ende August ihren ersten Sohn zur Welt gebracht hat. Was bedeutet, dass alles sehr schnell passiert ist. Schon im Dezember. Leidenschaft. Reife. Rote Rosen. Die Vorstellung *Eine Handvoll Groschen zu viel.*«

»Wenn es überhaupt stimmt«, sagte er nachdenklich.

»Wenn was stimmt?«

»Na, dass sie 1930 geheiratet haben.«

»Das hab ich von dir.«

»Ja. Weil es mir irgendwie logisch vorgekommen ist, wenn ihre älteren Söhne 1945 fünfzehn und vierzehn Jahre alt waren, und ihr jüngerer Sohn Peter, der eigentlich Wichtigste in dieser Geschichte, vier oder fünf.«

»Aber sicher bist du dir nicht?«

Der Freund schüttelte den Kopf.

»Siehst du! Auch du hast dir was ausgedacht!«

Verwirrt schüttelte er den Kopf. »Nein … Es war so.«

»Gute Geschichten sind immer erfunden, sie müssen aber so erfunden sein, dass man ihnen mehr glaubt als der Wirklichkeit.«

Er antwortete nicht, er starrte nachdenklich vor sich hin. Vielleicht hatte ich ihn überzeugt.

»Bleibt es also beim 2. Dezember, den großen Rosen auf ihrem Kleid und der Premiere des Amateurtheaters im Feuerwehrhaus?«

»Klingt interessant«, lachte er verlegen.

»Interessant. Und real«, sagte ich.

Jetzt nickte er entschlossen. »Ja«, sagte er, »hört sich real an.«

Mihaels heimliches Sexualleben

Mihael Novak, der Sohn des Wirts und Bürgermeisters, schloss die Handelsakademie in der nahgelegenen Stadt ab. Diese Ausbildung war damals sehr angesehen und der Kaufmannsberuf hochgeachtet. Aus der Handelsakademie gingen gut beschlagene Absolventen hervor, die etwas von Buchführung, Steuerrechnung und den Gesetzmäßigkeiten des Marktes verstanden … In gewisser Weise war diese Schule eine Vorläuferin der Wirtschaftsmittelschule.

Mihaels Vater, der alte Ivan Novak, hatte den Entschluss gefasst, seinen Sohn im Gasthaus zu behalten. Er war das einzige Kind. Ivans Frau war nach der Entbindung am Kindbettfieber gestorben, das zu jener Zeit, Anfang des zwanzigsten Jahrhunderts, unter den Wöchnerinnen grassierte. Der alte Novak sollte nicht mehr heiraten. Um den kleinen Mihael kümmerte sich die Köchin Johanca, die auch die Geliebte des alten Novak war. Sie hoffte, der Witwer würde sich irgendwann einmal dazu durchringen, sie zu ehelichen. Doch dazu kam es nicht, sie starb an der Schwindsucht, als Mihael sieben Jahre alt war. Als die Köchin Johanca spürte, dass es mit ihr zu Ende ging, ließ sie aus Prekmurje, von wo ihre Familie stammte, eine junge Nichte kommen, die sich weiter um den alten Novak und um Mihael kümmern sollte. Johanca führte sie in die Küchenarbeit und auch ins Bett des alten Wirts und Bürgermeisters ein. Dann ging sie friedlich von hinnen. Auch die neue Beischläferin hielt nicht lange durch, keine zehn Jahre. Sie wurde von einem Pferd getreten, einige Monate lang siechte sie dahin. Mihael war damals schon neunzehn und hatte die Schule hinter sich. Eigentlich führte er das Gasthaus bereits eigenständig und er half seinem Vater, den Papierkram zu erledigen.

Der alte Ivan Novak war ein kranker Mann, man weiß nicht genau, was ihm fehlte. Die Füße versagten, die Gicht plagte ihn, er hatte die Wassersucht und noch einiges mehr. Doch das hinderte ihn nicht daran, viel Zeit im Schloss von Dolina mit seinem besten Freund Oto von Eichhein zu verbringen. Die alten Knaben waren für ihre Ausschweifungen weithin bekannt. Sie teilten die Leidenschaft für die Jagd, für Obstler und für Hauswurst, aber auch für die jungen Tagelöhnerinnen mit ihren prallen, schamlosen Schenkeln. Die Macht im Ort lag in den Händen der beiden Männer. Der Großgrundbesitzer und Fabrikant Eichhein beschäftigte in seinen Wäldern, auf den Feldern, im Sägewerk und in der Möbelfabrik so ziemlich die meisten Einwohner Dolinas. Das Gasthaus der Novaks war wiederum das einzige Wirtshaus weit und breit, außerdem war dort auch das Postamt untergebracht, davor befand sich die Bushaltestelle und ihr gegenüber, auf der anderen Seite der einzigen Straße im Ort, der Bahnhof. Im Haus des Bürgermeisters wurden auch die anderen Fragen der örtlichen Verwaltung geregelt. Vor jeder Gemeinderatswahl besprachen die beiden Männer, üblicherweise in einer Jagdhütte, wie sie die Geschicke Dolinas und der näheren Umgebung in den nächsten Jahren zu lenken gedachten. Oto von Eichhein verfügte über eine einzige gute Eigenschaft: Er hielt Wort. Er versprach seinen Arbeitern und Tagelöhnern mehr Geld für den Fall, dass wieder der alte Novak gewinnen würde. Auf diese Weise war der Gastwirt seit Jahrzehnten auf den Bürgermeisterstuhl abonniert, und die Arbeiter im Sägewerk und in der Fabrik bekamen alle vier Jahre eine kleine Lohnerhöhung. Aber auch sonst hätte es mit dem Bürgermeisteramt keine Probleme gegeben, denn der alte Wirt hatte keine Konkurrenz. Die Macht war eben seit jeher, auch in der Demokratie, den reichen Adeligen und den etwas weniger reichen Wirten vorbehalten.

Im Ort gab es noch einen anderen wichtigen Mann, den Pfarrer, Herrn Franc, der Alkoholiker war. Seine nicht weiter schädliche Trinkerei fand in der Obhut der beiden Autoritäten statt. Der alte Novak versorgte ihn mit Getränken und Kost, Oto von Eichhein wieder ließ der Pfarre alljährlich gewisse Beträge zukommen, heute würde man von Sponsorengeldern sprechen, mit denen der Pfarrer einmal im Jahr auf Urlaub nach Rom fuhr und einmal sogar nach Jerusalem. Und so war im Ort alles geregelt, alles eingespielt, alles unter Kontrolle. Im Übrigen war in Dolina und in der Umgebung traditionell der evangelische Glaube verankert, und auch die Eichheins hatten ihre religiösen Wurzeln in den nördlich gelegenen Gefilden Deutschlands, sodass sich um den versoffenen katholischen Pfarrer Franc im Grunde niemand scherte.

In Dolina wurden Märkte, von Zeit zu Zeit Tänze und Fuhrmannsfeste veranstaltet. Es gab eine Schule und eine deutsche Lehrerin, die von der Familie Eichhein bezahlt wurde, weshalb der Lehrplan der deutschen Sprache und Kultur angepasst war. Des Öfteren veranstaltete der junge Mihael Novak, der immer offensichtlicher das Gasthaus des Vaters übernahm, im Gastgarten eine Filmvorführung. Dazu engagierte er den Kinooperateur aus der Stadt, der mit einem riesigen Kohlenbogenprojektor angeknattert kam, diesen im Garten unter den alten Kastanienbäumen aufbaute, gegenüber ein paar Leintücher aufspannte, und schon konnte die Vorführung beginnen. Doch die Ortsansässigen zeigten daran kein übertriebenes Interesse, neumodische Dinge machten ihnen Angst. Und so wollte das Kino, trotz Mihaels großem Wunsch, in Dolina nicht und nicht Fuß fassen. Sonst gab es im Ort keine Geselligkeiten. Die Burschen und Mädchen, die sich auf den gelegentlichen Festen und bei der Arbeit in der Fabrik kennenlernten, verloren keine Zeit mit langwieriger Tändelei. Sie trafen sich heimlich abseits der Hauptstraße. An Maiabenden war es fast unmöglich, auf den Heuböden einen freien Platz zu bekommen. Dolina war bekannt für seine unehelichen Kinder. Die klerikalen Kreise in der Stadt machten dafür die blasse Persönlichkeit des Pfarrers Franc und das umstürzlerische Naturell Otos von Eichhein verantwortlich. Unternommen wurde natürlich nichts, sorgten doch die alljährlichen Beiträge des alten Oto jedes Mal wieder für Besänftigung.

Der junge Mihael machte nicht viel her. Er hatte eine schlechte Haltung, lange Beine und eine fahle Haut. Aber er hatte, ja, genau, blaue Augen, die ihm allerdings bei seinen Annäherungsversuchen nicht wirklich von Nutzen waren. Obwohl es im Volksmund heißt, dass blauäugige Burschen große Eroberer seien, traf dies auf Mihael nicht zu. Es stimmt schon, dass sich die Mädchen in seine tiefblauen Augen verschauten, aber schon bald schreckten sie vor seiner Staksigkeit und seiner nicht allzu freundlichen Miene zurück, die stets an einen Menschen denken ließ, der eben erfahren hat, dass ihm irgendwelche Rabauken das Haus angezündet haben. Mihael war nämlich nie guter Laune. Die Ortsbewohner schrieben dies dem Umstand zu, dass er mutterlos hatte aufwachsen müssen, und einige böse Weiberzungen dichteten ihm sogar ein schlechtes Gewissen an, weil die Mutter kurz nach der Entbindung gestorben war. Tatsächlich war Mihael schrecklich einsam. Er war ein wohlhabender und einflussreicher junger Mann, aber allein. In der Handelsakademie gelang es ihm nicht, Freundschaften zu schließen, zu Hause aber überließ der kränkelnde Vater und Bürgermeister dem Sohn immer mehr die Geschäfte und die Macht über den Ort. Eigentlich hatte Mihael überhaupt keine Wahl. Aufgrund seiner sozialen Position war er im Heimatort von den Altersgenossen isoliert, und sein scheues und zurückhaltendes Naturell machte jede Auflehnung gegen den Vater unmöglich. Vereinfacht und etwas grob gesagt: Mihael war ein schwankender Charakter. Sein stets leicht besorgter und betrübter Gesichtsausdruck war die Folge der Kluft zwischen dem Leben, das er zu führen genötigt war, und seinen geheimen Wünschen. Mihael besaß nämlich eine große Sammlung deutscher Abenteuerromane, die er pausenlos las. Seine Zurückhaltung, Scheu und sogar Unentschlossenheit resultierten wahrscheinlich aus der Machtlosigkeit angesichts der Frage, wie er seine heimlichen Wünsche und Begierden stillen könnte.

Nur wenige wussten, wohin der junge Mann jedes Wochenende verschwand, für gewöhnlich samstagnachts, wenn das Gasthaus die Pforten schloss. Erst kurz vor dem Sonntagsessen kam er wieder zurück. Die Dienstboten waren überzeugt, dass er in seinem Zimmer Romane las oder heimliche Nachtausflüge zu irgendeiner Keuschlerstochter unternahm. Tatsächlich schwang er sich auf die Ladefläche des hintersten Waggons des Güterzugs, der um halb eins in der Station Halt machte, um den Wassertank aufzufüllen, fuhr so in die zwanzig Kilometer entfernte Kleinstadt, stahl sich wie ein Schatten in die Herrengasse Nummer sieben, klopfte dort an der kleinen Tür in der Ecke des Innenhofs und huschte in das verrauchte Innere des *Armeekurbnhauses*. Er erklomm die steile Treppe zum großen Dachboden, der in viele kleine Kabinen unterteilt war. Eigentlich war es ein Wabenbau aus winzigen Koben, die nichts als eiserne Feldbetten enthielten. Sie waren durch irgendwelche halbhohe Paravents oder gar nur durch improvisierte Vorhänge voneinander getrennt. In diesen Separees lebten Soldaten und Offiziere mit Damen verschiedener Altersstufen und Rundungen ihre erotischen Träume aus. Und hier erforschte Mihael allwöchentlich mit einer Dame, die Ungarisch sprach, seine und ihre Körpersäfte. Aus allen Kammern drangen Gestöhn, heftiges Atmen, Lachen, Fluchen, auch Weinen und Schläge, Schreie und freudvolles Juchzen, was den jungen Mihael noch mehr ermutigte, im Schoß der reifen, vollbusigen Ungarin alle Hemmungen abzulegen. Schon bald war er auf dem Dachboden des Hurenhauses in der Herrengasse neben der Reiterkaserne als der *Herr Schlecker* bekannt. Denn, und das machte schnell die Runde, er war besessen vom Vaginalgeruch der Ungarin, von den sämigen Säften, die er mit der Zunge zwischen ihren rosigen Schamlippen hervorzulocken verstand, bis sie ihm übers Kinn und auf die Brust troffen. Stundenlang machte er mit seinem Gesicht zwischen ihren Beinen rum, und erst am Schluss, für gewöhnlich in den frühen Morgenstunden, wenn das Bett schon so nass war, als hätte sich ein sommerlicher Regenschauer durch das Loch im Dach darauf ergossen (das Loch im Dach gab es tatsächlich, und wenn es regnete, deckten es die beiden mit einem Stück Armeezeltplane ab), erst dann bestieg er sie und rammelte sie wie eine läufige Hündin. Dann schlief er ein, und gegen neun, wenn es in seinem heimatlichen Dolina zur dritten Messe läutete, machte er sich wieder über sie her. Er wiederholte die Übung, während im *Kurbnhaus* alle schliefen oder wenigstens so taten, als würden sie schlafen, in Wahrheit aber lauschten sie den leidenschaftlichen ungarischen Flüchen und dem Schmatzen des triefnassen und aufgeweichten Geschlechts, gefolgt von heftigem Schieben und Stoßen, das um zwölf, genau zu Mittag, mit dem Glockengeläut aus der nahen Stadtpfarrkirche verschmolz. Dann zog er sich an, beglich die Rechnung und begab sich mit dem nächsten Zug nach Hause, wo er sich um eins zusammen mit seinem Vater Ivan Novak zum sonntäglichen Mittagsmahl niedersetzte.

Damals war eine solche sexuelle Praxis sogar in den Bordellen eher die Ausnahme als die Regel. Die Männer klopften an die Tür im Eck des Innenhofs, suchten sich ein Mädchen nach ihrem Geschmack aus und gingen mit ihr in eine der abgetrennten Kabinen im Dachgeschoss, zogen den Vorhang zu, spülten ihr bestes Stück rasch im Lavoir mit einer leichten Jodlösung ab und steckten es dann unverzüglich, ohne spezielles Vorspiel, der Dame zwischen die Beine. Das Ganze dauerte, solange es dauerte, und das war's. Gegen neuerliche Bezahlung konnten sie die Übung noch einmal oder auch mehrmals wiederholen. Sehr selten betätigte sich ein Kunde mit dem Gesicht und der Zunge zwischen den Beinen der Mädchen. Den Männern der damaligen Zeit erschien dies schmutzig und erniedrigend. Darum galt der junge Mihael als Sonderling, als seltsamer Vogel, als Perverser. Doch der Ungarin gefiel er; sie machte bei der Belegschaft im *Kurbnhaus* viel Werbung für ihn, und so manches Mädchen äußerte den Wunsch, einmal die Zungenfertigkeit des jungen Mannes auszuprobieren. Die Ungarin war eine besondere Frau, von der es hieß, dass sie abspritze wie ein Mann. Sie war eine jener Frauen, aus denen es im Schwall höchster Erregung hervorbrach wie aus einem Geysir, sodass der Verkehr zwischen Mihael und der Ungarin harmonisch war. Mitunter passierte es sogar, dass er ihr beim abschließenden Gerammel zum Gebammel der Glocken sagte: *Ich liebe dich! Ich liebe dich!* Sie verstand das nicht oder tat, als würde sie nicht verstehen. Später, als er schon mit Maria, der Tochter Otos von Eichhein, verheiratet war, erklärte sich diese die Sexualgewohnheiten ihres Mannes als eine Folge des Ablebens seiner Mutter bei seiner Geburt. Männer, die ohne Mutter aufwuchsen, sehnten sich danach, in sie zurückzukehren, sie auf andere Weise zu spüren, *sich in den Frauenkörper zu lecken und so das Gefühl fehlender Mutterliebe zu kompensieren.* Dergleichen Schwachsinn fand sich in den zu Anfang des 20. Jahrhunderts beliebten deutschen Schmökern, die sich mit der Sexualität und den sogenannten sexuellen Deviationen beschäftigten. Eines davon war das Buch des Österreichers Otto Weininger *Geschlecht und Charakter*, das jede Menge populistischen Unfug über die Geheimnisse der männlichen und weiblichen Sexualität enthielt. Wegen der ungewöhnlichen und kühnen Anschauungen war solcher Lesestoff sehr begehrt, und wie die große Mehrheit der damaligen gebildeten jungen Mädchen las Maria wahrscheinlich genau diese Bücher.

Das Intimleben des jungen Mihael vollzog sich solcherart im Geheimen bis zum 2. Dezember 1930, als der Gastwirt und Bürgermeister Novak seinen Sohn nötigte, mit ihm ins Feuerwehrhaus zur Laientheateraufführung *Eine Handvoll Groschen zu viel* zu gehen, wo er dann neben der Tochter Otos von Eichhein, der zwanzigjährigen Maria, sitzen musste. Maria trug ein Kleid, das mit großen roten Rosenblüten auf weißem Leinen bedruckt war. Das Kleid wäre einer anderen Jahreszeit angemessener gewesen, jedoch zog sie es an, um ihre schönen, entblößten Schultern zeigen zu können. Alle im Saal starrten sie an. Mihael hingegen saß gleichgültig neben ihr, biss sich auf die Lippen und dachte, dass ihm der Vater den heutigen Besuch in der Herrengasse verdorben hatte, denn er würde dem geselligen Beisammensein nach der Vorstellung unmöglich ausweichen können. Er stellte sich vor, wie die reife Ungarin den Seim ihres Schoßes über sein Gesicht ergoss. Oto von Eichhein, der auf der anderen Seite neben seiner Tochter saß, glotzte auf die Bühne, klapperte mit den Augen und kicherte freundlich. Dort traten nämlich gleich mehrere Keuschlermädchen und -frauen auf, denen er in den letzten Jahrzehnten zwischen die Beine gekrochen war. Der alte Bürgermeister Novak saß neben seinem Sohn, sodass *das junge Paar* in der ersten Reihe Mitte gleichsam von den Vätern eingerahmt und so den Blicken aller ausgesetzt wurde, was in der Gemeinde etwas bedeutete und durchaus als Hinweis aufgefasst wurde. Der alte Novak verzog das Gesicht und schnitt Grimassen, die an das theatralische Lachen von Schauspielern auf der Bühne erinnerten, in Wahrheit aber hatte er tierische Schmerzen im Fuß. Die Gicht. Die geselchten Wildwürste, die ihm Oto von Eichhein mitgebracht hatte, waren zu viel des Guten gewesen.

Dies geschah am 2. Dezember 1930, einem normalen Tag im normalen Leben irgendwo im südlichen Teil Europas. Schon im Frühjahr würde alles anders sein. Schon in wenigen Stunden. Schon am Ende der Vorstellung. Schon beim Applaus.

Besuch im Stadtarchiv

Ich telefonierte mit dem Freund meines Freundes, der im Stadtarchiv arbeitete. Ursprünglich hatte ich das gar nicht vorgehabt, aber dann verschlug es mich aus beruflichen Gründen in jenes Städtchen bei Dolina, wo meine Erzählung spielt.

Ich hatte die Wahl, gleich wieder heimzufahren oder noch etwa eine Stunde in der Stadt, die ich nicht mochte, wo ich mich unglücklich fühlte und wo ich seit der Matura nicht mehr gewesen war, zu verplempern. Ich entschied mich fürs Verplempern und besuchte das Stadtmuseum.

Früher befand sich dort das Museum der sozialistischen Revolution, nach 1990 wurde die Einrichtung geschlossen und das Museum in ein Stadtarchiv umgewandelt. Als wir Schüler waren, schleppten sie uns klassenweise in dieses Museum, in dem Partisanenuniformen, Partisanenwaffen, für die sich die Buben am meisten interessierten, aber auch Fotos von Partisanenkompanien und -brigaden zu sehen waren. Wir konnten die Abschiedsbriefe lesen, die die *Kämpfer für die Freiheit* im gegenüberliegenden Gefängnis geschrieben hatten, vielleicht eine Stunde, bevor sie im Innenhof erschossen wurden. Die Briefe waren auf die verschiedensten Stücke Papier geschrieben, einer war, wie ich mich erinnere, sogar auf ein Taschentuch gekritzelt. Die Briefe erschütterten mich schon als Kind. Sie lagen in Glasvitrinen, gelblich, weiß, mit abgestoßenen Rändern, manche waren nur herausgerissene Heftseiten, andere längliche Ausrisse aus Notizbüchern, geschrieben in kleiner, hübscher Schrift, in Großbuchstaben, Druckbuchstaben, Kursivschrift, in geraden oder in verwackelten Zeilen; manche Blätter waren von Rand zu Rand vollgeschrieben, auf anderen standen nur ein paar Zeilen.

Später erschienen sie in dem Buch *Abschiedsbriefe der Opfer für die Freiheit.* Wir hatten es zu Hause, ich las es oft und weinte immer Rotz und Wasser. Dann versteckte ich es, um es nicht mehr zu finden. Ich hatte Angst davor, dieses Buch war meine erste Begegnung mit dem Tod. Zu wissen, dass die Menschen, von denen diese Zeilen stammten, wirklich erschossen worden waren, machte dieses Buch und alles, was darin stand, wahr. Wenn man die letzten Mitteilungen an seine Angehörigen, an die Menschen, die man gernhat, schreibt, erfindet man nichts, beschönigt man nichts. Man sagt alles zum letzten Mal, und alles ist blutig ernst.

Dann holte ich das Buch wieder hervor, las es und weinte wieder. Etwas zog mich an, es war und ist immer noch das wahrhaftigste Buch, das ich kenne. Als Teenager erschütterte mich der Brief eines jungen Burschen am meisten. Der Brief war an einen Nachbarn gerichtet, den er in Wahrheit fast nicht kannte. Die Deutschen hatten alle seine Verwandten in Lager gesteckt, das Haus war leer. Der Bursche sollte in ein paar Stunden erschossen werden. Im Brief steht: *Sie können sich vielleicht an mich erinnern, ich heiße Marko … Ihr Vater war mit meinem Vater bekannt. Heute Abend um sechs werde ich erschossen. Könnten Sie bitte kommen und meine Sachen abholen. Es ist nicht viel. Die Taschenuhr, die ich zur Firmung bekommen habe, und ein Kamm. Sie kennen sicher die Ocvirk Zala. Vorn bei der Bushaltestelle steht ihr Haus. Ich hätte gern, dass sie meine Uhr bekommt. Wenn Sie sich bitte bei ihr melden könnten. Vielleicht wird ihr das seltsam vorkommen, sie kennt mich ja nicht. Vielleicht kennt sie mich nur vom Sehen. Wir haben nie miteinander geredet. Heuer im Frühling habe ich hingehen wollen. Sonst geht es mir gut. Ich habe meinen Frieden gemacht. Ich freue mich, dass ich bald meine Lieben sehen werde. Bitte nochmals um Entschuldigung, dass ich Sie belästige.*

Ein Bursche, der niemanden auf der Welt hatte, wurde erschossen. Er hatte seinen Frieden gemacht. Er verurteilte niemanden, er jammerte nicht, bat nicht um Gnade. Eigentlich war es das, was mich am meisten erschütterte und zugleich mit einem gewissen Stolz und der Erkenntnis erfüllte, dass der Widerstand gegen den Besatzer eine moralische und ethische Tat war; heute weiß ich, dass sie auch eine staatsschöpferische war. Die Briefe der Geiseln formten meine Persönlichkeit. Männer und Frauen, Helden und einfache Menschen, Gläubige und Atheisten, Arbeiter und Kaufleute, die nicht vor ihren Exekutoren krochen, kein Einziger bat in diesen Briefen um Gnade oder bereute, was er getan hatte, ihr Tod war Widerstand. Und alle Briefe, ungeachtet der Namen und Vornamen, ungeachtet der Landstriche, in denen die deutschsprachigen Bewohner vielleicht in der Mehrheit waren, waren auf Slowenisch geschrieben.

Aus dem Museum ist mir auch der dicke Stamm eines Apfelbaums in Erinnerung geblieben, der in der Aula gleich beim Eingang lag. Er stammte von einem der hunderten Apfelbäume, an denen die Deutschen Geiseln aufgehängt hatten. Ein schauerlicher Baumrest. Immer wenn wir ins Museum kamen, und in meiner Grundschulzeit von 1965 bis 1972 war das einmal im Jahr, lief ich schnell daran vorbei und versuchte, nicht hinzuschauen. Der Baum war ein Abbild des Todes. Mir war, als griffen seine verdrehten Äste wie die Knochenfinger des Todes nach mir. Natürlich war die sozialistische Erziehungsdoktrin falsch. Die Pflege eines Märtyrerkults, die Auseinandersetzung mit dem Tod kann auf einen jungen Menschen auf keinen Fall stimulierend wirken, ganz im Gegenteil. Vermutlich hätte es völlig gereicht, wenn wir das Revolutionsmuseum einmal besucht hätten, und zwar im richtigen Alter. Doch der Sozialismus betrieb einen geradezu panischen Kult des Helden- und Märtyrertums, der freilich eine reale Grundlage hatte, als fürchtete er, die Menschen würden die *heroische* Vergangenheit verwerfen und vergessen. Und die Menschen verwarfen und vergaßen sie trotzdem. Es liegt in unserer Natur, dass wir vergessen, dass wir undankbar auf uns selbst und unseren Nutzen fixiert sind. Das Leben kennt nur eine Richtung, vorwärts, immer nur vorwärts, ohne Rücksicht. Das fragile Gleichgewicht zwischen Vergangenheit und Gegenwart zu finden ist vermutlich sehr schwer. Vielleicht ist gerade das die Aufgabe des Geschichtenerzählers.

Das Gebäude, in dem früher das Museum der sozialistischen Revolution war und sich heute das Stadtarchiv befindet, steht mitten im Zentrum, gegenüber der großen gotischen Kirche, in deren Kapelle die mittelalterlichen Herren der Stadt und der Umgebung bestattet sind. Hinter der Kirche ist das Gefängnis. Es war schon immer ein Gefängnis, auch während der deutschen Okkupation. Eine Straf- und Folteranstalt. Im Gefängnishof wurden Geiseln erschossen, Frauen und Männer. Mädchen und Burschen. Über dem Haupteingang zum heutigen Stadtarchiv ist ein großer Balkon. Das Haus war früher, Anfang des letzten Jahrhunderts – vielleicht noch früher – die Residenz des Bürgermeisters, das Rathaus. Als ich klein war, erzählte mir meine Mutter jedes Mal, wenn wir daran vorbeigingen, dass Hitler von diesem Balkon zu den Bürgern der Stadt gesprochen habe, die stürmisch applaudiert und begeistert die Arme hochgerissen hätten. Die Stadt war nämlich von jeher ausgesprochen deutsch. Die Mehrheitsbevölkerung war zwar slowenisch, den größten gesellschaftlichen Einfluss hatten aber die Deutschen. Alle reichen Kaufleute waren Deutsche, die übrigen Einwohner waren Deutschtümler, den Deutschen und der deutschen Kultur zugetane Slowenen. Meine Mutter erzählte mir, dass auf der Straße schon vor dem zweiten Krieg fast kein slowenisches Wort zu hören gewesen sei. Kurz: Hitler begrüßte vom Balkon des Hauses, in dem sich heute das Stadtarchiv befindet, die Bürger und bellte ihnen in rauem Deutsch sein Willkommen im Tausendjährigen Reich entgegen. So irgendwie soll es gewesen sein. War es aber nicht. Hitler hat nie von diesem Balkon gesprochen. Ich bezweifle, dass er überhaupt je durch dieses deutschtümelnde Städtchen gefahren ist, obwohl der Großteil der Bevölkerung das glaubt. Wir Menschen denken uns kleine Geschichten aus, wir mögen das, wir tragen zum großen Erfinden bei. Und so manche historische Tatsache ist teilweise oder zur Gänze erfunden. Auch heute stellen die Historiker Ungenauigkeiten und Fehler in manchen historischen Erklärungen fest. In gewisser Weise hat Hitler aber wirklich von diesem Balkon gesprochen. Er hat von allen Rathausbalkonen in allen Ländern, die er sich unter den Nagel gerissen hat, gesprochen. In Wahrheit ist es völlig egal, ob er tatsächlich von dort oben auf die ihm begeistert zujubelnde Menge heruntergebellt hat. Er hat es in einem symbolischen, metaphorischen Sinn getan. Er ist auf allen Balkonen im Land gestanden und war bei jeder Erschießung eines Fünfzehnjährigen dabei. Er ist hinten gestanden, hinter dem Exekutionskommando, hat gekichert, sich die Eier gekratzt und geschrien: *Schießt! Tötet! Schießt! Tötet! Schießt! Tötet!* Und das ist die Wahrheit.

»Was genau interessiert Sie?«, fragte mich der Freund meines Freundes, als ich in seinem Büro stand.

»Ich weiß es nicht«, sagte ich und zuckte die Achseln.

»Dann werde ich Ihnen kaum helfen können«, lächelte der dürre, lange Mann undefinierbaren Alters. Er sah genauso aus wie die Archivare und Beamten in Kafkas Geschichten. Er hatte sogar einen mausgrauen und pedantisch gebügelten Kittel an.

Ich lächelte auch. Natürlich war der Herr überzeugt, dass ich über seine Bemerkung lächelte, seinen leicht ironisch intonierten Satz: *Dann werde ich Ihnen kaum helfen können*, aber so war es nicht. Ich lächelte über die Erkenntnis, wie sehr sich unsere stereotypen Vorstellungen über manche Berufe bestätigen. Der Beamte hager, der Bürgermeister dick, und so weiter. Ich war mir aber nicht ganz sicher, ob sich schmächtige und ausgetrocknete Menschen mit langen knochigen Fingern selbst den Beruf eines Archivbeamten aussuchten, oder ob der Beruf es war, der sie auswählte. Über diesen Gedanken lächelte ich, und ich sagte: »Eigentlich weiß ich es. Mich interessiert der Nachbarort Dolina, und zwar das Leben dort zwischen den Kriegen, während der Okkupation und unmittelbar nach dem Krieg.«

»Oh, das ist aber viel!«, sagte der Herr und machte große Augen.

»Mich interessiert vor allem das Bildmaterial«, überhörte ich seine Bemerkung. »Und mich interessieren zwei Familien ...« Ich sagte ihm die Namen und erklärte ihm kurz den Sinn meiner Recherche. Der Herr nickte, lachte durch die Nase, fuhr sich mit der Hand übers Kinn und sagte: »Wir digitalisieren gerade unsere Bestände, haben aber mit den Sachen begonnen, die am häufigsten verwendet werden, und das ist sicher nicht die Geschichte des Ortes, der Sie interessiert. Dolina ist ein ganz unbedeutender Ort. Na, ich kann Ihnen trotzdem zeigen, was wir haben.«

Er ließ mich in einer Art Leseraum Platz nehmen und verschwand. Während ich wartete, schaute ich aus dem Fenster. Auf der anderen Straßenseite sah ich die weiße Mauer des Kirchengebäudes. Ich schaute ins Weiße. Wie passend, dachte ich mir, vor mir der leere Tisch, und wenn ich den Blick hebe, das Weiß der Kirchenmauer. Nichts. Ein leeres Blatt Papier, eine weiße Fläche, die Leinwand, auf die bald

Bilder und Porträts projiziert werden. Das Weiß als das Geheimnis, das sich offenbaren wird, aber auch das Weiß als das Vergessen, das kommt.

Der Archivar legte einen recht umfangreichen Stapel Fotografien, die in Mappen geordnet waren, und ein paar Bücher vor mir auf den Tisch. »Es ist nicht viel. Wie gesagt, der Ort, der Sie interessiert, wird selten nachgefragt«, sagte er und lächelte wieder, diesmal über sich selbst und seine geistreiche Ironie.

»Ich möchte Sie etwas fragen«, sagte ich.

Er nickte.

»Ich weiß noch, dass unten beim Eingang früher ein Baum gelegen ist, also ein vertrockneter Baum, der Stamm eines Apfelbaums mit Ästen. Sie wissen schon … Die Deutschen haben Geiseln aufgehängt.«

Er machte wieder nur große Augen.

»Keine Ahnung«, sagte er. »Als ich hergekommen bin, war da kein Baum, kein Stamm.«

Ich nickte.

»Ich bin erst ein knappes Jahr hier, davor war ich Turnlehrer. Ich bin interimistisch hier, bis geklärt ist …«, jetzt brach er ab, er würde den Satz nicht beenden. »Ich habe eine Fachprüfung abgelegt und bin jetzt hier«, sagte er noch und ging. Diesmal ohne Ironie, fast ein wenig verärgert.

Ich vergrub mich in die Fotos und Bücher, die er mir dagelassen hatte. Schwarz-weiße und gelbliche Fotos. Zuerst die Zeit zwischen den Kriegen, dann der Krieg und die Nachkriegszeit. Nichts Besonderes. Ein paar Landschaftsaufnahmen. Felder, Wald, Heuharpfen am Straßenrand. Dann die Hauptstraße, die einzige Straße in Dolina. Zu beiden Seiten Geschäfte, über den Türen Aushängeschilder, die meisten deutsch beschriftet. Auf halber Höhe ein großes weißes Haus. Auf der einen Seite der großen Fassade steht *Rathaus*, in der

Mitte sieht man die Aufschrift *Gasthaus*. Es war zugleich Gemeinde- und Wirtshaus, nichts Ungewöhnliches für so einen kleinen Ort. Dann sind da noch ein paar Straßenaufnahmen mit Pferdegespannen. Aus dem Stapel ziehe ich sogar das Foto einer Werksanlage, zu der ein Bahngleis führt. Ich nehme an, das ist die Möbelfabrik. Dann finde ich ein paar Aufnahmen vom Sägewerk und sogar ein Gruppenfoto der Arbeiter, die vor der Säge posieren wie die Feuerwehr vor dem Löschfahrzeug. Finstere Mienen, vorwiegend Männer, dann sehe ich auch ein paar Frauengesichter. Die Männer tragen zerknautschte Hüte, die Frauen Kopftücher. Auf dem Foto steht: *Eichhein-Säge, 1938.*

Der nächsten Mappe, auf der *1945–1950* steht, entnehme ich weitere Fotos. Auf ihnen ist dieselbe Straße zu sehen, aber ohne deutsche Beschilderung. Aus den Häusern hängen Fahnen. Auf der Straße sind sogar ein paar Leute. Wenn man genau schaut, sieht man auf einem der Fotos, nicht größer als zehn mal fünf Zentimeter, dass die Leute Gewehre geschultert haben. Das Partisanenheer, das den Ort befreit hat. Ein Partisan auf einem Schimmel mitten auf der Straße. Ein anderes Foto zeigt das Gast- und Rathaus, aber die Aufschriften sind weg. Vor dem Gebäude steht ein Militärlastwagen.

Ich blättere in den Büchern, die mir der ehemalige Turnlehrer dagelassen hat. Eine Art agrarpolitisch-geografischer Bericht. Ich werfe einen Blick ins Inhaltsverzeichnis. Ich finde Angaben zur Bevölkerung unmittelbar vor dem Zweiten Weltkrieg. Dolina hatte 843 Einwohner. Mit den Weilern, die damals laut Kataster demselben Verwaltungssprengel angehörten, waren es sogar 3822. Die meisten waren Kleinbauern, die in Eichheins Sägewerk und Möbelfabrik arbeiteten. Ich finde auch die Information, dass von 1934 bis Kriegsende Mihael Novak, Sohn und Nachfolger des Gastwirts Novak, Bürgermeister des Orts war, auch nichts Ungewöhnliches für die damalige Zeit. 1934, als er Bürgermeister wurde, war Mihael Novak 31 Jahre alt. Dann war er bis 1945 im Amt, weiter steht hier nichts.

Ich nehme das nächste Buch. Es beschäftigt sich mit der Arbeiterbewegung in der gesamten Region. Das Buch wurde in den Sechzigerjahren geschrieben und herausgegeben und hat dementsprechend eine politische Schlagseite. Dort steht: *... schon sehr früh organisierten sich die Arbeiter in der Eichhein-Säge und in der Fabrik für Holzprodukte unter der Führung der kommunistischen Partei. Der führende Organisator war Genosse Mirko Bregar, Gebietssekretär der illegal operierenden kommunistischen Partei. Schon 1941, gleich nach der Besetzung des Ortes durch die Okkupationsarmee, organisierte der Volksheld Silvester Grabner eine Partisanenkompanie, die den ersten militärischen Angriff in der Gegend der Grmada durchführte und die Eichhein-Säge in Brand setzte. Die Deutschen erschossen als Gegenmaßnahme am Bahndamm zehn Geiseln. Später wuchs die Kompanie zu einem Bataillon an, das aufgrund eines Verrats in einen Hinterhalt geriet, bei dem alle Kämpfer ums Leben kamen. Silvester Grabner starb den Heldentod.* Die paar Absätze über den Kampf für den Sozialismus überschlage ich. Ich halte erst wieder am Ende dieser Schrift inne, wo Bürgermeister Mihael Novak erwähnt wird, der bis zum Schluss *der Besatzungsarmee gegenüber loyal* gewesen sei. Da steht auch, dass die nazistische Obrigkeit ihren Sitz in der Villa Eichhein gehabt habe, wo gefangengenommene Widerstandskämpfer gefoltert worden seien. Das ist alles, was ich gefunden habe. Im Grunde sehr wenig, und zugleich sehr viel. Neue Namen sind aufgetaucht, von denen auf der Terrasse über der Ljubljanica, als mein Freund die Geschichte losgetreten hat, noch gar nicht die Rede war. In so kleinen Gemeinden wie dem Ort Dolina sind die Menschen sehr eng aneinandergebunden.

Ihre Leben verlaufen zur selben Zeit, in derselben Straße, auf denselben Feldern, in derselben Fabrik, sogar im selben und einzigen Gasthaus. Die Besatzer hatten ihren Sitz in der Eichhein-Villa, unter Bürgermeister Mihael Novak wurden zehn Geiseln erschossen, der spätere Volksheld Silvester Grabner lebte in der Umgebung des Ortes, genauso wie auch Maria Eichhein, verheiratete Novak. Wahrscheinlich gingen alle in dieselbe Schule, im Ort gab es nur eine Schule, ganz sicher aber kannten sie sich. Auch den führenden Organisator der Arbeiterbewegung, der in der Publikation erwähnt wird, den Kommunisten Mirko Bregar, kannten wahrscheinlich alle. Ihre Schicksale waren eng miteinander verwoben. Wer eine Geschichte erzählen will, muss auch die anderen Geschichten rundherum berühren. Keine Geschichte existiert für sich allein, sie koexistiert immer mit den anderen.

»Ich habe noch Literatur gefunden«, sagte der ehemalige Turnlehrer, »eigentlich gar nicht so wenig ...«

»Ich melde mich ein andermal«, antwortete ich, »fürs Erste habe ich gefunden, wonach ich gesucht habe.«

»Man merkt, dass Sie kein Historiker sind«, sagte er und schaute mich wieder mit einem spöttischen Lächeln an. Ich wäre nie darauf gekommen, dass er früher einmal Turnlehrer gewesen war. Womöglich wirken Stereotype doch nicht so rigoros, wie ich dachte. »Ein Historiker würde nicht aufhören zu stöbern und bis zum Abend dasitzen. Und er würde viel genauer wissen, was er sucht.«

Ich nickte. »Auf jeden Fall melde ich mich noch. Ein andermal.«

»Ihr Schriftsteller bleibt da mehr an der Oberfläche«, sagte er noch und fing an, die Tische abzuräumen.

Ich überhörte seine unverschämte Bemerkung. »Sie haben doch gesagt, dass Sie die Dokumente abhängig von der Nachfrage digitalisieren. Glauben Sie, Sie könnten ...«

»Ihre Dokumente vorziehen?«, unterbrach er mich und antwortete sogleich: »Ich glaube, das kann ich machen. Ich habe sowieso sonst nichts zu tun. Außerdem habe ich unserem Freund versprochen, Ihnen zu helfen.«

»Dann könnten Sie sie mir per E-Mail schicken, und für mich wär's leichter … Ich hätte das Material auf dem Rechner.«

»Ich habe bereits gesagt, dass ich es machen kann«, unterbrach er mich, und zwar ziemlich energisch. *Ja, der war früher mal Turnlehrer*, dachte ich mir. Ein schmächtiger, dürrer, in die Länge gezogener Turnlehrer, ein Spezialist für Gymnastik. Er schien mir Kafkas Beamten und Archivaren überhaupt nicht mehr ähnlich zu sein. Ich kann ihn mir gut vorstellen, in Turnhose und mit Trillerpfeife im Mund, wie er wütend in die Pfeife bläst und seine Spucke nach allen Seiten spritzt.

Ich notierte mir seine Mailadresse, gab ihm meine, wir tauschten Telefonnummern aus … Dann bedankte ich mich und ging. Auf den Stufen hinunter zur Hauptaula schaute ich zur Seite. Ich hatte Angst, dass der Baum, an dem eine Geisel aufgehängt worden war, noch immer dort lag.

Eine Handvoll Groschen zu viel

Die Theateraufführung auf der Bühne im Feuerwehrhaus war ein Desaster. Abgesehen davon war der Saal brechend voll, die Leute lachten, brüllten sogar, als der Bürgermeister dem jungen Knecht in den Arsch trat. Dieser sprang bei jedem Tritt wie ein Zirkusclown herum und heulte: *Noch, mein Herr, noch fester! Nooooch!* Die Komik bestand nämlich darin, dass der junge Knecht einen Polster in der Hose stecken hatte, weil er damit rechnete, vom Bürgermeister getreten zu werden. Darum schrie er mit Wonne: *Noch, noch, noch!* Als er dann sagte: *Es tut gar nicht weh*, und der Bürgermeister erwiderte: *Mir fällt von der ganzen Treterei fast der Fuß ab, und du spürst nicht mal was*, brach der Saal in frenetisches Gelächter aus, das gar nicht mehr aufhören wollte. Einige fielen buchstäblich vom Stuhl, sie bogen sich derart vor Lachen, dass sie auf die Knie gingen und sich dann aufrafften und wieder fielen. Wer etwas mehr zum Lachen brauchte, lachte über die Fallenden, aber auch über die beiden auf der Bühne und wieder über den Sitznachbarn, der zu Boden glitt … Und so war jeder Bühnengag ein weiterer Witz und sorgte für Lachsalven ohne Ende.

Hinten an der Tür, wo die Ortsansässigen drängelten, die keinen Sitzplatz ergattert hatten, stand auch Mirko Bregar. Er war zwanzig Jahre alt. Er arbeitete im Sägewerk der Eichheins und trug eine Leninkappe, die Kopfbedeckung der sowjetischen Arbeiter und Revolutionäre. Während der Saal vor Lachen platzte, verzogen er und seine Genossen, die eng um ihn standen, keine Miene. Das Lustspiel fanden sie dumm, und die Leute, die darüber lachten, dass auf offener Bühne der Herr dem Knecht Tritte verabreichte, hatten ihres Erachtens kein Klassenbewusstsein. Mirko Bregar hoffte inständig, dass bald eine neue und andere Zeit anbrechen würde, so wie in Russland, wo es keine Herren und Knechte mehr gab, sondern nur noch Knechte, die Herren waren. Aus tiefster Seele verachtete er die Dorfmagnaten, die in der ersten Reihe saßen, insbesondere Oto von Eichhein, den Besitzer der ringsum liegenden Wälder, des Sägewerks und der Möbelfabrik. Schon sein Vater und sein Großvater hatten bei den Eichheins gedient, und beide waren tot. Der Großvater war auf einer Holzrutsche von Fichtenstämmen zerquetscht worden, den Vater hatte der Schnaps umgebracht, als Mirko fünfzehn war. Der Vater war Bergmann gewesen und hatte auf der anderen Seite der Grmada gearbeitet, im Tal am Fluss, wo sich die Bergwerke befanden. Im Königreich Jugoslawien war der Vater dann auf der Suche nach leichter geschürftem Brot in die Gruben Bosniens gegangen. Dort blieb er zwei Jahre. Als ihn ein Steinschlag am Rücken verletzte, kam er zurück. In Bosnien hatte er ein Kind gezeugt, weshalb Mirko Bregar einen Halbbruder hatte, den er aber nicht kannte. Erst nach dem Tod des Vaters sollten die Halbbrüder Kontakt aufnehmen, einander Briefe schreiben und versprechen, sich irgendwann einmal zu treffen. Die Mutter hatte dem Vater den fruchtbaren Seitensprung sein Lebtag nicht verziehen. Sie umsorgte ihn, kochte für ihn, wusch ihm die Wäsche, doch schlief sie nicht mehr mit ihm im selben Bett. Der Vater arbeitete nach seiner Rückkehr im Sägewerk der Eichheins, wo auch sein Vater geschuftet und ausgeschuftet hatte. Abend für Abend kam er völlig erschöpft nach Hause, trank müde eine halbe Flasche Schnaps und schlief betrunken ein. *Nur auf die Art*, sagte er, *werde ich die Schmerzen im Kreuz los*. Mirko erinnerte sich, dass sein Vater immer müde war. Müde brach er zum Sägewerk auf und müde kam er zurück. Am Ende war er ein toter Mensch, mit dreißig, ein abgeschundener Leichnam mit erloschenen Augen. Mirko hatte seinen Vater gemocht, er vermisste ihn sehr. Ein halbes Jahr nach dem Vater starb auch die Mutter, sie hatte es einfach so beschlossen. *Du bist schon erwachsen*, sagte sie zu ihrem Sohn, *du brauchst mich nicht mehr. Ich gehe zu unserem Ati*, sagte sie, und tatsächlich starb sie bald. Die Schuld am Tod von Großvater, Vater und Mutter, aber auch am eigenen Unglück gab er Oto von Eichhein und natürlich der Weltordnung, die so eingerichtet war, dass einige alles hatten, den Übrigen aber nur die Müdigkeit blieb.

Obwohl er nicht zur Aufführung hätte kommen müssen und es klüger gewesen wäre, mit den Genossen in die zwanzig Kilometer entfernte Stadt auf die Versammlung der sozialdemokratischen Partei zu fahren, war er ins Feuerwehrhaus gekommen. Und zwar wegen Maria, der jungen Tochter Otos von Eichhein. Sie saß in der ersten Reihe und trug ein mit großen roten Rosenblüten bedrucktes Kleid. Wenn er sich auf die Zehenspitzen stellte und an den Köpfen der Leute, die vor ihm standen, vorbeischaute, konnte er ihre runden und glatten Schultern sehen, die bei jedem Tritt, den der Knecht auf der Bühne kassierte, ein wenig erbebten. Auch sie lachte, aber nicht wie der ganze Saal, der vor Lachen brüllte, grunzte und wieherte, nach Atem rang, krächzte und im aufbrandenden Lachen zu ersticken drohte. Maria kicherte nur, und ihre Schultern hoben sich kaum merklich.

Maria und Mirko waren gleich alt. Obwohl sie in die deutsche Schule ging und er in die slowenische Klasse, wo nur dreimal in der Woche unterrichtet wurde, begegneten sie einander oft. Und im Sommer, das heißt vor ein paar Monaten, waren sie einmal zusammen im selben Zug aus der Stadt gefahren. Dann waren sie auf ihren Vorschlag hin eine Station vor Dolina ausgestiegen und, auch auf ihren Vorschlag, zu Fuß über den Hügel und durch den Wald gegangen. Auf einem vermoosten Hang unterhalb des Weges legten sie sich hin, und sie erlaubte ihm, ihre Brüste zu streicheln. Und er streichelte und streichelte und streichelte, und als ihr das Ganze schon zu lange zu dauern schien, wie ihm ja auch, der sich aber nicht traute, sie woanders zu streicheln, denn er war ja darauf abgerichtet, von der Herrschaft gesagt zu bekommen, wie mit fremdem Eigentum umzugehen war, legte sie seine Hand auf ihren Bauch, und dann schob sie sie, nachdem sie die Beine breit gemacht hatte, ganz langsam, als ginge die Tür zu einem heimlichen Ort auf, genau in ihre Mitte. Dort war es feucht. Er wunderte sich. Sie hatte kein Höschen an, was ihn noch mehr erstaunte. Für einen jungen Marxisten war er viel zu naiv. *Hat sie vergessen, es anzuziehen?*, überlegte er. *Es ist ja wirklich heiß*, dachte er noch, sie aber packte jetzt seine Hand und schob sie in sich hinein, sodass er spürte, wie ihm ihre Nässe bis zum Handgelenk und noch weiter nach unten rann.

Danach trafen sie sich regelmäßig bis weit in den Herbst. Niemand wusste davon, und er erzählte es niemandem. Nicht einmal seinen Genossen, die ihn wohl etwas seltsam dafür beäugt hätten, wenn er zugegeben hätte, dass er sich ein paarmal in der Woche mit der Tochter des weit und breit größten Ausbeuters der Arbeiterschaft traf; dass sie sich im Wald auf die Fichten stützten, er hinter ihr stehend, sie mit dem Gesicht an den rauen, harzigen Fichtenstamm gelehnt, oder sie vor ihm, mit erhobenen und um seine Hüfte geschlungenen Beinen, angelehnt an einen nicht weniger harzigen Stamm; und dass sie auf jede erdenkliche Art kopulierten und nicht einmal die von den Jägern errichtete und für die Winteräsung der Hirsche vorgesehene Futterkrippe vor ihrer Leidenschaft sicher war. Die Genossen hätten sich redlich gewundert, wie er mit solchem Eifer und so aufrichtigem Klassenhass über jemanden herziehen konnte, dessen Tochter er fickte, von der er sogar, was auch ihm seltsam und unangebracht erschien, jede Nacht seit dem ersten Gebumse im Moos auf der Waldlichtung als der Frau seines Lebens träumte. Auch sie, wahrscheinlich aus ähnlichen Gründen, gab ihre Verbindung niemandem preis. Und selbst später, nach vielen Jahren, sollte sie niemandem von ihrem Verhältnis erzählen, das für immer als großes Klassengeheimnis in der Erinnerung an diesen Sommer vergraben blieb.

Als sie bereits mit Mihael Novak verheiratet war und zwei Söhne hatte und *Mutter Bürgermeisterin* war, glitt ihr Blick, wenn sie im Auto – Bürgermeister Mihael hatte als Erster in Dolina einen schwarzen Mercedes – in die Stadt zum Einkaufen fuhren und die Abkürzung über den Hügel und durch den Wald nahmen, immer zu den Fichten und tief in den schwarzen Wald. Ihre Augen erstarrten und ebenso das Lächeln auf ihren Lippen, was sie gar nicht zu verbergen versuchte. Als Mihael sie einmal fragte: *Was hast du? Warum lächelst du so komisch?*, antwortete sie ihm: *Ach, mir ist etwas eingefallen.* Irgendwann bohrte er nach, denn er fand es ungewöhnlich, dass sie immer an der gleichen Stelle geheimnisvoll in die Ferne schaute, und da sagte sie zu ihm: *Na gut, ich erzähl's dir, wenn du so lästig bist! Irgendwann waren mein Vater und ich hier jagen. Und da hab ich einen kleinen Hasen gefunden.* Dabei zeigte sie, wie groß der kleine Hase gewesen sei. *Gar so klein war er auch nicht*, dachte sich ihr Mann. Sie aber strich mit den Händen über das unsichtbare Fell und sagte: *Das war der liebste Hase in meinem Leben.*

Mirko Bregar war also nur wegen Maria Eichhein ins Feuerwehrhaus gekommen. Zu den Genossen, die ihn fragten, ob es nicht klüger wäre, zur Versammlung der sozialdemokratischen Partei zu gehen, sagte er: Wenn wir den Feind vernichten wollen, müssen wir ihn kennen, auch seine Kultur. Doch in Wahrheit schaute er nicht auf die Bühne, er betrachtete Marias runde glatte Schultern, er erinnerte sich an ihren Geruch, an ihre Glätte und Nässe, und er spürte, wie es unten pulsierte und wie die Eichel langsam aus der Vorhaut kroch.

Maria und Mihael saßen nebeneinander, eingeklemmt zwischen ihren Vätern. Mihael glotzte vor sich hin, er dachte an die Ungarin und schaute überhaupt sehr selten auf die Bühne. Sein Vater kämpfte mit dem brennenden Schmerz in den Gelenken, vor allem im linken Fuß, der schön langsam unerträglich wurde. Die Hirschsalami, die er und Oto von Eichhein vor der Aufführung verputzt und von der sie so lange geschnipfelt hatten, bis sie, die Scheiben zwischendurch mit reichlich Obstler begießend, am Ende der halbmeterlangen Stange angelangt waren, arbeitete in den Eingeweiden und zersetzte sich in winzige Salzkristalle, die anschließend mit dem Blut in die Knöchel wanderten, in die Fußgelenke, vor allem in die linke große Zehe, und sich mit der Gelenksflüssigkeit im Knorpel festsetzten. Sie rieben bei jeder kleinsten Bewegung auf den runden Gelenksflächen und verursachten Bürgermeister Ivan Novak höllische Schmerzen. Er verzog das Gesicht und versuchte, es wie Lachen aussehen zu lassen, Schweißperlen sammelten sich auf seiner Stirn. Und wenn er wirklich lachte, tat es noch mehr weh, denn das Lachen erschütterte seinen Fuß, seinen fetten Bauch, die Kniegelenke, die Knöchel, wo sich die kleinen Salzkristalle, wie Sand in den Zylindern eines Motors, erst recht in den Knorpel fraßen. Der alte Novak dachte nur noch daran, dass man ihn nach der Aufführung würde heimtragen müssen, denn auftreten würde er nicht mehr können. Glücklicherweise befand sich sein Haus, das Gasthaus und Rathaus in einem war, gleich gegenüber.

Auf der Bühne spielte sich unterdessen allerlei dummes Zeug ab. Als die Schauspieler – die Truppe setzte sich aus Bauern, Kaufleuten, Arbeitern, Handwerkern, Tagelöhnern, aber auch aus Mitgliedern von Großgrundbesitzerfamilien zusammen – bemerkten, dass die Leute wie verrückt lachten, wenn einer vom Stuhl fiel, wenn einer einem anderen in den Hintern trat, wenn sich einer ins Tischtuch schnäuzte statt in ein Taschentuch … fielen sie in einem fort von den Stühlen, schnäuzten sich ins Tischtuch und verteilten grundlos Tritte. Einige redeten Slowenisch, andere Deutsch. Die Ortsbewohner verstanden beide Sprachen gleich gut, die meisten redeten auch daheim Slowenisch und Deutsch. Wenn sie aufgeregt oder betrunken genug waren, schrien sie einander auf Slowenisch an, nüchtern unterhielten sie sich auf Deutsch. Oder sie wechselten ohne größere Probleme zwischen den Sprachen hin und her.

Die alte geizige Mutter, die unter dem Kopfpolster fünf Goldstücke versteckt hatte, wurde von der Grabnerin gespielt, die gar nicht alt war. Sie war um die dreißig, wirkte aber viel älter, das sei bei ihr schon immer so gewesen, erzählte man sich, die Armut mache auch aus Kindern alte Leute. Sie stammte nämlich aus einer Kleinhäuslerfamilie, die schon seit Generationen im Graben zwischen der Anhöhe, auf der sich das Eichhein-Schlösschen befand, und den dicht mit Fichten und Jagdhütten bestandenen Wäldern lebte. Ihre Hütte befand sich auf dem Grund der Eichheins, weshalb auch die Grabners in gewisser Weise zum Besitz der Herrschaft gehörten, womit aber niemand irgendein Problem hatte. Die Grabnerin lebte mit ihrer alten Mutter zusammen, der Vater war unlängst gestorben. Sie arbeitete im Schloss, manchmal als Magd, dann wieder als Helferin im Stall, und wenn die Verwandten der Eichheins aus München oder Dresden zu Besuch kamen, half sie beim Überziehen der Betten. Manchmal arbeitete sie sogar im Wald, ästete Bäume ab und entrindete sie, sie ging zur Hand, wo es nötig war und wohin man sie stellte. Als sie nun mit umgebundenem Kopftuch vor aller Augen im Bett lag und sagte, natürlich auf Deutsch, denn sie hatte solches Lampenfieber, dass ihr der slowenische Satz nicht einfallen wollte: *Ich geb das Geld nicht her! Oh, ne!*, lachte der ganze Saal, aber nicht so laut wie sonst, denn alle schauten zum alten Oto von Eichhein, der sich, als er die Grabnerin so liegen sah, merklich aufrichtete und gerade setzte, als würde er für jemanden posieren, als wollte er für jemanden besonders sichtbar sein und männlich wirken. Es wurde nämlich getuschelt, dass es sich bei dem Kind, das die Grabnerin vor zehn Jahren zur Welt gebracht hatte und von dem man nicht in Erfahrung bringen konnte, wer sein Vater war, eigentlich um einen Spross des alten Eichhein handelte. Die Grabnerin war eine Frau, die gehorsam tat, was ihr die Herrschaft auftrug. Und als sich Oto von Eichhein eines Abends entschloss, sie in sein Schlafzimmer und unter sich zu beordern, war sie weder erstaunt noch widerspenstig, sie war sich ihrer neuen Lage nicht sonderlich bewusst, vielmehr gehorchte sie, wie sie auch gehorchte, wenn sie in den Wald geschickt wurde, um die Rinde von den gefällten Bäumen zu schälen. Der Bub, Silvester Grabner, sei dem alten Oto, so erzählte man sich, schon immer wie aus dem Gesicht geschnitten gewesen. Jetzt wartete er hinter der Bühne auf die Mutter, an jenem 2. Dezember 1930 war er genau zehn Jahre alt. Dass er der Mutter zusehen durfte, wie sie vor dem ganzen Ort auftrat, als wäre sie eine Gott weiß wie wichtige Person, war für ihn das schönste Geburtstagsgeschenk. Er war aufgeregt, seine Wangen glühten. Vor der Aufführung hatte ihm Herr Oto eine Münze in die Hand gedrückt. Eine Weile verfolgte er hinter dem Vorhang aufgeregt, wie die Mutter ihren Text sprach, manchmal auf Deutsch, manchmal auf Slowenisch, dann wurde er müde, legte sich kurz auf einen Vorhangstapel und schlief ein.

Bis zum Ende der Aufführung gab es auf der Bühne noch etliche Verwicklungen und Wendungen. Man stahl der Grabnerin das Geld aus dem Bett und gab es ihr wieder zurück; der junge Knecht wurde wieder kräftig in den Arsch getreten … Diesen spielte der *echte* Knecht des lokalen Weinhändlers, der von seinem Chef mindestens einmal am Tag einen echten Arschtritt bekam, wie alle wussten. Vielleicht war es deshalb so lustig. Dann fand man das gestohlene Geld bei der vornehmen Dame, die von der örtlichen Schneiderin gespielt wurde, die wiederum die Damen, für die sie nähte, gut nachmachen konnte, und die Zuschauer lachten, weil sie wussten, dass sie keine vornehme Dame war und sich über die vornehmen Damen nur so vortrefflich lustig machte …

Viele Lacher erntete auch der zwölfjährige Metzgersohn Joško, der den Sohn des Bürgermeisters spielte. Er hatte solches Lampenfieber, dass er während der ganzen Vorstellung kein Wort herausbrachte, obwohl er nach dem Willen des Dramatikers eine Menge Text gehabt hätte. Doch er starrte nur hilflos ins Parterre und schwitzte, was das Zeug hielt. Seine Blicke suchten nach der Familie, nach dem Vater, der Mutter, dem jüngeren Bruder Milan, die gekommen waren, um ihn zu sehen. Vater Jože, der hiesige Metzger, war ein vermögender Fleischhändler, die Mutter führte das kleine Geschäft in Dolina. Joško entdeckte sie. Mutter und Vater saßen mit großen Augen da und waren ganz rot im Gesicht, und er wusste, wie sehr sie es genossen, dass ihr ältester Sohn vor dem Bürgermeister und der deutschen Dorfprominenz auf der Bühne stand. Der kleinere Bruder Milan schlief auf dem Schoß der Mutter. Joškos Familie saß in der vierten Reihe, weil die ersten drei für die reichen und noblen Deutschen im Ort reserviert waren, die übrigen mussten weiter hinten sitzen, auch wenn sie einiges auf der hohen Kante hatten.

Der zwölfjährige Joško war dick, hatte rote Backen und glatt gescheiteltes Haar. Er arbeitete den Lehrlingen in der Metzgerei des Vaters zu und liebte es, Hühner zu schlachten. Manchmal hackte er einem Huhn den Kopf ab und ließ es absichtlich auf die Straße laufen, sodass es zum großen Entsetzen der Tratschweiber im Ort noch eine Weile kopflos herumrannte. Jetzt aber stand er auf der Bühne und schaute blöd drein. Weil aber seine Sätze für den Fortgang der komischen Handlung wichtig waren, fragten ihn die Mitspieler: »Na, Matíc«, so hieß Joško im Stück, »du hast doch gesehen, wer beim Fenster in unser Haus eingestiegen ist?« Und weil Joško einfach nichts sagte, mussten sich die Mitspieler seine Antworten ausdenken. »Du hast bestimmt den Janez gesehen, unseren Nachbarn. Und was hat der Janez zu dir gesagt, als er wieder aus dem Haus gekommen ist, warum ist er beim Fenster eingestiegen?« Joško schaute wieder nur. »Wahrscheinlich hat er gesagt, dass er dich verhauen wird, wenn du jemandem verrätst, dass du ihn gesehen hast.« Und die Leute schrien und grölten vor Lachen. Am meisten lachten sie, als der Bürgermeister im Stück – gespielt vom Vorarbeiter im Sägewerk – am Ende der Komödie sagte: »Jetzt ist alles wieder in bester Ordnung, weil uns unser Joško den ganzen Hergang so genau erzählt hat.« Aus dem Publikum rief jemand: »Er war stumm wie ein Fisch!« Und im Saal fiel man reihenweise von den Stühlen.

Am Ende des Stücks bekam die geizige Alte, also die Grabnerin, die gestohlene Handvoll Goldmünzen zurück, und alles hätte zu Ende sein können, wenn die Grabnerin die Szenen nicht durcheinandergebracht und wieder mit dem Text vom Anfang der Aufführung begonnen hätte. Das verwirrte die anderen, und das Spiel ging wieder von vorn los. Auch das Publikum war verwirrt, unterhielt sich aber trotzdem köstlich, bis der örtliche Briefträger, der belesenste Mann in Dolina, rief: »Das haben wir schon gesehen!« Und der Saal brach in schallendes Gelächter aus, das nahtlos in Applaus überging.

Jetzt lachte die junge Maria Eichhein zum ersten Mal aus vollem Hals. Dabei klammerte sie sich an den neben ihr sitzenden Mihael, und als sie zu einem weiteren Lachanfall ansetzte, lehnte sie sogar ihren Kopf an seine Schulter. Er nahm ihren Geruch wahr, ein süßliches Parfum, das den gedruckten Rosen auf ihrem Kleid zu entströmen schien. Ein betörender Duft nach Moschus, vermischt mit dem Geruch von mildem Mädchenschweiß, denn der Saal war überfüllt, weshalb es sogar am 2. Dezember sehr heiß war. Alle schwitzten wie verrückt, die Leute auf der Bühne und noch mehr die im Saal. Jetzt sah er sich Maria zum ersten Mal aus der Nähe an. Die roten fleischigen Blumen auf ihrem Kleid erblühten, wurden feucht, verwandelten sich in das rosige Blütenbukett der Ungarin, gingen auf und wieder zu, und er hätte am liebsten hineingebissen. Ihm schien, dass Maria den heißen, zischenden Ausbruch des Bluts in seinem Körper spürte. Wieder lehnte sie ihren Kopf an seine Schulter, diesmal länger. Die Leute applaudierten noch immer, und die Schauspieler verbeugten sich äußerst tollpatschig, stolperten beim Abgehen, und die Leute im Saal lachten. Der Knecht kam wieder auf die Bühne gelaufen und nötigte den Vorarbeiter, der den Bürgermeister gegeben hatte, ihn noch ein paarmal in den Hintern zu treten. Auch die Grabnerin wäre gern noch liegengeblieben und hätte auf ihre Handvoll Goldmünzen aufgepasst. Es war, als wollten die Ortsbewohner, die auf der Bühne agiert und eine erfundene Geschichte gespielt hatten, nicht mehr ins reale Leben zurückkehren, sie wollten nicht, dass das Spiel vorbei war. Auch die Leute im Saal wollten nicht nach Hause. Alle standen einfach da und hatten nicht die geringste Lust, ins Leben zurückzukehren. Sie grinsten idiotisch, applaudierten sich gegenseitig, jetzt applaudierten schon die auf der Bühne denen im Saal, sie standen da und verlängerten den Augenblick der Illusion, wohl wissend, dass daheim eine armselige

Hütte und eine hustende, kranke Mutter auf sie warteten, dass es im Weinkeller echte Tritte setzen würde, dass ihnen niemand das gestohlene Gold zurückgeben würde und dass es keine so romantische und ideale Liebe geben würde wie an diesem Abend auf den Brettern des Feuerwehrhauses. Denen auf der Bühne war auch klar, dass es nur hier keine Unterschiede zwischen ihnen gab, auf der Bühne waren alle gleich, und alle versuchten etwas anderes zu sein als in der Wirklichkeit. Sie waren vereint unter dem Glassturz einer erfundenen Welt, die gut und nachsichtig war, weil es sie eben nicht gab.

Ein gutes Jahrzehnt später, zu Beginn des großen Krieges, von dem man an jenem Abend noch keinen Schimmer hatte, würden viele von ihnen schon tot sein. Der junge Knecht aus dem Weinkeller würde als deutscher Soldat bei Stalingrad erfrieren; der pickelige Knabe, der am Eingang die Karten abriss, würde als Geisel am Bahndamm erschossen werden, kaum fünfzig Meter vom Feuerwehrhaus entfernt; und der zehnjährige Silvester, der hinter der Bühne auf die Mama wartete, würde seinen ersten Menschen getötet haben. Was im Tal im Leben von Generationen hundert Jahre lang gleichgeblieben war, würde binnen eines Jahrzehnts völlig umgekrempelt werden. Das Leben bleibt in Wahrheit nie gleich, es liegt in seiner Natur, sich zu verändern, aber manchmal hat es die Veränderung sehr eilig. Am Freitag noch kerngesund, am Montag fehlen dir beide Beine. Am Dienstag Frieden, am Mittwoch Krieg. Am Donnerstag leere Geschäfte. Am Abend noch zwei Fremde, Stunden später fürs Leben vereint.

Als nach etwa einer halben Stunde der Applaus schließlich doch verebbte und sich die Leute zum Ausgang bewegten – der pickelige Knabe, der die Karten abgerissen hatte, teilte nun die Mäntel und Spazierstöcke aus –, sagte der alte Novak, der Wirt und ewige Bürgermeister: »Ich glaube, ihr müsst mich heimtragen.«

Wie die Vergangenheit riecht

Die Dinge, die in der Stadt, in die ich nie gern zurückgekommen bin, zu erledigen waren, habe ich erledigt.

Im Stadtarchiv habe ich ein paar Fotos gesehen, die mit der Geschichte, über die ich nachdenke, zu tun haben. Ich hätte sie mir auch sparen können. Tatsächlich waren es uninteressante Aufnahmen vom Ort, Hauptstraße, Gasthaus, das Sägewerk und die Möbelfabrik mit ein paar Menschen darauf, nichts Besonderes. Im Kopf hatte ich mir einen weit interessanteren und konkreteren Ort ausgemalt. Auch die Angaben, die ich in den Broschüren der beiden Hobbychronisten nachgelesen habe, gaben nicht viel her, das hatte ich mir alles viel lebendiger vorgestellt. Reste der Vergangenheit, Fotos, Notizen, womöglich sogar Filmaufnahmen, sind in der Tat ein sehr trockenes Material, so etwas wie eine Schale ohne Kern. Wird jedenfalls nicht schaden, noch mehr Material zu sichten. Darum gehe ich, bevor ich mich ins Auto setze, noch ein paar Schritte weiter stadteinwärts. Auf der gleichen Straßenseite war nämlich früher die Metzgerei oder Feinkost, in der wir uns auf dem Schulweg die Jause gekauft haben. An den Feinkostladen kann ich mich noch genau erinnern. Auch ich bin von 1965 oder 66 bis 1973 auf dem Schulweg hier vorbeigekommen, und meine Großmutter hat mir zweimal in der Woche etwas Geld für Wurstsemmeln mitgegeben. Ich weiß noch, dass sie mir regelrecht eingeschärft hat, wo ich die Jause kaufen soll. Zwar habe ich nicht gewusst, warum das nötig war, denn der Feinkostladen war ohnehin das einzige Geschäft auf dem Weg zur Schule, aber meine Großmutter hat immer gesagt: *Kauf die Jause in der Feinkost beim Museum, hörst du?* Dort wurden die Wurstsemmeln frisch gemacht, es gab immer frische Semmeln und nur zwei

Sorten Wurst: Extrawurst und eine Art sozialistische Mortadella. Tatsächlich kauften wir wegen Mojca dort ein, wegen eines Mädchens, das damals, also in den frühen Sechzigerjahren, so um die 25 war. Für die Grundschüler war sie auf andere Art interessant als für die Gymnasiasten. Für uns Kleine war sie es, weil sie freundlich war, weil sie lachte, weil von ihr eine strahlende Energie ausging, die von der Theke her den ganzen weiß gekachelten Raum erfüllte. Sie wusste alle unsere Namen, keine Ahnung, wie sie imstande war, sich die vielen Namen zu merken, tatsächlich brachte sie sie nie durcheinander. Sie war groß und schön. Natürlich hielt ich sie damals, wie sie da auf der anderen Seite der Theke stand, für groß, für mich waren alle Leute groß und alt. Ich erinnere mich aber an ihren großen Busen. In der Metzgerei war es kalt, sie aber ließ immer die obersten Knöpfe ihrer Bluse offen, als wäre sie stolz auf das, was sie herzuzeigen hatte. Wenn sie, über die Vitrine gebeugt, die Extrawurst herausnahm und sie in Scheiben schnitt, und zwar immer mit dem Messer und nicht mit der Aufschnittmaschine, glotzten wir ihr alle in den Ausschnitt. Ich erinnere mich an das Kichern und Grinsen der älteren Burschen, der Gymnasiasten, die hinter uns Schlange standen. Nach der Grundschule war es dann damit vorbei, meine neue Schule, das pädagogische Gymnasium, befand sich am anderen Ende der Stadt. Ich erinnere mich aber, dass ich später noch einige Male zufällig dort reingegangen bin, doch die hübsche, kichernde Verkäuferin Mojca sah ich nicht mehr.

Und ich weiß auch noch, dass meine Großmutter mich öfter gefragt hat: *Wie geht es denn der Mojca?* Ich weiß nicht warum, vielleicht hat auch meine Oma die Geschichte gekannt.

Ich stehe vor dem Haus, in dem früher der Feinkostladen war. Hat schon gestimmt, hier ist jetzt ein Schuhgeschäft.

Ich stehe vor der Tür und versuche mich zu erinnern, wie der Laden früher ausgesehen hat. Ich schließe die Augen. Zuerst der Geruch, der war besonders, es hat nicht nur nach Fleisch gerochen, da war noch etwas. Eigentlich weiß ich nicht, wie Fleisch riecht. Hat totes Fleisch überhaupt einen Geruch? Wahrscheinlich riecht es nach etwas Frischem, Kaltem, Blutigem, vielleicht Salzigem? Wie riechen Metzgereien? Nach Kälte. Und wonach riecht Kälte? Wonach riecht Eis? Ich versuche den Geruch, an den ich mich erinnere, zu definieren, bei Gerüchen habe ich immer Probleme. Am leichtesten beschreibe ich Gegenstände, Räume, physische Eigenschaften von Menschen und Erscheinungen; die Literatur hat keine Probleme mit der Beschreibung der Form, der Schale. Schwieriger ist es, Gefühle und Emotionen zu erfassen, und am schwierigsten, finde ich, lassen sich Gerüche beschreiben. Süß, säuerlich, frisch ... noch ein paar Wörter und schon ist Schluss. Schon landen wir bei Vergleichen: Sie duftete wie eine Rose. Und damit hat sich's. Aber wie riecht eine Rose? Wenn wir lesen: der Duft einer Rose, denken wir dann alle an denselben Geruch? Manchmal vergleichen wir Gerüche mit Gefühlen, aber sind die Gefühle bei allen wirklich dieselben? Mit dem Geschmack ist es ähnlich: süß, salzig, sauer ... Davon, wie etwas schmeckt, haben wir zwar eine genauere Vorstellung, aber nur bei Geschmäcken, die wir kennen und die wir alle ähnlich erleben. Was aber, wenn sie komplex sind? Der Geschmack des Speichels beim Küssen, der Geschmack der Haut, der Geschmack der Liebe. Auch die Liebe hat einen Geschmack, jedes Mal einen anderen, immer anders.

Und so stehe ich vor dem Haus, in dem früher die Feinkost war. Der Geruch beim Eintreten war ein Gemisch gewesen; es roch nach Fleisch, Blut, Eis, Wasser, Nässe, Metall, Messern, nach den Fleischerhaken, nach den Fliesen, mit denen der Raum bis zur Decke gekachelt war, außerdem nach Extrawurst, auch Mortadella, frischen Semmeln, also Brot, und nicht zuletzt nach einem Menschenkörper … Aus alldem hat sich der Geruch zusammengesetzt, in den man eingetaucht ist, wenn man diesen Laden betreten hat …

Ich öffne die Augen. Ich stehe vor der Tür eines Schuhgeschäfts. Es ist ein anderer Geruch, auch ein Gemisch, aber ein ganz anderes, der Geruch nach Leder und Stoff. Am liebsten würde ich mich erkundigen, seit wann es die Metzgerei, die Feinkost, das spätere Buffet nicht mehr gibt. Seit wann gibt es die Vergangenheit nicht mehr, und wann hat die Gegenwart begonnen? Aber die Vergangenheit dauert an, auch wenn sie vorbei ist und es die Metzgerei nicht mehr gibt und in dem Lokal jetzt ein Schuhgeschäft ist. Solange wir über sie nachdenken, dauert sie an, ist sie da. Sie verschwindet erst, wenn wir sie vergessen. Die Vergangenheit lebt. Auch Mojca lebt, obwohl sie vielleicht schon tot ist. Und die Menschen, die ich in meine Geschichte hineinbringe, sind lebendig, werden lebendig, existieren, mit jedem Augenblick mehr. Geschichten zu erzählen bedeutet nicht nur, die Vergangenheit wiederzubeleben. Geschichten zu erzählen, bedeutet Gegenwart. Aber warum will ich eine Geschichte erzählen, die gar nicht meine ist, die ich nicht einmal selbst erfunden habe, in die mich jemand hineingetrieben hat? Ich weiß nicht. Auf diese Frage werde ich erst dann eine Antwort haben, wenn die Geschichte erzählt ist.

Ich sitze im Auto und verlasse die Stadt, die ich nie gemocht habe. Die auch mich nie gemocht hat, der Mangel an Liebe beruht auf Gegenseitigkeit. Ich nehme die Auffahrt zur Autobahn. Noch eine knappe Stunde und ich bin daheim, in der anderen Stadt, in die ich gleich nach dem Gymnasium gezogen bin. In der großen Stadt habe ich mein Zuhause gefunden, erst mal eine Frau, und das war mein Zuhause.

Eine Frau ist ein Zuhause. Ein Kind ist ein Zuhause. Bis du feststellst, dass du ein anderes Zuhause liebst, dass du lieber in einem anderen Zuhause zu Hause wärst. Und so taumelst du von einem Zuhause zum nächsten, um am Ende, als Endfünfziger, festzustellen, dass es kein Zuhause gibt. Dass es nirgends ein Zuhause gibt. Und dass das wahre Zuhause eigentlich nur die Geschichte ist, die du im Augenblick träumst, die du gerade erzählen möchtest.

Noch ein paar Kilometer, dann kommt die Abzweigung nach Dolina, wo meine Geschichte spielt. Ein Schild an der Autobahn kündigt den Ort an. Noch ein bisschen … noch … ich überlege, ob ich, wenn ich schon mal da bin, nicht hinfahren und mir den Ort anschauen soll. Der Tag ist sowieso im Eimer, bis ich daheim bin, ist er vorbei. Fernsehen, Nachrichten, heiß duschen, vielleicht einen Cognac, Whisky, Wein, vielleicht ein paar Seiten lesen, dann eine Tablette, Schlaf, ein paar Stunden später ein schwerer Traum, Pantoffel, durch die Wohnung schlurfen um Mitternacht, ein paar Notizen, vielleicht im Zusammenhang mit der Geschichte, Fernsehen, durchzappen, was sich so tut, auch die Pornosender und die Nachrichtenkanäle mit ihren ewigen Breaking News, die ja auch Porno sind … Ich schüttle den Kopf. Die Tafel mit der Ortsausfahrt kommt näher. Dann entscheide ich mich, spontan. Ich blinke, schaue in den Rückspiegel, wechsle die Spur, gehe vom Gas und fahre in die Siedlung, das Straßendorf, den Ort, der seit 1964 sogar ein Städtchen ist. Ich fahre an der Ortstafel vorbei, auf der sein Name steht: Dolina.

Die erste Nacht und alle weiteren

»Ich glaube, ihr müsst mich heimtragen.«

»Kein Problem, Župan!«, rief der Metzger Jože, der Vater des zwölfjährigen Joško, welcher auf der Bühne kein Wort herausgebracht hatte, und winkte seinen kräftigen Gesellen, die für ihn das Fleisch transportierten. »Wir bringen den Bürgermeister heim!« Und die Burschen kamen herbei, packten den Stuhl samt Bürgermeister und stemmten ihn hoch. Ivan Novak jammerte auf vor Schmerz. Seine Füße baumelten plötzlich in der Luft, was bedeutete, dass sich die mikroskopisch kleinen Salzkristalle in seinen Gelenken noch tiefer in den Knorpel fraßen. Erst zog es, dann brannte es lichterloh, die Hitze schoss ihm von den Füßen durch den Leib in den Kopf, der rot zu leuchten begann.

»Steckt mir die Füße halt gleich in siedendes Öl«, rief er, als sie ihn aus dem Saal trugen.

Der Metzger Jože marschierte voran und schob die Menschenmenge auseinander: »Platz für den Bürgermeister, Platz für den Bürgermeister!«

Aber Joško drängte sich zu ihm durch: »Ata, war ich gut?«

Der Metzger tätschelte seinem Sohn mit der mächtigen, schweren Fleischerhand den Kopf, ähnlich wie er es bei den Kälbern tat, bevor er ihnen die Kehle durchschnitt, und sagte: »Du warst der Beste, mein Sohn! Der Beste!«

Jene, die in der Menge standen, nickten zustimmend: »Der Beste, der Lustigste, ja, ja, ein echtes Talent, ja, ja …«

Die einen schmeichelten dem Metzger und seinem Sohn, der einmal das Geschäft übernehmen würde, in der Hoffnung, gelegentlich ein schöneres und billigeres Stück Fleisch zu bekommen, die anderen aus der Erwägung, vielleicht das nächste Mal, wenn er mit seinem Wagen die Höfe in den

Hügeln abklapperte, für eine Kuh einen besseren Preis zu erzielen. Den jüngeren Sohn des Metzgers, den hübschen Milan, der später Medizin studieren und sowieso immer das schwarze Schaf in der Familie bleiben sollte, würdigten sie keines Blicks, an diesem Abend feierten alle nur den dicken Joško, der vor Stolz strahlte.

Die Menge bewegte sich zum Ausgang. Über ihren Köpfen zog, Fratzen schneidend vor Schmerzen, der Bürgermeister dahin. Auf Mihael und Maria, die an der Bühne mehr vorbeigeschoben wurden, als dass sie gingen, wirkte der Anblick des alten Mannes, der über der Menge schwebte und wie auf Meereswogen langsam in Richtung Ausgang glitt, ungewöhnlich, seltsam … Von den Leuten wurden sie noch enger aneinandergedrückt, inmitten der Menge fanden sie sich plötzlich umschlungen. Derart zu trauter Umarmung genötigt, blickten sie auf den Rücken des Bürgermeisters, der wie schwerelos über den Köpfen schaukelte, einmal hin, einmal her.

»Pass auf meine Tochter auf!«, hörten sie hinter sich eine Stimme. Es war Marias Vater, Oto von Eichhein. Als sie sich umdrehten, stand er knapp hinter ihnen und lächelte. Mihael nahm schnell den Arm von Marias Schultern, weit abrücken konnte er aber nicht, denn die Menge drückte sie von allen Seiten aneinander. »Pasi na moja chtscherka«, quetschte Oto in gebrochenem Slowenisch noch heraus. »Und sag dem Schupan, dass ich meld mich bei ihm. Heut hab ich noch was sa opraviti.« Dann machte er kehrt und sprang jugendlich die Stufen zur Bühne hinauf.

Maria schaute ihm nach. »Papa hat noch was zu erledigen«, sagte sie zornig und schnaubte, denn sie wusste genau, wohin es ihren Vater zog. Schon während der Vorstellung hatte sie zu ihm rübergeschielt und bemerkt, wie er die sich tollpatschig im Bett herumwerfende Grabnerin begaffte, und jetzt eilte er zu ihr und ihrem Bankert, von dem es hieß, dass er Marias Halbbruder sei. Grässlich. »Gehen wir ein Stück?«, sagte sie zu Mihael. »Hier kriegt man keine Luft mehr«, fügte sie noch seufzend auf Deutsch hinzu, dann legte sie sich die Hand auf die Brust und holte mit Mühe Luft, um ihren Worten Gewicht zu geben. Mihael nickte brav. So wie er es auch all die Jahre ihrer Ehe tun sollte. Er nahm sie an der Hand und versuchte, ihr und sich einen Weg durch das Gewühl an die frische Dezemberluft zu bahnen.

Den Bürgermeister hatte man inzwischen hinausgebracht. Die Metzgergesellen trugen ihn noch immer hoch über den Köpfen. Hinter ihnen ergoss sich die Masse der Ortsbewohner. Sie waren gut gelaunt, lachten, plauderten, wiederholten einzelne Szenen, die Frauen hatten rote Wangen, die Männer funkelnde Augen. Es war eine helle Nacht, ein dicker Mondkeil hing über der Straße. Die weißen Hausmauern leuchteten in die Nacht. Die einzige Straßenlaterne im Ort – die der Bürgermeister natürlich vor seinem Gasthaus hatte aufstellen lassen, denn er hielt es für wichtig, dass Reisende in dunkler Nacht den richtigen Weg fanden – sonderte ihr gelbliches Licht ab und warf rundherum lange Schatten. Bürgermeister Novak richtete sich im Sessel, der über den dunklen Silhouetten der Menschen schaukelte, ein wenig auf, wie ein Schiffskapitän, ein Admiral auf der Kommandobrücke, und rief den Menschen unter sich zu: »Mir nach! Die Getränke gehen aufs Haus!« Die Menge jubelte, klatschte, manche warfen sogar ihren Hut in die Luft. Und der Strom der heiteren Ortsbewohner mit dem Bürgermeister über ihren Häuptern quoll über die Straße schnurstracks ins Gasthaus.

Mihael und Maria standen plötzlich allein vor dem Feuerwehrgebäude. Der pickelige Knabe, der die Karten abgerissen und am Schluss die Mäntel und Spazierstöcke ausgeteilt hatte, schloss hinter ihnen die Tür. Maria nahm Mihaels Hand und ließ sie nicht mehr los.

»Gehst du nicht ins Gasthaus?«, fragte Mihael den pickeligen Knaben. »Der Bürgermeister lädt alle ein, die Getränke sind frei.« Eigentlich sprach er ihn einfach so an, grundlos. Ihm war egal, ob der Bursche, den er nur vom Sehen kannte, ins Gasthaus gehen würde oder nicht. Er fragte nur, um etwas zu sagen. Mehr aus Verlegenheit, weil Maria ihn an der Hand hielt und nicht mehr losließ. Er hatte ein Gefühl, als wären er und Maria schon lange ein Paar, als wären sie seit Monaten zusammen und als wüssten es schon alle im Ort.

Der pickelige Knabe schüttelte den Kopf. »Ich muss heim. Mama ist krank.«

»Wo wohnt ihr denn?«, fragte Mihael weiter, als ob es ihn interessierte. Das tat es nicht, aber er spürte den zarten Druck von Marias Händchen, und in seiner Hose regte sich die Schlange. Als wollte er mit seinem Geplapper sein Unbehagen, seine Beklemmung, auch seine Verzweiflung übertünchen, denn er wusste nicht, wie der Abend verlaufen würde.

»Auf der Grmada«, sagte der pickelige Knabe, erstaunt, dass sich der Sohn des Bürgermeisters für seine Familie interessierte.

»Wie kommst du heim? Es ist Nacht«, plapperte Mihael sinnlos weiter. Er spürte Marias Blick, der sagen wollte: *Was fragst du denn? Spinnst du?*

Der Knabe vergrub die Hände in den Hosentaschen. Die Nacht war kalt, und er trug keinen Mantel. »Ich lauf da hinten übern Damm, übers Gleis, und dann über die Wiese und durch den Wald, und dann bin ich schon auf der Grmada«, sagte er und verschwand hinter der Ecke des Feuerwehrhauses.

Mihael und Maria waren endlich allein. Der Bahndamm, das Gleis, die Wiese … Weder der pickelige Bursche noch Mihael konnten wissen oder ahnen, dass sie ein gutes Jahrzehnt später genau diese Dinge schicksalhaft vereinen würden.

Aus dem Gasthaus gegenüber war lautes Gegröle zu hören, auch Singen. Und um die Ecke des Feuerwehrhauses knatterte und schoss ein schwarzes Automobil. Es war der Wagen von Marias Vater, der Ford, Import aus Amerika, das Wunder des Tals. Oto Eichhein fuhr ihn nur gelegentlich. Der Wagen brauste in die andere Richtung davon.

»Dein Vater …«, sagte Mihael. Er wollte noch sagen: *wird dich heimbringen …* Doch der Wagen sauste schon fort, als flüchtete er in die Nacht. Neben Oto war noch jemand gesessen, Mihael glaubte, die Grabnerin mit ihrem zehnjährigen Bankert Silvester auf dem Schoß erkannt zu haben. Maria schaute weg.

»Für heute reicht's«, seufzte sie, »ich möchte ein paar Schritte gehen.«

Mihael nickte, und sie gingen weiter. Sie hielt ihn an der Hand, während er überlegte, wie er sie loslassen könnte, ohne allzu unhöflich zu sein. Er kam auf die Idee, zu husten und sich die Hand vor den Mund zu halten. Aber wozu, er hatte ja noch die andere frei. Solcher Blödsinn geisterte ihm durch den Kopf, als sie langsamen Schritts den Lärm des Gasthauses und das gelbliche Licht der einzigen Straßenlaterne im Ort hinter sich ließen. Sie redeten nicht, sie hielten sich nur an der Hand und gingen. Mihael überlegte, wie es möglich war, dass ihm Maria in letzter Zeit gar nicht aufgefallen war, dass er nicht bemerkt hatte, was für ein hübsches Mädchen aus ihr geworden war. Das hübscheste eigentlich. Er nickte in sich hinein, natürlich, sie kannten sich aus der deutschen Schule, sie war um sieben Jahre jünger und ein verwöhntes Biest. Sie wurde *Mariči* genannt, was sie nicht leiden konnten. Ständig rief sie ihren älteren Bruder Erich, im Volksmund *Erči*, zu Hilfe. Mihael war in der letzten Klasse, sie in der ersten, und als er sie einmal statt mit Maria mit Mariči anredete, schlug sie ihm ins Gesicht. *Ich heiße Maria*, sagte sie und schaute ihn derart wild und entschlossen an, dass er sich umdrehte und ging. Seit damals hatte er sie keines Blicks mehr gewürdigt. Er hatte nicht einmal mehr an sie gedacht, er hatte sie aus seinem Gedächtnis gestrichen, auch wenn ihr Vater öfter einmal Bürgermeister Novak besuchte, in Begleitung Marias und ihres unsympathischen Bruders, der zwar Slowenisch verstand, sich aber geschworen hatte, nie auch nur ein Wort dieser dummen, harten und kulturlosen Sprache in den Mund zu nehmen. Wenn Mihael sie sah, ging er ihr aus dem Weg. Und auch wenn er gezwungen war, den Vater in die Villa zu begleiten, wo der Bürgermeister und Oto Eichhein schon mal eine ganze Woche zusammensteckten, und er jeden zweiten Tag hinging, um nach dem Vater zu sehen und ihm zu berichten, was es Neues im Gasthaus und in der Gemeinde gab, wich er einer Begegnung mit Maria immer aus. Und sie der Begegnung mit ihm. Jetzt aber gingen sie Hand in Hand. Wenn er hinüberblinzelte, sah er zwischen ihrem kleinen, wohlgeformten Ohr und dem Hals, der in einen Kragen aus Kaninchenfell gehüllt war, einen schmalen Streifen weißer Haut, der gerade einmal Platz für die Lippen bot und auf dem man die Melodie anstimmen konnte, die den Atem verändert, den Herzschlag beschleunigt … Er wusste das. Er fing immer dort an, auch in der Herrengasse. Er ging nie an den Mund, Huren mögen das nicht, stets nur an den Hals, an die Hautstelle, die man ansaugen musste, aber nicht zu fest, damit unten die Tür aufging … Speichel sammelte sich in seinem Mund. Nicht das erste Mal an diesem Abend. Vorn hob sich die Hose, bis zum Nabel wuchs sein Prügel, geriet zwischen den Gummizug der langen Unterhose und die Haut und bewegte sich dort jetzt bei jedem Schritt, mal rauf, mal runter. Er wollte das richten, traute sich aber nicht. Wie zum Teufel sollte er sich mit der freien Hand in die Hose greifen und seinen Ständer wegpacken, der sich wie ein Kolben abwechselnd hob und senkte, auf und ab und auf und ab. Es tat nicht weh, es war ein heißes, süßes Gefühl. Stehenbleiben konnte er allerdings auch nicht. Wäre er stehengeblieben, hätte er dafür einen Grund gebraucht. Darum neigte er sich ein wenig vor, um die Reibung zu vermindern.

»Was ist mit dir?«, fragte sie unschuldig.

Er schüttelte den Kopf. Er konnte nicht einmal antworten.

»Ist dir schlecht? Sollen wir stehenbleiben?«, fragte sie ihn noch unschuldiger. *Die verdorbene Schlampe, sie weiß sicher genau, was los ist,* dachte er bei sich. Sein Leben lang, bis zu seinem Tod, sollte ihn die Frage: *Hat sie es gewusst, hat sie damals mit mir gespielt?* beschäftigen. Direkt danach fragen würde er nie.

Sie blieb stehen, ohne ihn loszulassen. Sie zog ihn nur an sich. Der Gummizug machte sich neuerlich an der Eichel zu schaffen, er aber beugte sich über ihren Nacken, nicht über den Mund, was sie seltsam fand, und saugte sich mit den Lippen an der Hautstelle fest, die ihn schon den ganzen Abend gelockt und gereizt hatte. Sie ließ sofort seine Hand los, packte ihn an den Hüften und zog ihn an sich. Weil sie kleiner war, stießen seine Hüften an ihren Bauch, und er konnte nicht anders, als sich beim Küssen und Saugen und zärtlichen Knabbern an ihrem Hals zuerst leicht, dann immer fester an ihrem Bauch zu reiben. Sie schloss die Augen, drückte ihn noch enger an sich, und das süße Kitzeln verdichtete sich, zitterte wie der dünne, silberne Ton einer Geige, dessen hohes Vibrato ihre Brustspitzen umspielte und über den Nabel ihr Zentrum erfasste, ihre *Kleine*, wie sie sie liebevoll nannte, bis ihr schwindlig wurde und schwarz-weiße Punkte vor ihren Augen tanzten. Sie spürte sein Glied wie einen Stab an ihrem Nabel, spürte, wie er zweimal, dreimal zustieß, dann zitterten seine Schenkel und seine Lippen zerfielen an ihrem Hals wie die Blätter einer Blüte. Er aber spürte, wie es ihm ins

Hemd spritzte, heiß und fett, bis zum Nabel hinauf und noch höher. Er hoffte, dass sie nichts davon mitbekam, versuchte es zu verbergen, diese Schande, diese Primitivität, er fühlte sich wie ein Tier, in gewisser Weise erniedrigt. Ja, erniedrigt. Schon einmal hatte er sich so gefühlt, als sie ihm ins Gesicht geschlagen hatte, und jetzt wieder. Er begann sie zu hassen. Mit der Ejakulation kam die Leere, das war ihm nicht fremd. Doch die Leere füllte sich mit Zorn, mit Hass. Er wich von ihr wie von einem Gegenstand. Er dachte: *Ich hasse sie. Ich will sie nie wieder sehen.*

Im Sommer des nächsten Jahres wurde Hochzeit gefeiert.

Die Siedlung, der Markt, die Ortschaft, die heutige Stadt

Ich biege von der Autobahn ab, und schon fahre ich auf der Hauptstraße des Orts. Jetzt ist das eine Stadt, im Sozialismus wurde Dolina zur Stadt erhoben. Die Straße, die durch den Ort führt, ist dieselbe wie früher, sie ist auf den alten Fotos zu erkennen. Nur dass sie jetzt asphaltiert ist, und am Ortseingang, vor dem neuen Grundschulgebäude, steht sogar eine Ampel. Und am Ende der Straße, bevor man wieder auf die Autobahn kommt, steht noch eine, wie ich beim Wegfahren feststellen werde.

Eigentlich kenne ich den Ort. Ein paar Mitschülerinnen aus dem Gymnasium haben hier gewohnt. Sie sind jeden Tag mit dem Bus in die zwanzig Kilometer entfernte Stadt gefahren, die sich von ihrem Ort nur dadurch unterschied, dass es dort mehr dunkle, mittelalterliche Gassen gab und dass die nächste Wiese nicht gleich hinterm Haus lag. In Dolina brauchte man nur von der Hauptstraße abzubiegen, und schon war man auf einer Wiese, auf dem nächsten Acker, im Wald. Wahrscheinlich ist es heute nicht anders, denke ich mir und stelle das Auto an der Straße ab.

Ich steige aus und schaue mich um. Ich suche das größte, prächtigste Haus im Ort, das Gasthaus Novak. Ich finde es nicht. Auf beiden Straßenseiten stehen große Häuser, darunter auch neue Gebäude. Die Häuser aus der Zeit, die mich interessiert, das heißt aus den Dreißiger- und Vierzigerjahren des vergangenen Jahrhunderts, sind meistens ein oder zwei Stockwerke hoch, haben ein breites Satteldach und hinten raus ein Wirtschaftsgebäude. Etliche solche Häuser säumen die Straße. Es gibt auch eine Anzahl Gasthäuser und Buffets, eigentlich ist in jedem zweiten Haus ein Lokal, ein Geschäft. Die meisten Häuser haben sanierte Fassaden. Das Städtchen ist offenbar reich, ist immer reich gewesen. Ich sehe mich um, kann mich nicht orientieren, gern fände ich das Gasthaus Novak. Die beste Orientierung in solchen Orten bieten Kirchtürme, denn Kirchen stehen normalerweise mitten im Ort. Doch hier ist es anders, der Ort ist in die Länge gezogen, nicht wie die mittelalterlichen Städte, die sich rund um eine Kirche oder eine Burg gebildet haben. Dieser Ort ist als Häuserreihe entlang einer Straße entstanden. Die Kirche steht auf einer niedrigen Erhebung am Ortsrand, das war keine Pfarr-, sondern eine Wallfahrtskirche. Eigentlich hat es hier überhaupt keine klassische, katholische Kirche gegeben, wahrscheinlich auch deshalb, weil die Menschen im Tal von Anfang an eher dem Protestantismus anhingen, hab ich gelesen. Der Kirchturm fällt also aus. Das Feuerwehrhaus. Ja, das Feuerwehrhaus war gegenüber vom Gasthaus Novak, fällt mir ein. Ich schaue herum und drehe mich, bis mich ein älteres Weiblein fragt: »Was suchen Sie?« Als ich es ihr sage, zeigt sie mit dem Finger die Straße hinauf. »Die Feuerwehr ist dort.« Als ich sie noch nach dem Gasthaus frage, das früher auch das Rathaus war, zuckt sie die Achseln. Sie sei erst vor zwanzig Jahren hierhergezogen. Früher habe sie in der Sportbekleidungsfabrik in der Stadt gearbeitet, die sei aber in Konkurs gegangen, jetzt wohne sie im Pensionistenheim, das in Dolina sei am billigsten gewesen, mit drei anderen Frauen im Zimmer; ihr ganzes Leben habe sie gearbeitet, und jetzt könne sie sich nicht mal ein eigenes Zimmer leisten.

Das Feuerwehrhaus ist genau so, wie ich es mir vorgestellt habe. Ein etwas höherer Turm, an der Fassade ein Fresko mit dem heiligen Florian, der ein Schaff Wasser über den Miniaturort zu seinen Füßen ausgießt; über dem größten Tor steht in geschwungener Schrift: *Gasilski dom 1926–1976*. Offenbar wurde das Haus 1976 renoviert. Das ist auch das Jahr, in dem der Ort zur Stadt erhoben wurde. In den Schaukästen neben dem Tor hängen Plakate, die für verschiedene kulturelle Aktivitäten werben. Das Feuerwehrhaus ist auch das Kulturhaus, genau, wie ich gedacht habe. Ich sehe die Plakate an: *Matiček se ženi, ein Konzert der Feuerwehrkapelle, Workshops für Kinder.* Ganz erstaunlich, wie die schriftstellerische Phantasie manchmal der Wirklichkeit Konkurrenz macht, man könnte meinen, dass die Phantasie die Vergangenheit errät, dass der Erzähler mit seiner Phantasie so tief in die Vergangenheit eintaucht, dass er sie fast im Detail rekonstruieren kann. Oft sind Schriftsteller erstaunt, wenn sich ein Geschehen, von dem sie sicher sind, es erfunden zu haben, als wahr erweist. Für gewöhnlich folgt dann eine Art Mystifizierung des Schreibens und der Autoren als Visionäre, als Seher und so weiter. In Wahrheit aber geht es nur um die Logik der Dinge. Es ist gar nichts Besonderes, wenn in solchen Orten die Kulturvereine ans Feuerwehrhaus gebunden sind, mit einer Vision der Vergangenheit hat das nichts zu tun. Und siedelt man eine Handlung in einem Kulturhaus an, das zugleich Feuerwehrhaus ist, dann ist auch ein Gasthaus nicht weit, und die Stimmung bei der Aufführung eines Amateurtheaters hat auch ihre Logik: Das Theater begeistert die Leute, bringt sie in Stimmung, erotisiert sie auch. Das Theater ist nämlich Eros, die Masken fallen genau deshalb, weil wir sie uns aufgesetzt haben. Und hinterher gehen die Leute ins Gasthaus, alte Lieben werden erneuert, neue entstehen.

Ich schaue auf die andere Straßenseite, dort steht das Gasthaus Novak. Es sieht noch immer genauso aus wie auf dem Foto, ein prächtiges zweistöckiges Haus. Dieselbe Fassade, dasselbe Satteldach mit vier Gaupen, die an aufgesetzte kleine Häuser erinnern … Alles ist so wie auf den gelblichen, zerkratzten Fotos. Ein eher langes Gebäude, länger als die anderen Häuser hier. Da sind zwei große Eingänge, zwei Rundbögen mit Flügeltoren. Der eine führte früher ins Gasthaus, der andere zu den Räumen des Bürgermeisters und des Rathauses. Nur gibt es das Gasthaus nicht mehr, auch die Aufschrift über dem Tor ist weg, aber man sieht noch, wo sie war. Heute ist es ein Mehrfamilienhaus. Im Erdgeschoss, wo früher die Gasträume waren, sind jetzt Büros. An der Wand sehe ich eine Menge Schilder mit Firmennamen. An einer Ecke hängt ein Schild mit der Aufschrift: *Semenarna*. Das bedeutet, im Haus, wahrscheinlich hinten, ist auch eine Samenhandlung.

Ich bin ein wenig enttäuscht. Ich dachte, ich würde in das Gasthaus gehen können, das früher einmal das Domizil der Familie Novak war. Ich starre ziemlich lange hinüber. Autos kommen vorbei, viele Autos, auch viele Passanten. Es reizt mich, einmal anzuklopfen und mich nach dem einstigen Gasthaus zu erkundigen. Vielleicht kennt jemand die früheren Hausherren oder weiß, was mit ihnen geschehen ist. Vielleicht leben hier noch Verwandte, die mit der Privatisierung wieder in Besitz der ehemals verstaatlichten Gebäude gekommen sind. Es stimmt allerdings, dass die neuen alten Eigentümer die betreffenden Häuser in der Regel verkauft oder vermietet haben und dass nur wenige von ihnen eingezogen sind. Zu viele Jahrzehnte sind vergangen, und die Enkel, Urenkel, Neffen und Nichten zweiten Grades und sonstigen Verwandten der ehemaligen Eigentümer haben zu den restituierten Gebäuden keinerlei Beziehung, für sie bedeuten sie in erster Linie Geld. Noch öfter haben sich Verwandte zerstritten, haben wegen der Anteile gegeneinander prozessiert, während die Häuser, Objekte und Besitzungen verfallen sind.

Ich überlege: *Was soll ich die Menschen, die hier wohnen, überhaupt fragen? Was will ich wissen?* Ein andermal, beschließe ich, wenn mir die Geschichte klarer ist, wenn die

Personen greifbarer geworden sind. Für den Moment reicht mir das, was mir mein Freund auf seiner Terrasse erzählt hat, das und die wenigen Fotos. Ich komme später wieder, später.

Ich gehe um das Feuerwehrhaus herum, marschiere in eine Seitengasse. Früher gelangte man hier schon auf Felder und Wiesen, heute sind da kurze Gassen mit Einfamilienhäusern und Gärten. Als Gymnasiast war ich öfter in dieser Siedlung, um mit einer Mitschülerin Mathematik zu lernen. Vierzig Jahre ist es her, früher sind hier noch Bauernhäuser gestanden. Ich schaue auf das Straßenschild vor dem ersten Haus, dort steht: *Ulica talcev*, Straße der Geiseln. Ich gehe weiter und bis zum Ende des Gässchens, wo links und rechts nur ein paar Häuser stehen, und ganz am Ende ist das Bahngleis. Hier irgendwo, glaube ich, vielleicht auf der anderen Seite der Feuerwehr, muss auch der Bahnhof sein. Heute hält hier nur zweimal am Tag ein Zug. Ich erreiche den Bahndamm, dahinter steigt schon der Wald an. Die Trasse entlang führt ein Spazierweg, gepflegt, alle paar Meter stehen Bänke. Wieder ein Schild: *Trimm-dich-Pfad*, darauf eingezeichnet ein Fitnessparcours. Ich gehe zur nächsten Bank. Gegenüber an der Böschung entdecke ich einen weißen Stein, der eigentlich wie erwartet halb zugewachsen ist, aber die Aufschrift kann man gut lesen: *An dieser Stelle … erschossen die Besatzer im Jahre 1942 zehn slowenische Patrioten …* Dann folgen die Namen … *Ehre ihrem Andenken*. Über diesen Damm und das Gleis, über die Wiese und durch den Wald hat früher der pickelige Knabe, der bei den Veranstaltungen im Feuerwehrhaus immer die Karten abgerissen und sich um die Garderobe gekümmert hat, seinen täglichen Weg abgekürzt. An dieser Stelle hat man ihn erschossen.

Ich kehre wieder auf die Hauptstraße zurück, schaue nach links und rechts. Die Autos zischen vorbei. Aus einem Buffet in der Nähe tönt Musik, vor dem Eingang stehen Raucher.

Mihael und Maria sind aus dem Feuerwehrhaus gekommen. Auf der anderen Straßenseite sind die Leute ins Gasthaus des Bürgermeisters gegangen. Der pickelige Knabe hat die Tür zugesperrt und ist um die Ecke und über den Bahndamm heim zu seiner kranken Mutter gelaufen. Die zwei jungen Leute sind genau hier gestanden. Oder ein paar Schritte weiter unten oder oben. Sie hat ihn an der Hand gehalten. Ihm war es peinlich. Aus genau dieser Gasse ist Otos Wagen gekommen. Er war hinten im Hof der Feuerwehr abgestellt und ist dann die Straße hinuntergebraust. Im Wagen sind die Grabnerin und ihr zehnjähriger Sohn gesessen. Maria hat gesagt, sie würde gern ein Stück gehen, weg von den Leuten, weg vom Lärm. Das heißt, sie sind in diese Richtung gegangen, dorthin, wo die Straße aufhört, weg von den Häusern, in die Dunkelheit. Sie sind genau da gegangen, wo ich jetzt gehe. Dort war das Gasthaus, dort hätte man sie sehen können, und das wäre vor allem Mihael nicht recht gewesen. Sie hat ihn an der Hand gehalten, so sind sie gegangen … Und ich gehe und halte dabei meine linke Hand so, als würde Maria sie halten. Jetzt spüre ich sie fast. Und da irgendwo hat sie ihn an sich gezogen, und er hat sie unters Ohr geküsst, und sie hat die Augen geschlossen. Hier war der Ort zu Ende. Hier war das letzte Haus. Dann war Nacht. Und Zukunft.

Ich überquere die Straße, ohne zu schauen … Autos hupen, bremsen quietschen. Ich reagiere nicht, ich bin ganz woanders, weit weg in der Vergangenheit … Ich steige ein und fahre los.

Am Ende der Siedlung ist noch eine Ampel.

Ich fahre auf die Autobahn.

Brueghel, Bosch, vielleicht auch Hogarth

Die Feier im Gasthaus dauerte bis in den nächsten Tag hinein, der ein Sonntag war. Die Köchinnen hatten eine saure Suppe gekocht, und die Gäste aßen, oder besser gesagt, schmatzten sie zu Mittag bis zum letzten Löffel auf. Einige löffelten mehr Suppe auf ihre Kleider als in ihren Mund, andere mussten kotzen und aßen, sowie sich ihr Magen beruhigt hatte, noch einen Teller. Natürlich erbrachen sie nicht wegen der Suppe, die wirklich vorzüglich schmeckte, denn die Köchinnen des Bürgermeisters hatten nicht mit Fleisch und Schmalz gegeizt, sondern wegen des gesoffenen Alkohols. Der Bürgermeister hatte ein 250-Liter-Fass Wein und ein 30-Liter-Fässchen Obstler ausgeschenkt, ein Dutzend geselchter Mägen wurde vertilgt. Das Haus war gerammelt voll, alle waren der Einladung des Bürgermeisters gefolgt. Sie tranken und sangen. Sogar die Frauen, die sonst oft früher heimgingen, blieben bis in den Morgen, bis sie dann aber doch zu den Keuschen und Höfen eilten, um die Kühe zu melken, die Schweine zu füttern, die Hühner rauszulassen ... Die Männer blieben im Gasthaus und tranken weiter. Den Bürgermeister, den alten Novak, hatten sie mitsamt seinem Stuhl auf den Schanktisch gesetzt, und dort blieb er bis zum Mittag des darauffolgenden Tages, als seine Köchinnen die saure Suppe servierten. Nun erst verabschiedete er sich und gab damit das Zeichen, dass die Feier zu Ende war, obwohl niemand die Gäste hinauswarf. Einige schliefen an den Tischen ein, andere torkelten schließlich heimwärts, landeten im Straßengraben oder kugelten auf den Feldern herum, und gegen Abend nahmen die Frauen, die umsonst auf ihre Männer gewartet hatten, ihre Handwagen, Scheibtruhen und Karjolas und was sonst ein oder zwei Räder hat und dazu dient, Brennholz, Mist oder Feldfrüchte über Äcker und Hofgevierte zu befördern, und beeilten sich, ihre Männer aus den Gräben zu holen, sie aufzuladen und heimzubringen. Dabei waren sie guter Laune. Keine zog über ihren Trunkenbold her, keine äußerte einen Vorwurf, sondern sie plauderten miteinander, lachten und schoben die Karren mit den betrunkenen Männern vor sich her.

Die Theateraufführung, mochte sie noch so schlecht gewesen sein, vereinte den Ort in einer nie dagewesenen Art und Weise. Es passierte spontan, ohne Plan oder Absicht. *Eine Handvoll Groschen zu viel* war nicht die erste Aufführung im Feuerwehrhaus, vielmehr wurde dort jedes Jahr gespielt, früher meistens auf Deutsch und in letzter Zeit in einer Art Kombination aus beiden Sprachen. Aber das war nicht der Hauptgrund für die große Feier, die noch Jahre später für Gesprächsstoff sorgte und von der sogar die Ortschronisten nach 1945 zu berichten wussten, dass der 2. Dezember 1930 einen Wendepunkt für das Nationalbewusstsein des Tals dargestellt habe: Denn erstmals sei hier ein Stück in slowenischer Sprache aufgeführt worden. In Wahrheit war das völlig belanglos, keiner kam damals auch nur auf eine solche Idee, auch nicht der Leninist Mirko Bregar und seine Genossen, die im Gedränge an der Tür standen und angesichts des unengagierten Theaters der Reichen und Fremden finstere Gesichter machten. Gleichwohl stand Mirko Bregars Tante mütterlicherseits mit auf der Bühne, sie spielte die stumme Kammerzofe der Herrin. An jenem Abend geschah etwas, das nur das Theater schafft. Die Armen wurden von reichen Kaufleuten gespielt, die reichen Geizhälsinnen von unehelichen Müttern aus den Senken und Gräben, deren Kammerzofen wiederum von schwindsüchtigen Frauen aus der Lackiererei in Eichheins Möbelfabrik … Alle tauschten die Rollen, alle waren etwas anderes, und zwar ohne irgendwelche tieferen politischen Absichten und Ideen. *Gutes Theater ist, wenn es unterhält*, pflegte viel später, in den Siebzigern, ein großer Theaterdirektor, Kommunist, aber auch kommunistischer Dissident, sogar Nationalist, vor allem aber ein Mann, der das Theater und die Schauspielerinnen liebte, der Partisan Bojan Štih, zu sagen. *Gutes Theater ist, wenn es unterhält.* Und damals kam die Unterhaltung spontan zustande, keine x-beliebige, sondern eine, die das Leben bedeutete. Theater ist ein *Dionysium*, eine Feier des Gottes Dionysos, die in zügelloser Katharsis alle vereint und alle beruhigt. Der ganze Ort war für ein paar Stunden in einem gewaltigen, wenn auch albernen Lachen, in einer grenzenlosen Zufriedenheit, die bis zum Mittag des darauffolgenden Tages alle Zwiste und Probleme glättete, zu einem Ganzen verschmolzen. Sogar Leute, die gar nicht dabei gewesen waren, sollten jahrelang darüber reden, und zwar so, als hätten sie das Geschehen hautnah miterlebt. Auch diese Macht hat das Theater: Sogar wenn wir nicht dabei sind, sind wir dabei.

Der Bürgermeister saß, wie gesagt, die ganze Nacht auf der Schank, auf die ihn seine Träger gehievt hatten. Dort thronte er wie der Kommandant eines großen Schiffes, das ins Unbekannte fuhr. Die Dreißigerjahre waren ein großes, fremdes und finsteres Meer. Der Staat, der nach dem ersten Krieg entstanden war, schwankte, Europa krachte in den Fugen. Aus der Sowjetunion hörte man schlimme Dinge. Amerika steckte tief in der Wirtschaftskrise, die Tore für jede Art von Flüchtlingen waren geschlossen. Der Bürgermeister aber saß auf der Schank und prostete den immer *weinseligeren* Ortsbewohnern zu. Angeblich hielt er auch eine Rede, mehrere Reden. Er versprach das Blaue vom Himmel herunter, und er bekam Applaus. Er trank Weißwein, weil ihm gesagt worden war, dass der Weiße nicht jene Stoffe enthalte, die die Schmerzen in den Gelenken verursachten, aber trotzdem taten ihm die Füße höllisch weh. Sein

Gesicht war von den bösen Schmerzen, aber auch von einem beachtlichen Durchhaltevermögen gezeichnet. Er biss die Zähne zusammen und hob ein ums andere Mal das Glas. Die Gaststube, eigentlich ein saalartiges Gewölbe, das Platz für vierzig Tische bot, war verraucht und überfüllt, die Leute schlugen Gläser kaputt, absichtlich und aus Versehen, tanzten, drängten, schrien und weinten. Zum Abkühlen gingen sie auf die Straße. Auch zum Kotzen gingen sie hinaus, und sie zogen ihre Frauen und auch Nichtfrauen um die Häuserecken ins Finstere und schoben ihnen ihre klobigen und rissigen Hände zwischen die Beine. Die Frauen kicherten und halfen den wankenden Männern dabei, den Weg in ihre Leiber zu finden. Das Ganze wirkte wie auf einem Gemälde von Brueghel, Bosch, vielleicht auch von Hogarth. Egal, die Freude braucht keinen Grund, die Freude angesichts der nahenden Apokalypse.

Ins Gasthaus kam schließlich auch die Gruppe um Mirko Bregar. Ihre Schildmützen, die Leninkappen, ließen sie absichtlich auf. Zuerst hatten sie gar nicht vor, sich den Leuten im Gasthaus des Bürgermeisters zuzugesellen, und sie blieben auf der Straße. Doch Mirkos vier Genossen, alle jünger als er, schauten mit großen, durstigen und hungrigen Augen hinüber. In ihren Ohren klangen noch die Sätze: *Ins Gasthaus! Der Bürgermeister lädt alle ein!* Keiner von ihnen wagte vorzuschlagen, sich dem Klassenfeind in den Rachen zu werfen und umsonst einen Humpen Wein zu vertilgen, bis Mirko sagte: »Gehen wir hinein. Vielleicht gewinnen wir jemanden für unsere Sache.« Und so wurde es gemacht.

Sie drängten sich zur Schank durch, wo ihnen sofort volle Gläser in die Hand gedrückt wurden. Der auf seinem Schankthron sitzende Bürgermeister bemerkte sie und verkündete sofort: »Heute sind alle eingeladen! Wir sind alle gleich. Wir sind alle Bewohner dieses schönen Ortes, auch ihr, die ihr von woanders kommt und euch heute unter uns eingefunden habt«, dabei warf er einen Blick auf Mirko Bregar und die Seinen, »ihr seid alle willkommen! Die Zerwürfnisse lassen wir draußen, heute wenigstens!« Der Bürgermeister wollte auf diese Weise vorab dem Metzger Jože und Konsorten den Wind aus den Segeln nehmen, denn sie hassten die Leninisten, deren Anwesenheit auf jedem Dorffest eine Prügelei zur Folge hatte.

Damit, dass sie die Kappen nicht abnehmen wollten, gaben Mirko Bregar und seine Leute schon von Weitem zu verstehen, wer sie waren und wie sie dachten. Es war auch kein Geheimnis in Dolina, dass die Sozialisten und Kommunisten schon seit Jänner letzten Jahres, also seit der Einführung der Königsdiktatur, verboten waren. Man wusste, dass sich die *Leninisten* trotzdem politisch organisierten, dass sie insgeheim Versammlungen abhielten und die Revolution vorbereiteten, doch niemand nahm sie besonders ernst. Die Prügeleien zwischen den Metzgergesellen, den Söhnen des Weinhändlers, den Knechten Otos von Eichhein und den Jungkommunisten um Bregar gehörten zur dörflichen Folklore. Doch an jenem Abend und in jener Nacht passierte nichts. Die Leninisten tranken Wein, aßen Hirschwurzen und brachen von den großen Brotlaiben des Bürgermeisters. Der Jüngste von ihnen, der Kovač Lovro, war von den Gratisgetränken und -speisen ganz hingerissen. Als er schon halbwegs was intus hatte, ging er zu Mirko und fragte ihn: »Genosse Mirko, wird es so im Kommunismus sein?«

Mirko Bregar nickte und trank sein Glas leer.

»Wein und Würste, alles gratis!«, sagte der kleine Lovro mit funkelnden Augen. »Die Mädchen auch?«, fragte er noch.

»Was, auch?«, erwiderte Mirko verstimmt.

»Ob sie dann auch …«, grinste Lovro, »na, du weißt schon …«

»Ja! Alles. Sie werden nicht mehr unter sich bleiben, die Reichen, denn Reiche wird es keine mehr geben. Wir alle werden reich sein, und die Mädchen werden jedem gehören«, sagte er und erinnerte sich dabei an Maria, die ihn Ende Oktober, vor gut einem Monat, abserviert hatte. *Wir werden uns nicht mehr sehen*, hatte sie zu ihm gesagt, als er im Wald, neben der Futterkrippe, seine Hose hochzog und sie ihren Rock wieder über die Knie fallen ließ. Er sagte nichts und schaute nur drein. Tatsächlich hatten sie nie viel miteinander geredet, und auch damals, als sie zu ihm sagte, dass sie sich nicht mehr treffen würden, war er unfähig gewesen, zu fragen: *Warum, warum, warum?!*, obwohl es in ihm gärte und brodelte. Den ganzen Waldweg über hatten sie geschwiegen, und an der Gabelung, wo der eine Weg zum Schloss, wie die Leute die Villa Eichhein nannten, und der andere zur Bahnstation und zum Feuerwehrhaus abzweigte, hatten sie sich getrennt. Er war noch eine Weile dagestanden und hatte ihr nachgesehen, bis sie zwischen den Bäumen verschwunden war. Sein Herz wollte zerspringen, so schmerzhaft stampfte der Kolben in seiner Brust. Er ballte die Fäuste und knirschte mit den Zähnen. *Wird Zeit, dass der Kommunismus kommt, wird wirklich Zeit!*

Der kleine Lovro löcherte ihn mit Fragen, Mirko hörte ihm nicht mehr zu, er schenkte sich ein und trank. Seine Burschen nahmen die Kappen ab und tanzten mit den Töchtern des Klassenfeinds. *Morgen auf der Versammlung wasche ich ihnen den Kopf.* Nur er hatte noch die Schildkappe auf, obwohl es heiß war, sehr heiß. Die Leute sangen und tranken, der Bürgermeister dirigierte und schnitt Grimassen vor lauter Schmerz, den er mit vielen Gläsern Wein zu betäuben suchte. Im Eck stand der große Ofen, und das Feuer darin brannte, so heiß es konnte. Die Mädchen und Frauen knöpften sich die Kleider auf. Die etwas geistesschwache Magd Mici zeigte ihre

Glocken, die Frauen brachten sie sofort weg und sperrten sie in ihre Kammer, sie wussten, wie derlei zu enden pflegte. Die Männer glotzten sabbernd den nackten Brüsten nach. Mici tobte noch eine Weile in der abgesperrten Kammer herum, dann verließen sie ihre Kräfte und sie schlief betrunken ein. Mirko Bregar war heiß geworden, er knöpfte sich das Hemd auf, doch die Kappe wollte er nicht abnehmen, obwohl ihm der Schweiß über Stirn und Schläfen rann. Die Kappe bleibt auf, jawohl! Aus ideologischen Gründen!

Der Metzger Jože und seine Gesellen, mit dabei der zwölfjährige Joško, den alle im Ort ein wenig fürchteten, weil er zum Zeitvertreib Katzen an den Holzschuppen nagelte, um sie bei lebendigem Leib zu häuten, kamen Bregar gefährlich nahe: »Ist dir nicht heiß?«, fragten sie ihn. »Wird einem Kommunisten gar nicht heiß?«

Mirko wusste, dass es Zeit war, nach Hause zu gehen, er drängte sich durch die Menge hinaus. Eine angenehme Kühle umfing sein Gesicht, es war etwa halb zwölf. Er blieb am Straßenrand stehen. Als er die Kappe abnahm, stürzte der Schweiß förmlich über seine Stirn herab und überschwemmte einen Moment lang die Augen. Es brannte. Er stand unter der einzigen Straßenlaterne, und die Konturen der Häuser, nun doppelt und dreifach, tanzten hin und her. Er wischte sich Augen und Stirn ab und setzte wieder die Kappe auf. Aus dem Gasthaus hörte man lautes Singen: *Bože pravde, ti što spase od propasti dosad nas, čuj i otsad naše glase, i otsad nam budi spas!** Die Hymne des Königreichs Jugoslawien. Die Männer des Metzgers stimmten sie wohl im Zorn darüber an, dass ihnen die Gasthausprügelei entgangen

* Gott der Gerechtigkeit, der du gerettet / vor dem Untergang uns bis jetzt, / hör auch fortan unsere Stimmen / und sei unsere Rettung.

war. Bald aber war auch ein anderes Lied zu hören: *Naprej zastava Slave* – Vorwärts, Fahne der Slawen, des Ruhms, das die älteren Leute im anderen Eck des Gasthauses sangen. Die beiden Lieder bildeten zusammen ein unverständliches Tohuwabohu. Mirko blieb noch eine Weile auf der Straße, ihm stand ein langer Heimweg bevor. Er würde mindestens eineinhalb Stunden durch den Wald gehen, über die Grmada auf die andere Seite, eigentlich ins nächste Tal und den nächsten Hang hinauf, wo die Bergwerke waren und wo die Bregars lebten. Er wohnte seit dem Tod des Vaters und der Mutter bei seinem Onkel, dem Bruder seines Vaters, und ging jeden Tag zu Fuß über den Berg in Eichheins Sägewerk zur Arbeit. Er stand um drei Uhr morgens auf, damit er um fünf Uhr an der großen Kreissäge stehen und gemeinsam mit seinen Kollegen die rohen Fichtenstämme in das Schneidwerk schieben konnte.

Er wollte gerade die Straße überqueren, als er die beiden erblickte. Sie standen eng umschlungen am Ende der Straße, beim letzten Haus. Er erkannte sie augenblicklich, zuerst eigentlich sie, Maria. Er sah ihre Hände, wie sie den Rücken des anderen packten, dann tiefer rutschten und sich in seine Arschbacken gruben, er sah, wie ihre weißen Finger den verlängerten Rücken des jungen Mannes kneteten. Genauso hatte sie es bei ihrer letzten Umarmung vor kaum einem Monat bei ihm gemacht. Er erkannte auch den Mann, es war Mihael, der Sohn des Bürgermeisters. *Ihn hat sie sich ausgesucht, typisch! Reich und reich gesellt sich gern.* Ihm wurde eng im Hals. Beim Schlucken machte er ein so lautes Geräusch, dass er fürchtete, sie könnten ihn hören. Er spürte Unruhe in sich aufsteigen, ein Gefühl des Unrechts. Am liebsten wäre er davongelaufen, aber er wusste nicht, wohin. Zu ihnen? Um die beiden auseinanderzuziehen und in Marias Armen zu weinen?

Am letzten Tag im Oktober hatte er sie noch in die Waldkrippe gedrückt, auf das Futter für die Rehe, sie, ein Reh unter Rehen, und er hatte sie mit aller Kraft gebumst und sie hatte gestöhnt: *Ja, ja, komm, ja …* und dann hatte sie zu ihm gesagt: *Wir werden uns nicht mehr sehen.* Das war gerade mal einen Monat her, einen Monat und ein paar Tage, und schon hatte sie einen Neuen, den Sohn des Bürgermeisters … Er zog sich die Leninkappe über die Ohren und noch tiefer in die Stirn, stellte den Kragen seiner Jacke hoch – Mantel hatte er noch keinen, den würde es erst im Kommunismus geben –, steckte die Hände in die Hosentaschen und eilte hinter dem Feuerwehrhaus über das Gleis und die Wiese direkt in den schwarzen Wald. Erst dort ließ er seinen Tränen freien Lauf.

Im Gasthaus aber dirigierte der Bürgermeister mit schmerzvoller Miene und erhobenem Glas den lärmenden Gesang und wusste nicht, ob er zum serbischen oder slowenischen Teil der jugoslawischen Hymne den Takt angab. *Wurscht! Hauptsache, sie singen,* dachte er sich.

Nach jener Nacht sollte der alte Gastwirt, Bürgermeister und Banschaftsabgeordnete Ivan Novak nie wieder auf eigenen Beinen gehen.

Die Grabnerin, der kleine Silvester und Oto von Eichhein

Die Grabnerin wohnte im Graben.

Im Dreißigerjahr war sie dreißig Jahre alt. Ihre Familie lebte schon seit Generationen in der Hütte tief unten zwischen der Anhöhe, auf der das Schloss respektive die Villa Eichhein stand, und dem Berghang, der sich zu dem als Grmada bezeichneten Höhenzug aufschwang, der in westlicher Richtung auch den Abschluss des weitläufigen Tals bildete und an dessen Fuß Dolina lag.

In Wirklichkeit hieß die Familie anders, doch in den letzten hundert Jahren, eigentlich schon seit der napoleonischen Zeit, waren sie für die Leute hier einfach nur die Grabners. Die Männer waren Holzarbeiter und Wildhüter, die Frauen Mägde oder Zimmermädchen oder Köchinnen bei den Eichheins. Auch die Holzhütte, die tief unten in dem finsteren Graben stand, war im Besitz der Eichheins. Früher, so wussten die ältesten Talbewohner zu erzählen, sei die Hütte voller Kinder gewesen, zu zwölft habe man sich in dem einzigen Raum gedrängt, jetzt lebten sie dort zu dritt: die alte Grabner-Mutter, ihre dreißigjährige Tochter Ana und deren zehnjähriger Sohn Silvester. Der Knabe hatte keinen amtlich bekannten Vater. Man wusste auch nicht, warum ihm die Mutter diesen Namen gegeben hatte. Er war nicht am Tag des heiligen Silvester geboren, und im Tal gab es auch keinen Silvester, der sein Vater hätte sein können. Bis zur Niederkunft hatte niemand von ihrer Schwangerschaft gewusst. Sie war ohnehin ein ziemliches Weib mit breiten Hüften und riesigen Händen, und um die beleibte Mitte trug sie eine Menge Kittel und Schürzen. Während der Schwangerschaft, so erzählte sie später, habe sie sich den Bauch noch enger gebunden, ihn zusammengeschnürt, zuerst, damit die Leibesfrucht abginge, später, weil sie sich *daran gewöhnt* habe, wie sie achselzuckend sagte, an ihren Bauch habe sie gar nicht mehr gedacht. Es habe sich eng angefühlt, manchmal habe es auch ein bisschen gezwickt, *aber wenn ich bis zu meinem Tod so hätt leben müssen, wär's auch gegangen*, sagte sie freimütig. Bis sie eines Tages, um genau zu sein, am 2. Dezember 1920, im Stall der Eichheins in die Hocke ging, sich unters wildeste Fohlen auf den Rücken legte und die Beine spreizte, so fest, *dass es zwischendurch geschnalzt hat*, wie sie lächelnd sagte, und als der Knecht France hereinkam, rief er: *Grabnerin! Bist du gamprig oder was?* Ihr aber schoss das Blut ins Gesicht, dass sie ganz rot und dann schon fast blau anlief, und sie schrie: *Ich krieg ein Kind!* Und *plumps!* fiel das Baby auch schon heraus. So war das. France empfand direkt ein wenig Vaterstolz, weil er dabei sein durfte. Er war eine ganze Woche betrunken und kam auch nicht zur Arbeit, bis Oto von Eichhein seinen Wildhüter nach ihm schickte, der ihn mit einer Rute aus dem Bett prügelte und sagte: *Genug gefeiert! Auf, arbeiten!*

So kam der kleine Silvester zur Welt. Wie gesagt, er hatte als Einziger in der Familie einen Namen, bei dem er auch gerufen wurde. Keiner sagte Grabner zu ihm, alle nannten ihn Silvester, fast ehrfürchtig. In Wahrheit, so steht es in den Urbaren, hießen die Grabners früher Poljak, was dafür spräche, dass sie womöglich aus Polen stammten, oder, was wahrscheinlicher ist, dass sie einmal eigene Felder, *polja*, hatten, oder, was noch viel wahrscheinlicher ist, dass sie Tagelöhner auf irgendwelchen Feldern waren. Als sie aber in den Graben zogen und sich beruflich veränderten, also Holzarbeiter und Wildhüter wurden, begann man sie einfach *Grabner* zu rufen, weiß der Kuckuck.

Die Grabners waren jedenfalls Vertreter der ärmsten Schicht in dem an sich relativ reichen Dolina. Anders als die echten Keuschler und Häusler, die auch ein Stück Grund um ihr Haus hatten, und anders sogar als die armen Schlucker, die vielleicht nur eine Kuh besaßen, hatten die Grabners gar nichts. Nicht einmal der Holzverschlag, in dem sie lebten, gehörte ihnen. Sie besaßen keinen Grund, sie besaßen nichts. Ein paar Töpfe, die ihnen die Eichheins überlassen hatten, ein paar Lumpen zum Anziehen und ein paar ausgediente Möbelstücke, ebenfalls von den Eichheins. Die Frauen, die als Mägde und manchmal als Zimmermädchen arbeiteten, dienten von einer Generation zur nächsten sozusagen als Notbehelf für die schlossherrliche Geilheit. Schönheit war nicht gerade die Stärke der Grabner-Frauen, sie waren groß und viel zu sehr Mannweiber, um als Schönheiten zu gelten. Sie wurden schon aus Tradition im Hause Eichhein gehalten, weil sie brav und fleißig waren, aber auch, damit der männliche Nachwuchs, bevor er eine ernsthafte Beziehung mit einem passenden Mädchen aus der Bürgerschaft oder zumindest aus einer reichen Handwerkerfamilie eingehen würde, bei beziehungsweise auf ihnen erste sexuelle Erfahrungen sammeln konnte. Mit Ausnahme von Erich, dem Bruder Marias, der Frauen hasste, verloren alle jungen Eichheins ihre Unschuld mit einer Grabnerin. Eigentlich waren die Grabner-Frauen genau dazu im Haus. Dann und wann mag diese Tradition unterbrochen worden sein, jedoch galten die Grabners immer als gute Wildhüter und Sägewerksarbeiter und ihre Frauen und Töchter als provisorische Beischläferinnen der pubertierenden jungen Herren. Bis 1945, als auch die Tagelöhner, Keuschler, Häusler und diejenigen, die weniger als nichts waren, ihre Rechte bekamen, war das so üblich. Für die Grabners und ihresgleichen brach eine gerechtere Welt tatsächlich erst nach dem Krieg an.

Von den Grabnerischen hieß es in Dolina, dass sie von jeher *Inzucht getrieben* hätten. Darum sollen die letzten Generationen unfruchtbar und sogar geistig behindert gewesen sein. Tatsächlich zählte die Familie Ende des 19. Jahrhunderts noch zwanzig und mehr Mitglieder, danach aber begann sie zu schrumpfen. Einige blieben auf Schlachtfeldern liegen, einige waren in alle Winde verstreut, viele starben an banalen Kinderkrankheiten wie Scharlach und Diphtherie oder an einer gewöhnlichen Lungenentzündung, und so waren am Ende nur mehr drei am Leben: die Großmutter, die Tochter und der Enkel. Im Buch *Psychiatrie*, das Ende der Siebzigerjahre erschien, als das Land immer noch fest sozialistisch war, wird im Kapitel *Inzest* der Fall einer Familie aus genau dieser Gegend beschrieben, und zwar vom Ende des 19. Jahrhunderts. Die Leute lebten in einem einzigen Raum, und die Männer, also der Vater, die Onkel und die Brüder, schliefen, wie es gerade kam, mit der Mutter, den Schwestern und Töchtern. Der Fall ist sehr plastisch beschrieben, als Beispiel inzestuöser Beziehungen, *die verursacht werden durch soziales Elend und Entmenschlichung angesichts eines fehlenden Sozialstaats und völliger gesellschaftlicher Gleichgültigkeit*. Im Buch steht auch, dass es hierzulande sehr viele solcher Familien gab. Eine Folge derart *ungesunder familiärer Verhältnisse* waren zahlreiche Totgeburten und Kinder mit einer gestörten seelischen und geistigen Entwicklung. Bei dem im Buch beschriebenen Fall könnte es sich ohne Weiteres um die Familie Grabner handeln. Auf den eng bedruckten Seiten steht ferner, dass man die Familienmitglieder getrennt, die behinderten Kinder in Obhut genommen und in entsprechende Einrichtungen gebracht hatte, sodass nur der gesündeste Teil in der Hütte verblieben sei. Der Vater, der Familienälteste, sei nach seiner Verurteilung ins Gefängnis gekommen, wo er sich erhängt habe. Wie die

Familie hieß, steht nirgends zu lesen, nur, dass es sich um Zuwanderer gehandelt habe, vielleicht sogar um Zuwanderer aus dem Osten.

Die Mutter, die Tochter und der Enkel, die letzten Angehörigen der Familie Grabner, lebten von den Resten, die die junge Ana Grabner jeden Tag aus der Küche der Eichheins nach Hause brachte. Sie waren Teil des Lohns für ihre ganztägige Arbeit. Die alte Grabnerin war krank, niemand weiß, was sie hatte, jedenfalls lag sie nur mehr im Bett. Vielleicht war sie einfach müde, ausgemergelt vom Leben, das sie als Magd im Stall und auf den Feldern, aber auch im Sägewerk und im Wald zugebracht hatte, so wie ihre Tochter es jetzt tat. Erschöpfung und Entkräftung waren die Krankheiten, von denen die Armen dort damals heimgesucht wurden.

Das Haus, das auf gestampfter Erde stand und um den offenen Herd einen Lehmboden hatte, verließ die alte Grabnerin nur sonntags, um in die Kirche zu gehen. Als sie eines Tages nicht kam, wussten alle, was das bedeutete: Die alte Grabnerin war gestorben. Dazu kam es aber erst im Achtunddreißigerjahr, am 2. Dezember 1930 waren alle drei Familienmitglieder noch sehr lebendig.

Die junge Grabnerin spielte bei der Aufführung die dankbare Rolle der alten adeligen Knauserin. Wie es dazu gekommen war, war unklar, wahrscheinlich gab es sonst niemanden, der gepasst hätte. Mit ihrem groben, fast männlichen Körperbau war sie schon physisch wie geschaffen für die Geizhälsin, die so sehr um ihre Handvoll Klimpergeld fürchtet, dass sie gar nicht mehr aus den Federn kriecht. Und weil die Idee für das Stück im Hause Eichhein entstanden war, kann es durchaus sein, dass die Hauptköchin, die Oto von Eichhein aus Bayern mitgebracht hatte und die beim Stück auch Regie führte, die Rolle eben der Grabnerin zuwies. Wie dem auch sei, nach der Aufführung marschierte Oto von

Eichhein auf die Bühne und umarmte sie. Ihr zehnjähriger Sohn Silvester schlief hinter der Bühne auf einem Haufen verstaubter und zerrissener Vorhänge. Oto, der alte Satyr, war erregt, so erregt, dass er rot im Gesicht war und der Jägerhut, den er die ganze Zeit aufgehabt hatte, schief von seinem Kopf ragte. Er sah die Grabnerin vor sich, wie sie sich auf der Bühne im Bett herumwarf, wie sie wegen der gestohlenen Groschen seufzte, alle paar Augenblicke sah er ihre großen Schenkel unter dem langen Schlafrock hervorblitzen, bis ihm bei jeder Bewegung das Hirn brannte. Er war außer Rand und Band, kam kaum mit Schlucken nach. Er musste daran denken, wie er sie noch unlängst gepudert hatte. Es war im Salon gewesen; kurz vor Herbstbeginn, irgendwann Ende September, sah er, wie sie sich über den langen Tisch im Salon beugte und das Tischtuch glattstrich, das sie gerade ausgebreitet hatte. Und er stellte sich einfach hinter sie, schob ihr die Röcke bis zur Hüfte hoch und rammelte sie beiläufig, schnell und mit Genuss. Sie richtete sich nicht einmal auf, hielt nur artig still. Als er die Röcke wieder über ihren breiten Hintern fallen ließ und ihn noch einmal betätschelte, *brav, brav, gut, gut*, machte sie, ohne sich umgedreht zu haben, einfach mit dem Glätten des Tischtuchs weiter.

Als er an all das dachte, wollte er mehr. Aber nicht auf die Schnelle und nebenbei, sondern die ganze Nacht. Er eilte auf die Bühne, lobte die Schauspieler, hob seine bayrische Köchin hervor, verteilte Münzen an die Kinder, packte die Grabnerin am Arm – es genierte ihn gar nicht, dass alle ihm zusahen und seine satyrischen Absichten zu deuten wussten – und zog sie zum Hinterausgang, wo er im Hof seinen Ford abgestellt hatte.

»Und der Kleine?!«, rief die Grabnerin.

»Welcher Kleine?«

»Er wartet hinter der Bühne«, sagte sie noch.

»Der kommt mit«, erwiderte Oto, ohne zu zögern, marschierte quer über die Bühne in das Schwarz hinter den Vorhängen, packte den schlafenden Silvester und trug ihn auf seinen Armen hinunter in den Hof. Die Grabnerin lief brav hinterdrein. Für alle Anwesenden war das ein neuerlicher Beweis dafür, dass der zehnjährige Silvester, der in Otos Armen langsam zu sich kam, tatsächlich sein Sohn war.

Der Ford, Modell A

In Amerika gründete der Unternehmer und sogar Schriftsteller Henry Ford im Jahr 1906 die Ford Motor Company, die in den folgenden Jahrzehnten ihr Modell T in die Welt trug. Damit begann das Zeitalter der Automobile *für jeden Haushalt*, wie ein Werbespruch aus jener Zeit lautete, der an ähnliche Slogans von heute erinnert.

Mister Henry Ford ist auch als Erfinder des Fließbands wichtig, das die schnelle Montage der Autos ermöglichte, wodurch diese erschwinglicher wurden. Man könnte Henry Ford den Erfinder des Massenkonsums nennen. Auf das Modell T folgte 1929 das verbesserte Modell A, das binnen eines Jahres eine Million Mal verkauft wurde. Anfang Juli 1931, als Maria von Eichhein, damals schon verheiratete Novak, einen Monat vor dem Termin ihren ersten Sohn Miroslav gebar, hatte der Verkauf in weniger als zwei Jahren bereits die Marke von drei Millionen übersprungen.

Das Modell A wurde in zwei Preisklassen hergestellt. In der ersten kostete es 500 Dollar, was sich für die Mittelschicht problemlos ausging; für die Luxusausführung desselben Modells blätterte man schon 1200 Dollar hin. Die Wagen wurden in drei Farben geliefert, rot, blau und schwarz. Ford bezahlte seine Arbeiter mit fünf Dollar pro Tag für die damalige Zeit gut, verbot ihnen aber, sich gewerkschaftlich zu organisieren, und mischte sich sogar in ihr Privatleben ein.

Oto von Eichhein war von Henry Ford begeistert. In den damaligen Zeitungen und Zeitschriften, vor allem in den deutschen, die er abonniert hatte und die mit mehrtägiger Verspätung in Dolina eintrafen, war viel über die revolutionäre Produktionsmethode zu lesen. Und Oto träumte davon, seine Möbelfabrik nach dem Vorbild Fords zu modernisieren.

Im Moment produzierten sie auf Bestellung, jedes Möbelstück einzeln. Die große deutsche Möbelhandelskette *Alles für Haus und Familie* bestellte bei dem *Landsmann im Süden*, wie die Deutschen genannt wurden, deren Unternehmen und Fabriken südlich von Wien lagen, vierzig massive Wäscheschränke. Da die Tischler jeden Schrank gewissermaßen als Unikat erzeugten, versuchte Oto ein Fließband zu organisieren. Natürlich war es kein richtiges Fließband, denn ein solches zahlt sich wohl bei Produkten aus, die in die Tausende gehen, aber nicht bei vierzig Holzschränken. Aber immerhin wurden die Schränke schneller gebaut. Otos Tischlerei, die er als Fabrik bezeichnete und die auch die Leute im Tal so nannten, denn sie beschäftigte etwa sechzig Leute und zusammen mit dem Sägewerk an die hundert, war auch bekannt für ihre rustikalen Tische und Stühle, schwere Holzstühle mit halbrunden Rückenlehnen, in die bäuerliche Motive geschnitzt waren, Herzen in unterschiedlichen Formen, Lindenblätter, Eichenlaub und dergleichen. Noch heute findet man in so manchem Gasthaus mit hundertjähriger Tradition den massiven Stuhl aus Eichheins Fabrik. Dreht man ihn um, findet man unten am Rand des dicken Sitzbretts das Brandzeichen: *Tischlerei Eichhein – Modell M*. Die Stühle waren zwischen 1928 und 1930 ein ziemlicher Renner, sämtliche Gasthäuser im Draubanat und sehr viele bayrische Bierhäuser bestellten das urige, schwere und massive Möbel. Otos Begeisterung für den amerikanischen Unternehmer zeigte sich auch an seinem Produktnamen. Das M stand wohl für den Namen seines Lieblings, seiner Tochter Maria, die er viel lieber mochte als seinen Sohn Erich.

Eichhein nahm sich Henry Ford auch zum Vorbild, was die Beziehung zu seinen Arbeitern betraf. Gewerkschaften gingen Oto auf die Nerven, obwohl die Gewerkschaftsbewegung im Tal damals noch in den Kinderschuhen steckte oder gar nicht vorhanden war. Aber trotzdem … Die jungen Linken, vor allem die aus der verbotenen Kommunistischen Partei, machten andauernd Ärger. Ihr Anführer, der junge Sägewerksarbeiter Mirko Bregar, verlangte ständig irgendwelche Besprechungen, um über bessere Arbeitsbedingungen, höheren Lohn und dergleichen Unsinn zu verhandeln. Ein paarmal setzte sich Oto von Eichhein sogar mit ihm und noch ein paar anderen zusammen, als er dann aber in der Illustrierten *American Business Today* las, dass Ford seinen Arbeitern untersagte, einer Gewerkschaft beizutreten, marschierte auch er in sein Sägewerk und dann noch in die Fabrik im Tal und verbot seinen Leuten in aller Deutlichkeit, sich in einer Gewerkschaft oder, noch schlimmer, in der Partei zu organisieren. Die Arbeiter, größtenteils Bauern und Tagelöhner, die zugleich die Pächter von Eichheins Keuschen und Feldern waren, nickten nur und schauten zu Boden.

Dann geschah ein Unglück. Ein fünfzehnjähriger Arbeiter, der junge Hribar Jančeк, fiel in die laufende Säge und trennte sich knapp unterhalb der Schulter den Arm ab. Das Blut spritzte wie aus einer Hebelpumpe. Mirko Bregar und seine Genossen bemühten sich, die Blutung zu stillen, sie legten ihn auf einen Leiterwagen und versuchten ihn über die Fuhrwege, auf denen der Ärmste hin und her und einen halben Meter in die Luft geschupft wurde, ins Tal zu bringen. Auf halbem Weg verblutete er. Er sagte kein Wort. Er war ganz still und sah sie mit großen, hoffnungsvollen Augen an. Als er tot war, hatte er noch immer diesen Blick, die Hoffnung stand in seinem erstarrten Gesicht.

Erschüttert organisierten Mirko Bregar und seine Genossen einen Streik, der nicht nur der erste in der Geschichte des Tals war, sondern wahrscheinlich der erste seit der Römerzeit oder noch weiter zurück. Ein historischer Moment. Es war ein Aufstand, ein Streik für bessere und sicherere Arbeitsbedingungen, die Arbeiter im Sägewerk und in der Möbelfabrik kamen schon den dritten Tag nicht zur Arbeit. Doch der alte Oto von Eichhein war ein schlauer Fuchs. Er reagierte überhaupt nicht auf den Streik, sondern ließ offiziell um den jungen Arbeiter trauern, organisierte und bezahlte das Begräbnis und gab der Familie des Burschen Geld, und zwar hundert Dollar, was für eine arme Familie eine enorme Summe war, für ihn ein Zehntel dessen, was er eben im Begriff gewesen war, für das neue Ford-Modell auszugeben. Der alte Oto dachte sich: *Egal. Dann kauf ich mir den Wagen halt später.* Die Familie des Burschen bezahlte sich mit dem Geld die Überfahrt nach Amerika, dann verloren sich ihre Spuren. Oto von Eichhein aber machte sich mit dieser humanen Tat bei den Leuten sehr beliebt. Schon am dritten Tag war der Streik zu Ende, alle kamen zur Arbeit, obwohl Mirko Bregar sie beschwor, nicht nachzugeben, solange der Eigentümer kein Schutzblech an der Kreissäge angebracht und die Straße nicht repariert hätte, um Verunfallte gegebenenfalls schneller ins Tal zu bringen, solange im Sägewerk kein Erste-Hilfe-Kasten montiert und auf Firmenkosten für jeden Arbeiter ein Paar Schutzhandschuhe angeschafft wären. Nichts davon wurde umgesetzt, die Arbeit wurde wieder aufgenommen. Oto von Eichhein aber war die Großmut selbst. Mit den Aufwieglern, wie er Mirkos Gruppe nannte, wollte er Nachsicht üben, wie er sagte, sie konnten weiter im Sägewerk und in der Fabrik arbeiten, als ob nichts geschehen wäre. Ein knappes Jahr später, im Jänner 1931, als seine Tochter schon bekanntgegeben hatte, dass sie schwanger sei und Mihael heiraten werde, rief er Mirko Bregar zu sich und sagte: *Die Produktion ist zurückgegangen. Wir haben Kunden verloren … Leider muss ich Ihnen mitteilen, dass ich gezwungen bin, einige Stellen abzubauen, das betrifft Ihre und noch ein paar andere.* Die *anderen*, das waren natürlich Mirkos Genossen. Mirko war überzeugt, dass ihn der Alte entließ, weil er erfahren hatte, dass er mit Maria zusammen gewesen war, und dass der Hass zwischen Oto und ihm nicht nur klassenbedingt, sondern nun auch persönlicher Natur war. Bald danach fuhr Mirko mit gebrochenem Herzen und einem Eimer voll finsterem Hass und tiefer Enttäuschung auf eine Parteischulung nach Moskau.

Otos Liebe zu Henry Ford war offenbar geworden, als er sich als Erster in Dolina ein Auto angeschafft hatte. Es war das Modell T, das er bereits im Jahr 1920 erworben hatte. Es war das Wunder von Dolina, ach was, der gesamten Banschaft. Stolz führte er seine damals zehnjährige Tochter Maria und den zwölfjährigen Sohn Erich in dem roten Wagen mit dem offenen Verdeck aus. Da es im Ort nur eine Straße gab, fuhr er mit ihnen auf und ab. Beim letzten Haus wendete er, dann düste er wieder die Straße hinauf, vorbei an allen Häusern, am Gasthaus und an den erstaunten, aber auch begeisterten Zuschauern, bis zur letzten Heuharpfe im Tal, wo er abermals wendete und losflitzte. Er fuhr immer schneller und schneller. Und so ging es den ganzen Vormittag. Die Leute standen am Straßenrand und applaudierten.

Das Modell T hatte er sich kurz nach dem Tod seiner Frau gekauft, um seinen Schmerz und die Trauer der beiden Kinder, die keine Mutter mehr hatten, ein wenig zu lindern. 1930 leistete er sich bereits den dritten Ford, und zwar das Modell A in Luxusausführung, einen zweitürigen, in wunderschönem Nachtblau gehaltenen Sportwagen. Und in eben diesem Wagen chauffierte er die Grabnerin und ihren Sohn vom Hof des Feuerwehrhauses unverzüglich zu seiner Villa, dem sogenannten Schloss. Er wollte mit ihr um jeden Preis eine wilde Nacht erleben, der geile Satyr. Ihm war alles egal. Bisher hatte er seine Liebschaften verheimlicht; die Grabnerin traf er gelegentlich sonntags, wenn sich die Grabner-

Großmutter mit dem unehelichen Enkel, dem kleinen Silvester, zur Kirche schleppte, doch in der Hütte stank es, alles war schmutzig, der Fußboden war aus Erde, der Ofen war kalt, die Bettdecke sah aus wie ein versengtes und zusammengeflicktes Leintuch, dass einem die Lust verging. Doch heute pfiff er darauf, ob die Leute ihn sahen … Er gab Gas, bog beim Feuerwehrhaus scharf um die Ecke, zwei Gestalten standen an der Straße, *das war knapp, ein weniger guter Fahrer hätte sie über den Haufen gefahren*, dachte er sich, bog auf die Hauptstraße und raste weiter auf die Abzweigung zu, die zu dem *Schloss* an den Hängen der Grmada führte.

Das Ortsbild, der Ortsname

Orte und Geschehnisse, an die wir uns erinnern, sind in der Erinnerung immer anders, als sie in Wirklichkeit waren. Sie verändern sich, wie wir uns verändern. Räume, die wir als Kinder erlebt haben, sind in unserer Erinnerung für gewöhnlich groß, in Wahrheit waren sie viel kleiner. Ereignissen, an die wir uns erinnern, fügen wir immer etwas Neues hinzu. Das gilt besonders für Ereignisse, die wir in den verschiedenen Abschnitten unseres Lebens immer wieder erzählen. Zum Beispiel die Geburt eines Kindes, der Tod des Vaters, der Mutter … Wir Männer erzählen gern davon, was wir beim Militär erlebt haben. Dann gibt es noch die besonderen Momente im Leben: die erste Liebe, allerlei Enttäuschungen, die erste Weinlese womöglich, eine arge Fete, ein Vollrausch, der erste Verrat, das Gefühl des Verlusts … Vielleicht aber auch etwas Schönes, eine Hochzeit zum Beispiel. Mag uns später, nach vielen Jahren, auch die Erkenntnis überfallen, dass sie eine unnötige Ausgabe und ein großer Fehler war.

Es kommt aber auch vor, dass wir Menschen gemeinsame Erinnerungen haben, Erinnerungen an einen Ort, ein Geschehen, und diese gemeinsamen Erinnerungen unterscheiden sich mit den Jahren immer mehr. Wir fügen unsere Details, unsere eigene Sicht auf die Dinge hinzu, wir projizieren in das Ereignis unsere Wünsche, stellen Erlebtes aus persönlichen Gründen manchmal falsch dar, vergessen es später und erzählen nach Jahren wieder davon, als hätte sich alles genau so und nicht anders ereignet. Oft einmal geben wir sogar fremde Erinnerungen als unsere eigenen aus. Wir waren dabei, obwohl wir in Wahrheit nicht einmal in der Nähe waren. Und irgendwann halten wir für die reine

Wahrheit, was wir vor Jahren gar nicht erlebt haben. Dabei ist das noch nicht mal eine Lüge, nein. Es ist eine Art *Adoption* des Geschehens. Das Ereignis aus der Vergangenheit macht sich selbständig, erhält eine andere Dimension, wird zu einer Art Film, den wir immer von Neuem zeigen, und jedes Mal kommen ein paar neue Szenen hinzu.

Die Ereignisse und Räume der Vergangenheit existieren und entwickeln sich weiter, wie ein Lebewesen. Das gilt vor allem für die Dramen und die wichtigen Orte in unserem Leben. Denn auch Gassen, Häuser, Städte, bestimmte Teile eines Parks, einer Landschaft, verändern in unserer Erinnerung ihre Form. Aus Gassen werden nach Jahren Straßen, Häuser haben eine andere Farbe und Größe, aber auch die Menschen, die in den erinnerten Häusern und Gassen leben, nehmen andere Züge an. Sogar ihr Charakter verändert sich. Menschen, von denen wir schon unser Leben lang erzählen, werden mit der Zeit einfühlsamer, sensibler, gröber, vulgärer … je nachdem, welche Meinung wir uns im Lauf der Jahre über sie bilden. Aber auch unsere Meinungen ändern sich. Über eine alte Tante zum Beispiel, die zu uns Kindern unendlich nett, immer freundlich und lustig war, erfahren wir später Dinge, die ihr nicht zum Vorteil gereichen, manche sagen, sie sei eine Intrigantin gewesen, eine, die viel Schlechtes getan habe, die keine Tiere leiden konnte und dergleichen mehr. Und langsam verändert sich unser Bild von ihr. Plötzlich erinnern wir uns, dass sie nur zwei Zähne hatte, dass sie aus dem Mund und überhaupt übel roch. Es kommt vor, dass unsere Erinnerungen an Dinge, die zwei Jahrzehnte zurückliegen, nicht mehr dieselben sind wie vor zehn Jahren. Und sie werden wieder andere sein, wenn wir sie in zwanzig Jahren erzählen. In Wahrheit werden Erinnerungen zu selbständigen Geschichten, die sich entwickeln, die wachsen und einander ergänzen.

Natürlich hat unser Gedächtnis die Eigenschaft, sich positive Ereignisse eher zu merken und negative zu beschönigen, ein wenig zu idealisieren und anzupassen. Wenn wir sie erzählen, sparen wir unsere eigene Rolle auch gern aus, wir stehen immer auf der richtigen Seite, sind immer gut und gerecht, was wir im realen Leben vermutlich nicht immer waren. Darum sind die Geschichten, die wir erzählen, stets ein wenig erlogen.

Als ich neulich den Ort besuchte, in dem sich die Geschichte, die ich erzählen will, zutrug, sah er ganz anders aus als in meiner Erinnerung, wenn ich an den Gymnasiasten dachte, der dorthin kam, um bei einer Mitschülerin, die mir auch ein bisschen gefiel, Mathematik zu lernen.

Und wenn ich sage, dass der Ort jetzt ganz anders aussieht, meine ich damit keine normale Entwicklung, wie sie sich über Jahrzehnte und länger vollzieht: neue Häuser, neue Gehsteige, Straßenbeleuchtung, mehr Verkehr ... In meiner Erinnerung hatte der Ort einfach eine andere Atmosphäre, eine andere Stimmung. Die Gebäude waren kleiner und alle gleich gefärbt, es regnete und alles war nass. Ich erinnere mich, dass graue Lastwagen durchfuhren, und dass das Haus an der Straße, in das ich ging, ein Bauernhaus mit grob gezimmertem Türstock, mit Hühnern im Flur und dem typischen Landgeruch war. Wenn ich in der Küche, in der mir meine Mitschülerin die Rechenaufgaben erklärte, aus dem Fenster schaute, sah ich auf Felder. Ich weiß nicht, ob das damals alles wirklich so war, aber in meiner Erinnerung existiert der Ort als *ein paar Häuser* an einer Straße, an denen alles vorbeizieht; die grauen Lastwagen, der Sozialismus, das Leben.

Als ich aber jetzt dieselbe Straße entlangging und das Haus suchte, in dem früher das Gasthaus Novak war, erlebte ich Dolina als etwas ganz anderes. Den Verkehr hatte ich als ununterbrochen rollende Blechlawine aus schweren Brummern in Erinnerung. Seit es die Autobahn gibt, läuft der Durchzugsverkehr an Dolina vorbei, die Häuser haben heute ganz verschiedene Farben, in meiner Erinnerung sind sie alle grau. Die Straße wird von Bäumen gesäumt, die es in meiner Erinnerung nicht gibt, dort verlief neben der Straße, knapp an der Häuserzeile vorbei, eine Art Bach, ein Graben, eigentlich ein offener Abwasserkanal, und wenn es regnete, war der Graben voll mit bräunlichem Dreckszeug und tief, man musste sich hüten, hineinzurutschen. Aber den Bach am Straßenrand gibt es nicht. Es hat ihn nie gegeben, ich selbst habe ihn dort platziert. Auch die Menschen sind anders als jene, die durch meine Erinnerung spazieren, sie sind größer, nicht so untersetzt. Als lebten in Dolina jetzt andere Menschen von einem anderen Planeten. Auch das Gefühl von Feuchte und Nässe gibt es nicht mehr, und die Angst, in den tiefen, reißenden Kanal zu rutschen, ist auch weg.

Das alles könnte sich im Lauf der Jahrzehnte wirklich verändert haben. Aber es geht nicht um diese Veränderungen. Das Dolina, das ich von meinen Nachhilfestunden her kannte, war ein anderer Ort, in den ich mein inneres Befinden, meine Stimmung und meine damalige Auffassung vom Leben projizierte. In meiner Erinnerung war die Straße, die durch den Ort führte, schlammig braun, und die Lastwagen, die über die Fahrbahn donnerten, waren grüngrau und hatten riesige Ungetüme von Rädern, die höher waren als ein Fünfzehnjähriger.

Von einer vergangenen Zeit erinnern wir uns im Grunde an die Atmosphäre und die eigenen Gefühle, und genau darauf beruht das Gesamtbild einer erinnerten Landschaft, das wir mit der Zeit auch ein wenig verändern und ergänzen. Als Gymnasiast fuhr ich ein paarmal in den Ort, dem ich jetzt eine Geschichte zu entlocken versuche, aber ich tat es ungern. Einmal der lange Weg, dann die Bushaltestelle, der

Bus, der an jeder Ecke hielt, das Bauernhaus, der unfreundliche Hund, der mich anbellte ... Ob es den Hund wirklich gab, kann ich nicht mit Sicherheit sagen, kann sein, dass ich ihn von irgendwo anders in meine Erinnerung eingeschmuggelt habe. Regen und Nässe, der seltsame Geruch nach Hühnern, Muff und verbrannter Milch. Auch was den Geruch betrifft, bin ich mir nicht ganz sicher. Ich weiß noch, dass mich die Brüder und die Eltern meiner Klassenkameradin nicht allzu freundlich beäugten, vielleicht spürten sie, dass mir *ihre Kleine* gefiel, und sie fürchteten um ihr fünfzehnjähriges Mädchen, obwohl ich auch nicht älter war. Heute frage ich mich, ob sie überhaupt Brüder hatte. Ob der eine im Eck, der finster zu mir rübersah, nicht der Hausknecht oder vielleicht sogar eine Figur aus den Büchern war, die ich damals las ... Kurz: Ich habe mein Unbehagen zweifellos in das erinnerte Bild des Orts projiziert. Natürlich regnete es nicht immer, wenn ich dort war, trotzdem sah ich in den darauffolgenden vierzig Jahren, wann immer ich an den Ort in dem langgezogenen Tal am Fuß der Grmada dachte, nichts als Regen, Schlamm und Nässe auf der langen Fahrbahn, den reißenden Wassergraben, in den es mich zog, und die langweiligen grauen Häuser rechts und links von der Straße.

Ähnlich verhält es sich mit Ereignissen. Unsere Erinnerung ist ein selbständiger Landschaftsarchitekt und ein eigenwilliger Chronist des Geschehens.

Das Dolina meiner Erinnerung unterscheidet sich stark vom real existierenden Dolina. Der Ort, den es schon vor meiner Erinnerung gab, also in den Dreißigerjahren des vergangenen Jahrhunderts, als meine Generation noch nicht geboren und noch nicht mal mein Vater auf der Welt war, bleibt eine große Unbekannte. Ein paar Schwarz-Weiß-Fotos, etwa das eine vor dem Gasthaus des Bürgermeisters Novak, oder die zwei verblassten Fotos vom Sägewerk und von der Möbelfabrik Otos von Eichhein, sind, abgesehen von ein paar Landschaftsaufnahmen, alles, was der Phantasie des Schriftstellers zur Verfügung steht. Und natürlich die Ereignisse, die im Ort tatsächlich stattgefunden haben, die aber auch nicht sonderlich genau dokumentiert sind. Ein paar visuelle Splitter, ein paar Geschichten, die ich gehört habe, ein paar Eindrücke, die ich heute beim Besuch Dolinas gewonnen habe … aus alldem werden neue Bilder, neue Geschichten, sogar neue Menschen entstehen. Deshalb ist die wahre Gestalt der nicht einzufangenden Vergangenheit völlig belanglos.

Aus meinen Notizen, Überlegungen, den nächtlichen Grübeleien, die sich bildhaft auch in die Träume stehlen, wächst langsam ein neuer Ort, eine neue Landschaft, wachsen neue Häuser, Waldhänge, Futterkrippen, hellgelbes Harz, das auf der Haut von leidenschaftlich Liebenden haftet, ein finsterer Graben und dort unten ein Bretterverschlag, ein scharfes, schrilles Sägeblatt, das markerschütternd aufkreischt, wenn es sich in das weiche Fichtenholz frisst. Ein Bahndamm, eine Straße vor dem Gasthaus, eine Ecke des Feuerwehrhauses, woanders ein Bauernhaus, schwere Möbel, ausgestopfte Tiere an den Wänden, die Haufen alter Lumpen in der Dunkelheit hinter einer Bühne, Stoffkulissen, ein zerrissener Hut, die Stunden des Tages, in denen Menschen, die es wirklich gegeben hat, plötzlich zu leben beginnen, und jetzt noch realer, weil sie frei erfunden sind.

Die Villa Eichhein

Der alte Oto von Eichhein lenkte seinen Ford geräuschvoll auf den Hof seiner feudalen Villa.

Das Haus der Eichheins, das sogenannte Schloss, war ein großer zweistöckiger Bau, den Otos Urgroßvater dort errichtet hatte, wo einst eine kleine Taborkirche mit einer Wehrmauer und zwei Türmen aus dem 16. Jahrhundert gewesen war, von der aber nur mehr ein kümmerlicher Mauerrest und der wie ein abgebrochener Zahn in die Luft ragende Teil eines der Wehrtürme stand. Insgesamt ein paar Meter steinerner Überreste von einer der Ecken der alten Ruine. Auf diesen Mauer- und Turmresten war die Villa errichtet worden.

Als in der ersten Hälfte des 19. Jahrhunderts die eigens aus Bayern, dem »Geburtsland« des Biedermeier, geholten deutschen Baumeister die Villa bauten, gruben sie sich tief in die Fundamente des Turms und legten die Reste eines Kellergewölbes frei, dem dann der Neubau aufgesetzt wurde. Links und rechts vom Keller bauten sie eine zweistöckige Biedermeiervilla mit erhöhtem Erdgeschoss, deren vordere Fassade beidseits sogar mit einem Türmchen abschloss. Über dem Eingang wurde die Aufschrift *Villa Eichhein* montiert. In einem der Türmchen, das mit typischen rosa Stuckaturen verziert war, trocknete die Haushälterin die Wäsche, im anderen wurden ausgediente Stühle, Sitzgarnituren und sonstiger Krempel aufbewahrt. Sonst suchte nie jemand die Türme auf, die bloß biedermeierliches architektonisches Beiwerk, im Übrigen aber nutzlos waren. Als Otos Sohn Erich ein Knabe war, hatte er in einem der Türme sein Versteck. Dorthin verzog er sich auch an dem Nachmittag, an dem seine Mutter, Elisabeth von Eichhein, starb. Sie fanden ihn erst am nächsten Tag. Das ganze Tal war auf der Suche nach ihm gewesen. Man dachte bereits, er sei in den Fluss gegangen oder von dem Bären verschleppt worden, der damals im Jagdrevier sein Unwesen trieb, schließlich aber fand ihn die Köchin tief zwischen den alten Teppichen und Möbeln, die eben erst im ganzen Haus durch neue ersetzt worden waren, wie um damit Krankheit und Tod zu vertreiben. Maria, Erichs um zwei Jahre jüngere Schwester, kam mit dem Tod der Mutter, die mit ihren Kindern ausschließlich Deutsch gesprochen hatte, besser zurecht. Sie spielte den ganzen Tag im Zimmer ihres Vaters unter dem großen eichenen Schreibtisch mit ihren Puppen und verhielt sich überhaupt so, als wäre das ein ganz normaler Tag.

Vor der Villa gab es einen kreisrunden, mit Sand aufgeschütteten Hof. Den Brunnen, der sich ursprünglich in der Mitte des Rondells befunden hatte, hatte schon Otos Vater zuschütten lassen, auch ein Oto, bloß mit dem Unterschied, dass der Alte noch ein Doppel-T im Namen geführt hatte. Dass sein Sohn nur mehr über eines verfügte, war vielleicht auf das slowenische Umfeld zurückzuführen, auch wenn Oto von einem blöden Fehler zu sprechen pflegte, der beim Eintragen seines Namens auf dem Standesamt in der Stadt passiert sei, denn der Schreiber hatte – absichtlich oder aus Schlamperei, dem wurde nicht weiter nachgegangen – im Namen des Neugeborenen ein T weggelassen. Ein Fehler, der dem Beamten wahrscheinlich aus Nachlässigkeit unterlaufen war, vielleicht sogar, weil er nicht ganz nüchtern war, auf keinen Fall aber um der nationalen Provokation willen, denn die Stadt war im Jahr 1880 fast zur Gänze deutsch.

Im Erdgeschoss der Villa Eichhein befanden sich die Küche mit den angeschlossenen Speisekammern, das große Esszimmer, das kleine Esszimmer, in dem gefrühstückt wurde, der große Salon und das Wohnzimmer mit dem Kamin, an welches das Arbeitszimmer des Hausherrn anschloss. In den oberen Etagen befand sich das große Jagdzimmer, daneben der kleinere *Männersalon*, der in der Zwischenkriegszeit *Raucherzimmer* hieß und in dem nicht nur gequalmt, sondern auch Zeitung gelesen wurde, und daran anschließend die große Bibliothek. Im zweiten Stock waren die Schlafräume mit den Badezimmern. Eine Besonderheit stellten auch die sanitären Einrichtungen dar, denn es gab ein Klosett in jedem Stockwerk, was in der damaligen Zeit als sehr verschwenderisch galt und die Errichtung des Gebäudes erheblich verteuert hatte. Oto von Eichhein ließ in den frühen Zwanzigerjahren – seine Frau Elisabeth starb 1920 am damals noch als Frauentuberkulose bezeichneten Gebärmutterkrebs – auf der Rückseite der Villa einen Zubau errichten, in dem sich die Gästezimmer und die Wohnräume für das Gesinde befanden. Nach dem Tod seiner Frau holte Oto noch die Erzieherin und Gouvernante seiner Kinder, das *Edelfräulein* Gertrude Lindner zu sich in die Villa. Er ließ die damals schon über fünfzigjährige Dame aus Bayern kommen, ebenso den Hausverwalter, der zu der Zeit noch ledig war. Als der Verwalter heiratete und Vater wurde, musste er ausziehen, denn abgesehen von seinen eigenen Kindern duldete Oto keine anderen *Fratzen* im Haus. In der Villa wohnte außerdem noch die Köchin. Die Erzieherin Frau Lindner, die nicht mehr nach Bayern zurückkehrte, sollte den tragischen Untergang des Hauses Eichhein nicht überleben.

Der Ford blieb vor der Freitreppe zur Villa stehen. Zwar gab es hinten neben dem Zubau eine Garage, doch Oto war zu sehr in Eile, und es zog schon derart in seiner Hose, dass er keine Zeit mit dem Parkmanöver vertrödeln wollte, das ihm ohnedies einige graue Haare machte. Er hätte Letzteres niemals zugegeben, doch war nach jedem Versuch, besonders wenn es spät geworden war, der nachtblaue Lack auf den schön gerundeten Kotflügeln seines Ford um eine oder zwei lange Schrammen reicher.

Die Villa war finster. Oto lief, noch ehe er den Motor abstellte, wie ein Jüngling ums Hauseck und warf einen Blick auf die Rückseite der Villa. Die Fenster im Zubau waren in nächtliches Schwarz getaucht. Die Köchin schlief bereits, Frau Gertrude auch. Der nächste Tag war ein Sonntag, und Oto hatte ihnen freigegeben, vor allem der Köchin, die als *Regisseurin*, wie sie sich selbst nannte, das Stück im Feuerwehrhaus *auf die Bühne gebracht* hatte. Nun schliefen die beiden offenbar schon. Die Köchin hatte die Einladung des Bürgermeisters, nach der Aufführung ins Gasthaus zu kommen, ausgeschlagen, diese *Amateurschauspieler* würden sie völlig fertigmachen, und sie wolle gleich heim ins Bett. Auch sonst war sie chronisch müde; kein Wunder, denn sie kümmerte sich um alles im Haus und war keineswegs nur Köchin. Frau Gertrude aber war gar nicht erst gekommen. Sie war überzeugt, dass das Theater die Quelle allen Übels sei, der Wollust, der Hurerei und des Kommunismus, auch wenn sie das nicht sagte, sondern sich auf ihre alten, geschwollenen Beine ausredete. Oto war heilfroh, dass die zwei *Schabracken*, wie er die Frauen liebevoll nannte, schon schliefen, andernfalls hätte es ziemlich unerfreulich werden können. Der Hausherr machte aus seinen gelegentlichen Liebschaften keinen Hehl, schließlich war er niemandem etwas schuldig, aber die beiden hatten seine verstorbene Frau gekannt, und es wäre ihm doch etwas peinlich gewesen, die Grabnerin an ihnen vorbei in sein Schlafzimmer zu lotsen. Obwohl ihnen sowieso nichts entging, denn auch wenn sie schliefen, bekamen sie alles mit. Aber es würde trotzdem weniger peinlich sein, dachte er sich. Außerdem waren da noch seine Kinder, Maria und Erich, was heißt Kinder, erwachsene Menschen, denen er aber auch keine Rechenschaft über sein Liebesleben schuldig war. Ihre

Mutter war vor zehn Jahren gestorben, außerdem wussten die Kinder bestimmt von seinen Orgien in den Jagdhütten auf den Hängen der Grmada. *Und wenn schon!*, dachte sich Oto, *ich bin ein Mann in den besten Jahren. Ich bin noch bei Kräften! Ich wüsste nicht, warum ich mich zurückhalten sollte. Abgesehen davon scheint mir, dass auch Erich die Nachtdamen in der Herrengasse regelmäßig beehrt. Neulich hat sich der Kleine verplappert, als er gemeint hat, dass die ungarischen Mädchen die besten seien. Ich kenne sie auch, die Ungarin dort, sie ist wirklich die Beste, aber ich hab's nicht gesagt. Und Maria, mein goldiges Mädchen, zwanzig Jahre ist sie alt, und wenn sie nur ein bisschen nach mir kommt, dann bin ich mir sicher, dass sie im Sommer die Beine auch nicht immer beisammengehabt hat. Wir sind alle nur Menschen! Die Frauen ja auch. Ha!*, sinnierte er und verscheuchte damit die letzten Reste schlechten Gewissens, das er den Kindern gegenüber hatte, wenn er mit irgendwelchen Frauen schlief. Dann setzte er sich wieder ans Lenkrad und stellte den Motor ab. Sein Ford Modell A rumpelte ein paarmal, hustete und verstummte. Alle drei, Oto, die Grabnerin und der zehnjährige Silvester, blieben in der Stille sitzen.

»Und der Kleine?«, fragte die Grabnerin nach einer Weile, als sich die Augen an die Dunkelheit gewöhnt hatten, denn obwohl sie eher von der langsameren Sorte war, wusste sie schon, was der Gospod Oto diese Nacht mit ihr vorhatte. »Ich kann jetzt nicht mit ihm durch den stockfinsteren Wald.«

»Durch die Nacht schleppst du den sicher nicht heim«, erwiderte der Alte genervt, zog die Lederhandschuhe aus, die ihm die Firma Ford beim Kauf des neuen Wagens geschenkt hatte, und warf sie nachlässig ins Fach auf der Beifahrerseite. Der zehnjährige Silvester saß auf dem Schoß seiner Mutter. Er war, obwohl noch ganz verschlafen, von der Autofahrt derart begeistert gewesen, dass er sich Mühe gegeben hatte, ganz wach zu werden. Jetzt saß er mit weit offenen Augen da wie eine junge Eule. »Was machen wir mit ihm?«, wiederholte die Grabnerin. Sie redeten über den Buben, als wäre er gar nicht da.

»Er wird im Raucherzimmer schlafen, neben der Bibliothek. Dort ist eine sehr komfortable Couch. Wenn sie für mich gut genug ist, ist sie es auch für den Kleinen«, sagte er und machte die Tür auf.

»Die Mutter wird sehen, dass ich nicht daheim bin«, antwortete sie. »Auch um den Kleinen wird sie sich Sorgen machen ... Du weißt ja, der Kleine schläft bei ihr.«

»Die Alte schnarcht wie eine Wildsau«, redete sich Oto in Rage. »Du bist ja schon öfter nicht nach Hause gekommen. Wie ich höre, besuchst du manchmal meine Burschen im Sägewerk.« Dann fiel ihm ein, dass der kleine Silvester, der auf dem Schoß der Mutter saß, gar nicht mehr so klein war und gewisse Dinge vielleicht nur allzu gut verstand. »Du wirst auf die Mama aufpassen, gell?«, sagte er betont freundlich zu dem Buben. »Heute muss sie mir noch bei etwas helfen.« Dabei schaute er die Grabnerin an, und ihre Blicke trafen sich für einen kurzen Moment. Auch in ihr erwachte das Tier, und ihre Augen nahmen etwas Glasiges an. »Wenn du schön brav bist und dich beeilst, dann geh ich mit der Laterne mit euch bis zum Graben«, sagte er noch, obwohl er in dieser Nacht begierigere und weitaus zeitintensivere Absichten mit dem mordsmäßigen Hintern der Grabnerin hatte. *Ich werd sie nicht einmal waschen, sondern ich zieh sie einfach aus, soll sie riechen wie eine abgebrühte Sau! Soll sie grunzen, wie nur sie es kann! Und sich winden, dieses Teufelsweib! Der besorg ich's, dass sie noch in der Früh jodelt!*, dachte er und knirschte mit den Zähnen. Von den bayrischen Jagdfreunden, die am ersten September zum Auftakt der Hirschjagd bei ihm zu Gast gewesen waren, hatte er eine getrocknete chinesische

Ginsengwurzel geschenkt bekommen, die einen Toten aufwecken würde, wie sie betrunken und augenzwinkernd behauptet hatten. Heute Nacht wollte er sie ausprobieren, *die ganze Nacht bis zum Morgen!* Wegen des Kleinen machte er sich keine Sorgen. Der würde im Raucherzimmer schlafen, dann würde er wenigstens wissen, wie es sich anfühlt, ein eigenes Bett zu haben. Denn in der Hütte der Grabners gab es nur ein Bett, in dem alle schliefen. Die Grabnerin schlief manchmal auf dem Boden bei der Tür, wenn es aber richtig kalt war, rückten sie auf dem alten *Spannbett*, einem Geschenk von Otos verstorbener Frau Elisabeth, zusammen. »Also, auf geht's!«, sagte er noch, stieg aus, schlug die Wagentür zu und begab sich hinauf zur dunklen Villa. Silvester und die Grabnerin folgten ihm brav.

»Gibst du dem Kleinen was zu essen?«, fragte die Grabnerin ohne Umschweife, als sie das große Foyer durchquerten und sie sah, dass die Küchentür vor der Treppe nach oben nur angelehnt war. Jetzt duzte sie ihn. Die Intimität, die seit dem Ende der Aufführung, als Oto auf die Bühne geklettert war, in der Luft lag, tat das Ihre, obwohl die Grabnerin ihren Arbeit- und Unterkunftgeber sonst immer und überall ehrfürchtig mit *Herr* anredete.

Oto hatte es fürchterlich eilig. »Ja, ja«, knurrte er, ging in die Küche und weiter in die Speisekammer, warf ein Stück geselchten Magen und ein Stück Käse auf einen Teller, deckte einen Flechtkorb auf, aus dem er einen Laib Brot nahm, und schnitt mit dem großen Messer noch einen *Keil* ab, wie das Randstück in dieser Gegend genannt wurde. Dann drückte er den Teller dem Kleinen in die Arme: »Also, auf geht's!«

Er führte sie durchs Jagdzimmer im ersten Stock. »Schau, alles solide Gewehre!«, rühmte er sich vor Silvester, dessen Mund wie von selbst aufging, während er den Teller mit dem Essen in den Armen hielt. »Wenn du heute Nacht *ein guter*

Junge bist, darfst du morgen eins in die Hand nehmen!« Dem Buben war, als ginge der Himmel auf, er nickte nur. Dann führte der alte Schwerenöter die beiden ins Raucherzimmer. Der scharfe und angenehm süße Geruch nach Pfeifentabak kitzelte den Buben in der Nase, er musste niesen. »Nastrauie!«, lachte der Hausherr und deutete zum Fenster, wo wie ein großes Tier auf vier Beinen die breite, bequeme Ledercouch stand. Hier pflegte der Hausherr nachmittags träge seine Pfeife zu rauchen und zu dösen. Auf der Couch lag eine zusammengefaltete Wolldecke. »Da schläfst du«, sagte er und drückte Silvester auf die Couch. »Iss noch ein paar Bissen und dann ab ins Bett. Die Schuhe zieh aber aus, damit du mir nicht das Leder versaust. Und schalt das Licht ab, das kannst du ja wohl. Der Schalter hier, Strom …« Dann winkte er ab, *das Kind wird sich schon zurechtfinden*, nahm die Grabnerin an der Hand und zog sie, noch ehe sie sich von ihrem Sohn verabschieden konnte, durch die Bibliothek ins Stiegenhaus und weiter in sein Zimmer im zweiten Stock.

Der zehnjährige Bub blieb mit dem Teller in den Händen allein im Raucherzimmer zurück.

Stille überflutete das Haus.

Silvester Grabner

Silvester war ein schmächtiger Knabe.

Ein Winzling war er schon bei seiner Geburt gewesen, *wie so eine kleine rosa Ratte*, sagte seine Großmutter, die alte Grabnerin. *Er ist einfach rausgefallen, plumps, und schon war's erledigt!*, brüstete sich die junge Mutter vor den Burschen im Sägewerk. Tatsächlich machte der Neugeborene nicht viel her, er hätte auf der flachen Hand eines Waldarbeiters Platz gehabt. Die Köchin in der Villa Eichhein sagte, dass er deshalb so winzig sei, weil die Grabnerin ihre Schwangerschaft so sehr verheimlicht habe. Die festen Bandagen um ihren Bauch hätten ihn nach innen gedrückt, ganz tief nach hinten zwischen die Beckenschaufeln. Niemand glaubte, dass er überleben würde. Aber die alte Grabnerin nahm sich seiner an, sie umsorgte ihn, wie sie ihre eigenen Kinder nie umsorgt hatte.

Auch als er größer wurde, blieb Silvester klein. Schmales Gesicht, ein Dünnschiss von Körper, dünne Arme, magere und knochige Finger. Als er zehn Jahre alt war, sagten alle, die ihn zum ersten Mal sahen: *Du gehst aber noch nicht zur Schule, oder, Kleiner?* Und die Köchin sinnierte wieder: *Mangelhafte Ernährung, von Rüben ist noch keiner dick geworden*, und gab der Mutter jeden Abend *etwas für den Kleinen* mit, doch die Grabnerin aß es auf dem Heimweg für gewöhnlich selbst auf.

Silvester war ein stilles Kind, er redete nie. Lange hielt man ihn für ein bisschen behindert. *Wie die Mutter*, philosophierte wieder die Köchin, der das Weib auf die Nerven ging. Sie war eifersüchtig wegen des alten Oto, der nicht verbergen konnte, dass ihn die festen, drallen Schenkel der großgewachsenen Frau aus dem Graben sehr erregten. Doch der Bub war in Wahrheit ein kluger Kopf. Er ging sehr gern zur Schule. Jeden Tag marschierte er gut eine Stunde nach Dolina, und er versäumte den Unterricht kein einziges Mal. Auch wenn es wie verrückt schneite und nur die Kinder, die in der Nähe, gleich ums Eck, wohnten, in die Schule kamen, stapfte er stur durch den Schnee. Er umwickelte seine Füße mit alten Lumpen und zog die zerfledderten Schuhe seines Großvaters an. Eigene Winterschuhe hatte er nicht, nur die Halbschuhe vom Bruder seiner Mutter, der sich vor langer Zeit aus dem Staub gemacht hatte. Auch den abgetragenen Mantel vom toten Großvater zog er über. Eigentlich konnte man es keinen Mantel mehr nennen, es war nur noch ein tausendmal gestopftes und geflicktes Stück Stoff, von dem etwas wie Ärmel herunterhingen und das die alte Grabnerin an Wintertagen als Decke gebrauchte. Weil der Mantel so groß war, schlug er ihn sich wie eine Kapuze über den Kopf, dann begab er sich ins Schneetreiben. Die Mutter war schon seit ein paar Tagen nicht daheim, die Großmutter hatte irgendwo eine Flasche Obstler aufgetrieben und schnarchte betrunken in der Ecke, und der Bub verschwand im dichten Schnee. Das kalte Weiß hätte ihn leicht für immer begraben können. Ein paarmal fiel er sogar hin, und der frisch gefallene Schnee begrub ihn unter sich, aber er arbeitete sich weinend wieder heraus und setzte stur den Weg nach Dolina fort. Als er die Tür zur Klasse öffnete, war er ganz blau im Gesicht, und eisige Tränen liefen ihm über die Wangen, als er schluchzte: »Ich bin da.«

Als die Lehrerin und die Schüler den verschneiten Lumpenhaufen, der am ehesten einem durchnässten Heubündel glich, und die aus dem Bündel lugende bläuliche Nase sahen, von der es ebenfalls tropfte, lachten alle laut. Sie machten sich über ihn lustig. Sie lachten ihn aus, dabei war es sein sehnlichster Wunsch, bei ihnen zu sein.

Das merkte sich Silvester für den Rest seines Lebens.

Schon damals aber war klar, dass es dem Kind in der Schule besser gefiel als daheim. In der Schule war es warm und vor allem interessant. Ihn interessierte alles. Er konnte als Erster in der Klasse lesen, Bücher waren für ihn etwas Sagenhaftes. Natürlich gab es damals, wir sprechen vom Jahr 1927, als Silvester eingeschult wurde, noch keine Schulbüchereien, schon gar nicht in den kleinen Märkten und Straßendörfern wie Dolina. Es gab nur ein einziges Klassenzimmer und eine einzige Lehrerin. Die reicheren Familien, die großteils deutscher Abstammung waren, engagierten selbst noch einen deutschen Lehrer, der nachmittags bei der Familie Fedensberg unterrichtete, aber nur jene Kinder, deren Eltern ihn finanzierten.

Die Lehrerin hatte in der Klasse einige Bücher stehen, in denen der kleine Silvester unentwegt las, Bücher über den Lehrerberuf, aber auch ein Buch über exotische Länder. Sie träumte nämlich davon, irgendwann die Welt zu bereisen. Auf ihrem Tisch lag außerdem das Buch, aus dem sie den Schülern Tiergeschichten vorlas. In all diesen Büchern blätterte und las Silvester in einem fort. Manchmal heimlich, manchmal aber erlaubte ihm die Lehrerin auch, nach dem Unterricht noch eine Weile im Klassenzimmer zu bleiben und fasziniert in die Bücher zu starren, die er kaum in den Händen halten konnte. Für ihn war es eine magische Welt. Die Buchstaben, die er immer geschickter zu Worten und dann zu Bildern verband, verzauberten ihn, sodass er die Zeit vergaß und oft erst heimging, wenn es draußen schon stockdunkel war. Die Angst vor der Dunkelheit, vor den Schatten im Wald, aber auch vor den Wölfen und Füchsen, war kleiner als die Schönheit all dessen, was er in den paar Büchern der Lehrerin las. Die Mutter und die Oma merkten sowieso nie, wenn er zu spät kam. »Kommst du jetzt erst?!«, wunderte sich die Mutter. »Ich hab gedacht, du schläfst!«, und sie zeigte auf den Stoffhaufen, unter dem das Kind im Winter, wenn es kalt war, schlief.

Die Grabnerin nahm Silvester oft mit ins *Schloss*, in dem sie Tag für Tag arbeitete. Er durfte in der Küche sitzen und der Köchin helfen, er durfte auch hinten im Hof sitzen, in der finsteren Ecke zwischen der Villa und dem Zubau, wo der Hausmüll gelagert wurde, die anderen Räume durfte er aber nie betreten, das war streng verboten. Nur durch die Küchentür konnte er in das große Foyer schauen, und wenn drüben die Tür offen stand, sah er bis ins Esszimmer hinein. Die Eichhein-Kinder, Maria und Erich, waren zehn und mehr Jahre älter als er, darum nahmen sie ihn kaum wahr. Dass die Grabnerin ihren Bankert in die Küche bringen durfte, war in Wahrheit ein großes Privileg. Schon damals wurde geredet, dass der Kleine vielleicht der Sohn des geilen alten Jägers war, und gerade deshalb ließ die Köchin, die keine eigenen Kinder haben konnte, den Kleinen in ihr Reich. Mit ihrer dicken, ungeschickten Hand strich sie ihm öfter einmal übers Haar und schaute ihm dabei in die Augen. *Derselbe Blick*, rief sie mit glasigen Augen, *derselbe Blick!* Das war aber auch schon alles an Zärtlichkeit, was Silvester in seiner Kindheit erfuhr, und selbst das empfand er als seltsam und unangenehm.

In der dunklen Ecke im Hof, weit weg von den Blicken der herrschaftlichen Hausbewohner, verbrachte der Bub während des Schuljahrs viele Nachmittage und auch jeden Sommer. Bei den großen Blechtonnen mit den Abfällen, die die dankbaren Tagelöhner aus der Umgebung für ihre Ferkel holten, lag immer auch ein Haufen ausgelesener Zeitungen und Zeitschriften, auf die der Hausherr abonniert war. Und eben diese Zeitungen und Zeitschriften las der junge Silvester tagein, tagaus. Er las alles, Wort für Wort, von vorn bis hinten und von dort gleich weiter. Er las auch die deutschen Zeitschriften, obwohl er sehr wenig verstand. Einige waren illustriert, in manchen waren sogar Fotos. Das waren die Jagdmagazine, die er am liebsten mochte. Obwohl die Familie Eichhein deutscher Abstammung war, kamen auch der *Domoljub*, der *Slovenski narod* und der *Slovenec* regelmäßig ins Haus. In den Beilagen waren hin und wieder auch Gedichte abgedruckt, und diese schlugen den Knaben vollkommen in ihren Bann.

Dass er ausgezeichnet lesen konnte, bemerkten die Köchin und die deutsche Erzieherin Gertrude Lindner recht schnell. Als die Köchin im Sommer anfing, über das Stück nachzudenken, das im Dezember aufgeführt werden sollte, kam sie auf die Idee, die Rolle der Geizigen im deutschsprachigen Vaudeville *Eine Handvoll Groschen zu viel* mit der Hausmagd Ana Grabner zu besetzen. Sie fragte Frau Gertrude nach ihrer Meinung, die sagte, dass die Grabnerin die Rolle der Geizigen wohl spielen könnte, weil sie sowieso *eine Schlampe* sei, *wie alle im Theater.* Sie sagte allerdings auch, dass die Grabnerin den Text nie und nimmer erlernen würde. *Aber der Sohn kann ihr doch helfen!*, rief die Köchin.

Die Grabnerin konnte nämlich kaum lesen. Ihr lag aber viel daran, auftreten zu können, denn der Schirmherr der Aufführung war schließlich der alte Oto, der einmal vor der Küchentür nebenbei zu ihr gesagt hatte: *Ich würd dich wirklich gern auf der Bühne sehen.* Mehr brauchte es nicht für ihren Entschluss, zum ersten und letzten Mal in ihrem Leben in einem Theaterstück mitzuspielen. Natürlich hatte sie keine Vorstellung davon, welche Art Bühne dem alten Lustmolch dabei vorschwebte. Als er bei seinen Verwandten in München zu Besuch war, war er mit Freunden in das Nachtlokal *Die frohen Mäuschen* gegangen. Dort zogen sich schöne und auch etwas weniger schöne Mädchen und Frauen, allesamt äußerst lüstern, zu einer schrägen Musik auf der Bühne splitternackt aus und vollführten alle möglichen Verrenkungen, fast schon Turnübungen, und stramme Burschen waren ihnen dabei behilflich.

Und so übte der kleine Silvester den ganzen Sommer lang mit der Mutter den Text ein. Es war mühsam. Mehr als einmal war sie am Verzweifeln, aber der Bub überzeugte sie jedes Mal wieder, dass es nicht so schwer sei und sie ihre Sache gut mache … Wenn sie sich einen Satz nicht merken konnte, ärgerte sie sich maßlos über sich selbst. Heiße Tränen traten ihr in die Augen. *Warum bin ich so dumm! Warum bin ich so dumm!* Wenn sie aber eine Textstelle vergaß, die sie am Vortag noch mühelos aufgesagt hatte, drehte sie durch. Sie begann den Buben zu hauen, als wäre es seine Schuld. Und so setzte es für Silvester in jenem Sommer wegen des Theaterstücks oft Schläge.

Am 2. Dezember nun, dem Geburtstag des Buben, erlebte die Aufführung einen unwahrscheinlichen Erfolg. Der Knabe fuhr auch zum ersten Mal in einem Auto mit, und er durfte zum ersten Mal die Gemächer des Hauses, das er von klein auf bewundert hatte, betreten.

Oto von Eichhein brachte ihn und seine Mutter in den ersten Stock.

Jetzt war er allein, mit einem Teller in der Hand, in dem Raum, in dem die Herrschaften ihre Pfeifen rauchten. Er hatte Hunger, war aber so aufgeregt, dass er nicht essen konnte. In der Stille stellte er den Teller auf dem kleinen Tisch neben der Ledercouch ab. Als das Porzellan die glatte und spiegelnde Oberfläche des runden Tisches berührte, gab es einen Knall, den er laut wie einen Gewehrschuss empfand. Er erschrak. Als hätte er etwas angestellt, dabei war nur der Teller so laut gewesen. Eine Weile stand er völlig regungslos da. Dann fasste er Mut und machte ein paar Schritte. Aber er blieb wieder stehen und rührte sich nicht. Stille. Kein Mensch weit und breit. Das bedeutete, dass er sich ein wenig umsehen konnte. Ängstlich betrat er das Jagdzimmer. Er wagte nicht, das Licht aufzudrehen, sodass nur das Licht aus dem Raucherzimmer den Raum erhellte. Er sah dennoch alles. Die Glasvitrinen mit den Gewehren. Der Herr hatte versprochen, ihm morgen früh, wenn er brav gewesen wäre, eins zu zeigen, es ihn sogar selbst halten zu lassen … Langsam bewegte er sich von einer Vitrine zur nächsten. Viele verschiedene Gewehre. Einläufige, zweiläufige Flinten, darunter auch sehr alte mit verschiedenen Ornamenten. Unter den Vitrinen waren Schubladen. Er sah sich um. Er hatte ständig das Gefühl, dass jemand in der Ecke saß und ihn beobachtete. Doch da war niemand. Langsam zog er eine Schublade auf, darin lag in hübschen Schachteln die Munition. Er schob sie wieder zu. Dann ging er ins Raucherzimmer zurück und setzte sich auf die Ledercouch. Er konnte nicht schlafen, er war aufgewühlt. Er konnte es nicht fassen, dass einige Menschen so schön wohnten, dass sie derart viel Platz hatten. Er sah das alles zum ersten Mal.

Am anderen Ende des Raucherzimmers war noch eine Tür, sie war angelehnt, lange schaute er hin. Schließlich fasste er Mut und trat ein. Bücher! Lauter Bücher! Überall waren Bücher, vom Boden bis zur Decke. Dem Buben wurde schwummrig vor Augen. Plötzlich hatte er keine Angst mehr, er machte Licht, das musste er aus der Nähe betrachten! Noch nie hatte er so viele Bücher auf einem Haufen gesehen. Er konnte es nicht fassen, dass es Räume gab, in denen Bücher zu Hause waren, die von Büchern bewohnt waren!! Zuerst berührte er sie nur mit den Fingerspitzen, dann zog er doch mutig das eine oder andere heraus. Die meisten waren auf Deutsch, aber er blätterte trotzdem in ihnen und las. Machte ja nichts, wenn er nichts verstand, Hauptsache, er konnte lesen. Und das tat er. Er schlug weitere Buchdeckel auf und verschlang die Buchstaben. Dann stieß er auf ein sehr schönes

Buch, schon der Buchrücken war schön, ein Ledereinband mit goldener Prägung. Er schlug es auf: *Don Quixote*. Da waren auch prächtige Illustrationen drin, in Farbe. Wie in Trance nahm er das Buch ins Raucherzimmer mit und setzte sich auf die Couch. Er wendete die Seiten und verschlang die Wörter und Sätze. Die Augen fielen ihm zu, er war müde, aber er las immer weiter, als fürchtete er, dass jemand aus der Dunkelheit springen und ihm die Geschichte aus der Hand reißen könnte. Als es schon tagte, übermannte ihn doch die Müdigkeit. Er ließ *Don Quixote* und seinen Sancho Pansa vor den mächtigen Riesen, den großen Windmühlen, in der wundervollen spanischen Landschaft zurück. Die Müdigkeit war stärker als die Geschichte. *Morgen lese ich weiter, morgen lese ich weiter*, sagte er zu sich, zog die Schuhe aus und legte sich bäuchlings auf die Couch. Das Buch zog er unter sich, als beschützte er mit seinem kindlichen Körper die Geschichten des lächerlichen und traurigen Ritters aus der Mancha, damit ihnen die Welt nichts Böses anhaben konnte.

Er schlief sofort ein.

Was an jenem Abend noch geschah

Was geschah noch in jener Nacht des 2. Dezember 1930?

Nichts Besonderes. Die Leute waren bester Laune. Der Bürgermeister machte trotz des sprichwörtlichen Geizes, der ihm seit Jahren nachgesagt wurde, etwas, worüber er selbst erstaunt war, und noch mehr waren es seine Gemeindebürger: Er bewirtete auf Kosten des Hauses alle, die an diesem Abend bei der Aufführung dabei gewesen waren, und nur wenige gingen nach Hause, bevor es tagte. Aber sonst war wirklich alles wie immer. Pfarrer Franc kam weder zur Aufführung noch ins Gasthaus, vor allem deshalb, weil er an diesem Abend so fürchterlich betrunken war wie an jedem anderen auch. Schon nach dem Mittagessen zog er sich für die Aufführung im Feuerwehrhaus an, dann aber machte er sich Mut mit einem Gläschen Obstler, und dann trank er noch eins und noch eins, und am Abend, als das Gespann der Eichheins kam, um ihn abzuholen, konnte er sich nicht mehr auf den Beinen halten. Er legte sich ein wenig hin und wachte mitten in der Nacht schweißgebadet auf. Er wusste weder, wo er war, noch wie spät es war, er wusste auch nicht den Tag. Aus lauter Verzweiflung über die verzweifelte Welt, in der er nichts mehr wusste, in der nichts mehr gewiss war, trank er die Flasche leer und blieb liegen. Am nächsten Tag gab es keine Messe. Auch der Mesner, der bis Mittag beim Bürgermeister im Gasthaus saß, kam nicht, um die Glocken zu läuten. Drei alte Frauen, unter ihnen auch die Mutter der Grabnerin, fanden niemanden vor, als sie bei der Kirche angekrochen kamen. Sie sperrten selbst auf – der Schlüssel lag immer unter dem Stein neben der Tür, auch für solche Anlässe – und leierten einander in der ersten Reihe vor dem Altar die Sonntagsandacht vor.

Krank wird er sein. Der Herr Pfarrer ist sicher krank, nickten sie einander zu. Keine war sonderlich verwundert oder verärgert. Es war nicht das erste Mal, dass der Pfarrer so schwer erkrankt war.

Am Abend des 2. Dezember beschloss Maria Eichhein, dass das Ganze nicht auf der Straße, ein paar Meter vom Feuerwehrhaus, enden sollte. Sie sagte zu Mihael: »Ich komm mit zu dir.« Mihael war überrascht, er nickte. Und sie überquerten die Straße und wichen dem Haupteingang ins Gasthaus seines Vaters in großem Bogen aus, huschten im Schatten der Apfelbäume, die am Straßenrand standen, um die Ecke und über den Hinterhof, wo Mihael im Zubau über dem Pferdestall seine zwei Zimmer hatte. Im Hof wurden sie von der Gasthausmagd, die hinter der offenen Tür zur Küche schon die Reste vom Schweinernen und von der Rindsschulter für die morgendliche saure Suppe aufschnitt, gesehen. Sie erblickte die beiden und schaute weg.

Sie stiegen über die hölzerne Wendeltreppe in den zweiten Stock, wo sich die Gästezimmer und am Ende des schmalen Ganges Mihaels Räume befanden. Hier kam nie jemand her. Der Bürgermeister hatte vor Jahren, als ihn Oto von Eichhein zu seinen Verwandten in Bayern eingeladen hatte, Gasthäuser gesehen, die über einen Zubau für Gästezimmer verfügten. Er überlegte kurz, ob nicht auch sein Gasthaus etwas Ähnliches haben sollte. Gleich nach der Rückkehr ließ er den Stall umbauen, und darüber entstand noch ein Stockwerk. Doch die Gäste blieben aus, denn nur selten einmal übernachtete jemand in Dolina. Der Ort war eben nicht interessant genug, um sich dort länger als eine Stunde aufzuhalten, und so kam Mihael zu eigenen Räumen, in denen ihn niemand störte.

Die Wendeltreppe war so eng, dass sie hintereinander hinaufgehen mussten. Er ließ ihr den Vortritt. »Wenn du ausrutschst und fällst, fange ich dich auf«, sagte er. Sie lächelte. Er ging dicht hinter ihr und betrachtete ihre schmalen Hüften, und als sie kurz stehenblieb, war sein Gesicht ihrem schönen, runden Hintern auf einmal ganz nah. Als sie weiterging, setzte sich ihr kleiner Arsch unter den Rosenblüten wieder herausfordernd in Bewegung, und die knallroten Blüten blinkten und blinzelten, als wären sie lebendig.

Sie betraten das Zimmer. Trotz der dicken Mauern hörte man das Singen und Juchzen bis hier herauf. Als er die Tür schloss, machte er Licht, doch Maria griff sofort zum schwarzen Bakelitschalter und drehte ab. Es war wieder dunkel. Sie tat es nicht aus Scham, sie schaltete die große Glühbirne, die unter einem Stoffschirm mit eingenähten Jagdmotiven, Hirschen, Rehen, Hasen, hing, ab, um ihm die Peinlichkeit zu ersparen. Sie hielt ihn für einen völlig unerfahrenen und ungeschickten Burschen, obwohl er älter war als sie.

Dann standen sie eine Weile da. Mihael rührte sich nicht, er versuchte sich zu entschließen, entschloss sich aber nicht. Seine Arme hingen an ihm herunter, während Maria vor ihm stand, so nah, dass er ihre Haut roch. Ihre Augen sah er Gott sei Dank nicht, vor ihm stand ihre Silhouette, und dort, wo ihr Gesicht war, sah er einen dunklen Schatten. Die Augen gewöhnten sich langsam an die Dunkelheit. Durch die zwei kleinen Fenster, wie sie in dieser Gegend mit ihren heißen Sommern und kalten Wintern üblich waren, ergoss sich das weiße Licht des Halbmonds ins Zimmer. Noch immer unternahm er nichts. Dann krachte es im Bretterboden, ein langes Knarzen folgte, und wieder nichts. Maria bewegte sich, sie hatte sich entschlossen. Ihr Schatten löste sich aus dem Dunkel und glitt lautlos an ihm vorbei, als schwebte sie, ohne mit den Füßen den Boden zu berühren, durch die Dunkelheit zu seinem Bett. Er stand noch immer an der Tür und ließ die Arme hängen. Sie zog sich aus, langsam, Stück für Stück, zum Schluss stieg sie aus dem Rock, der von ihren Hüften zu Boden gefallen war. Bevor sie ins Bett schlüpfte, bückte sie sich und streifte rasch ihr Höschen ab. Daraufhin machte er, wie ein Schüler seiner Lehrerin, brav alles nach, langsam, Stück für Stück. Nur seine Unterhose streifte er zusammen mit der Hose über die Knie. Ihr Gesicht konnte er nicht sehen, doch er spürte, wie sie ihn die ganze Zeit aus dem Dunkel anschaute und beobachtete. Er schlüpfte zu ihr.

Sie war heiß. Sie glühte, strahlte Wärme ab. Er lag neben ihr und sah sie an. Aus der Dunkelheit schälte sich langsam ihr Gesicht, dem er sich nun näherte. Er spürte ihren heißen Atem, sie atmeten einander an. Nichts passierte. Weil es zu lange dauerte, übernahm sie die Initiative, wieder sie, und das würde sie auch in den fünfzehn Jahren ihres gemeinsamen Lebens tun. Sie stützte sich ein wenig auf und suchte mit den Lippen seinen Mund. Er wich zurück, zuckte, als bisse ihn eine Schlange. Wieder nichts, Starre. Dann verschwand er zu ihrer großen Überraschung plötzlich unter die Decke. Sie spürte, wie sein Gesicht in ihren Bauch eintauchte, wie er ihr mit geübter und gar nicht schüchterner Hand zwischen die Beine fuhr, wie jemand, der den ganzen Tag nichts anderes macht, wie er noch weiter nach unten rutschte, ihre Beine ganz auseinanderspreizte, seine Hände unter ihre Arschbacken schob und sich ihre Scham direkt vors Gesicht hielt, sie aufbrach wie eine saftige Frucht, die man schält, bevor man sie genießt, und sich mit Nase, Zunge und Lippen in ihr vergrub … Sie war überrascht, machte in der Dunkelheit große Augen. Noch nie war jemand so und auf diese Weise in sie eingedrungen. Es war eigenartig, es gefiel ihr, im Zimmer war es gerade dunkel genug, um keine Peinlichkeit aufkommen zu lassen. Dann fand sie, dass sie auch etwas tun musste, um seinen ungewöhnlichen Eifer irgendwie dankend zu erwidern, und sie begann sein Haar zu kraulen. Als er aber den Kopf schüttelte und damit wie ein Pferd im Stall zu verstehen gab, dass er das nicht mochte, überließ sie sich seinen Lippen, seiner Zunge, dem tierischen Reiben seiner Nase. Sie verwandelte sich in eine saftige, zum Verzehr geöffnete Frucht, sie fand sich damit ab, und sie mochte es. Er aber wühlte mit dem Gesicht in ihr, dass es sie hob und sie immer fester gegen das Kopfteil des Bettes stieß. Mal drehte er sie nach links, mal nach rechts, auf die Hüfte und auf den Bauch und wieder zurück, ohne das Gesicht von ihren immer dickeren und pralleren Schamlippen zu lösen. Er saugte sich in ihr fest, stülpte sie um wie einen Handschuh, sie wusste nicht mehr, was innen, was außen war, wo er und wo sie war, sie verwuchsen miteinander, und die süßen Konvulsionen, die ihr Becken durchliefen, erfassten langsam die Beine bis zu den Zehen hinunter und liefen wieder aufwärts über den Bauch bis zum Scheitel, bis in die letzte Haarwurzel hinein. Ihre Hände vollführten allerlei Verrenkungen, sie schlug sie gegen das Bettzeug, vergrub ihre Finger im Satin, wollte es zerreißen, was machte es schon! Sie bäumte sich auf, bog den Rücken durch, hing aber zugleich an seinem Mund wie an einem Saugstutzen, schlug mit dem Kopf rhythmisch und immer schneller auf das Kissen und dann gegen das halbrunde geschnitzte Kopfteil des Bettes, von dem herab sie, wenn sie die Augen einen Moment lang öffnete, auf jeder Seite ein ins Buchenholz geschnitzter Engel anstarrte. Und als es nachließ, als es zu Ende war, begann es wieder von vorn.

Sie waren nackt. Es war Winter. Es war heiß. Und hinter den Fenstern wurde es hell. Und es wollte kein Ende nehmen. Die Gedanken spielten verrückt, der Körper ruckte und zuckte. Es war kein Körper mehr, eine rotglühende Schleimhaut, geschunden zu wonnigem Schmerz. Es gab keine Grenze mehr. Wo sie aufhörte, fing er an. Und am Ende, es war hoher Tag, tauchte er endlich in sie ein. Stirn an

Stirn gelehnt pumpte er sie binnen Sekunden voll mit seiner Milch. Sie spürte, wie sich sein Körper in heftigen und dann seltener werdenden Stößen in sie ergoss. Und als sein ganzes Gewicht auf ihr lag, wusste sie, dass dies das Ende war, das Ende und zugleich ein Neuanfang.

In den folgenden Jahren, bis 1937, das heißt volle sieben Jahre, dachte Mihael keinen Moment an die Herrengasse und an die Ungarin.

Die frisch Verliebten kamen eine Woche lang nicht aus dem Zimmer. Die Gasthausmagd stellte jeden Morgen einen Topf mit heißer Hühnersuppe vor die Tür, weil sie glaubte, dass die aus einem alten Hahn gekochte Suppe den Liebenden neue Kraft einflößen würde, zu Mittag erwarteten sie dann eine Schüssel Rindfleisch mit Zwiebeln und Kernöl, ein kleiner Laib Brot und ein Stück Speck, und am Abend wieder Suppe … Der Pferdeknecht wiederum leerte jeden Abend den Nachttopf aus, den Mihael auf den Gang schob und mit den *Leiden des jungen Werthers* zudeckte, die ihm sein Vater zum achtzehnten Geburtstag gekauft hatte und die er nie las, weder jetzt noch später.

Und was geschah noch in jenen Tagen?

Der alte Oto von Eichhein besuchte schon am nächsten Tag, nachdem er die Grabnerin und ihren Sohn losgeworden war, den Bürgermeister und saß mit ihm kichernd und trinkend in der Gaststube. Der Bürgermeister verbrachte die folgenden Tage auf dem Stuhl aus dem Feuerwehrhaus, er schickte den Knecht in die Stadt, um sich nach einem Rollstuhl umzusehen, denn er wusste, dass er nicht mehr aufstehen und gehen würde.

Oto von Eichhein war zufrieden, dass seine Maria und Mihael sich gefunden hatten. Eigentlich hatten er und der Bürgermeister es schon vor einer Weile so beschlossen, und der gemeinsame Besuch der Aufführung im Feuerwehrhaus war kein Zufall, und auch, dass die Jungen vor aller Augen in der ersten Reihe Mitte nebeneinandersaßen, war keiner. Von dem neuen Paar wusste nun der ganze Ort, auch über die wilde Woche überm Stall wussten alle Bescheid. Der Pferdeknecht ließ seine Freunde, manchmal war auch ein Mädchen dabei, heimlich in den Stall, dort standen sie dann in der Ecke zwischen den Pferden, schauten zu den Deckenbalken hinauf und lauschten dem rhythmischen Gepolter und den Stöhnlauten, die aus den oberen Räumen kamen.

Als sie endlich in der Lage waren, das Zimmer zu verlassen, gingen sie sofort zum Vater Bürgermeister, der sie im neuen Rollstuhl in seinem Büro empfing. Als sie durchs Haus und durch die Gaststube gingen, versuchten sich alle ganz normal zu verhalten, als wäre ein Tag wie jeder andere und die Tochter Otos von Eichhein nur auf einen Anstandsbesuch vorbeigekommen. Auch der Vater Bürgermeister verhielt sich ganz alltäglich. Er machte sich sogar die Mühe und erhob sich aus dem neuen Rollstuhl. Die Füße taten ihm fürchterlich weh, darum war sein Lächeln bitter verzogen, zu etwas zwischen Freude und Schmerz.

»Wir werden heiraten«, verkündete Mihael.

»Mein Kind!«, streckte ihr der Bürgermeister die Arme entgegen und umarmte Maria, eigentlich verlagerte er sein ganzes Gewicht auf sie, denn seine Füße brannten, als steckten, wie er selbst sagte, tausend glühende Nadeln darin. »Ich habe schon nach deinem Vater geschickt«, sagte er noch.

Sie heirateten Anfang März 1930, im zweiten Jahr der oktroyierten Verfassung, der zufolge das Königreich Jugoslawien zu einer konstitutionellen Erbmonarchie mit der Dynastie der Karađorđević an der Spitze geworden war. Ende Juli brachte Maria einen Monat zu früh ihren ersten Sohn zur Welt. Der Geburtstermin war nämlich erst mit Ende August berechnet worden, nachdem Maria im Dezember bekanntgegeben hatte, dass die wilde Leidenschaft bereits ein Ergebnis zeitigte. Der Familienarzt Doktor Riemann würde später sagen, dass eine Geburt vier Wochen vor dem Termin nichts Ungewöhnliches sei, Hauptsache, der Kleine sei gesund. Bürgermeister Novak und Oto von Eichhein freuten sich sehr über den Neugeborenen. Der Einzige, der sich weder über die Hochzeit noch über die Niederkunft freute, war Marias Bruder Erich, der immer rigoroser nur Deutsch redete. Als er aus den Ferien bei den Verwandten in Bayern zurückkehrte, brachte er eine braune Uniform mit, die er nur selten auszog.

Ein größeres Problem bereitete die Wahl des Namens, die Großväter wollten nämlich, dass der Erstgeborene, wie es in der Gegend üblich war, wie einer von ihnen heiße. Sie kamen einfach auf keinen grünen Zweig. Die Namensgespräche dauerten eine Woche, sie nahmen im Gasthaus des Bürgermeisters ihren Ausgang, wurden im sogenannten Schloss bei den Eichheins fortgesetzt, dann rief Oto seine Knechte, und sie luden den Bürgermeister samt Rollstuhl auf den Wagen und brachen auf, damit in einer der vielen Jagdhütten Eichheins in den Wäldern der Grmada weiterdiskutiert werden konnte.

Schließlich machte Maria dem Besäufnis ein Ende. Sie beschloss, dass ihr Sohn Miroslav heißen sollte. Wieso Miroslav? Weil wir, sagte sie, in Zeiten leben, in denen man den Frieden feiern muss.

Niemand widersprach. Der Bub wurde erst zehn Tage nach der Geburt zur Taufe gebracht. Als sie in die Kirche kamen, war Pfarrer Franc nicht da. Er habe am selben Morgen eine Heilkur angetreten. Wo man ihn hingebracht hatte, war nicht zu erfahren, der Mesner sagte nur, dass der Herr Pfarrer schwerkrank sei. Miroslav wurde an diesem Tag nicht zum Christenmenschen. Sie standen eine Weile verloren um das steinerne Taufbecken herum, dann trat der Onkel des Neugeborenen, Erich, in der braunen Uniform hinzu, reckte über dem Neugeborenen den Arm hoch in die Luft und schlug die Hacken zusammen, dass es durch die Kirche hallte. Es war zumindest eine symbolische Taufe. Zwar wusste niemand, in wessen und auf welchen Namen, aber wenigstens war eine rituelle Handlung vollzogen worden.

Die richtige Taufe wurde erst ein halbes Jahr später, als der Pfarrer von seiner Kur zurückkehrte, vorgenommen. Bürgermeister Novak trug den Namen seines ersten Enkels eigenhändig in das örtliche Taufbuch ein, den Eintrag gibt es noch heute.

Gut einen Monat später verkündete Maria, dass sie wieder schwanger sei.

Und was passierte in dieser Zeit noch?

Mirko Bregar ging nach Moskau. Er hielt es in dieser Gegend nicht mehr aus. Alles erinnerte ihn an sie. Der Weg durch den Wald, die Fichten, die Heuharpfen auf den Wiesen, die Futterkrippen tief im Wald, das Harz der Fichtenstämme, an die sie sich in den Augenblicken der Lust gelehnt hatten und von dem beide noch den ganzen Tag schwarz und klebrig waren …

Auf einem Geheimtreffen der damals schon ziemlich lange verbotenen kommunistischen Partei hatte er den Wunsch geäußert, nach Moskau zu gehen, in die Schule für kommunistische Revolutionäre. Die Genossen waren einverstanden gewesen. Sie übermittelten ihm bald den Beschluss des Zentralkomitees der jugoslawischen Partei, ihn nach Moskau zu entsenden. Dort könne er an der internationalen Lenin-Schule studieren. Er bekam auch einen gefälschten Pass auf den Namen Gligorije Iwanowitsch Iwanow, Geld für die Reise und eine Adresse in Berlin, bei der er sich zu melden hatte. Dort würde er Anweisungen für die Weiterreise erhalten. So brach er Ende August 1930 nach Berlin und von dort mit dem Zug über Danzig und Minsk nach Moskau auf. Eine Rückkehr zog er nicht in Betracht.

Das Telefonat

– Hallo?

– Ah, du bist's!

– Ja.

– Ich seh ja auf dem Handy, wer anruft.

– Stör ich gerade?

– Nein, gar nicht. Ich erwarte Gäste, aber erst später. Was gibt's?

– Wegen dieser Geschichte, die du mir neulich auf der Terrasse erzählt hast.

– Ja. Der Freund aus dem Archiv hat mich wissen lassen, dass du dort warst und dich erkundigt hast.

– Ich hab Daten gesucht. Hab aber nicht viel gefunden.

– Anscheinend hast du auch nicht viel gesucht.

– Er war nett.

– Er ist viel zu nett. Darum haben sie ihn ja aus der Schule geschmissen.

– Aha, wieso?

– Zu den kleinen Mädchen war er zu nett. Aber lassen wir das … Vielleicht sind es nur Gerüchte.

– Geschichten.

– Ja, vielleicht sind es auch Verleumdungen, obwohl es schon ernst geklungen hat. Aber auch wenn ich ihn schon ewig kenne, ich kann ja nicht einfach hergehen und fragen: Kollege, stehst du vielleicht auf Kinder? Ha! Na, sag schon … Was macht unsere Geschichte?

– Darum rufe ich an, ja.

– Schreibst du schon?

– Ich überlege.

– Pack halt nicht zu viel Sex rein.

– Zu viel bestimmt nicht. Grad genug.

– Was grad genug bei dir heißt, weiß ich.

– Grad genug ist so viel, wie es braucht, damit das Leben weitergeht, damit sich die Liebe entwickelt. Wir können ja über die Menschen, ihr Leben, ihre Hochzeiten, Begräbnisse und Geburten nicht reden, wenn wir nicht auch über die Liebe reden.

– Aber Liebe ist nicht gleich Sex.

– Liebe und Sex kann man nicht trennen. Du hast mir selbst gesagt, dass Mihael und Maria sich sehr geliebt und drei Kinder miteinander gezeugt haben. Außerdem, wer glaubt, dass das Sexualleben vor sechzig, siebzig Jahren uninteressant und öd war und nur der Fortpflanzung gedient hat, ist gewaltig im Irrtum.

– Ja, okay, aber das ist nicht die Hauptsache in der Geschichte, die ich dir erzählt habe.

– Die Hauptsache in jeder Geschichte ist das Leben. Klarerweise ist hier der Teil am interessantesten, der gleich nach dem zweiten Krieg spielt, wenn ich aber will, dass er überzeugt, muss ich mit der Erzählung viel früher ansetzen. Außerdem, und da gibst du mir wahrscheinlich recht, wünschen wir uns bei Geschichten, ob sie nun episch oder bloß episodisch sind, dass sie zu einer Art Metapher werden, zu einem Gleichnis, zu einer Lektion, um es konservativ zu sagen, die auch für uns heute etwas bringt.

– Du machst es sehr kompliziert. Und du dozierst.

– Kann sein. Jedenfalls aber weiß ich, dass das Leben der Menschen früher genauso wie heute vom Eros angetrieben war. Von der Liebe, vom Sex, wenn du willst.

– Aber nicht von Pornografie.

– Bist du sicher?

– Pornografie ist die Banalisierung des Liebesakts.

– Wo hast du das aufgeschnappt? Bei Savonarola, der massenhaft Bücher mit unmoralischem Inhalt hat verbrennen lassen und am Ende selbst auf dem Scheiterhaufen gelandet ist?

– Na, na!

– Kaum haben die Menschen angefangen, die Wände ihrer Höhlen zu bemalen, haben sie auch schon die Liebe abgebildet, zwei, die aufeinanderliegen, Frauen mit gewaltigen Schamlippen, die größer sind als ihr Kopf, Männer mit genauso gewaltigen erigierten Penissen …

– Und munter doziert er weiter …

– Seit der Entdeckung von Pinsel, Leinwand und Papier haben sie intimste Bilder der Liebe gemalt und das Mysterium zweier Körper zu erfassen versucht, die im Fieber einer durchaus nicht platonischen, sondern rein körperlichen Leidenschaft eins werden wollen. Und dreimal darfst du raten, was sie nach der Erfindung der Fotografie und später des Films als Erstes verewigt haben. Seit Urzeiten erregt es den Menschen, zu schauen. Der Mensch schaut gern und lässt sich gern anschauen. Der gleichen Leidenschaft entspringt das Geschichtenerzählen, das auch ein voyeuristischer Einblick in die Details eines anderen Lebens ist. Der Mensch liebt es, zu erzählen und zuzuhören, er liebt es, zu tratschen und Pikanterien aus dem Leben anderer zu erfahren. Verleumdung und Tratsch, erfundene Geschichten haben den Menschen erst zu einem Wesen der Kunst werden lassen. Der Erzähler schlüpft in die Seele, in die intimsten Bereiche der Existenz eines anderen, in sein Bett, seine Gedanken, und das nur, um das andere Leben zu verstehen und damit den Sinn des eigenen zu entdecken. Uns selbst können wir nicht sehen, dafür sehen wir den anderen umso besser, und durch ihn uns selbst.

– Jetzt redest du wie ein Sophist. Oder wie ein Politiker. Hört sich gut an, kann aber keiner brauchen.

– Du nimmst mich nicht ernst.

– Nicht so ganz.

– Na gut, aber trotzdem … Das Liebesleben bestimmt den Menschen viel stärker, als er sich eingestehen will. Wir sind nicht alle gleich.

– Willst du damit sagen, dass wir dadurch bestimmt werden, wie wir im Bett sind? Du redest vielleicht einen Scheiß!

– Das Leben deines Freundes, des Turnlehrers, ist dadurch geprägt, dass er auf kleine Mädchen steht. Deswegen ist er vielleicht von der Schule geflogen, hat den Beruf wechseln müssen, führt jetzt ein anderes Leben, wischt im Archiv den Staub von den Rechnern, anstatt Kindern Gymnastik beizubringen. Oder die Homosexuellen. Ihre Sexualität entscheidet auch über ihr Leben, sie prägt nicht nur ihre sexuellen Beziehungen, sondern ihr ganzes Menschsein. Wegen der Dinge, die sie im Bett treiben, hat man sie verfolgt, gefoltert und auf Scheiterhaufen verbrannt, deswegen sind sie anders, ob reicher oder ärmer, das ist belanglos. Sie sind so, das macht sie aus, das ist ihre Wahrheit. Man könnte sagen, die Sexualität ist unsere Psychologie, unsere Beziehung zur Welt, unser Wesen.

– Das sind extreme Vereinfachungen, aber gut, wenn es dir dabei hilft, eine interessante Geschichte zu schreiben …

– Es ist schön, wenn sich welche finden, die im Bett dieselben Dinge mögen, sonst kann das Zusammenleben zur Qual werden. Eine Partnerschaft, in der man seine sexuellen Phantasien nicht ausleben kann, ist die Hölle. Darum suchen wir in Menschen unser Gegenstück. Und manchmal finden wir es auch, und dann sagen wir, dass wir unser Glück gefunden haben.

– Du kannst nicht behaupten, dass sich das Glück nur im Bett abspielt. Man kann ja auch Überzeugungen, ästhetische Vorlieben, Meinungen, Ziele, die Kindererziehung teilen …

– Partner können in vielem verschiedener Meinung sein und doch ein ganzes Zeitalter miteinander verbringen. Sie können aber nicht glücklich sein, wenn im Bett die Chemie nicht stimmt, wenn nicht im Bett, wie es früher geheißen hat, aller Streit und Zank beigelegt wird.

– Ja, ein bisschen stimmt das schon. Meine Oma – sie kommt ja aus der Gegend – hat gesagt, dass es den Spruch gegeben hat: Unter der Tuchent wird alles ausgeschnapst.

– Na, siehst du, und deswegen muss ich, wenn ich übers Leben schreiben will, auch über die Liebe schreiben, die man nicht in Leib und Seele, Erotik und gemeinsame alltägliche Verrichtungen, Pornografie und Moral teilen kann, weil sie nämlich eins ist. Eins mit unserem Leben und unserem Tod. Ohne Eros kein Drama. Und hinter jeder Tragödie, auch der allerschlimmsten, steckt ein erotisches Motiv, dem man nicht widerstanden hat. Das Wesen der Tragödie ist die unbeherrschbare Leidenschaft. Oder der leidenschaftliche Hass. Leidenschaft, Eros, das ist ein und dasselbe, das, was wir nicht immer unter Kontrolle haben.

– Hör mal … Ich muss dann, ich erwarte Gäste.

– Darum wird die Geschichte, wenn ich sie überhaupt schreibe, obwohl mir scheint, dass ich jetzt, beim Nachdenken darüber, tatsächlich schon daran schreibe, auf jeden Fall auch vom Liebesleben dieser Menschen handeln. Wie soll ich vom tragischen Ende eines Lebens erzählen, ohne davor von der erotischen Leidenschaft und vom Antrieb dieses Lebens zu sprechen? Maria und Mihael haben sich sehr geliebt. Und ihre Liebe war körperlich, pornografisch, tief, unersättlich und hingebungsvoll.

– Maria und Mihael?

– Ja. Sie haben geheiratet und drei Kinder in die Welt gesetzt, 1930 haben sie den ersten Sohn bekommen, offiziell einen Monat zu früh, und ihn Miroslav getauft; der zweite Sohn, Ivan, ist ein knappes Jahr später geboren … Mir wird keiner erzählen, dass sie im Bett bieder und enthaltsam gewesen sind. Und der dritte Sohn, für unsere Geschichte der wichtigste, gleichsam die Pointe, kommt 1940 nach einer längeren Pause ihrer Leidenschaft zur Welt, was für eine Ehekrise spricht, aber da bin ich mir noch nicht sicher. Er hat Peter geheißen, Petruška, stimmt doch?

– Wart mal. Ihre Namen waren nicht Mihael und Maria.

– Das hast du mir neulich gesagt.

– …

– Ich bin mir sicher, dass du sie Maria und Mihael genannt hast.

– …

– Wie jetzt, haben sie anders geheißen?

– Ich weiß es nicht mehr, vielleicht habe ich sie wirklich so genannt. Eigentlich weiß ich nicht, wie sie geheißen haben. Als ich dir die Geschichte erzählt habe, habe ich sie irgendwie nennen müssen. Auch bei den drei Söhnen bin ich mir nicht sicher, ob das die richtigen Namen sind.

– …

– Hast du gehört?

– …

– Ich weiß nicht, wie sie geheißen haben.

– Macht nichts.

– Aber du kannst den Turnlehrer anrufen, damit er für dich nachschaut. Irgendwo steht bestimmt, wer von 1932 bis Mai 1945 Bürgermeister war und wie seine Frau und seine Söhne geheißen haben.

– In Wirklichkeit ist das belanglos. Ich habe ja auch die Namen der übrigen Personen, die in der Geschichte vorkommen, erfunden. Eigentlich nicht mal das, sie waren auf einmal da, als hätten die Gestalten der Vergangenheit sich materialisiert und mir zugeflüstert: Ich bin Mihael, ich bin Maria, und ich bin Silvester, und am 2. Dezember 1930 war ich genau zehn Jahre alt …

– Hört sich ziemlich mystisch an.

– Mystisch ist da nichts, praktisch ist es. Niemand wird das echte Leben, das Leben, das der Geschichte Pate gestanden hat, mit den Menschen aus der Geschichte vergleichen können. Niemand wird sagen können: Die Leute waren in Wirklichkeit gar nicht so! Der Bürgermeister war kein Strich mit Bierbauch, sondern so fett, dass ihm das Gehen schwergefallen ist, und eine Glatze hat er gehabt, nicht dünne, gescheitelte, geschleckte Haare. Niemand wird in der Lage sein, die Menschen in der Geschichte, auch wegen der anderen Namen, mit den sogenannten realen Personen zu vergleichen, die sowieso jeder anders in Erinnerung hat. Darum werden die Personen in der Geschichte vollkommen eigenständig und lebendig und keine blassen Kopien irgendeiner Wirklichkeit sein, gegen die jeder polemisieren kann. Und noch etwas: Den Ortsnamen habe ich auch erfunden.

– Was?

– Aus denselben Gründen. Der Ortsname ist erfunden. Dolina! Was für eine Phantasielosigkeit, einen Ort, der in einem Tal liegt, Dolina zu nennen! Ich war überzeugt, dass es einen Ort mit diesem Namen nicht gibt, dass kein nationales Kollektiv so phantasielos sein wird. Aber ich habe mich getäuscht. Das gibt es tatsächlich, in drei Tälern unseres Landes hat man Orte so benannt. Zwei Dolinas gibt es irgendwo im Nordosten, eines im Zentralraum. Aber keines dieser drei Dolinas ist das Dolina aus unserer Geschichte. Jede Ähnlichkeit unseres Dolina mit diesen drei Orten ist rein zufällig.

– Wenn du die Namen der Personen und sogar den Namen des Orts und wahrscheinlich noch allerhand anderes erfunden hast, glaubst du dann, dass die Geschichte immer noch überzeugend und wahr sein kann?

– Ist die zweitausend Jahre alte Geschichte der Antigone denn weniger wahr als die Geschichte einer jungen Frau im

Jahr 1945, die wissen will, wo das Grab ihres getöteten Bruders, eines Domobranzen, ist, und die überzeugt ist, und zwar zu Recht, dass im Angesicht des Todes alle gleich sind und dass alle sich ein Grab und die Trauer der Angehörigen verdient haben?

– Ich verstehe.

– Das Geheimnis von Geschichten liegt darin, dass sie aus der Vergangenheit in die Gegenwart und Zukunft sprechen. Es ist ganz gleich, wie sie sich in Wahrheit abgespielt haben oder ob wir sie von vorn bis hinten erfunden haben. Es ist belanglos, ob in einer Geschichte Antigones, Mitzis, Josefs, Kreons, Franzis, Mihaels, Jermans, Mirkos, Silvesters, Marias oder Otos auftreten, wichtig ist, dass sie alle in der Erzählung lebendig werden. Wenn sie das tun, dann sind sie auch Metaphern für das heutige Leben. Es ist völlig egal, ob sie den Menschenbildern von vor Jahrzehnten, Jahrhunderten oder Jahrtausenden entsprechen.

– Ich muss Schluss machen. Auf mich wartet schon jemand.

– Auf mich auch.

– Wer denn?

– Silvester.

– Wer?

– Du kennst ihn nicht.

Silvester, Forstsetzung

Die Riesen beugten sich hinunter. Ihre Arme waren lang. Sie hatten viele, jeder von ihnen hatte vier rotierende, riesige Arme. Sie packten ihn an den Schultern und schüttelten ihn, bald nach links, bald nach rechts, nach oben und unten, nach allen Seiten. Er wollte schon schreien: Don Quixote, hiiiilf miiiir!

»Steh auf, steh auf!! Wir gehen!«, schüttelte ihn die Mutter noch ein paarmal und ging zur Tür.

Es war früher Morgen, das Haus war in weiche Stille gehüllt. Das Buch hatte er immer noch bei sich. Die Mutter wartete ungeduldig im Nebenraum: »Schnell! Bevor alle wach sind!« Er setzte sich auf und zog die Schuhe an. Dann schaute er auf das Buch, er hätte es so gern zu Ende gelesen oder wenigstens durchgeblättert. Er schnappte es sich und steckte es unter den Pullover. Er würde es zurückgeben. Jetzt wusste er, wo das Zimmer mit den Büchern war, er würde sich schon irgendwie hinaufschleichen und es wieder zurückstellen.

»Schnell! Schnell!«, flüsterte die Mutter, als sie durchs Haus liefen und dann über den Steig in den Wald und weiter in den Graben. Beim Zimmer der Köchin wurde der Vorhang aufgezogen. Die Köchin hatte schon gestern gewusst, wer im Haus war, und sie war sehr böse. Eigentlich gekränkt. Ungeachtet dessen, dass Frau Elisabeth schon seit zehn Jahren tot war, erschien ihr die Zügellosigkeit des Hausherrn vulgär. Und dann noch solche Weiber! Mägde, ungewaschene Dienstmädchen, Zimmermädchen, manchmal auch Sennerinnen und verdächtige Frauenzimmer, die er und seine Jagdgenossen in die Waldhütten schleppten und mit denen sie dort schweinische Dinge trieben. Und was in ihren Augen das Schlimmste war: Die Frauen kamen von hier, sie konnten kaum ein Wort Deutsch, hatten keine Manieren und keine Kultur. Oto von Eichhein war für die Köchin ein dreckiger Verräter seines edlen Volkes. Eigentlich hasste sie ihn, gleichzeitig hatte sie immer noch Mitleid mit seinen Kindern, obwohl sie schon erwachsen und in manchem ihrem Vater leider sehr ähnlich waren. Ihnen zuliebe hielt sie es aus. Wenn ich nicht wäre, dachte sie sich, ginge alles zum Teufel. Aber sie konnte sich nicht eingestehen, dass sie in Wahrheit geblieben war, weil sie in Bayern, von wo Oto sie vor zwanzig Jahren hier angeschleppt hatte, niemandem abging, gar niemandem.

Silvester und seine Mutter liefen durch den Wald und den steilen Weg hinunter in den Graben. Direkt oberhalb der Holzhütte fiel der Graben derart ab, dass der Weg in provisorische, in den Hang gegrabene Stufen überging, die andauernd befestigt werden mussten. Von dem steilen Weg aus, kurz bevor die Erdtreppe zum Haus bog, hätte man sogar aufs Hüttendach springen können. Den kleinen Silvester plagte schon lange genau diese Vorstellung: ohne besondere Absicht zu springen. Einfach so, aus kindlicher Neugier, wie es sein mochte, vom steilen Hang aufs eigene Haus zu springen. Die alte Grabnerin hatte ihm erzählt, dass die Hütte früher einmal weiter oben gestanden sei, dort, wo der Bach entsprang, der jetzt an der Hütte vorbeifloss. Der Vater ihres Vaters, also Silvesters Urgroßvater, der in einem der Balkankriege zu Tode gekommen oder vielleicht auch einfach dortgeblieben war und geheiratet hatte – warum genau er nicht zurückgekommen war, erfuhren sie jedenfalls nie –, hatte erzählt, dass die Hütte einmal während eines Wolkenbruchs einfach fünfzig Meter nach unten abgerutscht sei. Sie seien damals mindestens zu zehnt im Haus gewesen. Keinem sei etwas passiert, sie seien nur verwundert gewesen, als sie so ins Ungewisse rutschten. Damals hätten ihnen die Eichheins geholfen, die Hütte zu befestigen und einen neuen Weg anzulegen. Die Großmutter sagte außerdem, dass sie nicht wisse, ob das überhaupt wahr sei, denn ihr Vater, Silvesters Urgroßvater, habe eine blühende Phantasie gehabt und gelogen wie ein alter Hund.

Als sie heimkamen, war die Großmutter nicht da. Sie hatte sich in aller Früh zur Kirche geschleppt. Die Grabnerin legte sich gleich in ihre Ecke. Sie war auf eine wonnige Art müde, der alte Jäger hatte sie bis zum Morgen durchs große Bett gehetzt und getrieben, unersättlich wie nie, er hatte einfach keine Ruh geben wollen. Schließlich war er doch, wie ein Säugling schmatzend, auf ihren großen Brüsten eingeschlafen. Sowie die Grabnerin unter der aus alten Mänteln zusammengenähten Decke lag, schlief sie auch schon. Sie atmete rasch und schnarchte leise. Silvester wusste, dass sie zufrieden war, denn wenn es ihr gut ging, schnarchte sie immer so. Wenn ihr aber alles missriet und sie betrunken von der Nachtschicht im Sägewerk kam, war ihr Schlaf unruhig, sie grunzte beim Schnarchen, sprudelte mit der Spucke, schnappte nach Luft, fluchte, hörte ganz zu atmen auf, sodass der Bub sie schon für tot hielt, und begann dann plötzlich wieder laut zu schnarchen, zu pfeifen und mit den Zähnen zu klappern … Jetzt schnurrte sie wie ein Kätzchen, leise und zufrieden.

Silvester legte sich in Großmutters Bett, das auch seines war, zog unter der Weste das wunderschöne, in Leder gebundene Buch hervor und las. Er verschlang die Buchstaben, die Wörter und Geschichten. Er blätterte mehrmals zum Anfang zurück. Tausendmal schaute er sich die Illustrationen an, bis ins letzte Detail wollte er alles sehen und sich alles merken. Er las aufmerksam, mit einem Lächeln auf den Lippen. Obwohl er schnell lesen konnte, schneller als die Lehrerin, las er jetzt sehr langsam. Er fürchtete, die Geschichte könnte zu rasch vorbei sein, darum blätterte er zurück und genoss es unendlich, sich in den herrlich langen Sätzen zu verlieren. Manchmal verlas er sich und musste laut lachen, dann verstummte das Schnarchen der Mutter. Auch er erstarrte. Er versteckte das Buch wieder unter der Weste. Und er wartete darauf, dass sie sich aus ihrer Ecke zu ihm drehen und ihn anschnauzen würde: *Warum lachst du? Lachst du über mich, Bankert?!* Nichts geschah. Die Mutter schnarchte nach einer Weile weiter. Er las wieder und las und las …

Die Großmutter kam, er hörte sie stöhnen, als sie zur Hütte abstieg. Er versteckte das Buch. Als sie eintrat, redete sie mit sich selbst und fragte nicht einmal, wo sie die ganze Nacht geblieben waren. Sie fluchte nur, weil der Pfarrer schon wieder krank war. Sie zog sich aus und legte sich hin. Sie roch nach Tresterbrand, den sie von einem Weib von der anderen, der Sonnenseite der Grmada, auf der die Bergwerke waren, bekommen hatte. Die Flasche stopfte sie unter den Polster. »Koch dir Kartoffeln«, sagte sie zum Enkel, »sind gut«, und legte sich nieder. So würde sie bis zum nächsten Sonntag liegen, um sich dann wieder stöhnend zur Kirche zu schleppen.

Silvester verzog sich in die Ecke beim Fenster, durch das wie immer hellgraues Licht hereinfiel; auch wenn die Sonne schien, war es in der Hütte hellgrau, und wenn Schnee lag, war es dasselbe. Das hellgraue Morgenlicht blieb den ganzen Tag, und wenn der Abend kam, schlug es im Nu in Schwärze um.

Den ganzen Sonntag lang las der Knabe in dem Buch mit dem langen Titel *Leben und Thaten des scharfsinnigen Edlen Don Quixote von la Mancha*. Er las so lange, bis sich die Buchstaben im Schwarz der Nacht verloren. Dann zündete er die Petroleumlampe an und las weiter. Als die Mutter aufwachte, versteckte er das Buch. Die Mutter kochte Kartoffeln. Sie aßen, und er träumte vom Buch. Dann krochen beide zur Großmutter ins Bett.

Draußen pfiff der Wind. Er kam den Graben heruntergesaust und heulte, wenn er gegen das Haus stieß. Er streckte seine Finger durch die Spalten und Löcher zwischen den Brettern ins Haus, und wenn er zwischen den undichten Stellen im Dach nach einem Ausgang suchte, pfiff er und bemühte sich ein ums andere Mal, das hölzerne Dach über ihnen wegzutragen. Silvester hatte die Augen offen und träumte immerzu von dem Buch.

Am nächsten Morgen, es war noch dunkel, begaben er und seine Mutter sich auf den Weg. Die Großmutter stöhnte nur kurz auf und zog sich die Decke über den Kopf. »Die Alte lebt noch«, sagte die Mutter wie jeden Tag, es war ihre Art, Guten Morgen zu sagen. Zusammen gingen sie den Graben hinauf. Die Mutter bog, ohne sich umzudrehen, zur Villa der Eichheins ab. Noch gestern, bevor er eingeschlafen war, hatte Oto zu ihr gesagt: *Der Stall gehört ausgemistet und die Kessel gehören ausgerieben.* Der kleine Silvester nahm den anderen Weg zur Schule.

An diesem Tag bekam er gar nicht mit, wie er nach Dolina und ans andere Ende der Hauptstraße kam, wo, als Anbau zum Geschäft, die Schule mit ihrem einzigen Klassenzimmer stand. Die wunderlichen Abenteuer des Ritters von der traurigen Gestalt erfüllten ihn mit einem inneren Licht. Das Buch trug er unter Jacke und Weste sicher verwahrt an seiner Haut. Ihm war, als trüge er ein lebendiges Wesen bei sich, für das er sorgen musste.

»Heute bist du aber fröhlich!«, sagte die Lehrerin, die es nicht gewohnt war, dass der Bub, der Ärmste von allen, mit einem Lächeln im Gesicht erschien. Er war ihr Lieblingsschüler, was sie aber nicht zeigen durfte. Vor einem Jahr gab es einmal ein Problem, weil sie ihn zu oft lobte, auch wenn sie das nicht grundlos tat, denn er wusste viel mehr als die anderen. Manchmal wunderte sie sich, woher der arme Bub sein

Wissen hatte. Er schrieb von allen die besten Aufsätze. Es kam auch öfter einmal vor, dass sie ihn in Schutz nahm, wenn sich die Größeren über ihn hermachten. Der Rädelsführer war Joško, der Sohn des Metzgers. Er war zwei Jahre älter als alle anderen, denn das Lesen und Schreiben wollte ihm einfach nicht in den Schädel. Außerdem arbeitete er schon als Kind in der Metzgerei seines Vaters mit, die aber nicht nur eine Metzgerei war. Joškos Vater war auch als Zwischenhändler tätig, er kaufte und verkaufte Fleisch im gesamten Bezirk, bis in die Hauptstadt, und verdiente sich damit ein schönes Vermögen. Heimlich verlieh er auch Geld, und man erzählte sich, dass er viele Keuschler auf die Straße und ins Armenhaus gebracht habe. Joškos Mutter war die Krämerin, und ausgerechnet ihre Familie war es, die den Anstoß gegeben hatte, neben dem Geschäft den Anbau für die örtliche Schule zu errichten. Bürgermeister Ivan Novak war sofort dafür gewesen. Einige reiche Ortsbewohner hatten sich entschlossen, die Mittel für den Bau bereitzustellen, den Großteil hatte der Metzger Jože beigesteuert. Natürlich geschah das nicht ohne Kalkül. Neben der Metzgerei und dem Krämerladen hatte man jetzt auch eine Schule. Die Eltern sagten oft zu ihren Kindern: *Bring mir auf dem Heimweg noch Mehl und Zucker mit, und frag den Jože, ob er Markknochen hat.* Darum war Joško, ansonsten ein dummer Bub, ziemlich frech und aufgeblasen, denn er glaubte, dass die Schule seiner Familie gehörte. Trotzdem setzte sich die Lehrerin für den kleinen und schwächlichen Silvester ein, wenn sie sah, dass ihn die Buben in die Ecke drängten und sich über ihn, seine Schuhe, seine Jacke, seine Hose lustig machten, die sämtlich vom verstorbenen Großvater stammten und an dem schmächtigen Körper hingen wie die Lumpen an einer Vogelscheuche. Oder wenn sie ihn einfach so, aus Langweile, malträtierten. Dann aber kamen zwei Mütter zur Lehrerin. Die eine war Frau Deutschmann, die Gattin des Uhrmachers. Ihr Mann beschäftigte sich auch mit dem An- und Verkauf von Goldwaren und würde während des zweiten Krieges, also etwa zehn Jahre später, als er jüdischen Familien, die über Dolina vergeblich aus dieser Gegend zu fliehen versuchten, ihre Goldwaren weit unter Wert abkaufte, das Geschäft seines Lebens machen. Neben der Deutschmann stand noch Frau Plattner vor der Lehrerin, die Frau Adolf Plattners, des zweitreichsten Mannes im Tal. Er besaß ein Transportunternehmen. Vor Jahren waren es Pferdefuhrwerke gewesen, in letzter Zeit waren es Lastwagen der Marke Ford. Für Oto von Eichhein transportierte er das Holz, für den Metzger Jože das Fleisch. Seinen Hof, der in der fruchtbarsten Ebene des Tals stand, hatte er in einen großen Parkplatz verwandelt. Er besaß aber noch immer die Pferdegespanne, mit denen er Haushalte bis in die Stadt mit Kohle belieferte. Die Deutschmanns und die Plattners waren deutsche Familien, und sie waren stolz darauf.

»Wir sind zu Ihnen gekommen, sehr geehrtes Fräulein, weil sich unsere Kinder beschwert haben, dass Sie dem Bankert der Grabnerin zu viel durchgehen lassen.«

Das Fräulein war überrascht.

»Sie loben nur ihn, die anderen sind Ihnen gar nicht wichtig. Unsere Ingrid«, sagte die Frau des Uhrmachers, »loben Sie nie.«

»Aber Silvester«, sagte die Lehrerin und wurde rot, »ist wirklich ein Wunderkind. Ein begabter …«

Frau Plattner ließ sie nicht ausreden: »Ich bitte Sie, was reden Sie da! Bankert bleibt Bankert, er hat keine Möglichkeiten. Unser Friedrich dagegen wird aufs Gymnasium gehen. Beschäftigen Sie sich lieber mit den Kindern, die unsere Zukunft sind«, fügte sie scharf hinzu.

»Vergessen Sie nicht«, setzte die Frau Uhrmacherin noch nach, »wer Sie bezahlt.«

»Und dass wir, die erfolgreichen Bürger Dolinas, es waren«, schloss die Frau Transportunternehmerin, »die diesen Zubau errichtet haben, damit Sie es warm und hell haben.«

Und sie gingen.

Die Lehrerin hieß Magda oder Frau Jelka, oder vielleicht sogar Fräulein Minu, alle diese Namen finden sich in der Schulchronik, aus der aber merkwürdigerweise nicht hervorgeht, von wann bis wann welche von ihnen in Dolina unterrichtete. Man kann daraus ersehen, dass Dolina für Lehrerinnen des Königreichs Jugoslawien kein sehr angenehmer Ort war, alle Fräuleins suchten sehr bald um Versetzung an. Übrigens ist der Name der Lehrerin für unsere Geschichte völlig belanglos, ein neuer Name bedeutete lediglich ein weiteres neues Gesicht im Kaleidoskop der Gesichter jener Zeit. Wichtig ist, dass das Fräulein den beiden Damen nur still zunickte. Ihr Verhältnis zum kleinen Silvester aber änderte sich nicht. Sie bewunderte ihn immer noch, zeigte es jetzt aber nicht mehr vor der Klasse. Vor den gewalttätigen Buben schützte sie ihn, indem sie nach dem Unterricht immer sagte: »Silvester, lösch die Tafel und kehr die Klasse aus!« Sie sagte es in einem strengen und zornigen Ton, als erlegte sie ihm eine Strafe auf. Joško und die anderen Buben warteten noch eine Weile vor der Schule, um sich an dem armen Tropf aus dem Graben ein wenig auszutoben, dann aber hatten sie das Warten satt und zogen ab.

Jener Tag, an dem der schmächtige Silvester glückstrahlend die Klasse betrat, weil in seinem Gesicht noch die großartigen Abenteuer des Ritters von La Mancha leuchteten, sollte für das weitere Leben des Buben und seine Erkenntnisse über den Menschen und die Welt sehr bedeutend sein, ja schicksalhaft, könnte man sagen.

Nicht alles, was uns im Leben widerfährt, ist für unsere Zukunft gleichermaßen bedeutsam. Manchmal hinterlässt das Bild eines toten Vogels am Straßenrand in unserem Leben eine tiefere Spur als der Tod der Großmutter. Der freundliche und beschützende Blick der Frau Lehrerin löste in dem Knaben die Erkenntnis aus, dass es auf der Welt auch Menschen gab, die ihn verstanden, die dasselbe fühlten wie er, und diese Erkenntnis war stärker als das Bewusstsein, eine Mutter zu haben, die ihn geboren hatte und die man schon deshalb, weil das vierte Gebot Gottes es vorgab, zu ehren hatte. Mit diesem Gebot stauchte ihn die Großmutter immer zusammen, wenn er stur war oder etwas falsch gemacht hatte: *Ehre deinen Vater und deine Mutter, damit du lange lebst in dem Land, das der Herr, dein Gott, dir gibt.* An jenem Vormittag wurde die Tür zum Klassenzimmer plötzlich und ohne vorheriges Anklopfen geöffnet. In der Tür stand mit rotem Gesicht die Grabnerin.

»Silvester, komm sofort mit!«, bellte sie.

Alle Schüler blickten zur Tür, Joško grinste.

»Guten Tag, Frau ...«, sagte das Fräulein.

»Fraaaau ...«, sagte Joško affektiert. Die ganze Klasse lachte. Silvester wurde rot bis über die Ohren.

»Silvester geht mit mir heim, sofort!«, sagte die Grabnerin.

Der Bub schaute erschrocken zur Lehrerin.

»Natürlich, natürlich«, nickte diese verwirrt. Silvester erhob sich aus seiner Bank und ging zur Mutter, die wieder im Gang stand. Jetzt lachte die Klasse bereits laut.

»Und schönen Gruß an die Flöhe!«, rief Joško dem Knaben hinterher. Die Mädchen quietschten und trampelten mit den Füßen.

»Ruhe, bitte!«, versuchte das Fräulein Lehrerin wieder einmal vergeblich, streng zu sein. Sie lief Silvester auf den Gang nach und machte die Tür hinter sich zu.

»Frau ... ich wollte schon öfter mit Ihnen reden ...«

Die Grabnerin hörte sie nicht, sie packte den Buben am Arm und zerrte ihn zum Ausgang.

»Ihr Silvester ist ein sehr begabtes Kind. Sie sollten ihn in eine Schule geben, ins Gymnasium …«

Die große Flügeltür fiel krachend ins Schloss. Die Lehrerin ging wieder in die Klasse.

Lange Schritte machte die Grabnerin, als sie ihren Sohn bis zum Gasthaus des Bürgermeisters und über die Straße zum Feuerwehrhaus zerrte, wo noch immer das Plakat für die Theateraufführung hing. Sie zerrte ihn um die Ecke und das Bahngleis entlang, dann über den Bahndamm und dahinter über die Wiese auf die Forststraße und hinauf in den Wald.

Den ganzen Weg über hielt sie ihn so fest am Handgelenk, dass es dem Knaben wehtat, doch er wagte nicht einmal aufzumucken. Auf der Forststraße ließ sie ihn los. Dann ging sie ins Gebüsch und brach vom nächstbesten Strauch ein paar Zweige ab. Im Wald war es still, sogar die Vögel sangen nicht mehr, nur das Knacken des Holzes unter den dicken Fingern der Grabnerin war zu hören. Silvester stand auf der Straße und wartete. Die Grabnerin war mit den Zweigen nicht zufrieden und warf sie weg. Sie richtete sich auf und schaute sich um. Dann stürzte sie sich auf einen wilden Haselstrauch und fing wieder an, Zweige abzubrechen. Diesmal war es schwieriger, das Holz war elastisch und leistete Widerstand. Sie brach sich ein gutes Dutzend dünner und biegsamer Ruten, die Blätter streifte sie ab. Dann kehrte sie zu Silvester auf die Straße zurück.

»Du gehst vor mir! Zwei Schritte! Verstanden!«, sagte sie und beugte sich zu ihm nieder, ganz nah. »Wenn du wegläufst oder schneller gehst als ich, ersäuf ich dich!« Aus ihrem Mund stank es nach Obstler. Er wusste, dass sie es ernst meinte, gehorsam ging er vor ihr her.

Eine Weile passierte nichts, dann sauste etwas durch die Luft und landete auf seinen Beinen. Es brannte. Er blieb stehen und krümmte sich.

»Geh weiter! Hörst du, du Bankert«, schrie sie, »geh weiter!«

Tränen stiegen hoch und liefen ihm über die Wangen, als sie ein zweites und drittes Mal auf ihn einschlug, links und rechts.

»Du stiehlst! Du kleines, verfluchtes Schwein, du diebisches!«, schrie sie, und die Haselrute sauste durch die Luft und schnitt dem Burschen in die Waden, in die Schenkel und Lenden, wie sie halt fiel, obwohl sich die Grabnerin bemühte, nur seine Beine zu treffen.

»Du hast dem Herrn ein Buch gestohlen!«

»Nein«, schluchzte der Bub und wand sich unter den Schlägen.

»Stehlen reicht dir nicht, du lügst auch noch!«

»Ich hätte es zurückgegeben ...«, stöhnte er. Und wieder flogen Schläge, mehrmals, von links und von rechts. Er ging schneller, um ihnen auszuweichen, doch die Mutter schrie, dass es zwischen den dichtstehenden Fichten hallte: »Her da, Bankert, verstohlener!« Ihre schwere Hand packte ihn am Kragen und zog ihn so heftig zurück, dass er hinfiel. Sie hörte nicht auf. Mit aller Kraft schlug sie auf seine Beine.

»Du Dieb! Du Dieb! Du Gauner! Du Lump!!«, schrie sie und hieb so lange auf seine Beine ein, bis die Spitze der Rute ausgefranst war. Sie warf sie in den Graben am Straßenrand und nahm aus der anderen Hand, in der sie ein ganzes Bündel hielt, sofort eine neue. Dem Knaben war es inzwischen gelungen, aufzustehen und weiterzugehen. Er glaubte, besser davonzukommen, wenn er vor ihr ginge. Und gleich, nach ein paar Schritten, setzte es wieder Schläge. Die Beine brannten von der Rute, die wie ein Messer tief ins Fleisch schnitt.

»Er lädt uns in sein Haus ein, und du bestiehlst ihn!«, keuchte sie und blieb einen Moment lang stehen. Vom ständigen Ausholen und Aufwärtsgehen war sie außer Atem. Auch der Bub blieb stehen. Er traute sich nicht, nach der Mutter zu sehen, die zwei Schritte hinter ihm stand. Er schaute auf seine Beine hinunter. Aus dem Augenwinkel sah er, dass seine Hose von den Schlägen zerrissen war und in langen Streifen herunterhing. Seine Wangen glühten so heiß, dass die Tränen beim Runterlaufen trockneten.

»Bei ihm verdien ich unser Geld, verstehst du, Rotzbub?! Was ist, wenn er mich rausschmeißt? Wie soll's dann weitergehen …?«, sagte sie und ihre Stimme brach, als stiegen ihr die Tränen auf.

»Entschuldige«, sagte er, »ich hab gedacht …«, versuchte er zu erklären, doch sie erlaubte es ihm nicht.

»Ein Buch!«, schrie sie, »ein verschissenes Buch! Und wo hast du es jetzt? Wo?! Wo hast du es versteckt?«

Langsam drehte er sich um. Sie stand breitbeinig hinter ihm und schwankte, als hätte sie Mühe, das Gleichgewicht zu halten. In der einen Hand hielt sie das frische Bündel, in der anderen die ausgefranste Rute. Silvester sah ihre Augen. Sie waren blau, blauer als je zuvor. Glasblau. Und der Zorn war in ihnen erstarrt … Langsam löste Silvester den Knopf an Großvaters Rock. Sie stierte ihn an. Er hob die Weste und sagte: »Da.« Hinterm Hosenbund steckte das Buch, er hütete es auf seiner nackten Haut.

Eine Weile passierte nichts. Ihre Schlangenaugen senkten sich auf das Buch, ihre Unterlippe begann zu zittern. Er wusste, dass sie in diesem Moment nicht ihn, sondern das Buch hasste, diesen nutzlosen Gegenstand, diesen Haufen zusammengeschustertes Papier.

Ein neuer Hieb, blitzartig. Er zuckte nicht einmal, als ihn die Rute am Bauch traf, dünn wie ein Strich, wie ein Sensenblatt, das ins Gras fährt, wie eine aufpeitschende Schlange … Beim zweiten Schlag drehte er sich weg. Er hielt beide Arme vor seinen Bauch, nicht wegen des Schmerzes, um sich hatte er keine Angst, sondern um das Buch zu beschützen. Er hielt den wütenden Schlägen der Mutter den Rücken hin und ging schneller. Sie aber schlug ihm mit aller Kraft auf die blutigen Beine und schrie: »Ich ersäuf dich, wenn du mir wegrennst, ich ersäuf dich wie eine Katze!«

Sie hieb den ganzen langen Weg bis zur Villa Eichhein auf ihn ein. Sie warf die zerfransten Ruten weg und nahm sich neue. Mehrmals knickte er ein, dann stand er schnell wieder auf und eilte weiter. Am Ende, ein kleines Stück unterhalb der Villa, war sie so erschöpft, dass sie keuchte. Die letzte Rute brach ihr ab, sie hielt nur noch einen kurzen Stecken in der Hand, doch sie schlug damit immer noch zu. Sie blieben vor der Freitreppe stehen, wo Oto von Eichhein schon wartete, weiter oben standen noch der Sohn des Hausherrn, die Köchin und der Pferdeknecht. Am Fenster im ersten Stock, dort, wo die Bibliothek war, stand die deutsche Erzieherin Frau Lindner hinterm Vorhang und spähte hinunter. Der Hausherr trug eine Jagduniform mit einer breiten Koppel, in der rundherum Patronen steckten, die aussahen wie eine Reihe grinsender Goldzähne. Auf seinem Kopf saß ein dunkelgrüner Hut, auf dem ein Schachtelhalm wippte. Das alles sah der Knabe genau, nie sollte er etwas genauer sehen. Ihm entging nichts. Er sah den Sohn Erich, der einen braunen Rock mit goldenen Knöpfen, eine braune Hose und kniehohe, polierte Stiefel trug. Wahrscheinlich war er gerade aus dem Gymnasium gekommen. Er sah sein Lächeln, das nicht nur spöttisch war, Erich empfand vielmehr Ekel vor dem Jungen, der, wenn es nach den Gerüchten ging, sogar sein Halbbruder war. Jetzt stand der Bankert da in seiner zerfetzten Hose, die ihm in Streifen von den Beinen hing, und das Blut, das sich mit schwarzer Erde vermischt hatte, rann ihm über die Knie und die Waden. Das ekelerregende Bild eines menschlichen Tiers, das stahl, das keine Dankbarkeit kannte, das in einer seltsamen Sprache nuschelte, das im Graben sein erbärmliches Leben fristete, für das es humaner gewesen wäre, gar nicht zu existieren. Und auch vor dem Vater, der breitbeinig vor ihm stand, empfand Erich Ekel, weil er sich mit so einer undankbaren Ratte überhaupt abgab. Erich fasste genau in diesem Moment den endgültigen Entschluss, gleich nach dem Schulabschluss zu seinem Onkel nach Bayern zu ziehen, wo seine Familie herkam und wo auch er seine Wurzeln hatte. Die Zukunft erschien ihm jetzt sonnenklar, als liefe sie vor seinen Augen ab wie ein Film. Beim Anblick dieser großen, verschwitzten Frau mit der gerunzelten Stirn, die ungeniert mitten auf ihrem Hof stand und ihre schmutzigen Schenkel herzeigte, und ihres zehnjährigen Bankerts, der in ihr Haus eingebrochen war und sie bestohlen hatte, und dann auch noch seines Vaters, der mit diesen Leuten verkehrte, sich mit ihnen abgab, mit solchen Weibern sogar schlief, war ihm klar, wie seine Zukunft aussehen würde. Er musste die Welt wiederherstellen, wie Hamlet sagte, den sie gerade in der Schule lasen. Und es gab viele, vor allem in Deutschland, die genauso dachten.

Auch dem zehnjährigen Knaben, der geprügelt, am ganzen Leib zitternd und erniedrigt vor ihnen stand, war in diesem Moment so klar wie nie zuvor, dass mitten in der Welt ein Abgrund klaffte. Dass es unzählige Grenzen und Gräben gab. Nicht nur den, in dem er mit der Großmutter und der Mutter lebte, sondern richtige Gräben zwischen den Menschen. Und dass das nicht in Ordnung war.

»Gib dem Herrn wieder, was du gestohlen hast!«, keuchte die Mutter hinter ihm. »Entschuldige dich!«

Er zog das Buch unter der Weste hervor. Seine Hand zitterte, als er sie Oto von Eichhein entgegenstreckte. »Ich hab's ausgelesen, danke.«

Die Grabnerin fiel hysterisch über den Sohn her, packte ihn an den Haaren, schüttelte ihn mit aller Kraft und schrie: »Entschuldige dich! Entschuldige dich!!« Das Buch fiel zu Boden. Erich machte auf dem Absatz kehrt und ging ins Haus, diese Rohheit würde er nicht mit ansehen. Die Köchin hielt sich die Hände vor den Mund.

»Lass ihn!!«, erhob Oto von Eichhein die Stimme.

Die Grabnerin ließ den Sohn sofort los. Sie war es gewohnt, den Befehlen des Herrn zu gehorchen. Der kleine Silvester fiel auf den Sand.

»Unverbesserlicher Gauner«, sagte der Hausherr und verzog die Lippen, als hätte er etwas Bitteres geschluckt. »Da kann man nichts machen. Unverbesserlich!« Dann machte er einen Schritt auf den Knaben zu. Silvester raffte sich auf und hielt sich die Arme über den Kopf. Er dachte, dass Oto ihn schlagen würde, doch dieser beugte sich nieder und sagte zu ihm: »Hast wohl gedacht, dass es mir nicht auffallen wird, was?« Sie standen sich Aug in Aug gegenüber. »Ich brauch doch nur einen Schritt in die Bibliothek zu machen, um die Lücke zu sehen, wo mein Buch gestanden ist.« Dann lächelte er zynisch. »Du weißt nicht mal, wie man stiehlt, du armer Hund.«

»Ich hab's ausgelesen, danke«, sagte der Knabe noch einmal und schaute Oto von Eichhein trotzig in die Augen. Ihm war alles egal, und wenn sie ihn totprügeln würden, er hatte nichts Böses getan. Er hatte nur die Geschichte lesen wollen. Und er hatte sie gelesen, jetzt konnte er sterben.

Oto schüttelte nur den Kopf. Er richtete sich auf und hob die Arme, als würde er sich ergeben. Das Buch lag noch immer auf dem Boden, keiner hob es auf.

Dann fasste Oto den Buben um die Schultern wie einen alten Bekannten. »Komm mit! Ich zeig dir was.« Und er führte ihn langsam über den Hof hinters Haus. Und das

Buch?, dachte Silvester, es liegt noch immer da, es wird schmutzig.

Auf der Rückseite, im nördlichen Teil der Villa Eichhein, jenem Teil, der auf den Resten des mittelalterlichen Wehrturms ruhte, war eine Eisentür eingemauert, die in einen tiefen Keller führte. Oto machte sie auf. Gähnendes Schwarz, ein kalter Luftzug entwich dem Loch und strich über die heißen, brennenden Wangen des Knaben. Als bekäme das Tier, das in der Tiefe zwischen den alten Mauern versteckt war, endlich Luft.

»Das Loch«, sagte Oto von Eichhein. »Es sind dreißig Stufen bis unten.«

Kurze, hohe Stufen führten in die schwarze Tiefe hinab.

»Da drin gibt es nichts als Finsternis«, sagte der Jäger Oto noch. »Keine Fenster. Verstehst du?«

Silvester sah in den schwarzen Keller. Er dachte an Don Quixote, dem die bösen Zauberer die Bibliothek zugemauert hatten. Er wusste nicht genau, warum ihm Eichhein diesen Keller zeigte, aber es war ihm auch egal.

»Wenn du stiehlst, endest du in so einem Loch«, sagte Oto und schloss die Tür. »Und jetzt marsch, verschwinde! Und lass dich nie wieder hier blicken.«

Der Knabe drehte sich um und ging. Als er den Vorplatz des Hauses überquerte, schaute er, ob das Buch noch auf dem Boden lag, das war seine einzige Sorge. Es lag nicht mehr dort. Die Köchin hatte es aufgehoben, nun hielt sie es in ihren dicken, fettigen Händen. Sie folgte ihm mit Blicken, sie weinte.

Silvester ging in den Graben hinunter. Die Mutter kam nicht mit, sie blieb in der Villa, um zu arbeiten. In der Hütte angekommen, fiel er sofort zur Großmutter ins Bett und schlief ein. Wie im Traum hörte er sie jammern, klagen, sprechen, als sie die Wunden an seinen Beinen mit Arnika und

Hundsfett versorgte. Er hatte keine Schmerzen. Spätnachts kam die Mutter zurück. Durch den dichten Schleier des Halbschlafs hörte er, wie sie stritten, wie sie sich anschrien. Die Worte hörte er nicht, nur die insistierenden Stimmen zweier Frauen, die einander um jeden Preis zu übertönen versuchten. Dann spürte er, wie sich die Mutter zu ihm setzte, wie sie ihn berührte, wie sie ihm die Hand auf die Stirn legte, wie sie ihn zum ersten Mal im Leben streichelte. Es war eine kalte Berührung, wie die Berührung durch einen Stein.

Sie ist nicht meine Mutter, dachte er. *Ich habe keine Mutter. Ich bin ganz allein auf der Welt.*

E-Mail mit Anhängen oder Die andere Vergangenheit

Sehr geehrter Herr!

Unser gemeinsamer Freund hat mich gebeten, Ihnen möglichst viel Material über das Leben in Dolina kurz vor dem Zweiten Weltkrieg und in der unmittelbaren Nachkriegszeit zu schicken. Als Sie bei uns im Archiv waren, habe ich Ihnen auch versprochen, das Material so bald wie möglich in digitale Form zu bringen. Nach dem Anruf unseres Freundes, bei dem übrigens auch ich gern auf der herrlichen Terrasse über der Ljubljanica sitze, habe ich mich gleich an die Arbeit gemacht. Es gibt mehr Material, als ich dachte. Ich habe auch Bildmaterial gefunden, das ich Ihnen im Anhang schicke. Sie werden verstehen, dass es kein Bildmaterial im Zusammenhang mit der ethnischen Säuberung unter der deutschtümelnden Bevölkerung in dieser Gegend gibt. Ich verwende den Begriff ethnische Säuberung ganz bewusst. Heute ist der Ausdruck ziemlich geläufig. Damals, als die Sieger mit der unterlegenen deutschen Minderheit hierzulande aufgeräumt haben, war er nicht in Gebrauch. In Wahrheit war es aber genau das, eine ethnische Säuberung. Ich habe auch einige interessante Fotos zum Terror der hiesigen Besatzer gefunden. Dieser Bereich ist klarerweise besser erfasst und dokumentiert. Zu den Sammellagern nach dem Krieg, in die die Sieger die sogenannten Volksverräter gesteckt haben, um sie anschließend irgendwohin zu verfrachten, habe ich aber nichts gefunden. Warum es darüber keine Dokumentation gibt, dürfte uns beiden klar sein. Allerdings haben wir im Magazin ein paar Schachteln mit Material, das verschiedene Leute nach 1990 zu uns ins Archiv gebracht haben, damals war das hier noch das Museum der sozialistischen Revolution. Es sind vor allem Fotos, die die Leute bei sich zu Hause aufbewahrt und versteckt haben, weil zu vermuten war, dass die Dinge, die darauf zu sehen sind, den sozialistischen Machthabern nicht gefallen hätten. Dieser Bestand ist noch nicht aufgearbeitet. Interessant fand ich ein Foto, das in der größten Schachtel obenauf lag, es wurde offenbar heimlich gemacht. Es zeigt eine größere Gruppe von Personen, die von uniformierten Partisanen auf dem städtischen Bahnhof in einen Zug geschafft werden, interessanterweise nicht in einen Personenzug, sondern in Güterwaggons. Ihrem Äußeren, den schönen Kleidern und Hüten nach, dürfte es sich bei den Leuten um wohlhabendere Bürger handeln. Das Foto ist mir deshalb interessant erschienen, weil darauf sehr deutlich ein Partisanenoffizier zu sehen ist, der einer Frau und einem Mann – beide ebenfalls vornehm gekleidet, die Frau sehr elegant und schön – unmissverständlich zeigt, dass sie einsteigen sollen. Seine ausgestreckte Hand hat etwas Drohendes, zumindest auf mich wirkt es so. Als hätte die Frau den Mann um etwas gebeten, er aber hätte ihr gesagt und gedeutet: Dort ist die Tür! Verzeihen Sie, ich habe zu viel Phantasie, ich weiß, dass das Ihre Domäne ist. Trotzdem wirkt das Bild derart lebendig und gewissermaßen fatal, dass es mir Schauer über den Rücken jagt. Bittet sie um ihr Leben? Vielleicht. Und dann die Hand, die in den Tod weist. Ich weiß nicht, vergessen Sie mein Geschwätz. Es ist unwichtig. Wichtig ist, dass die Menschen auf dem Foto nicht identifiziert sind. Niemand hat sich mit dieser Gruppe und mit dem, was mit ihr passiert ist, beschäftigt. Offenbar sind die Angaben zu dürftig, oder es interessiert sich noch immer keiner der aktuellen Historiker für das Material. Geht mich wieder mal nichts an. Nun, auf dem Foto sind überhaupt keine Angaben zu finden, darum wissen wir nicht, wann es geschossen wurde. Es handelt sich aber mit Sicherheit um die ersten Tage nach der Befreiung. Im Vordergrund, links vom Bahnsteig, sind zwei blühende Kirschbäume zu sehen. Es muss also Mai oder Anfang Juni gewesen sein. In den Siebzigerjahren bin ich als Student jeden Tag mit dem Zug in die Lehrerbildungsanstalt gefahren, und ich kann mich sehr gut an die beiden Kirschbäume erinnern. Ich glaube, dass sie in den frühen Achtzigerjahren gefällt worden sind, als man den Parkplatz beim Bahnhof gebaut hat. Jedenfalls hat mich das Foto als Stimmungsbild aus den ersten Tagen oder Wochen nach dem langen und leidvollen Krieg angesprochen. Der Bahnsteig ist mit Fahnen und Blumen geschmückt, eine Gruppe von Menschen muss aber offenbar die Stadt verlassen. Das ist nach jedem Krieg so. Unser Freund hat mich in Ihrem Namen auch gebeten, herauszusuchen, was über die Bürgermeister von Dolina beziehungsweise über die lokalen Behörden kurz vor dem Zweiten Weltkrieg und bis zur Befreiung zu finden ist. Da hat es einiges gegeben, ich hänge es in einer eigenen Datei an. Ich bin auch auf sehr gute Aufnahmen vom größten Sägewerk und der damaligen Möbelfabrik gestoßen. Die deutschen Besatzer haben das dokumentiert, denn die Fabrik hat nach der fatalen Niederlage der deutschen 6. Armee 1943 bei Stalingrad unter General Friedrich Paulus noch bis zum Ende der Naziherrschaft 1945, Sie werden es nicht glauben, Särge produziert, Schreine, Totenkisten. Und zwar am laufenden Band. Bei uns hier war das die erste industrielle Fertigung, die nach dem Fließbandprinzip organisiert war. Interessanterweise waren es Särge für die Selbstmontage. Wie soll ich sagen … Sie wurden in Paketen transportiert und dann erst vor Ort zu einem Gebrauchsgegenstand zusammengeschraubt. Was für einen Sarg sehr seltsam klingen mag, doch ja, ein Sarg ist ein Gebrauchsgegenstand, im Krieg ein ganz wichtiger. Die Sargproduktion kann in Kriegszeiten ein großes und einträgliches Geschäft sein. Für den leichteren Transport wurden die Einzelteile samt Schrauben und Bauanleitung verpackt. Die Idee dazu hatte der damalige Eigentümer der Möbelfabrik, der örtliche Gastwirt und Bürgermeister Mihael Novak, durch sie wurde aus dem Familienunternehmen ein großer Industriebetrieb. Ich musste direkt lachen, als ich auf die Daten zu dieser Erfindung stieß, es ist eine Art Vorform der heutigen Möbelproduktion. Wer weiß, vielleicht haben die heutigen Produzenten bei uns diese Methode entdeckt. Aber Scherz beiseite. Der Bürgermeister und Fabrikbesitzer war zweifellos ein großer Kriegsgewinnler. Ich habe auch Angaben darüber gefunden, wie viele Särge monatlich hergestellt wurden, die Zahl wird Sie überraschen. Ich weiß aber nicht, ob diese Angaben für Ihre Nachforschungen oder Ihre Geschichte, wie Sie es nennen, überhaupt relevant sind. Beim Herumstöbern entdeckt man so manches. Der schon erwähnte Besitzer des Sägewerks und der Fabrik, der damalige Wirt und Bürgermeister von Dolina, ist nach dem Krieg der Kollaboration für schuldig befunden worden und zusammen mit seiner Frau Maria, der Tochter des örtlichen deutschstämmigen Großgrundbesitzers Oto von Eichhein, irgendwohin verschwunden. Wahrscheinlich ist er ins Ausland geflohen. Ich habe auch Dokumente zur Restitution nationalisierten Eigentums gefunden, Sie finden sie eingescannt im Anhang. Die Söhne des Sägewerk- und Fabrikbesitzers, er hatte drei, haben das verstaatlichte Vermögen gleich nach 1990 zurückbekommen. Was bedeuten dürfte, dass die Familie die Zeit der Vergeltung nach dem Krieg überlebt hat. Weiter bin ich der Sache nicht nachgegangen. Ich schicke Ihnen auch einige allgemeine Angaben zum Ort Dolina, für den Sie sich interessieren. Nach dem Krieg hat sich die Bevölkerungsstruktur stark verändert. Außerdem gibt es eine eigene Dokumentation zur lokalen Pfarre und deren Leiter. Anders als in vielen Orten in Zentralslowenien hat der örtliche Pfarrer Franc Korošec mit den Besatzern nicht kollaboriert und sich sogar den Partisanen angeschlossen. Eines Sonntags ist er einfach nicht zur Messe erschienen, sondern in den Wald gegangen. Sie werden sehen, eine sehr interessante Geschichte, die es verdienen würde, erzählt zu werden. Daher hatte Dolina ab 1942 keinen Pfarrer mehr. Aus der Stadt, aus der ich Ihnen dieses Mail schreibe, kam einmal in der Woche der hiesige Aushilfspfarrer und las die Messe. Und ich könnte Ihnen noch und noch erzählen. Ich schicke Ihnen auch einige Links zu diversen Diplom- und Magisterarbeiten, die sich mit dem Leben in Dolina beschäftigen. Zum Großteil handelt es sich um irgendwelche volkskundlichen Sachen. In Dolina war die Holzverarbeitung von jeher stark. Das Gebiet war für seine Holzkohle bekannt. Die Köhlerei war dort schon im 17. Jahrhundert beheimatet, vermutlich wegen der reichen Erlenbestände auf den Hängen der Grmada, Erlenholz ist für die Herstellung von hochwertiger Holzkohle am besten geeignet. Was man nicht alles beim Stöbern in alten Dokumenten erfährt! Ich muss zugeben, dass mir die Arbeit als Faktotum des Archivars richtig Spaß zu machen anfängt, seitdem ich keine Kinder mehr unterrichten darf. Ich schicke Ihnen auch ein paar Links zu Diplomarbeiten, die sich mit den politischen Aktivitäten in Dolina beschäftigen, auch mit der Kommunistischen Partei, die gleich nach dem Krieg bei der Neuordnung des Lebens in dieser Gegend das Sagen hatte. Ich weiß nicht, ob Sie mit alldem etwas anfangen können. Für mich war es interessant. Ich möchte aber darauf hinweisen, dass viele dieser Arbeiten, wie soll ich sagen, sehr eindeutig sind. Im Sozialismus, an den wir beide uns noch gut erinnern, haben wir nur eine Wahrheit propagiert, gewisse Ereignisse verherrlicht und geschönt, andere aber verschwiegen oder dämonisiert, und etwas Ähnliches passiert heute. Es gibt Abhandlungen, die den Partisanenwiderstand gar nicht erwähnen, sondern von Banditen, Räubern im Wald, Terroristen sprechen … Das sind dieselben Ausdrücke, die schon die Nazi-Besatzer für die Partisanen verwendet haben. Kurz: Einige, Gott sei Dank nicht alle, neueren Interpretationen jener Zeit, vor allem der Nachkriegszeit, sind in nichts besser als die Geschichtsschreibung der Partei. Nur die Perspektive ist eine andere, sie kommt von der anderen Seite. Sie werden sehen und sich ein Urteil bilden. Die Wahrheit dürfte irgendwo dazwischenliegen. Zum Abschluss vielleicht noch eine persönliche Überlegung … Ich weiß zwar nicht, ob sie angebracht ist, ich bin bloß ein Laie, aber trotzdem … Bei der Lektüre dieser Elaborate habe ich mich gefragt, wie diese Leute überhaupt zu ihrem Diplom kommen konnten. Ich habe mir aber auch die Frage nach der Objektivität von Geschichte gestellt. Kann Geschichte überhaupt objektiv sein? Kann sie die Wahrheit sagen? Kann sie neutral in die Vergangenheit blicken? Ohne nachtragend zu sein, ohne die Rachemotive der Forschenden? Wie viel Zeit muss vergehen, bis wir die vergangene Zeit in ihrer objektiven Gestalt sehen können? Müssen wirklich alle Generationen, die in die Vergangenheit involviert waren, ausgestorben sein? Müssen vielleicht außer der Generation, die auf der einen oder anderen Seite gekämpft hat, auch deren Söhne, Enkel, Urenkel, Ururenkel abgetreten sein? Wie viele Generationen müssen gehen, damit die Vergangenheit in halbwegs klarer Wahrheit erstrahlen kann? Ich weiß es nicht. Mir scheint, dass recht viel Zeit vergehen muss. Wenn ich da nur an mich denke. An meinen Ururgroßvater kann ich mich nicht erinnern, auch nicht an meinen Urgroßvater, und eigentlich ist mir egal, was mit ihnen war, in welchen Kriegen sie gekämpft haben, mit wem sie gestritten haben. Mein Opa aber ist mir nicht egal.

Ich habe ihn als Kind gekannt, ich kann mich an ihn erinnern, eher blass, aber immerhin. In irgendeiner Schublade habe ich Fotos von ihm. Sein Leid ist mir nicht egal … Was weiß ich. Die Zeit, die vergeht, viel Zeit, die vergeht, macht aus dem Vergangenen eine richtige Vergangenheit. In der heutigen Zeit, ich philosophiere als gescheiterter Turnlehrer, gibt es immer zwei Vergangenheiten: Unsere und eine andere. Eine andere Vergangenheit. Ich hoffe, dass sich alle Vergangenheiten unseres Lebens irgendwann miteinander verbinden. Möglicherweise könnte man das auch Versöhnung nennen? Ihnen will ich gestehen, dass ich viel lieber Kinder in Leibeserziehung, wie wir das früher genannt haben, unterrichten würde, denn das kann ich wirklich, als mich mit Daten zu beschäftigen, die heute niemanden mehr ernsthaft interessieren. Nun, Sie werden ja sehen und das heraussuchen, was Ihnen nützt. Ich habe ziemlich viel Material in Ihr Postfach gestopft. Zu viel. Fürs Erste. Falls ich noch etwas finde, schicke ich es Ihnen. Früher hätte es geheißen, mit sozialistischem Gruß, heute nur: viele Grüße.

Manchmal vergeht ein Jahr wie ein Tag

Manchmal vergeht ein Jahr wie ein Tag.

Es gibt Zeiten im Leben, da zählen wir die Jahre wie Tage, und ein Jahrzehnt rauscht vorbei wie ein schwaches Jahr. Das geschieht, wenn das Leben auf Schienen läuft, wenn es in der ausgefahrenen Spur dahinzieht. Die Routine verlangsamt den Strom der Zeit nicht, wie man meinen möchte, sie beschleunigt ihn. Immer zur selben Zeit aufstehen, immer dieselben oder ähnliche Anforderungen, dieselben Pflichten, die Arbeit, die Kinder, die Frau, stets um dieselbe Zeit essen, und sogar immer dasselbe, mit kleinen Abweichungen, dieselben Straßen, Ausflüge, die immer ein wenig anders, ihrem Wesen nach aber – mit Frau, Kind, zwei Kindern, das macht keinen großen Unterschied, mit dem Auto und der Bahn, mit einem Korb voller Essen – immer dieselben oder zumindest einander sehr ähnlich sind. Auch die Freunde und Bekannten – dieselben, die Feiertage und Feste, sogar die Besäufnisse – dieselben. So viele scheinbar unterschiedliche Dinge und Ereignisse, und doch einander so gleich, jahrein, jahraus. Vielleicht eine Neuanschaffung, ein neues Auto, ein Ford Modell B, ein weiterer Anbau zum Haus, ein neues Pferd im Stall … Am Ende ist ein Jahr wie ein Tag vergangen.

Die Hochzeit von Maria Eichhein und Mihael Novak entsprach den Gepflogenheiten. Sie ist auf dem Foto mit der vor dem Gasthaus Novak versammelten Menge verewigt. Vermutlich gab sich der Vater des Bräutigams, Bürgermeister Ivan Novak, keine Blöße und richtete für seinen einzigen Sohn eine angemessene Feier aus. Das Bäuchlein der schwangeren Braut war bei der Hochzeit schon zu erahnen, doch hier war das, anders als in anderen slowenischen Gegenden, kein allzu großes Malheur. Auf den Hängen der Grmada und auf der anderen Seite, wo sich die Wälder hinab bis zu den Bergwerken zogen, gab es viele ledige Frauen mit Kindern. Überhaupt war das Heiraten unter den armen Leuten weniger üblich als anderswo. Einige führen das vor allem darauf zurück, dass die katholische Kirche in dieser Gegend keinen so großen Einfluss hatte. Trotz militanter Anstrengungen der Kirchenobrigkeit in den nahen Städten habe ihr Arm nicht bis in die finsteren Gräben, die bewaldeten Täler und auf die einsamen Berghöhen gereicht, wo die Menschen in schütteren Ansiedlungen ihr schlichtes, arbeitsreiches Leben führten. Das Heidentum vergangener Jahrhunderte war in der ärmlichen Bevölkerung irgendwie erhalten geblieben, darum waren eine Trauung und ein Hochzeitsfest keine so besonderen Ereignisse. Auf dem Foto vor dem Gasthaus sehen wir den Bürgermeister im Rollstuhl und neben ihm, in der Jägerkluft, Oto von Eichhein, der übermütig die Arme hochstreckt. Der alte Bürgermeister war seit dem 2. Dezember 1930 nicht mehr aufgestanden, als hätte er sich damit abgefunden, dass ihn die unerfreuliche Krankheit der Reichen, wie man die Gicht damals nannte, niedergezwungen hatte. Auch wenn ihm der Arzt der Familie, der Jude Riemann, damit in den Ohren lag, dass seine Probleme gravierender waren und er dringend in ein Sanatorium gehörte, wo man ihn einmal gründlich untersuchen würde, dass er aber vor allem seinen Lebensstil ändern müsste. Doch davon wollte der störrische Bürgermeister nichts hören, vielmehr spielte er mit dem Gedanken, den Arzt zu wechseln. Viele jüdische Ärzte verloren damals bereits ihre deutschen Patienten. Auch Doktor Riemann.

Die Brautleute zogen in die Villa Eichhein ein, und das mächtige Gebäude über dem Ort erwachte endlich wieder zum Leben. Die Köchin und die in die Jahre gekommene deutsche Erzieherin, Frau Gertrude Lindner, freuten sich sehr, und auch den alten Oto verjüngte das Babygeschrei.

Die Jungfamilie zog in den zweiten Stock, während sich der Großvater in den ersten Stock verfügte, wo er viel Zeit im Jagdzimmer und im Raucherzimmer verbrachte, noch öfter aber hielt er sich in seinen Jagdhütten in den Wäldern der Grmada auf. Mihael mochte das neue Zuhause nicht allzu sehr, klar, er war es ja, der zugeheiratet hatte. Eine Weile versuchte er Maria sogar zu überreden, im Tal zu bleiben, im Haus seines Vaters, denn für die junge Familie gab es auch dort Platz genug, doch Maria fühlte sich durch das Gasthaus, die vielen Leute, die tagtäglich den Bürgermeister aufsuchten, die vielen Fuhrleute mit ihren Gespannen und auch durch die Lastautos, die jeden Tag vor dem Haus standen, gestört ... Maria fand die Villa ihres Vaters für das Kind viel geeigneter. Mihael nickte nur verständnisvoll, wie er es noch oft in ihrem gemeinsamen Leben tun sollte. Wohl fühlte er sich dabei aber nicht. Er hatte das Gefühl, dass nichts ihm gehörte, obwohl ihn niemand etwas dergleichen spüren ließ. Als wäre die Welt in der Villa Eichhein nicht seine Welt. All die Stilmöbel, nachgemachtes Barock und Rokoko, sämtlich in Bayern zusammengekauft, die Gipsstuckaturen um die Türen und Fenster, sogar die Farbe der Zimmer und die Deckenrosetten um die Luster, die Flure und die nach der damaligen Mode mit verschiedenen Pflanzenmotiven gewalzten Wände im Stiegenhaus, die teuren Gegenstände, die überall herumstanden, das alles war ihm fremd. Er fühlte sich wie in einem Museum, in dem man aufpassen musste, nicht mit dem Ärmel etwas mitzunehmen, wenn man vorbeiging.

Natürlich stammte auch er aus einer wohlhabenden Familie. Sein Vater, der zum Langzeitbürgermeister aufgestiegene Bauer, lebte eine Art Landbürgerleben. Seine Mutter entstammte tatsächlich einer bürgerlichen, deutschtümelnden Familie, aber sie war längst tot, und die Großmutter väterlicherseits war im Grunde die Einzige, die noch ausschließlich Slowenisch gesprochen hatte. Aber darum ging es nicht, überhaupt nicht. In Dolina und in den umliegenden Ortschaften sprach man schon lange beide Sprachen. Es stimmt allerdings, dass das Slowenische in dieser Gegend noch immer die Sprache der Tagelöhner, Arbeiter und Holzer, mit einem Wort: der Knechte war. Daran hatte sich auch im neuen Staat nicht viel geändert. Was sich vor allem geändert hatte, war, dass das 1918 gegründete Königreich der Serben, Kroaten und Slowenen im gesamten Staatsgebiet eine Agrarreform umzusetzen begann. Und so verloren Oto von Eichhein und seine Familie durch die Reform etwa fünfzehntausend Hektar Land, zum Großteil Wald. Natürlich klagte die Familie, und die Verfahren dauerten bis 1938, fast bis zum Beginn des Zweiten Weltkrieges und dem Zerfall des jugoslawischen Königreichs. Während der gesamten Verfahrensdauer beutete Oto von Eichhein die Wälder, die ihm vielleicht bald nicht mehr gehören würden, sehr intensiv aus. Er wollte noch so viel Holz wie möglich aus ihnen ziehen. So kam es in der Forstwirtschaft zu einer großen Krise, denn infolge der rigorosen Abholzung fiel der Holzpreis, was aber wiederum die großen Waldbesitzer, unter ihnen die Familie Eichhein, nicht sonderlich traf.

Ein Waldbesitzer, wenn auch ein ungleich kleinerer, war auch Bürgermeister Novak, und gerade darum verband die beiden gestandenen Männer eine tiefe Freundschaft. Mihael Novak heiratete also nicht mittellos in die Villa Eichhein ein. Der nationale und materielle Unterschied hatte keinen Einfluss auf sein Befinden, es waren andere Gründe, derentwegen er sich in der Villa nicht wohlfühlte. Ihm schien, dass er vor allem im Ehebett nicht so entspannt sein konnte wie im Haus seines Vaters. Als wären überall in den Winkeln der großen Zimmer Augen versteckt, die ihn abschätzig beobachteten. Aber auch Maria war im väterlichen Haus zurückhaltender. Mihael ertappte sich öfter einmal dabei, dass er an die Herrengasse, an den Dachboden, an die mit spanischen Wänden und Vorhängen abgeteilten Kabinen dachte. Manchmal, beim Essen oder auf einem Familienausflug, wenn sie am Ölberg vor der Kirche, wo der Ortspfarrer sie bewirtete, im Gras saßen und der Erstgeborene Miroslav herumkrabbelte, richtete Mirko den Blick in die Ferne und hörte nichts von dem, was um ihn gesprochen wurde. Seine Gedanken flohen zwischen die Beine der wollüstigen Ungarin. Er hatte ihr weit offenes Geschlecht dermaßen klar vor den Augen, dass ihm das Wasser im Mund zusammenlief.

»Was träumst du?«, fragte ihn Maria. »Es muss etwas sehr Schönes sein.«

Er errötete. Er spürte, wie ihm die Hitze in die Wangen stieg und seine Ohren zu glühen begannen. »Nichts, nichts«, stammelte er wie ein Schulbub. Als Maria ihn an der Hand nahm, um ihn zu beruhigen, zuckte er zurück, als hätte ihn eine Schlange gebissen.

Oto war zu seinem jungen Schwiegersohn sehr freundlich. Sie betranken sich ein paarmal, wie es sich unter Männern gehört. Er lud Mihael in seine Lieblingshütte auf der höchsten Erhebung der Grmada ein, wo auf mehreren hundert Hektar nur dunkler Fichtenwald wuchs. Die Bäume standen so dicht, dass es zwischen ihnen auch am helllichten Tag finster war. Oto nahm seinen Wildhüter und Waldpfleger Kolenc sowie zwei Arbeiter aus dem Sägewerk mit, die das Essen und die Ausrüstung trugen, die Zeit wurde ihnen später als Dienstzeit angerechnet. Oto suchte seine Jagdhütten nie allein auf. Er lud stets Jagdfreunde, deutsche Adelige, Waldbesitzer und deutschstämmige Fabrikanten aus den größeren Ortschaften in der Umgebung ein, und ganz hinten ging stets auch der Pferdeknecht mit, der als Einziger nüchtern bleiben musste, um notfalls zu jeder Tageszeit rasch ins Tal absteigen zu können.

Die Männer tranken und aßen, was ihnen Eichheins Köchin vorbereitet hatte, außerdem hing unter dem Dach der Jagdhütte immer jede Menge Hauswurst vom Wild. Wenn die Burschen, wie sie einander nannten, auch wenn sie alle rotnasige alte Knacker waren, gemeinsam vor die Hütte gingen, um das Wasser abzuschlagen, wie sie sagten, und wie beim Barras in einer Reihe standen und in immer flacher werdenden Bögen in die Dunkelheit am Ende des unabsehbaren Fichtenwalds schifften, pflegte Oto beherzt den Schlussteil aus Goethes Faust zu rezitieren, in dem Mephistopheles sagt: *Auf! oder ihr seid verloren. Unnützes Zagen! Zaudern und Plaudern! Meine Pferde schaudern, der Morgen dämmert auf.* Mihael konnte nie ergründen, warum seinem Schwiegervater gerade dieses Zitat als literarische Begleitung zum kollektiven Brunzen in die schwarze Finsternis zwischen den Baumstämmen so überaus passend erschien.

Im Suff redete der alte Oto immer nur Deutsch, und im Vollrausch vergaß er auf diesen Ausflügen in die finsteren Wälder, dass es sein Schwiegersohn war, mit dem er sich unterhielt, darum fing er an, mit seinen sexuellen Abenteuern zu prahlen. Seine verstorbene Frau Elisabeth hatte er vom ersten Tag an betrogen. *Und sie*, brüstete er sich, *hat es gewusst. Aber nicht nur das, sie war sehr zufrieden. Ein Mann ist nur dann ein richtiger Mann, wenn er es mit vielen Frauen treibt. Der Mann ist ein Krieger. Er bumst und tötet*, schwadronierte der alte Jäger. *Für eine gute Ehe ist es gesund, wenn der Mann fremdgeht. Dann wird ihm seine Frau nicht fad und …* an dieser Stelle traten ihm immer Tränen in die rauschblauen Augen … *er liebt sie wahrhaftig, wahrhaftig.* Mihael, der seine junge Frau von Tag zu Tag mehr und wahrhaftiger liebte, fand derlei Gerede idiotisch, und er ließ sich alle möglichen Ausreden einfallen, um bei den Waldausflügen nicht dabei sein zu müssen. Übrigens fuhr er täglich zur Arbeit in die Stadt, wo ihm der Vater und Bürgermeister eine Stelle auf dem Grundbuchamt besorgt hatte. Mit dem Abschluss der Handelsakademie hätte er keine bessere Stelle gekriegt, und er wollte auch keine. Die Arbeit langweilte ihn, aber er hatte nicht den Wunsch, sich etwas Besseres zu suchen. Eigentlich wusste er nicht, was er vom Leben wollte. Den täglichen Weg zur Arbeit verschönerte ihm die Fahrt mit dem neuen Ford, Modell B, den ihm sein Vater zur Hochzeit geschenkt hatte. Nachmittags half er auch im Gemeindebüro aus, die meiste übrige Zeit verbrachte er zwischen den Beinen seiner jungen Frau, die sich nicht nur langsam an die sexuellen Vorlieben ihres Mannes gewöhnt hatte, sondern auch immer mehr Gefallen an ihnen fand. Ein Jahr nach der Geburt des ersten Sohns Miroslav wiegte man im Haus schon den zweiten Sohn. Die beiden Witwer, Oto von Eichhein in seiner ewigen Jagduniform und Bürgermeister Ivan Novak in seinem Rollstuhl, begossen den zweiten Enkel gebührend und stritten tage- und nächtelang darüber, wie der Bub heißen sollte.

Der vierte Tag nach der Geburt des zweiten Sohns war ein Sonntag. Mihael wachte sehr früh auf. Als er sich zu seiner geliebten Frau umdrehte, konnte er sehen, dass sie schon wach war und zur Decke starrte. Er wühlte den Kopf unter die Tuchent und küsste sie zwischen den Beinen, gleich danach richtete er sich auf und küsste sie noch auf den Mund, was sie mit einer netten Grimasse quittierte. Dann stand er auf und wusch sich im Waschbecken am Fenster. Durchs Fenster sah er die Grabnerin aus dem Wald zur Villa kommen. Er zog sich an und stieg in seinen Ford, den er vor dem Haus geparkt hatte. Er fuhr damit nie in die Garage, dort standen die Autos des Schwiegervaters. Dann fuhr er nach Dolina und kehrte, wie es die Sonntagsroutine gebot, im Gasthaus seines Vaters ein, wo ihn schon eine große Tasse Kaffee erwartete. Jeden Sonntagmorgen half er dem Vater bei der Erledigung der Gemeindeangelegenheiten. Vater und Sohn erwogen damals die Möglichkeit, auch in ihrem Ort, klarerweise vor dem Gasthaus des Bürgermeisters, eine Bushaltestelle zu errichten. Bisher, das heißt bis 1932, konnten die Einwohner Dolinas nur mit der Bahn in die Stadt fahren. Der Bürgermeister meinte, dass eine Buslinie sogar profitabel sein könnte, und er vereinbarte mit dem Fuhrunternehmer Plattner, dass dieser das Busgeschäft übernehmen sollte, weil er sowieso im Transportwesen tätig war. Er sollte einen Autobus kaufen, einen Fahrer anstellen und einmal täglich in die Stadt und wieder zurückfahren. An diesem Sonntag wollten sie die letzten Details besprechen. Plattner verhandelte schon mit der Firma Mercedes. Es sollte ein preisgünstiger blauer Bus sein, ein Bus in einer lustigen Farbe.

»Ist Vater schon im Büro?«, fragte Mihael die junge Kellnerin Sonja, die Tochter der Stallmagd, die im Haus für das Melken der Kühe zuständig war.

»Nein«, sagte das Mädchen und stellte sich vor dem jungen Hausherrn kokett in Pose. »Der Herr Vater schläft noch.«

Mihael trank den Kaffee aus, ging in den Wohntrakt und klopfte an die Schlafzimmertür seines Vaters. Dieser meldete sich nicht, darum warf er einen Blick ins Zimmer. Der Vater lag neben dem Bett auf dem Boden. Als sich Mihael niederbeugte und seine Hand anfasste, war ihm, als berührte er einen kalten Stein. Bürgermeister Ivan Novak war seit mehreren Stunden tot.

Abgesehen von der Geburt seines zweiten Sohns war das allerdings das einzige besondere Ereignis in Mihaels eintönigem Leben in diesen zwei Jahren.

Ort und Tal standen plötzlich ohne Bürgermeister da.

Am selben frühen Sonntagmorgen im Jahr 1932 wurde im Graben Silvester von einem Poltern aufgeweckt, als hätte jemand gerade die Tür zugeschlagen. *Mama ist arbeiten gegangen*, dachte er. *Mama geht arbeiten, Oma in die Kirche.* Zufrieden lag er noch ein wenig im leeren Bett. Am Sonntag, dem einzigen Tag in der Woche, an dem die alte Grabnerin aufstand, sich anzog und in die Kirche schleppte, während die Mutter wie sonst auch *ins Schloss* ging, um zu schuften, hatte der Knabe, der langsam zum Jugendlichen wurde, tatsächlich die Muße, sich ein wenig auszuschlafen. Doch schon eine knappe Stunde später riss ihn wieder etwas aus dem Schlaf. Er wusste nicht genau, was es war, wieder irgendein seltsames Geräusch, als wäre etwas zu Boden gefallen, als hätte etwas geflüstert, als hätte ihn etwas berührt. Er hob den Kopf. Dem Buben kam die Hütte leer vor, leerer als sonst. Auch die Stille war leer. Er zog sich an und glaubte nur sich selbst zu hören, den eigenen Atem, das Geräusch beim Hinaufziehen der Hose, das Geklimper der Knöpfe … Als er zum Fenster ging und in den grauen und finsteren Graben hinunterschaute, hörte er nicht wie sonst die Vögel. Die Stille war taub, als gäbe es niemanden, als gäbe es auch ihn nicht mehr. Er öffnete die Tür, neben dem Türstock lag ein Sack. Er dachte an den Kartoffelsack, den Stanko, ein Arbeiter aus dem Sägewerk, hin und wieder brachte, was zur Folge hatte, dass die Mutter mit ihm ging und eine Nacht lang, manchmal sogar mehrere Nächte nicht nach Hause kam. Er ging ein paar Schritte vors Haus. Stille. Als wären alle fort, als wäre auf der ganzen Welt niemand daheim. Als er sich umdrehte, um wieder hineinzugehen, saß die Großmutter Grabner vor der Tür. Ihre Augen standen offen, sie schaute ihn an. Und sie war tot.

Immer wenn sie frühmorgens zur Kirche ging, zog sie vor der Tür ihre alten Schuhe an, und dabei war sie nun gestorben. Einen Schuh hatte sie an, den anderen hielt sie noch auf dem Schoß. An den Türstock gelehnt glich sie dem Sack mit den faulen Kartoffeln. *Wenn der Mensch geht, wird er zum Gegenstand, und niemand bemerkt ihn mehr*, dachte Silvester. Und da begannen plötzlich die Vögel wieder zu singen, die Töne kehrten zurück, der Bach plätscherte wieder und der Wind rauschte, wenn er sich in den Ästen der großen, grauen Buchen verfing, die wie das seltsame Gewölbe einer Waldkathedrale den Graben überdachten. Von oben stieg die alte Kertovka in die Senke herunter. Sie war ein wenig älter als die Großmutter Grabner. Fünfzig Jahre lang hatten sie gemeinsam bei den Eichheins im Sägewerk und in der Möbelfabrik gearbeitet, außerdem noch in den Ställen und auf den Feldern. Als die alte Grabnerin nicht in der Kirche erschienen war, war der alten Kertovka sofort klar gewesen, was das zu bedeuten hatte.

Das Begräbnis des Bürgermeisters Novak und der Großmutter Grabner fand am selben Tag statt.

Zuerst wurde der Bürgermeister beerdigt. Teils aus Gründen der Hierarchie, *denn die alte Grabnerin kann ja wirklich ein wenig warten*, teils aber auch, weil es nur einen Totengräber gab, der mit seinem Sohn auch alles Übrige, was rund um die Gräber anfiel, erledigte. Außerdem reichte der eine Wagen nicht, um zwei Leichen von der Kirche zum Friedhof zu fahren, und Aufbahrungsraum gab es auch keinen. Pfarrer Franc Korošec, der schon seit zwei Jahren abstinent war, hielt eine sehr schöne Trauerfeier ab. Alle aus Dolina und den umliegenden Orten waren gekommen. Der kleine Friedhof am Hang unterhalb der Kirche war bummvoll, davor standen Pferdegespanne und Autos. Am Eingang reichten die Frauen den Trauernden ein Halbseitel Schnaps, ein alter Bauch, der vor allem in den höhergelegenen Weilern gepflegt wurde, den man aber auch im Tal beibehalten hatte. Alle Arbeiter aus der Möbelfabrik und dem Sägewerk waren gekommen. Sie mussten. Oto von Eichhein hielt am Grab eine sehr schöne Rede auf Deutsch. Er zitierte Goethe. Im Grunde waren es die Verse, die er immer rezitierte, wenn die besoffenen *Burschen* gemeinsam vor der Jagdhütte das Wasser abschlugen. *Auf! Oder ihr seid verloren. Unnützes Zagen! Zaudern und Plaudern! Meine Pferde schaudern, der Morgen dämmert auf.* Wahrscheinlich konnte er nur diese Verse. Er vergoss auch dicke Tränen. Er sprach über die Freundschaft und die alten Zeiten, den Saustall, der sich Königreich Jugoslawien nannte und der, wie er hoffte, bald *zum Teufel* gehen werde, konnte er in seiner Rede nicht aussparen. Er erwähnte auch die ungerechte Agrarreform, und er konnte nicht darüber hinwegsehen, dass die Deutschen, die im Königreich geblieben waren, im Grunde unterdrückte und verfolgte Staatsbürger zweiter Klasse seien. Er schloss seine Rede mit dem Gedanken, dass sich die Zeiten ändern würden, dass Europa erwache und die jüdische Weltverschwörung bald entlarvt sein werde. Und er fand auch lobende Worte für den Verblichenen, der, obwohl selbst kein echter Deutscher, die Not des Deutschtums hierzulande begriffen habe, *deshalb werde ich ihn als Freund und als Bürgermeister vermissen.*

Zum Begräbnis kamen auch Personen aus der Stadt. Der Bürgermeister und der Kommandant der Provinzialgendarmerie kamen, beide Deutschtümler. Der örtliche Frauenchor sang sehr schön, auch slowenische Lieder wurden angestimmt, drei deutsche, drei slowenische. Und Otos Sohn Erich, dessen Pate der Bürgermeister gewesen war, stand mehr als eine Stunde lang mit regungslos gestrecktem Arm am Grab. Alle wunderten sich über seine Ausdauer, die alten Weiber steckten die Köpfe zusammen und erörterten die Sache eingehend: *Wahrscheinlich hat er einen Krampf, und jetzt kriegt er ihn nicht mehr runter. Der arme Bub. Und schau, wie er angezogen ist, statt schwarz ist alles braun. Und die Kappe hat er auch nicht abgenommen. Seltsam, diese Herrschaften, seltsam, seltsam …* Ums Grab wimmelte es von Leuten. Nur Maria war nicht zum Begräbnis erschienen, was ihr niemand verübelte, hatte sie doch kürzlich den zweiten Enkel des Verstorbenen zur Welt gebracht. Auch das Wetter spielte mit, obwohl es anfangs nach Regen ausgesehen hatte. Als man Bürgermeister Ivan Novak ins Grab gelassen und selbiges fast schon bis oben hin zugeschüttet hatte, denn so zahlreich waren die Trauergäste und jeder von ihnen hatte ein Schäufelchen Erde auf den Sarg gekippt, zogen sich über dem Kirchturm graue und regenschwere Wolken zusammen. Als die letzten Trauergäste den Friedhof verließen und sich die letzten Wagen talwärts in Bewegung setzten, begann es zu schütten. Als hätte Gott dem Bürgermeister noch einen letzten Gefallen erwiesen und für die Dauer seines Begräbnisses für schönes Wetter gesorgt.

Als es dann regnete, was das Zeug hielt, und alle gegangen waren, holten sie vom Eingang ganz oben, den Augen verborgen, bei der Hintertür der Kirche, die in die Sakristei führte, den Sarg mit der alten Grabnerin. Sie war an der Friedhofsmauer versteckt gewesen, um das große Begräbnis nicht zu stören, und hatte bescheiden gewartet, bis sie an der Reihe war. Pfarrer Franc fasste sich jetzt sehr kurz, weil er wusste, dass das Unwetter noch hässlicher werden würde. *Sie wird uns als fleißige Arbeiterin, Mutter vieler Kinder und gottesfürchtige Frau in Erinnerung bleiben …* ratterte er herunter. Mehr hätte er auch nicht zu sagen gewusst. Außerdem konnte ihn wegen des Geprassels auf den hölzernen Sargdeckel sowieso keiner hören. Nach den letzten Worten seiner sehr verkürzten Grabrede schüttete es wie aus Eimern. Es regnete derart, dass die Grube im Nu voller Wasser war. Die beiden Totengräber und Vater Franc flüchteten in die

Kirche. Am Grab blieben nur die Grabnerin und der zwölfjährige Silvester, dem sich das Bild des elenden Begräbnisses am Ende eines elenden Lebens tief und nachhaltig einprägen sollte. Nicht einmal die alte Kertovka war gekommen.

Im Gasthaus des Bürgermeisters, wo die Trauergemeinde Zuflucht vor dem furchtbaren Gewitter gefunden hatte, stieg Mihael auf einen Stuhl und dann auf die Schank, was sehr an das Bild erinnerte, das der Bürgermeister abgegeben hatte, als er nach der Premiere im Feuerwehrhaus *eben hier auf dem Schanktisch, genau an derselben Stelle* saß … Zu Mihaels Füßen drängte sich ein Meer von Köpfen, die ehrfürchtig und fast alle gleichzeitig die Hüte abnahmen. Mihael Novak verkündete in dem brechend vollen Gasthaus: »Mein zweiter Sohn wird Ivan heißen, im Gedenken an meinen Vater, unseren Bürgermeister.« Alle nickten schweigend.

Die Rede Otos von Eichhein vor den Arbeitern im Sägewerk und wenig später auch in der Möbelfabrik

Herzlich willkommen!

Ich werde po wasche zu euch sprechen, weil ich weiß, dass ihr zwar Deutsch versteht, aber viele von euch es nicht verstehen wollen. Ich weiß das. Ich bin gut informiert. Na, ich bin nicht so oft unter euch, das werfen mir gewisse Leute auch vor, aber jetzt bin ich da, weil ich euch etwas Wichtiges mitteilen möchte. Der Tod unseres geschätzten Bürgermeisters und meines großen Freundes Ivan Novak hat uns alle tief erschüttert. Wir leben in schwierigen Zeiten, der Staat geht sehr schlecht mit uns um, besonders mit uns Waldbesitzern. Aber das muss sich ändern. Ich bin aber nicht zu euch gekommen, um zu jammern. Ich bin hier, um euch zu sagen, dass wir einen neuen Bürgermeister brauchen, der mindestens so gut sein wird wie mein Freund Ivan Novak. Ich werde nicht lange um den heißen Brei herumreden. Seid ihr einverstanden? Ich weiß, dass ihr es seid. Ein rechtes Wort findet immer den rechten Ort, so sagt man hier bei euch. Ihr habt eine Menge solcher schönen Volksgedanken, ich schätze das. Auch meine Vorfahren haben das geschätzt, diese Einfachheit. Und ich habe immer gesagt, wie schon mein Vater und mein Großvater und auch die anderen aus unserer Familie, denen diese Gegend schon gut zweihundert Jahre lang Heim und Heimat ist, wir alle waren schon immer der Ansicht, dass ihr fleißige Leute guten Herzens seid, ein wenig bockig, aber schließlich immer folgsam. Und ich gebe euch das Brot, das dürft ihr nicht vergessen. Auch in Zeiten wie diesen, wo alles Mögliche geredet wird. Wie es heute in Russland ist! Das ist alles Blödsinn, sage ich euch. Aber lassen wir das. Ich rege mich zu viel auf, wenn ich zu viel daran denke. Auch bei uns, in meinem Werk und in der Fabrik, waren solche Gerüchte zu hören, aber wir haben damit schnell aufgeräumt. Wenn es einem bei uns nicht gefällt, auch gut, dann soll er nach Russland gehen! So wie dieser eine Vorarbeiter, ich weiß seinen Namen nicht mehr, der gemeint hat, er muss Gewerkschaft spielen, mein Gott. In meinem Unternehmen, auf meinem Boden, in meinen Wäldern! Ich sage euch freiheraus: Bei mir wird es keine Gewerkschaft, keine Politik, keinen Kommunismus geben!! Wer anders darüber denkt als ich, bitte: Dort ist die Tür, Stalin wartet schon auf euch! Ich darf mich nicht so aufregen. Ich will euch nur sagen, dass ich mit euch zufrieden bin. Sehr, sehr. Und dass wir in der jetzigen Zeit standhaft und fleißig sein müssen. Ich habe das durchgerechnet. Im Sägewerk arbeiten zweiundzwanzig von euch, drei sind ledig, die anderen haben Familien, Frauen, Kinder, Großmütter und Väter. Ihr habt auch Freunde auf der anderen Seite der Grmada, aber die sind nicht wichtig. Wichtig seid ihr, ihr seid meine Familie, weil ich euch ernähre. Nun … Und unten in der Fabrik seid ihr zweiundachtzig, fast alle haben Familien mit fünf, sechs Mäulern, auch mit Großmüttern und Großvätern … Das alles hab ich schwarz auf weiß. Ich habe also, obwohl die Zeiten schlimm sind und das Holz fast nichts wert ist, beschlossen, euch, fast schon zu meinem Schaden, den Lohn zu erhöhen. Um fünf Prozent, allen. Obwohl, ich hab euch im Auge! Ihr habt es nicht alle verdient. Aber gut, ich geb's euch, und zwar sobald der neue Bürgermeister gewählt ist. Für unsern Teil Dolinas werden die Schachteln bei mir daheim aufgestellt, in der Villa. Ich sorge für Getränke, versprochen. Ich hab mich auch mit den anderen in der Gegend abgesprochen, mit Matteo von Ehrlich, dem das Sägewerk am oberen Ende gehört, und auch mit den Lauseggers. Alle werden an einem Strang ziehen. Wenn ich mit euren Stimmen rechnen kann, haben wir schon am Montag einen neuen Bürgermeister, meinen Schwiegersohn Mihael Novak. Und ihr alle, egal wie fleißig ihr seid, kriegt ab nächsten Monat fünf Prozent mehr Lohn. Ich halte, was ich verspreche, das wisst ihr. Wenn aber die anderen gewinnen, die Liberalen, die lauter Kommunisten sind, dann gibt es nichts. Schaut also, dass alles passt. Und eure Weiber sollen auch mitkommen, zur Unterstützung wenigstens. Ich sorge für ein gutes Gulasch. Eure Kinder sind auch eingeladen, aber wehe, sie tragen mir was aus dem Haus. Na, das hab ich euch sagen wollen. Zur Wilderei wollt ich auch noch was sagen, weil meine Jagdaufseher sich darüber beschweren, dass in meinem Wald gewildert wird. Wenn einer von euch oder jemand aus eurer Familie wildert, dann ist die Arbeit weg, verstanden? Ich bin kein rachsüchtiger Mensch, aber Ordnung muss sein. Aber deswegen bin ich heute nicht gekommen. Jetzt ist der Bürgermeister wichtig, merkt ihr euch das? Mihael Novak muss der neue Bürgermeister werden! Dann passt alles. Danke. Und jetzt an die Arbeit!

Nada aus Belgrad

Gligorije Iwanowitsch Iwanow rannte über die Ipatjewska.

Die Straßenbahn, an der vorn eine große rote Fahne hing, bimmelte, als sie um die Ecke auf die Warwarka bog. Die eisernen Räder der alten Garnitur, von der die grüne Farbe längst abgeblättert war und die nun aussah wie ein Haufen rostiger Schrott, kreischten derart, dass es Gligorije in die Knochen fuhr. Es nieselte ein wenig. Ein milchiger Nebel legte sich dick zwischen die großen Moskauer Gebäude. Die Menschen bewegten sich die Hausmauern entlang, als suchten sie dort schützende Wärme. Niemand grüßte, niemand wechselte mit irgendjemandem ein Wort, sie glitten durch die Straßen wie Geister, die auf der Flucht vor sich selbst waren.

Er stellte den Kragen hoch, ging auf der anderen Straßenseite dann schneller, überquerte die Warwarka und eilte den Staraja-Platz hinauf, vorbei an der Kyrill-und-Method-Kirche und weiter bis zum Ende des Polytechnischen Museums, wo die Lubjanka begann, an deren Ende sich der furchteinflößende Lubjanka-Palast erstreckte. Da drin war ein Gefängnis und auch der Sitz der Geheimpolizei. Hinter der Lubjanka befand sich im vierten Stock eines schmutziggelben Hauses an der Ecke zwischen der Puschetschnaja und der Derschinskij-Straße die Internationale Lenin-Schule, die Fenster der Klassenräume blickten auf den mächtigen Bau des Gefängnisses.

Die Lenin-Schule war in den Dreißigerjahren des 20. Jahrhunderts eines der wichtigsten Ausbildungszentren der Kommunistischen Internationale für kommunistische Kader von außerhalb der Sowjetunion. Hier wurden vor allem Mitglieder der Zentralkomitees verschiedener europäischer Länder und auch Intellektuelle aus diversen kommunistischen Bewegungen geschult. Es gab einen Intensivkurs in Marxismus und Leninismus, die Hörer wurden aber auch mit der Organisation einer revolutionären Bewegung vertraut gemacht. Es gab Vorlesungen zur Kampftaktik hinter der Front. Genosse Karnjenko, dem ein Arm fehlte, brachte ihnen zum Beispiel bei, wie man einen Sprengkörper bastelt und an einem öffentlichen Ort so platziert, dass es unter den Feinden der Revolution möglichst viele Opfer gibt. Zweck der Ausbildung war es, den Kommunisten praktisches Wissen für den revolutionären Kampf mitzugeben. Schon damals waren sich alle darüber im Klaren, dass die Welt unerbittlich auf einen Krieg zuraste, den es für die Veränderung der gesellschaftlichen Verhältnisse zu nutzen galt.

»Mirko!«, hörte er hinter sich jemanden rufen.

Schon lange hatte ihn in der Öffentlichkeit niemand mehr bei seinem richtigen Namen genannt. Seit er das Tal am Fuß der Grmada verlassen hatte, hörte er auf den Namen Gligorije, der in seinem gefälschten Reisepass stand. Nur die Genossen aus dem Königreich Jugoslawien, an der Schule waren es rund siebenhundert, zweihundert davon aus dem Draubanat, wussten, dass er eigentlich Mirko Bregar hieß. Und jetzt, als er im Begriff war, ins Gebäude des Lehrzentrums der Lenin-Schule zu gehen, rief ihn jemand mitten auf der Straße beim Namen. Er kannte die Stimme, es war Nada. Eine Genossin, die etwa ein Jahr vor ihm nach Moskau gekommen war, die Belgrader Parteizelle hatte sie zur Weiterbildung hierhergeschickt. Nada Petrović, Tochter eines niederrangigen königlichen Offiziers, ein trotziges Einzelkind, das vor seinen bürgerlichen Eltern direkt zu den Kommunisten geflohen war. Sie waren derselbe Jahrgang, Nada war ein paar Monate älter als er und eine bildhübsche Frau, dunkel und verwegen, mit einem glatten, schwarzen Bubikopf, einer schmalen Figur, spitzen, nicht zu kleinen und nicht zu großen Brüsten und einer dunklen Haut.

Sie sah aus wie eine Mischung zwischen einer Roma-Frau und einer großgewachsenen Deutschen. Mirko und Nada wohnten beide im Heim für Jungbolschewiken in der Straße der Roten Armee, ein paar Schritte vom Komsomolski-Prospekt. Sie wohnten sogar im selben Stockwerk, im selben Flur. Nadas kleines Zimmer, das sie mit einer Genossin aus Bulgarien teilte, lag genau gegenüber von Mirkos Zimmer. Und schon bald, am Ende der ersten Woche ihrer Bekanntschaft, war die junge Belgraderin barfuß über den Flur gelaufen, hinein und schnurstracks in sein Bett gehuscht. »Es ist kalt, Genosse«, sagte sie, »ich möchte, dass du mich wärmst.« Mirkos Zimmergenosse, ein junger Bergarbeiter von den Hängen der Grmada, staunte nicht schlecht. »Schau nicht so blöd!«, rief sie, »Blagrajana wartet auf dich.« Und so übersiedelte der rote Knappe Alojz in das Zimmer der jungen bulgarischen Kommunistin, und Nada blieb bei Mirko.

Jetzt lief sie auf offener Straße auf ihn zu, umarmte und küsste ihn. »Ich habe gedacht, du wartest auf mich.«

»Ich war in einer Sitzung«, sagte er, und mehr brauchte es nicht, er wusste, dass sie nicht nach Details fragen würde. Es war eine Art ungeschriebene Regel, dass man nicht zu viel fragen durfte, es konnte blöd ausgehen, wenn man zu viel über die Genossen wusste. Auch wenn sie dieselbe Weltordnungsidee verband, glomm zwischen ihnen stets das Misstrauen, sogar die Angst, dass sich die Dinge plötzlich ändern konnten, nicht grundsätzlich, aber doch in wichtigen Details. Aus Freunden konnten über Nacht Bekannte werden, und von der Bekanntschaft zur Feindschaft ist es nur ein sehr kleiner Schritt. Dieselbe Idee ist nicht immer dieselbe, dasselbe Bündnis nicht immer dasselbe. Der Kampf für den Sozialismus und Kommunismus hatte mehrere Gesichter, und man konnte sich nie ganz sicher sein, welches gerade das richtige war. Darum wurde nicht allzu viel geredet. Wenn jemand sagte, er sei auf einer Sitzung gewesen, dann fragte man nicht weiter, das schiere Interesse hätte einen verdächtig machen können. Außerdem war es besser, nicht zu wissen, auf welche Sitzungen die Genossen gingen. Jemand hätte einen in der Nacht aus dem Bett holen und fragen können: *Denkst du, dass sie auf den Sitzungen, zu denen Genosse Soundso geht, den richtigen Standpunkt vertreten, was unseren gemeinsamen Kampf betrifft?* Darum war es sicherer, nicht alles zu wissen. Auch Paare, die miteinander intim waren, so wie Mirko und Nada seit einer Weile, vertrauten einander nicht alles an. Die allgemeine Atmosphäre der Angst machte sich auch in den Liebesbeziehungen breit.

Mirko kam von einer Sitzung der Kommunisten aus dem steirischen Drautal, die sich vor der Vorlesung in der Lenin-Schule im Café beim Puschkin-Denkmal getroffen hatten, um den richtigen Standpunkt zur Ermordung des Leiters der Leningrader Parteiorganisation, Sergej Kirow, im Dezember einzunehmen.

»Angeblich sind Sinowjew und Kamenew verhaftet worden«, flüsterte Nada und schmiegte sich noch enger an Mirko.

Mirko sagte nichts, er tat, als hätte er es nicht gehört. Er ging schneller, und sie liefen eng umarmt durch den Nieselregen an der mächtigen Fassade der Lubjanka vorbei.

Lew Borissowitsch Kamenew hatte vor knapp einem Jahr an der Lenin-Schule gelehrt. Er war Mitglied einer Kommunistengruppe aus Leningrad, die sich um Sinowjew scharte. Sie bildeten eine Art Opposition innerhalb der Partei, vor allem widersprachen sie Stalins Politik. Es hieß, die Sinowjewisten hätten mit der Ermordung Kirows zu tun. Mirko erinnerte sich an die hervorragende Vorlesung, die Genosse Kamenew gehalten hatte. Er war ein kleiner und temperamentvoller Mann, ein echter Russe mit einem flatternden Schnauzer. Früher hatte er ein Lenin-Bärtchen getragen. Voll ekstatischer Energie sprang er vor den Hörern der Lenin-Schule hin und her. Die Vorlesung dauerte den ganzen Tag, am Ende blieb ihm die Stimme weg. Das Ganze fand im großen Saal im ersten Stock der Lubjanka statt, an die tausend Kommunisten aus allen Ländern Europas waren gekommen, das war im Frühjahr 1934. Trotz der unheildrohenden Atmosphäre im schrecklichen Haus der Geheimpolizei, in dem, wie damals gemunkelt wurde, Leute verschwanden, herrschte während des Vortrags eine leidenschaftliche Stimmung. Kamenew schrie, sprang herum, stellte Fragen, stieß spitze Töne aus, fuchtelte mit den Armen … Alle spürten, dass dieser impulsive Mann vom Glauben an die Idee der Gleichheit beseelt war, von einer kommunistischen Welt, in der jeder gleich viel wert wie der andere wäre und die Welt ein für alle Mal in den Händen derer läge, die arbeiteten, die erschafften. Genosse Kamenew erwies sich damals auch als Mensch des Wissens, als kritischer marxistisch-leninistischer Intellektueller, und in seiner Vorlesung, die immer mehr einem engagierten Theaterstück glich, rezitierte er frei Marx und Lenin, aber auch aus deutschen und englischen Büchern, die in ihrem Duktus der Theorie und Praxis des Marxismus widersprachen. Mirko Bregar sollte sich ihn merken, weil er eines der größten kapitalistischen Unternehmen, den Ford-Konzern, erwähnte, der nach damaligen Informationen gerade in einer tiefen Krise steckte. Weil Fords Sohn ein unfähiger Geschäftsführer war, drohte dem Großunternehmen der Ruin. Kamenew spottete über dieses Flaggschiff des Kapitalismus und polemisierte zugleich gegen Hitlers *Mein Kampf*, in dem Ford als Ideal eines erfolgreichen Unternehmers genannt war. 1934 war Hitler noch Stalins Verbündeter, und eine Herabwürdigung von Hitlers Wirtschaftsideal schien schon den Hörern der Vorlesung eine gewagte Sache, denn sie war indirekt auch eine Kritik an Stalins Politik. Waren

Sinowjew und Kamenew in den frühen Zwanzigerjahren auf Stalins Seite gewesen, so trennten sie jetzt, gut zehn Jahre später, unterschiedliche Sichtweisen hinsichtlich der neuen Wirtschaftspolitik der Sowjetunion, vor allem, was das Tempo und die Dringlichkeit der Industrialisierung anging. Die ständige Erwähnung des Namens Ford ließ Mirko an das Auto denken, mit dem sich Oto von Eichhein im Tal am Fuß der Grmada produzierte. Er dachte an Maria, dessen schöne Tochter, die er nicht vergessen konnte und derentwegen er in Wahrheit, ohne es sich je einzugestehen, nach Moskau geflohen war. Erst in letzter Zeit, im täglichen Liebesakt mit der Genossin Nada Petrović im kalten Zimmer des Wohnheims für Jungbolschewiken, kam es, dass er nicht mehr andauernd an sie dachte. Wenn sich Genossin Nada auf ihn schwang und die graue Militärdecke über sich und ihn zog, sodass sie darunter geborgen waren wie unter einem Zelt, und wenn sie sich in die Lippen biss, mit glasigem Blick in seine kleinen und immer ein wenig verunsicherten Augen schaute und dann wie ein auf Grund gelaufenes Schiff auf ihm schaukelte, während er im gleichen langsamen und wogenden Rhythmus ihre dunklen Brustwarzen knetete, erinnerte sie ihn fatal an Maria. Manchmal, im Anflug fiebriger Leidenschaft, wenn ihre Finger sich verflochten, wenn sie ihr ganzes Gewicht einsetzte und Becken gegen Becken stieß, als wollte sie sich den Weg zu seinem Herzen freibumsen, rief er nach ihr: *Maria! Maria!* Nada tat immer so, als hätte sie es nicht gehört. Und er, wenn ihm klar wurde, welcher Name seinem Inneren entflohen war, versuchte es gutzumachen: *Naaada moojaa … Naaaaada moja, moja …* Sie verloren darüber nie ein Wort. Sie fragte ihn nie, er sagte es ihr nie.

»Es heißt, dass sie hier sind«, flüsterte sie, als sie sich vom Hauptportal der Lubjanka entfernten und die Soldaten, zwei Rotarmisten, aufgehört hatten, ihnen nachzuschauen.

»Wer?«, fragte er.

»Sinowjew und Kamenev.«

»Wo?«, fragte er noch irritierter.

Sie deutete kaum merklich auf die mächtige Lubjanka, von der sie sich rasch entfernten. »Man hat sie verhaftet. Jetzt sind sie hier.«

Er sagte nichts. Er wusste, alle wussten, obwohl man darüber nicht sprach, was es bedeutete, wenn jemand in die Lubjanka gebracht worden war.

»Man sagt, sie hätten etwas mit der Ermordung Kirows zu tun.«

Wieder antwortete er nicht. Er erinnerte sich an Kamenews brillante Vorlesung.

»Sie werden sie umbringen«, sagte sie leise und fast ohne die Lippen zu bewegen, »vielleicht sind sie schon tot.« Damals wusste noch niemand, dass Kamenew, der russische Bolschewik und Politiker, Lenins enger Mitarbeiter, am 25. August 1936 tatsächlich zu Tode gebracht werden sollte, und ein paar Tage nach ihm Sinowjew. Im Frühjahr 1934 schien dieser Gedanke lediglich eine böse Vorahnung zu sein, die sich ja doch nicht bewahrheiten würde. Indes verhält es sich mit Vorahnungen oft so, dass sie sich, eben weil sie Vorahnungen sind, bewahrheiten.

Sie liefen über die sandige Straße und betraten das Schulgebäude. Als sie in den sonst überfüllten Hörsaal kamen, blieben sie verwundert stehen, er war fast leer. Jeder saß für sich, als fürchtete er, sich mit jemandem unterhalten zu müssen. Alle starrten vor sich hin oder gaben vor, in ihren Skripten zu lesen. Keiner redete mit irgendwem. Die Vorlesung war unangekündigt entfallen. Der Genosse, der über die strategischen Erfolge der Roten Armee im Bürgerkrieg vortragen sollte, war am Morgen verhaftet worden. Später erfuhren sie, dass in der Nacht alle Mitglieder der Deutschen Kommunistischen Partei aus dem Wohnheim der Jungbolschewiken zu einem informellen Gespräch geholt worden waren.

»Lass uns ins Bolschoi gehen«, sagte Nada, »Genossin Sokolova hat Karten für uns. Fürs Ballett.« Die Studenten der Lenin-Schule nahmen nämlich auch an Kulturveranstaltungen teil, sie bekamen freie Eintrittskarten für die besten Moskauer Aufführungen.

Mirko gab abermals keine Antwort. Er schaute zum Fenster hinaus auf die andere Straßenseite, wo die Lubjanka stand. Alle Fenster waren erleuchtet, die Lubjanka strahlte gelb in das feine Moskauer Nebelreißen. Nada stellte sich neben ihn, hakte sich bei ihm ein und lehnte ihre Wange an seine Schulter. Für kommunistische Paare war es nicht üblich, ihre Zuneigung auf diese Weise in der Öffentlichkeit zu zeigen. Küssen, drücken, sich einhängen, anlehnen, umarmen … das waren Überbleibsel dekadenter kleinbürgerlicher Gefühlsduselei, Überreste einer Zeit, in der die Frau immer in einer untergeordneten Position gewesen war, was für die Genossinnen nach der siegreichen Revolution auf keinen Fall mehr galt. Aber damals im Hörsaal, nach den nächtlichen Festnahmen der deutschen Kommilitonen, von denen die meisten nicht mehr ins Wohnheim zurückkehren würden, war ihnen das völlig egal. Die Nacht senkte sich über das graue, verregnete Moskau. Sie aber starrten auf die erleuchteten Fenster im Palast des Terrors. Die bulgarische Kommunistin Blagrajana gesellte sich zu ihnen, sie war hinter ihnen gestanden. Auch sie schaute eine Weile nach drüben, dann deutete sie auf die erleuchtete Lubjanka und sagte: »Vsjo noč' budut rabotat.«

»Ja«, wiederholte Nada leise, »die schuften wieder die ganze Nacht.«

Damals kam Mirko Bregar zum ersten Mal in zwei Jahren der Gedanke, dass er gern in die Gegend am Fuß der Grmada zurückkehren würde.

Der andere Tod des Lew Borissowitsch

Der Tod ist eine unumstößliche Tatsache. Er ist der Schlussmoment, mit dem die Zählung endet. Der Moment, an dem für jemanden das Nichts beginnt.

Nach der Geburt ist der Tod der andere Moment in der Vergangenheit eines Menschen, an dem nicht zu rütteln ist. Der Mensch wird geboren, das ist eine Tatsache, und er stirbt, auch das ist wahr. Alles, was dazwischenliegt, ist Gegenstand von Interpretationen. Und wie es sich mit Interpretationen verhält, das wissen wir.

Vergangene Woche, am 25. August 1936, um fünf Uhr morgens, erfolgte die Hinrichtung des Verräters der Revolution, Lew Borissowitsch Kamenew, durch Erschießen, stand in den Zeitungen zu lesen.

Ein Mensch existierte nicht mehr. Seine Angehörigen konnten aufhören, auf ihn zu warten. Eine Zukunft begann, in der es diese Person schlicht nicht mehr gab, nur noch die Erinnerung an sie, einen Bericht über sie, eine Vergangenheit. Auf den Tod eines Menschen kann man sich verlassen. Zeugen, Pathologen, Leichenbeschauer bestätigen ihn, er wird irgendwo in ein Buch eingetragen, die Nachricht kommt in die Zeitungen …

Die Vergangenheit existiert in unterschiedlichen Formen, wird unterschiedlich beurteilt, wir sehen sie unterschiedlich, zu verschiedenen Zeiten fallen unsere Urteile über sie sehr unterschiedlich aus. Sieger erklären das Kriegsgeschehen auf ihre siegreiche Weise und gewöhnlich anders als die Verlierer. Ein Verliebter sieht die Welt anders als ein Trauernder. Der Gepeinigte hat eine andere Wahrheit als sein Peiniger … Geburt und Tod, zwei Eckpunkte in der Geschichte des Menschen und des Lebens, sind hingegen unumstößliche Tatsachen der Vergangenheit. Daran glauben wir, daran wollen wir glauben.

Wir Menschen fühlen uns in unserer Gegenwart und auch in der kommenden Zukunft viel sicherer, wenn wir in unserer Vergangenheit Fixpunkte haben. Mama wurde in dem und dem Jahr geboren … Opa war in dem und dem Jahr an der Front bei Kobarid … Oma ist in dem und dem Jahr um drei Uhr nachmittags gestorben, um drei Uhr und zehn Minuten … Ich bin geboren am … Ich habe geheiratet am … Der Krieg hat begonnen am … Mit der Unterzeichnung des Waffenstillstands hat er geendet am … Präsident Kennedy wurde um soundsoviel Uhr vor laufenden Fernsehkameras ermordet … Die ersten demokratischen Wahlen haben stattgefunden am … mit einer Wahlbeteiligung von … Und so weiter und so weiter. Manche Punkte in der Vergangenheit sind genau festgelegt, sind ausgewiesen und bestätigt. Wir glauben an sie, wir beurteilen die Vergangenheit nach diesen Punkten. Auch Erinnerungen archivieren wir anhand der feststehenden Tatsachen aus der Vergangenheit. Ohne diese stabilen Bezugspunkte, ohne Zeitangaben, ohne mathematische Genauigkeit wären die Vergangenheit und auch die Geschichte nichts anderes als eine unübersichtliche Masse von Gefühlsbildern. Und das menschliche Leben wäre unverbindlich, verworren und völlig verloren.

Über Augenblicke wie Geburt und Tod machen wir keine Witze. Alles, was zwischen diesen genau festgelegten und in die Zeit eingeschriebenen Koordinaten liegt, ist das Leben, das so oder auch anders verlaufen kann. Alles, was zwischen diesen Marksteinen liegt, lässt sich interpretieren, erklären, drehen und wenden, man kann alles in Zweifel ziehen, spekulieren, Mutmaßungen anstellen … Nur am Zeitpunkt des Anfangs und des Endes sollte es keinen Zweifel geben. Denken wir nur an das ungute Gefühl, das uns beschleicht, wenn wir ein Geburtsjahr sehen, das Todesjahr aber aus verschiedenen Gründen nicht genannt ist. Plötzlich türmen sich Fragen auf, regen sich Zweifel und Vermutungen. Wir haben eine unabgeschlossene Geschichte vor uns, selbst wenn ein Leben vor zweihundert Jahren begonnen hat und daher klarerweise längst zu Ende sein muss. Als wäre es unvollständig geblieben, als wäre es nie zu einem Ende oder zumindest zur Ruhe gekommen. Das Leben hat einen Anfang und einen Schluss, zumindest im physischen, biologischen Sinn. Alles andere ist eine Frage persönlicher Überzeugungen und des Glaubens. Auch ist das Leben kein Warten, es ist Bewegung. Und der Tod ist kein Warten, er ist Auslöschung. Wir warten nur dann, wenn wir den Zeitpunkt des Endes nicht kennen. Es geht hier nicht nur um die Würde des Endes, nicht nur um die Ungewissheit der Angehörigen, die immer weiter warten, obwohl alles darauf hinweist, dass es jemanden nicht mehr gibt. Wir Menschen brauchen Gewissheit über den Zeitpunkt des Todes und auch über den Ort, wo jene begraben liegen, die uns etwas bedeuten. Wir brauchen die Gewissheit, die das Leben des Verstorbenen vollendet und jene zur Ruhe kommen lässt, die ihm am nächsten gestanden sind.

Bei Menschen, die in Kriegsstürmen, Revolutionen oder danach bei Vergeltungsaktionen ums Leben gekommen, die in Kerkern und finsteren Löchern spurlos verschwunden sind … bei ihnen allen geht es nicht nur um Pietät und das Recht, den Zeitpunkt und den Ort ihres Todes zu wissen, es geht vor allem darum, dass ihre Reise ein Ende hat.

Als die *Prawda* die Nachricht von der Erschießung Kamenews veröffentlichte, war der Mitarbeiter Lenins noch sehr lebendig. Offiziell war er tot, in Wahrheit aber lebte er noch eine Weile. Der große Stalin hatte beschlossen, in die Rolle eines Gottes zu schlüpfen, dem es gegeben und erlaubt war, im Namen des Schicksals oder auch nur eines schicksalhaften

Zufalls mit dem Leben von Menschen zu spielen. So manche Macht erliegt einer solchen Versuchung, auch die sogenannten demokratischen Rechtsstaaten von heute sind nicht dagegen immun. Guantánamo, wo orange gekleidete Menschen ohne Verurteilung und rechtlos in einem abgeschotteten Gefängnis dahinvegetieren, wäre so ein Beispiel aus der heutigen Welt. Auch in den Gefängnissen Nordkoreas oder mancher afrikanischer Regime finden wir Menschen, die von ihren Angehörigen schon lange für tot gehalten werden, die tot sind, obwohl sie leben, deren zum Stillstand gebrachter Biografie ein Leben folgt, von dem niemand weiß.

In der Zeit, in der unsere Geschichte spielt, aber auch später, gab es zahllose Geschichten dieser Art. Historiker, die die ehemals geheimen Archive aller Regime und aller Formen politischer Macht durchstöbern, stoßen laufend auf neue Daten zu falschen Todesmeldungen. Imre Nagy, der Anführer der ungarischen Revolution 1956, die die Sowjets brutal mit ihren Panzern niederwalzten, ist so ein Fall. Laut Berichten wurde er 1956 getötet, in Wahrheit ist er aber, wie neuere Forschungen zeigen, viel später, vielleicht ein ganzes Jahrzehnt später, in einem sozialistischen Zuchthaus in Rumänien gestorben. Es war der einsamste Mensch auf der Welt. Alle Welt hielt ihn für tot, tatsächlich aber erwartete er sein eigenes Ende. Zu wissen, dass niemand mehr auf einen wartet, dass alle aufgehört haben, auf einen zu warten, ist die schlimmste Form der Einsamkeit und der Folter.

Ähnliches widerfuhr einigen jugoslawischen Anhängern des Informbüros, die 1948 verhaftet und an einen unbekannten Ort verbracht wurden. Ihre Angehörigen wussten lange nicht, was mit ihnen passiert war, die Sterbedaten sind heute noch fraglich. Es kam vor, dass Angehörige noch lange nach dem Tod eines Inhaftierten Pakete ins Gefängnis schickten. Meine Oma wusste monatelang nicht, wo mein Opa war.

Niemand wollte es ihr sagen. Man hatte ihn ohne Haftbefehl festgenommen und ohne Verurteilung nach Goli otok geschickt. Eine Weile hielt sie ihn für tot, wie ihr absichtlich, aus purer sadistischer Bosheit suggeriert wurde. Dann kämpfte sie bloß noch darum, den Leichnam zurückzubekommen. Dann fand sie irgendwie heraus, dass er auf Goli otok war. Die Frau eines damaligen Politbonzen erbarmte sich ihrer, *aber nicht verraten*, sagte sie. Als Opa nach zwei Jahren und einem Monat endlich freikam, hieß es: *Sie können ihn abholen*. Wieder eine Bosheit des Staatsapparats, der schwarze Humor kleiner Beamter. Sie können ihn abholen, als ginge es um seinen Sarg. Sie und ihre damals zehnjährige Tochter kamen zur festgesetzten Zeit ins Gericht, mit der schrecklichen Angst, dass sie seinen Sarg abholen würden. Die Angst nahm noch zu, als man sie dort über Treppen hinab in den Innenhof führte. Ein Uniformierter schaute sie groß an, wunderte sich und sagte: *Seid ihr zu Fuß hier? Wie wollt ihr ihn wegschaffen?* Das zehnjährige Mädchen, meine Mutter, machte sich vor Angst in die Hose. Meine Oma aber ballte die Fäuste und sagte: *Das machen wir schon, aber gebt ihn uns endlich*. Bis zuletzt hoffte sie, dass er lebte. Der Uniformierte lachte auf, führte sie zu einer Art Garagentor und öffnete es. Meine Oma sagte sehr viel später zu mir: *Damals bin ich mir sicher gewesen, dass in der Garage ein Sarg stehen wird*. Aber mittendrin stand er, ihr Mann, der Vater des zehnjährigen Mädchens, meiner Mutter, mein Opa. Als alle drei den Hof verließen, hörten sie hinter sich das Lachen der Uniformierten.

Die Mächtigen und ihre Arschfliegen, die Beamten, lieben es, Gott zu spielen. Am besten geht das in totalitären Systemen der Angst, aber es funktioniert auch in Demokratien. Die Grenzen zwischen der Herrschaft des Demos und dem Wahnsinn totalitärer Macht sind leider sehr schnell überschritten, mitunter merkt man es gar nicht. Im Namen der Sicherheit der Staatsbürger kann heute jeder abgehört werden … Und schon sind wir dort, wo jemand unser Leben für ein virtuelles Spielchen hält. Unser Leben ist bereits nicht mehr nur unseres. Und unsere Vergangenheit wird zur anderen Vergangenheit.

Ähnlich erging es Lew Borissowitsch Kamenew. Es heißt, man habe ihm in der dunklen Zelle, in den finsteren Kellern der Lubjanka oder sonstwo, die Zeitungsmeldung über seinen Tod gezeigt. Dann habe man ihn jeden Tag kopfüber aufgehängt. Es gibt genaue Aufzeichnungen über die Tortur. Zwei Stunden hängen, zehn Minuten Pause. Der Gefangene durfte sich durch Stillstehen ausruhen. Dann wieder hängen. Und wieder Pause. Dann zwei Stunden Schlaf und wieder hängen. Und essen. Das Essen soll gut gewesen sein, heißt es, die Kerkermeister und Folterknechte hätten dasselbe gegessen, sogar am selben Tisch. Der Unterschied bestand nur darin, dass sie Lew Borissowitsch nach dem Verzehr des Borschtsch, von dem er sogar einen Nachschlag bekommen konnte, sofort wieder für zwei Stunden an den Füßen aufhängten. Zweimal mussten sie ihn wiederbeleben, weil ausgekotzte Essensreste in die Lunge gelangt waren, dann hängten sie ihn wieder auf. Schon nach dem ersten Tag blutete er aus der Nase. Nach drei Tagen aus den Ohren. Nach einer Woche auch aus den Augen. Am schlimmsten aber war, dass sie ihn nicht verhörten. Er konnte nichts tun, um die Tortur zu beenden. Er konnte nichts zugeben. Die Folterknechte wollten von ihm nichts, außer seinen qualvollen Tod, der nach drei Wochen endlich eintrat. Hirnschlag. Er wurde irgendwo verscharrt. Die ganzen quälenden Details sind nur durch die Aufzeichnungen eines der Kerkermeister bekannt geworden, und diese Aufzeichnungen entstanden nicht auf Weisung. Hätte die Staatsgewalt erfahren, dass einer die genaue Zahl der Hängungen, der Wiederbelebungen notierte und sogar festhielt, was es zu Mittag gegeben hatte und wann auf die Minute genau dem Gehenkten zum ersten Mal Blut aus den Augen getreten war, sie hätte ihn vermutlich bestraft. Am interessantesten ist aber, dass der Verfasser das alles nicht protokollierte, um es zu veröffentlichen und die Auswüchse von Stalins Willkür zu entlarven; er schrieb es, das geht aus dem Inhalt hervor, zur eigenen Unterhaltung, zum eigenen sadistischen Genuss. Das Notizbuch wurde in den Neunzigerjahren gefunden und ist eine schauerliche Lektüre, besonders wegen der Kommentare seines Verfassers: *Wir haben gewettet, ob er bis Freitagabend durchhält. Ich habe als Einziger behauptet, dass er am Samstag noch leben wird. Und ich habe gewonnen. Der Alte ist wirklich zäh, ha!* Im Jahr 1984 wurde Lew Borissowitsch rehabilitiert. Die neuen Machthaber gaben zu, dass der Genosse zu Unrecht verurteilt und umgebracht worden sei. Eine Rehabilitierung kann weder lebendig machen noch das sinnlose Leid auslöschen, aber sie kann das richtige und wahre Datum eines Lebensendes festlegen. Wenigstens das. Der Kreis der Geschichte hat sich geschlossen. Das Warten ist zu Ende.

Der junge Bürgermeister und seine Besuche in der Herrengasse

Die Bewohner Dolinas am Fuß der Grmada bekamen sogleich die neue Gangart des jungen Ortsvorstehers zu spüren.

Mihael Novak war ein besserer Bürgermeister als sein Vater. Er widmete sich ganz seiner neuen Funktion, die er ein gutes Jahrzehnt ausüben sollte. Offiziell ging sein Mandat eigentlich nie zu Ende. Wieder diese Unsicherheit, wie bei Leuten ohne Sterbejahr. Ein Bürgermeistermandat endet nach vier Jahren und wird, nach erfolgreichen Wahlen, verlängert, sofern es verlängert wird. Mihael wurde 1944 im Amt bestätigt, es war damals schon sein viertes Mandat, aber ein knappes Jahr später war eines Morgens alles vorbei. Er verschwand einfach, und es sollte auch keine Bürgermeisterwahlen mehr geben.

Nach dem Tod des alten Bürgermeisters im Jahr 1932 führte der neue die Elektrifizierung des Tals zu Ende. Sogar in die paar Häuser ganz oben auf der Grmada wurde der Strom eingeleitet. Ohne Strom blieb im Grunde nur das Haus der Grabnerin, und auch das nur, weil sie sagte, dass sie keinen Strom brauche. Ihre Leute hätten seit hundert Jahren mit Petroleum Licht gemacht, und sie wisse nicht, warum es nicht auch die nächsten hundert Jahre so bleiben sollte. Ihr Sohn Silvester, der schon damals gern ins Gymnasium in der Stadt gegangen wäre, war freilich anderer Ansicht als seine Mutter, aber sie war die Herrin im Graben, und wenn er trotzdem einmal irgendeine Anmerkung machte, dann schlug sie ihm einfach auf den Mund, solange du in meinem Bett schläfst, wirst du mir keine Lehren geben! Unter Mihael wurde auch eine Ortsbeleuchtung errichtet, und zwar vor jedem zweiten

Haus, die ganze lange Straße hinunter. Das Gasthaus Novak, in dem immer noch der Bürgermeister amtierte, bekam natürlich das beste Licht.

Im Norden Europas ernannte Reichspräsident Paul von Hindenburg am 30. Jänner 1933 Hitler zum deutschen Kanzler. Die deutschen Volksgruppen außerhalb des Reichs bekamen rote Backen vor Begeisterung und Überlegenheit. Oto von Eichhein veranstaltete eine große Feier, und zwar umstandslos im Gasthaus des Bürgermeisters.

»In der Villa geht's nicht, wegen der Enkelkinder, und Maria wäre auch böse mit mir. Am besten, wir feiern den neuen Kanzler gleich im Gasthaus.«

Das war keine Bitte, sondern fast ein Befehl. Der junge Bürgermeister widersetzte sich nicht. Eigentlich kam von ihm gar nichts, er sagte nicht ja und nicht nein, er nickte nicht einmal. Allerdings wartete der Schwiegervater seine Reaktion ohnehin nicht ab, sondern machte auf dem Absatz *kehrt und stürmte Deutschland, Deutschland über alles, über alles in der Welt* singend zurück ins Jagdzimmer, wo er seine Gewehre noch öfter als seine Enkelsöhne auf den Schoß zu nehmen und sie endlos zu reinigen pflegte.

Mihael ging ins Schlafzimmer seiner Frau Maria.

»Schuhe ausziehen!«, sagte sie vom Bett aus, noch bevor er die Tür ganz offen hatte.

Er zog sie aus. »Hätte ich sowieso gemacht …«, sagte er gereizt, weil Maria manchmal mit ihm redete, als wäre er in der Villa Eichhein nur zu Besuch.

Sie lag im Bett, und neben ihr lagen die beiden Kinder, jedes auf einer Seite. Der Ältere, Miroslav, schlief näher zur Tür, der Jüngere, Ivan, lag gegenüber an ihrer Brust, die er mit seinen Fingerchen hielt und drückte, als fürchtete er, dass jemand kommen und sie stehlen könnte. Mit weit offenen, blitzblauen Augen trank er gierig die Milch seiner Mutter.

»Er kratzt mich immer«, sagte sie zärtlich.

Mihael legte sich zu seinem schlafenden älteren Sohn Miroslav. »Hat er schon Nägel?«, fragte er.

»Ja. Ganz winzige.«

Mihael streckte seinen Arm vorsichtig über den schlafenden älteren Sohn und berührte sanft mit zwei Fingern das Händchen, das sich da drüben an Mamas Brust klammerte.

»Wie er mich anschaut!«, sagte er. »Ich nehm dir schon nichts weg!« Das Baby machte die Augen noch weiter auf und saugte noch schneller an der Brust der Mutter, sodass zwischen seinen Lippen ein dünnes weißes Rinnsal hervorrieselte und auf Marias Bauch hinunterrann.

Mihael steckte den Zeigefinger unter die winzige Babyhand und hob sie ein wenig. Er spürte, wie das Händchen seinen Finger umklammerte, wie der Fuß eines Spatzen. Er lächelte. Und Maria lächelte auch. »Er hat wirklich schon Nägel«, sagte er, »man sieht sie fast nicht.«

Miroslav, der zwischen Mihael und der Mutter schlief, stöhnte. »Vorsicht«, sagte Maria, »weck ihn nicht auf! Wenn einer von ihnen schläft, ist das für mich wie Ferien.«

Er ließ das winzige Händchen los. Der Säugling griff wieder hastig nach Mamas Brust.

»Au!«, rief sie leise, »jetzt hat er mich schon wieder gekratzt.«

Mihael bestaunte den Winzling beim Trinken, und direkt neben sich spürte er den heißen Atem seines älteren Sohns. Er legte um alle drei seinen Arm. Maria schaute ihn an, ihre Gesichter berührten sich fast. So innig umarmt waren sie schon lange nicht mehr gewesen. Seit er Bürgermeister war, hatte er viel zu tun, jeden Morgen fuhr er ins Gasthaus und in sein Büro. Das Gasthaus hatte er jetzt auch auf dem Buckel, und sein Schwiegervater Oto überließ ihm zusehends auch die Verwaltung des Sägewerks und der Möbelfabrik. Oft kam es vor, dass er im Gasthaus schlief, in seinem Jugendzimmer, denn er arbeitete bis spät in die Nacht, und am nächsten Tag hatte er gleich wieder Sitzungen mit Bauern, Großgrundbesitzern, Kaufleuten, Verbänden und Vereinen, alle wollten etwas von ihm. Er war müde. Nicht, dass er mit der Familie und dem Ort, dem er vorstand, unzufrieden gewesen wäre, Dolina war reich und entwickelte sich prächtig. Trotzdem spürte er, dass nicht alles im Lot war. Einige sahen ihn komisch an, vor allem die Slowenen. Zwar sagte es niemand geradeheraus, aber sie ließen ihn spüren, dass er den deutschen Grundherren und deutschtümelnden Familien zu sehr gewogen war. Jetzt, als er im Bett lag und seine Frau und die beiden Söhne umarmte, wünschte er sich, wieder ein einfacher Beamter im Grundbuchamt zu sein und sich um nichts anderes kümmern zu müssen als um die drei.

Er schloss die Augen und beugte sich über Marias Busen. Auf der einen Seite trank sein Neugeborener, auf der anderen drückte er sein Gesicht in die Brust seiner Frau, zwischen ihnen schlief ruhig der erste Sohn. Er spürte, wie ihm Maria über den Kopf strich. Er öffnete ein wenig die Lippen und zog mit der Zunge einen Kreis auf ihrer Haut, die nach Milch roch und ein wenig salzig schmeckte. Dann glitt er mit den Lippen ein wenig tiefer und spürte ihre Brustwarze unter der Zunge, den faltigen Hof mit den kleinen Erhebungen. Er rundete die Lippen zu einem saugenden Kuss, das Salzige verwandelte sich in etwas Süßes und floss ihm in den Mund. Als er kurz die Augen aufmachte, hatte er unmittelbar vor sich die großen, hellblauen Augen seines Kleinen, die ihn ansahen wie einen Rivalen.

Maria packte ihn am Schopf. »Au!«, flüsterte sie, »hör auf!« Und hob ihn von ihrer Brust.

Direkt neben ihm regte sich stöhnend der Erstgeborene im Schlaf. Mihael zog sich zurück, er setzte sich auf den Bettrand und wies seiner Frau den Rücken. Eine Weile war nur das leise Schmatzen des Babys zu hören. Seine Wangen waren heiß, er schämte sich, nicht dafür, dass er an der Brust seiner Frau genuckelt hatte, das machte er öfter, und sie mochte es, manchmal packte sie ihn von sich aus am Schopf und zog ihn über den aufragenden Nippel. Er schämte sich vor dem Baby, das ihn ertappt hatte. Blödsinn!, fuhr er sich durchs Haar, was weiß der Kleine schon! Trotzdem schämte er sich, und es dauerte eine Weile, bis die Hitze aus seinen Wangen verschwand. Ein Glück, dass Maria sein Gesicht nicht sehen konnte, dachte er sich.

Maria deutete das Ganze als Ausdruck der Liebe, und das war es ja. Der größte Moment der Liebe ist, wenn Mann, Frau und Kind zu einem verschmelzen. Vielleicht auf etwas ungewöhnliche Weise, aber doch in Liebe. Für sie hatte alles damit zu tun, dass Mihael seine Mutter so früh verloren hatte, und das stimmte vielleicht ja auch. Am meisten aber hatte es damit zu tun, dass sich sein Leben so schnell verändert hatte. Binnen zweier Jahre waren ihm zwei Kinder geboren worden, hatte er seinen Vater verloren und war Bürgermeister geworden. Aber nicht nur das, vor allem war er zu einem Mitglied der großen und immer stärkeren deutschen Volksgemeinschaft geworden. Zugleich fühlte er sich in dieser Gemeinschaft nicht wirklich zu Hause, so wie er sich im Haus seines Schwiegervaters immer als Fremder empfunden hatte.

»Dein Vater möchte, dass wir im Gasthaus ein Fest organisieren …«, sagte er nach einer Weile, und seine Stimme klang in dem leeren Zimmer, in dem nur das Schmatzen des winzigen Kindermunds zu hören war, wie etwas, das nicht hierhergehörte.

»Was für ein Fest?«, fragte sie.

»Deutschland hat einen neuen Kanzler.«

Sie schwieg eine Weile, dann sagte sie: »Gut.«

Er warf einen Blick über die Schulter. Sie sah dem Kleinen beim Trinken zu. Der zweite Sohn, Miroslav, war aufgewacht, er hatte die Augen offen und schaute ihn an.

»Ich weiß nicht, ob es richtig ist.«

»Was soll daran nicht richtig sein?«, sagte sie und würdigte ihn noch immer keines Blickes.

»Ich weiß nicht, ob es in Ordnung ist, wenn ich als Bürgermeister ein Fest ausrichte, weil woanders jemand an die Macht gekommen ist.«

»Du tust es ja nicht als Bürgermeister«, sagte sie, »mach es als Mitglied unserer Familie.«

Er hörte, was sie sagte. Als Mitglied unserer Familie. Auch ihr war bewusst, dass sie sich unglücklich ausgedrückt hatte, gemeint hatte sie etwas anderes … Er wollte widersprechen: *Wie, Mitglied eurer Familie? Ich habe gedacht, dass wir vier eine Familie sind. Eine eigene, neue Familie,* aber er sagte es nicht, sondern verbiss es sich. Auch sie erwiderte nicht: *Ach, entschuldige, ich hab's nicht so gemeint*, sie sagte vielmehr: »Papa wird alles bezahlen. Es kann doch unser Fest sein, zu dem alle eingeladen sind.«

»Den Leuten wird's nicht gefallen, sie werden es nicht so verstehen.«

»Welche Leute?«, sagte sie und sah ihn zum ersten Mal an. Ihm war, als würden jetzt alle drei herschauen, wie auf einen Fremden, der etwas will …

»Du weißt, welche«, sagte er fast tonlos.

»Wenn es Trinken und Essen umsonst gibt, werden sie schon richtig verstehen. Und es wird ihnen gefallen. Ganz sicher!«, sagte sie noch, diesmal auf Deutsch, was selten der Fall war. Maria konnte ausgezeichnet Slowenisch, auch miteinander sprachen sie Slowenisch. Er bemerkte aber, dass sie mit den Kindern, obwohl sie noch klein waren, Deutsch sprach, auch sang sie ihnen deutsche Lieder vor.

»Wir haben unseren Staat«, sagte er leise, fast zu sich selbst, »warum sollen wir Ereignisse feiern, die woanders passieren?«

»Ja, einen tollen Staat!«, rief sie und hob den Kleinen, dem schon die Augen zufielen, vorsichtig von ihrer Brust. Sie nahm die Windel vom Bauch und wischte sich damit ab. »Papa sagt, dass es das Königreich nicht mehr lange geben wird. Europa ist die Zukunft, alle sagen das.«

»Ein Europa, das Deutschland heißt«, sagte er noch leiser. So klugscheißerten nämlich die Deutschtümler und Deutschen in seinem Gasthaus. *Großeuropa, Großdeutschland!*

»Schau dir an, was sie mit unseren Wäldern machen! Wegnehmen wollen sie sie uns. Das ist ungerecht! Wir geben den Leuten doch die Arbeit! Wenn jemand Gutes für diese Gegend getan hat, dann wir Deutschen! Vor uns hat es hier doch nichts gegeben.«

Mihael Novak stand auf und ging zur Tür. »Wir werden das organisieren, die Kosten übernehme ich.«

»Und Papa«, sagte sie, als er schon die Tür hinter sich zuzog.

Und so war es dann auch. Das Geld für die große Feier anlässlich der Inthronisierung des neuen deutschen Kanzlers kam nicht aus der Gemeindekasse, aber das machte nicht viel Unterschied. Die Leute, vor allem die Arbeiter in der Möbelfabrik, aber auch die bewussten Slowenen, die sich im Kulturverein trafen, und natürlich die Tagelöhner und Kleinbauern, waren unzufrieden. Marias Bruder Erich, der seine braune Uniform gar nicht mehr auszog, brachte von irgendwo ein großes Hitlerbild, und er und sein Vater hängten es natürlich an die Fassade des Gasthauses, gleich über den Eingang. Die lokalen Deutschtümler und die deutschen Familien aus der näheren und ferneren Umgebung schmückten die Hauptstraße und sämtliche Häuser mit Kränzen aus Immergrün.

Auch die deutsche Fahne durfte nicht fehlen, und die Sänger studierten eine Reihe deutscher Lieder ein. Die Veranstaltung überstieg die Kapazitäten zweier Gaststuben, denn es sah aus, als würden auch Deutsche aus anderen Gegenden mit ihren Familien kommen. Darum standen Bänke und Tische, die in der Möbelfabrik Eichhein kurzerhand zusammengezimmert worden waren, auch vor dem Gasthaus und die ganze Straße entlang. Die Organisation der gesamten Veranstaltung übernahmen Oto von Eichhein und sein Sohn Erich. Bürgermeister Mihael beobachtete das Ganze nur, er sagte nichts, er sträubte sich nicht. Er schaute nur wortlos zu.

Die Feier, die vom frühen Nachmittag bis zum nächsten Morgen dauerte, gab Maria recht. Das freie Essen und Trinken zog auch jene an, die dem Deutschtum am wenigsten abgewinnen konnten, die armen Tagelöhner, die Arbeiter im Sägewerk und in der Möbelfabrik. Zuerst standen sie abseits, einige machten finstere Mienen, dann aber lösten der Gratisobstler, der Wein und allerlei Würste die Zungen. Zum Schluss klopften sie ihren deutschen Mitbürgern auf die Schultern, bedankten sich vielmals und sangen die deutschen Lieder mit noch größerem Eifer als die Deutschen. Sogar die Verbissensten unter ihnen, die sonst ununterbrochen über die deutsche Volksgruppe herzogen, lobten in ihrer besoffenen Unterwürfigkeit den neuen Kanzler und hofften auf die Vereinigung mit dem großen deutschen Volk.

Mihael fand das alles zum Kotzen. Er konnte nicht fassen, dass sich das Volk seiner Großmutter und seines Großvaters so erniedrigen konnte. An diesem Abend, als die Feier ihren Höhepunkt erreichte und alle schon ziemlich betrunken waren, setzte er sich in seinen sportlichen Ford Modell A und fuhr in die Stadt. Er parkte am Fluss und ging zu Fuß in den alten, mittelalterlichen Stadtkern. Die Füße trugen ihn wie von selbst in die Herrengasse und über den Innenhof.

Die Mädchen, die unten in einer Art Küche herumsaßen und auf Kundschaft warteten, waren allesamt neu, er kannte nicht eines von ihnen. Er fragte nach der Ungarin. Man brachte ihm ein großes und mageres Mädchen, sie war keine Ungarin, aber nah dran, aus der Vojvodina. Er schüttelte den Kopf. Alles war anders geworden, in so kurzer Zeit. Der Gendarm, der in seiner Freizeit hier den Aufpasser machte, erkannte ihn. Er lachte ihn an und hielt den Zeigefinger vor den Mund: *Psssssst*, flüsterte er, und seine Augen funkelten schelmisch, *Herr Bürgermeister, dass Sie da sind, bleibt unter uns. Pssssst!* Aber Mihael war es egal. Er hatte bloß den Wunsch, seinen Kopf zwischen Beinen zu vergraben, in ein anderes Leben, eine andere Vergangenheit, in jemand anderen zu schlüpfen … Aber es ging nicht. Nur zwei Jahre, und es ging nicht mehr. Nur eine Minute, und es ging nicht mehr. Dann deutete er auf das Mädchen, das beim Sparherd stand. Sie war klein, sie reichte ihm kaum bis zum Ellbogen. Eine Zwergin. Als sie näher kam, sah er ihr hässliches, irgendwie seltsam verzogenes Gesicht, und als sie lächelte, bemerkte er, dass ihr vorn ein paar Zähne fehlten. Trotzdem nahm er ausgerechnet sie, als wollte er sich bestrafen. Als sie die Treppe zu den Dachkabinen hinaufgingen, spürte er die Blicke, die ihnen folgten. Oben stieß er sie aufs Bett, packte sie an den Knöcheln und zog sie zu sich, sodass ihr Rock über den Hintern hinaufrutschte. Darunter war sie nackt. Er knöpfte sich die Hose auf, streifte sie über die Knie und drang in sie ein. Beim Ficken hatte er die Augen zu, er bumste sie, als wäre jeder Stoß ein Schlag, eine Strafe. Als es vorbei war, schaute er sie nicht einmal an, er drehte sich nur um, zog die Hose hoch und ging.

Er setzte sich ins Auto, das bei den ersten Häusern, am Fluss, am Anfang der Herrengasse stand, und schloss die Augen. Er schlief ein.

Als er aufwachte, war es hell. Vor ihm rauschte der Fluss, hinter ihm erwachte die Altstadt. Die großen überwölbten Tore der Bürgerhäuser wurden aufgesperrt, die Leute gingen zur Arbeit, die Kinder liefen zur Schule. Er machte, dass er nach Hause kam, sein Ford brachte es auf hundert Kilometer in der Stunde. Als er sich Dolina näherte, kamen ihm ein paar von Plattners Lastautos entgegen, er kannte sie, die Fahrer erkannten auch ihn, sie blinkten ihn an. Er aber überlegte, ob er nicht den Wagen auf ihre Fahrspur verreißen sollte, plötzlich, schnell, ein Ruck nur. Man würde denken, er habe die Kontrolle über das Fahrzeug verloren, sei eine Sekunde lang eingeschlafen …

Als er zum Gasthaus kam, war dort alles voller Leute. Seine Knechte standen vor dem Haus, und von drinnen brachten die Mägde eimerweise Wasser. Er stieg aus. Zuerst sah er das große Hitlerbild auf dem Boden liegen. Jemand hatte es hinuntergerissen und über dem Knie zerbrochen. Der Knecht Janko eilte heran, er war aufgeregt.

»Bürgermeister … So eine Schweinerei … Aber wir machen das weg. Das machen wir weg!«

Mihael schaute auf die weiße Wand zwischen der Haustür und den Fenstern des größeren Gastraums. Dort stand: Izdajalec! – Verräter.

»Das ist mit Scheiße hingeschmiert, darum stinkt es so«, entschuldigte sich der Knecht schon fast, »aber das machen wir weg, geht alles runter. Und ich streich das neu, lassen Sie mich nur machen.«

Mihael trat näher, als die Magd, die im Gasthaus die Gläser und das Geschirr spülte, sich gerade den Mund zuhielt, um nicht kotzen zu müssen, und weglief.

»Mit Menschenscheiße«, fügte Janko leise hinzu, »aber wir kriegen sie schon. Dann tunke ich ihre Köpfe in die Senkgrube.«

Mihael machte einen großen Bogen um den Haupteingang. Wortlos ging er durch die Hintertür an der Küche vorbei ins Haus.

An der Tür hielt ihn der Pferdeknecht an: »Mindestens einem von denen bin ich nachgerannt, das war ein Schmächtiger, kann aber auch mehr als einer gewesen sein. Ein Maskierter, der hat sich die Kappe tief ins Gesicht gezogen. Diese Rotzlöffel! Die Roten von da drüben, aus den Revieren, die haben sie aufgehetzt. Bis übers Bahngleis bin ich ihm nachgerannt, oben im Wald ist er verschwunden.«

Mihael zog den Knecht zur Seite: »Lass das! Verstanden! Bei uns wird niemand verfolgt. Hol auch keinen Gendarmen, niemanden.«

Der Pferdeknecht, ein Berg von einem Mann, von dem es hieß, er könne ein Hufeisen mit einer Hand zusammenbiegen, war sehr verwundert: »Wir müssen die Lumpen erwischen, sonst glauben die Leute noch, dass die recht haben …«

Da packte ihn Mihael am Kragen und zog ihn ganz nah an sich heran … Es war direkt zum Lachen, der Hüne, der den Bürgermeister mit seinen schaufelgroßen Händen ohne Weiteres zermalmt hätte, beugte sich gehorsam zu ihm hinunter. »Niemand wird bei uns verfolgt. Wenn die Leute glauben, dass die recht haben, dann sollen sie es glauben.« Dann ließ er den Riesen los und ging in den oberen Stock: »Vielleicht haben sie ja auch recht«, sagte er halblaut. Niemand hörte es.

Die Goldmünzen

Silvester Grabner wusch sich im Bach oberhalb des Hauses.

Es wurde Tag, unten im Graben war es noch finster. Er zog sich aus, auch wenn er fror. Mit dem kalten Wasser rieb er sich Gesicht, Hals und Oberkörper ab. Er war mager, nur Haut und Knochen, kein Wunder, dass er für jünger gehalten wurde, als er war.

Im Frühling hatte er die Schule abgeschlossen. Er wäre gern ins Gymnasium gegangen, doch dafür fehlte das Geld. Die Mutter bestand darauf, dass er in Eichheins Säge oder wenigstens in der Möbelfabrik eine Stelle annahm, aber Silvester wollte nichts davon hören und sagte: »Dann wirst du mich eben totschlagen müssen.« Sie verdrosch ihn tatsächlich ein paarmal mit dem Gürtel des Großvaters, wusste aber, dass sie damit gar nichts erreichen würde. In den Augen des Buben erkannte sie ihre eigene Sturheit. Tatsächlich aber wollte auch Oto von Eichhein von einer Anstellung des Burschen bei sich nichts hören.

»Schau ihn dir an! An dem ist ja nichts dran, dem fehlt die Kraft, wenn der ein Brett hebt, zerdrückt es ihn. Außerdem stiehlt er.«

In dem Jahr, in dem er nicht zur Schule ging, nahm Silvester Gelegenheitsarbeiten an, wie sie sich eben ergaben. Er ging über die Grmada in die Reviere. Wenn er keine Arbeit bekam, und das war oft der Fall, fuhr er mit dem Zug in die Stadt. In Dolina wartete er gleich hinterm Feuerwehrhaus den Güterzug ab, der hier schon sehr langsam wurde, und sprang auf den letzten Waggon. In der Stadt ging er in die Bibliothek. Bücher ausleihen war nicht möglich, denn er konnte sich den Entlehnausweis nicht leisten, in den Zeitschriftenlesesaal im Erdgeschoss kam er aber auch so hinein.

Dort kannten alle den schmächtigen Burschen, der die Zeitungen und Zeitschriften im Stehen las, weil er nicht wagte, sich an einen der Lesetische zu setzen, selbst wenn dort Platz war. Der Bursche, dessen hagerer Körper in der viel zu großen Hose seines Großvaters steckte, erregte die Aufmerksamkeit des pensionierten Deutschlehrers Ebner. Dieser sah, wie der Junge das Gedruckte förmlich verschlang, wie er stundenlang in der Ecke vor dem Schrank stand, wo die Zeitungen auflagen, und gierig Artikel um Artikel las, wie er manchmal lächelte, dann wieder ernst wurde, wie sich beim Lesen der Feuilletons seine Lippen bewegten. Eines Tages trat der Professor zu ihm: Warum setzt du dich nicht?, fragte er ihn. Der Professor dachte zwar einen Moment lang daran, dass es höflich wäre, sich zuerst vorzustellen, aber die Kleider des Burschen verrieten, dass er einen fast verlotterten Habenichts vor sich hatte, darum duzte er ihn gleich, wie er den Hausbesorger im Zinshaus, in dem er wohnte, den Straßenkehrer und den Trafikanten, die allesamt Tschuschen waren, duzte. Der Bursche sah ihn erschrocken an. Noch verwirrter war er, als ihn der Professor einlud, bei ihm am Fenster Platz zu nehmen. »Hier kannst du in Ruhe lesen«, sagte Professor Ebner, lächelte und schaute ihm tief in die Augen.

Von nun an saß Silvester beim Professor und las die Zeitschriften und Zeitungen in Ruhe. Am liebsten las er den *Jutro*, ganz hingerissen war er von der Zeitschrift *Sodobnost*, die seit 1933 von marxistisch orientierten Publizisten herausgegeben wurde; außerdem las er die *Borba*, damals das Organ des Verbands jugoslawischer Eisenbahner. Auch die Jugendzeitschriften blätterte er immer durch, am liebsten den *Sokolič*. Mit großer Freude las er *Mlado jutro*, die Sonntagsbeilage des *Jutro*, und manchmal bekam er den *Akademski glas*, die Zeitschrift der linken Studenten, in die Hände. Als Professor Ebner sah, dass der Bursche auch solche Blätter las, legte er unterm Tisch die Hand auf sein Knie, tätschelte es freundlich: Lesen Sie nicht solche Sachen, junger Mann. Wenn Sie solche Zeitungen lesen, werde ich Sie bitten müssen, sich woandershin hin zu setzen, sagte er und ließ den Schenkel eine Zeitlang nicht los. Silvester nickte, den *Akademski glas* las er trotzdem, wenn der Professor nicht da war. Und weil er ein gehorsamer Junge war und sein Knie nicht der mit Altersflecken übersäten Hand entzog, beschloss der Professor, dass er auf seinen Namen das eine oder andere Buch mit nach Hause nehmen durfte. Von da an fraß Silvester die Bücher, zuerst das, was ihm der Professor empfahl, und dann alles andere. Der Bursche hatte nämlich sehr bald heraus, dass der Professor, der ihm so gern die Hand aufs Knie legte, ihm jeden Buchwunsch erfüllen würde, wenn er ihm gestattete, die Hand noch weiter oben hinzulegen und sogar seinen Schenkel zu streicheln. So bekam Silvester auf einmal Zugang zu den Büchern slowenischer Dichter, die dem deutschen Professor nicht gefielen. Er konnte sich die *Flammenden Fesseln* von Mile Klopčič und Tone Seliškars *Trbovlje* ausleihen, das vom Leben der Knappen in den Kohlerevieren erzählte. Er las noch auf dem Nachhauseweg, im Gehen. Wenn der Professor zu aufdringlich wurde und versuchte, ihm mit den zittrigen Fingern seiner feuchten Hand unterm Tisch zwischen die Beine zu fahren, verabschiedete sich Silvester und schlenderte mit dem entlehnten Buch durch die Stadt. Er ging auch zum Gymnasium und beobachtete die Schüler, die sich auf dem Vorplatz der Schule versammelten; wenn der Hof sich leerte und alle wieder zum Unterricht gingen, brach er zu Fuß nach Dolina auf. Für die zwanzig Kilometer brauchte er für gewöhnlich etwas mehr als drei Stunden, oft aber gabelte ihn der eine oder andere von Plattners Lastwagenfahrern auf, der den schmächtigen Burschen kannte und sich seiner erbarmte.

Silvester Grabner wusch sich im Bach überm Haus.

Es wurde hell, doch im Graben war es noch immer finster. Er nahm einen Stein aus dem Bach und rieb sich damit die Hände, besonders die Nägel. Dann schwemmte er noch ein paarmal die Arme bis hinauf zu den Ellbogen. Er roch an der Jacke, die noch zu stinken schien. Er roch auch an seinen Händen, und wusch und rieb sie noch einmal.

Er sah auf die Hütte im Graben hinunter, im Fenster flackerte Licht. Die Grabnerin war schon auf, bald würde sie sich in Eichheins Ställen zur Arbeit begeben. Er legte das Hemd und die Weste an, setzte die leinene Mütze auf, zog sie sich tief in die Stirn und über die Augen und ging dann hinunter zum Haus.

»Wo warst du die ganze Nacht?«, fragte sie ihn.

»Arbeiten«, sagte er und stellte sich an den offenen Herd, zur glimmenden Kohle.

»Wo denn?«

»Auf der drüberen Seite, in den Gruben.«

»Haben sie dir was gezahlt?«

Er schüttelte den Kopf.

»Warum nicht?«, knurrte die Mutter.

»Sie haben gesagt, dass ich nicht gut genug bin.«

»Und für das, was du gemacht hast?«, fragte sie und legte den Kopf ein wenig zur Seite, wie sie es immer tat, wenn sie ihm nicht ganz glaubte.

»Ja, schon«, sagte er und hielt seine durchfrorenen Hände übers Feuer. »Acht Stunden hab ich Hunte mit taubem Gestein geschoben.«

»Wo hast du's?«, fragte sie und hätte fast die Hand ausgestreckt, nicht weil sie sein Geld wollte, sie wollte einen Beweis, dass das, was ihr Sohn sprach, stimmte.

»Ich hab mir eine Suppe gekauft«, sagte er, dann griff er in den Hosensack und warf eine Handvoll wertloses Klimpergeld auf den Tisch. »Das ist der Rest.«

Die Grabnerin nickte. Sie glaubte ihm.

»Acht Stunden Arbeit für einen Teller Suppe und ein Stück schimmliges Brot«, sagte er und spuckte in die Glut. »Dann haben sie gesagt, dass ich nicht genug Hunte geschoben hab und dass ich nicht mehr kommen muss.« Und er spuckte noch einmal. Er spuckte auf die ganze Welt.

»Diese Bücher, die du liest, die sind Gift«, sagte die Mutter, »die bringen dich noch um!«

»Das Unrecht bringt mich um«, sagte er mehr für sich, »wenn nicht wir es vorher ausrotten.«

Die Mutter fuhr hoch. »Was hast du gesagt? Du Schandmaul! Wen wirst du ausrotten, wen?«

Er hatte keine Angst vor ihr. Schon lange nicht mehr. Es war ihm egal, ob sie ihn schlagen würde, es tat ihm schon lange nicht mehr weh.

Er zog sich aus und ging zu seinem Schlafplatz an der Tür. Seit Großmutters Tod schlief er nicht mehr im Bett, jetzt schlief er auf Mutters provisorischem Lager vor der Tür. Im Bett schlief die Mutter. *Ein Bett wird leer, eine Grube voll*, fiel ihm ein Vers ein, den er gelesen hatte. Wenn in den Häusern der Tagelöhner in den Gräben und auf den Bergen jemand starb, nahm der Nächste, der Nächstältere, sein Bett in Besitz. Weiß Gott, wer alles da drin gestorben ist, überlegte Silvester. Der Ururopa, der Uropa, die Ururoma, die Uroma, die Oma und bei seiner Mama und ihm würde es wahrscheinlich auch so sein, wenn sich die Welt nicht vorher änderte. *Betten, Särge der Lebenden*, fiel ihm ein.

»Warte«, sagte die Mutter.

Er schaute sie an, was will sie jetzt wieder!

Die Mutter ging zum Herd. Sie nahm den Schürhaken und scharrte damit ganz hinten im Eck etwas frei. Sie kniete sich auf den gemauerten Rand und streckte den Arm über die noch warme Glut nach hinten, dorthin, wohin das Feuer nicht reichte, wo sie die Asche hinschoben und das Essen hineinstellten, damit es noch eine Zeitlang warm blieb. Dort stöberte sie, als würde sie nach etwas suchen, er schaute ihr zu. Er war müde. Die Geschichte mit den Hunten und dem tauben Gestein stimmte. Sie hatte sich zwar nicht heute, sondern vor zwei Tagen zugetragen, aber sie entsprach der Wahrheit, so wie seine Müdigkeit und Verzweiflung der Wahrheit entsprachen.

Die Mutter richtete sich endlich wieder auf. In den Händen hielt sie ein kleines Tongefäß, das voller Ruß war. »Da!«, sagte sie. »Nimm!« Und sie ging zu ihm und stellte ihm den kleinen Topf auf den Schoß.

»Was ist das?«, fragte er überrascht.

»Für deine blöde Schule!«, sagte sie.

Er sah genauer hin. Der kleine Topf, er war fast zu heiß, um ihn zu halten, hatte einen Deckel aus Ton. Als er daran drehte, um ihn abzunehmen, hörte er es drinnen leise scheppern. Er schaute hinein. Das kleine Gefäß war fast bis oben hin voll mit Münzen.

»Woher hast du das?«, fragte er sie und spürte, wie ihm die Brust eng wurde.

»Wenn das von ihm ist, dann schmeiß es ihm an den Schädel!«, schrie er. »Von ihm will ich nichts!«

Er sah, wie sie blass wurde. »Ich hab das nicht so gekriegt, mir ist nie was geschenkt worden. Und ich würd es auch nicht nehmen, und wenn er mir's nachschmeißt, ich würd's nicht nehmen. Ich hab das verdient, ich hab nie was gestohlen«, fügte sie noch zornig hinzu, als wollte sie ihn an das entwendete Buch erinnern. »Ich hab das zusammengespart. Gold ist Gold, auch wenn alle Staaten bankrottgehen, wenn die ganze Welt verreckt, Gold bleibt immer Gold.«

Dann schwiegen sie eine Weile. Die Münzen im kleinen Topf, den er an sich drückte, begleiteten jeden seiner Atemzüge mit einem leisen Scheppern.

»Das geht nicht«, jammerte er nach einer Weile, »ich will das nicht … Es gehört dir.«

»Das ist für deine verschissene Schule!«, schrie sie. »Für deine Schule hab ich gespart. Keine Angst, es wird reichen.«

»Mama …«, sagte er und spürte, wie es ihm den Hals zuschnürte.

»Wenn du es nicht nimmst,« sagte sie noch, und er sah, dass auch sie gerührt war – einen Moment lang begegneten sich ihre Blicke, doch schon flohen sie einander wieder –, »wenn du es nicht nimmst, werf ich es weg, und dich schlag ich tot.« Und augenblicklich liefen ihr die Tränen über die Wangen, er aber tat, als sähe er nicht, wie sie den Kopf einzog, wie sie von einem Augenblick zum anderen alt wurde, er tat, als hörte er nicht, wie ihre Stimme brach und sie fast schluchzte.

Dann drehte sie sich mit einem Ruck um, so wie eine Buchseite gewendet wird, und ging zum Bett. »Räum das Geld weg und schlaf! Aber wasch dich zuerst. Oben am Bach. Du riechst nach Scheiße.«

E-Mail mit neuen Anhängen oder Die andere Vergangenheit, die Zweite

Obwohl Sie auf mein Mail nicht geantwortet haben, schreibe ich Ihnen wieder. Ich verstehe, dass Sie die Arbeit am Roman sehr in Anspruch nimmt. Ich als ehemaliger Turnlehrer kann mir nicht vorstellen, wie das überhaupt geht, wahrscheinlich braucht es viel Disziplin und Konzentration. Ich habe mit unserem gemeinsamen Bekannten gesprochen, ich könnte auch Freund sagen, allerdings bin ich nach dem, was mir in letzter Zeit passiert ist, mit dieser Bezeichnung sehr vorsichtig geworden. Meine Lebenserfahrung sagt mir, dass echte Freundschaft bedingungslos ist. Verzeihen Sie, wenn ich mich nicht klar genug ausdrücke, ich kann mit Worten nicht umgehen, weder mit geschriebenen noch mit gesprochenen. Ich glaube, ein Freund ist jemand, der uns nicht im Stich lässt, wenn wir etwas falsch gemacht haben, der auch dann bedingungslos zu uns hält, wenn es uns im Leben schleudert. Aber deswegen schreibe ich nicht, ich schreibe wegen Ihrer Untersuchung bzw. wegen Ihres Romans. Unser Bekannter hat mir mit Begeisterung von der Geschichte erzählt, die Sie so sehr in Beschlag nimmt. Er hat mir mehr darüber erzählt als Sie. Neulich habe ich Ihnen Scans geschickt, ich hoffe, Sie haben sich das Material angesehen und es war Ihnen von Nutzen. Ich habe Ihnen auch geschrieben, dass wir im Magazin etliche Schachteln mit Materialien stehen haben, die verschiedene Leute nach 1990 ins Archiv gebracht haben, vor allem Fotos, die bei ihnen zu Hause versteckt und aufbewahrt waren. Ebenso habe ich Ihnen geschrieben, dass dieses Material noch nicht aufgearbeitet ist, und so habe ich nach dem Gespräch mit unserem Bekannten noch ein paar

Schachteln geöffnet. Ich muss zugeben, dass ich neugierig geworden bin. Als Student bin ich Montagfrüh immer mit dem Schülerbus durch diese Gegend und durch Dolina gefahren, und am Freitagabend wieder zurück. Dolina ist schön, aber nichts Besonderes, doch die Landschaft ist schön. Der Ort selbst ist öde, eine einzige Straße, zugleich auch die Hauptstraße, die die Siedlung in zwei Hälften schneidet. Der Bus ist dort immer stehengeblieben, ein paar Studenten waren aus Dolina. Am Anfang habe ich mich gewundert, warum Sie sich für einen derart belanglosen Ort interessieren, es hat dort nie etwas Wichtiges gegeben, nicht ein bedeutender Mann kommt aus diesem Tal. Es stimmt, dass die Deutschen wegen eines von Partisanen verübten Terroranschlags zehn Geiseln erschossen haben, aber woanders haben sie das auch getan, gleich hundert und noch mehr. Es stimmt, dass es in diesem Tal eine ziemlich große deutsche Gemeinde gegeben hat, aber auch andere Täler und Ortschaften hier oben haben so was gehabt, noch größere, interessantere Gemeinden, noch tragischere. Bei genauerem Hinsehen habe ich aber festgestellt, dass das Ganze gar nicht so uninteressant ist, beziehungsweise dass es interessant wird, wenn wir das Material mit Neugierde sichten und erforschen. Jede Vergangenheit kann auch eine andere sein. Viele Geschichten aus der Vergangenheit sind uninteressant, wenn wir sie aber näher ansehen, verändern sie sich und werden interessant. Ich weiß, ich drücke mich unklar aus. Ich höre lieber damit auf, sonst machen Sie sich auch noch über mich lustig, den gefallenen Turnlehrer, der mehr recht als schlecht den Historiker spielt. Ich will nur sagen, dass ich festgestellt habe, dass jede, wenn auch noch so uninteressante Vergangenheit interessant sein kann, wenn wir uns dafür interessieren. Das Leben besteht nicht nur aus großen Ereignissen, großen Schlachten, bedeutenden Menschen, tatsächlich machen es die kleinen, belanglosen Geschichten aus, solche wie die meine, nebensächliche Geschichten, die aber genauso tragisch, lustig, witzig und brutal sind wie all die großen und wichtigen. Ich schwatze schon wieder. Kurz: Ich habe eine dieser noch nicht bearbeiteten Schachteln aufgemacht und noch ein paar Fotos gefunden, die ich Ihnen eingescannt schicke. Warum ich darauf aufmerksam geworden bin? Wahrscheinlich, weil ich Turnlehrer bin. Nämlich, in der Schachtel mit der Aufschrift: »Materialien, Fotos, vermutlich 1938, Schenkung: Dajčman Ervin, unbearbeitet«, daneben noch die laufende Nummer 17 und der Platz im Magazin, wo sie steht, Regal II/8, in dieser Schachtel also bin ich auf ein Foto gestoßen, auf dem, wie Sie sehen werden, eine Gruppe von Leuten auf irgendeinem Feld abgebildet ist. Weil ich Turnlehrer bin, ist mir aufgefallen, dass es sich um kein gewöhnliches Feld handelt, sondern um einen Sportplatz. Im Hintergrund sieht man auch eine Holztribüne. Bei genauerem Hinsehen ist mir klar geworden, dass man diese Gruppe festlich gekleideter Personen nicht ohne Grund fotografiert hat und dass es sich hier um ein besonderes Ereignis handeln muss. In der Mitte steht ein Mädchen in Volkstracht, das einen Polster in den Händen hält. Als ich mit der Lupe (Sherlock Holmes lässt grüßen!) noch genauer hinsehe, fällt mir am Rand, ganz unten, kaum sichtbar, ein weißes Band auf. Es handelt sich also um die Eröffnung eines Sportplatzes. Die Honoratioren haben das Band zerschnitten und damit die Bahn oder gar einen Wettbewerb eröffnet. Ganz in der Mitte steht ein ziemlich großer Mann mit angehender Glatze, dünnen Beinen und einem dicken Bauch, der freundlich lächelt. Alle haben ihre Augen auf ihn gerichtet. Natürlich wollte ich herausfinden, wo das Foto entstanden ist und ob es etwas mit Ihrem Roman zu tun hat. Ich bin dem Familiennamen des Mannes nachgegangen, der die Fotos ins Museum gebracht hat, Dajčman. Herr Dajčman. Er hat damals seine Adresse hinterlassen, aber das war vor fünfundzwanzig Jahren, und der Herr lebt nicht mehr. Der, mit dem ich gesprochen habe, hat sich mir als sein Sohn vorgestellt. Er glaubt sich zu erinnern, dass die Dajčmans tatsächlich in Dolina gelebt haben, ungefähr bis Kriegsende, dann seien sie in die Stadt gezogen, und zwar genau in die Straße, in der sich das Archiv befindet, in dem ich bis auf Weiteres arbeite. Mit diesen Informationen bin ich das Melderegister von Dolina durchgegangen und sehr schnell auf den Namen Deutschmann gestoßen. Er war Uhrmacher und Goldschmied, seine Werkstatt war neben dem Feuerwehrhaus. 1934 hat Deutschmann Jr. noch ein Fotoatelier eröffnet. Alles hat zusammengepasst. Ich habe nur noch herausfinden müssen, wo das Foto entstanden ist, wahrscheinlich irgendwo in Ortsnähe. Ich habe die Zeitungen ab 1934 durchgesehen, nur die Sportberichte. Mit Sport kenne ich mich aus und ich weiß, dass die, die das Band zerschnitten haben, auf einer Laufbahn stehen. Und ich bin fündig geworden. 1938, am 8. Mai, wurde in dem Ort am Fuße der Grmada ein neues Stadion seiner Bestimmung übergeben. Damit begann das freundschaftliche Turnier aller deutschen Athleten aus der Gegend zur Feier des Anschlusses Österreichs an das Deutsche Reich. Die Laufstrecke wurde von Bürgermeister Mihael Novak feierlich eröffnet. Das Foto zeigt also den Herrn, für dessen Geschichte Sie sich interessieren. Er ist der magere Typ mit dem Bierbauch in der Mitte des Fotos, der so freundlich lächelt und von dem sich nach dem Krieg jede Spur verliert. Ich bin mir sicher, darum schicke ich Ihnen auch dieses Foto. Ich schicke Ihnen aber auch ein paar andere. Wenn Sie ganz genau hinsehen, am besten mit einer Lupe, werden Sie Bürgermeister Mihael Novak noch auf so manchem Foto finden. Seine Erscheinung ist recht auffällig. Eine Bohnenstange mit Bauch. Ein junger

Mann, der aber sehr alt und müde wirkt. Ich muss gestehen, dass ich auf meine Entdeckung recht stolz bin. Vielleicht war es ja ein Fehler, Turnlehrer an einer Grundschule zu werden, vielleicht hätte ich Historiker oder wenigstens Archivar werden sollen. Oder Sherlock Holmes? Hä, hä! So aber habe ich, auch wegen meiner unglücklichen Berufswahl alles verloren. Meine Frau, meine Familie, meine Freunde. Gerade heute steht mir ein unangenehmer Gerichtstermin bevor. Aber das wissen Sie wahrscheinlich alles schon von unserem gemeinsamen Bekannten. Nun, das war's. Ich würde mich über eine Antwort freuen. Vielleicht lassen Sie mich einfach kurz wissen, ob Sie mein Mail erhalten haben.

Die Jahre vergingen

Die Jahre sausten vorbei, als hätte man sie einem räudigen Köter an den Schwanz gebunden.

Schon immer und in allen Generationen vergehen die Jahre am schnellsten, wenn man mit dem Leben nicht zufrieden ist. Und Mihael Novak war mit seinem Leben nicht zufrieden. Er war ein erfolgreicher Bürgermeister, viel erfolgreicher als sein Vater. Er schloss die entlegensten Weiler auf der Grmada ans Wassernetz an, asphaltierte die Straße und pflasterte die Nebenwege, die sich zwischen den Häusern an der Hauptstraße zu verzweigen begannen. Der Bus fuhr fünfmal am Tag durch Dolina, und zwar in beide Richtungen, nach der Stadt weiter südlich und nach der Hauptstadt im Norden. Die Schule bekam einen weiteren Klassenraum und einen Turnsaal, was die Ortsbewohner übrigens albern fanden, denn viele Kinder waren eine Stunde und mehr zu Fuß zur Schule unterwegs. *Ist das nicht Bewegung genug?*, polterten die Gemeinderäte, doch der Bürgermeister überzeugte sie damit, dass der Turnsaal auch ihren Gattinnen zur abendlichen Entspannung offenstehen würde. Ihr Wortführer, der Uhrmacher und Goldschmied Deutschmann, war sofort dafür, denn es erschien ihm recht vorteilhaft, wenn seine Frau den einen oder anderen Abend nicht daheim sein würde.

Bemerkenswert ist, dass der Gemeinderat, wie die wenigen erhaltenen Sitzungsprotokolle belegen, auf Deutsch tagte, weil die Mehrheit der Mitglieder des Verwaltungsausschusses Deutsche waren. Wieder einmal hatte der Bürgermeister dem Druck seines Schwiegervaters und seiner Frau nachgegeben, die es nämlich für selbstverständlich hielten, dass die Sitzungen des Gemeinderats in der Sprache der

Mehrheit abgehalten wurden. Alle waren dafür. Die Absurdität dieses Beschlusses bestand aber darin, dass alle deutschen Einwohner, abgesehen von den zwei Ingenieuren mit ihren Familien, die Oto von Eichhein für das Sägewerk und die Möbelfabrik angeworben hatte, fließend Slowenisch sprachen, auch alle Gemeinderäte. Doch Bürgermeister Mihael Novak gab nach. Deutsch war nämlich die Sprache der Sieger. Deutschland blühte auf und entwickelte sich, es war Nummer eins in Europa. Den neuen Machthabern gelang wirtschaftlich der große Wurf: keine Arbeitslosigkeit, begeisterte Menschen, die Olympischen Spiele 1936, die Hitler zu Fanfarenklängen von Richard Strauss eröffnete, waren ein voller Erfolg. Die Deutschen ließen die anderen Nationen hinter sich, sie erbeuteten die meisten Medaillen, ganze 89, davon 33 in Gold. Der einzige Spaßverderber war der schwarze amerikanische Sprinter Jesse Owens, der mit vier Goldenen der erfolgreichste Einzelsportler der Spiele war. Trotz der Erfolge des deutschen Volks, dem in gewisser Hinsicht auch der Bürgermeister angehörte, dessen Söhne immerhin halbe Deutsche waren, fühlte sich Mihael unwohl. Die Leute machten einen Bogen um ihn, einige kamen auf einmal nicht mehr in sein Gasthaus. Obwohl er aus dem Gemeindebudget eine erkleckliche Summe für den slowenischen Kulturverein bereitstellte, konnte er sein Ansehen nicht retten. Er verbrachte immer mehr Zeit im Gasthaus seines Vaters. Anfangs redete er sich auf die Büroarbeit aus und übernachtete darum zweimal in der Woche im Tal. Seine Frau Maria nickte auch verständnisvoll, als er damit herausrückte, dass er der schwierigen Zeiten wegen die Woche über im Gasthaus wohnen, die Wochenenden aber bei der Familie in der Villa Eichhein verbringen werde. Und so begannen die Eheleute, ohne es irgendwie geplant zu haben, plötzlich getrennt zu leben. Maria erzog die Söhne, die wie Pilze nach dem Regen in die Höhe schossen, und Großvater Oto ersetzte den immer öfter abwesenden Vater. Als die Kinder groß genug waren, spazierte Maria mit ihnen öfter einmal hinunter ins Tal. Sie nahm den Jausenkorb und eine Decke mit, an schönen Tagen stiefelte das Dreigespann langsam durch den Wald und sang deutsche Lieder. Manchmal verließ Maria mit den Kindern den Weg, um ihnen die Krippe mitten im Wald zu zeigen, wo die Jäger die Rehe fütterten. Sie sprach zu ihnen von kleinen Rehen und Hirschen, in Wahrheit aber erinnerte sie sich an jene Momente, in denen sie wirklich glücklich gewesen war. Bevor sie auf den Waldweg zurückkehrten, berührte sie mit der flachen Hand die Fichten, sodass feine Harztropfen an ihren Fingern kleben blieben. Dann kamen die drei hinunter ins Tal, überquerten das Bahngleis und gingen beim Feuerwehrhaus über die Straße zum Gasthaus und ins Büro des Bürgermeisters. Im Gasthaus gab es immer ein freundliches Hallo. Die Kinder kletterten der dicken Köchin Berta, die stets etwas Süßes für sie hatte, sofort auf den Schoß, während Maria beim Büro ihres Mannes anklopfte. Oft kam es vor, dass er nicht da war, dass er in der Stadt oder, wie er sich ausdrückte, auf Rundgang durch seine Gespanschaft war. Traf sie ihn jedoch tief über Dokumente und Bücher gebeugt in seinem Büro an, dann tranken sie zusammen einen Kaffee. Wenn Mittag war, aßen sie auch alle zusammen im Gasthaus, wobei sie von Spediteuren, Wein- und Fleischlieferanten, aber auch von Ortsbewohnern unterbrochen wurden, die kamen, um den Bürgermeister um allerlei Gefälligkeiten zu bitten. Anschließend setzte Mihael seine kleine Familie ins Auto und fuhr sie zurück auf den Hügel, zur Villa Eichhein, er selbst aber kehrte ins Büro zurück, das von Jahr zu Jahr mehr zu seinem Zuhause wurde.

Die Glatze nahm ein ansehnliches Ausmaß an, die Wangen fielen ein, und er trank. Nie über den Durst, aber er trank jeden Tag. Morgens brachte ihm die Kellnerin Sonja einen Kaffee mit Zusatz, tagsüber trank er Wein. Und er aß, eigentlich pausenlos. An der Schank, am Schreibtisch. Er aß Rauchfleisch, rührte in der Küche in den Töpfen und kaute unablässig, als wollte er die zunehmende Einsamkeit vertreiben. In der Schublade mit den Dokumenten bewahrte er einen Teller, ein Stück Hauswurst und ein Messer auf. Er bekam einen Bauch, wurde fett, aber nur am Stamm. Die Beine und Arme waren noch so dünn wie vor etlichen Jahren, als er bei der Aufführung *Eine Handvoll Groschen zu viel* neben Maria saß. Im Gesicht aber war er jetzt grauer, er verlor langsam die Haare und trug seinen Bauch immer prominenter wie ein Fass vor sich her. Die grünen Samtwesten, die er sich laufend schneidern lassen musste, waren ihm schon nach ein paar Monaten zu eng. Er war mit sich unzufrieden, unzufrieden mit seinem Körper, seinem Gesicht, seiner Glatze, wegen der er immer einen Hut trug, den er nicht einmal bei den Gemeinderatssitzungen abnahm. Er verkehrte immer öfter in der Stadt und in der Herrengasse. Dort nahm er jedes Mal die kleine Zahnlose, die den Ruf hatte, das hässlichste Mädchen im Bordell zu sein, und fickte sie mit zusammengepressten Zähnen. Bald verrechnete man ihm den doppelten Preis. Als er sich nach dem Grund erkundigte, wurde ihm gesagt, dass das Mädchen danach immer blute und nach ihm niemanden mehr empfangen könne, was mit finanziellen Einbußen verbunden sei: Deshalb erscheine es, wenn er schon seine Gewohnheiten nicht ändern könne, nur gerechtfertigt, dass er den doppelten Preis bezahle. Er war einverstanden.

Zu einer entscheidenden Veränderung in seiner Amtszeit als Bürgermeister und auch im Hinblick auf seine Gesamtverfassung, denn er wirkte danach innerlich völlig gebrochen, kam es bei der Sitzung des Verwaltungsausschusses Anfang November 1935, gut einen Monat nach Verabschiedung der sogenannten Nürnberger Rassengesetze, in der ausgerechnet der Uhrmacher und Goldschmied Deutschmann vorschlug, nein, forderte, und zwar unter stürmischem Beifall aller Mitglieder, dass dem jüdischen Arzt Riemann die örtliche Heilbefugnis entzogen werden müsse. Denn jeder Bezirk hatte seinen Chefarzt, und Riemann hatte dieses Exklusivrecht noch in der Amtszeit von Mihaels Vater erworben. Mihael widersetzte sich, er machte erstmals von seinem Vetorecht Gebrauch. Er sagte: »Doktor Riemann ist ein ausgezeichneter Arzt. Er hat meinen Vater behandelt, mich, er ist der Arzt meiner Frau und hat auch meine Söhne auf die Welt gebracht. Es war sogar bei meiner Geburt dabei …«

Deutschmann unterbrach ihn: »Bist du sicher, dass nicht er am Tod deiner Mutter schuld ist?«

Plötzlich verstummten alle. Der Metzger Jože, der außer Mihael als Einziger nicht rein deutscher Abstammung war, mit den Deutschen aber nach Leibeskräften sympathisierte, hörte auf, an dem Wildschwein-Prosciutto herumzulutschen, von dem er immer ein in Wachspapier eingewickeltes Stück bei sich hatte und den er wie Tabak kaute. Er war ein richtiger Nemškutar, ein Deutschtümler. Bei einem nächtlichen Besäufnis im Gasthaus packte er sogar Mihael am Ärmel und begann ihm zu erklären, wie gern er seinen Familiennamen Medved in Bär ändern würde. *Ich möchte Jože Bär heißen, Metzgermeister Jože Bär*, sagte er, und seine Augen leuchteten.

»Vielleicht hat er auch deinen Vater absichtlich falsch behandelt. Die Juden sind zu allem fähig«, fuhr Deutschmann fort.

Alle schauten schweigend auf den Bürgermeister. »Er ist ein guter Arzt«, sagte er, »er ist immer da, wenn man ihn braucht. Er hat die halbe Ortschaft zur Welt gebracht. Außerdem ist er ein alter Herr …«

Wieder biss ihm Deutschmann den Gedanken ab: »Die Juden sind Mörder, würde mich nicht wundern, wenn er unsere Leute vorsätzlich umbringt. In Deutschland haben sie ihnen schon die Maske vom Gesicht gerissen.«

Mihael schüttelte den Kopf, diesmal schon weniger bestimmt. »Ich vertraue ihm«, sagte er.

»Mehr als uns?«, fragte das Ausschussmitglied Plattner.

Mihael schwieg.

Der Metzger Jože Medved begann wieder, laut an seinem Stück Wild-Prosciutto zu kauen.

»Wir stimmen darüber beim nächsten Mal ab«, sagte Mihael, »ich muss mich genauer informieren.«

»Gut«, sagte Deutschmann und schob Mihael ein Blatt Papier rüber, »hier sind die Namen von ein paar wirklich guten und zuverlässigen Ärzten, die wir vorschlagen. Denk drüber nach, Bürgermeister«, sagte er noch und schaute Mihael in die Augen, und sein Blick sagte: *Du bist nur deshalb Bürgermeister, weil du unsere Unterstützung hast, vergiss das nicht!* Dann gingen sie.

Kaum waren sie fort, trat Mihael an den Schrank, wo die Flasche mit dem Obstler stand, schenkte sich ein Gläschen voll und trank es aus. Dann setzte er sich in den Wagen und fuhr zu seiner Frau.

Maria saß im Garten hinterm Haus. Die beiden Buben tollten um den großen Kirschbaum herum. Der kleine Ivan stoffelte dem um ein Jahr älteren Miroslav hinterher und konnte sich nicht entscheiden, ob er weinen sollte, weil er den Bruder einfach nicht fangen konnte, oder doch lachen. Ein Stück weiter oben, bei den Schweineställen, hängte die Grabnerin Leintücher zum Trocknen auf. Aus dem Jagdzimmer im ersten Stock war ein stürmisches Durcheinander von Stimmen zu hören, Otos Jagdfreunde waren zu Gast. Die Grabnerin und der Knecht hatten ihnen schon die zweite Kiste Wein gebracht.

Mihael setzte sich neben Maria ins Gras. Am liebsten hätte er ihr den Kopf in den Schoß gelegt. Aber er tat es nicht, es war schon merkwürdig genug, dass er sich ins Gras setzte: Ein Bürgermeister, und setzt sich ins Gras. So was!

»Ich habe ihm schon gekündigt«, sagte Maria.

Mihael war verblüfft. Sie weiß es schon? Wie ist es möglich, dass seine Frau so etwas vor ihm weiß?

»Ich habe ihm gesagt, dass wir einen neuen Arzt bekommen werden, dass sich die Umstände geändert haben. Das musst du auch tun«, sagte sie, als wüsste sie sehr genau, was ihn quälte. »Du brauchst ihn gar nicht zu treffen. Schreib ihm einen Brief und die Sache ist erledigt. Du kannst ihm schreiben, dass der Verwaltungsausschuss das beschlossen hat, dass es nicht an dir liegt.«

Ivan kam zu seinem Vater gerannt und warf sich ihm in die Arme: »Papa, ich hab dich gern!« Der Vater umarmte den Sohn.

»Das ist nicht mal gelogen«, sagte Maria noch. Dann rief sie in Richtung der Ställe: »Der Herr bleibt zum Essen!« Die Grabnerin hob den Kopf und nickte.

Er stand auf und setzte das Kind auf Marias Schoß. »Nein«, sagte er, »ich bleibe nicht«, drehte sich um, ging durchs Haus zum Wagen und fuhr wieder nach Dolina.

Er sperrte sich in seinem Büro ein und schrieb Doktor Riemann einen kurzen Brief.

Vielen Dank für Ihre langjährigen Bemühungen. Der Verwaltungsausschuss hat beschlossen, dass die Gemeinde einen neuen Arzt braucht. Alles, was wir Ihnen noch schuldig sind, begleichen wir in den nächsten Tagen.

Mehr schaffte er nicht. Er unterschrieb nur noch und stempelte den Brief. Dann betrank er sich mit Obstler, setzte sich ins Auto und fuhr in die Stadt, direkt in die Herrengasse.

Doktor Riemann schrieb nicht zurück. Mihael wartete wochenlang auf eine Antwort, er hätte sich gewünscht, von dem alten Arzt einen wüsten Brief zu bekommen, in dem er beschimpft, des Undanks bezichtigt, aufs Gröbste beleidigt und verflucht würde … Dann hätte er sich irgendwie besser gefühlt. Er hätte den Zorn des Arztes leichter als dessen Schweigen ertragen. Das Schweigen sprach von Schmerz, von Unrecht und Leid, und davor hatte er Angst. Er hatte Angst, dass der Arzt litt, dass er enttäuscht war. Außerdem hätte ihm ein wütender und unverschämter Brief irgendwie recht gegeben: Die Juden sind anmaßend und böse. Es wäre ihm leichter gefallen, den jüdischen Arzt, den er sein Leben lang kannte, zu hassen, als sich in seinen schlaflosen Nächten vorzustellen, dass der alte Herr litt, weil ihn derjenige verriet, den er auf die Welt gebracht und wie durch ein Wunder vom Scharlach geheilt hatte, während rundherum die Kinder im Tal und in den Gräben an dieser Krankheit ertaubten, erblindeten oder starben. Ihm wäre lieber gewesen, von dem Mann, der seine Söhne zur Welt gebracht und bis vor Kurzem für sie gesorgt hatte, als wären es seine eigenen, gehasst zu werden. Er kam ja sogar spät in der Nacht, auch wenn der kleine Miroslav nur Blähungen hatte. Das Schweigen des alten Arztes, den er nach dreißig Jahren vorbildlicher Arbeit in Dolina und in den umliegenden Orten entlassen hatte, schmerzte den Bürgermeister Mihael in tiefster Seele. Er wusste, dass er ein Schwächling war, dass er nicht fähig gewesen war, sich aufzulehnen, als er es hätte tun müssen …

Doktor Riemann setzte sich Monate später, nachdem er auch vom städtischen Krankenhaus, dessen Direktor ein verbissener Deutschnationaler war, die Kündigung erhalten hatte und ihm auch noch die letzten Patienten abgesprungen waren, in den Bus und fuhr geradewegs nach Dolina, zum Uhrmacher und Goldschmied Deutschmann, der gegenüber dem Gasthaus, im Haus neben der Feuerwehr, sein Uhren- und Schmuckgeschäft hatte. Der alte Mann leerte einen Beutel mit Wertsachen auf den Tisch. Um zu überleben, musste er das Familiengold verkaufen.

»Es tut mir aufrichtig leid, Herr Doktor, aber was soll man machen, wenn der Bürgermeister darauf besteht, dass Sie abgelöst werden. Und wegen dem Gold, na ja …«, sagte Deutschmann und klemmte sich das schwarze Okular ins linke Auge, um sich die glitzernden Diamanten am Armreif der Frau Doktor, Rahel, näher anzusehen. Seine Augen blitzten auf und seine Lippen krochen zu einem leisen Lächeln auseinander … »Ich kann Ihnen nicht so viel zahlen, wie Sie möchten, es sind schlimme Zeiten. Aber weil die Leute Ihnen nicht gewogen sind, Sie wissen ja, wie das ist, wenn der Bürgermeister dagegen ist, dann sind alle dagegen … gebe ich Ihnen … ich bin ja kein Unmensch, und ich bin Ihnen dankbar, weil Sie sich immer gut um meine Kinder gekümmert haben … Ich kann Ihnen dafür …« Und er nannte eine Summe, die nur ein Hundertstel dessen ausmachte, was der Reichtum an Gold und Perlen, der vor ihm auf dem Glastisch lag, wert war. »Sie werden nirgends mehr bekommen.«

Und der alte Jude nickte. Müden Schritts, krumm und gealtert, begab er sich zur Bushaltestelle. Mihael sah ihn, als er zufällig aus dem Fenster seines Büros schaute. Er sah den alten Herrn verloren an der Haltestelle stehen, er wollte seinen Mut zusammennehmen und die Treppe hinunterlaufen, um mit dem Menschen zu sprechen, den er länger als seine Mutter und besser als seinen Vater kannte. Als er schon fast so weit war, mit ihm zu reden, sich bei ihm zu entschuldigen, ihm zu erklären und sogar Hilfe anzubieten, kam der Bus. Der alte Mann stieg ein, der Bus fuhr ab. Mihael blieb am Fenster stehen. Er und Doktor Riemann sollten einander nie wiedersehen.

Doktor Isaak Riemann hatte Glück. Sein Herz versagte an dem Tag, an dem die deutsche Armee ohne Vorwarnung das Königreich Jugoslawien überfiel. Seine Familie, seine Frau Rahel und seine drei Kinder, aber auch deren Partner und Kinder, das heißt die Enkel und Urenkel des Doktors, wurden nach Auschwitz deportiert, wo sich jede Spur von ihnen verlor.

In den folgenden Jahren, die vergingen, als hätte man sie, wie er im Rausch oft ausrief, einem räudigen Köter an den Schwanz gebunden, wuchs Mihael die Glatze bis in den Nacken, der Bauch wurde noch dicker und sein Gesicht noch fahler. Oft geschah es, dass er auch an den Wochenenden nicht mehr nach Hause fuhr. Maria machte sich Sorgen, sagte aber nichts. Dann kam der 13. März 1938, der Anschluss. Der deutsche Kanzler hatte den Oberbefehl über die Streitkräfte übernommen und den Anschluss Österreichs an Großdeutschland erzwungen. Nur wenige Stunden nach Bekanntwerden des Anschlusses war das Gasthaus bummvoll. Der alte Oto kam zu seinem Schwiegersohn ins Büro, er klopfte nicht einmal an, sondern stieß die Tür auf, dass sie wie ein Sektkorken gegen die Wand knallte. Mihael nahm gerade einen zur Brust. »Du feierst schon!«, war Oto begeistert, »na komm! Schenk mir auch einen ein! Der heutige Tag ist einzigartig. Europa wird demnächst vereint sein. Dann sind auch wir im Reich. Und dann wird alles gerechter!« Oto hielt seinen Hut fest und kippte den Obstler. »Wir haben schon alles besprochen, wir organisieren einen Wettbewerb, Leichtathletik. Zu Ehren der Vereinigung aller Deutschen in einem Staat.«

»Das Stadion beim Bahnhof ist noch nicht fertig«, sagte Mihael, trank aus und schenkte abermals ein.

»Auch das ist schon besprochen. Jeder steuert was bei. Die Thurns machen mit, die Fedensbergs auch. Ich übernehme den Bau der Holztribüne, die spendet unsere Fabrik.«

Mihael trank aus und schenkte sich nach.

»Ich denke, in einem Monat wäre gut, am Tag des Anschlusses. Nur einen Monat danach, am 13. April! Erich wird dafür sorgen, dass man auch in Berlin davon hört.«

Oto hielt wieder seinen Hut fest und kippte einen Obstler. »Ich geh runter, sie warten auf mich. Komm du auch«, sagte er und ging zur Tür. Mihael aber schenkte sich wieder ein. An der Tür blieb Oto plötzlich stehen und drehte sich noch einmal zu seinem Schwiegersohn um: »Ich habe zwei Schnaps getrunken und du drei«, sagte er plötzlich. »Du trinkst zu viel. Maria macht sich Sorgen.«

Mihael sah seinen Schwiegervater nicht an, er setzte nur das Glas an und leerte es in einem Zug. Kaum war es leer, griff seine Hand schon wieder zur Flasche und er schenkte sich abermals ein. Er tat es aus offensichtlichem Trotz gegenüber seinem Schwiegervater und seiner Frau. Er biss die Zähne zusammen, bis die Kaumuskeln in seinem kantigen Gesicht hervortraten. Aber er sagte nichts. Er unterdrückte alles, schluckte es, wie den Obstler.

»Du bist zu oft in der Herrengasse«, sagte Oto kalt.

Mihael zuckte nicht einmal, er sah nicht auf, er stritt nichts ab. Er wusste schon lange, dass sein Schwiegervater alles wusste, weil auch er dort hinging, außerdem stand das Rote Haus unter dem Schutz und auch im Eigentum der deutschen Herrengesellschaft. Er hatte den Verdacht, dass Oto von Eichhein einer der Schirmherren und Eigentümer des Bordells war.

»Von allen Weibern puderst du die Hässlichste. Wie kannst du das tun! Du beleidigst Maria«, schnaubte er giftig. »Ist dein Selbsthass so groß?«

Mihael schwieg. Er senkte den Kopf und starrte auf die durchsichtige Flüssigkeit, die er sacht im Glas vor sich drehte.

»Sie weint jede Nacht, ich kann nicht mehr mit ansehen, wie sie leidet«, sagte der Alte noch.

Mihael trank aus und schenkte sich wieder ein. Den Schwiegervater schaute er nicht an. Er wagte nicht, den Blick zu heben, er tat lieber so, als wäre er allein im Raum.

»Die Kinder werde ich erziehen, aus denen mach ich gute Deutsche, da leg ich mich ins Zeug! Und du bleib, was du bist, ein Gastwirt. Den Bürgermeister würde ich an deiner Stelle vergessen«, sagte Oto von Eichhein. Nach dem kurzen Schweigen, das eisig zwischen die Männer trat, fügte der Deutsche leise, kaum hörbar, jedoch nicht ohne Groll, mit gebrochener Stimme noch hinzu: »Eine niedere Art bleibt eine niedere Art.« Er machte auf dem Absatz kehrt und schlug die Tür hinter sich zu.

Diese Nacht verbrachte Mihael nicht im Gasthaus, er fuhr zur Villa Eichhein, zu Maria und den Kindern. Weil er betrunken war, schlief er in der Bibliothek, auf der Ledercouch. In aller Früh, als er ein wenig ausgenüchtert war, wusch er sich. Zuerst das Gesicht, dann den Oberkörper. Er rieb und wusch sich, als wollte er den ganzen Dreck der vergangenen Tage von sich waschen. Es wurde Tag, ein hellweißer Tag. Er schaute aus dem Badezimmerfenster. Die Grabnerin schleppte sich gerade müden Schritts aus dem Graben. Als sie oben ankam, blieb sie keuchend stehen. Einen Augenblick lang schlug sie die Hände vors Gesicht, überzeugt, dass niemand sie sah, dann seufzte sie, so tief und laut, dass man es durch das verriegelte Fenster im Bad hören konnte, stöhnte fast wie jemand, der zum Schafott ging, und begab sich zum Haus. Dann machte Mihael ganz leise die Tür zum Schlafzimmer auf. Maria schlief. Die Kinder waren im Kinderzimmer. Er zog sich aus und schlüpfte unter die Decke.

Genau einen Monat nach dem Anschluss war das Stadion fertig. Auch die Tribüne stand. Der Ortsausschuss richtete einen Wettbewerb für deutschstämmige Athleten unter dem Motto *Zu Ruhm und Ehre unserer großen und einzigen Mutter Deutschland!* aus. Unter der deutschen Aufschrift stand, in gleich großen Lettern, wie Bürgermeister Mihael es gefordert hatte, auch auf Slowenisch: *V čast in slavo veliki in edini materi Nemčiji.*

Ursprünglich war an einen Wettbewerb aller Turnvereine dreier Täler an drei Stätten gedacht. Mihael hatte sich gewünscht, dass auch die slowenischen Turnvereine teilnehmen würden. Nicht einen einzigen konnte er dafür gewinnen. So war die Veranstaltung letztlich nur ein Feiertag der Deutschen in der Gegend. Er zerschnitt das Band, und der Wettkampf begann. Hundertmeterlauf. Tausendmeterlauf. Hammer- und Speerwurf, Weitsprung mit und ohne Anlauf. Der Wettkampf dauerte drei Tage. Jeden Abend gab es im Gasthaus des Bürgermeisters einen geselligen Ausklang, die Abschlussveranstaltung fand im Feuerwehrhaus statt. Der alte Oto hatte erwartet, dass auch sein Sohn Erich aus Berlin kommen würde, der aber schickte nur ein Telegramm, dass es leider nicht gehe, weil er gerade einen Kurs für den Eintritt in die Schutzstaffel, die Elitetruppe und Leibgarde des Kanzlers, absolviere.

Während der einmonatigen Vorbereitungen auf die gymnastische Veranstaltung suchte Mihael die Herrengasse kein einziges Mal auf. Tatsächlich fuhr er nie wieder hin.

Die Fasanenjagd

Am ersten September endete die Schonzeit für die Fasane.

Zugleich begann mit dem Angriff der deutschen Armee auf Polen die Zerstückelung und Aufteilung des Landes zwischen Deutschland und der Sowjetunion. Im Gasthaus wurde über nichts anderes mehr geredet. Die Deutschen waren begeistert, die Deutschtümler auch, wenngleich etwas weniger, Slowenen aber ließen sich im Gasthaus von Bürgermeister Novak nicht mehr blicken. Außer wenn sie reinkamen, um einen ersten Frühschnaps zu stemmen, der in der Früh billiger war. Trotz allem überwog das Pragmatische das Prinzipielle, zumindest am Morgen. Der Pakt zwischen Stalin und Hitler, der Ende August 1939 von Molotow und Ribbentrop unterzeichnet wurde, wirkte sich auch auf die Stimmung bei jenen Arbeitern in Eichheins Sägewerk aus, die mit den Kommunisten sympathisierten. In den letzten Jahren waren auf den Ziegelmauern der Möbelfabrik, aber auch an einigen Häusern entlang der Hauptstraße immer wieder Schmierereien zu lesen gewesen: *Hoch die Kommunisten! SSSR! Tod den Deutschen! Die Fabrik den Arbeitern!* Auch die Fassade des Gasthauses war manchmal durch Aufschriften wie *Verräter! Lump!* verziert gewesen, doch die Knechte hatten sie immer entfernt, noch bevor alle im Haus auf den Beinen waren. Im Holzschuppen hinten im Hof bewahrte der Pferdeknecht einen Eimer mit weißer Farbe auf, mit der er die Aufschriften schnell übertünchte. Nach dem Pakt zwischen Deutschland und der Sowjetunion war es mit diesen Schmierereien vorbei.

Im Mai 1940 überfiel Hitler mit zwei Millionen Soldaten unerwartet Frankreich und okkupierte das Land gemäß der Blitzkrieg genannten Militärdoktrin, von der vor allem die Männer in Dolina begeistert waren. Die deutschen Zeitungen, auf die alle deutschen Familien abonniert waren und die im Gasthaus in mehreren Exemplaren auflagen, brachten ein Foto mit Hitler vor dem Eiffelturm. Den ganzen Sommer über kauten die Männer die Erfolge Großdeutschlands durch, und im September, als wieder die Fasanenjagd begann, beschloss Oto von Eichhein, dass genügend Erfolge und Siege der deutschen Wehrmacht zusammengekommen wären, um diese gebührend und gründlich zu feiern. Er lud seine Freunde zum festlichen Jagdauftakt. Auch Mihael, der alle überraschte, weil aus ihm, wie Oto den Mann seiner Tochter vor seinen Kompagnons lobte, ein recht vorbildlicher Deutschtümler geworden sei, luden sie ein.

»Ich kann leider nicht, ich habe zu tun«, bedankte er sich.

»Zwei Tage wirst du wohl ausspannen können«, versuchten sie ihn zu überreden, »wir jagen ein bisschen und dann feiern wir.«

Mihael sah sie erstaunt an. »Feiern?«

»Wir feiern den Krieg! Den Anfang des gerechten Krieges!«, sagte der Schwiegervater. »Den siegreichen Krieg! Das geht zack zack. Anschluss. Und dann kommt die neue Ordnung!«

Mihael schüttelte den Kopf. »Ich habe den Kindern versprochen, bei ihnen zu sein. Maria fährt zur Schneiderin in die Stadt.«

»Ach, du spielst Kindermädchen?! Der Bürgermeister spielt Kindermädchen!«, lachten Oto und seine Jagdgefährten, die schon recht rosige Wangen hatten und wacker an ihren Flachmännern drehten und sich in kleinen Schlucken am Obstler labten. Und so blieb Mihael daheim. Sie waren ohnehin schon eine schöne Runde, lauter reiche deutsche Kaufleute und Großgrundbesitzer. Da waren der Neffe Thurns, der Sohn Fedensbergs, der alte Auersperg, der ein

Onkel zweiten Grades des Krainer Auerspergs war und dem der König am meisten Wald entrissen hatte, weswegen ihn die Erfolge der deutschen Wehrmacht am meisten freuten; außerdem noch der Uhrmacher und Goldschmied Deutschmann und Adolf Plattner, der auf seinen Vornamen immer ganz besonderen Nachdruck legte. Oto von Eichhein war es vor allem um die Familie der Auerspergs zu tun. Auch sie stammten aus Bayern, und wenn sie sich auch schon im elften Jahrhundert hier niedergelassen hatten, so hatte Oto doch das Gefühl, als stünde er mit ihnen in weitschichtiger bajuwarischer Verwandtschaft.

An jenem Nachmittag bewaffnete sich die Jagdgesellschaft mit Schrotflinten für die Fasanenjagd, deckte sich mit Getränken und Essbarem ein und brach zu einer der Jagdhütten in den Wäldern der Grmada auf. Bis zu Eichheins Sägewerk fuhren sie mit Pferdegespannen. Oto verteilte an seine Arbeiter ein paar Flaschen und einen Korb mit Würsten. »Auf Deutschland!«, prostete er ihnen zu. Und die Arbeiter, obwohl sie Slowenen waren, taten es ihm froh und bedenkenlos gleich. Als die Jäger später zu Fuß in den Wald vordrangen, sagte Eichhein zum Grafen Thurn: »Was für ein Volk! Mit Schnaps und Würsten kannst du es kaufen!« Thurn stimmte zu: »Leibeigene!«, und Deutschmann jubelte: »Ja, Knechte!«

Noch bevor sie die Jagdhütte erkrochen hatten, waren die Flachmänner mehr oder weniger leer. Wie immer hatten sie den Knecht und den Wildhüter als Träger dabei. Statt des alten Jagdaufsehers, der letzte Woche an Lungenversagen gestorben war, trug jetzt dessen Sohn, der junge Matija Kolenc, die Ausrüstung.

»Psssst!«, flüsterte Auersperg plötzlich und zeigte zwischen die Fichten, »Fasane!«

Der Trupp blieb stehen wie versteinert. Oto von Eichhein, der seine doppelläufige Flinte mit offenem Verschluss auf dem Arm trug, legte geräuschlos zwei Schrotpatronen ein. Alle waren mucksmäuschenstill. Im Farn bewegte sich tatsächlich etwas. Dann schloss Oto eilig die Flinte, was ein garstiges Einrastgeräusch verursachte, und noch ehe er anlegen konnte, flatterten aus den Farnen einige fette, braungoldene Vögel auf und flogen zwischen den Baumstämmen davon.

»Schade«, sagte Thurns Neffe, »eine ganze Fasanenfamilie.«

»Ach was«, sagte Oto mit knorriger Stimme, obwohl er es wirklich bedauerlich fand, die gebratenen Vögel hätten am Abend ein herrliches Festessen abgegeben, »wir haben noch zwei Tage! Bis dahin haben wir so viele geschossen, dass bis zur nächsten Saison keiner mehr hier herumfliegt!«

Und so betraten sie die Hütte, wo der Knecht und der junge Wildhüter Matija Kolenc den großen Kamin anheizten. Die Jäger lehnten die Flinten an die Wand neben der Tür, sodass sie wie stramme Soldaten in Reih und Glied standen. Dann wurden unverzüglich neue Flaschen geöffnet und Rauchfleisch auf die großen Holzteller geschnitten. Von jetzt an wurde nur noch Deutsch gesprochen. Je heller das Feuer im Kamin brannte und je mehr freundliche, nach Pech und Fichtenholz riechende Wärme es abgab, umso erhitzter wurden ihre Gesichter. Fedensberg zog sich das Hemd und die Hose aus, Deutschmann entblößte sich bis zum Hosenbund, und auch Oto knöpfte sein Hemd auf, nur die edlen Thurn und Auersperg wahrten noch eine Weile die Form. Sie sangen und tranken und tranken wieder und sangen. Der Knecht röstete im großen Topf die Zwiebeln für das Rehgulasch an. Das Fleisch hatte er mitgebracht, denn er wusste, dass die Herren am ersten Tag nicht jagen, sondern trinken würden. Matija Kolenc, der den Verlust seines Vaters noch nicht richtig verdaut hatte, saß still in der Ecke. Sein Vater war fünfzig Jahre lang Wildhüter in den Wäldern der Familie Eichhein gewesen, vergangene Woche war er gestorben, doch Oto erwähnte vor seinen Jagdkumpanen den alten Jagdaufseher mit keinem Wort. Dabei war der alte Kolenc so stolz auf seinen Herrn gewesen, er hatte von ihm wie von einem Freund gesprochen, war ihm jeden Augenblick seines Lebens zur Verfügung gestanden, war mehr mit Otos Kindern zusammen gewesen als mit seinem eigenen Sohn. Die letzten Worte des Mannes, der seine Lunge in blutigen schwarzen Klumpen buchstäblich ausgehustet hatte, hatten seinem Herrn Oto von Eichhein gegolten: »Richte in der Villa aus, dass ich nicht zur Arbeit kommen kann.« Der junge Matija Kolenc war traurig. Er war achtzehn, und das Bild, das er sich von der Welt gemacht hatte, zerfiel gerade zu Staub.

»Auf Deutschland!«, rief Oto schon zum x-ten Mal an diesem Abend. Und seine Jagdkameraden riefen nach ihm: »Fürs Vaterland! Für Europa! Für die Deutschen! Für den Krieg!«

»Für den Krieg!«, stimmte auch der Knecht mit ein, der beim Gulaschkochen schon so manches Gläschen Schnaps getrunken hatte und jetzt weiter dem Wein zusprach.

Auf den Krieg, der schnell zu Ende sein wird! Der den Frieden bringen wird! Und Gerechtigkeit! Und die neue Ordnung! Und das neue Europa! Und den neuen, im Krieg wiedergeborenen Menschen! Auf den Krieg!! Das alles ließen die Jagdkameraden vom Stapel. Danach und passend zu den kriegerischen Akklamationen kamen sie auf das Militär zu sprechen. Sie alle waren im Krieg gewesen, im ersten, der Deutschland das große Unrecht zugefügt hatte. Auch Deutschmann und Plattner stimmten ein, obwohl sie die Front nicht einmal von Weitem gesehen hatten. Plattner war überhaupt viel zu jung, aber in solchen Momenten, wenn Männer und noch dazu Jäger sich über den Krieg unterhalten, ist das belanglos. Mit Vehemenz begannen sie einander ihre Kriegsabenteuer zu schildern. Sie beschrieben, wie sie den Tod aus nächster Nähe erlebt hatten: Wie es einen Kameraden in kleine Stücke zerfetzt, der gerade noch von der Liebe zum Vaterland gesprochen hat, und dann kommt eine Granate daher und trifft ihn mitten in die Brust, *hier*, zeigte Thurns Neffe, *genau in die Mitte, da hinein hat sich die feindliche Granate gebohrt, so nah, dass man fast die Seriennummer hat sehen können*, und dann, wuuuuummmm, zerreißt es sie und den Helden auch, vor den Augen seiner Kameraden, die sich alle auf den Bauch geworfen haben, zerreißt ihn in Stücke, Thurns Neffen, der direkt neben seinem Freund war, ist nichts passiert, nur den Freund hat es zerrissen, den halben Kopf des Kameraden hat er in Händen, und an seiner Offiziersepaulette hängt ein abgerissenes Ohr, und wäre dem Freund die Granate nicht *genau hier, mitten in die Brust* eingedrungen, dann hätte sie auch ihn und alle anderen getötet, so aber hat der Kamerad mit seinem Körper, ach was, mit seinem Herzen das Vaterland beschützt! Es lebe die Freundschaft! Und sie neigten ihre Gläser und standen kurz habtacht. Und machten weiter. Sie erteilten einander das Wort und schnitten es sich gleich wieder ab, sie gestikulierten, wie es gewesen war, wo einer gelegen sei, wie viele Soldaten er auf sein Bajonett gespießt habe. Die beiden blaublütigen Jäger, Thurn und Auersperg, waren in der Kommandohierarchie natürlich oben gewesen, im Führungsstab, höhere Kader, klar, Adelige! Nichtsdestoweniger schlugen sie sich hier durch den Schlamm in den Schützengräben des ersten Krieges, ersoffen fast im Dreck, während sie ihre Scharen, Kompanien und Bataillons retteten, und wieder hatten sie das Kommando, verdienten sich ihre Kreuze, eiserne und bronzene und diamantene … Und dann kamen sie auf die Armee zu sprechen, die Soldaten, die Panzer, die gegen Ende des ersten Krieges auftauchten, die die Kavallerie ablösten und deren Anwesenheit künftig die deutsche Welt gestalten würde, denn die Welt würde von jetzt an nur noch deutsch sein. *Arbeit und Disziplin! Arbeit und Disziplin!*, schrie Oto von Eichhein, das erhebt die Deutschen über die anderen Völker, das hat die deutsche Wehrmacht zur besten Armee der Welt gemacht, die Polen ausradiert hat und die auch diese verdammten Kommunisten in Moskau ausradieren und alles zermalmen wird, die über die Erde donnert wie Wagner, wie eine ganze Kavallerie von Walküren, die *trapptararapp trapptararapp geritten kommt und rattarrarrattarattarrarrattaaaa alles niedermacht, wie die MGs aus den deutschen Stahlwerken*, sagte Oto von Eichhein und stampfte auf, dass sich der Staub von den Bodenbrettern hob. Aber nicht nur das! *Nicht nur Panzer, ha, Panzer!*, schrie der fanatische Fedensberg mit hochrotem Kopf, nicht nur Maschinengewehre, nicht nur Eisen und Stahl! Auch die marschierenden Soldaten lassen die Erde erzittern und den Kommunisten und Arbeitern den Arsch auf Grundeis gehen, die uns bestehlen wollen und sich am liebsten nach Moskau verzupfen würden! Sollen sie doch!! *Und gute Reise!*, schrie jemand, wer es war, wusste man nicht, *auch die Soldaten donnern, wenn sie marschieren!*, fasste Oto von Eichhein zusammen. Mit ihrem schneidigen, alles zermalmenden Paradeschritt ... Der junge Wildhüter Matija Kolenc saß am Rand und verfolgte das alles mit zunehmender Beklemmung. Er dachte an seinen Vater, der erzählt hatte, was für feine Menschen seine Arbeitgeber seien, die Villa voller Kultur, voller Bücher, und das Jagdzimmer erst, die geschnitzten Gewehre, die Musik aus dem Trichter, das Grammophon war dem Vater wie ein Wunder aus der kultivierten Welt erschienen; jetzt dagegen knallrote Gesichter, halbnackte Männer, die schamlos ihre fetten Bäuche zeigten und deren Hosen nur noch von Hosenträgern in den Farben Deutschlands auf ihren Hintern gehalten wurden … *Marschieren! Marschieren! Unsere Soldaten marschieren über alles hinweg!*, schrie Oto wieder, machte kehrt und fiel dabei fast um, dann fing er sich irgendwie und stellte sich mitten in den Raum, schob den taumelnden Fedensberg weg, der es ihm gleichtun wollte, wenn er auch nicht genau wusste, was, streckte die Brust heraus, hob trotz schwerer Trunkenheit das rechte Bein hoch in die Luft und stampfte mit der flachen Sohle auf, dass sich die breiten Dielen regelrecht bogen. Dann machte er dasselbe mit dem anderen Bein und machte es wieder und wieder. Die Kameraden klatschten und feuerten ihn an: *Für Deutschland! Marschieren für Deutschland!!* Und Oto marschierte auf und ab, auf und ab … Er stampfte mit voller Wucht auf, marschierte vom Kamin, wo der zahnlose Pferdeknecht in seinem Rausch grinste und im Rehgulasch rührte, das in Wahrheit längst gar war, bis hin zur Tür, wo in gerader Reihe die Jagdgewehre standen. Er marschierte und schrie: Für Deutschland! Für Deutschland! und trampelte zackig und vehement auf den Dielen herum, die unter ihm bebten, sich verdrehten, krachten und vibrierten … Und als er zum dritten Mal bei der Tür war und abermals auf dem Absatz kehrtmachte, das rechte Bein fast waagrecht auf Bauchhöhe hob und es dann mit voller Wucht niedersausen ließ, schnellte eines der Bretter hoch und lupfte das Gewehr gleich neben der Tür, aus dem sich beim Fallen ein Schuss löste. Es war ausgerechnet die Schrotflinte Otos von Eichhein, aus der es jetzt blitzte und die aus knapp einem Meter Entfernung Otos linken Oberschenkel zerriss, das Gewehr, mit dem er Fasane erlegen wollte und welches er, auch wegen des vielen Obstlers, zu entladen vergessen hatte, sodass die mit Schießpulver und Bleischrot gefüllten Patronen ihm jetzt das Knie und das Fleisch darüber zerfetzten und die Beinschlagader durchtrennten, und das Blut, noch bevor er auf dem Boden aufschlug, die Wand gegenüber bespritzte. *Es ist nichts, nichts!*, stöhnte Oto, als hätte er sich bloß eine Schramme geholt, und er winkte ein paarmal ab, als wollte er sagen, *schenkt euch doch ein, nehmt auf mich keine Rücksicht, es ist nichts, nichts!* Der erste, der das Ausmaß des Unglücks erkannte, war der junge Wildhüter Matija Kolenc. Er stürzte sofort zu seinem Herrn, der im Handumdrehen kreidebleich geworden war. Das Blut spritzte derart, dass der Raum schon ganz rot war. Erst nach einer Weile, nachdem sich Kolenc von einem der herumliegenden Kleiderhaufen eine Krawatte gegriffen und damit Eichheins Bein nahe der Leiste abgebunden hatte, gaben die Jäger Ruhe und wurden sich des schrecklichen Unfalls bewusst. Oto sagte nichts mehr, er starrte mit weit aufgerissenen Augen. Der Ausdruck der Überraschung stand wie gefroren in seinem Gesicht, als ob er nicht glauben konnte, dass ihm wirklich passiert war, was ihm passiert war. Die Jagdfreunde begannen sich anzuziehen. Der Rausch war wie weggeblasen. Der Knecht nahm den Kessel mit dem Gulasch vom Feuer und eilte zu dem jungen Wildhüter, der in den Knoten, der das Bein abklemmen sollte, den Kochlöffel steckte und zu drehen begann. Er versuchte, die zerfetzte Ader, die im offenen Fleisch wie ein Lebewesen zuckte und rundherum alles mit Blut bespritzte, zu schließen. Es gelang den beiden irgendwie, den Blutstrom zu verringern, es sah danach aus, als würden sie die Blutung stillen. Die Jäger standen herum und schauten. Jetzt haben alle wieder Slowenisch geredet, wie sich später der junge Wildhüter erinnern würde. *Was sollen wir tun? Wie können wir helfen? Wir müssen ihn ins Tal bringen, er braucht einen Arzt.* Matija Kolenc wies sie an, in der Hütte nach etwas zu suchen, das sie als Tragbahre verwenden könnten. *Ja, ja,* nickten sie. Aus den alten weltkriegserfahrenen Haudegen wurden blasse, stotternde und tölpelhafte Sonntagsjäger. Sie durchstöberten die Hütte, Dinge fielen ihnen aus den Händen, dann stand der Knecht auf und hängte die Tür aus, die zur Kammer mit den Selchwürsten führte, legte sie auf den Boden, und darauf legten er und der Wildhüter dann Oto. Sie deckten ihn zu, nur das verwundete Bein ließen sie aufgedeckt, damit der Wildhüter neben Oto stehen und mit der Hand auf die abgebundene Stelle drücken konnte, um die Blutung gering zu halten. Die Männer packten jeder sein Eck der Tür und machten sich auf ins Tal. Vorn trugen der Knecht und Thurns Neffe, hinten Fedensbergs Sohn und der alte Auersperg. Matija Kolenc lief nebenher, drückte die Hand auf die Wunde und achtete darauf, dass sich der Knoten, der die Ader zusammendrückte, nicht lockerte. Deutschmann und Plattner liefen voraus und leuchteten mit ihren Taschenlampen. Die Gruppe schlug sich rasch durch die dunkle Nacht. Nur ab und zu kamen sie ins Wanken, wenn einer an einer Baumwurzel hängenblieb. Zweimal wechselten sie sich ab, Deutschmann übernahm Thurns Ecke und Plattner die Ecke des alten Auersperg, sie verloren damit aber keine Zeit. Während des Abstiegs aus den Wäldern der Grmada wurde nicht geredet. Nur der Aufseher Kolenc machte dem verwundeten Oto Mut: *Alles in Ordnung. Ein bisschen noch, ein bisschen noch.* Der Verwundete war still. Sein Gesicht leuchtete weiß ins Dunkel. Er bestand nur aus Augen, weit geöffneten Augen. *Sagen Sie was, sagen Sie was …*, ermunterte ihn der junge Kolenc, und wenn er bemerkte, dass Oto von Eichhein die Augen schloss, schrie er ihn an, um ihn zu wecken: *Nicht einschlafen! Nicht einschlafen, hab ich gesagt!!* Und der Verletzte öffnete mühsam wieder die Augen. Sein Blick irrte nach oben, wo sich die Baumwipfel vom Himmel abhoben, der im Vergleich mit der Finsternis zwischen den Fichten dunkel strahlte, ein gnädiges Dach überm Wald. Endlich erreichten sie das Sägewerk, wo die Arbeiter ihre Nachtschicht schoben.

»Schnell! Schnell!!«, schrie der Knecht, der die improvisierte Bahre den ganzen Weg über getragen hatte, kein einziges Mal hatte er sich ablösen lassen. »Ein Auto! Wo ist ein Auto? Wir müssen mit ihm ins Tal!!«, schrie er. Damals wurde das geschnittene Holz zwar bereits auf Plattners Lastautos zur Möbelfabrik gebracht, aber nicht nachts, sodass vor dem Sägewerk kein Fahrzeug stand.

»Dann mit dem Leiterwagen!«, schrie der junge Wildhüter Matija, der noch immer die Hand in der blutenden Wunde hatte. Seine Finger hatten den ganzen Weg über, mehr als eine Stunde lang, mit dem warmen Blut gekämpft, das wie ein aufmüpfiges Lebewesen um jeden Preis aus dem zerfetzten Bein entweichen wollte. Die Schrotkugeln hatten die Beinschlagader an mehreren Stellen zerrissen, darum sickerte beharrlich und unermüdlich Blut zwischen den Fingern hervor.

»Verbandszeug, was zum Verbinden, schnell, schnell! Wo ist bei euch der Erste-Hilfe-Kasten?«, schrie Matija Kolenc.

Die Arbeiter, die von der Säge gekommen waren, um zu sehen, was los war, schüttelten nur den Kopf. »So was gibt's hier nicht. Wir haben keinen Erste-Hilfe-Kasten«, sagten sie und glotzten den Burschen an.

Erst ein paar Stunden später, als alles vorbei war, stellte der junge Wildhüter fest, warum ihn alle angestarrt hatten wie einen Geist. Er war von oben bis unten voller Blut. Im Gasthaus sagte später jemand: »Wie einer, der in eine Wanne mit roter Farbe gefallen ist.« Ein anderer, der schon ziemlich betrunken war, sagte: »Der war rot wie irgend so ein Kommunist!«

Sie legten Oto von Eichhein auf den alten Leiterwagen und spannten sich selbst davor. Seitdem Lastautos das Holz transportierten, gab es im Stall hinter der Säge keine Pferde mehr. Sie schoben den Wagen mit dem Verwundeten auf die

Straße und ratterten mit ihm talwärts. Die Straße aber war keine richtige Straße. Noch immer waren da nur die Forstwege, die Oto als Eigentümer des Sägewerks, des gesamten Waldes und des Grunds bis hinunter zum Bahngleis nur ein wenig verbreitert hatte, damit auch die Laster darauf fahren konnten. Er hatte die Forstwege nie zu richtigen Straßen ausbauen lassen, weil er für so was kein Geld hatte ausgeben wollen. Jetzt warf es den Armen hin und her und einen halben Meter hoch in die Luft. Der junge Waldaufseher Matija, der neben dem Verwundeten kniete, versuchte nach Kräften, weiteren Blutverlust zu vermeiden. Bei jedem Stein, der den Wagen hochwarf, rutschten ihm die Hände vom blutenden Bein und das Blut spritzte heraus. Auch der Knoten, der die Schlagader abdrückte, lockerte sich nach ein paar schweren Rucken, und dem jungen Aufseher gelang es auf dem hüpfenden Wagen nicht mehr, ihn festzuziehen. Er weinte vor Verzweiflung und Ohnmacht, die Tränen rannen dem Burschen über die blutigen Wangen. Matija Kolenc wusste schon auf halbem Weg, noch bevor sie den Bahndamm an der Hauptstraße erreichten, dass es um Oto von Eichhein geschehen war.

Nach der polizeilichen Untersuchung, die ergab, dass sein Tod die Folge eines Unfalls war, organisierte Mihael das Begräbnis seines Schwiegervaters. Oto von Eichhein wurde erst nach zehn Tagen begraben, denn die Vorbereitungen erforderten einige Zeit. Maria und die beiden Enkel, sie waren schon acht und sechs Jahre alt, waren erschüttert. Der kleine Ivan weinte und sagte in einem fort: »Mein Opa, mein geliebter Opa.« Miroslav, der Ältere, sagte nichts, aber er machte jede Nacht ins Bett. Bürgermeister Mihael Novak schickte seinem Schwager Erich ein Telegramm nach Berlin.

Unverzüglich kam die Antwort: »Ich verstehe. Heil Hitler!«

Auf Mihael kam nun ein Berg von Belastungen zu. Er wurde zum ersten Mann im Tal, zum Herrn über die Möbelfabrik, das Sägewerk und zum Verwalter der großen Waldflächen. Auf Erich konnte er sich nicht verlassen. Erich hatte das neue Europa im Kopf, den Krieg um Lebensraum, wie er Maria geschrieben hatte, die abends ihrem Mann die Briefe des Bruders vorlas. Er war von der Mission der neuen Organisation, der er beigetreten war, besessen, die SS war für ihn eine Gesellschaft, die über die Macht des heiligen Grals verfügen und darum eine neue Ordnung, eine neue Moral, eine neue Ethik schaffen würde … »Findest du nicht, dass mein kleiner Bruder ein bisschen plemplem ist?«, fragte Maria zärtlich, Mihael winkte lediglich ab.

Zum Begräbnis kam Erich jedoch nicht allein, er brachte noch sieben Freunde mit. Weil sie mit dem Zug anreisten, ließ Mihael sie vom Bahnhof in der Stadt mit dem Auto abholen. Für alle acht war der Wagen zu klein, darum nahmen sie noch das einzige Taxi, über welches die benachbarte Stadt anno 1939 verfügte. Sie ließen sich direkt vor die Villa Eichhein chauffieren. Erich brachte die sieben Freunde durchs Haus unverzüglich in den Zubau zur Villa, wo die Gästezimmer waren. Sie waren allesamt fesche Blondschöpfe, ernst und von zackiger Freundlichkeit, jeder trug einen kleinen Koffer. Mit seiner Schwester Maria und den beiden Neffen wechselte Erich nicht viele Worte. Aber er herzte die gealterte bayrische Erzieherin und Gouvernante Frau Gertrude Lindner, die ihre Räume im Zubau hatte und klarerweise nicht mehr von hier ausziehen würde. Maria sah, wie ihr Bruder, der immer bestrebt war, keine Gefühle zu zeigen, sich in den Armen der gealterten Erzieherin ausweinte.

Das Begräbnis war grandios. Alle waren da, auch Leute aus der Stadt, sämtliche deutschen Familien und Deutschtümler sowie all jene, die einen eingeheirateten Deutschen oder Österreicher in der Familie hatten. Ein Begräbnis brachte die Leute hierorts immer zusammen. Vielleicht war ein Begräbnis überhaupt das Einzige, was unversöhnlich zerstrittene Nachbarn, zerstrittene Verwandte und politische Widersacher einen Augenblick lang verband. Doch einige Arbeiter aus Eichheins Fabrik und Sägewerk fehlten. Einige redeten sich auf einen Krankheitsfall heraus. Die Kommunistische Partei, die damals mit Volldampf im Untergrund tätig war, untersagte ihren Mitgliedern die Teilnahme am Begräbnis des größten Ausbeuters im Tal. Einige kamen dann trotzdem. Sie standen heimlich oben bei der Kirche mit tief in die Stirn gezogenen Kappen.

Am Tag des Begräbnisses schien die Sonne. Es war ein schöner Septembertag, an dem die Massen auf dem Friedhof zusammenströmten. Weil der Parkplatz vor der Kirche voller Autos und Pferdewagen war, parkten die Leute im Tal, zuerst vor dem Gasthaus Novak, dann im Hof vor dem Feuerwehrhaus und schließlich direkt auf der Straße, und zwar auf ihrer gesamten Länge, das heißt von der Ortseinfahrt bis ganz ans Ende, bis dahin, wo die Felder begannen. Die Trauerfeierlichkeit nahm ihren Lauf, aber immer noch kamen Leute. Auch Maria war mit den Kindern zum Begräbnis gekommen. Und sie war schwanger. Man wusste es zwar schon lange im Tal, nun aber konnte man es auch sehen. Maria wollte ihren gesegneten Zustand nicht verbergen, denn sie fühlte sich wirklich gesegnet. Sie erlebte die dritte Schwangerschaft, die ihre Ehe retten sollte, als etwas Schönes. Ihr war nicht schlecht wie bei den beiden Buben davor, sie fühlte sich gut, jede Kleinigkeit erheiterte sie, sie schlief ausgezeichnet, und ihr immer dickerer Bauch machte ihr Freude und keine Beschwerden. Sie unterhielt sich mit dem ungeborenen Kind, kicherte mit ihm, und das Kind reagierte. So war das für sie, so empfand sie es. Sie war glücklich. Und genau deshalb wollte sie nicht, dass das Ungeborene ihre unendliche Trauer spürte, denn sie hatte ihren Vater wirklich geliebt. Als man ihr die Nachricht von seinem tragischen Tod überbracht hatte, sperrte sie sich in ihr Zimmer, trat ans Fenster und schaute über das breite und langgezogene Dolina, ballte die Fäuste und sagte sich, sie werde einfach nicht traurig sein, sie werde später trauern, jetzt müsse sie stark sein, sie könne sich nicht erlauben, dass der Tod sie erschütterte und aus der Bahn warf, denn sie würde in einem Monat gebären. Das Kind ist wichtiger als der Tod. Dann verließ sie beruhigt das Zimmer. Sie half ihrem Mann bei der Organisation des Begräbnisses und weinte kein einziges Mal. Ihr Schmerz war würdevoll, ohne Verzweiflungsanfälle. Sie nahm den Tod ihres Vaters als Teil des Lebens an. Der Zugehfrau, die ihr dabei half, im Haus alles herzurichten, sagte sie sogar, dass sie glaube, das Schicksal hätte dafür gesorgt, dass ihr Vater der jungen Generation rechtzeitig Platz gemacht habe, was die Zugeherin für sehr pietätlos hielt. Als sie in Dolina davon erzählte, waren alle Frauen entrüstet. Schnell machten Gerüchte die Runde, jeder fügte noch etwas Eigenes hinzu. Die Phantasie der Leute beim Ertüfteln von Bosheiten ist in der Tat unerschöpflich, und so hieß es am Ende, dass die undankbare Tochter am Todestag ihres Vaters sogar getanzt habe, dass sie auf dem Begräbnis gelacht und gesagt habe: Gott sei Dank ist er verreckt, der alte Teufel!, und dass sie am Tag seines Todes, gleich nachdem man ihr die tragische Neuigkeit überbracht hatte, seine Kleiderschränke leergeräumt und seine Sachen in das tiefe Burgverlies geworfen und dabei gesagt habe: *Sollen die Ratten sie fressen. Und zwar so schnell es geht!* Diese Gerüchte waren wohl auch einer der Gründe, warum Maria seither als gefühllose, rücksichtslose und kalte Frau galt.

Ansonsten wurden auf dem Begräbnis noch viele Reden gehalten, und in der Kirche lief das übliche Ritual ab. Und am

Grab standen die verschiedenen Freunde Schlange. Auch der nüchterne Zelebrant Pfarrer Franc Korošec gab einige persönliche Erinnerungen an die langjährige Freundschaft mit Graf Oto von Eichhein zum Besten. Unter anderem erfuhren die Leute, dass eben der Verstorbene es gewesen sei, der den Pfarrer Franc in die Anstalt gebracht habe, wo er vom Alkoholismus geheilt worden sei, so die Worte von Pfarrer Franc, als er am offenen Grab über ihre Freundschaft sprach. Er erzählte, dass der Verstorbene ihn eigenhändig in sein Auto gesetzt und mit dem Chef des Spitals in Österreich die Therapie vereinbart habe. Auch beim Bischof habe Oto von Eichhein ein Wort für ihn eingelegt. Die Leute waren es nicht gewohnt, dass ihr Pfarrer so aufrichtig sprach, sie waren es nicht gewohnt, dass am Grab überhaupt jemand so aufrichtig und persönlich sprach, darum fanden sie das Ganze sehr merkwürdig. Die aus dem Reich angereisten Teilnehmer am Begräbnis verstanden sowieso nichts.

Dann folgten die Reden diverser entfernter und naher Verwandter, samt und sonders auf Deutsch, dazu Ansprachen von Vertretern der Jagdverbände Niederbayerns und vom Vorstand des Verbands der Waldbesitzer, von Vertretern von Adelsfamilien und sogar des Bienenzüchtervereins, zu dessen Mitgliedern der Verstorbene gezählt hatte. Und am Schluss waren von der Kirche her markige Schritte, eigentlich das Stampfen schwerer Soldatenstiefel zu hören. Sohn Erich und seine sieben Freunde nahmen in Zweierreihe Aufstellung. Sie trugen schwarze Uniformen und hohe Kappen, die mit silbernen Totenköpfen und überkreuzten Knochen geschmückt waren. Im Stechschritt traten sie ans Grab. Sie bedeckten den Sarg, der auf dem niedrigen Wagen darauf wartete, von den Totengräbern in die Grube gelassen zu werden, mit der roten Fahne, in deren Mitte das Hakenkreuz prangte, standen anschließend stramm und streckten alle gleichzeitig, wie ein Mann, die rechte Hand hoch in die Luft. Sie verharrten in dieser Stellung, als wären sie zu Standbildern erstarrt. Aus dem Hintergrund waren Pfiffe des Protests zu hören, die aber bald verstummten. Es folgten noch einige Redner, denen die Leute aber nicht mehr zuhörten.

Der Aufzug jener, die sich am offenen Grab von Oto von Eichhein verabschieden wollten, nahm zwei weitere Stunden in Anspruch, und die ganze Zeit über stand der kleine Trupp junger, stattlicher SSler mit hochgereckten Armen still. Maria wurde schlecht. Mihael nahm sie am Arm und brachte sie und die Buben durch die Menschenmenge zum Wagen und dann nach Hause, in die Villa Eichhein. Als die jungen Nazis die Fahne einrollten und vom Friedhof abmarschierten, drängten immer noch Leute zum Grab.

Als es schon dunkel war und der Grabhügel mitten auf dem Friedhof wie ein kleines Lichtermeer leuchtete, kamen Silvester und seine Mutter. Die Grabnerin jammerte zornig: »Was müssen sie auch diese Fasane jagen!« Als wären die Vögel schuld. Mit einem Bedauern, als wäre eine schöne Vase zu Bruch gegangen, die sich nicht mehr kitten lässt, sagte sie noch: »Ist das nicht schade«, und schaute aufs Grab, »zu Silvester wäre er erst sechzig geworden«, dann bückte sie sich zum Lichtermeer und stellte noch ihre Kerze dazu. Ihr Sohn stand da. Er schloss nicht einmal andeutungsweise die Hände, sondern ließ sie einfach hängen. Er hatte die Matura abgelegt und war jetzt wieder daheim. Er war noch immer ein schmächtiger Bursche. In der Hand hielt er eine Leninkappe, aus seiner Rocktasche ragten Prešerens *Poesien*.

Der Dichter und die Dichterin

Er war sich gar nicht darüber im Klaren, wann er zum Dichter geworden war. Zum Dichter wird man nicht mit Vorsatz. Du greifst eines Tages zum Bleistift und schreibst an den Heftrand ein paar Wörter. Und dann noch ein paar in eine neue Zeile. Dann streichst du alles durch. Weil es albern ist, dumm, peinlich. Und du vergisst es, aber nicht ganz. Am nächsten Tag schaust du noch einmal an, was du durchgestrichen hast, und du schreibst es unten am Rand noch einmal. Und liest es. Und findest es gut. Und du bist ein Dichter.

Mit dem Geld seiner Mutter absolvierte Silvester das Gymnasium. Die ganze Zeit über, fast bis zum Ende der letzten Klasse, wohnte er in der Stadt, im Internat des heiligen Bonifatius, Pfarrer Franc hatte ihn empfohlen. Sonst hätte er jeden Morgen aus dem heimischen Graben eine Stunde zum Bahnhof marschieren, von dort mit dem Zug in die zwanzig Kilometer entfernte Stadt fahren und dann noch zu Fuß ins Gymnasium gehen müssen. Und abends wieder zurück. Der Zug fuhr schon um halb fünf, also hätte er sich um halb vier auf den Weg machen müssen, und heimgekommen wäre er erst in der Nacht.

»Wozu hab ich gespart?!«, sagte die Grabnerin. »Du gehst ins Internat. Geld ist genug da.« Auch der Grabnerin passte es, die Hütte unter der Woche für sich zu haben. Sie hatte einen Kerl aus dem Sägewerk, und auch Oto von Eichhein würde leichter zu ihr kommen können, dachte sie sich, denn nun lebte die Familie des Bürgermeisters mit den zwei Fratzen in der Villa. Für sie war es viel günstiger, wenn der Sohn wochentags nicht daheim war. Silvester konnte im Internat leichter lernen, er hatte es warm und er hatte sein eigenes Bett. Vom Geld aus Mutters Topf zahlte er den Bibliotheksausweis, und ein paarmal im Jahr konnte er sich einen Stehplatz in einem der beiden Theater leisten, die es in der Stadt damals gab, im deutschen, einem großen, schönen Theatergebäude, und im slowenischen, einem niedrigen Haus gleich dahinter, ums Eck. Das deutsche Theater unterhielten die Stadt sowie reiche deutsche Händler und Bürger, das slowenische hingegen die slowenischen Kaufleute und Handwerker, die in der Minderheit waren. Die Eintrittskarten für das slowenische Theater waren billiger, dafür waren die Aufführungen schlechter, wurden sie doch von unterschiedlich talentierten Amateuren bestritten. Im deutschen Theater, in dem es einen Saal mit Logen und einem großen, vergoldeten Bühnenportal gab, traten professionelle deutsche Schauspieler auf, und die Aufführungen waren besser, die Ausstattung teurer. Das Operettenorchester war ein beachtlicher Klangkörper, während im slowenischen Theater nur vier Musiker spielten. Silvester ging trotzdem, auch wegen der Eintrittspreise, lieber dorthin. Vom Geld der Mutter kaufte er sich eine neue Hose, ein samtenes Sakko und ein paar Hemden. Er fand das alles beim Trödler bei der Pestsäule, zu dem die Leute die Sachen ihrer Verstorbenen trugen. Weil er so schmächtig und mager war, musste ihm die Mutter alles kürzen und enger machen, sodass er am Ende immerhin aussah wie ein anständiger Gymnasiast.

Gleich im ersten Schuljahr kaufte er sich ein Buch mit Kosovels *Gedichten*, die er bald in- und auswendig kannte. Die meiste Zeit verbrachte er in der Bibliothek. Der alte Professor Ebner wollte immer noch, dass sich der Junge zu ihm setzte, aber Silvester brauchte jetzt nicht mehr auf leisen Sohlen in den Leseraum zu gehen, denn er hatte seinen eigenen Entlehnausweis und ging darum dem Professor freundlich aus dem Weg. Auch ins Internat nahm er Bücher mit, er las jeden Tag darin, und noch mehr in den Nächten. Er fing an, eigene Gedichte zu schreiben. In der Schuhschachtel unter seinem Bett häuften sich die beschriebenen Blätter.

In der letzten Klasse lernte er die schwarzhaarige Marta kennen, auch sie war regelmäßig in der Bibliothek. In der Poesieabteilung fanden sie zueinander. Sie ging ins Mädchenlyzeum und wohnte in der Altstadt, in einem desolaten und feuchten Haus, das an der mittelalterlichen Stadtmauer lehnte. Ihr Vater hatte dreißig Jahre lang in einer Farbenfabrik gearbeitet und sich dort eine gefährliche Hautkrankheit zugezogen, darum hatte man ihn entlassen. Ihre Mutter war Schneiderin.

Marta und Silvester trafen sich täglich, sie saßen im Stadtpark auf der Bank am runden Springbrunnen und lasen einander die Gedichte ihrer Lieblingsdichter vor. Sie waren, wie sich einige erinnerten, ein ziemlich komisches Paar: er dünn und klein, sie um einen Kopf größer, pausbäckig und schon damals, mit achtzehn, von recht massiver Statur; sie wirkten eher wie Geschwister. In dieser Zeit schrieb Silvester ein Dutzend Liebesgedichte, denen er den schlichten Titel *Gedichte für Marta* gab. Er las sie einem Freund im Internat vor, einem Burschen irgendwo aus dem nördlichen Landesteil, der später erzählen sollte, dass es wirklich sehr schöne Gedichte gewesen seien. Silvester hatte nicht den Mut, den Zyklus Marta zu zeigen. In den letzten Monaten seiner Schulzeit wurde das Geld aus Mutters Topf knapp, darum wurde er aus dem Internat geworfen und er musste jeden Tag heimfahren, weshalb er und Marta sich nur mehr selten trafen.

Als Deutschland Polen überfiel und Frankreich und England den Krieg erklärten, hatte er die Matura schon hinter sich. Er hätte gern in der Hauptstadt studiert, aber er wusste nicht, wie er das anstellen sollte. Nach dem Begräbnis Otos von Eichhein fuhr er weiterhin in die Stadt, wo er Arbeit auf einem Amt oder bei einem Advokaten zu finden hoffte. Er sehnte sich danach, Marta möglichst nahe zu sein. Auch das ganze darauffolgende Jahr suchte er nach Gelegenheitsarbeiten. Für körperliche Verrichtungen war er zu schwach, ein kurzer Blick genügte, und schon hieß es: *Ist schon vergeben.* Für eine Arbeit im Amt hätte er wiederum die entsprechenden Empfehlungsschreiben oder wenigstens Freunde gebraucht.

Im folgenden Jahr, das wir mit der nonchalanten Geste des souveränen Autors etwas vorspulen, fuhr er immer mit dem Zug. Die Busse, die vor dem Gasthaus des Bürgermeisters standen, gingen zwar öfter, aber es war doch leichter, sich ohne Fahrkarte in den Zug zu schmuggeln. Bis zur Stadt waren es nur zwei Stationen, und wenn man es bei der ersten schaffte, dem Schaffner irgendwie auszuweichen, konnte er einen später ruhig erwischen, denn dann kam auch schon die Endstation. Dem Schaffner entging man aber nur bei großem Gedränge, frühmorgens, wenn alles auf dem Weg in die Stadt war. Silvester stieg in den hintersten Waggon ein, denn der Schaffner kontrollierte die Karten immer von hinten nach vorn. Da die meisten Leute eine Station vor Dolina einstiegen, knipste der Schaffner gerade die Karten irgendwo in der Mitte des Zuges, und bevor er wieder in den letzten Waggon kam, war die Fahrt schon zu Ende. Schwieriger war es freilich, wenn weniger Leute fuhren.

An einem Apriltag im Jahr 1941 regnete es.

Als Silvester in aller Früh den Graben verließ, zogen bereits schwere und nasse Wolken auf. Er vergrub die Hände in den Hosentaschen und hoffte, dass ihn der Regen bis zur Stadt nicht erwischen würde. Er war mit Marta verabredet, die eine Nachmittagsstelle als Hilfsbetreuerin im Kindergarten bei der Post gefunden hatte. Er selbst hatte immer noch keine Arbeit, darum half er fallweise am Bahnhof aus, wo er für etwas Kleingeld die Waggons entlud. Seine Mutter arbeitete immer noch in der Villa Eichhein.

Als er nach einer knappen Stunde den Bahnhof erreichte, begann es zu regnen, zuerst ganz leicht, dann in Strömen. Ein ordentlicher, kalter Aprilregen. Silvester stellte sich unters Vordach des Feuerwehrhauses. Der Zug fuhr ein. Er sah, dass der Schaffner im vordersten Waggon aus dem Fenster guckte, darum lief er zum hintersten. Er hoffte, dass der Schaffner nicht gleich die Fahrkarten kontrollieren und dass er ihn erst nach der nächsten Station entdecken würde. Doch der Zug war fast leer. Normalerweise waren vier mit Holzbänken ausgestattete Waggons aneinandergekoppelt, diesmal aber waren es vier Waggons mit Coupés. Er stellte sich neben die Tür, wo der Schaffner vielleicht gar nicht hinkommen würde. Und tatsächlich fuhr der Zug in die nächste Station ein, einen kleinen Weiler inmitten von Feldern, bei dem er sich öfter gefragt hatte, warum der Zug hier überhaupt hielt, denn nur ganz selten stieg jemand ein oder aus. Er streckte den Kopf aus dem Fenster. Niemand kletterte hoch. Der Zug setzte sich in Bewegung. Gerettet. Vorbei. Die nächste Station war sein Ziel.

»Verstecken wir uns, ha?«, ertönte plötzlich die Stimme des dicken Schaffners, dessen Gesicht ein stattlicher Zwirbelbart zierte, einer, wie ihn weiland der deutsche Kaiser Wilhelm der Erste getragen hatte, wie Silvester aus den Schulbüchern wusste. Er packte den Burschen am Kragen und hob ihn wie ein Kätzchen vom Boden.

»Glaubst du, ich weiß nicht, dass du andauernd schwarzfährst?!«

»Ich hab kein Geld«, stotterte Silvester, »ich hab wirklich keins.«

»Drum schaut's im Staat auch so aus!«, herrschte ihn der Schaffner mit dem Kaiserbart an. »Weil ihr fürs Fahren nicht zahlt, genau.«

»Wenn ich eine Arbeit kriege, zahle ich …«, plapperte der Bursche, »versprochen!«

»Weißt du was, Kleiner … Du verarschst mich nicht … Ich schmeiß dich raus. Raus!!«

Der dicke Schaffner packte Silvester mit der einen Hand an der Gurgel, mit der anderen öffnete er die Tür des fahrenden Zuges. »Raus!! Raus!!«

Noch ehe Silvester etwas sagen konnte, drängte ihn der Schaffner mit seinem großen Bauch und den fetten Händen auf die Trittstufen des Waggons. Der Aprilregen durchnässte den Burschen binnen Sekunden. Silvester erschrak, er klammerte sich an das Rohr, das außen als Haltestange diente … Unter sich sah er die eisernen Räder und die glänzenden Schienen, daneben den Bahndamm und ein Stück weiter das aufgeweichte Gras. Er überlegte, dass es ihn schon nicht umbringen würde, wenn er auf die Böschung fiele und dann ins Gras rollte, vielleicht würde er sich bloß ein paar Prellungen holen. Der Zug fuhr nicht besonders schnell, trotzdem hatte er Angst. Er dachte an seine Gedichte, an Marta, die umsonst auf ihn warten würde …

Dann hörte er den dicken Schaffner plötzlich schreien: »Was ist das jetzt?! Was ist das?« Zwei starke Hände packten Silvester und zogen ihn wieder in den Waggon. Er hockte sich sofort an der Wand nieder, möglichst weit weg von der offenen Zugtür. Über sich sah er einen großen Mann in einem grauen Regenmantel, der seine Faust schwang und sie in der wilhelminischen Fresse des Schaffners platzierte. Die Waggontür war immer noch offen. Es regnete herein, und um die Schuhe hatte sich schon eine Lacke gebildet. Neben dem Unbekannten erblickte er eine Frau. Der Schaffner schrie: »Nur erschrecken hab ich ihn wollen, nur erschrecken!«

»Jetzt werd ich dich mal erschrecken!«, sagte der Mann, drückte dem Schaffner seine große Hand aufs Gesicht und schob ihn zur offenen Waggontür. Silvester sah, wie die Frau ihm dabei half, sie stemmte ihre Arme in die Wampe des

Schaffners und schob mit. Der Zwirbelbärtige ruderte mit den Armen, fing sich gerade noch auf den Trittstufen und hielt sich krampfhaft mit beiden Händen an der Haltestange fest. Der Mann schob ihn mit dem Fuß noch ein Stück weg von der Tür und machte sie schwungvoll zu. Die Frau war sofort zur Stelle und drehte die Verriegelung nach oben. Sie waren ein wahrlich gut eingespieltes Paar.

Auf einmal waren nur mehr das gleichmäßige Rattern des Zugs und das Klopfen des Aprilregens auf dem Waggondach zu hören.

Der Mann streckte Silvester die Hand entgegen. Silvester rappelte sich auf.

»Mirko«, sagte der Mann. »Mirko Bregar. Mir scheint, wir kommen aus derselben Gegend.«

Silvester erkannte ihn nicht. Als Mirko weggegangen war, war er noch klein gewesen, trotzdem nickte er, dann schaute er ängstlich durch das Fensterchen in der Waggontür: Draußen stand der dicke Schaffner auf der Leiter und hielt sich krampfhaft an der Klinke und an der Haltestange fest. Er hatte eine blutige Nase und der Schnauzer hing an seinen nassen Wangen bis zum Hals hinunter. Er ächzte nur und wartete auf das Ende der Fahrt, er wagte nicht die geringste Bewegung.

»Ich bin Nada«, sagte die Frau, und auch sie reichte dem durchnässten und noch immer erschrockenen Burschen die Hand.

Erst jetzt hauchte Silvester: »Silvester«, und schlug ungeschickt ein. Sein Blick glitt auf ihren Körper. Sie war schwanger, obwohl ihr grauer Mantel es gut kaschierte.

»Wir sind jeden Moment da«, sagte der Mann, »wir werden uns ein wenig beeilen müssen. Auf dem Bahnsteig sind Gendarmen … Für den Fall, dass sich der da«, und er deutete auf den Fettwanst draußen, »beschweren will.«

Die Frau stellte sich auf die Zehenspitzen und schaute über die Schulter ihres Gefährten aus dem Fenster. »Er wird sich nicht beschweren. Er hat sich angeschissen.« Und der Mann lachte auf.

Der Zug fuhr ein. Das Dreigespann stieg rasch bei der anderen Tür aus, lief über den Bahnsteig und verlor sich dann in den Gassen der Altstadt.

Tags darauf, am 6. April 1941, griffen deutsche Flieger Belgrad an, der Zerfall des Königreichs Jugoslawien nahm seinen Lauf. In den frühen Morgenstunden desselben Tages startete die deutsche Wehrmacht von Österreich aus und ohne Kriegserklärung den Angriff auf slowenisches Gebiet.

Zweiter Teil

Zum Geschichtenschreiben braucht man keine große Phantasie. Nur ein gutes Gedächtnis.

Telefon 2

– Hallo?

– Oh! Hab schon lange nichts von dir gehört.

– Ich von dir auch nicht.

– Ich wollte dich nicht stören. Schreibst du?

– Ich weiß nicht.

– Wie, ich weiß nicht?

– Vielleicht ja, vielleicht nein, das Material stapelt sich. Die Figuren werden immer lebendiger.

– Na ja, dann schreibst du!

– Sie schreiben mich.

– Ach ja?!

– Ich bin nur ihr Medium. Ich leihe ihnen meine Finger und die Tastatur, und dann erinnern wir uns gemeinsam.

– Was soll das heißen – gemeinsam, du kannst dich unmöglich erinnern. Die Geschichte ist längst passiert, da warst du noch gar nicht geboren. Nicht einmal ich kann mich erinnern, und ich bin zehn Jahre älter als du.

– Deshalb sage ich ja, dass wir uns gemeinsam erinnern, ich und die Leute in der Geschichte.

– Du kennst sie doch gar nicht!

– Ich denke sie mir aus, und dann erinnern wir uns.

– Aber wenn sie doch erfunden sind.

– Zum Geschichtenschreiben braucht man keine große Phantasie. Nur ein gutes Gedächtnis.

– Hast du heute schon was getrunken?

– Du verstehst nicht.

– Kann gut sein.

– Ich habe mich unklar ausgedrückt, entschuldige.

– Kommst du zu mir? Es ist windstill. Und ich hab einen Zèlen, den einzigen autochthonen slowenischen Wein. Im

Sozialismus war er verfolgt.

– Was?!

– Ja, im Sozialismus hat man auch Weinsorten verfolgt.

– Was hast denn du getrunken?

– Nein, ernsthaft, der Zelen war ein Wein, den es nicht gab. Die Kommunisten wollten ihn ausrotten, ich weiß nicht, warum. Ende der Achtziger war die Sorte am Verschwinden, nicht einmal Sämlinge hat es zu kaufen gegeben, erst nach dem Fall des Kommunismus hat man ihn wiederentdeckt. Vielleicht hätte er ja verschwinden sollen, weil er echt slowenisch ist; du weißt schon, damit wir mit dem Balkan verschmelzen. Man müsste mal ein Buch darüber schreiben.

– Und heißen könnte es: An allem sind die Kommunisten schuld.

– Ja, genau.

– Die Kommunisten und die Kartoffelkäfer.

– Machst du dich lustig?

– Gar nicht.

– Doch, du machst dich lustig. Na, egal … Sag mir lieber, wie die Geschichte vorankommt.

– Weißt du noch, wie ich vor einem Jahr auf deiner Terrasse zu dir gesagt habe …

– Das ist schon länger als ein Jahr her …

– Nun, ich habe gesagt, dass ich versuchen werde, das Leben selbst in seiner Spontaneität einzufangen. Ohne Symbole, ohne Metaphern, ohne die schicksalhaften Ereignisse, die in einem bestimmten Moment passieren und dann zu Metaphern werden.

– Versteh ich nicht.

– Zum Beispiel: Jemand stirbt, und im selben Moment wird jemand geboren.

– Ja, ich erinnere mich. Das hat dir nicht gefallen?

– Irgendwie ist mir das zu gewollt erschienen.

– Ich versteh wieder nicht.

– Ich war mir sicher, dass ich mich solcher literarischen Mittel nicht bedienen werde, weil ich mich dem Fluss der Erzählung so überlassen will, wie das Leben selbst dahinläuft: unorganisiert, planlos, spontan.

– Und?

– Es geht nicht. Nicht nur die Literatur, auch das Leben hat in Wirklichkeit immer einen Sinn. Jemand stirbt und jemand wird geboren. An irgendeinem Abend geht die Sonne blutrot unter, und am Tag darauf ist Krieg.

– Daran kann ich mich erinnern! Meine Nona hat von den blutroten, erschreckenden Sonnenuntergängen erzählt, die es vor dem Ausbruch des Ersten Weltkrieges eine Woche lang gegeben hat.

– Natürlich sind wir Erzähler als Beobachter des Lebens genau die, die dafür sorgen, dass aus manchen Ereignissen Symbole oder Metaphern werden. In Wahrheit gibt es überhaupt kein Erzählen, ohne Ereignisse miteinander in Verbindung zu setzen und ihnen damit eine besondere Bedeutung zu geben. So macht die Erzählung mehr aus dem Leben. Diese Verbindungen sehen, die Welt auch als Metapher begreifen, das ist es, was uns von anderen Lebewesen unterscheidet.

– Verstehe.

– In der Gegenwart, im Moment, im Jetzt geht das vielleicht gar nicht, aber wir tun es, sowie die Gegenwart zur Vergangenheit wird.

– Verstehe.

– Im Rückblick sehen wir die Ereignisse anders, wir sehen sie in einer Reihe mit anderen Ereignissen und können sie vergleichen, über sie nachdenken, sie verbinden. Und gerade deshalb ist die Vergangenheit nicht singulär, es gibt immer noch eine andere Vergangenheit, und wahrscheinlich noch eine dritte und vierte. Eine Geburt ist nie nur eine Geburt, sie bedeutet immer noch mehr als das, für die Familie, für das Umfeld, für die Zukunft von jemandem, den es schon gibt. Genauso ist es mit dem Tod: Er ist nie nur das biologische Ende, da ist immer noch etwas, das eine Spur im Raum und in vielen anderen Lebensgeschichten hinterlässt. Darum habe ich immer stärker den Eindruck, dass es die eine Geschichte nicht gibt, sondern nur verschiedene Interpretationen der Vergangenheit, die aber immer eine andere Vergangenheit ist.

– Ich verstehe.

– Wirklich?

– Ja.

– Mir scheint, du hast mir nicht zugehört.

– Doch, doch, ich bin nur durstig geworden. Magst du nicht zu mir auf die Terrasse kommen und das Gespräch bei einem guten Glas autochthonen slowenischen Weins fortsetzen?

– Schon, aber nicht heute. Ich muss schreiben.

– Du hast gesagt, dass du noch nicht schreibst.

– Wirklich?

– So hab ich's verstanden.

– Ich weiß nicht, ob ich das so gesagt habe … Jedenfalls … kann ich weiterreden?

– Ja, ja.

– Ich habe entschieden, dass ich keine andere Art zu schreiben erfinden kann … Ich kann nicht schreiben, ohne die Ereignisse zueinander in Beziehung zu setzen und in ihnen damit noch einen anderen Klang, eine andere Vergangenheit, ein anderes Geheimnis zu entdecken. Schreiben ist nämlich nur das. Aber ich denke, dass auch das Leben nur das und nichts anderes ist: ein Zeichen, eine Bedeutung. Leben bedeutet.

– Mhm.

– Oder die Entscheidungen, die man trifft …

– Ja?

– Wir wägen sie immer vor dem Horizont symbolischer Ereignisse ab.

– Wie meinst du das?

– Nicht alle Entscheidungen haben das gleiche Gewicht. Einige kann man wiedergutmachen, andere nicht. Ob wir mittags Fleisch oder nur einen Salat essen werden, ist keine wichtige Entscheidung.

– Würde ich meinen, ja.

– Sich aber für den richtigen Partner, das richtige Studium, den richtigen Beruf zu entscheiden, das hat's in sich.

– Ja, seh ich auch so. Ich kenne Leute, die mitten im Studium festgestellt haben, dass ihnen ein anderes Studium mehr läge. Aber irgendwann sagen sie sich: Wenn ich jetzt schon drei Jahre dabei bin, dann hänge ich halt noch zwei an und mache den Abschluss, später kann ich immer noch studieren, was mich wirklich interessiert. Dann sind aber auf einmal eine Familie und Kinder da, Arbeit, Kredite, kurz – das Leben, und Schluss. Und dann machen sie ihr Leben lang etwas, das sie hassen. Kein Weg zurück, das war's.

– Davon rede ich, ja.

– Oder der Partner … Wie du gesagt hast: Es gibt jemanden, den du wirklich liebst, aber du entscheidest dich für jemand anderen. Keine Ahnung, warum, aus Berechnung, Feigheit, Unentschlossenheit. Oder du verpasst einfach den richtigen Zeitpunkt, ich kenne das.

– Ich auch. Ich hab ewig nicht den Mut aufgebracht, einer zu sagen, dass sie mir gefällt und dass ich sie mag, bis sie mit einem anderen gegangen ist. Bis heute muss ich an den Moment denken, als ich mich endlich entschlossen hatte, nach der Vorlesung damit herauszurücken, sie zu mir auf einen Tee einzuladen … Ich lauf ihr schon auf der Stiege nach, ich rufe: He! Warte! … Aber draußen steht schon ein anderer und wartet auf sie. Es war ihre erste Verabredung, sie sind zu ihm gegangen, auch auf einen Tee.

– Vielleicht wäre sie sowieso nicht die Richtige gewesen.

– Ich weiß nicht, ist auch egal. Wichtig ist nur, dass ich dreißig Jahre später immer noch daran denke, an die verpasste Gelegenheit, aus der vielleicht mehr geworden wäre. Daraus habe ich über die Jahre eine Geschichte gesponnen. Die Begebenheit ist zu einer Metapher für das verpasste Leben geworden.

– Glaubst du, du hast es verpasst?

– Leben ist immer verpasstes Leben. In der Diskrepanz zwischen unseren Wünschen und der Möglichkeit ihrer Verwirklichung liegt auch eine vitale Kraft. Wenn wir wirklich alle Wünsche, Träume und Hoffnungen verwirklichen könnten, kämen wir gar nicht auf die Welt, es wäre sinnlos. Die unverwirklichten Träume sind die treibende Kraft des Lebens.

– Schön formuliert.

– Für die Geschichte, die ich erzählen möchte, ist vor allem die Tatsache wichtig, dass einige Lebensentscheidungen bedeutender sind als andere. Im Krieg muss man die richtigen Entscheidungen treffen, sich falsch zu entscheiden, bedeutet den Tod. Aber es ist schwer, sich zu entscheiden, sehr schwer. Heute halten wir es für selbstverständlich und logisch, dass der Widerstand gegen die Besatzer gut und richtig war. Wenn wir auf der Zeitachse zurückblicken, wissen wir, dass Hitler böse war, die Geschichtsschreibung hat uns genügend handfeste Beweise dafür geliefert. Auch Stalin, obwohl er den großen Krieg gewonnen hat, war böse. Damals aber war beileibe nicht alles so klar, für einige jedenfalls. Wir Menschen sind die Kinder unserer Eltern, geprägt von Tradition, Erziehung, von unserer sozialen Situation und was weiß ich noch alles, und unsere Entscheidungen sind Folgen davon. Es ist billig, heute von guten und schlechten Entscheidungen zu sprechen. Alle Entscheidungen sind damals schwergefallen, und alle waren richtig, erst die Zukunft hat manche Entscheidungen zu den richtigeren gemacht und andere in den Abgrund des Verrats gestoßen.

– Darüber schreibst du?

– Keine Ahnung, ob ich es kann.

– Du kannst, du kannst. Hast du genug Material?

– Ja, hab ich.

– Und der eine … na … der Turnlehrer, der im Museum arbeitet, hilft er dir?

– Ich hab gedacht, er ist dein Freund.

– Mehr ein Bekannter. Manchmal ruft er mich an. Er hat irgendein Verfahren am Hals.

– Das hast du gesagt, ja.

– Echt?

– Du hast gesagt, dass er was mit einer Schülerin gehabt haben soll und deshalb von der Schule geflogen ist.

– Sie war keine vierzehn. Ich hätte nie gedacht, dass er pädophil ist.

– Kennst du ihn schon lange?

– Ja, ziemlich. Aber man kennt einen Menschen nie ganz. Stell dir vor, er hat behauptet, sie hätten sich ineinander verliebt. Auch sie hat das am Anfang behauptet. Was weiß denn ein Kind.

– Eine falsche Entscheidung.

– Eine sehr falsche. Seine Frau hat ihn verlassen, der Sohn will nichts mehr von ihm wissen, und die Arbeit hat er auch verloren. Dann hat er diesen Job im Museum bekommen, jetzt läuft der Prozess.

– Er hat es nicht leicht.

– Er ruft mich an, im Moment fast jeden Tag. Ich heb nicht ab, bin beschäftigt.

– Bei mir hat er sich zweimal gemeldet. Er hat mir eingescannte Fotos gemailt.

– Na, freut mich, dass er dir eine Hilfe ist.

– Ich hab ihm noch nicht geantwortet, ich muss mich bei ihm bedanken.

– Gut, komm vorbei, die Terrasse wartet, der Zelen wahrscheinlich nicht. Aber dann gibt's halt einen anderen Wein.

– Mach ich.

– Freut mich, dass du die Geschichte schreibst.

– Na ja, vielleicht.

– Wie, vielleicht?! Schreibst du sie oder schreibst du sie nicht?

– Nein.

Die Entscheidung

An jenem Abend lag Mihael lange in der Badewanne. Die große gusseiserne Wanne war eine Neuanschaffung im Zubau zum Gasthaus, den die Familie, die nun fünf Mitglieder zählte, nach dem Tod seines Schwiegervaters Oto von Eichhein bezogen hatte. Dem dritten Sohn gaben sie den Namen Peter. Diesmal hatte es keine langen Diskussionen gegeben. Die Leute hatten erwartet, dass der dritte Sohn Otto heißen würde, nach dem tragisch verstorbenen Großvater, aber Maria entschied: Peter, Petruschka. Und Mihael hatte nichts einzuwenden. Es war, als hätten sich beide gewünscht, dass etwas zu Ende gehen und etwas ganz Neues beginnen möge. Eine neue Generation, eine neue Zeit. Ein neuer Name, der keine Spuren trug, denn in der Tat war eine neue Zeit angebrochen.

Im slowenischen Gebiet begann der Zweite Weltkrieg mit dem Einmarsch der deutschen Armee. Am 11. April 1941 schlossen sich auch die italienischen und ungarischen Streitkräfte dem Eroberungsfeldzug an. Der Widerstand der jugoslawischen Armee war symbolisch, die Deutschen besetzten alle größeren Städte und auch das an den Hängen der Grmada gelegene Dolina.

Mihael lag in der Wanne, Maria hatte ihm Duftsalze ins Wasser gestreut, und er dachte nach. Eigentlich ballte er die Fäuste, einige Male sagte er sogar halblaut etwas Bekanntes, ein wenig Pathetisches: *Möge dieser Kelch an uns vorübergehen.* Und er hoffte innig, dass die Wehrmacht in seinen Ort, in seinen kleinen Markt mit der einzigen Straße, die zugleich die Hauptstraße war, nicht einmarschieren würde. Er wünschte sich, den Krieg, der ohnehin nur ein paar Monate dauern würde, still und abgeschieden, unbemerkt und fernab von all dem Übel, das Kriege mit sich bringen, zu überdauern. Ab und zu ließ er sich tiefer in die Wanne gleiten, sodass seine Knie aus dem Wasser ragten und der Kopf, solange er konnte, untergetaucht war. Die Wärme war sicher, behaglich, am liebsten wäre er für immer unter Wasser geblieben, dort schien die Zeit stillzustehen. Dann richtete er sich auf, die Knie waren wieder im Wasser und der Kopf im Kühlen. Die Zeit begann wieder zu laufen, die kalte Zeit des Krieges. Er grübelte, Gedanken purzelten ihm durch den Kopf, überholten einander … Das eine oder andere Wort sprach er wieder laut … *Wozu sollen deutsche Truppen hierherkommen,* dachte er, *wozu*, laut aber sagte er: »Zu uns nach Dolina?« *Das hätte überhaupt keinen Sinn,* dachte er, *nicht den geringsten*, und er schrie beinahe: »Hier gibt's eine Möbelfabrik!« *Es gibt ein Sägewerk, ein paar Handwerker, Kaufleute und Großgrundbesitzer, die alle loyal sind*, dachte er und sagte dann: »Alles Deutsche.« *Bei uns gibt es nichts, was eine Armee beschützen müsste … wozu sollen sie kommen?* Und dann tauchte er wieder unter und war zufrieden. Der trügerische Moment der Zeitlosigkeit und Sorglosigkeit dauerte aber nur so lange, wie seine Lunge es aushielt. Dann umspülte wieder die Kälte sein Gesicht, und die nackten Tatsachen der *kriegerischen* Zeit holten ihn ein.

So lag er in der neuen Wanne, die anstelle von Füßen vier eiserne Löwenpranken hatte, und versuchte sich vorzumachen, dass es für die deutsche Armee keinen Grund gab, seinen Ort zu besetzen, aber in Wahrheit wusste er schon, dass sie kommen würde. Der Bürgermeister der benachbarten mittelalterlichen Stadt am Fluss hatte ihm geschrieben, dass die neue Besatzungsmacht ein Bataillon unter dem Kommando Major Steiners nach Dolina und in die umliegenden Orte zu entsenden wünschte. *Wozu soll ein Bataillon in unser Tal kommen?*, fragte er sich, als er aus der Wanne gekrochen war und sich mit dem groben Handtuch, an dessen Rand mit goldenem Zwirn ein recht großes E eingestickt war, Lenden und Bauch abrieb. *Wir sind ein friedliebendes Tal mit einer deutschen Mehrheit, die vom Einmarsch der Deutschen begeistert ist*, grübelte er und trocknete sich die Schenkel ab. Die deutschen Soldaten machten ihm keine Sorgen, er war sich im Gegenteil sicher, dass er mit ihnen gut auskommen würde. Etwas anderes quälte ihn, etwas, worüber er mit niemandem sprechen konnte. Seine verstorbenen Großeltern machten ihm Sorgen, seine Abstammung und die gewissermaßen natürliche Logik der Dinge, denn: Die Deutschen waren Besatzer, sie hatten das Land überrannt und zerstückelt. Für das Königreich Jugoslawien empfand er keine große Liebe, im Grunde war ihm der Staat, in dem er drei Söhne gezeugt, den Zubau zur Schule errichtet, die Wasserversorgung geregelt, die Telefonleitungen gelegt, die Bushaltestelle gebaut hatte, egal … Ob es ein schlechter Staat war oder nicht, hatte ihn in Wahrheit nur insofern beschäftigt, als unter der deutschen Bevölkerung im Gasthaus immer wieder lautstark über die miese Politik, die Steuern und die ungerechte Agrarreform, die vor allem die Großgrundbesitzer betraf, diskutiert worden war. Dann hatte er, wieder gleichgültig, den Volksgenossen seiner Frau und seines Schwiegervaters beigepflichtet, und das war's auch schon. Doch irgendwo in seinem Innern meldete sich eine Stimme, die Stimme des Blutes und der Abstammung, die ihm sagte, dass es nicht richtig war. Dass eine Wehrmacht, die ein anderes Land angriff, immer eine Angriffsmacht war, dass Soldaten das Problem, nicht die Lösung waren.

Die Großeltern waren ihm als freundliche Bilder aus der Kindheit in Erinnerung. Er erinnerte sich an ihre Stimmen, an die Lieder der Großmutter, sie sang keine deutschen

Lieder. Er erinnerte sich an den Großvater, der vom Grauen der Schützengräben im Ersten Weltkrieg erzählte, von einem Freund, dem er im Graben eine Zigarette angeboten hatte, und der Freund hatte *Danke* gesagt und sie sich in den Mund gesteckt, und im nächsten Moment war schon der halbe Kopf weg gewesen, nur ein Auge und ein Stück der Nase und der Mund mit der Zigarette waren noch da, alles andere war ein blutiges Loch … *Hör auf, du machst dem Kind ja Angst*, schrie die Großmutter und schlug mit dem Tuch, mit dem sie gerade den Topf vom Herd genommen hatte, ein paarmal nach ihm. *Sing ihm lieber was vor!*, sagte sie, und dann sang er *Heut Nacht, oh, heut Nacht*, und die Großmutter war wieder unzufrieden und sang lieber selbst *Mein Vater hat zwei Pferdchen klein* … Daran erinnerte sich Mihael, und es quälte ihn. Ihn quälte, dass sich Dolina so mir nichts, dir nichts mit dem Einmarsch einer fremden Armee, einer fremden Kultur, einer fremden Sprache abfand.

Als die Deutschen Oberkrain, die Untersteiermark, den nordwestlichen Teil des Übermurgebiets und das nördliche Unterkrain, die Italiener Innerkrain, den größten Teil Unterkrains sowie Ljubljana, und die Ungarn weite Teile des Übermurgebiets besetzten, war Mihael 38 Jahre alt und kugelrund. Er hatte drei prächtige Söhne, der älteste war zehn, der mittlere neun und der jüngste knapp zwei Jahre alt. Er war ein erfolgreicher Bürgermeister. Er besaß ein Gasthaus und dahinter einen großen Zubau, sein Wohnhaus. Seine wunderschöne Frau war 31 Jahre alt und besaß die Villa Eichhein, das Sägewerk, die Möbelfabrik und die meisten Wälder an den Hängen der Grmada. Ihrer Ehekrise, die nach fast zehn Jahren, wie alte und erfahrene Leute sagten, etwas völlig Normales war, setzte ihr dritter Sohn Peter ein Ende. Sie liebten einander wieder, vielleicht noch mehr als früher. Alles war in Ordnung. Nichts stand dem Glück im Weg, *wenn nur der ver-*

dammte Krieg nicht wäre, dachte sich Mihael und schlüpfte in seinen Seidenpyjama. Über seiner dicken Wampe bekam er das seidene Hosenband fast nicht zu, *ich muss abnehmen*, sagte er, *wenn der Krieg vorbei ist, geh ich's an.* Er lächelte und zog das Oberteil an. Er stieg in die Pantoffel, die ihm Maria aus Graz mitgebracht hatte, und schlurfte über den langen Gang nach hinten, wo die Schlafzimmer waren.

Als er und Maria damals ins Gasthaus zogen, nahmen sie Otos alte Köchin mit. Die halb taube deutsche Erzieherin Frau Gertrude, die sonst keine Bleibe hatte und ihre Tage ohnehin mit der Lektüre Goethes und mit Radiohören, mit Wagner und der Stimme des Führers zubrachte, ließen sie in der Villa zurück. Den Haupttrakt sperrten sie zu, lediglich im hinteren Teil, in dem auch Frau Gertrudes Wohnung war, ließen sie für den Fall, dass Gäste kämen, ein paar Zimmer offen. Für das Haus sollten die Grabnerin und der alte Knecht, der überm Schweinestall wohnte, sorgen. Die Pferde und Rinder hatte Mihael beim deutschen Großbauern Grünberg auf der Grmada untergestellt, die Ställe waren leer. Alles wartete darauf, dass der Krieg zu Ende ginge, damit die Dinge in einem neuen, klareren Licht erschienen.

Im Haus war es still. Die Kinder schliefen, das Gesinde auch. Nur aus dem Gasthaus auf der anderen Seite des Hofs waren Stimmen zu hören. Es waren keine Gäste, denn Gäste waren in letzter Zeit selten; es war die Köchin, die sich sehr laut mit der Serviererin Sonja unterhielt, der unehelichen Tochter der Stallmagd, die von klein auf im Haus war; und noch jemand, wahrscheinlich der Kellermeister, war zu hören. *Schon wieder geht's um die Politik*, dachte sich Mihael. Sonja war den deutschen Besatzern gegenüber sehr feindselig, die Köchin war mit der Besetzung höchst zufrieden, und der Kellermeister redete mal der einen, mal der anderen nach dem Mund. Vor der Schlafzimmertür blieb Mihael eine

Weile stehen, es war ihm zur Gewohnheit geworden. Nicht, dass er seine Frau belauscht hatte, keineswegs, aber er blieb jedes Mal stehen, legte die Hand auf die Klinke, und manchmal lehnte er für einen Moment die Stirn gegen die Tür. In diesen Augenblicken dachte er immer daran, wie glücklich er war. Er hatte eine schöne Frau, die ihn liebte; auch damals, als er in die Herrengasse ging, was sie ganz bestimmt wusste, liebte sie ihn. Er, der glatzköpfige Fettwanst mit den kurzen Armen, der nicht einmal Deutscher war, war mit der schönsten Frau von Dolina verheiratet, was für ein Glück. Er machte auf und trat ein.

Maria saß, von Zeitungen umgeben, im Bett und war schön. Wofür sie allerdings auch einiges tat, eine spezielle Creme, spezielle Pflege, jeden Abend …

»Schlafen die Kinder?«, fragte er und schlüpfte unter die Decke.

»Au!«, juchzte sie auf, »du hast kalte Füße.«

Er grinste schelmisch und berührte noch einmal zu Fleiß ihre warmen Waden.

»Hör auf!«, sagte sie, diesmal ernster, und rückte von ihm ab.

Dann schwiegen sie. Sie blätterte in den Zeitungen, überflog die Schlagzeilen und legte sie auf der Bettdecke neben sich ab. Er sah nach, was sie las. Es waren deutsche Zeitungen und Zeitschriften.

»Was macht unser Petrček?«, fragte er in der Hoffnung, die Frage nach ihrem jüngsten Prinzen brächte sie vom Lesen der Kriegsberichte ab.

Zuerst gab sie keine Antwort, dann sagte sie, ohne den Blick von den eng bedruckten Seiten des *Völkischen Beobachters* zu nehmen: »Peter ist ein prächtiges Kind.« Dann faltete sie die Zeitung, strich sie glatt, als handelte es sich um etwas Wertvolles und nicht um den alltäglichen Buchstabensalat, legte sie auf die Decke und nahm das neueste Exemplar aus der Schriftenreihe *Das Reich* zur Hand.

Mihael beobachtete noch eine Weile, wie sich ihre herrlichen, perfekten Lippen beim Lesen der Nachrichten bewegten, dann drehte er sich auf den Rücken, verschränkte die Hände hinterm Kopf und schaute zur Decke hinauf.

»Was gedenkst du zu tun?«, fragte sie ihn plötzlich.

»Morgen kommen die Steinmetze und fangen mit der Stiege an. Mit den Mauerarbeiten sind wir dann fertig. Wir kaufen noch ein paar neue Möbel und ...«

»Wegen der Soldaten«, unterbrach sie ihn.

»Was für Soldaten?«, fragte er, obwohl er genau wusste, welche sie meinte.

»Am Freitag, also übermorgen, sind sie da. Um zwölf beziehen sie ihre Stellungen. Spiel doch nicht den Dummen, das weißt du doch!«

So schroff hatte sie bisher noch nicht geklungen.

»Gut, wenn sie glauben, dass sie kommen müssen, dann müssen sie halt kommen«, versuchte er witzig zu sein.

»Wie wirst du sie empfangen?«, fragte Maria ernst. Sie sah ihn an, wie sie das Gasthauspersonal ansehen konnte oder die Grabnerin, wenn sie die Wäsche hinterm Haus nicht so aufhängte, wie Maria es wünschte, die weiße vorn, die bunte hinten. »Sag schon, wie willst du sie empfangen?«, wiederholte sie.

»Wie?« Er zuckte die Achseln und wälzte sich auf die Seite. »Ich schicke jemanden zum Kommandanten und lade ihn zum Essen und auf ein Gespräch ein.«

Sie stieß ihren Kopf ins Kissen und lachte, nicht ausgelassen, sondern spöttisch, wie über jemanden, der einen großen Blödsinn verzapft hat, verärgert und belustigt zugleich. »Du wirst jemanden schicken! Ja, genau, genau!«, wiederholte sie ein paarmal und hörte dann zu lachen auf. »Nein, du wirst zu ihm gehen!«

»Warum?«, fragte er, und sein Herz begann zu stolpern, wie immer, wenn sich ein Streit zwischen ihnen anbahnte.

»Damit sie wissen, dass sie willkommen sind und dass sich die Leute über ihr Kommen freuen.«

»Wir haben sie nicht eingeladen«, schaltete er auf stur und setzte sich auf. »Sie haben uns besetzt. Sie sind Besatzer.«

Maria wurde nun laut: »Du kapierst überhaupt nichts! Die deutsche Wehrmacht hat uns befreit, wir wurden befreit! Wir sind endlich frei!« Auch sie richtete sich auf und fixierte ihn. Ihre blauen Augen gingen schon ein wenig ins Graue.

»Kein Grund zu streiten«, lenkte er ein. »Gut, ich gehe zum Kommandanten und lade ihn zum Essen ein, ihn und seine Offiziere.«

Hastig griff sie nach einer der Zeitungen, die auf dem Bett lagen, und schlug sie auf. Ihre Augen liefen von einer Überschrift zur nächsten. »Bei der Befreiung Österreichs hat der Salzburger Bürgermeister die deutsche Wehrmacht am Stadttor erwartet und dem Kommandanten die Schlüssel der Stadt überreicht. Eine wirklich schöne Geste, findest du nicht?«

»Die Schlüssel der Stadt! Wir haben so was nicht …«, sagte er und lächelte.

»Unsere Werkstatt wird einen machen. Einen einzigen Schlüssel«, sagte sie und zeigte mit den Händen, wie groß er sein sollte. Mihael schaute nur. Wenn es nach ihr ging, sollte der Schlüssel fast einen Meter lang sein. »Wenn unsere Tischler wissen, wie man Stühle und Gasthaustische macht, werden sie bis Freitag auch einen Schlüssel zustande bringen. Es geht um die symbolische Geste, verstehst du?«

Mihael nickte nicht und schüttelte auch nicht den Kopf, er sah sie nur an. Nach elf Jahren gemeinsamen Lebens sah er zum ersten Mal ein solches Leuchten in ihren Augen, auch ihr Körper schien von einer besonderen Energie erfüllt zu sein. Sie schien Mihael gar nicht wahrzunehmen, obwohl sie ihn ansah.

»Wir haben auch kein Stadttor«, merkte er ironisch an, obwohl er wusste, dass sie sich wieder ärgern würde.

»Aber wir haben eine Straße und es ist völlig klar, wie und von wo die Armee in unser Tal kommen wird.«

»Das war ein Witz«, sagte er und schmiegte sich an sie. Er legte ihr den Arm um die Hüften und zog sie ein wenig näher. Ihr Körper spannte sich an.

»Das sind keine Zeiten für Witze. Außerdem freue ich mich aufrichtig, dass sie auch zu uns kommen, das ist, als würde die Welt zu uns ins Dorf kommen. Freust du dich denn nicht?«, fragte sie ihn geradeheraus und zog ihre linke Augenbraue ein wenig hoch, wie sie es öfter einmal den beiden älteren Söhnen gegenüber tat, wenn sie zu laut waren. Das genügte, damit sie sofort Ruhe gaben.

Wieder sagte er nichts. Er sah sie nur an und drückte sie noch fester an sich. »Morgen gehe ich in unsere Fabrik und lasse den Schlüssel machen. Meister Starešinič hat ihn im Handumdrehen gezeichnet, und der Gaber wird ihn drechseln.«

»Und wir werden die Häuser schmücken, alle Fenster. Ich gehe zum Hörlinger, wir lassen Flugzettel und Hitlerbilder drucken. In jedem Parterrefenster soll ein Bild des Führers zu sehen sein«, sagte Maria entschlossen.

»Wer soll das bezahlen?«, fragte er besorgt.

»Keine Sorge. Dafür wird keiner Geld nehmen wollen, vielleicht was fürs Material. So viel haben wir ja wohl noch in der Kasse, oder?«

Diesmal nickte er.

»Wir werden bei den ersten Häusern auf sie warten, gleich hinter der Kurve, wo der Weg zum Wald und zur Villa abzweigt. Dort ist genug Platz für alle. Und du wirst eine Rede halten, und ich werde auch ein paar Worte sagen.«

Auch diesmal nickte er. Die Hand, die auf ihrem weichen Bauch ruhte, von wo aus er mit den Fingern sacht ihre Hüfte streichelte, zog er allerdings zurück. Eben hatte er sich noch vorgestellt, wie er sich mit Küssen an ihre wohlriechende Scham heranmachen würde, doch jetzt überkam ihn die Müdigkeit. Er drehte sich auf die andere Seite, streckte die Hand aus und schaltete das Licht auf dem Nachttisch ab.

»Ich werde noch ein bisschen lesen«, sagte sie und breitete wieder *Das Reich* auf ihrem Schoß aus, »es stört dich doch nicht?«

Der Stadtpark

In der zwanzig Kilometer entfernten Stadt spazierten Soldaten herum. Manche sahen sich die Stadt nur an, andere patrouillierten zu zweit und bewaffnet durch die Gassen. Zwei Garnisonen der deutschen Armee waren hier stationiert, der Hauptstab war im deutschen Kulturhaus untergebracht. Auch das Rathaus, in dem sich heute das Stadtarchiv befindet, war von deutschen Beamten besetzt. Begeistert begrüßten die Bürger die deutsche Wehrmacht, obwohl die Gestapo schon am ersten Tag einige Dutzend der bekanntesten und aktivsten Mitglieder der einstigen Sozialistischen Partei verhaftet hatte. Im Rathaus stellten die Beamten schon die Namenslisten jener Leute zusammen, die in den folgenden Monaten ausgesiedelt werden sollten. Aus dieser Zeit gibt es etliche Fotos, fast Ansichtskarten, die die Stimmung veranschaulichen, die damals unter der deutschen Besatzung hier herrschte. Sehr vielsagend ist ein bräunliches Foto von der Hauptstraße: Mitten auf dem Fahrdamm marschiert ein Trupp deutscher Soldaten, während auf dem Gehsteig eine Gruppe von Bürgern die Arme hochstreckt. Sogar eine ältere Dame mit einer Flechttasche in der einen Hand streckt die andere Hand unbeholfen zum Gruß. Im Hintergrund, fast schon an der Hauswand anstreifend, eilt jemand, der bei alldem nicht mitmacht und der Körperhaltung nach – den Kopf mit der Proletarierkappe hält er gesenkt – offenbar möglichst schnell und unbemerkt vorbeiwill. Dieser Mensch könnte der junge Silvester Grabner sein.

Silvester betrat das Café Zvezda am Ende der Straße, als stiege er direkt aus dem Foto. Er blieb in der Tür stehen und schaute ins verrauchte Innere. Das Lokal war voller deutscher Offiziere und älterer Bürger, die munter debattierten.

In der Ecke am großen Fenster saß Mirko Bregar. Er trug einen eleganten gestreiften Anzug, vor ihm auf dem Tisch funkelte ein silberner Eiskübel, aus dem eine Flasche Sekt ragte. Als Mirko den jungen Silvester an der Tür sah, stand er auf und winkte ihm.

»Hierher, Kamerad, hier bin ich!«, rief er so laut, dass alle ihn hören konnten.

Silvester ging schüchtern weiter. Er nahm die Kappe ab und schlug sich zwischen den Tischen langsam zu Mirko durch.

»Setz dich«, sagte Mirko. »Zur Feier des Tages hab ich Sekt bestellt!«

Silvester sah ihn verwundert an.

»Wir feiern den Einzug der siegreichen deutschen Armee!«, rief Mirko laut und füllte das Glas, das auf Silvester gewartet hatte.

Dann flüsterte er: »Mit Sekt auf dem Tisch erregen wir keinen Verdacht. Das nennt man sichtbare Konspiration, Moskauer Schule.« Er hob sein Glas und sagte so laut, dass man es an den Nachbartischen hören konnte: »Aufs Reich!«

Silvester hatte das Glas kaum an die Lippen geführt, da hatte Mirko seines schon geleert. Irgendwo wurde gesungen, ein deutscher Schlager … Von den Nachbartischen war Frauenlachen zu hören. Mädchen kicherten, als deutsche Offiziere den Arm um sie legten und sie auf ihre Knie zogen. Mirko deutete rüber: »Die Unseren notieren sich alles. Nach dem Krieg präsentieren wir den Mädeln die Rechnung.« Egal, was Mirko sagte, sein Gesicht war immer gleich. Er zeigte die Maske guter Laune, als würde er lauter hocherfreuliche Dinge erzählen.

»Lass die Kappe verschwinden«, sagte er grinsend, »dafür kannst du erschossen werden. Kauf dir einen Hut, einen deutschen Hut. Einen, wie ihn der Führer trägt, wenn das

Schwein nicht in seiner Uniform steckt«, sagte er leise und lächelte nett.

Der Junge hielt seine Leninkappe unter den Tisch und sah sich erschrocken um. Mirko schenkte wieder nach.

»Wo ist Nada?«, fragte Silvester nach einer Weile, denn er war es gewohnt, sich mit ihnen beiden zu treffen. In den letzten Wochen hatten sich Mirko und Nada um ihn gekümmert. Sie waren gemeinsam zu Sitzungen und illegalen Versammlungen gegangen, wo er eine Reihe interessanter Genossen kennengelernt hatte. Mirko hatte dem jungen Dichter euphorisch über Moskau und das große russische Volk erzählt. Nada hatte ihm ein Büchlein mit Gedichten Wladimir Majakowskis zum Lesen gegeben.

»Nada wird eine Zeitlang nicht kommen.«

Silvester lächelte: »Das Kind ist schon da!« Nadas Bauch hatte in den letzten Wochen derart angeschoben, dass er ihr fast bis ans Kinn gereicht hatte. Klar! Es war höchste Zeit.

Mirko nickte.

»Was ist es? Ein Bub?«, freute sich Silvester.

»Ein Kind«, flüsterte Mirko geheimnisvoll.

»Ja, klar. Ist es ein Mädchen?«

»Besser, du weißt es nicht. Ist aber alles in Ordnung, und Nada ist in Sicherheit«, sagte Mirko kaum hörbar, dabei zog er seine Lippen zu einem Lächeln breit und nickte, als spräche er über etwas ganz anderes. »Wir werden uns nicht mehr in der Öffentlichkeit treffen …«, sagte er noch. Als er sah, wie Silvester enttäuscht den Blick senkte, weil er seine neuen Freunde nicht gleich wieder verlieren wollte, fügte Mirko hinzu: »Unsere Treffen werden jetzt anders ablaufen.« Und er hob das Glas und sagte auf Deutsch: »Prost!«

Sie neigten die Gläser, und Mirko trank seines in einem Zug aus. Dann schenkte er wieder nach und beugte sich über den Tisch zu Silvester. »Die Genossen sind wie ich der

Meinung, dass wir dir trauen können. Ich werde deine einzige Verbindung sein. Du kennst dich in den Wäldern auf der Grmada aus.« Silvester nickte, obwohl das keine Frage war. »Wir müssen den Widerstand organisieren. Sofort. Ich werde dir ein paar Genossen nennen, mit denen du in Kontakt treten wirst, sie arbeiten im Sägewerk und beim Fuhrunternehmer Plattner. Zuverlässige Leute.«

Als braver und gelehriger Schüler zog Silvester sofort das Notizheft, in das er seine Gedichte schrieb, aus der Innentasche seines Rocks, Mirko aber lachte hell auf, als hätte ihm der Junge gerade etwas sehr Witziges erzählt. »Steck's weg!«, sagte er. Dann redete er leiser weiter: »Du wirst sie dir merken. Wir schreiben nichts auf. Gehen wir!« Er stand auf und rief den Kellner: »Zahlen!«

Langsam, als hätten sie nichts weiter zu tun und als schlenderten sie nur herum, um sich die mittelalterliche Altstadt anzusehen, gingen sie durch die engen Gassen, die Stadtmauer entlang und dann über die Kapuzinerbrücke in Richtung Stadtpark. Deutsche Soldaten kamen ihnen entgegen, die sich ein Bild von der soeben besetzten Stadt machen wollten. Eine Gruppe von ihnen fotografierte sich vor der Mauer. Mirko grüßte: »Heil Hitler!«, und sie erwiderten wie aus einer Kehle: »Heil Hitler!« Silvester ging nebenher und nickte nur leicht.

»Unsere Burschen errichten an bestimmten Stellen auf der Grmada schon Bunker. Du wirst dich ihnen anschließen. Die Deutschen kennen unsere Wälder nicht, sie werden sich schwer zurechtfinden. Wir aber schlagen zu, wenn sie es am wenigsten erwarten«, sprach Mirko und deutete mit der Hand auf die Parkbäume, als erklärte er dem Jungen die Wunder der Botanik. »Mit den Genossen wirst du die Erste Kompanie organisieren. Viele von ihnen sind Jäger. Fürs erste haben wir Jagdgewehre, mit unseren Aktionen beschaffen wir uns dann militärische Waffen. Ein paar Granaten haben unsere Leute aus den Kasernen mitgehen lassen. Ich werde dein Verbindungsmann sein. Die anderen Genossen kennen mich nicht, und das ist gut so. Die Anweisungen bekommst du hier«, sagte Mirko und deutete auf den Brunnen in der Mitte des Parks.

Silvester verstand nicht. Alles ging so schnell. Zu schnell. In letzter Zeit hatten sie auf den Sitzungen oft über den bewaffneten Widerstand gesprochen, besonders nach dem 26. April, als ihnen Genosse Mirko Bregar berichtet hatte, dass die slowenischen Kommunisten zusammen mit einigen linksorientierten Gruppen die *Antiimperialistische Front des slowenischen Volkes* gegründet hatten, die später in *Befreiungsfront des slowenischen Volkes* umbenannt werden sollte. Der junge Dichter hatte sich nicht vorstellen können, dass alles so schnell gehen und er über Nacht Teil von alldem sein würde.

»Du musst in den Untergrund, verstehst du!«, sagte Mirko. Das war überhaupt keine Frage mehr, es war eine militärische Anweisung, auf die es nur eine Antwort gab: *Jawohl.* Der junge Dichter wurde im Handumdrehen, und ohne sich dessen vollends bewusst zu werden, Soldat.

»Schau«, sagte Mirko und zeigte auf das Kanalgitter am Wegrand. »Siehst du?«

Silvester nickte.

»Was siehst du?«

»Einen Kanaldeckel«, antwortete er leise.

»Genau«, sagte Mirko, »und oben drauf steht, siehst du das …«, und er streckte den Finger aus, »da oben steht Krupp Stahl …«

Silvester nickte.

»Wenn die Schrift auf dem Kopf steht, erwartet dich beim Brunnen eine Nachricht. Verstanden?«

»Ja.«

»Wenn du die Nachricht übernommen, gelesen und vernichtet hast, drehst du das Gitter wieder zurück, also mit der Schrift nach oben. Dann weiß ich, ohne beim Brunnen nachzusehen, dass du die Anweisungen übernommen hast. Du gehst nur vorbei, als wärst du auf einem Spaziergang, und erkennst am Gitter, ob eine Nachricht auf dich wartet. Verstanden?«

»Ja.«

»Und jetzt zum Brunnen.«

Und sie gingen, zwei Flaneure im frühen Juni. Die japanischen Zierkirschen, die der Stadtbotaniker und Universitätsprofessor Doktor Hirshfield vor langer Zeit gepflanzt hatte, blühten in zarten roten Nuancen. Mirko führte Silvester zur Bank, die vom Brunnen am weitesten entfernt war und mit dem Rücken zu den Bäumen stand.

»Hier bleibst du eine Weile sitzen«, fuhr er fort, »von hier aus kannst du am besten sehen, was sich im Park tut. Du machst dir ein Bild, ob nicht zu viele Soldaten, zu viele Leute da sind … Dann gehst du rüber.«

Mirko stand auf, und sie schlenderten zum Brunnen. Dort bückte er sich und band sich den Schuh, wobei er dem jungen Silvester zuflüsterte: »Während du dir den Schuh bindest, so wie ich jetzt, verrückst du nebenbei den da …«, und er verrückte einen Stein unten am Brunnen. »In der Ritze wartet die Nachricht, verstanden?«

»Verstanden.«

»Nun, das wär's«, sagte er und klopfte dem Jüngling jovial auf die Schulter. »Du schreibst gute Gedichte, ich hab gelesen, was in der *Iskra* erschienen ist. Sie haben Kraft. Die *Balladen aus dem Graben* sind erschütternd. Sie geben unserem Kampf Sinn. Auch die Liebesgedichte sind sehr schön, obwohl jetzt nicht die Zeit fürs Sentimentale ist. Dafür haben wir nach dem Krieg, wenn wir gewonnen haben, Zeit genug.«

Silvester errötete. Zum ersten Mal lobte der ältere Genosse seine Gedichte. Das bedeutete ihm viel. Genossin Nada, Mirkos Partnerin, hatte sich hin und wieder lobend geäußert. Silvester hatte ihr, ohne Mirkos Wissen, öfter seine neuesten Gedichte zum Lesen gegeben. Sie gestand ihm, dass auch sie früher Gedichte geschrieben hatte, die sich noch immer irgendwo auf dem Dachboden ihrer Großmutter in Belgrad befanden. Er und Nada waren stille literarische Verbündete. Dem jungen Silvester tat es leid, dass er sie eine Zeitlang nicht sehen würde.

»Du wirst keine Gedichte mehr veröffentlichen«, sagte Genosse Mirko, als sie über die hölzerne Kapuzinerbrücke in die Altstadt zurückkehrten. »Deiner Mutter sagst du, dass du nach Stuttgart arbeiten gehst. Ich habe Papiere für dich, gute Fälschungen. Wenn die Deutschen nach dir fragen, wird sie ihnen eine amtliche Einladung vorweisen. Alle anderen Dokumente verbrennst du. Ab Montagabend, wenn der Zug nach Stuttgart fährt, existierst du nicht mehr.«

»Und was ist mit …«, stotterte Silvester schon fast.

»Marta?«

Er nickte.

»Du wirst überrascht sein …«, schmunzelte Genosse Mirko.

Dann gingen sie eine Weile wortlos nebeneinander. Auf dem Bahnhof drückte Mirko dem jungen Dichter ein Bündel Papiere in die Hand und sah ihm tief in die Augen: »Schau mindestens zweimal im Monat nach, wie das Kanalgitter liegt. Pass auf, dass dich niemand erkennt. Lass dir einen Schnurrbart stehen. Fahr auf der anderen Seite der Grmada in die Stadt, mit der Knappenbahn, dort wird selten kontrolliert. Wenn ich dich sehen möchte, hinterlege ich dir eine

Nachricht. Ansonsten, je weniger du weißt, umso weniger kannst du verraten.«

Silvester sah ihn verwundert an. *Warum sollte ich etwas verraten? Ich? Ein Verräter? Hat der Genosse denn gar kein Vertrauen?*

Mirko lächelte. »Gibt nicht viele, die durchhalten«, sagte er. »Drum ist es besser, wenig zu wissen. Wenn es je so weit kommt, dann halt zwei Tage durch, danach kannst du ihnen alles sagen, was du weißt. In diesen zwei Tagen können wir hinter uns aufräumen. Jetzt aber …«, er nahm mit beiden Händen Silvesters Hand und schüttelte sie. »Tod dem Faschismus! Freiheit dem Volk!« Mirko flüsterte, mit einem verständnisvollen, fast salbungsvollen Lächeln, und nickte beim Reden mehrmals freundlich. Von Weitem sah es bestimmt so aus, als nähme er den Buben an der Hand und sagte zu ihm: *Behüt Gott! Und pass auf, dass du dich nicht verkühlst.* Dann drehte er sich um und ging. Als Mirko schon durch die Tür aus dem Bahnhof und wieder in Richtung Stadtzentrum wollte, lief Silvester ihm nach und packte ihn an der Schulter. Mirko drehte sich um. »Sag's mir trotzdem«, sagte er, »wie heißt das Kind?«

Mirko presste die Lippen zusammen. Wäre nichts dabei, es ihm zu sagen. Nada und das Baby waren bei *baka* Svetlana in Belgrad in Sicherheit. »Mojca«, sagte er.

Peter und Mojca (Intermezzo)

Peter, geboren Anfang November 1940, und die ein paar Monate jüngere Mojca, geboren Ende Mai 1941, sind die wichtigsten Personen dieser romanesken Erzählung.

Alle anderen Figuren sind im Grunde weniger wichtig, Nebendarsteller sozusagen. Ich habe eine Million Zeichen inklusive Leerzeichen gebraucht, um sie in die Geschichte zu bringen. 200 000 Wörter hat es bedurft, bis sie sich endlich in die Geschichte, die vor allem ihre Geschichte ist, einschreiben durften. Ihre Geschichte deshalb, weil sie am engsten mit der Gegenwart und auch mit der Zukunft verbunden ist.

Wir interessieren uns nämlich immer in erster Linie für die Zukunft, auch wenn wir über die Vergangenheit sprechen. Vergangene Geschichten sind zukünftige Geschichten. Mögen es große Geschichten sein, Geschichten über große Ereignisse, große Kriege, Geschichten über ein ganzes Volk, schicksalhafte, historische Geschichten, die den Lauf der Dinge verändert haben … oder die Geschichte eines einzigen Lebens, eines einzigen Menschen: Die Vergangenheit, die Ur-Erzählung – das, was vor unserem Leben, vor unserer Erzählung war –, ist immer wichtig.

Geschichte ist im Grunde nichts anderes als eine endlose Abfolge von Geschichten. Sie wird überbaut und ergänzt, sie wächst, nicht immer in die Höhe, entwickelt sich, nicht immer in eine gute Richtung, greift Raum, mitunter zum Schaden anderer Geschichten, beeinflusst diese, nicht immer gerecht, sie löscht, verschlingt manche Leben, nicht immer die richtigen, aber sie bleibt nicht stehen, und das ist vielleicht das einzig Verlässliche an der Dynamik des Lebens.

Wir leben nie nur unser Leben, wir setzen immer das Leben unserer Eltern, eine Geschichte aus der Vergangenheit fort. Das Leben ist nicht dazu da, die Fehler vorangegangener Leben zu korrigieren. Es bestraft sie, korrigiert sie aber nicht. Kein Leben ist eine Tabula rasa, kein Leben ist rein und unschuldig. Das Erbe der Vergangenheit ist unsere Zukunft.

Darum kommen auch Peter und Mojca nicht als unbeschriebene Blätter in diese Geschichte. Sie werden weder durch eigene Schuld noch auf eigenen Wunsch in eine bestimmte soziale Ordnung der Dinge hineingeboren, die von Beginn an ihr Leben bestimmt. Sie treten während des Krieges, der ihre ganze Generation prägen wird, in die Erzählung ein.

Peter wurde als der dritte Sohn des Bürgermeisters geboren. Mütterlicherseits war er Mitglied jener großen Volksgemeinschaft, die die Welt zu beherrschen wünschte. Vor dem Angriff auf die Sowjetunion sah es aus, als könnte die Vision einer neuen Weltordnung, deren treibende Kraft Leute wie Peters Eltern waren, Wirklichkeit werden.

Mojca wurde auf der *anderen Seite* geboren. Sie hatte Eltern, die trotz allem daran festhielten, dass die künftige Welt eine andere sein würde, als sich die Nazipolitik und natürlich das deutsche Volk es ausmalten.

Als die beiden Kinder zur Welt kamen, wusste niemand, wie diese in ein paar Jahren aussehen würde. Würde die Zukunft deutsch, sowjetisch, amerikanisch, britisch, liberal, demokratisch, nationalistisch, kapitalistisch, sozialistisch sein …? Die beiden neuen Wesen, diese ersten Anfänge neuer, künftiger Geschichten, standen einander auf verschiedenen Ufern gegenüber. Zur Zeit ihrer Geburt schien es ausgeschlossen, dass sich ihre Geschichten verbinden und irgendwann Zukunft werden würden.

Doch das Leben ist brüchig und unberechenbar, das Fleisch des Menschen verwundbar. Wir sind zerbrechlicher als Glas, verletzlicher als der Blütenschaum der japanischen

Kirschen um den Brunnen im Stadtpark. Wir sind wechselhaft wie der Wind und bedeutungsloser als der Sand, der zwischen Bachkieseln gleitet. Und trotzdem sind wir die Zukunft.

Die Gewehre

Silvester kehrte in den Graben zurück. Noch am selben Tag holte er unterm Bett den Holzkoffer hervor, den ein Liebhaber seiner Mutter vor etlichen Jahren zurückgelassen hatte. Der Koffer fiel ihm nur wegen der Angst ein, die ihm der große, bärtige Kerl eingeflößt hatte, wenn er mit seiner Mutter mitten in der Nacht besoffen angetanzt gekommen war und das Haus auf den Kopf gestellt hatte, vor Eifersucht getobt und schon mal beide Frauen, die alte und die junge, und den kleinen Silvester in den Schnee gejagt und sich im Haus eingesperrt hatte. Dem Vierjährigen kam der Kerl wie ein Riese vor, der das Haus bis unter die Dachbalken ausfüllte. Er kam auch noch, als die Mutter schon einen anderen hatte, schrie betrunken draußen herum, schlug ihnen die Fenster ein, die dann noch jahrelang mit alten Zeitungen überklebt waren, schimpfte und schrie, bis der alte Oto von Eichhein, wahrscheinlich auf Bitten der Grabnerin, seine Knechte schickte, die den Unruhestifter windelweich prügelten. Danach kam er nicht mehr. Unterm Bett aber war noch der Holzkoffer, den der Bärtige, soweit Silvester sich erinnern konnte, aus seiner Zeit als Soldat in der österreichisch-ungarischen Marine gehabt hatte.

Jetzt packte ein Dichter seine Sachen in diese Kiste. Kleider, Schuhe, auch die Schuhe des Großvaters, im Wald würde alles nützlich sein, die Handschuhe, die ihm die Großmutter aus Wollresten gestrickt hatte, auch der verbeulte Kaffeetopf mit den roten Punkten, den die Mutter von irgendwoher mitgebracht hatte. Zuoberst legte er das einzige Buch, das er besaß, die Gedichte Srečko Kosovels, und daneben eine Schuhschachtel mit beschriebenen Blättern, seinen eigenen Gedichten. Das war's.

Noch bevor er seiner Mutter sagte, dass er nach Deutschland gehen werde, nahm er Kontakt mit dem Genossen auf, den Mirko ihm genannt hatte. Es war der junge Matija Kolenc, der nach dem Tod Otos von Eichhein seine Arbeit als Wildhüter verloren hatte. Er sollte Silvester zum geheimen Partisanenstützpunkt in den Wäldern der Grmada führen.

In jener Nacht wartete er auf seine Mutter. Er lag auf der Rosshaarmatratze neben der Tür. Die Petroleumlampe blies er aus, die Glut vom Feuer glomm noch ein wenig und warf ein blassrotes Licht in den Raum. Neben seinem Lager stand der Koffer. In aller Früh würde er mit dem Zug nach Deutschland fahren, das sollte seine Mutter glauben. Bevor er sich hinlegte, schrieb er noch ein letztes Gedicht im Haus tief unten im Graben. Das Gedicht, ein unscheinbarer Vierzeiler, hatte den Titel *Geburtshaus*. Es war ein Abschied. Erhalten ist es nicht. Er legte es in die Schuhschachtel zu den anderen Gedichten und machte den Holzdeckel zu.

Mitten in der Nacht hörte er Schritte den Graben herunterkommen. Die Geräusche waren zuerst hoch oben, als kämen sie durchs Dach, dann sanken sie langsam zu Boden, und erst dann begannen sie näher zu kommen, immer näher … Er hörte das Murmeln, Schnaufen und Stöhnen seiner Mutter, die von der Arbeit in der Möbelfabrik kam, wo sie zusammen mit den jungen Burschen in den Trockenräumen Bretter umgestapelt hatte. Sie stieß die Tür auf und trat ins Dunkel des Hauses. Sie murmelte etwas vor sich hin und sie roch nach Schnaps. Silvester zündete die Lampe an. Sie schaute kaum auf und ging gleich zu Bett. Müde und betrunken begann sie sich auszuziehen. Sie trat sich die Schuhe herunter und pfefferte sie weg, ihren Wollkittel ließ sie auf den Boden fallen.

»Mama …«, sagte er.

Sie reagierte nicht. Sie zog die Jacke aus, unter der sie noch eine anhatte und darunter noch eine. Alle hatten Löcher.

»Morgen fahr ich nach Stuttgart. Ich hab Arbeit bekommen.«

Halb ausgezogen fiel sie ins Bett, drehte sich zur Wand und deckte sich zu bis zum Hals. »Geh nur, geh …«, murmelte sie.

»Wenn die Deutschen fragen, zeig ihnen den Wisch hier …«

Sie stöhnte auf und schmatzte ein paarmal.

»Ich leg ihn hier auf den Tisch«, sagte er noch.

»Geld …«, hörte er sie sagen, »schick mal was«, murmelte sie.

Er antwortete nicht. Er schaute auf ihren Rücken, das Petroleumlicht flackerte, er wusste nicht, was er noch sagen sollte. Er mochte sie nicht. Und sie ihn auch nicht. Er erinnerte sich, dass sie öfter einmal, wenn sie betrunken war, halb verständlich gemurmelt hatte, dass er, der Bankert, ihr Leben versaut habe. *Keiner hat mich wollen, weil ich mit dem Eichhein diesen Bankert gehabt hab. Alle haben mich bloß gevögelt, wirklich wollen hat mich keiner. Wegen dir hat mich keiner mögen.* Er tat immer so, als verstünde er nicht, was sie im Suff daherredete, und sie sprach es nie klar und deutlich aus, es blieb immer bei diesem Gemurmel.

»Ich muss los«, sagte er.

»Geh schon, geh!!«, bellte sie. »Ich bin fix und fertig. Ich muss schlafen.«

Er dachte kurz daran, zu ihr zu gehen und sie zu berühren. Nicht zu umarmen, nur ihre Schulter zu berühren.

Aber sie schnarchte schon.

Er nahm den Koffer, legte sich den Mantel auf den Unterarm, blies die Lampe aus und zog die Tür hinter sich zu. Seine Mutter sollte ihn nie wiedersehen.

Oben im Graben, kurz vor dem mächtigen Gebäude der Eichhein-Villa, wartete im Schatten der alten Eichen der junge Matija Kolenc. Die Burschen hatten sich in letzter Zeit öfter einmal auf den Treffen der *Kameradschaft*, wie der Dichter sagte, gesehen.

»Der Pferdeknecht schläft schon«, flüsterte Matija, »und die alte Frau Gertrude geht sowieso mit den Hühnern schlafen. Sonst ist keiner da.«

Silvester war schon seit Jahren nicht mehr hier gewesen, seit seine Mutter ihn wie ein Stück Vieh heraufgeprügelt hatte. Er sagte nichts, er nickte nur. Er legte den alten Marinekoffer in ein Gebüsch und ging dann leise auf das Gebäude zu. Matija folgte ihm. Silvester kannte sich hier besser aus, weil ihn die Mutter als Kind oft mitgenommen hatte, damit er bei den Schweineställen und manchmal im Park vor dem Haus spielen konnte, wenn die Herrschaften nicht da waren.

Die Burschen huschten wie zwei Schatten die nördliche Mauer entlang, vorbei an den Resten des Burgturms aus ferner Zeit. In der Steinmauer war die Tür zum finsteren Burgverlies. Silvester blieb einen Moment lang am steinernen Türgewölbe stehen. Ihm fiel ein, wie ihn Oto von Eichhein hierher gezerrt und ihm erzieherisch das schwarze Loch des Verlieses gezeigt hatte, wo solche wie er enden würden, die keine Ehrfurcht vor dem fremden Eigentum hätten.

Dann huschten sie zur Vorderseite des Hauses. Der weiße, vor der Freitreppe kreisrund aufgeschüttete Sand leuchtete matt in der von fahlem Mondlicht erhellten Nacht. Silvester glitt dicht an der Wand zur großen zweiflügeligen Tür. Alle Fensterläden waren zu. Er bückte sich zu dem Steintrog neben der Tür, in dem früher französische Nelken in dreierlei Farben gewachsen waren, weiße, rote und gelbe. Er hob den Trog an, nahm den Schlüssel und sperrte auf. Sie traten ein. In dem Raum hing ein muffiger Geruch nach staubigen Vorhängen und abgestandener, verbrauchter Luft. Silvester schloss die Tür und glitt dann als Kenner des Hauses lautlos übers Parkett des Foyers und die Treppe hinauf, direkt ins Jagdzimmer. Matija folgte ihm. Vor den Glasvitrinen mit den in Reih und Glied stehenden Jagdgewehren angekommen, öffnete Silvester den großen zweitürigen Schrank und begann die Gewehre in Matijas Arme zu legen: drei doppelläufige Flinten, einen Karabiner, zwei Schrotflinten, eine mit kürzerem, eine mit längerem Lauf, und zum Schluss noch ein Gewehr, an das er sich nicht erinnern konnte und das der Hausherr offenbar kurz vor seinem Tod erworben hatte. Es hatte einen hellen Kolben und ein langes Zielfernrohr, und es war für die Hirschjagd gedacht. In einer eigenen Vitrine waren noch zwei Flinten, deren Läufe und Kolben verziert waren. Es handelte sich um sehr alte Schusswaffen, eine davon war ein Vorderlader. »Lass das«, flüsterte der junge Matija, »die taugen zu nichts. Schießen die überhaupt noch?« Silvester nahm sie trotzdem und klemmte sie sich unter den Arm. Dann machte er sich an die Schubladen, die voll mit allerlei Munition waren. Er warf die Schachteln in die große Tasche, die über Matijas Schulter hing. Am Ende hielt jeder von ihnen einen Armvoll Gewehre, im Dunkeln standen sie ab wie verknorpelte Äste von einem alten Gebüsch. »Gehen wir«, sagte Matija, als Silvester Anstalten machte, im Zimmer zu bleiben. »Wir haben noch einen langen Weg vor uns …« Silvester aber drehte sich um und eilte mitsamt den sperrigen Waffen in den benachbarten Raum, in die Bibliothek. Ohne stehenzubleiben, ohne sich von der Dunkelheit, die hier herrschte, stören zu lassen, trat er geradewegs vor den Bücherschrank, streckte die Hand aus und holte aus der dichten Bücherreihe *Don Quixote, den scharfsinnigen Edlen von La Mancha* heraus.

Sie verließen das Haus, wie sie gekommen waren. Die Treppe hinunter, durchs Foyer zur Tür hinaus. Silvester legte die Gewehre ab, sperrte zu, legte den Schlüssel wieder unter den steinernen Trog, dann hielt er seine Kappe gegen die Türverglasung und schlug mit dem Ellbogen zu. Es schepperte ganz leise. »Nur meine Mutter weiß von dem Schlüssel unter den Blumen«, flüsterte er dem erstaunten Genossen zu. »Sie sollen glauben, dass es Fremde waren.« Dann stemmte er sich mit der Schulter gegen die Tür, bis es in der Dunkelheit knarrte und das Schloss nachgab. Er hob rasch die Gewehre auf, und dann eilten sie vorbei an der alten Burgmauer und der Tür zum Verlies in Richtung Wald.

Es war schon längst hell, als sie zum ersten Mal in den unüberschaubaren Wäldern der Grmada rasteten. Sie waren nassgeschwitzt, die Kleider klebten an ihren Körpern. Die Gewehre, die sie unterwegs von einem Arm auf den anderen, von einer Schulter auf die andere gelegt hatten, wurden immer schwerer. Silvester wusste nicht, wohin der Genosse ihn führte. Er wollte es nicht wissen. Er vertraute sich den langen Schritten des einstigen Wildhüters an, der ihn über Hohlwege und Schluchten irgendwo nach oben führte, in die Unabsehbarkeit der wilden Wälder.

Gegen Mittag machten sie Halt auf einem steilen Berghang, dort, wo ein großer Felsen wie ein scharfer und spitzer Zahn über die bewaldete Senke ragte. Sie setzten sich auf diesen Felsen und legten die Gewehre auf der steinernen Oberfläche ab. Unter ihnen erstreckte sich ein Meer aus Fichtenwipfeln. Wohin man auch schaute, man sah nichts als ein gezacktes, dunkelgrünes Gewoge, von Horizont zu Horizont. Silvester war noch nie so weit oben und so tief im Wald gewesen. Es roch nach frischem Harz, und der Wind, der von allen Seiten stoßartig in ihre erhitzten Gesichter blies, hinterließ auf der schweißnassen Haut jedes Mal einen dünnen Kälteschleier. Sie saßen und ruhten sich aus. Schon seit Stunden waren sie wortlos gegangen, und auch jetzt verspürten sie kein Bedürfnis nach einem Gespräch. Alles war klar. Ein neues Kapitel begann. Ein unsicheres, geheimnisvolles, tödliches.

Matija stand auf und schulterte die Tasche und die Gewehre.

Auch Silvester stand auf. Er schaute auf das unendliche Meer des Waldes. Dann bückte er sich und hob die Gewehre mit den Verzierungen auf. Im Tageslicht sah man erst ihre Schönheit. In den Kolben der langen Muskete war ein richtiger Paradiesgarten geschnitzt. Auch der lange, massive, verzierte Lauf war voller kleiner Ornamente. Sie stellten allerlei Halme, Blätter und Blüten erfundener Pflanzen dar. Ganz vorn war eine geschwungene Jahreszahl in das silbrige Metall eingraviert: *1856*. Silvester packte die Muskete am langen Lauf, schwang sie über seinem Kopf und schleuderte sie weit in die Tiefe. Sie verschwand zwischen den Wipfeln der Fichten unterhalb des Felsens und schlug irgendwo in der Tiefe auf. Dann packte er das andere Gewehr, hob es hoch und warf es mit einem lauten Schrei, als wollte er etwas aus seinem Inneren vertreiben, noch tiefer zwischen die Wipfel. Nach einer Weile war ein metallisches Geräusch zu hören. Und noch einmal, und noch einmal. Das Gewehr überschlug sich auf den Steinen und Felsen irgendwo in der Senke.

»Wenn der Krieg vorbei ist«, sagte er, »brauchen wir diesen alten Scheißdreck nicht mehr! Wir fangen ganz von vorn an.« Matija sagte nichts. Er drehte sich bloß um und setzte den Weg zum versteckten Stützpunkt der Ersten Kompanie in den Wäldern der Grmada fort. Silvester folgte ihm wortlos, mit drei Gewehren über der Schulter und dem alten Marinekoffer in der Hand.

Der Schlüssel zur Stadt, der Schlüssel zum Herzen

Major Manfred Steiner saß neben dem Fahrer des kleinen Stabsfahrzeugs, in dem drei Personen und ein leichtes Maschinengewehr im hinteren Teil Platz hatten. Vorn prangte in der Mitte das Markenzeichen der Automobilfabrik Mercedes. Das 1926 gegründete Unternehmen war der größte Kraftwagenlieferant für Hitlers Drittes Reich. Nach der Niederlage der deutschen Armee entfernten die Alliierten aus Dokumentarfilmen und Bildmaterial sämtliche Aufnahmen, auf denen man das berühmte Emblem auf den protokollarischen Fahrzeugen des Kanzlers erkennen konnte, und gaben sie unter Verschluss. Der deutschen Wirtschaft zuliebe, die nach dem Krieg am Boden lag und dringendst neuen finanziellen wie auch moralischen Schwung brauchte, nahmen die Alliierten es eben in Kauf, dass das Fahrzeugunternehmen einer der größten Kriegsgewinnler war. Wenn auch beileibe nicht der einzige.

Major Manfred Steiner, Kommandant des Infanteriebataillons, das in die am Fuß der Grmada an der Bahn gelegene Ortschaft geschickt worden war, kam im offenen Stabsmercedes bis zur Ortstafel. Hinter dem Fahrer saß Stabshauptmann Lukas Bilharz. Die beiden Offiziere trugen elegante dunkelgrüne Wehrmachtsuniformen. Dem Wagen Major Steiners folgte eine lange Kolonne von Militärlastern, ebenfalls aus der Produktion von Mercedes, hinter jedem dritten fuhr ein leichtes Panzerfahrzeug, ganz hinten dröhnten sogar drei Panzer. Neben der Kolonne rasten Motorräder mit Beiwagen und mit in alle Richtungen starrenden MPs auf und ab.

Fast der gesamte Ort hatte sich bei der Ortstafel, wo die Seitenstraße zur Villa Eichhein abzweigte, eingefunden. Auf Anregung des Bürgermeisters hatten die Bewohner links und rechts der Straße zwei Maibäume aufgestellt, von denen zwei Fahnen wehten: die deutsche und die Hakenkreuzfahne. Die Straße war von den Ortsbewohnern besetzt. Die Fahrzeugkolonne blieb stehen. Major Steiner erhob sich verärgert von seinem Sitz. Die Kradfahrer stellten sich vor das Auto des Kommandanten und richteten die automatischen Waffen auf die versammelte Menge. Der Bürgermeister machte mit dem großen Holzschlüssel auf den Händen einen Schritt nach vorn, seine Frau folgte ihm. Ihre Wangen glühten vor Aufregung. Der symbolische Schlüssel zur Stadt war in der Tat einen Meter lang. Er war aus hellem Fichtenholz gefertigt, denn er sollte nicht nur den Ort, sondern auch die Möbelfabrik symbolisieren. Der Fabrikmeister Starešinič hatte dies vorgeschlagen, und Mihael hatte zugestimmt, hatte aber nicht mit einem derart großen und unhandlichen Werkstück gerechnet. Dass es recht klobig ausgefallen war, war wiederum das Verdienst des Drechslers Gaber, der sich zwar sehr gut auf die Bearbeitung großer Oberflächen verstand, nicht aber auf das sogenannte Kunsthandwerk. Tischler Starešinič hatte in Eigeninitiative in die Reide eine kleine Tafel eingesetzt, eine Art Wappen, auf dem eine nicht sonderlich kunstvoll gemalte große Fichte und daneben ein Hakenkreuz abgebildet waren. Die Idee war, dass sich die Fichte und das Hakenkreuz gewissermaßen *die Hand reichen* sollten. Die Schenkel des Hakenkreuzes waren mit den Ästen der Fichte verflochten. Der Ort hatte nämlich kein eigenes Wappen, also erschuf der kreative Tischlermeister zusammen mit seinem leicht behinderten Sohn, der sehr gern und vor allem Fichten malte, dieses Emblem, das er selbst *Wappen* nannte. Er war sehr stolz darauf. Er hoffte insgeheim, dass es Anklang finden und zum richtigen Ortswappen werden würde. Den Schlüsselbart ersann die tischlerische Phantasie als eine Art Burgsilhouette beziehungsweise als zinnenbewehrte Burgmauer, in die der Name *Eichhein* eingebrannt war.

Diesen Holzschlüssel hielt Bürgermeister Mihael in den Händen, oder besser gesagt, ziemlich umständlich in den Armen, als er auf Major Steiner zuschritt.

Als der Lärm etwas abnahm – die Motoren wurden gedrosselt, die Soldaten beruhigten sich, der Staub legte sich ein wenig –, begann der Bürgermeister in gestochenem Deutsch zu sprechen. Er hatte die Rede in aller Früh im Schlafzimmer vor dem Spiegel seiner Frau eingeübt, und Maria hatte ihn alle paar Augenblicke korrigiert und war bei dem Anblick, den er in Pyjamajacke und langer Unterhose mit dem schräg an die Brust gedrückten Holzschlüssel geboten hatte, in Lachen ausgebrochen. Aber jetzt, als er im eleganten Anzug vor dem Wagen des Kommandanten und der Kolonne aus Armeelastern stand, aus denen überall graugrüne Helme lugten, wirkte er nicht weniger lächerlich. Zu alldem hatte er schreckliches Lampenfieber. Er hatte feststellen müssen, dass er im Grunde nicht so gut Deutsch konnte, wie er dachte. Viele Betonungen waren falsch, und Maria hatte ihm daheim vor dem Spiegel fast jede Phrase ausgebessert. Als er nun also zu reden anhob, schoss ihm die Schamesröte ins Gesicht. Er versuchte dem Kommandanten direkt in die Augen zu schauen, konnte sie aber nicht sehen, weil die Offizierskappe einen dunklen Schatten bis unter dessen Nase warf. Das verunsicherte den Bürgermeister noch mehr. Irgendwie biss er sich durch die Grußworte durch, dann trat er näher, streckte die Hand aus und versuchte dem Major den Schlüssel zu überreichen. Da machte es klick und dann noch ein paarmal. Jemand fotografierte das festliche Ereignis. Der Major starrte das merkwürdige Ding, das ihm der Mensch mit dem schlechten Deutsch entgegenhielt, eine Weile an, dann nahm er es schließlich entgegen und reichte es sofort an den Fahrer weiter, als wäre es infektiös. Jetzt trat auch Maria an den Wagen heran und begann in fließendem Deutsch zu reden. Sie erwähnte Hitler, Goethe und Wagner, legte die Hand auf die Brust und verlieh mit dieser eleganten Geste ihrer tiefen Ehrerbietung und unermesslichen Freude Ausdruck, dass sich zwei Welten, die in Wahrheit nie voneinander getrennt gewesen seien, wieder vereint hätten. Am Ende ihrer Rede verneigte sie sich ein wenig und fügte hinzu, dass sie dem Schicksal und dem Führer unendlich dankbar sei, dass dieses Land nun wieder deutsch sei, und dass der symbolische Schlüssel als Ausdruck der Hochachtung genommen werden möge, denn *der Schlüssel zur Stadt ist der Schlüssel zu den Herzen seiner Bewohner.* Ihre Rede machte auf alle einen tiefen Eindruck. Die Leute, die mit Blumensträußen im Hintergrund standen, applaudierten spontan. Major Steiner sprang plötzlich leichtfüßig vom Mercedes, nahm die Kappe ab, schlug die Hacken zusammen, verneigte sich und küsste Marias Hand. Auch Stabshauptmann Bilharz eilte von der anderen Seite des Fahrzeugs herbei und verneigte sich vor ihr, als wollte er es in puncto Eleganz mit seinem Vorgesetzten aufnehmen. Dann sagte der Major zu Maria, ohne ihren Mann, der unmittelbar danebenstand, zu beachten, dass sie im Gasthaus einkehren würden, sowie er seine Leute eingeteilt habe. Dann verneigte er sich noch einmal, schlug die Hacken zusammen und sprang wieder auf den Wagen. Maria hängte sich bei ihrem Mann ein und wich an den Straßenrand aus. Die Fahrzeugkolonne fuhr durch das Spalier der Ortsbewohner, die den Soldaten Blumen zuwarfen, an den Maibäumen vorbei in den Ort ein und besetzte ihn damit auch amtlich. Da fast ganz Dolina, abgesehen vom Gasthauspersonal, das die Bewirtung vorbereitete, das deutsche

Bataillon an der Ortstafel erwartet hatte, rückte dieses in eine vollkommen leere Ortschaft ein. Der Wagen des Majors hielt vor dem Gebäude mit der noch frischen Aufschrift *Gasthaus Novak*. Die Offiziere scharten sich um den Kommandanten, der ihnen ihre Aufgaben zuwies, dann sprangen sie in die Wagen und fuhren in verschiedene Richtungen davon. Offenbar war man auf die Einnahme Dolinas gut vorbereitet. Ein Teil des Bataillons besetzte den Bahnhof und die Feuerwehr, ein anderer fuhr zur Ortseinfahrt, ein weiterer besetzte die Schule und verwandelte sie noch am selben Tag in eine Kaserne. Die Schule musste schon am nächsten Morgen, zum stillen Ärger des Metzgers, wieder in den alten Schulraum übersiedeln, wo sich mittlerweile ein Lager befand, das er sofort räumen musste. Der Krieg zeigte sein wahres Gesicht und veränderte über Nacht das Leben in Dolina.

Als die Dörfler zu Fuß das Gasthaus erreichten, war ihr Ort schon besetzt. Bürgermeister Mihael und seine Frau Maria traten ein. Major Steiner und Stabshauptmann Bilharz saßen an einem der Tische und aßen genüsslich ein Hirschgulasch mit Semmelknödeln. Das Personal umtänzelte sie und die anderen Offiziere, die an den Nebentischen schmatzten und sich die Finger nach der köstlichen Speise leckten. Während er sich Wein einschenkte, erblickte Major Steiner den Bürgermeister und seine Frau an der Tür. Sein langes, kantiges Gesicht wurde ein klein wenig wärmer, und die wie mit einer Rasierklinge hineingeritzten dünnen Lippen verzogen sich zu etwas wie einem Lächeln, als er ihnen bedeutete, sich zu ihm zu setzen. Mihael und Maria kamen zum Tisch. Stabshauptmann Bilharz stand sofort auf, zog einen Stuhl zurück und half Maria, Platz zu nehmen. Auch der Major erhob sich und schnippte mit den Fingern: *Zwei Gulasch!*, rief er nach hinten. Mihael fühlte sich zum ersten Mal wie ein Fremder im eigenen Haus. Der Major würdigte ihn noch immer keines Blickes, er unterhielt sich nur mit Maria. Der blonde, kantige Deutsche sprach freundlich, wie gedruckt waren seine Worte, als er erklärte, wo überall im Ort von jetzt an seine Soldaten untergebracht sein würden. Er sagte, dass in den nächsten Tagen an beiden Ortseinfahrten Bunker errichtet würden. Befestigt würde auch die Bahn, die für den Landstrich hier von strategischer Bedeutung sei, besonders für die Stadt am Fluss, wo sich die höchste Konzentration an Streitkräften in diesem Landesteil befinde. Die Bahn sei für die Versorgung wichtig. Außerdem erwarte man, nach Auskunft der Nachrichtendienste, schon bald terroristische Anschläge durch die sogenannten Partisanen, vor allem aus den Wäldern der Grmada. Mihael musste lächeln und sagte, sein Ort und die gesamte Region seien der deutschen Armee gegenüber absolut loyal, weil in diesem Gebiet schon seit Jahrhunderten eine deutsche Bevölkerung lebe, deshalb ... Der Major unterbrach ihn mitten im Satz und gab damit zu verstehen, dass ihn seine Meinung nicht interessierte. Er fragte Maria, wie es um das Haus ihres Vaters Oto von Eichhein stehe. Maria war überrascht, wie es möglich war, dass der Herr Offizier so genau über das Leben in ihrem Ort Bescheid wusste. Das Gesicht des Majors erstarrte für einen Augenblick, er hob langsam die Hand an die Stirn, als müsse er etwas überlegen, tatsächlich aber streifte er nur die dünne Haarsträhne, die ihm beim Essen ein wenig in die Stirn gerutscht war, zurück, dann sagte er, dass die deutsche Armee die beste der Welt sei, dass sie bestens organisiert sei, dass nichts dem Zufall überlassen bleibe, dass sich ihre Nachrichtendienste, allen voran die Gestapo, die dem Führer persönlich unterstand, sehr genau über ihr Land informiert hätten, sodass man, darauf könne sich die verehrte Frau verlassen, über alles genau im Bilde sei, auch über Dinge, die die Leute selbst nicht einmal wüssten. Dann schaute er seinen Stabshauptmann, den weniger schlanken, aber ebenso blonden Lukas Bilharz an, und beide verzogen den Mund zu einem leisen, zynischen Lächeln. Maria ließ sich nicht aus dem Konzept bringen. Auch sie lächelte und sagte, dass sie regelmäßig die deutschen Zeitungen lese und daher selbst mit allem vertraut sei, was sich in ihrer Heimat zutrage. Auch die Gestapo kenne sie sehr gut, denn ihr Bruder Erich von Eichhein sei, wie die Herren vermutlich wüssten, eines der ersten Mitglieder dieses berühmten Dienstes gewesen. Beide Offiziere nickten. Sie wüssten alles, seien über alles informiert, sagte der Stabshauptmann. Sie konnten aber ihre Überraschung und eine leise Verblüffung angesichts der Souveränität Marias nicht verbergen. Major Steiner verneigte sich zum wiederholten Mal zum Zeichen der Hochachtung und Bewunderung, dann sagte er, er sei informiert worden, dass das Haus ihres verehrten Vaters Oto von Eichhein leerstehe und … Maria streckte ihre betörend schöne Hand über den Tisch und berührte sacht das Handgelenk des Majors … *Betrachten Sie das als erledigt*, sagte sie, *ich lade Sie höflich in die Villa Eichhein ein, fühlen Sie sich dort wie zu Hause. Sie und Ihr Hauptmann.* Dabei schweifte ihr Blick bedeutsam vom Major zum Hauptmann, der ein wenig errötete und auf den Teller schaute. *Im Zubau zur Villa,* fuhr sie fort, *ist auch genug Platz für Ihre Soldaten und für die Administration.* Dann stand sie auf. *Mein Mann und ich müssen uns jetzt aber entschuldigen, wir müssen zu den Kindern.* Auch die Offiziere erhoben sich respektvoll. *Wir haben nämlich drei Kinder*, fügte sie hinzu, *aber das wissen Sie vermutlich schon.* Der Major lächelte, *natürlich wissen wir das, drei Jungen. Ja*, bestätigte sie, *drei stramme Burschen, richtige kleine Deutsche.* Dann schaute sie Mihael an und sagte: *Gehen wir!* Die Offiziere verneigten sich. Als sie schon einige Schritte zur Tür gemacht hatten, die vom Gasthaus in den Wohnbereich des Hauses führte, drehte sich Maria um und sagte in hohem, aristokratischem, fast schon Goethe'schem Deutsch, so laut, dass alle es hören konnten: *Ich werde unsere Leute anweisen, Sie in die Villa zu geleiten und noch heute Nacht alles Nötige herzurichten. Ach!*, sagte sie noch, als wäre ihr im letzten Moment noch etwas eingefallen, das sie – oh, ich Dummkopf! – beinahe vergessen hätte, *alles, was Sie heute Abend bestellen, geht aufs Haus. Willkommen!* Sie drehte sich auf dem Absatz um, hängte sich bei Mihael ein, und die beiden verfügten sich in die oberen Räume, als gingen sie triumphal von der Bühne ab.

»Warum hast du sie in die Villa eingeladen?«, fragte er, als sie schon im Bett lagen und das Licht abgedreht hatten.

»Wenn ich es nicht getan hätte, hätten sie sich selbst eingeladen«, antwortete sie ihm im Dunkeln. »Außerdem steht das Haus leer. Du weißt ja, letzte Woche ist jemand eingebrochen und hat Vaters Gewehre gestohlen.«

Aus dem Gasthaus drangen deutsche Lieder durchs Fenster.

»Die Kinder wachen noch auf«, sagte er.

»Die Buben können sowieso nicht schlafen«, seufzte sie, »sie sind hin und weg. Miroslav redet nur noch von Maschinengewehren, und Ivan will unbedingt Panzerfahrer werden, wenn er groß ist. Das Einzige, was ihm Sorgen macht, ist, dass der Krieg vielleicht zu schnell vorbei ist.«

»Und der Kleine?«, fragte Mihael nach einer Weile.

»Unser Petrček hat Bauchweh. Ich habe ihn der Amme gegeben. Er ist bei ihr.«

»Du hättest ihn auch zu dir nehmen können. Er könnte bei uns schlafen.«

Sie antwortete nicht.

Das Singen im Gasthaus wurde immer lauter.

Vor der Kaserne, vor dem großen Tor
Stand eine Laterne
Und steht sie noch davor
Da wollen wir uns wiedersehen
Bei der Laterne wollen wir stehen
Wie einst Lili Marlen …

Nach einer Weile, Mihael hatte gar nicht mehr mit einer Antwort gerechnet, sagte sie: »Ein bisschen müssen wir noch durchhalten. Nur noch ein paar Monate.«

Im Bunker

Am späten Nachmittag erreichten Silvester und Matija das getarnte Lager der Ersten Kompanie. Von irgendwo war plötzlich eine Stimme zu hören: »Halt!«

»Warte hier«, sagte Matija, machte zwei Schritte und rief: »Freiheit!«

Eine Weile geschah nichts. Dann tauchte hinter einem Felsen weiter oben ein Kopf auf. »Zukunft!«, rief dieser. Matija und Silvester setzten den Weg zwischen den Fichten bis auf den Bergkamm fort, wo vor ihnen wie aus dem Nichts eine Gruppe bewaffneter Burschen auftauchte. Silvester kannte keinen von ihnen. Sie gaben einander die Hand. Erst die Hand, dann *smrt fašizmu*, und dann noch die geballte Faust zum Kopf und *svoboda narodu*. Die Burschen nahmen ihnen sofort die Gewehre von den Schultern und begleiteten sie ins Lager, das sich in einer flachen Grube auf dem bewaldeten Bergrücken befand. Da ging eine Erdtür auf, und dem Waldboden entstiegen mehrere Burschen und ein Mädchen.

Silvester bekam den Mund nicht zu. Vor ihm stand, in Männerhosen und im Soldatenrock der zerfallenen königlichen Armee Jugoslawiens, Marta. Seine Marta.

Sie umarmten sich, beide waren gerührt. Ihr stiegen Tränen in die Augen.

»Du warst auf einmal weg. Ich hab schon gedacht, ich seh dich nie wieder«, stotterte er.

»Genossin Nada hat mich raufgeschickt«, sagte sie, »sie hat mir gesagt, dass du auch kommst.«

»Und mich Genosse Mirko, aber er hat mir nichts gesagt.«

Sie brachte ihn in einen Bunker, der perfekt zwischen den Wurzeln einer Gruppe großer Fichten verborgen war. In dem unterirdischen Raum gab es vier Schlafplätze. In der Grube auf dem Bergrücken gab es fünf solche Bunker. Die Kompanie zählte sechzehn Kämpfer. In einem Bunker war die Küche, in einem etwas größeren das Vorratslager. Gekocht wurde nur nachts, und selbst dann mit größter Vorsicht. Der Rauch wurde über mehrere Rohre abgeleitet, sodass er sich im niedrigen Farn verlor. Die Erdbehausungen waren so gut getarnt, dass man sie auch dann nicht bemerkte, wenn man auf einer von ihnen stand. Außer Matija und Marta kannte Silvester niemanden, denn jeder kannte hier in der Regel nur einen. Zwar stammten alle aus derselben Region, aber aus verschiedenen Gegenden. Einige Kämpfer kamen sogar aus der Stadt, ein paar von der anderen Seite der Grmada, wo die Bergwerke waren. Es waren lauter junge Burschen, etwa in Silvesters Alter, vielleicht ein Jahr mehr oder weniger. Der jüngste von ihnen, Ljubo, war dreizehn. Auch die Namen, mit denen sie sich vorstellten, waren zum Großteil erfunden. Gleich am Anfang kam der schnurrbärtige *Kommandeur Slavc*, so stellte er sich vor, zu Silvester und klärte ihn kurz und zackig über das Leben im Lager auf.

– Alle Dokumente aus deinem früheren Leben musst du vernichten. Genauso die persönlichen Gegenstände, die deine wahre Identität verraten könnten, Uhren mit eingravierter Widmung, Taschentücher mit Initialen und solchen Blödsinn.

– Untereinander verwenden wir nur Spitznamen oder Partisanennamen.

– Über unsere Familien und unser Leben reden wir nicht. Je weniger du weißt, umso weniger kannst du verraten.

– In der Kompanie herrscht Disziplin und militärischer Gehorsam. Wir sind Soldaten.

– Die Wachen werden täglich neu eingeteilt. Die Einteilung nimmt der Befehlshabende vor.

– Jeder kümmert sich selbst um seine Waffe.

– Im Lager wird möglichst wenig und leise gesprochen.

– Jede Unregelmäßigkeit wird bestraft.

– Frauen sind bei uns gleichberechtigt. Jegliche Intimität, ungeachtet eines früheren, zivilen Verhältnisses, ist unerwünscht.

Das war alles. Es hörte sich für den Anfang ziemlich streng an, doch erkannte Silvester noch am selben Tag, dass die Verhältnisse im Lager in Wahrheit um einiges entspannter waren. Slavc nahm Silvester noch zu einem gesonderten Gespräch unter vier Augen in seinen Bunker mit. Zuerst sagte er: »Ich hab nicht so einen dünnen Strich erwartet, aber gut, die Genossen in der Zentrale vertrauen dir. Wir werden dich jede Woche ein Stück weit ins Tal hinunterbegleiten. Du fährst auf der Bergwerksseite in die Stadt und holst die Anweisungen. Wir warten dann auf dich und bringen dich ins Lager, immer auf einem anderen Weg. Verstanden?«

»Ja.«

»Und jetzt ab in deinen Bunker. Und pass auf, Genossin Marta, hab ich erfahren, ist deine Freundin. Aber nicht hier. Hier ist sie nur eine Genossin. Verstanden?«

»Ja.«

»Wie lautet die Anweisung?«, fragte ihn der Kompanieführer abschließend, fast mit einem Quäntchen Anerkennung.

»Die Eichhein-Säge niederbrennen«, antwortete Silvester kurz, genau, wie Genosse Mirko Bregar es ihm aufgetragen hatte. Er fand, dass er sogar einen ähnlichen Klang in der Stimme hatte.

»Wann?«, fragte ihn der Kommandeur.

»Nach eigenem Ermessen«, wiederholte Silvester, was ihm Genosse Mirko beim Verlassen des Stadtparks gesagt hatte. »Die Arbeiter in der Säge sind unsere Leute. Ohne die Säge haben sie keine Arbeit. Das wird es einigen erleichtern, in den Wald zu gehen.« Fast schien es, als stünde Mirko dabei und spräche durch Silvesters Mund, energisch, bestimmt, kurz, prägnant. Den ersten Auftrag, dachte sich Silvester, habe ich gut erfüllt.

Der Kommandeur nickte. »Wir schlagen bei der ersten Gelegenheit zu.«

Gut schlief Silvester an diesem Abend.

Er schlief im selben Bunker wie Genossin Marta. Nicht auf derselben Liege, aber ihr gegenüber. Am Eingang standen noch zwei Liegen. Dort schliefen der junge Ljubo und der Partisan Pavle. Silvester verstaute seinen österreichisch-ungarischen Holzkoffer unter der Liege, die Schachtel mit den Gedichten vergrub er aber in der sandigen Wand am Kopfende und bedeckte sie mit einem Stein und mit Moos. Er beschloss, die Gedichte beizeiten Marta zu zeigen.

Im Bunker war es finster. So finster, wie es nur unter der Erde sein kann. Die Augen sind weit offen, man glotzt in die Finsternis und sieht genau nichts. Nicht einmal, dass es finster ist oder schwarz. Die Augen empfinden nichts, ob sie offen oder zu sind, nur Leere. Keine Dimension. Schwarz ohne Schwärze. Er lag auf dem Rücken. Gegenüber lag Marta, zwischen ihnen vielleicht ein halber Meter Raum. Silvester streckte seine Hand in die Finsternis. Er berührte eine andere Hand. Marta suchte ihn im Dunkeln. Ihre Finger verflochten sich, ihre Handflächen verschmolzen. Sie hielten einander. So nah. So fern. So finster.

Fresko

Beim Wort Fresko stellen wir uns einen Haufen Gesichter aus den gängigen religiösen Erzählungen vor, ein Häuflein menschlicher Figuren, die auf großflächigen Kirchenwänden in verschiedene Landschaften gestellt sind. In Wirklichkeit bezeichnet Fresko nur die Art der Malerei, bei der die Farben auf den frischen Verputz aufgetragen werden, damit sie vollständig mit der Wand verschmelzen und so für immer und unauslöschlich dortbleiben.

Aber natürlich denken wir, wenn wir ein Fresko sehen, nicht an die Art der Malerei, sondern an viel mehr. Stehen wir vor einem mächtigen Fresko, fühlen wir uns klein angesichts der großen Zeitläufe, der großen Geschichten. Ein Fresko bildet die Welt, die Schöpfung, das Universum ab. Es bildet Ängste und Freuden ab, Landschaften, die es nur in der Phantasie gibt. Es öffnet Türen in die finstersten Täler unserer Angst und die lichtesten Räume unserer Wünsche. Wenn wir ein Fresko betrachten, betreten wir eine Welt, die es nicht mehr gibt und die zugleich realer ist, als sie es in Wirklichkeit je war. Wir treten in die Ewigkeit ein. Nicht nur in die Ewigkeit einer Geschichte, sondern in die Ewigkeit der Welt. Denn ein Fresko will die Zeit überdauern. Es will nicht Wandmalerei sein, es will eins werden mit der Wand. Es will ebenso lange dauern wie der Stein, das Gebäude, das Haus, die Kirche. Und gemessen an der Kürze unseres Lebens lebt ein Fresko ewig.

Giottos Bilder von der Hölle in der Kapelle in Padua übertrugen sich ins Bewusstsein der Menschen und formten es seit dem Jahr 1300. Die Menschenmenge zitterte vor Grauen im Angesicht des Höllenfürsten und der Qualen der Hölle rechts auf der Altarwand. Zugleich aber erhob sie das

Blau, das die Kapelle beherrscht, gen Himmel. Durch das Blau in Giottos Kapelle schwebten die Menschen in der Luft und waren durchleuchtet von der Schönheit des Ewigen.

Ähnliches können wir auf dem Fresko schlechthin sehen, auf Michelangelos großem Meisterwerk in der Sixtinischen Kapelle: Völlig menschgewordene Figuren mit Allerweltsgesichtern, wie man sie von der Straße zu kennen glaubt. Obwohl uns die Geschichten, die Meister Michelangelo malte, Biblisches erzählen, sind sie vollkommen zeitgenössisch, modern, lebendig, dynamisch, ohne erlogene Erhabenheit und Bedeutungspomp. Nichts daran ist statisch. Wir glauben, die Protagonisten mitten in ihrer Bewegung erfasst zu haben, mitten in Aktion, ein wenig noch, und die Welt wird sich erschaffen. Ursprünglich waren die Körper nackt, später wurden sie bekleidet. Der Mensch auf dem Fresko war nackt vor dem Angesicht Gottes und der Natur und des Schicksals. Das Altarfresko erleben wir als heiter und positiv, auch wenn es das Jüngste Gericht darstellt: Die Malerei strahlt etwas Leichtes, Luftiges, Schwereloses aus, das uns nach der Läuterung in die Ewigkeit tragen wird. Ein Lobgesang auf den menschlichen Körper, in dem der Geist wohnt.

Kirchenfresken erzählen bewegte Geschichten. In Padua verfolgen wir das Leben Christi wie in filmischen Sequenzen, alles, von Anfang bis Ende. Die Fresken sind ein Film. Filmisch ist auch die mächtige Figur des urzeitlichen Stiers in Altamira, der auf eine steinerne Höhlenwand vom Anfang der Zeit gemalt ist. Denn der Stier hat vier Vorder- und vier Hinterbeine. Es handelt sich nicht um ein Ungeheuer, um eine Laune der Natur, sondern um den ungeheuerlichen Wunsch eines vorzeitlichen Malers, die Bewegung einzufangen und zu zeigen. Im Schein der Fackel scheint das große Tier in der Tat zu laufen, denn das Licht, das wir hin und her bewegen, vermittelt den Eindruck, als würden sich seine

Beine in wildem Galopp befinden. Ein Fresko ist nicht nur ein Bild, das ewig ist wie die Wand, der Felsen, der Stein, es ist ein bewegtes Bild, ein Film, der zu laufen beginnt, wenn wir ihn betrachten.

Mit Fresken können wir uns identifizieren, denn auf ihnen sind wir alle zu sehen. Im Vordergrund befinden sich zwar bedeutende Personen, Heilige, Könige, Propheten, Ritter, Märtyrer, deren Leben und Taten wir mehr oder weniger nachverfolgen, zu sehen sind aber auch die unbekannten Gesichter unbekannter Menschen. Das sind wir. Die Menschheit, die zu allen Zeiten dieselbe ist. Die Begleiter der Geschichte, ohne die es keine Geschichte gäbe, denn die großen und bedeutenden Menschen der Geschichte, die Propheten, Könige und Politiker, wirken wegen, aber auch gegen uns.

Auf den Fresken sind immer auch Menschen dargestellt, die zu ihrer Zeit bekannt und vielleicht wichtig waren, deren Namen und Geschichten aber aus dem historischen Gedächtnis gelöscht sind. Fresken sind somit eine Chronik der Zeit, in der sie gemalt wurden. An der Seite von Christus steht im Lager der Verräter beispielsweise ein bekannter Geizhals, ein Judas, ein Kaufmann, vielleicht ist irgendwo am Rand das Gesicht eines guten Fischers vom Hafen zu sehen, eines Bettlers, eines Sonderlings von den Märkten der damaligen Zeit. All diese Jedermann-Gesichter bringen gewissermaßen die Totalität der Welt in die Welt des Freskos ein. Es gibt nicht nur Könige und Propheten, sondern auch gewöhnliche, randständige Geschichten, doch sie sind es, derentwegen Propheten die Welt erlösen, Ritter Länder erobern und Könige sich bekehren lassen.

Es gibt sogar Fresken, auf denen nur Jedermänner zu sehen sind. Diese Geschichten vermitteln uns eine Botschaft, die nicht bloß religiös und ideologisch ist. Dazu gehört der

Totentanz in der Kirche der Heiligen Dreifaltigkeit in Hrastovlje, den Johannes von Kastav im Jahr 1490 gemalt hat. Das lange Fresko zeigt eine Prozession, in der sich Vertreter der verschiedensten Schichten der damaligen, aber auch heutigen Gesellschaft auf das ausgehobene Grab zubewegen. Vorn sehen wir ein Kind, dann einen Bettler, einen Priester, einen Bürger, einen König, eine Königin und schließlich den Papst. Sie alle tanzen zum offenen Grab, sie alle werden vom Knochenmann an der Hand geführt. Vor dem unausweichlichen Tod sind wir alle gleich. Der Tod ist zu allen gerecht, er ist unbestechlich und grinst uns allen gleichermaßen ins Gesicht, wenn er uns ins Grab zieht.

Fresken sind, von einigen Ausnahmen abgesehen, fast immer ideologisch gefärbt. Sie tragen eine klare Botschaft und propagieren eine bestimmte Sicht der Welt. Früher ging es um kirchliche, religiöse Botschaften, heutige Fresken stehen im Dienst anderer Ideologien und sogar der Politik. Diego Rivera war einer der bedeutendsten mexikanischen Maler. Er war in der kommunistischen Bewegung aktiv, weshalb seine Bilder mit linken Symbolen übersättigt sind. Seine Fresken in Ciudad de México, San Francisco, Detroit und New York wimmeln vor Leben und den Geschichten einfacher Menschen aller Rassen und Nationalitäten. Jedes Detail seiner großen Wandfresken ist übervoll mit Gesichtern, Ereignissen, Situationen … Wir sehen Indigenos aus längst vergangener Zeit, ihre Wanderungen und Behausungen, wir sehen Kinder mit großen Augen, direkt daneben stehen schon die spanischen Eroberer, etwas weiter oben prangen Städte, Häuser aus Lehm und Stein, in einem Fenster erblicken wir ein fröhliches Gesicht, zwei Liebende nehmen Abschied, dort ist ein Mann mit einer Machete und ein abgehackter Kopf auf einem Tablett, und hier sind auch schon, wie aus einer anderen Zeit, Schiffe, Kriegsschiffe, Pferde, Hunde, die brünstig durch die Wüste streunen, eine weinende Witwe, Gewehre, Schüsse, Erhängte, herausgestreckte Zungen, und am Himmel ein Adler mit einem Bündel Getreide im Schnabel, dort eine Hochzeit, die Brautleute, ihre und seine Eltern, Brüder, Schwestern, die eifersüchtige Geliebte, Maispflücker, ein Maisfeld, Gold, das in große Säcke gefüllt wird, dort wieder das faltige Gesicht einer Frau, die jemanden verloren hat, ein Erschießungskommando und Fabriken und Maschinen und Kolonnen von Arbeitern mit feuerroten Gesichtern, geballten Fäusten und blutiger Brust, durchbohrten Herzen, jedes Gesicht ist anders, Menschen, die zu Boden starren, Kinder mit hervortretenden Rippen, abgemagerte Rinder, ein Tanz in der Wüste, Gräber und noch mehr Fabriken, und die bekannten Gesichter von Politikern aller Zeiten, guten und schlechten, und der Tod, der sich das alles ansieht, und Fettsäcke, von fremdem Elend gemästet, Invalide, Blinde, viele Blinde, Fabriken, Kriege, oben Lenin mit Genossen, Kampf, Trotzki, der in den Staub getretene Hitler, Panzer, Amerika, Mexiko, Kalifornien, ein weinendes Mädchen, ein Knabe, der es an der Hand hält, Liebe, Blumen, rote Blüten, die in der Wüste gedeihen, die Wüste, die sich in einen Fluss verwandelt, Liebe, Liebe, Revolution, Revolution, eine bessere Welt, eine Welt, von Menschen regiert, und Majakowski, und Frida Kahlo … Das riesige Fresko im Stiegenaufgang des Palacio Nacional, eine in Bilder verwandelte Epopöe des mexikanischen Volkes, *Epopeya del pueblo mexicano*, und zugleich die Epopöe der ganzen Welt und der ganzen Menschheit. Jedes Bild, jedes einzelne Gesicht auf diesem großen Fresko zieht den Betrachter hinein wie in einen Strudel. Die Kraft der gewaltigen Wandmalerei, ihre Überfülle, packt einen am Herzen, an der Leber, am Darm, und lässt einen nicht mehr los. Tausend Bilder, tausend bekannte und unbekannte Gesichter, die nicht nur Gesichter sind, in jedes ist das Bild seines Lebens, seiner Freuden und Leiden eingeschrieben. Der Maler hat es geschafft, den Betrachter in lebendige Situationen zu entführen, ihn zu einer der Figuren auf seinem Fresko zu machen. Der Betrachter kann die Welt, die das Fresko zeigt, einfach nicht zur Gänze erfassen. Die Welt ist zu groß und der Mensch zu klein. Betrachtet man diese Bilder, fühlt man sich wie ein Sandkorn in der schrecklichen und grausamen Bewegung der Welt.

Diego Rivera hatte aber nicht mit allen seinen Fresken Glück. 1933 malte er für Nelson Rockefeller das große Fresko im Foyer des bekanntesten Wolkenkratzers in New York. Das Fresko zeigte den Aufstieg der Arbeiterklasse. Der Auftraggeber stieß sich am meisten an der Darstellung Lenins, der die Hände eines farbigen Arbeiters und eines weißen Soldaten ineinanderlegte, und vermutlich auch am Gesicht Trotzkis, der vor einer roten Fahne mit der Aufschrift *Proletarier aller Länder, vereinigt euch!* paradierte. Auf dem Fresko waren auch Marx und Engels und natürlich, auf der gegenüberliegenden Wand, Darwin und viele andere zu sehen. Obwohl es bei genauerer Betrachtung die wissenschaftlichen Entdeckungen und den Fortschritt sowohl der kapitalistischen Welt als auch die Errungenschaften der kommunistischen Revolution verherrlichte, war Rockefeller nicht übermäßig begeistert. Diego Rivera hatte versucht, durch die Wissenschaft und ihre Entdeckungen beide Welten zu verschweißen, ihre Hände zusammenzuführen, aber der Auftraggeber ließ das Fresko Anfang 1934 zerstören, zerschlagen, von der Wand kratzen. Am 2. August desselben Jahres führte auf der anderen Seite des Ozeans Adolf Hitler die Agenden des Kanzlers und des Staatspräsidenten zusammen. Damit usurpierten die Nazis in Deutschland die ganze Macht, und die unaufhaltsame Veränderung der Welt begann. Nicht durch die Wissenschaft, sondern durch die Hölle. Die Fresken, die

Hitlers Aufstieg gefeiert haben mögen, und es hat sie zweifellos gegeben, wurden von den Fliegern der Alliierten in Schutt und Asche gelegt.

In Slowenien malte in den Jahren 1958/59 Slavko Pengov das Fresko, das die Vorhalle des großen Parlamentssaals ziert. Es ist fast siebzig Meter lang und zeigt in einem Zeitstreifen die Geschichte des slowenischen Volkes von der Völkerwanderung bis in die Zeit nach dem Zweiten Weltkrieg. Das majestätische Werk erzählt die Geschichte slowenischer Staatlichkeit. Die Versuchungen, das Fresko abzunehmen, es wie Rockefeller von der Wand zu schlagen, waren nach dem Fall des Sozialismus groß. Aufgrund des künstlerischen Werts war das natürlich nicht machbar, jedoch hat man bei der Restauration des Freskos den fünfzackigen Stern, das Zeichen des bewaffneten Widerstands gegen den Besatzer, von der Kappe eines Partisanen ebenso entfernt, wie man die erste Hälfte von Cankars Ausspruch unterschlagen hat: *Das Volk wird sich selbst sein Urteil schreiben.*

Ein Fresko ist keine intime Geschichte. In kleinen Segmenten mag es intim sein, es versucht aber stets mit der Monumentalität der Geschichte etwas über die Gegenwart zu sagen. Ein Fresko ist Epik. Eine Langstreckenerzählung. Ein Irrgarten aus Gesichtern, Ereignissen und verschiedenen Epochen. Aus der Ferne betrachtet, in der Totale, wirkt es hingeworfen, impulsiv, vermittelt den Eindruck von Zufälligkeit, Chaos, von unerträglicher Dichte. Wenn wir uns nähern und ihm erlauben, uns einzusaugen und uns zum Teil seines Films zu machen, wird es aber brüchig wie das Leben, in dem wir auch unser eigenes Gesicht finden.

Das Fest

Die alte Kinderfrau Gertrude Lindner war begeistert, als sich die deutschen Soldaten in der Villa Eichhein einquartierten. Endlich hatte sie jemanden, mit dem sie *Hochdeutsch* reden konnte. Sie war damals schon ein bisschen taub, sodass das Gespräch mit den beiden Offizieren, die mit ihren Soldaten und Unteroffizieren die Villa bewohnten, eher einem langen unausgesetzten Monolog der Erzieherin über die Größe der deutschen Kultur und Nation glich.

Major Manfred Steiner und Stabshauptmann Lukas Bilharz wohnten im Haupttrakt, oben im zweiten Stock, im ersten waren einige Unteroffiziere untergebracht, die übrigen Soldaten im Zubau, wo sie sämtliche Gästezimmer belegten. Das Haus wurde mit Stacheldraht und vier Wachpunkten gesichert. Vor dem Haus standen zwei Panzerwagen mit Maschinengewehren, die auf den vom Tal heraufführenden Forstweg gerichtet waren. Vom Gasthaus kam jeden Tag die Köchin herauf und kochte für die Soldaten. Die Grabnerin war für die Reinhaltung des Hauses und das Wechseln und Waschen der Bettwäsche zuständig, vor allem in den Offizierszimmern im Haupttrakt des Hauses, wo der Kommandant und die Unteroffiziere wohnten. Im Erdgeschoss richteten sie einen Kommandoraum ein. Die Villa war gut bewacht und tagsüber größtenteils leer, denn die Offiziere waren den ganzen Tag im Gelände.

Der blonde, kantige Major Steiner veränderte das Erscheinungsbild Dolinas und der Umgebung schon in den ersten Wochen von Grund auf. Von der Eisenbahneinfahrt zwischen den nördlichen Berghängen bis zum südlichen, sich wieder verengenden Teil des Dorfs, der den Durchlass zur Stadt bildete, ließ er Kontrollpunkte errichten. An beiden

Talenden wuchs je ein großer Betonbunker aus dem Boden. Der eine wurde gleich nach dem Krieg gesprengt, der andere steht heute noch. Im Sozialismus diente er als Schutzraum für die Arbeiter in den Wohnblocks, die am Taleingang in den frühen Siebzigerjahren aus dem Boden gestampft wurden. Später, als Atombunker beim Bau neuer Wohnsiedlungen nicht mehr vorgeschrieben waren, spielten die Leute aus der Umgebung dort Tischtennis. Mitte der Achtzigerjahre eröffnete in den Räumen des Bunkers eine Disco, und die Punkband *Alte Säcke* hielt dort ihre Proben ab und spielte ihr einziges Konzert. In den frühen Neunzigern kamen dort die Junkies zusammen, bis der Bunker geschlossen und zugeschüttet wurde. Auf der Erhebung, unter der sich bis heute die Mauerreste befinden, fahren die Kinder im Winter Schlitten.

Im Jahr 1941 aber sah es bei den Betonbunkern vollkommen anders aus, sie waren von Stacheldraht umgeben, und ein Schlagbaum versperrte den Zugang. Auch die Bahngleise, der Bahnhof und der gesamte Straßenbereich wurden bewacht. Die deutsche Armee sicherte auch sämtliche Anwesen und Unternehmen, die im Besitz deutscher Familien waren. Die meisten Wachtpunkte befanden sich an den Ausläufern der Grmada. Die Soldaten übernahmen den kompletten Aktenbestand des Orts, Bürgermeister Mihael musste ihn schon zwei Tage nach ihrer Ankunft in Dolina übergeben. In das Büro des Bürgermeisters wurde noch ein Tisch gestellt, an dem ein SS-Leutnant saß, der sich die nationale Zusammensetzung des Ortes ansah. Major Steiner lobte den Bürgermeister – es war einer der seltenen Momente, in denen er überhaupt mit ihm sprach, in die Augen schaute er ihm nie –, weil es im Ort keine jüdischen Familien gab. Es gab jedoch einige Arbeiter, die vor der Okkupation mit dem Kommunismus sympathisiert hatten, und das gefiel dem

Major gar nicht. Auch dass etliche junge Männer, vor allem aus slowenischen Familien, unmittelbar nach der Besetzung des Landes verschwunden waren, war ihm nicht recht. Darum ließ er schon in der ersten Woche seines Militärkommandos über Dolina eine umfassende Liste dieser Familien und Leute erstellen. Ein paar Tage später verfrachteten die Soldaten in aller Früh, als die Felder noch von Morgennebeln verhangen waren und über den Wäldern der Grmada der neue Tag heraufdämmerte, alle aufgelisteten Familien auf Lastwagen und brachten sie fort. Die Aussiedlung und vermutliche Liquidierung all jener, die auf die eine oder andere Art der Sowjetunion gewogen gewesen waren, fiel mit Hitlers Angriff auf seinen einstigen Verbündeten Stalin zusammen.

Der Angriff auf die große Sowjetunion war ein großer Erfolg. Die militärische Operation begann ohne Kriegserklärung am Sonntag, den 22. Juni. Deutsche Flieger bombardierten die sowjetischen Flughäfen und vernichteten sie bereits mit dem ersten Schlag. Von drei Seiten brach eine Drei-Millionen-Armee, bestehend aus 150 deutschen Divisionen sowie mehreren Dutzend Divisionen mit italienischen, rumänischen, ungarischen und sogar finnischen Soldaten, in die Sowjetunion ein. Zur Feier der erfolgreichen Operation begann Major Steiner mit der Deportation der illoyalen slowenischen Bevölkerung. Jeder Widerstand schien sinnlos und unmöglich. Eine neue europäische, ja eine neue Weltordnung war im Aufbau, gegen die jeder Widerstand zwecklos war, so dachten die meisten. Auch viele slowenische Familien ließen die Köpfe hängen. Major Steiner und sein Adjutant Bilharz aber luden zum Wochenende den Bürgermeister Mihael Novak mit seiner Frau Maria sowie einige der angesehensten deutschen Familien ein, um in aller Bescheidenheit bei einem Glas Sekt die überragenden Erfolge der deutschen Armee zu feiern.

»Von den Deportationen hat mir keiner was gesagt«, stürzte Mihael Montagmittag ganz außer sich ins Schlafzimmer. Maria zog gerade den einjährigen Peter an, die älteren Söhne Miroslav und Ivan bastelten am Fenster aus Kartonteilen das Modell eines deutschen Panzers. Das Spielzeug hatte ihnen Hauptmann Lukas Bilharz geschenkt. Die beiden Buben waren vom entstehenden *Panzerkampfwagen Tiger II* hellauf begeistert und würdigten den Vater, der mit einem Bündel Papiere im Schlafzimmer stand, keines Blicks.

»Das sind militärische Angelegenheiten«, antwortete Maria gelassen.

»Heute in aller Früh haben sie sie auf Lastwagen verladen und weggebracht«, schrie Mihael. »Das sind Bürger meiner Gemeinde!«

Der kleine Peter schaute den Vater verwundert an und verzog das Gesicht.

»Du hast das Kind erschreckt«, sagte Maria streng, und der Bub schien die Worte seiner Mutter als Anregung zu verstehen, denn er begann jetzt zu weinen.

»Ich werde eine Protestnote schreiben«, sagte er entschlossen.

»Jungs!«, sprach Maria jetzt zu den Buben, »geht in euer Zimmer spielen.« Sie hörten sie nicht, so fasziniert waren sie vom Zusammenbauen der *mächtigsten Waffe der Welt.* »Sofort!«, erhob sie die Stimme, und der kleine Peter auf ihrem Schoß gab wunderlicherweise kurz Ruhe. Mit offenem Mund schaute er seine Mutter an, dann verzog er das Gesicht und plärrte so richtig los. Miroslav und Ivan standen unwillig auf, packten die Schachtel mit den Panzerteilen und verschwanden.

»Ist ja gut, ist ja gut …«, tröstete Maria den Kleinen auf ihrem Schoß. Dann drehte sie sich zu ihrem Mann um.

»Warum machst du dir solche Sorgen? Unsere wissen schon, was sie tun.«

Mihael warf einen Blick in die Papiere, die er in der Hand hielt. »Sie haben auch Leute weggebracht, die in Ordnung sind …«

»Wen?«

»Die Grabnerin zum Beispiel. Und …«, er blätterte ein paarmal um, »die Mohorkos und ihre Tochter.«

»Die ist schwachsinnig«, sagte Maria.

»Und sechs unserer besten Arbeiter im Sägewerk. Wo soll ich neue hernehmen?«

Maria stand auf, drückte Mihael den Kleinen in die Arme und zog ihm die zerknitterten Blätter mit der Liste der Deportierten aus der Hand. »Gar nichts wirst du schreiben«, sagte sie und verließ das Zimmer. Mihael setzte sich aufs Bett. Sein einjähriger Sohn schaute ihn erstaunt an, er war es nicht gewohnt, auf Vaters Schoß zu sitzen. Auch Mihael fühlte sich nicht behaglich. Ungeschickt wippte er den Sohn, bis er auf den Knien etwas Nasses spürte.

Maria ging ins Büro und rief Major Steiner an, der mit Hauptmann Bilharz gerade beim Gabelfrühstück saß. Zuerst gratulierte sie dem Major zum Erfolg der großen deutschen Armee, dann bedankte sie sich für die Einladung zum Sektempfang, auf den ihr Mann und sie sich schon freuen würden, sagte dann aber noch, dass ihr Bruder Erich am siegreichen Feldzug gegen die Sowjetunion teilnehme, dass ihn der Reichsführer SS Himmler persönlich mit dem Eisernen Kreuz ausgezeichnet habe und dass er jetzt Oberst der SS sei. Schließlich fragte sie, ob von der Liste nicht jene Personen gestrichen werden könnten, die der deutschen Bevölkerung gegenüber, dafür könne sie sich persönlich verbürgen, zweifellos immer loyal gewesen und für die wirtschaftliche Entwicklung des Ortes sehr wichtig seien. Die Liste der Personen, an deren Rückkehr dem Bürgermeister gelegen wäre, werde ihm der Leutnant der SS überbringen, der im Büro des Bürgermeisters arbeite. Der Major antwortete freundlich, dass es leider zu spät sei, denn die Deportation habe am Morgen stattgefunden, und Maria antwortete ebenso freundlich, dass sie ganz unbesorgt sei, dass der Major das entstandene Problem regeln werde. Ganz beiläufig sagte sie noch, dass sie in ständigem Kontakt mit ihrem Bruder stehe, der ein persönlicher Freund Himmlers sei. Was natürlich nicht stimmte, aber Maria war sich sicher, dass der Major dies keinesfalls überprüfen konnte. Sie bedankte sich nochmals für die freundliche Einladung und schloss das Gespräch mit *Heil Hitler.*

Am Abend wurden die Grabnerin und alle sechs jungen Sägewerksarbeiter auf einem Militärlaster zurück nach Dolina gebracht. Nur die Familie Mohorko, Vater, Mutter und die mongoloide Tochter, wie man damals Kinder mit Down-Syndrom nannte, war nicht auf dem Fahrzeug. Keiner sollte sie je wiedersehen oder vermissen.

»Ist das nicht seltsam«, sagte Mihael, als sie am Samstag mit den Kindern zur Villa Eichhein fuhren.

»Was?«, fragte Maria nach einer Weile. Sie fuhren durch jenen Teil des Waldes, wo eine Abzweigung tiefer in den Wald führte und wo sich zwei heißblütige Liebende vor vielen Jahren versteckt hatten. Sie dachte an den Geruch des Heus aus der Futterkrippe, das sie auf der Lichtung verstreut und auf das sie sich gelegt hatten, sie dachte an den harzigen Duft der Fichten und an das wonnige Brennen am Rücken, wenn Mirko sie gegen einen Fichtenstamm gepresst, ihr tief in die Augen geschaut und mit der ganzen Kraft seiner Lust und Leidenschaft in sie gestoßen hatte. »Was sagst du?«, fragte sie Mihael abermals, als sie zu dem Plateau hinauffuhren, auf dem die Villa Eichhein stand.

Mihael lächelte: »Es ist doch seltsam, dass wir in ein Haus eingeladen werden, das in Wahrheit uns gehört.«

Sie drehte sich zu den Kindern um, die auf dem Rücksitz saßen. »Das geht vorbei«, sagte sie, streckte ihre Hand aus und streichelte den kleinen Peter, der zwischen seinen Brüdern hockte und mit weit offenen und stets verwunderten Augen in die Welt schaute.

Vor der Villa standen sehr viele Autos. Mit Mühe fanden sie einen freien Platz. Leute lachten und sangen. Abgesehen von den Wachtposten waren alle schon etwas angeheitert. Ein junger, hübscher Soldat kam auf sie zu und lud sie ein, hinters Haus zu kommen. *Folgen Sie mir*, sagte er, als würden sie das Areal rund ums eigene Haus nicht kennen, *folgen Sie mir, der Kommandant erwartet Sie.* Auf der ebenen Fläche hinter dem Burgturm, wo sich auch die Tür ins Verlies befand, standen lange, weiß gedeckte Tische. Es war ein schöner Junitag. Vom umgebenden Wald her wehte ein leiser Wind. Am Rand der Lichtung patrouillierten Soldaten, denen das Wasser im Mund zusammenlief, wenn sie auf die reich gedeckten Tische und die Weinflaschen schauten. Aus dem Wohnzimmer im Erdgeschoss hatte man das Klavier auf den Rasen geschleppt, und Hauptmann Lukas, der schon die Uniformjacke ausgezogen hatte, spielte im bloßen Hemd alte deutsche Varietéschlager. Maria wurde eng ums Herz. Es war das Klavier, über das ihre Mutter eine weiße Decke geworfen und das niemand mehr angerührt hatte, nachdem sie erkrankt war. Jetzt aber hatten sie es herausgezerrt und fuhrwerkten mit ihren dicken, plumpen Soldatenfingern darauf herum. Das Klavier stand schief, unter den weinseligen Soldaten wirkte es wie ein verwundetes Tier. Der hintere Fuß war im nassen Gras eingesunken. Es war verstimmt. Sie hatten es beim Herausschleppen in den Garten gewiss beschädigt. *Es geht vorbei. Es geht vor-*

bei, wiederholte Maria in Gedanken, als Major Steiner mit ausgebreiteten Armen auf sie zukam. *Ich freue mich, dass Sie endlich gekommen sind*, sagte er und umarmte sie. Es war ihr unangenehm. Sie hatte nicht erwartet, dass er sich derart zwanglos benehmen würde, schließlich kannten sie sich kaum. Der Umstand, dass er ihren Wunsch erfüllt und einige Ortsbewohner vom Transport zurückgeholt hatte, verlieh ihm seiner Ansicht nach wohl das Recht zu derlei Vertraulichkeit. Als er seine Wange an ihre lehnte, roch sie den Alkohol. Mihael stand daneben und lächelte idiotisch. Er hielt den kleinen Peter im Arm, der verwundert in die Menschenmenge starrte. Der zehnjährige Miroslav und der um ein Jahr jüngere Ivan rannten sofort zum Klavier, und Hauptmann Lukas, den die Buben kannten, weil er ihnen den Bausatz für den *Tiger II* geschenkt hatte, hörte sofort zu klimpern auf und stürzte zu den Kindern. An Mihael und Maria traten noch andere geladene Gäste heran. Da war die Familie des Uhrmachers und Goldschmieds Deutschmann, die Familie des Transportunternehmers Plattner mit allen sechs Kindern, auch der Drucker Hörlinger mit Frau und der Großbauer Grünberg mit seinen Söhnen waren gekommen, ebenso der pensionierte Professor Ebner und der geschätzte Botaniker Doktor Hirshfield, Ehrendozent an der Wiener Universität; das waren die einzigen Gäste aus der Stadt, die Bürgermeister Mihael persönlich kannte. Auch der Thurn-Neffe Max war da. An einem der Tische saß der Waldbesitzer Franz Fedensberg mit seiner dicken Frau, die immer damit angab, weitschichtig mit Nietzsche verwandt zu sein, und die anscheinend gerade damit beschäftigt war, diesen Umstand vehement und in aller Ausführlichkeit einem jungen Offizier zu erklären, der sich Mühe gab, die redselige Frau nicht spüren zu lassen, dass ihm ihre Verwandtschaft am Arsch vorbeiging.

Kommandant Steiner hatte keinen einzigen Deutschtümler eingeladen. So fehlte die Familie des Metzgers Jože, die zwar slowenisch, aber doch so begeistert von den Deutschen war, dass sie sogar zu Hause Deutsch sprach. Graf Auersperg hatte sich indes entschuldigen lassen und seinen Chauffeur mit einer Kiste Sekt geschickt. Mihael bemerkte unter den Gästen noch einige deutsche Familien aus der Stadt, die er nicht kannte. Er hatte eine Festrede vorbereitet, die er, wie Maria ihm aufgetragen hatte, verlesen sollte. Die Rede sollte auf freundliche Weise auch die Autonomie des Bürgermeisters und die bessere Zusammenarbeit mit der Armee zur Sprache bringen. Mihael wollte das Wort *Besatzungsarmee* verwenden, doch Maria war dagegen. Sie hatte durchaus nicht den Eindruck, dass die deutsche Armee in einem Ort, in dem es seit jeher viele deutsche Volksgenossen gab, eine Besatzerin sei. Außerdem, so sagte sie noch und ging dabei mit der Stimme ziemlich hoch, verändere sich gerade die Gestalt Europas. Falls er es noch nicht bemerkt haben sollte: Ein neues Europa werde errichtet, und die Deutschen hätten in diesem neuen Europa jedes Recht, das führende Volk zu sein. Damals gerieten sie zum ersten Mal wirklich aneinander. Auch Mihael erhob seine Stimme. *In unserer Familie waren wir nur Slowenen!*, schrie er. *Hier haben schon immer Slowenen gelebt. Ihr habt nur mehr Geld gehabt! Ihr habt nicht das geringste Recht zu glauben, dass ihr darum etwas Besseres seid. Und dass eure Kultur etwas Besseres ist. Wir haben euch aufgenommen. Nicht ihr uns!!* Am Ende brüllte er schon fast. Maria starrte ihn wütend an. Dann schaute sie durch ihn durch, als wäre er Luft, und sagte, dass man ihm schon von Weitem ansehe, dass er ein ordinärer und primitiver Bauer sei, der nie kapieren werde, wo's langgeht. Er verstummte. Nicht zu glauben, meinte sie das ernst? Dachte sie schon immer so? Plötzlich hatte er das Gefühl, mit einer

Fremden zusammenzuleben. Mit einer Fremden drei Söhne zu haben. Auch Maria bemerkte, dass sie zu weit gegangen war, und sie entschuldigte sich bei ihm. Doch Gesagtes wird nicht einfach ungesagt. Es bleibt. Besonders, wenn es mit so viel Nachdruck, mit einem so wütenden Blick und mit einer solchen Kälte gesagt wird.

Geschriebenes verschwindet schneller. Wir schreiben etwas auf und stecken es in die Schublade, zerreißen, verbrennen es und löschen es auf diese Weise symbolisch. Doch das gesprochene Wort steckt wie ein Widerhaken im Fleisch, es brennt in unserer Seele und klingt fort, immer lauter und schriller. Es wird nicht gelöscht. Es wühlt in unseren Gedanken und wuchert wie wildes Fleisch. Es bohrt und hackt in unserem Gehirn. Es ist unauslöschlich, es erniedrigt und versklavt uns. Es wird immer vieldeutiger. Je mehr wir darüber nachdenken, umso mehr Bedeutung und Ausdehnung gewinnt es … *Entschuldige, entschuldige*, sagte Maria, *ich hab das nicht so gemeint.* Er nickte, dachte aber: *Genau so hast du es gemeint. Du hast es immer so gemeint.* Laut sagte er: *Ist schon gut*, und er strich die *Besatzungsarmee* und ersetzte sie durch *eine bessere Zusammenarbeit mit der Militärverwaltung.* Und jetzt, auf dem Rasen, vor den Resten des Burgturms, wollte er als Bürgermeister des Orts am Fuß der Grmada die Rede verlesen. Er reichte den kleinen Peter seiner Frau und zog das Blatt mit der geschriebenen Rede aus seiner Jackentasche. *Ich habe etwas vorbereitet*, sagte er. »Zu spät!«, rief der Major so resolut, als erteilte er einen Befehl. Alle verstummten und schauten ihn an. »Die Gelegenheit haben Sie verpasst, wir haben auf die siegreiche deutsche Armee schon angestoßen. Jetzt vergnügen wir uns!« Und er lächelte. Er zeigte seine geraden weißen Zähne, machte auf dem Absatz kehrt, hängte sich bei Maria ein und spazierte mit ihr und dem jüngsten Sohn, den sie im Arm hielt, zum

Tisch mit den Sektgläsern. Mihael stand plötzlich ganz allein auf dem Rasen, alle wiesen ihm den Rücken, um sich ebenfalls ein neues Glas Sekt zu holen. Hauptmann Lukas malträtierte wieder das Klavier, die Kinder scharten sich um ihn, spielte und sang er doch die beliebte deutsche Weise:

O, du lieber Augustin, Augustin, Augustin,
O, du lieber Augustin, alles ist hin!
Geld ist weg, Mädl ist weg,
Alles ist hin, Augustin.
O, du lieber Augustin,
Alles ist hin.

Die Kinder juchzten und waren begeistert. Hauptmann Lukas jagte mit ihnen ums Haus. Die älteren Buben besichtigten am nördlichen Wachtpunkt das MG-Nest, besonders angetan hatte es ihnen die Maschinenpistole *MP41*. Der Junitag wurde langsam zum Abend. Maria lachte über die Scherze von Major Steiner, der sich den Rock aufknöpfte. Die Unteroffiziere folgten seinem Beispiel. Thurns Neffe war immer offensichtlicher betrunken. Der Transportunternehmer Plattner versuchte alles, um mit dem Major ins Geschäft zu kommen; seine Lastkraftwagen, sagte er, stünden der siegreichen Armee jederzeit zur Verfügung, gegen einen gewissen, wenn auch nur symbolischen Betrag, natürlich. Mihael stand abseits. Alle deutschen Familien, die gekommen waren, wichen ihm aus, so empfand er es, und er empfand es zu Recht. Dass ihn der Major nicht zu Wort hatte kommen lassen, war für einige das Zeichen, dass ihr Bürgermeister nicht allzu erwünscht war. Mihael spürte die feindselige Atmosphäre, hielt aber trotzdem durch. Er stand mit einem Glas in der Hand am Tisch. Seine drei Kinder vergnügten sich. Die beiden Buben hüpften um Hauptmann Bilharz herum, der selbst immer mehr zum Jungen wurde, er hob die Knaben auf seine Schultern und lief mit ihnen zwischen den Tischen herum. Und der gut einjährige Peter genoss es, von den Frauen herumgereicht zu werden. Maria plauderte währenddessen mit dem Major und den Offizieren. Hin und wieder trug der leise Wind, der vom Wald her wehte, den einen oder anderen Gesprächsfetzen an Mihaels Ohr … *Görings Luftwaffe ist die beste der Welt … ist uns gelungen … die Judenfrage … Hitler hat uns Gott geschickt … ein Genie … ist spätestens im Frühling gewonnen* … und das eine oder andere Lachen, Zustimmung, sogar kurzer Applaus … Doch unablässig wurde es dunkler. Vom Wald her sickerten abendliche Schatten allmählich in die Lichtung ein. Der kleine Peter begann plötzlich zu weinen. Frau Fedensberg tröstete ihn, indem sie ihm ein altes deutsches Lied vorsang und ihn dabei ohne jede Empathie auf den Knien wippte, worauf der Knabe aus Leibeskräften zu brüllen begann. Mihael ging zu ihr, bedankte sich bei den Damen und nahm den Buben an sich. Peter wollte nicht aufhören, er schrie, so laut er konnte. Mihael ging zu Maria, die sich ungerührt weiter mit dem Major unterhielt. Der Major erklärte die Rassengesetze, sagte, *das Reichsbürgergesetz, das Göring schon 1935 in Nürnberg beschlossen hat, ist die einzige und wahre Lösung für Europa.* Maria nickte und sagte, dass sie das auch so sehe. Mihael stand mit dem kleinen Peter neben ihr und wartete auf den richtigen Moment, seine Frau darauf aufmerksam zu machen, dass das Kind müde und dass es an der Zeit sei, nach Hause zu gehen. Major Steiner tat, als gäbe es Mihael gar nicht, obwohl er mit dem schluchzenden Kind genau vor ihm stand, einen halben Schritt hinter Maria. Beharrlich schaute der Major mit den kalten blauen Augen, die vom Wein, den er getrunken hatte, rot gerändert waren, durch ihn hindurch. *Die Rassengesetze*, sagte er, *haben das Verhältnis zwischen*

Juden und Deutschen geregelt, wenn der Krieg vorbei ist, korrigieren wir noch die übrigen unnatürlichen Verbindungen. Maria nickte bloß, Mihael aber beugte sich zu ihr hinunter und flüsterte, dass der Kleine sehr müde sei. Als Mihael aufschaute, begegnete er dem Blick des Majors, der ihm jetzt direkt ins Gesicht sah. Er war viel betrunkener, als es auf den ersten Blick scheinen mochte. »Auch Ehen zwischen Deutschen und Slawen sind unnatürlich«, sagte er, ohne seine roten Augen abzuwenden. Er sagte es ziemlich laut, sodass es auch die Grüppchen hörten, die in der Nähe standen. Hauptmann Bilharz ging neben dem Klavier auf alle viere, und die Buben ritten auf ihm wie auf einem Pferd. Dabei sang der Hauptmann mit rauer Stimme: *O, du lieber Augustin, alles ist hin. Alles ist hin.* Frau Fedensberg klatschte mit ihren fetten Händen einen ganz falschen Rhythmus dazu. Die Kinder kicherten, der Abend wurde zur Nacht, Soldaten lehnten am Klavier und schenkten sich Sekt ein. Maria drehte sich zu Mihael um und sagte zu ihm auf Deutsch, sonst sprachen sie immer Slowenisch, er möge mit den Kindern im Auto auf sie warten, sie müsse mit dem Major nur noch etwas besprechen, etwas Wichtiges. Doch Mihael packte sie wortlos am Arm, drückte ihr den kleinen Peter in die Arme, verbeugte sich leicht, fast so, wie er dies bei den Offizieren gesehen hatte, und sagte auf Deutsch, dass er sich für die Einladung nochmals bedanke und dass er und seine Frau sich nun verabschieden müssten. Er wartete nicht auf die Reaktion des Majors, nahm Maria am Arm und führte sie um den Burgturm herum, an der Tür zum Verlies vorbei zum vorderen Teil des Hauses. Er spürte, wie ihm alle nachsahen. Er wusste, dass ihn der Major mit seinem rot unterlaufenen Blick durchbohrte und dass auch die Übrigen spürten, was sich plötzlich entladen hatte wie die Luft in einem mit Benzindämpfen gesättigten Raum, wenn man ein Streichholz anreibt. Maria schwieg. Beim Wagen angekommen, öffnete ihr Mihael die Tür, und sie stieg mit dem kleinen Peter im Arm hinten ein. Dann ging er zum Rasen zurück, wo er die beiden Größeren packte und sie fast zum Auto zerrte. Die Buben wehrten sich, *ein bisschen noch, ein bisschen noch,* Lukas sei *so lustig, er hat versprochen, dass er uns im Panzer mitnimmt, ein bisschen noch, warum müssen wir heim, ein bisschen noch …* schmollten sie, und zwar auf Deutsch, bis er hinter ihnen die Wagentür zuschlug. Er setzte sich ans Steuer und fuhr ins Tal. Auf dem Heimweg sagte keiner auch nur ein Wort.

Steiner und Bilharz im Bett des Ehepaars Novak-Eichhein

Nachdem die ersten Gäste gegangen waren, dauerte die Feier nicht mehr lange.

Die Junisterne gingen am Himmel an und der Mondkeil hing direkt über dem Rand der Grmada. Major Steiner trank, nachdem Bürgermeister Mihael Novak und seine Frau das Fest verlassen hatten, ein letztes Glas. Er knöpfte sich die Uniform zu und nahm in der Mitte des längsten Tisches Platz. Ihm wurde bewusst, dass er für die Soldaten ein Vorbild sein musste, darum beschloss er, nichts mehr zu trinken. Nach einer Weile, als er von Plattners Selbstlob hinsichtlich seines hervorragenden Fuhrparks und seiner unschlagbar preiswerten Dienste genug hatte, stand er auf, strich sich mit der flachen Hand die helle Haarsträhne auf die linke Stirnseite, setzte die Kappe auf, schlug vor den Damen die Hacken zusammen und verneigte sich leicht. Dann ging er zum Haus und zeigte damit deutlich genug, dass das Fest vorbei war.

Er wohnte im zweiten Stock, im Schlafzimmer des Ehepaars Novak-Eichhein. Das Feldbett von Hauptmann Bilharz stand gleich nebenan im Kinderzimmer. Er zog sich aus, faltete die Uniform, warf das verschwitzte Hemd und die Unterwäsche in den dafür vorgesehenen Korb, den die große und widerliche Hausmagd morgen mitnehmen würde, und ging nackt ins Bad. Durchs Fenster war zu hören, wie die Feier zu Ende ging. Von der anderen Hausseite drangen der Klang von Motoren und das Knirschen von Rädern im Sand herein. Er drehte den Wasserhahn auf, setzte sich auf den Rand der großen gusseisernen Wanne und wartete auf das Warmwasser.

Manfred Steiner stammte aus einer bayrischen Soldatenfamilie. Seine Verwandten waren nie in höhere militärische Positionen aufgestiegen. Sein Großvater war Oberst gewesen, das war der höchste Rang, den je ein Steiner erreicht hatte. Sie konnten sich aber mit ihrem tadellosen Stammbaum brüsten. Sie waren Bayern, die sich traditionsgemäß, schon seit zweihundert Jahren, nur mit Bayern vermählten. Manfred hatte von Anfang an mit den Nationalsozialisten sympathisiert, obwohl er der Partei erst wenige Monate vor der *Nacht der langen Messer* beigetreten war, als Hitler mit der SA und mit Ernst Julius Röhm, seinem Gefährten aus der Haftzeit, abrechnen sollte. Zu Letzterem sah sich Hitler durch einen Teil der Armee genötigt, denn die SA war über den Rahmen einer Parteimiliz hinausgewachsen, und die Generäle der Wehrmacht machten die Treue zum Kanzler von der Auflösung der SA abhängig. Hitler opferte seinen ältesten politischen Mitstreiter und, wie von manchen behauptet wird, intimen Freund Röhm und ließ ihn am 1. Juli 1934 abknallen wie einen Hund. Der Hauptgrund für Manfred Steiner, der NSDAP beizutreten, war gewesen, Lukas Bilharz beschützen zu können, der seine Karriere gerade in den paramilitärischen Schlägertrupps der SA begonnen hatte, die durch die Straßen der deutschen Städte marschiert waren und sich blutig an Juden und politischen Gegnern ausgetobt hatten. Noch rechtzeitig nutzte er seine familiären Beziehungen und holte seinen Freund zu sich in die *reguläre*, offizielle Armee. Die Mitgliedschaft in der Hitler-Partei kam ihm dabei sehr gelegen, denn die Partei war bestrebt, in der Wehrmacht möglichst viele eigene Leute zu haben. Die beiden Freunde zogen nach Berlin, in München kannte man sie zu gut. Lukas Bilharz hatte sich nämlich als Organisator von Röhms zügellosen Festen einen Namen gemacht. Nach der *Nacht der langen Messer* wurden viele Mitglieder der SA ins

Konzentrationslager Dachau geschickt, wo sie rosa Dreiecke trugen. Manfred versteckte Lukas eine Zeitlang bei seiner Mutter in München, die alle seine Geheimnisse kannte und den Sohn in allem unterstützte. Als sich die Dinge beruhigten und es den Steiners gelungen war, Lukas in der Wehrmacht unterzubringen, suchten beide um Versetzung nach Berlin an. Dem wurde entsprochen. Als Manfred der Armee zugewiesen wurde, die das Königreich Jugoslawien überfallen sollte, waren sie wieder zusammen.

Manfred legte sich in die Wanne. Das Wasser war nicht heiß. Lauwarm. *Wie alles in diesem Land*, dachte er sich. *Lauwarm. Blutlos.* Doch die Temperatur des Wassers, das seinen Körper umspülte, störte ihn nicht sonderlich. Er duschte und wusch sich immer kalt und trug Sorge für seinen athletischen Körper. Im Unterschied zu Hauptmann Lukas, der zur Fettleibigkeit neigte, turnte er jeden Morgen. Er war einer der besten Bogenschützen, im Hundertmeterlauf war er schwer zu schlagen, er schaffte 200 Liegestütze, war ein Fußballnarr, trainierte auch Leichtathletik und Hammerwurf. Er versuchte sich in allen Sportarten, in keiner war er wirklich der Beste, aber als jungem Mann in den besten Jahren standen ihm, da war er sich sicher, alle Erfolge, auch die sportlichen, noch bevor.

Er schloss die Augen und tauchte ins laue Wasser ein, nur das Gesicht schaute heraus. Die Stimmen vor dem Haus erstarben fast ganz. *Ich habe nach Russland gewollt*, überlegte er, *im letzten Augenblick haben sie mich von der Liste gestrichen, die Schufte! Und jetzt bin ich hier. Die Landschaft schaut wirklich ähnlich aus wie bei uns. Auch die Häuser, die Fassaden, die Dächer, die Fenster, die Straßen: Man sieht, dass hier die deutsche Kultur geherrscht hat. Würde mir jemand die Augen verbinden und mich in eine dieser Ortschaften stellen und mir dann die Binde abnehmen und mich fragen:*

Wo bist du?, dann würde ich, ohne zu überlegen, sagen: in Deutschland. Das ist unser Land. Dieselben Orte, dieselben Hügel, dieselbe Landschaft. Nur die Leute sind anders. Man sieht schon auf den ersten Blick, wie anders und armselig sie sind. Eine Mischung aus allem. Verweichlichte, jammernde Säufer. Kriecher, die für ein paar schäbige Privilegien bereit sind, ihr Volk zu verleugnen. Ihnen fehlt der Stolz. Anders als den Russen, die ihre Geschichte haben und die man sogar achten kann … Die Leute in dieser Gegend haben kein Rückgrat. Sie sind Sklaven. Geborene Sklaven. Sie nicken nur, verbeugen sich, lächeln, schwimmen mit dem Strom. Man kann mit ihnen machen, was man will, sie sind wie ihr Bürgermeister, dieser Jasager. Ich verstehe nicht, wie sich unsere Leute mit ihnen paaren konnten. Aber wir werden Ordnung schaffen. Aussiedeln. Beseitigen. Langsam. Zuerst beenden wir den Krieg, dann gehen wir's an. Von Grund auf. Nichts ist verachtenswerter als Menschen, die ihr Blut, ihr Volk verleugnen, die sich um jeden Preis an eine fremde Geschichte, an fremde Siege anzuhängen versuchen. Stimmt schon, sinnierte Major Steiner, *ihr Blut ist verklumpt und historisch gesehen zum Aussterben verurteilt, und die Geschichte wird zweifellos über sie drüberfahren und sie aus dem Weg räumen, aber wir werden dieses leidvolle Aussterben beschleunigen. So gesehen, ist meine Arbeit und Pflicht hier eigentlich ganz in Ordnung. Obwohl ich jetzt lieber in Russland wäre.*

Etwas fasste ihn an … Er erschrak und richtete sich augenblicklich auf. Die Berührung am Oberschenkel ging wie ein Stromschlag durch seinen Körper. Das Wasser schwappte über den Rand, sein Herz spielte verrückt … Als er wieder klar sehen konnte, sah er Hauptmann Lukas am Wannenrand sitzen, die Hand noch immer auf Manfreds Schenkel. »Spinnst du? Was ist los mit dir? Du hast mich erschreckt. Ich hätte dich umbringen können«, schrie der Major. Lukas aber lachte nur betrunken, stand auf, taumelte ein wenig und verlor fast das Gleichgewicht, dann zog er sich mit einer langen Bewegung das Hemd über den Kopf. Vor Manfred leuchtete ein weicher, weißer Bauch. »Du hast wieder zugenommen«, sagte der Major, Lukas aber begann sich den Gürtel aufzuschnallen. »Ich komm zu dir in die Wanne«, schnurrte er und seine Augen leuchteten, »wir haben schon lange nicht mehr zusammen gebadet …« Manfred erhob sich schnell aus dem Wasser. »Und das tun wir auch jetzt nicht.« Und er begann sich abzutrocknen. »Warum nicht?«, fragte der dickliche Hauptmann. »Du hast dich heute wie ein Weib benommen«, sagte Manfred und ging ins Schlafzimmer. »Wir haben gefeiert, es war ein Fest! Du weißt, wie sehr ich das genieße, kann sein, dass ich mal übertreibe, aber den Buben hat's gefallen«, sagte Lukas und wankte seinem Freund ins Zimmer nach. »Ich will nicht, dass du dich benimmst wie eine alte Hure, klar?«, sagte Manfred streng und begann, sich den Seidenpyjama anzuziehen, den ihm seine Mutter gekauft hatte, bevor ihn die Pflicht für längere Zeit von ihr fernhalten sollte. Lukas sah seinen Freund beleidigt an, dann erwiderte er: »Gut. Wenn du meinst …« Während er sich die Jacke zuknöpfte, schaute Manfred über die Schulter: »Wenn ich was meine?« Lukas seufzte: »Dass ich eine Hure bin.« Manfred verdrehte die Augen und stieg ins Bett. »Willst du …?«, fragte Lukas nach einer Weile leise. »Was?« Er zuckte die Achseln: »Keine Ahnung … dass ich dir die Eier lecke …«, und schon war er auf dem Bett und begann an ihm hochzukriechen. »Nein!«, stieß Manfred aus, und weil Lukas nicht aufhörte und schon Anstalten machte, seine Beine abzudecken, gab er ihm einen Tritt: »Nein, hab ich gesagt! Heute nicht!!« Lukas blieb enttäuscht auf dem Bettrand sitzen, Tränen stiegen ihm in die Augen. »Warum bestrafst du mich?« Manfred nahm das Handtuch vom Nachttisch und begann, sich damit das nasse

Haar abzutrocknen. »Weil ich nicht will, dass du dich wie ein Weib benimmst. Ich will nicht, dass meine Soldaten reden!« Lukas stand sofort auf und krächzte: »Glaubst du, die wissen es nicht?! Glaubst du, die können nicht bis zwei zählen? Alle wissen, dass ich nie in meinem Bett schlafe!« Manfred unterbrach ihn: »Na, heute wirst du.« Eine dicke Träne lief über Lukas' Gesicht. »Du magst mich nicht mehr.« Manfred lächelte ironisch und sagte: »Gute Nacht. Wir reden, wenn du nüchtern bist.« Lukas nickte, dann schlug er die Hacken zusammen, hob den Arm zum Hitlergruß, versuchte es mit einer militärischen Drehung auf den Fersen, verhedderte sich aber im Teppich und fiel hin. Manfred rieb sich weiter die Haare trocken.

Im Kinderzimmer zog Lukas ein frisches Hemd an. *Denkste, ich geh nicht ins Bett! Fällt mir gar nicht ein! Dazu bin ich viel zu aufgewühlt …*, brodelten seine Gedanken, als er sich die Pistole umschnallte. Manfred hatte sie ihm zu seiner Ernennung zum Stabshauptmann geschenkt, sie hatte einst Manfreds Vater gehört, eine Pistole mit weißem Perlmuttgriff. Wenn ihn Manfred jetzt verließe, dann würde er sie ihm an den Schädel schmeißen: *Behalt sie, Verräter*, würde er ihm sagen, *nein, heut' geh ich noch nicht ins Bett!* Bei der Besichtigung der wichtigen Objekte im Ort und in der näheren Umgebung hatte er die jungen Burschen im Sägewerk gesehen, wie sie mit nacktem Oberkörper die Baumstämme herumschmissen. Sie hatten ihm gesagt, dass das Sägewerk auch nachts in Betrieb sei, freilich mit weniger Arbeitern, was aber noch besser war, er konnte nur hoffen, dass dieselben Burschen auch jetzt dort waren. Bei der Besichtigung hatten sie ihn so schön angeschaut. *Einer hat mir sogar zugezwinkert*, überlegte Lukas und ging die Treppe hinunter, grüßte die Wache vor der Eingangstür und setzte sich ans Lenkrad des Stabsgefährts.

Im Schlafzimmer hörte der Major zwar das Geräusch eines Wagens, der sich vom Haus entfernte, aber es kam ihm nicht in den Sinn, dass Lukas am Steuer sitzen könnte. Er ging davon aus, dass es eine der Patrouillen war, die regelmäßig die Wachtpunkte im gesamten Bezirk abfuhren. Er nahm das Buch vom Nachttisch, das ihm auch seine Mutter in den Koffer gelegt hatte, Tolstois *Krieg und Frieden*. Er versuchte zu lesen, konnte aber nicht. Er las ein paar Zeilen … *Die Schlacht bei Borodino* … und schon fielen ihm die Augen zu. Er streckte sich nach der Lampe und knipste das Licht aus.

Der Kampf um das Sägewerk, oder war's nur ein Brand?

Von der Nacht, in der die Eichhein-Säge abgefackelt wurde, wird in vielen Büchern erzählt. In den Beschreibungen aus der unmittelbaren Nachkriegszeit ist vom *Kampf um das Sägewerk* die Rede, die späteren, weniger tendenziösen Aufzeichnungen nennen das Ereignis einen *Brand*. Brand oder Kampf, oder wie immer man es bezeichnen will, das Geschehen in jener Juninacht des Jahres 1941 ist vor allem deshalb von Bedeutung, weil es das erste sichtbare Zeichen des Widerstands gegen die Besatzer in diesem Landesteil war. Infolge des Angriffs setzten sich mehrere junge Burschen in die Wälder der Grmada ab. Noch in derselben Nacht waren es die sechs, die am Tag des Angriffs auf die Sowjetunion deportiert und wieder zurückgebracht worden waren. In den Tagen darauf schlossen sich weitere junge Männer den Aufständischen an. Im Grunde aber fing alles damit an, dass auf dem Platz vor dem Sägewerk, das in die nächtliche Stille dröhnte, das Stabsfahrzeug mit Hauptmann Lukas Bilharz am Steuer vorfuhr.

Das Sägewerk stand an der Grmadšnica, dem von den Hängen der Grmada fließenden Bach. Sein Wasser trieb einst das Rad an, an dem die große Säge hing. Später schloss Oto von Eichhein die Säge lieber an einen Benzinmotor an, was den Betrieb auch dann ermöglichte, wenn der Bach einmal weniger Wasser führte. Der Motor trieb auch das Förderband an, das die Stämme ans Schneidwerk heranführte. Kurz vor dem Krieg ließ Oto zwei weitere Schneidwerke montieren und baute eine gesonderte Trockenhalle für das Schnittholz. Er ahnte, dass er im Zuge des Rechtsstreits, den die großen

Waldbesitzer mit dem Königreich Jugoslawien führten, einen Großteil der Wälder verlieren würde, darum beeilte er sich mit dem Abholzen und dem Verkauf.

Den Bereich vor dem Haupttor, welches dem Tal zugewandt war, hatte der alte Eichhein aufschütten und einebnen lassen, dort war der große Wendeplatz für die Lastwagen, die wochentags das gesägte Holz ins Tal brachten. Hinten, wo es steil bergauf ging, standen die Zusatzgebäude. Unter anderem befand sich in dem Winkel zwischen der Trockenhalle und dem Bach die alte Holzrutsche, auf der früher das Rohholz aus den Wäldern zur Säge befördert worden war. Der Partisanenkommandeur Slavc befahl seiner Einheit, sich dem Sägewerk genau über diese Rutsche von hinten zu nähern.

Silvester, Marta und Matija hatten das Werk ein paar Tage lang beobachtet und den Plan für den Brandanschlag ausgearbeitet. Sie wussten, dass in der Nachtschicht viel weniger und vor allem jüngere Arbeiter anwesend waren. Die älteren hatten sich nämlich bei Mihael Novak, der nun im Namen seiner Frau die Säge verwaltete, das Recht erkämpft, nur mehr Tagschichten zu schieben. Sie waren den Besitzern gegenüber auch loyaler als die jungen, denen der Anschlag den Entschluss erleichtern sollte, sich den Aufständischen anzuschließen.

Der Plan stammte von Silvester und sah drei Stufen vor. Marta hörte stolz zu, als er ihn dem Kommandeur unterbreitete. Sie würden von hinten über die alte Rutsche kommen. *Drei gehen sofort zum Maschinenraum, wo auch die Benzinfässer lagern. Nachts ist dort niemand. Die drei werden sich mit Kanistern eindecken, das ist Phase eins des Angriffs. In Phase zwei gehen die anderen Kämpfer, also die übrigen sechs, entlang des gesamten rückwärtigen Teils des Werks in Stellung. Auf Handzeichen wird im Maschinenraum das*

Aggregat abgeschaltet und die Lichter gehen aus. Genau jetzt fangen die Kämpfer an, in die Fenster des Sägewerks zu schießen. Das wird die Arbeiter erschrecken und sie werden durchs Haupttor talwärts flüchten. Mit Widerstand ist nicht zu rechnen, weil keiner im Sägewerk bewaffnet ist. Die Kämpfer werden in das Werk eindringen und überprüfen, ob wirklich alle Arbeiter den Hauptraum verlassen haben. Phase drei ist die Brandlegung. Sie werden im Holzgebäude Benzin ausschütten, sich zurückziehen und es anzünden. Bis es lichterloh brennt, werden die Kämpfer durch Schüsse in das brennende Gebäude verhindern, dass jemand zurückkommt und versucht, das Feuer zu löschen. Dann werden sie sich in die Wälder zurückziehen. Opfer sollte es keine geben, weil es auch keine Gegenwehr geben wird. Alle hörten Silvester aufmerksam zu. Der Kommandeur bestätigte seinen Plan für den Angriff auf das Sägewerk.

Lukas Bilharz hielt vor dem Haupttor der Eichhein-Säge. In diesem Augenblick stieg bereits hinten über die Rutsche die Partisanengruppe ab. Wegen des Getöses, das der Motor im Sägewerk machte, war der Wagen des Hauptmanns für sie nicht zu hören.

Lukas war von der Fahrt durch die nächtliche Kühle ein wenig nüchterner geworden. Trotz des quälenden Gesprächs mit dem Major war er gut gelaunt. Er betrat die Halle, in der das lange Sägeblatt sich in das weiche Fichtenholz fraß und die Baumkörper in dünne weiße Bretter verwandelte. Überall flogen Späne des weißen Holzes herum, was im Licht der nackten Glühbirnen aussah, als rieselte feiner Schnee. Hier drinnen war es ziemlich warm. Der heißgelaufene Motor, der das Sägeblatt durch die Baumstämme jagte, und die Reibung des stählernen Bandes im weichen Holz heizten den Raum auf, in der Luft vermischten sich die Gerüche von Holz, Pech und Motoröl.

Am Förderband dirigierten zwei Männer die Stämme ins Schneidwerk. Auf jeder Seite wurde es wie das gefräßige Maul eines tausendzahnigen Monsters von drei muskelbepackten Jungs gefüttert. Am Ende, wo die halbierten Stämme anlangten, standen weitere drei Arbeiter. Sie leiteten die zersägten Körper zurück auf das Förderband. Der Prozess wiederholte sich, solange aus einem Stamm noch frische Bretter geschnitten werden konnten. Am Anfang der Säge saß der Schichtführer, der einzige etwas ältere Arbeiter, und überwachte den gesamten Prozess. Weiter hinten waren noch ein paar Burschen, die mit den Brettern hantierten und sie nach Größe und Qualität stapelten. Die, die am Schneidwerk standen, trugen nur Unterhemden, manche arbeiteten auch mit nacktem Oberkörper, der Schweiß rann ihnen über Arme und Brust. Überall häuften sich die Sägespäne. Einer der Burschen, der jüngste, schaufelte sie in einen Schubkarren und brachte sie zu einer großen Box.

Lukas blieb mitten im Raum stehen und grüßte. Die, die mit dem Gesicht zum Haupttor standen, hoben die Köpfe und nickten ihm zu, die Übrigen hörten ihn nicht. Der Schichtführer näherte sich dem deutschen Offizier. Lukas hob die Hand und sagte: »Besuch. Nur ein Freundschaftsbesuch.« Jetzt sahen auch die anderen den Offizier. Sie hörten nicht zu arbeiten auf, sie gafften nur verwundert in seine Richtung. Lukas näherte sich dem jungen Burschen, der die Sägespäne zur Box transportierte. »Wie heißt du?«, fragte er freundlich, und seine Augen leuchteten ein wenig vom Sekt und Cognac, den er getrunken hatte, noch mehr aber von der schmeichelnden Freundlichkeit, von der er sich so manches versprach.

»Rudi«, antwortete der Bursche.

Lukas drehte sich zum Schichtführer und fragte: »Kann mir der Junge euer Sägewerk zeigen?«

Der Schichtführer nickte und sagte: »Rudi, zeig dem Herrn, wie wir arbeiten.«

Der Bursche nickte, ließ den Schubkarren los und wischte sich mit der Hand über die schweißnasse Stirn.

Plötzlich gingen alle Glühbirnen aus, die von den Balken des offenen Dachstuhls hingen. Der Motor, der die Schneidwerke antrieb, pfiff in hohen Tönen und rumpelte fürchterlich, als sich das breite Sägeblatt festfraß und mitten in einem Fichtenstamm steckenblieb. Die Arbeiter sprangen vom Förderband weg. Sie wussten, wie gefährlich es war, wenn der Strom ausfiel, weil das Sägeblatt brechen und der Stamm nach allen Seiten ausschlagen konnte wie ein Zahnstocher. Im selben Moment begann es zu knallen, und die Scheiben in den großen Fenstern, die über die ganze Länge der rückwärtigen Wand knapp unterm Dachstuhl verliefen, zersprangen in tausend Stücke. Die Schüsse durchschlugen das Glas und bohrten sich ins Dach, sodass die Dachziegel zersprangen und Splitter nach allen Seiten flogen. Dazu waren von draußen Stimmen und Geschrei zu hören: »Raus!! Alle raus! Raaaaaus!« Mit geduckten Köpfen, über die sie schützend die Arme hielten, flüchteten die Arbeiter erschrocken durchs Haupttor. Auch der Hauptmann wollte fliehen, dann wurde er sich aber bewusst, dass er die Uniform der siegreichen und unbezwingbaren Armee trug. In Wahrheit war Lukas kein mutiger Mensch. Auf dem Schießplatz war er der Schlechteste. Er hasste Waffen, aber er liebte Uniformen. Uniformen erregten ihn, erfüllten ihn mit dem wonnigen Gefühl männlicher Kraft. Etwas hielt ihn davon ab, mit den Arbeitern hinauszulaufen. Etwas wie Arroganz, ein Gefühl der Unverwundbarkeit, der Überlegenheit, befeuert noch durch die Menge getrunkenen Alkohols. Er zog die Pistole mit dem weißen Griff. »Halt! Halt!«, schrie er und drehte sich mit der Waffe nach allen Seiten, während von überall

Glasstücke durch den Raum spritzten und Kugeln die Holzwände rundherum durchschlugen. Lukas hatte das Gefühl, mitten in einer Schlacht zu stehen, allein gegen alle. Mutig wie der unverwundbare Held aus den Nibelungen ging er auf die Hintertür zu, von wo die Schüsse kamen. Er richtete die Pistole auf die Tür und schrie: »Halt! Stehenbleiben oder ich schieße!«, das war das Einzige, was ihm einfiel. So hatte er als Kadett auf Wache und bei den verpflichtenden Übungen für Offiziere schreien müssen, *stehenbleiben oder ich schieße!* Er stellte sich breitbeinig vor die Tür, er spürte seinen Körper wie noch nie. So männlich, so straff, so mutig. Allein gegen alle. Ihm schien, dass er erst jetzt, im Augenblick wirklicher Aktion, als echte Kugeln über ihn hinwegsausten, die ganze Größe des Krieges und der Musik Wagners verstand.

Die Tür wurde krachend aufgestoßen, und vor Lukas zeichnete sich eine menschliche Silhouette mit einem Gewehr ab, das auf ihn gerichtet war. Vor ihm stand Silvester. Und vor Silvester stand der deutsche Offizier.

Noch immer krachte es. Die Kämpfer schossen mit doppelläufigen Jagdflinten, alten jugoslawischen Karabinern, Offiziersrevolvern und Trophäenbüchsen auf die Fenster und schrien: *Raus! Alle raus!* Im Hintergrund, im Schatten der Hütte mit dem Aggregat, standen drei Partisanen. Sie hielten gefüllte Benzinkanister in Händen und warteten auf die dritte Phase des Angriffs. Unter ihnen war auch Marta, denn Silvester hatte sie so eingeteilt. Er hatte Angst um sie, darum schien es ihm besser, dass sie im Hintergrund wartete. Silvester und Lukas standen einander gegenüber. Lukas zielte mit der Pistole auf Silvester und Silvester mit dem Jagdgewehr auf den Offizier. Keiner von beiden hatte je auf einen Menschen gezielt. Sie standen unter Schock. Überrascht glotzten sie einander an. Silvester dachte kurz an Flucht. Auch Lukas dachte daran, sich langsam ins Dunkel des Gebäudes zurückzuziehen, sich dann umzudrehen und durchs Sägewerk zum Auto zu laufen. Silvester dachte außerdem daran, dass der dritte Teil des Angriffs beginnen musste, jetzt aber versperrte ihm ein deutscher Soldat mit einer Pistole in der Hand den Weg. Einen Augenblick lang überlegte er, dem Soldaten zu sagen, dass er sich zurückziehen, gehen, verschwinden solle. Auch Lukas dachte daran, dem Menschen vor sich vorzuschlagen, dass sie beide in Ruhe abziehen sollten. Das Ganze dauerte nur ein paar kurze Momente, doch beiden erschienen sie lang wie Stunden. »Weg!«, sagte der Hauptmann kaum hörbar. »Hau ab!«, bewegten sich Silvesters Lippen. Dann fiel Hauptmann Lukas ein, dass er in der Eile nicht repetiert und gar keine Patrone im Pistolenlauf hatte. Ruckartig zog er mit der anderen Hand den Schlitten zurück. Im selben Moment drückte Silvester instinktiv, ohne sich dessen bewusst zu sein, ab. Der Schuss verlor sich in dem ganzen Krach und im Klirren des zerschossenen Glases. Der Hauptmann rührte sich nicht einmal, er hielt noch immer die Pistole in der Hand, aber die Bewegung, mit der er repetieren wollte, stockte. *Gott sei Dank!*, dachte sich Silvester, *ich habe danebengeschossen.* Lukas aber verspürte plötzlich einen ungewohnten Geschmack im Mund. Den Geschmack nach Metall. Nach Eisen. Nach Blei. Und ein gewisses Gefühl der Verwunderung, nicht Überraschung, sondern Verwunderung über etwas Neues, senkte sich in seine Brust. Er erwog, sich zu setzen, sich einen Moment lang auszuruhen und dann schnell aufzustehen und zum Auto zu gehen und zur Villa zu fahren, zu Manfred, der jetzt wahrscheinlich schon schlief, er würde sich ausziehen und leise, ohne ihn zu wecken, zu ihm unter die Decke schlüpfen, sich an ihn schmiegen, von hinten, wie er es sonst immer tat, und auch schlafen.

Zur Tür kamen der ehemalige Wildhüter Matija und der jüngste Partisan Ljubo gelaufen. Silvester hatte das Gewehr noch immer im Anschlag. »Los, weiter!!«, schrie Matija, stieg über die Leiche des deutschen Offiziers und lief ins Innere. Auch Silvester stieg über den gekrümmten Körper und betrat das Sägewerk. Ganz abwesend und fast mechanisch repetierte er und schoss dann in die Luft, obwohl die Arbeiter längst talwärts geflohen waren. Marta und zwei weitere Kämpfer kamen in die leere Halle und begannen die Holzwände, die aufgestapelten Bretter und die Haufen aus Sägespänen mit Benzin zu beschütten. Einer der Kämpfer warf eine Handgranate zum Aggregat hinein, es krachte. Matija rieb ein Streichholz an. Die Flammen schossen hoch, das Sägewerk fing Feuer. Die Kämpfer standen vor dem brennenden Gebäude und gaben noch ein paar Schüsse in Richtung Dolina ab. Dann rannten sie zur Hinterseite und verschwanden über die Rutsche wieder in die Wälder der Grmada.

Während des Aufstiegs in die stockfinstere Nacht der Fichtenwälder machten sie hin und wieder für ein paar Minuten Pause. Tief unten im Tal leuchtete noch eine Zeitlang wie ein verirrtes Glühwürmchen in einer Juninacht die Flamme des brennenden Sägewerks, doch sie verlor sich alsbald und erlosch im Schwarz. Das war die erste Aktion der neugegründeten Kompanie. Als sie im Lager eintrafen, gratulierte ihnen Kommandeur Slavc. Eine Flasche machte unter den Silhouetten zwischen den Fichten die Runde. Silvester kam erst im Lager ein wenig zu sich. Mehr als drei lange Stunden Fußmarsch waren vergangen, ohne dass ihm die Geschehnisse wirklich bewusst geworden waren. Vor seinen Augen tauchte immer wieder die Gestalt des deutschen Offiziers auf, der einfach dastand und ihn verwundert ansah. Als aber Matija zu Silvester gerannt kam und schrie: *Los, weiter!!*, lag der deutsche Offizier schon vor der Tür, zusammengekrümmt, sodass die Knie fast das Kinn berührten. Erst da wurde ihm klar, dass der Schuss aus seinem Gewehr durch die Brust des Mannes gegangen war wie ein Messer durch Butter. Der Kommandant lobte Silvester und seinen Plan. Es gab viele Worte und Schulterklopfen, Phrasen über den Sieg, die Revolution, die wahrhaftig andere Welt, das Recht und die Gerechtigkeit, die Gleichheit ... Das alles ging an Silvester vorbei. Er lächelte nur und nickte. Marta nahm ihn am Arm. Nur sie spürte die seltsame Leere in der Brust ihres geliebten Freundes. In jener Nacht saßen die Kämpfer zusammengedrängt im größten Erdbunker. Der junge Ljubo, der noch keine dreizehn war, erzählte voller Begeisterung, wie er ein ums andere Mal geschossen hatte. Auch die anderen waren begeistert und erregt. *Alle sind davongelaufen ... Es hat gebrannt ... Mensch, wie das gebrannt hat! Zehn Meter, ach was, fünfzig Meter waren die Flammen hoch ... Angeschissen haben sie sich ... Alle Fenster haben wir ihnen zerschossen ... Mensch, war das ein Gefecht!* Marta brachte Silvester nach einer Weile in den Bunker. Er ging einfach mit, er fragte nicht, wohin sie ihn brachte, er war noch immer abwesend und lächelte ausdruckslos. Matija kam ihnen nachgelaufen. Er packte Silvester an der Schulter und drehte ihn zu sich. Er drückte ihm die Pistole mit dem weißen Griff in die Hand. »Sie gehört dir«, sagte er, »ich hab sie diesem Wehrmann abgenommen«, und er klopfte ihm schon wieder, mindestens zum zehnten Mal in dieser Nacht, auf die Schulter, gratulierte ihm und eilte in die Dunkelheit.

Im Bunker legte sich Silvester nieder. Er dachte an die Schachtel mit den Gedichten, die in der Wand an der Kopfseite vergraben war. Am liebsten hätte er das alles ins Feuer gekippt. Seine Schriftstellerei kam ihm auf einmal ganz sinnlos vor. Die Pistole hielt er noch immer in der Hand. Marta nahm sie ihm vorsichtig ab und legte sie unter ihr Kissen. Dann setzte sie sich auf ihr Bettgestell und schaute ihn an. Sie schwiegen lange, die Zeit hatte keinerlei Maß mehr, sie dauerte und dauerte. Dann sagte Silvester: »Mach aus.« Sie drehte am Rädchen der Petroleumlampe. Schwarze Dunkelheit überschwemmte alles. In der Dunkelheit hörte sie nach einer Weile ein Schluchzen, das in Weinen überging. Sie streckte ihre Hand in die Finsternis und ertastete die nassen Wangen. »Ich habe einen Menschen umgebracht«, schrie der Dichter.

Der Schuss ins Herz

Das Sägewerk brannte nicht lange. Die Arbeiter, die vor den Schüssen aus dem Gebäude geflüchtet waren, liefen ins Tal, und der erste von ihnen nahm den geraden Weg übers Gleis direkt zum Feuerwehrhaus. Es war der pickelige Bursche, der auf Veranstaltungen noch immer die Karten abriss und am Schluss die Mäntel austeilte. Die Feuerwehrleute wussten bereits, dass die Eichhein-Säge brannte, die deutsche Wachmannschaft, die der Säge am nächsten war, hatte sie informiert. Die Soldaten hatten die Schüsse gehört und wenig später glühte der Himmel überm Wald bereits rot. Die Militärpatrouille traf gleichzeitig mit der Feuerwehr vor dem brennenden Sägewerk ein. Der Brand war relativ schnell gelöscht. Das Dach war vernichtet, das Förderband auch, weil aber sehr viel feuchtes Holz drinnen lagerte, hatten die Flammen nicht so rasch um sich gegriffen. Die deutschen Soldaten fanden vor der Hintertür den toten Hauptmann, sie postierten Wachen am Ort des Anschlags und holten Verstärkung. Man weckte Major Steiner und teilte ihm mit, dass Terroristen die Säge angezündet hätten und dass dort die Leiche von Hauptmann Bilharz gefunden worden sei. Der Major drehte durch, sagte, dass das unmöglich sei, dass er noch vor Kurzem mit dem Hauptmann gesprochen habe und dass dieser im Zimmer nebenan schlafe. Dann wurde er richtig wütend und drohte, denjenigen, der sich diesen geschmacklosen Scherz ausgedacht habe, vor dem gesamten Bataillon erschießen zu lassen. Im Pyjama rannte er ins Zimmer des Hauptmanns, Lukas' Bett war unberührt. Dann zog er sich an. Es schnürte ihm den Hals zusammen. Er versuchte sich an ihr Gespräch zu erinnern. Lukas hatte kein Wort davon gesagt, dass er das Haus zu verlassen beabsichtigte. Was hatte er mitten in der Nacht im Sägewerk zu suchen? Nein, das war ein Missverständnis. Die Leiche, die man gefunden hatte, konnte nicht Lukas sein. Und wenn er es nicht war, wo war er dann? Im Zimmer war er nicht. Auf dem Weg zum Ort des Geschehens dachte er an nichts anderes. Der Stabsmercedes kam ihm entgegen. *Gott sei Dank!*, dachte er, *das ist Lukas. Er ist nicht tot. Er war nur dort, und jetzt kommt er mir entgegen.* Die Autos begegneten sich und blieben nebeneinander stehen. Am Lenkrad saß der SS-Leutnant. Er sagte, dass er in die Stadt fahre, um dem Divisionsstab Bericht zu erstatten, nur das, *ich muss die Vorgesetzten informieren.* Und schon war er weg. Steiner ahnte, dass etwas geschehen war, das sich nicht eben positiv auf seine Karriere auswirken würde, vor allem wenn Lukas wirklich tot war. Sie würden ihm Fragen stellen: Was hatte der Offizier mitten in der Nacht allein an einem gefährlichen Ort zu suchen, wer hat ihn dorthin geschickt, wie kann es sein, dass der Kommandant nichts davon gewusst hat, warum ist das passiert, wie hat es überhaupt dazu kommen können? Unangenehm. Sehr unangenehm für die militärische Karriere des Majors.

Als Steiner am Brandplatz eintraf, war schon alles vorbei. Ein Teil des Gebäudes war verkohlt, auch der Dachstuhl war teilweise eingestürzt. Noch immer quoll überall schwarzer Rauch hervor. Aus Dolina kam die Verstärkung mit einer Hundestaffel, grauenerregenden Deutschen Schäferhunden, die wütend in Richtung Wald bellten. Der Leiter der Wachmannschaft berichtete dem Major, dass die Banditen über die alte Holzrutsche hinter dem Hauptgebäude gekommen seien, er fragte, ob sie die Verfolgung aufnehmen sollten. Steiner schüttelte abwesend den Kopf. Er wollte sich möglichst schnell ein Bild davon machen, was mit Lukas los war. Noch immer hoffte er, dass die Leiche, die man gefunden hatte, nicht die seine war.

Man hatte Lukas auf einen Bretterstapel im Hof des Sägewerks gelegt, es wirkte, als würde er schlafen. Er lag auf dem Rücken, die Arme am Körper. Manfred stand neben ihm. Er bemühte sich, keinerlei Gefühlsregung zu zeigen. Ihm war klar, dass ihn alle beobachteten, denn jeder wusste, wie nahe sie sich gestanden hatten. Der Stabsarzt, den man gleich aus Dolina gerufen hatte, wo er im Gasthaus Novak einquartiert war, trat heran. Er sagte begütigend, als spräche er mit einem Angehörigen des Verstorbenen: *Es ist schnell gegangen. Ein Schuss ins Herz. Er hat nicht gelitten.* Der Major nickte, als erschiene ihm das verständlich und logisch. Sein Freund, sein Mitstreiter, der Mensch, den er von allen auf der Welt am meisten liebte, hatte einen Herzschuss erlitten. Es war das einzig Mögliche, eine tödliche Verwundung des Herzens, wenn sich Lukas zu sterben gewünscht hätte, dann genau so. *Kein Blut*, sagte Manfred mit äußerster Mühe, und er strengte sich sehr an, damit seine Stimme nicht brach und seinen schrecklichen Schmerz und seine Trauer verriet. *Der Schuss ist aus nächster Nähe abgegeben worden, ein glatter Durchschuss. Die Austrittswunde ist größer. Die Kugel hat hinten eine Rippe zerfetzt, dort ist eine faustgroße Wunde. Wollen Sie, dass wir ihn umdrehen?* Der Major schüttelte den Kopf. Er dachte sich, *lasst meinen Lukas schlafen, stört ihn nicht. Er soll schlafen.* Nun kam Bürgermeister Mihael Novak angebraust. Er sorgte sich vor allem um den Schaden, die Möbelfabrik war von der Produktivität des Sägewerks abhängig. Und gerade jetzt hatten sie einen Großauftrag für ihre massiven Gasthausstühle und -tische. Warum hatte man ihm das angetan?! Warum?! Er hatte gehört, dass bei dem Anschlag ein deutscher Soldat ums Leben gekommen war, darum wollte er zum Major, der in der Ecke des Vorplatzes bei den gestapelten Brettern stand und ihm den Rücken kehrte, um seinem Mitgefühl und seiner Entrüstung Ausdruck zu geben.

Die Soldaten versperrten ihm den Weg und stießen ihn grob zurück. *Herr Kommandant!*, rief Mihael, als der Major schon auf dem Weg zum Auto war. Der Major hörte ihn, sah ihn aber nicht einmal an. Bevor er in den Wagen stieg, trug er den Offizieren auf: *In einer Stunde Besprechung aller Einheiten*, dann fuhr er ab zur Villa Eichhein. Mihael blieb bis zum Morgen an der Brandstätte, obwohl man ihn nicht in die Nähe ließ. Ein riesiger Deutscher Schäferhund mit weißen Fangzähnen und geiferndem Maul, den ein Wachmann kurzhielt, zog mit aller Gewalt in Mihaels Richtung, als hätte er in ihm den Schuldigen erkannt.

Major Steiner ging wortlos in sein Zimmer, das Schlafzimmer des Ehepaars Novak-Eichhein, sperrte hinter sich zu, packte einen massiven Stuhl, die Kopie eines barocken Sitzmöbels, und begann damit die Einrichtung zu zertrümmern. Er schlug zu, so stark er konnte. Er demolierte die Frisierkommode, zerschlug den Glasspiegel, drosch auf die Kästen, die Stühle, die Gemälde ein, bis er nur noch ein massives Stuhlbein in der Hand hielt, mit dem er seinen Zerstörungsfeldzug fortsetzte. Er zog das Bett von der Wand, kippte es um, hieb darauf ein, bis es auseinanderfiel, ging zu den Fensterscheiben über, die er sämtlich einschlug, machte sich übers Badezimmer her, zertrümmerte alles, was aus Glas und Porzellan war, sogar die Klomuschel hieb er entzwei, dann kehrte er ins Schlafzimmer zurück und machte Kleinholz aus den halb zerstörten Möbeln, brach den längsten Nagel aus dem Kasten und zerschlitzte damit die Bettwäsche, die Vorhänge, die Tapeten an den Wänden … Dabei entfuhr seiner Kehle kein einziger Seufzer, kein einziger Ton … Nur Tränen rannen ihm über die Wangen. Ein unversiegbarer Strom von Tränen.

Als er fertig war, war er nassgeschwitzt. Er zog sich aus und wusch sich über dem zertrümmerten Waschbecken.

Das Wasser rann auf den Boden. Mit dem nassen Handtuch wischte er sich das Gesicht, den Oberkörper, die Achseln ab. Dann zog er eine frische Uniform an, kämmte sich und ging ins Erdgeschoss. Im Foyer warteten schon seit einer Weile die Offiziere aller Einheiten des Bataillons, die taten, als hätten sie nichts gehört und nichts gesehen.

Hundert für einen

In der Früh ließ man den Bürgermeister endlich zur Brandstätte vor, Dolina war rundherum abgeriegelt. Aus dem Hauptkommando in der Stadt traf Verstärkung ein. Major Steiner geleitete den Leichnam seines Hauptmanns ins städtische Totenhaus, von wo er, mit allen militärischen Ehren, mit dem Zug ins heimatliche München gebracht werden sollte.

Im Garnisonskommando wurde Steiner vom Adjutanten des Oberbefehlshabers General Rauscher zu einem kurzen Rapport empfangen. Dass ihn nur der Adjutant empfing, war kein gutes Zeichen. Dieser sagte, der General habe eine genaue Untersuchung angeordnet, vorerst möge der Major alle Sicherheitsvorkehrungen und Maßnahmen treffen, die die Dienstvorschriften in solchen Fällen vorsahen. Major Steiner schlug die Hacken zusammen und hob die Hand zum Gruß.

Als er nach Dolina zurückkam, drangen die Soldaten bereits systematisch und in Einklang mit der Liste, auf der alle Familien nichtarischen Ursprungs standen, in die Häuser ein und trieben die Leute auf die Straße. Die deutschen Einwohner blieben in ihren Häusern und schauten verstohlen durch die Vorhänge. Die Leute waren verängstigt, Kinder drückten sich an ihre Mütter, alte Männer schauten verwundert drein und versuchten, weinende Frauen zu beruhigen. Unter den Leuten war auch die deutschfreundliche Familie des Metzgers Jože mit seiner Frau und den beiden Söhnen, Joško und Milan. Der Major stand vor der Menge und starrte sie regungslos an. Der SS-Leutnant ging mit der Liste in der Hand zu ihm. »Die sechs, die wir auf Wunsch des Bürgermeisters vom Transport geholt haben, sind verschwunden.

Und auch drei Arbeiter aus dem Sägewerk. Sie sind weg«, sagte er. Der Major antwortete nicht. Sein eisiges Gesicht zuckte nicht einmal. Von der Brandstätte kam Bürgermeister Mihael gefahren. Die Leute fragten ihn, was da los sei, was mit ihnen passieren werde … Sie griffen nach seinen Händen, zogen an seinen Ärmeln, als er versuchte, an ihnen vorbei zum Major durchzudringen. »Ich weiß nicht, ich werde fragen, keine Sorge, ich regle das …«, antwortete er ihnen. Als er vor den Major treten wollte, stellte sich ein Soldat mit der Waffe in der Hand vor ihn hin. »Ich muss den Major sprechen«, sagte Mihael und versuchte an dem Mann vorbeizukommen. Der Soldat stieß ihn grob zurück und richtete die Waffe auf ihn. Aus dem Gasthaus kam Maria. Mihael schaute sie hilflos an, während sie vollkommen ruhig, als wäre nichts geschehen, am Wachmann vorbei zum Major ging. Sie stand in aller Würde vor ihm und sprach in einem so herrschaftlichen Deutsch, wie nur sie es vermochte: »Herr Major, im Namen meiner Familie und der gesamten deutschen Bevölkerung unseres Ortes spreche ich Ihnen mein aufrichtiges Beileid zum Verlust Ihres Mitarbeiters und Freundes aus. Meine drei Kinder haben ihn sehr gemocht, sie sind untröstlich. Ich hoffe von Herzen, dass die feigen Mörder bestraft werden. Wenn Sie Zeit finden, sehr geehrter Herr, lade ich Sie zum Frühstück in unser Gasthaus ein.« Der Major sah sie nicht einmal an. Ihre Worte aber trafen ihn im Innersten, vor allem das mit den Kindern … Lukas hatte Kinder sehr gemocht. Und die Kinder hatten ihn bewundert. Dann nickte der Major und sagte kaum hörbar: »Danke.« Maria drehte sich um und ging wieder ins Haus. Bürgermeister Mihael stand auf der Straße und beobachtete ohnmächtig die verängstigten Ortsbewohner.

»Suchen Sie hundert aus«, trug der Major dem SS-Leutnant auf.

»Welche hundert?«, fragte der Leutnant.

Der Major zuckte die Achseln. »Mir egal. Die ersten hundert.«

»Und die Kinder?«, fragte der Leutnant.

Der Major hielt seine Hand auf Brusthöhe: »Was kleiner ist, weglassen.«

Der Leutnant schlug die Hacken zusammen und streckte die Hand zum Gruß aus.

Eins, zwei, drei … sechsundfünfzig, siebenundfünfzig … achtundachtzig …

Die Frauen begannen zu weinen, die Männer schauten herum … »Bürgermeister!!«, riefen sie. »Was ist los?! Was passiert mit uns? Wo bringen sie uns hin?« Die Buben, die etwas kleiner waren, als der Major gezeigt hatte, weinten, als sie von ihren Müttern und Vätern weggezerrt wurden. Der Metzger Jože schrie: »Bürgermeister, ich und die Meinen, wir sind Deutsche!« Als die Soldaten mit den Gewehren im Anschlag die Menge zum Schweigen brachten, gelang es Mihael, sich zum Major durchzuschlagen: »Herr Major, was passiert hier, wohin schicken Sie sie? Das sind doch unsere Leute …« Der Major wandte sich ihm jetzt zum ersten Mal zu und schaute ihm ins Gesicht: »Aug' um Aug'«, sagte er. »Für einen von uns, hundert von euch.« Der Bürgermeister schüttelte entsetzt den Kopf. »Ich verstehe nicht, wohin schicken Sie sie? Ich protestiere!« Er hob kaum merklich die Stimme. Der Major trat noch einen Schritt näher an ihn heran. »Sie können sich ja anschließen, wenn Ihnen so viel an Ihren Gemeindebürgern liegt.« Mihael spürte, wie kleine Schweißperlen auf seine Stirn traten. Er sagte nichts, er war einfach nur still.

Hundert Leute, Frauen, Männer, Alte und Jugendliche, wurden in die Schule getrieben und in den einzigen Klassenraum gesperrt, aus dem alle Tische und Stühle entfernt worden waren. Die Leute standen dicht an dicht, zusammengepfercht lehnten sie aneinander. Die Frauen weinten, die Männer schwiegen. Der Major spazierte mit den Händen am Rücken in Begleitung seiner Offiziere die Straße entlang. Sie zeigten ihm drei geeignete Stellen. Die ebene Fläche am Ortseingang, eigentlich ein flacher Acker, der aber umständlich zu erreichen war. Die zweite Stelle war mitten im Ort, neben dem Feuerwehrhaus, dessen Seitenwand hoch und fensterlos war. Doch war dieser Platz, wie ihm der Kommandant der motorisierten Einheit, welcher der An- und Abtransport oblag, erklärte, aus logistischer Sicht ziemlich schwierig. Hundert Leute sind hundert Leute, ein ganz schöner Haufen zum Umladen, Aufladen, und das alles mitten auf der Straße, die gerade hier enger wurde. »Es wäre, um ein etwas unpassendes Wort zu verwenden, ziemlich unhygienisch«, sagte er. Die dritte Stelle war hinterm Bahnhof. Sie lag ein bisschen weiter unten, wo der Bahndamm recht hoch war. Hinterm Gleis erstreckte sich eine große Wiese bis hinauf zum Waldrand, wo schon ein Wachtpunkt eingerichtet war. »Außerdem ist dieser Platz noch immer im Ort und sozusagen vor aller Augen. Und logistisch passt er auch. Im Bahnhof gibt es einen großen Warteraum, von wo die Leute in Gruppen an Ort und Stelle geführt und nach erfolgter Aktion in einen Waggon verladen werden können, den wir praktischerweise vor Ort abstellen.« Für hundert *Stück* reichte ein Güterwaggon.

Der Major wählte den Bahndamm und legte die Zeit fest: genau zu Mittag. Dann ging er ins Gasthaus.

Dort stand schon alles bereit, Maria hatte im Extrazimmer aufdecken lassen. Im Ort wussten schon alle, was geschehen würde, es ging von Mund zu Mund. Die Leute hockten in ihren Häusern. Die Straße war leer, nur Soldaten patrouillierten. Der Adjutant des Majors organisierte bereits den außerplanmäßigen Güterwaggon. Der Major selbst wurde von Maria empfangen, Mihael stand daneben. So hatten sie es abgesprochen. Die Kinder schickten sie zusammen mit dem Kindermädchen in den hinteren Teil des Hauses, und sie schärften ihnen ein, dass sie nicht aus dem Zimmer durften, bis man es ihnen sagte. Der kleine Peter hatte den ganzen Morgen geweint, er spürte die Spannung, die im Ort herrschte, jetzt war er vor Müdigkeit in den Armen des Kindermädchens eingeschlafen. Die beiden älteren Buben waren still. Miroslav, der sonst in einem fort redete, schwieg wie ein Grab. Ivan kämpfte mit den Tränen, er hielt sich am Rock des Kindermädchens fest und ließ ihn nicht los.

»Willkommen!«, sagte Maria fröhlich, als ginge in Dolina alles seinen gewohnten Gang, und führte den Major zum gedeckten Tisch. Der Wachmann, der den Major mit einer Maschinenpistole vor der Brust begleitete, blieb an der Tür stehen. »Der Kaffee wartet schon auf Sie«, lächelte Maria, »die Blumen habe ich selbst gepflückt.« Auf dem Tisch stand eine Vase mit frischen Maiglöckchen. »Waldmaiglöckchen!«, sagte sie, als sie sah, dass der Blick des Majors zu den kleinen weißen Blüten glitt. »Sie blühen im Mai, aber bei uns hier im Tal findet man sie bis in den Juni.« Der Major sagte nichts. »Eier vom Bauern und geselchter Magen. Ist es recht?«, fragte sie ihn schließlich. Der Major nickte. Maria winkte der Kellnerin Sonja, die in die Küche verschwand. Dann nahm sie, ohne zu fragen, gegenüber dem Major Platz, auch Mihael kam näher, setzte sich aber nicht. Maria verschränkte die Hände vor sich auf dem Tisch, sie setzte diese bittende Geste mit Bedacht. Sie redete glatt und geschmeidig, wieder in einem bewundernswert schönen Deutsch.

»Verehrter Herr Major«, sagte sie ganz natürlich und ohne die geringste Schmeichelei. Sie wusste, dass sie nicht betteln durfte, sondern überzeugen musste. »Was wird mit den Leuten geschehen, die in die Schule gebracht worden sind?«

Der Major schaute sie an. »Hundert für einen«, antwortete er.

Jetzt meldete sich Mihael zu Wort: »Der Ort hat 860 Einwohner, mit der weiteren Umgebung sind es 2370 …«

Die Kellnerin Sonja brachte einen Teller mit vier Spiegeleiern, die mit dünn aufgeschnittenem geselchten Magen und gebratenem Speck garniert waren, sowie ein Brett mit frischem Brot, von dem noch ein klein wenig Wärme aufstieg; sie stellte alles vor den Major auf den Tisch. Dann verneigte sie sich leicht und zog sich schnell zurück. Der Major schaute auf den Teller, seine Nasenlöcher weiteten sich ob des feinen Dufts, der den Raum erfüllte.

»Hundert Leute sind mehr als zehn Prozent der gesamten Ortsbevölkerung«, führte Mihael seinen Gedanken zu Ende.

Der Major brach ein Stück von dem warmen Brot, löste die Krume von der Rinde und tunkte sie in den Dotter.

»Herr Major«, sagte Maria, »die meisten von ihnen sind treue und anständige Menschen, und nicht nur das. Einige stammen aus Mischehen oder haben nahe Verwandte in Österreich, oder sogar in Berlin.«

Der Major führte das ins Eigelb getunkte Brot zum Mund und verzehrte es genüsslich. Dann nahm er Messer und Gabel und löste mit chirurgischer Präzision ein kleines Stück rotes Fleisch von dem knusprig gebratenen Bauchspeck. »Die sechs«, sagte er, während er kaute, »die ich auf Ihre Intervention hin vom Transport geholte habe, sind verschwunden, zu den Banditen.« Und wieder tunkte er ein Stück Brot in den Dotter.

»Die allermeisten Leute, die in der Schule eingesperrt sind«, sagte Mihael, »sind unschuldig. Der Metzger Jože und seine Familie sind die Loyalsten im ganzen Ort, Janez Berger hat den Namen seiner Frau übernommen, die eine Deutsche ist. Die Familie Sardoč redet sogar daheim Deutsch, ihr ältester Sohn studiert in Wien …«

»… und ist Parteimitglied«, ergänzte Maria.

Der Major schenkte sich aus dem Kännchen schwarzen Kaffee ein, der Duft durchströmte den ganzen Raum.

»Die meisten Leute, die Sie ausgesucht haben, haben mit den Banditen gar nichts zu tun«, sagte Mihael hastig.

Der Major hob aufmerksam den Blick: »Sie sagen, die meisten …«, und schlürfte vom Kaffee, »das heißt, es gibt welche, die doch etwas mit den Banditen zu tun haben.« Er stellte die Tasse hin. »Wer sind die, die etwas mit ihnen zu tun haben?«, fragte er und schaute den Bürgermeister an.

Mihael schüttelte ohnmächtig den Kopf. »Das weiß ich nicht. Das sagt man so. Ich lege für alle meine Hand ins Feuer. Seit meiner Geburt lebe ich mit ihnen zusammen. Es stimmt, dass sie Slowenen sind, einige kommen aus gemischten Ehen, fast alle sind aber auf die eine oder andere Art mit der deutschen Kultur verbunden …«

»Sie sind auch Slowene«, zischte der Major, und es war, als spuckte er auf den Tisch.

»Und ich bin Deutsche«, meldete sich Maria, diesmal etwas schärfer, »meine Eltern waren Deutsche, wir stammen alle aus Deutschland, unsere drei Söhne sind Deutsche und mein Bruder ist SS-Offizier.«

»Dann verstehe ich nicht«, sagte der Major und lächelte, »warum Sie wegen Leuten, für die es künftig sowieso keinen Platz mehr geben wird, so viel Aufhebens machen.«

Mihael zog sich einen Stuhl heran und setzte sich, ohne um Erlaubnis zu fragen, vor den Major hin, legte seine auf Marias Hände und drückte sie, als wollte er ihre und seine Kraft in der gemeinsamen Bitte vereinen. »Wenn das passiert, was Sie vorhaben, ist es für den Ort eine große Katastrophe. Die Leute sind miteinander verbunden. Auf die große deutsche Armee wird ein hässlicher Makel fallen, und …«

Der Major biss ihm augenblicklich den Gedanken ab und nagelte Mihael mit den Augen fest. »Sie glauben also, die gerechte Strafe für ein so abscheuliches Verbrechen wirft einen hässlichen Makel auf die deutsche Armee? Habe ich richtig verstanden?«

Mihael schüttelte den Kopf. »Nein, nein, so habe ich das nicht gemeint. Strafe muss sein, natürlich, auf jeden Fall, das Verbrechen ist wirklich abscheulich, aber …«

Maria unterbrach ihn und versuchte das Gespräch in ein ruhigeres Fahrwasser zu lenken: »Verehrter Herr Major, Ihre Befugnisse erlauben solche Sanktionen, das weiß ich, ich habe mit meinem Bruder an der Ostfront telefoniert, er arbeitet im Stab von General Paulus, es war schwer, eine Verbindung zu bekommen … Auch ich bin für eine Bestrafung, und mein Bruder, der seine Jugend in diesem Ort verbracht hat, der hier geboren ist, ist auch dieser Meinung, er ist entrüstet über den gemeinen und hinterhältigen Mord. Trotzdem haben Sie, verehrter Herr Major, die Wahl. Von Ihnen hängt es ab, wie rigoros die Sanktionen ausfallen werden.«

Mihael drückte Marias verschränkte Hände noch fester. Er wusste, dass Maria tatsächlich im Stab von General Paulus angerufen hatte, um eine Verbindung mit ihrem Bruder oder wenigstens einem seiner Vorgesetzten zu bekommen, dass sie aber niemanden erreicht hatte.

Der Major schaute auf seinen Teller. »Die Spiegeleier werden kalt. Und kalt schmecken sie nicht«, sagte er und nahm wieder Messer und Gabel zur Hand. »Wie sagt man bei euch?«, fragte er, während er in den schön angebratenen Dotter schnitt. »Beim Fressen will sogar der Hund seine Ruhe haben.« Dann gab er der Wache an der Tür ein Zeichen.

»Verzeihen Sie«, sagte Maria, stand auf und verließ gemeinsam mit Mihael den Raum. Die Wache schloss hinter ihnen die Tür.

Die Minuten, während sie im Nebenraum auf den Major warteten, zogen sich hin wie Stunden. Durchs Fenster sahen sie, dass die Soldaten schon die Umgebung des Bahnhofs und einen Teil der Straße rund um das Feuerwehrhaus bewachten. Sie sagten nichts. Sie redeten nicht. Sie hielten sich nur immer krampfhafter an den Händen.

Endlich kam der Major aus dem Gastzimmer. Mit seinem Taschentuch wischte er sich die Mundwinkel ab, dann zog er aus der Innentasche seines Rocks ein Bündel zerknitterter Blätter, die Liste der slowenischen und gemischten Familien, die in aller Früh aus ihren Betten und Häusern gezerrt worden waren. Auf ihnen hatte der SSler die hundert Namen der Leute markiert, die jetzt in der Schule warteten. »Ich habe nachgedacht«, sagte er, als Maria und Mihael an ihn herantraten. »Ich habe einen Vorschlag. Einen guten Vorschlag.« Und er drückte die zerknitterten Blätter dem Bürgermeister in die Hände. »Aus den hundert Namen, die auf der Liste markiert sind, werden Sie persönlich, Bürgermeister«, das Wort Bürgermeister sprach er ironisch aus, »zehn aussuchen, die um Punkt zwölf am Bahndamm erschossen werden. Weitere zehn Ihrer Wahl können nach Hause gehen. Die übrigen werden noch heute deportiert.«

Der Major schlug die Hacken zusammen und streckte die Hand in die Luft: »Heil Hitler!«

Auch Maria und Mihael grüßten. »Heil Hitler!«

Als der Major zur Tür ging, drehte er sich um und fügte noch hinzu: »Ich brauche die Namen«, dabei schaute er auf die Uhr, »in genau zwanzig Minuten. Wenn Sie länger brauchen, lasse ich alle erschießen. Noch was«, rief er und lächelte, »ich weiß, dass Sie im Stab von General Paulus angerufen haben. Und ich weiß, dass Sie mit niemandem gesprochen haben.« Dann verließ er das Gasthaus und ging auf die Straße, die an diesem Vormittag im Sonnenlicht strahlte wie nie zuvor.

Die Liste und andere Listen

Namenslisten zählen zum Schrecklichsten, was die Zivilisation hervorgebracht hat. Sie wurden von Menschen erdacht, die im Namen irgendeiner Ordnung danach trachteten, die Menschen zu beherrschen, sie in das System, das sie ersonnen hatten, zu zwängen. Wer auf einer Liste steht, gehört nicht zum Ganzen, er steht außerhalb. Die Freiheit kennt keine Listen.

Der Tod eines einzelnen Menschen ist eine Tragödie, aber der Tod von Millionen nur eine Statistik, hat jemand einmal zynisch gesagt, und die heutige Zeit wiederholt es beharrlich. Wer aber stellt Todeslisten zusammen? Und wer nimmt sich das Recht dazu heraus? Der getreue Beamte? Der blinde Vollzieher von Befehlen? Der gefühllose Buchhalter, dem die Nummern vor den Namen wichtiger sind als die Schicksale der Menschen? Die Menschheitsgeschichte ist voller schauerlicher Listen. In Kriegszeiten waren die städtischen Bäume und Haustüren mit Plakaten beklebt, und auf den Plakaten befanden sich Listen. In allen Kriegen dasselbe, in allen. Als einschüchternde Warnung: *Hör auf, Widerstand zu leisten, sonst kommst du auf die Liste, wie dein Bruder, dein Nachbar …* Listen von Verrätern, Listen von Widerständlern, Listen von Schuldnern, Vorzugslisten, Listen der Verdammnis … Und auch heute und auch morgen werden die Menschen Schlange vor Beamten stehen, die Listen erstellen, Hunderttausende, die noch gestern nicht im Traum daran gedacht haben, dass sie heute in langen Kolonnen warten würden, um von jemandem eingetragen zu werden.

Wehe dem, der auf einer Liste steht. Und wehe dem, der die Liste erstellt.

Mihael und Maria erbleichten.

»Ich kann das nicht …«, stöhnte Mihael. »Ich kann nicht …«

»Du musst«, sagte Maria resolut.

»Ich kann diese Verantwortung nicht übernehmen.«

»Du siehst ja, wie er ist, er will Rache. Sie haben seinen Freund umgebracht …«

»Hundert für einen«, brach Mihaels Stimme, »das … das ist unmenschlich.«

»Sie waren ein Paar«, sagte Maria.

»Was?«

»Der Hauptmann hat nie in seinem Bett geschlafen, die Grabnerin hat es mir erzählt. Die zwei waren zusammen, sie hat sie öfter einmal in der Früh gehört.«

Maria zog Mihael das Bündel Papier aus den Händen und setzte sich an den Tisch. Sie überflog die Liste. »Die Grabnerin steht auch drauf …«

Mihael setzte sich langsam, als wäre das alles ein Traum, neben seine Frau und starrte abwesend vor sich hin. Die Kellnerin Sonja, die Tochter der Stallmagd, die schon seit dreißig Jahren bei ihnen war und die Kühe molk, trat hinzu: »Gnädige Herrschaften, soll ich Ihnen etwas bringen?«

Maria winkte ab. »Geh weg! Jetzt nicht, jetzt nicht!« Sonja zog sich aus dem Raum zurück, die Tür ließ sie angelehnt.

»Zuerst suchen wir die zehn aus, die bleiben dürfen«, sagte Maria und begann die Namen auf ein Blatt Papier zu schreiben. Der Name der Grabnerin war der erste, den sie in die Rubrik *Bleiben* eintrug. So rettete sie ihr schon zum zweiten Mal das Leben. »Wer noch, wer noch …??«, Maria ging panisch die Namen durch. »Hilf mir!«, sagte sie und drehte sich zu Mihael, der noch immer abwesend vor sich hin starrte. Er zuckte die Achseln. »Ich weiß nicht …«, flüsterte er kaum hörbar. »Die Familie vom Metzger Jože, das sind vier«, sagte sie und schrieb sie auf die Liste. »Starešinič ist dein Vorarbeiter, du wirst ihn brauchen«, und sie fügte seinen Namen hinzu, »Kranjec liefert uns den Wein, seine Frau und sein Sohn … Einen noch. Hilf mir!!«, rief sie. Die Kellnerin Sonja schaute einen Augenblick lang ins Zimmer und zog sich dann in den Flur zurück, wo sie an der Wand lehnte und zuhörte, was weiter geschah.

Mihael sah sich die Liste an. »Die Koželjs sind eine anständige Familie.«

»Vier stehen auf der Liste, wir brauchen aber nur noch einen«, sagte Maria und nahm die Papiere wieder an sich. »Rozman ist ein ausgezeichneter Tischler, das hast du selbst gesagt …«, und ohne Mihaels Antwort abzuwarten, schrieb sie ihn dazu. »So. Zehn Leute. Jetzt noch die anderen zehn«, sagte sie und ihr Mund wurde augenblicklich trocken.

Die Todesliste, die zehn Todgeweihten. Ein paar Sekunden lang herrschte im Zimmer absolute Stille, als wäre niemand im Raum, als gäbe es nur die Gegenstände, die Tische und Stühle, den Schrank für die Teller … Sonja verschmolz draußen auf dem Gang mit der Wand. Für ein paar Augenblicke war es, als wäre der Tod selbst ins Haus gekommen und als ließe sein kalter Atem alles gefrieren.

»Der alte Kremžar«, sagte Maria, »er ist allein und krank.« Und sie setzte ihn auf die Liste, die sie mit *xxx* gekennzeichnet hatte, weil sie Angst hatte, sie anders zu betiteln, sie hätte auch gar nicht gewusst, wie. Abschussliste? Liste der Geiseln? Racheliste? Die Liste, die alle anderen rettet? »Weiter!«, sagte sie, »hilf mir!! Es eilt!« Dann beugten sich beide über die zerknitterten Blätter und schauten die Namen und Vornamen der Leute durch, die sie kannten. »Der Šmon Ivan, ist der nicht vor Jahren im Gefängnis gewesen?«, fragte Maria. Mihael nickte. »Er hat im Rausch ein Fahrrad gestohlen und dann den Gendarmen verprügelt …« Maria trug ihn ein. »Der Stanko Pilih hat dich wegen dem Zaun verklagt«, sagte sie und schrieb ihn auf. »Noch sieben!«, rief sie. Mihael schüttelte nur den Kopf, wen bloß, wen, wen, warum, warum … »Der Mastnak Igor ist ein Säufer, sein Freund, der Steničnik Gabriel, ein Wilderer. Sie machen nur Probleme.« Und sie trug sie ein. »Die Mokrin-Brüder sind Kartenspieler, die bringen ihre Mutter zur Verzweiflung, sie haben ihr ganzes Geld verspielt. Fehlt nicht viel, und sie bringen sie noch auf die Straße. Der Straßenkehrer Nikolić ist erst vor einem Monat hergekommen …«, sagte Maria. »Er ist ein guter Arbeiter«, merkte Mihael an. »Er ist nicht von hier«, beendete Maria die Diskussion und schrieb auch noch den Helfer, den Nikolić mitgebracht hatte, auf die Liste. Beide wohnten in der Baracke am Bahngleis und warteten jetzt mit den anderen 98 Ortsbewohnern in der Schule auf die zwölfte Stunde. »Nikolić Sreten«, wiederholte Maria, »und Petrović Nebojša«, dann zählte sie die Namen in der Rubrik *xxx* zusammen. »Das sind zwei junge Burschen«, sagte Mihael, »ich hab sie genommen, damit sie die Gehsteige sauber halten. Sie kommen aus Bosnien.« Maria schaute ihn an und wiederholte: »Sie sind nicht von hier, niemand wird sie vermissen.« Dann zählte sie noch einmal die Namen. »Neun. Einen noch.« In diesem Moment betrat ein Soldat das Zimmer. »Der Major schickt mich wegen der Liste«, sagte er knapp. Maria schaute auf die zusammengehefteten Blätter, nahm den erstbesten Namen, der ihr unterkam, und schrieb ihn als zehnten auf die Liste. Es war der Name des pickeligen Burschen, der im Feuerwehrhaus immer die Karten abriss und am Ende die Mäntel austeilte. Er hieß Branko. Seine Mutter war vor einem Jahr gestorben, er lebte allein in ihrer Keusche und arbeitete im Sägewerk. Er rechnete damit, bis zum Frühjahr genug zusammengespart zu haben, um das muffige Dolina zu verlassen und in der Stadt ein anderes Leben zu beginnen. Er träumte davon, Arbeit in einem richtigen Theater zu finden.

Zuerst würde er Karten abreißen, dann würde er vielleicht auf der Bühne arbeiten, die Kulissen verschieben und von hinten den Schauspielern zusehen können …

Der Soldat nahm die Liste und warf einen flüchtigen Blick darauf. Maria sagte: »Auf der ersten sind die, die bleiben. Auf der anderen …«, aber sie sprach nicht zu Ende, der Soldat machte auf dem Absatz kehrt und ging.

Maria und Mihael traten ans Fenster und schauten auf die andere Straßenseite, wo neben dem Feuerwehrhaus der Weg zum Bahnhof und zum Bahndamm abzweigte. Auf der Straße war niemand, nur Soldaten waren beidseits in Zwei-Meter-Abständen postiert. Und es war still, nicht das geringste Geräusch, weder Vögel noch Wind. Aber der Tag war prächtig, die Sonne schien, und der Himmel war voller kleiner weißer Wolken.

Die Routine des Todes

Die Tür des bummvollen Schulzimmers ging auf. Draußen standen bis an die Zähne bewaffnete Soldaten, darunter der SS-Leutnant, der zuerst die Namen jener verlas, die im Ort bleiben würden, freilich noch ohne das zu erwähnen. Die Grabnerin schob sich als Erste durch die zusammengedrängte Menge, die Metzgersfamilie, der Vater Jože, die Söhne Joško und Milan sowie die Mutter, meldeten sich begeistert mit: *Jawohl!* Dann rief der Leutnant Starešinič und die Familie Kranjec auf, den Vater, die Mutter und den Sohn, und schließlich noch den Tischler Rozman. Die Soldaten führten alle zehn auf die Straße und sagten zu ihnen: »Haut ab! Ihr könnt heim!« Alle rannten, so schnell die Füße sie trugen, nach Hause.

Dann verlas der Leutnant die Namen auf der mit *xxx* gekennzeichneten Liste. Slavko Kremžar, Ivan Šmon, Stanko Pilih, Igor Mastnak, Gabriel Steničnik, Franjo und Leopold Mokrin, Sreten Nikolić, Nebojša Petrović und Branko Kukovec. Mancher, der in dem Klassenraum stand, hörte nun zum ersten Mal, dass der pickelige Bursche, der ihnen nach den Aufführungen im Feuerwehrhaus höflich die Mäntel und Hüte austeilte und für jeden ein schönes Wort fand: *Vielen Dank, dass Sie gekommen sind, gute Nacht, beehren Sie uns wieder, hat es Ihnen gefallen? Danke vielmals, danke schön*, auch einen Namen hatte.

Die zehn von der Liste *xxx* wurden von den Soldaten ins benachbarte kleinere Zimmer, das früher das Lehrerzimmer gewesen war, geschoben, wo jeder ein Blatt Papier und einen Bleistift bekam. »Ihr habt zwanzig Minuten, um einen Abschiedsbrief zu schreiben. Die deutsche Wehrmacht garantiert euch, dass die Briefe euren Angehörigen ausgehändigt werden.« Vier bewaffnete Wachen wurden abgestellt, die ihre Maschinenpistolen auf die zehn Leute richteten, die eine Weile nur ungläubig dreinsahen.

Die übrigen achtzig Ortsbewohner wurden unter lautem Geschrei: *Schnell, schnell …!!* aus dem Schulgebäude und in zwei Militärtransporter getrieben, die schon auf sie warteten. Als die Leute auf die Lastwagen gekrochen waren, Frauen, Jugendliche, alte Leute, Männer, fuhren sie mit bewaffnetem Begleitschutz in die Stadt, ins Sammellager, wo sie ein paar Tage später abgeholt und in verschiedene Teile von Hitlers Europa verfrachtet werden sollten. Von den achtzig Einwohnern, so berichten die Aufzeichnungen, die mir der Turnlehrer eingescannt und gemailt hatte, kamen 1945 nur sieben nach Dolina zurück.

Nach exakt zwanzig Minuten sammelten die Soldaten die Zettel und Bleistifte wieder ein. Die meisten hatten nichts geschrieben. Kremžar winkte ab, Šmon weinte und wiederholte: *Warum ich, warum ich, warum ich …* Pilih schrieb an seine Frau einen langen Brief, bis man ihm das Blatt mitten im Satz wegriss. Mastnak schrieb: *Adieu, verdammte Welt*, Steničnik starrte bloß auf das leere Blatt, die Brüder Mokrin schrieben ihrer Mutter und baten sie um Verzeihung, weil sie ihr so viele Probleme bereitet hatten, Nikolić und sein Helfer Petrović wiederholten, dass es sich um einen Irrtum handeln musste: *To je greška, mi nismo odavde, to je greška.* Der pickelige Branko schrieb einen Brief an seine Nachbarn. Dieser Brief ist erhalten und wurde in einem an die nachfolgenden Generationen gerichteten Buch veröffentlicht:

Liebe Dragica, lieber Jože, ich danke euch, weil ihr euch um mich gekümmert habt, nachdem meine Mutter gestorben ist. Ich bin euch von Herzen dankbar dafür. In der Küche ist oben auf dem Brett, in Mutters gläsernem Salzfass, mein erspartes

Geld. Es gehört euch. Ich will nicht, dass es in falsche Hände kommt. Ich bin traurig, dass ich nie ein echtes Theater sehen werde. Ich umarme euch, als wärt ihr meine leiblichen Eltern. Auf Wiedersehen über den Sternen. Euer Branko

Der Rest war Routine. Die Routine des Todes. Ein gut organisierter Ablauf, der selten ins Stocken geriet.

Jeder wurde einzeln hinausgerufen. Sowie er auf dem Gang war, packten ihn zwei Soldaten, ein dritter fesselte ihm mit einem Telefonkabel die Hände auf den Rücken. Zwei andere Soldaten zerrten ihn dann über den Flur und direkt auf den Lastwagen. Noch bevor der Unglückliche auf den Laster gestoßen wurde, kam schon der Nächste die Stiege herunter. Als alle verladen waren, was kaum einige Minuten in Anspruch genommen hatte, sprangen auch die bewaffneten Soldaten auf. Sie fuhren über die Hauptstraße an den niedrigen Häusern mit den entzückenden kleinen Vorgärten vorbei, einige Fenster waren noch immer mit Blumen und Hitler-Bildern geschmückt, sie passierten das Gasthaus des Bürgermeisters, wo Mihael und Maria durch die zugezogenen Vorhänge spähten. Maria sagte: »Du müsstest hingehen, du müsstest bei ihnen sein.« Mihael brach in Tränen aus. »Ich kann nicht«, schluchzte er, »ich kann ihnen nicht helfen«, und sackte am Fenster zusammen. Die Kellnerin Sonja, die bis jetzt im Flur gestanden war und durch die angelehnte Tür gelauscht hatte, was sich im Zimmer tat, schlug sich die Hände vor den Mund, rannte auf den Hof und dann hinten in die dunkelste Ecke der Scheune, wo sie ihr Gesicht im Heu vergrub und schrie, so laut sie konnte.

Bevor der Lastwagen beim Feuerwehrhaus zum Bahndamm abbog, konnten die Männer von der Ladefläche aus sehen, wie ihr Pfarrer Franc Korošec aus Leibeskräften in die Pedale seines Fahrrads trat und zum Bahnhof eilte.

»Nichts wird passieren«, sagte der alte Kremžar. »Die machen nur Spaß.«

»Ja, sie wollen uns Angst einjagen«, fügte Pilih hinzu und versuchte zu lächeln.

»Die verfluchten Partisanen!«, schrie Steničnik, »dabei bau ich gerade einen neuen Stall!«

»Die Kommunisten sind schuld!«, schrie einer der beiden Mokrin-Brüder, »in der Hölle sollen sie schmoren, diese Waldbanditen.« Da stand einer der Bewacher auf und versetzte ihm einen Schlag mit dem Kolben. »Maul halten!!« Er traf ihn im Gesicht, und der Kopf des Burschen schlug mit voller Wucht gegen die Seitenbretter des Lasters. Blut schoss aus dem aufgeplatzten Gesicht. Genau in diesem Moment bog der Laster beim Bahnhof ab, um etwas weiter oben stehenzubleiben, wo der Bahndamm am höchsten war. Dort stand bereits das Erschießungskommando, und dahinter spazierte der Major mit den Händen am Rücken auf und ab, als wartete er auf den Zug. Neben ihm standen der SS-Leutnant und noch ein paar Unteroffiziere. Hinten saß auf einem Stuhl, den man aus dem Warteraum gebracht hatte, der Stabsarzt und las Zeitung. Überall standen Wachen herum, und an zwei Stellen, oben auf der Böschung und weiter unten beim Bahnhof, waren zwei MG-Nester in Stellung gebracht.

Die hintere Klappe des Lastwagens ging auf, wieder wurde geschrien. *Schnell, schnell!* Die Soldaten zerrten nun jeden einzeln und unverzüglich zum Bahndamm. Die zehn standen plötzlich vor Gewehrläufen, eineinhalb Meter voneinander entfernt, wie es die Dienstvorschrift vorsah. Irgendwo hörte man jemanden schreien: »Aufhören! Seid ihr verrückt! Im Namen Jesu Christi, hört auf!« Pfarrer Franc Korošec kam mit dem Fahrrad gefahren, er warf es zu Boden und rannte wie ein Irrer auf den Major zu. Die Soldaten versuchten ihn aufzuhalten, doch der Major winkte ab, und sie ließen den Pfarrer zu ihm durch.

»Was macht ihr da? Um Gottes willen! Das sind unschuldige Menschen. Ich kenne sie. Ich bin ihr Hirte ...«, wiederholte Pfarrer Franc. Er war ganz blass im Gesicht, die Soutane war schweißgetränkt, schmutzig schwarz, die Hände aufgeschürft, denn er war, als er erfahren hatte, was vor sich ging, sofort auf sein Rad gesprungen und querfeldein hinunter nach Dolina gerattert, war unterwegs ein paarmal gestürzt und wieder aufgestanden, hatte Gott weinend angefleht, ihn noch rechtzeitig ankommen zu lassen. Jetzt stand er vor dem Kommandanten des Besatzungsbataillons, seine Hände zitterten und sein Blick floh wie im Wahnsinn nach allen Seiten.

»Mich nehmt!«, schrie Franc. »Erschießt mich! Ich bin für sie verantwortlich. Ich bin ihr Hirte!! Ich bin schuld! Erschießt mich an ihrer Stelle!«

Der Major aber lächelte nur und hob den Arm. Das Erschießungskommando stand still. Ein Soldat ging von Geisel zu Geisel und verband ihnen die Augen ... Plötzlich preschte Pfarrer Franc vor, schob die Soldaten zur Seite und stellte sich vor die zehn. »Ich bin mit euch!«, sagte er. »Fürchtet euch nicht, ich bin mit euch, und der Herr ist mit euch, und Jesus Christus ist mit euch!« Der Soldat, der den Geiseln die Augen verband, schickte einen fragenden Blick zum Major. Pilih, der neben Vater Franc stand, flüsterte weinend: *Danke, Vater, danke ...* und Steničnik grummelte vor sich hin: *Grad jetzt, wo ich den neuen Stall baue, grad jetzt, wo ich den neuen Stall baue ...*

Auf Befehl von Major Steiner wurde Pfarrer Franc Korošec aus der Reihe entfernt. Er wehrte sich und schrie wie verrückt: »Ich bin mit euch, und Gott ist mit euch, ich bin mit euch, und Gott ist mit euch!« Er wurde zum Bahnhof gezerrt und im Warteraum eingeschlossen.

Der Soldat, der die Augen verband, kam zu den beiden Letzten, das waren Nebojša und der pickelige Branko. Nebojša wich mit dem Kopf aus, denn *er sei noch nie erschossen worden und wolle sehen, wie das geht*, wie er mit zusammengebissenen Zähnen auf Serbisch sagte. Branko musste lächeln. Er und Nebojša waren gleich alt. Nebojša hatte auf der Knappenseite der Grmada einen Halbbruder, der ihn vor dem Krieg zu sich eingeladen hatte, weil es in Bosnien keine Arbeit gab. Und er war gekommen, *um den Sohn seines Vaters zu sehen und um etwas zu verdienen*. Der Soldat kam jetzt zu ihm. Branko schüttelte den Kopf, *hau ab mit der Augenbinde, der Tag ist viel zu schön*. Der Soldat zuckte die Achseln und ging hinter das Erschießungskommando zurück.

Ein Offizier schrie das erste Kommando, die Gewehre wurden gehoben. Er schrie das zweite Kommando, ein metallischer Klang ging durchs Tal und ins Leben all jener, die still hinter ihren Vorhängen hockten und entsetzt den Atem anhielten. Als er das dritte Kommando schrie, rannte Branko über den Bahndamm und auf die Wiese und so schnell er konnte in Richtung Wald und nach Hause …

Der Armeearzt spazierte von einem zum anderen. Alle waren tot. Nur Branko blinzelte noch mit den Augen, als wollte er auf keinen Fall, dass sie zugingen. Der Arzt zog seine Pistole und schoss ihm in den Kopf.

Dann brachte man den Güterwaggon und lud die zehn Leichen auf. Sie wurden in das zwanzig Kilometer entfernte Städtchen gebracht, wo sie in einem Gemeinschaftsgrab in der Ecke des Friedhofs verscharrt wurden.

Er war ein schöner Tag, einer der schönsten Junitage in jenem Jahr.

Wenigstens das.

Ich gehe die Dokumente durch

Ich gehe die Dokumente durch. Der interimistische Archivar, der ehemalige Turnlehrer, hat mir noch eine ganze Menge Material geschickt. Er lässt nicht locker, obwohl ich mich weder für die erste noch für die zweite Sendung bedankt habe. Ich hätte ihm schreiben können: *Danke, habe das Material erhalten.* Aber ich habe es nicht getan. Wahrscheinlich hält mich die unangenehme Geschichte, die mir mein Freund erzählt hat, davon ab. Der ganze Krampf mit dem Gericht, mit der Minderjährigen, die fast noch ein Kind war … Ich habe das Gefühl, außerhalb solcher Geschichten bleiben zu müssen. Noch dazu finde ich seine Mitteilungen, die er als eine Art Begleittext zu den Scans geschickt hat, irgendwie zu persönlich, zwar nicht aufdringlich, aber sie deuten darauf hin, dass sich ein vereinsamter Mensch verzweifelt nach einem Dialog sehnt. Da wir uns nur einmal gesehen haben, erscheint mir seine Art zu schreiben in der Tat zu intim, und darum schiebe ich die Antwort hinaus. Es fällt mir sogar schwer, mich knapp und formlos zu bedanken. *Ich mach's ja, ich werd ihm schon schreiben. Heute Abend. Morgen. Ich mach's, wenn ich den Rechner einschalte …* Ich verhalte mich, als hätte er eine ansteckende Krankheit, als sollte man jeden Kontakt mit ihm vermeiden.

Als kluger und intelligenter Mensch spürt er das, darum schreibt er mir keine längeren Nachrichten mehr. Aber die Daten, die er geschickt hat, kommen mir sehr gelegen. Er hat mich auf das Schicksal von Pfarrer Franc Korošec aufmerksam gemacht, der nach der Erschießung der Geiseln im Juni einen schweren Nervenzusammenbruch erlitt. Manche brachten den Alkohol ins Spiel, das Gerücht ging um, er habe wieder zu trinken begonnen, aber das ist wenig wahrscheinlich. Der Nervenzusammenbruch war eine Folge des Schocks, den er erlitt, als Besatzungssoldaten seine Pfarrkinder erschossen. Das Bistum in der Stadt intervenierte bei der Garnisonskommandantur, und Pfarrer Franc wurde noch am selben Tag ins Krankenhaus gebracht, in dem er schon vor Jahren wegen seines nervlichen Zustands in Behandlung gewesen war, wie es im Arztbericht hieß, um den wahren Grund seiner Einweisung zu verschleiern. Damals war der Pfarrer in der geschlossenen Abteilung gewesen, und man hatte ihm eine der damals üblichen Wasserkuren angedeihen lassen, was bedeutete, dass er, wenn im Delirium Ratten und Käfer seinen Körper attackierten und Scharen von Mäusen auf ihm herumwimmelten, in einen Zuber mit kaltem Wasser gesteckt wurde. Diesmal war es anders. Schon im Warteraum auf dem Bahnhof, wo er während der Exekution eingesperrt war, beruhigte er sich. Gleich nach der Gewehrsalve zog er sich in eine Ecke des Raumes zurück und starrte abwesend vor sich hin. Er erinnerte an einen katatonischen Patienten, wie man heute sagen würde, denn er reagierte auf keinerlei äußeren Reiz. Man brachte ihn mit dem Rettungswagen direkt ins Sanatorium, ein altes Schloss mit einer langen Allee vor dem Haupteingang, wo er völlig geistesabwesend in seinem Zimmer kauerte und die Wand anstarrte. Er ging auch nicht zur Frühmesse, und nicht zur Vesper. Die Ursulinerin, die für ihn sorgte, sollte später dem Primar berichten, dass sie ihn ganz leise sagen gehört habe: *Es gibt keinen Gott.* Als sie ihn gebeten habe, es noch einmal zu sagen, weil sie glaubte, sich verhört zu haben, habe er geschwiegen. Nach ein paar Wochen kam er so weit zu sich, dass er im Speisesaal essen konnte. Er ging auch im Garten spazieren. Öfter einmal setzte er sich ins Dorfgasthaus, spazierte in den nahegelegenen Wald und zum Bach. Dann kam er eines Abends nicht mehr zurück. Die ganze Nacht und noch während der nächsten Tage wurde nach ihm gesucht. Man vermutete, dass er irgendwie ins Wasser gefallen war, die Feuerwehr suchte deshalb den eiskalten Wildbach bis zu seiner Einmündung in den größeren Fluss ab. Am Ende hieß es, dass der Patient, der den Glauben an das Leben und an Gott verloren habe, aus freien Stücken ins Wasser gegangen sei. In Wahrheit war er zu den Partisanen gegangen.

Unter den eingescannten Dokumenten, die mir der Archivar geschickt hat, befindet sich auch eine Abhandlung über Angehörige der katholischen Priesterschaft, die vor allem im östlichen Teil des Landes zu den Partisanen gegangen sind. Pfarrer Franc Korošec war einer der ersten Geistlichen, die sich der Befreiungsbewegung anschlossen. Die Mitkämpfer wussten zuerst gar nicht, dass er Geistlicher war, erst später, als ihn einer erkannte, gab er zu, dass er früher, als er noch an Gott geglaubt habe, Pfarrer in Dolina gewesen sei. Sowie er bei den Partisanen war, griff er zur Waffe, was andere Priester ablehnten. Aus den Dokumenten geht hervor, dass er auch in der großen Offensive kämpfte, die einen erheblichen Teil Unterkrains befreite. Auf den Namen Franc Korošec, wenngleich nicht erwiesen ist, dass es sich um denselben Mann handelt, stoßen wir auch bei den Kämpfern der berühmten Vierzehnten Division. In einem eigenen Dokument, das mir der gewissenhafte Lehrer gemailt hat, sind mit grünem Farbstift die Namen der am 15. Mai 1945 in Poljane in Kärnten gefallenen Kämpfer unterstrichen. Dort haben eine Woche nach Kriegsende die letzten erbitterten Gefechte mit auf dem Rückzug befindlichen Domobranzen-Einheiten stattgefunden. Irgendwo in der Mitte der ziemlich langen Liste stand der Name Franc Korošec. Es ist gut möglich, dass der Pfarrer aus Dolina auf diese Weise geendet hat.

In einer der letzten Mails habe ich auch Zugang zu verschiedenen Dokumenten erhalten, die Auskunft über die

Schicksale der deutschen Soldaten und vor allem der Wehrmachtsoffiziere, die ihren Dienst in unserer Gegend abgeleistet haben, geben. Darunter ist auch die Adresse eines Instituts in Bremen, wo Daten über Soldaten gesammelt wurden, die nach dem Krieg verschollen oder in sowjetischen Lagern gelandet waren. Mit Hilfe dieses Instituts konnten die Angehörigen nach Spuren ihrer verschwundenen Verwandten suchen. Als ich die Seite geöffnet und die ziemlich anspruchsvolle und selbst für die deutsche Bürokratie äußerst penible Registrierung erledigt hatte, fand ich auf verschiedenen Listen Hunderte Steiners und Dutzende Manfreds. Ein paar davon waren Generäle, die meisten aber waren Majore und Soldaten. Einer von ihnen war gar jener legendäre Superheld der deutschen Wehrmacht, von dem Hitler in den letzten Kriegswochen glaubte, dass er Berlin und das untergehende Deutsche Reich retten würde. Über das Leben dieses Soldaten wurde sogar ein Film gedreht, *Cross of Iron*, auf deutsch *Steiner – das Eiserne Kreuz*, einer der letzten Filme des amerikanischen Regisseurs Sam Peckinpah aus dem Jahr 1977, der genau von diesem Kriegshelden erzählt. Um das Spiel mit dem Zufall noch interessanter zu machen, wurde der Film ausgerechnet in unserer Gegend und sogar mit slowenischen Schauspielern gedreht, in Nebenrollen, versteht sich. Jedenfalls haben wir es mit einer Soldatenlegende zu tun, vielleicht sogar mit einem Mythos, der in keinerlei Verbindung mit dem Major Manfred Steiner steht, der im Juni 1941 zehn unschuldige Menschen erschießen ließ. Sein Schicksal habe ich erst mal ausgespart, aber seine Geschichte in Dolina sollte noch nicht so schnell vorbei sein.

Die Aktion

Im getarnten Lager der Ersten Kompanie, die damals noch keinen Namen hatte, wurde die Erschießung der Geiseln mit gemischten Gefühlen aufgenommen. Kommandeur Slavc berief eine Besprechung ein. Zwischen den hohen Fichten in der Mitte des Lagers saßen die Kämpfer in tiefer Dunkelheit. In diesen Tagen machten sie kein Feuer, denn sie fürchteten, dass die Flammen und der Rauch ihre Position verraten könnten. Auch war das Lager rundherum dreifach bewacht, obwohl der Feind am leichtesten von der Südseite, die am wenigsten steil war, zu ihnen vorgedrungen wäre.

Die regungslosen Silhouetten saßen dicht beieinander. Am Himmel standen weder Mond noch Sterne, es war finster. Niemand konnte das Gesicht des Kameraden neben sich sehen. Am meisten redete Kommissar Gaber, der einige Tage vor dem Anschlag auf das Sägewerk zur Kompanie gestoßen war. Die Kämpfer hörten nur, was gesagt wurde und woher die halblaut gesprochenen Worte kamen, aber sie konnten nicht sehen, wer da sprach. Der Politkommissar sagte, dass die Erschießung von Geiseln ein Kriegsverbrechen sei, dass der Widerstand gegen die Besatzer eine moralische und ethische Tat sei, zu der jedes Volk das Recht habe. Die Exekution unschuldiger Geiseln zeige auch die ganze Ohnmacht und Erbärmlichkeit der *größten Armee der Welt*, wie er sich ironisch ausdrückte. Er sagte noch, dass sie ihr Ziel erreicht hätten, denn gleich nach dem Angriff hätten sich ihnen neue Kämpfer angeschlossen, und nach der Exekution am Bahndamm sei ein weiteres Dutzend zuverlässiger Mitstreiter hinzugekommen. Silvester und Marta saßen nebeneinander vor einer großen Fichte. Weil es stockdunkel war und die Silhouetten mit den Schatten der Bäume und der morschen

Stümpfe zusammenflossen, lehnte sich Marta an seine Schulter, nahm seine Hand, legte sie sich tief auf den Bauch und presste sie mit den Beinen fest an sich. Kommissar Gaber sagte genau in diesem Moment, dass ihre Einheit durch die Neuzugänge über die Stärke einer Kompanie hinausgewachsen sei und dass er von den führenden Genossen im Tal den Auftrag erhalten habe, sie in *Grmada-Bataillon* umzubenennen. *Hoch lebe das Grmada-Bataillon!*, rief er zum Schluss etwas lauter. Zwischen den Baumstämmen wurde gemurmelt, die Schatten bewegten sich, jemand sagte halblaut *bravo!*, jemand klatschte leise. Dann ergriff Slavc das Wort, der jetzt nicht mehr Kommandeur, sondern Kommandant sein würde. Er sprach davon, dass die Verantwortung eines Bataillons größer sei, dass auch ihre Aktionen jetzt wichtiger und von größerer Tragweite sein würden und der Feind deshalb vieles daransetzen werde, sie möglichst bald zu vernichten. *Über unseren Kurier*, sagte Slavc, und der junge Silvester zuckte zusammen, denn er wusste, dass der Kommandant ihn meinte, *haben wir Anweisungen für die Stoßrichtung unserer nächsten Aktionen bekommen. Der Kampf wird grausam und unerbittlich sein, aber wir werden siegen*, sagte er zum Schluss, und die Kämpfer murmelten: *Tod dem Faschismus, Freiheit dem Volk.*

In den folgenden Monaten brannte das Bataillon die Almhütten im östlichen Teil der Grmada nieder, damit die Deutschen sie nicht zu Stützpunkten ausbauen konnten, von denen aus vielleicht Angriffe zu erwarten gewesen wären. Aus demselben Grund fackelten sie die Jagdhütten Otos von Eichhein ab, obwohl die Deutschen sie nie im Leben als Gefechtsstellungen hätten verwenden können. Auf das sogenannte *strategische Abbrennen* hatte Matija Kolenc bestanden, der Sohn des langjährigen Wildhüters des Grafen, den Oto von Eichhein am Ende schnöde vergessen hatte. Der

Aktion lagen vielleicht doch nicht nur militärische Erwägungen zugrunde.

Eine Weile hielt sich das Bataillon auf der Schattenseite der Grmada auf, und seine Aktionen zielten vor allem auf die Umgebung des Bergwerks. Dolina ließen sie in Ruhe. Dem Schmerz über die zehn erschossenen Geiseln war vor allem bei jenen, die aus Dolina stammten und die Erschossenen persönlich gekannt hatten, noch immer ein Quäntchen Zweifel beigemischt. Der Kommandant beschloss daher, dass man von Aktionen auf dieser Seite der Grmada eine Weile absehen werde.

Zur gleichen Zeit verlegten sie ihr Lager etwas näher an den Kamm des bewaldeten Bergmassivs, von wo aus man beide Täler besser einsehen konnte. Das Lager mit den Erdbunkern wurde auf 1350 Meter Seehöhe errichtet. Aufgrund der Lage erlaubte Kommandant Slavc nun ausnahmsweise auch, abends ein kleines Lagerfeuer zu machen. Silvester fuhr einmal im Monat auf der anderen Seite durchs Knappental in die Stadt. Er hatte die gut gefälschten Dokumente dabei, die ihm Genosse Bregar gegeben hatte. Wenn ihn eine deutsche Patrouille in dem Zug, der die Stadt von Süden her anfuhr, kontrolliert hätte, wäre sie überzeugt gewesen, einen jungen Arbeiter aus einem der Bergwerke vor sich zu haben, die für die deutschen Besatzer von großer Bedeutung waren und aus denen täglich mit Güterzügen Erz direkt ins Reich transportiert wurde. Doch Silvester musste sich nie legitimieren. Die Deutschen glaubten, dass die terroristische Gefahr nur von Norden her drohte.

In der Stadt war die Hauptdivision mit der Kommandantur und starken militärpolizeilichen Abteilungen konzentriert. Im Knappental gab es alle paar Kilometer Stützpunkte mit Einheiten des *Polizei-Wachbataillons Wiesbaden*, in der Stadt waren eine starke Einheit des *Polizei-Wachbataillons*

Alpenland und eine Einheit der SS stationiert. Alle diese militärpolizeilichen Formationen waren mit Deutschen ergänzt worden, die schon vor der Okkupation und zum Teil seit Jahrzehnten oder Jahrhunderten in dieser Gegend lebten, aber auch mit Deutschtümlern und loyalen Slowenen. Die Deutschen hielten die Bergwerksseite der Grmada für so gut geschützt, dass die terroristischen Banden es niemals wagen würden, sich dort herumzutreiben. Darum war dieser Weg in die Stadt viel sicherer als jener durch das erheblich offenere Tal auf der anderen Seite. In seiner schmutzigen Arbeitermontur erreichte Silvester die Stadt immer problemlos, dann spazierte er mit einer deutschen Zeitung in der einen Jackentasche und einem Stück Brot in der anderen durch den Park, als wäre er nach einer anstrengenden Schicht zum Wohle des Deutschen Reichs hierhergekommen, um ein wenig auszuruhen und die Nachrichten über die Siege der deutschen Armee zu lesen. Er ging immer zuerst zum Kanalschacht, und wenn der Eisenrost mit der Aufschrift *Krupp Stahl* verkehrt herum lag, wusste er, dass ihn beim Springbrunnen eine Nachricht erwartete. Dort setzte er sich auf eine Bank, las eine Weile in der Zeitung und überzeugte sich, dass die Luft rein war, dann ging er zu dem Brunnen, bückte sich, als wollte er sich den Schuh binden, und zog unter dem lockeren Stein im Sockel den kleinen Zettel mit den Anweisungen hervor. Danach drehte er das Kanalgitter wieder zurück. Bevor er über die Brücke ging, las er den Zettel, stopfte ihn sofort in den Mund, zerkaute und schluckte ihn. Er nahm wieder den Zug auf die Bergwerksseite und kehrte über versteckte Wege, auf denen er an immer anderen Stellen von Kurieren erwartet wurde, nach mehrstündigem Fußmarsch ins Lager zurück.

Das neugegründete Bataillon, das schlicht nach seinem Operationsgebiet, der Grmada, hieß und dessen Kämpfer von den Leuten aus der Umgebung *Grmadniki* genannt wurden, was ein bisschen wie *grmiti*, donnern, klang, obwohl die Bedeutung eine ganz andere war – führte bis Ende 1942 mehr als fünfzig Aktionen durch, darunter zahlreiche Sabotagen an der Bahnstrecke und an Industrieobjekten. Eine der größeren Aktionen war der Überfall auf einen Polizeiposten, bei dem Waffen erbeutet wurden. Der Posten in einem kleineren Ort im Knappental wurde angezündet und neben dem brennenden Gebäude ein kurzes Partisanenmeeting abgehalten. Silvester stellte sich auf eine leere Benzintonne und rezitierte schwungvoll Gedichte, die im *Slovenski poročevalec* veröffentlicht worden waren. Sie stammten von ein und demselben Dichter, der unter mehreren Namen schrieb: Jernej Puntar, Blaž Burjevestnik, Kajuhov Tonč. Später zeichnete der Dichter, den Silvester bewunderte, leider aber nie persönlich kennenlernte, seine Gedichte nur noch mit *Kajuh*. Zum Schluss deklamierte Silvester auch ein eigenes Gedicht, einen verschämten Zweizeiler, doch er sagte niemandem, dass er von ihm stammte, auch Marta nicht; alle dachten, er sei von Kajuh. Der junge Silvester probierte bloß aus, ob sein Wort auch irgendeine Kraft hatte. Und ihm schien, dass es so sei:

Was du erkämpft hast – das bleibt.
Der Welt eine Blume. Dir Wunden.

Später sollte sich herausstellen, wie visionär dieses Gedicht war. Es kündete von der Zukunft, zumindest was das Schicksal des Partisanen Silvester Grabner betraf.

Die Deutschen! Die Deutschen!!, schrien die Wachen. Eine motorisierte deutsche Patrouille näherte sich auf der Hauptstraße dem brennenden Polizeiposten. Augenblicklich war das Kulturprogramm vorbei. Die Grmadniki rannten zurück in den Wald. Die Bataillonspatrouille mit Kommissar Gaber an der Spitze blieb noch ein wenig und wartete in einem Hinterhalt auf die Deutschen. Der Polizeiposten brannte pathetisch vor sich hin.

Silvester machte sich Anfang 1943 zum letzten Mal auf den Weg zum Stadtpark, um neue Anweisungen zu holen. Damals wurde gerade die Schlacht um Stalingrad geschlagen, die den großen Wendepunkt im Zweiten Weltkrieg darstellen würde und heute als eines der blutigsten Gemetzel in der erbärmlichen Geschichte menschlicher Kriegsführung berüchtigt ist. Ende 1942 eroberte die Sechste Armee unter dem Oberbefehl von General Paulus nahezu ganz Stalingrad, allerdings begannen Lebensmittel und Munition knapp zu werden. Stalin nutzte das zu seinem Vorteil: Die Sowjets starteten einen Großangriff und umzingelten die deutsche Armee. Die Deutschen waren kaum in der Lage, sich zu wehren, nicht einmal die Luftwaffe konnte sie mit Nachschub versorgen. Hitler forderte den Kampf bis zum letzten Mann. Ende Jänner 1943 beförderte er Paulus zum Feldmarschall, ein Wink mit dem Zaunpfahl, dass sich die Sechste Armee um keinen Preis ergeben durfte. Doch Paulus kapitulierte schon einen Tag später. Das war der Anfang vom Ende.

Die Partisanen waren begeistert über die Nachricht, sie gab ihnen Auftrieb. Während der Fahrt mit dem Zug in die Stadt und auf dem ganzen Weg zum Brunnen, bei dem er keine Vorsicht mehr walten ließ, sondern schnurstracks zum Stein mit der Nachricht ging, dachte Silvester darüber nach, wie der große Stalin Hitler endlich besiegen und allem bald ein Ende setzen würde. Auch den Zettel mit der Botschaft schluckte oder verbrannte er nicht, wie ihm Genosse Mirko eingeschärft hatte, sondern er steckte ihn leichtsinnig in die Hosentasche. Am Abend kehrte er ins Lager zurück. Der fünfstündige Marsch durch die schneeweißen Wälder verging wie im Flug. Den ganzen Weg zwischen den immer dichteren winterlichen Fichten bis auf 1350 Meter Seehöhe überlegte er, wie es nach dem Krieg sein würde. Er und Marta würden ein Haus haben, ein Häuschen. Sie würden arbeiten, wie alle Menschen. Er würde seine Gedichte veröffentlichen, die nicht so gut waren wie die von Kajuh, zum Wegschmeißen waren sie aber auch nicht. Sie würden Kinder haben. Seiner Mutter würde er alle ihre Fehler verzeihen, sie trug keine Schuld. Die Zeit war schuld. Die brutale Ausbeutung, die die ausgezehrten Menschen am Ende wegwarf und vergaß, wie es bei seiner Großmutter, den Nachbarn, den Tagelöhnern und Arbeitern gewesen war, die Zeiten, da der rechtlose Mensch für den Reichtum anderer schuften musste, würden vorbei sein. Nie wieder würden einige wenige alles haben und die anderen nichts. Nie wieder würden junge Leute, bloß damit sie etwas zu beißen hatten, in die Fremde gehen müssen, und alle Bildung der Welt würde allen frei zugänglich sein. Auch Bücher und Schöngeistiges und das Theater und die Musik … Alles würde es geben, wenn der Krieg erst einmal vorbei wäre.

Als er im Lager eintraf, verhielten sich die Kämpfer ihm gegenüber seltsam. Sie gingen ihm irgendwie aus dem Weg. Auch Marta ließ sich nicht blicken. Für gewöhnlich wartete sie beim letzten Wachtposten auf ihn, legte den Arm um seine Schultern, und derart umarmt gingen sie zum Kommandanten. Jetzt aber war alles still, kein Mensch zu sehen, niemand grüßte ihn. Der Wachhabende nickte ihm nur zu, dann schaute er weg. Er ging in die Mitte des Lagers. Ein winziges Feuer brannte vor dem Felsen …

Plötzlich kamen sie von überall her, mit lachenden Gesichtern. Kommandant Slavc und Kommissar Gaber trugen ihre besten Uniformen und liefen gemeinsam den Hang herunter. Matija ging auf Silvester zu und legte dem Freund, der zwei Köpfe kleiner war als er, den Arm um die Schultern. Von irgendwo kam Marta und stellte sich neben ihren

Freund. Kommandant Slavc sagte: »Wir feiern eine Hochzeit!« Silvester glotzte verwundert seine schelmisch grinsenden Kameraden an. »Das ist beschlossene Sache. Genossin Marta ist einverstanden, also musst du es auch sein, Genosse Silvester!« Jetzt lachten alle, leise, aber ihre Gesichter strahlten, als lachten ihre Seelen laut und zufrieden heraus. »Aber bevor du Ja sagst, lieber Kamerad«, ergriff Politkommissar Gaber geheimnisvoll das Wort, »erlaube, dass ich dir auf Befehl des Hauptkommandos der slowenischen Partisaneneinheiten mitteile, dass der Exekutivausschuss der OF drei Auszeichnungen eingeführt hat, und dass dich unser Bataillon wegen des erfolgreichen Angriffs auf das Sägewerk schon für eine Auszeichnung vorgeschlagen hat, und zwar für das Abzeichen für Tapferkeit.« Die Kämpfer applaudierten leise. »Es wird dir bei der ersten feierlichen Gelegenheit an die Brust geheftet«, ergänzte Kommandant Slavc noch. Silvester war aufgeregt, er drückte Martas Hand. Er dachte an den deutschen Offizier, der mit angezogenen Knien vor seinen Füßen liegengeblieben war. Er sagte nichts, kein *Danke*, dazu war er zu aufgeregt, auf einmal hatte er einen dicken Kloß im Hals. Er nickte nur und lächelte. *Ist man schon tapfer, wenn man einen Menschen tötet?*, dachte er. In Wahrheit hatte er Todesangst ausgestanden, abgedrückt hatte er, fast ohne es zu wollen.

Silvester sollte das Abzeichen nie erhalten. Keine der drei Auszeichnungen, die der Exekutivausschuss der Befreiungsfront ersonnen hatte, wurde je einem slowenischen Kämpfer verliehen. Später wurden auf jugoslawischer Ebene andere Auszeichnungen gestiftet, aber da war es für den jungen Silvester schon zu spät.

»Also los!«, sagte Kommandant Slavc. »Jetzt wird's ernst!« Seiner Ansprache folgte eine Zeremonie, die sich nicht wesentlich von einer kirchlichen Hochzeit unterschied.

Lediglich Wörter und Phrasen wie *Gott* und *vor Gott* wurden weggelassen. Sie mussten noch einmal von vorn anfangen, weil Matija mitten in der Trauung, die Politkommissar Gaber vornahm, einfiel, dass es Trauzeugen brauchte. Der Kommissar kratzte sich am Kopf und sagte: »Na gut. Wer macht den Zeugen?« Das gesamte Bataillon hob die Hand. Der eine Trauzeuge des Bräutigams war schließlich Matija, der Sohn des Wildhüters, der Silvester zur Einheit gebracht hatte, und der andere der dreizehnjährige Partisan Ljubo, der am höchsten aufgezeigt und wiederholt gerufen hatte: »Ich! Ich! Ich!« Der junge Ljubo sagte, er schlafe von Anfang an im selben Bunker wie Silvester und Marta und werde sowieso jeden Abend Zeuge, wie sie einander an der Hand hielten und miteinander flüsterten und sich manchmal auch *busselten*. Das Bataillon lachte, diesmal so laut, dass der Kommandant eingreifen musste. Als Zeugen der Braut meldeten sich zwei weitere Kämpfer. Und so begann die Zeremonie noch einmal von vorn, diesmal sagte der Kommissar versehentlich *vor Gott*, worauf er grinste und sich sofort ausbesserte.

Als abendliches Festmahl gab es Gulasch mit einer Spur mehr Fleisch als Kartoffeln. Zum Abschluss des Abends begleitete das gesamte Bataillon, fast fünfzig Kämpfer, das Paar zum Bunker. Kommandant Slavc verkündete, dass das junge Ehepaar in der Hochzeitsnacht den Bunker für sich allein haben werde. Die beiden anderen, der dreizehnjährige Ljubo und der schweigsame Pavle, würden diese Nacht in anderen Bunkern zu Gast sein. Es war in der Tat das erste Mal, dass der Dichter Silvester und Genossin Marta miteinander schliefen.

Am nächsten Morgen teilte Silvester dem Kommandanten und dem Politkommissar mit, was auf dem Zettel stand. *Überfall auf Armeestützpunkt in Dolina. Der Stützpunkt der Weiche ist schlecht gesichert. Dort lagern Sprengstoff und*

Waffen, vor allem Granatwerfer, die unsere Einheiten dringend brauchen. Die Einzelheiten des Angriffs bleiben dem Ermessen des Bataillonskommandos überlassen. Silvester vernichtete den Zettel nicht, sondern ließ ihn im Bunker zurück, auf dem noch warmen Liebeslager der Jungvermählten. Und dann vergaß er ihn ganz.

Dolina ohne Gott und ohne Vögel

Nach der Ermordung der zehn Ortsbewohner wurde alles anders, der Krieg schien erst jetzt so richtig bei den Menschen angekommen zu sein. Der Ort verstummte, hüllte sich in Schweigen. Die Farben, so schien es, verblassten. Am Bahndamm ging niemand mehr spazieren. Die Leute fuhren lieber mit dem Bus in die Stadt, kaum jemand fuhr mit dem Zug. Der Bahnhof lag zu nahe an der Stelle, wo man die Geiseln erschossen hatte.

Aus dem Ort verschwanden die Vögel.

Früher wachte man auf, öffnete die Fenster zur Straße oder hinten hinaus zu den Gärten und Feldern und hörte die Vögel singen, ihr Zwitschern und Pfeifen drang lautstark herein. Schwärme zogen über den Ort, auf dem Feld hinter der Häuserzeile konnte man immer die Lerchen hören. Am Waldrand, etwas oberhalb von Kirche und Friedhof, meldeten sich die Fasane, *gog-kock, gog-kock*, die Rebhühner schrien und die Birkhähne gurgelten vor sich hin. Am Bach, der von der Grmada kommend an der Eichhein-Säge vorbeifloss, trieben sich alle möglichen Tauchvögel herum, im Schilfgras versteckten sich bunte Eisvögel, Sumpfgrasmücken, Wasserhühner, und in den funkelnden Sommernächten meldete sich die Nachtigall mit ihrem wehmütigsüßen Gesang. Den Sommer über nisteten unter jedem Dach im Ort die Schwalben, die in Schwärmen über den Himmel flogen, auf und ab und hin und her. Jetzt aber war alles still.

»Es gibt keine Vögel mehr«, sagte Mihael am Morgen zu Maria, die gerade den kleinen Peter anzog.

»Der Tod hat sie vertrieben«, murmelte er nach einer Weile, als er begriffen hatte, dass Maria nichts sagen würde.

Maria gab dem Kleinen einen Kuss auf den Kopf. »Geh mit deinen Brüdern spielen«, sagte sie, drehte ihn um und gab ihm einen freundlichen Klaps auf den kleinen Popo. Er marschierte zur Tür, streckte sich nach der Klinke und ging hinaus. Als die Tür wieder zu war, schaute Maria ihren Mann an: »Wie soll's welche geben, wenn Tag für Tag so viele Autos und Laster durch unseren Ort fahren. Sogar ein Panzer donnert in der Früh die Straße rauf und am Abend wieder runter!«

Mihael stand noch immer am Fenster, er widersprach ihr nicht, er wusste, dass es sinnlos war. Er hatte ihr sagen wollen, dass es auch keinen Gott mehr gab. Er dachte an den Pfarrer, der einen Nervenzusammenbruch erlitten hatte und wer weiß wohin verschwunden war, der Bischof schickte auch keinen neuen. Niemand ging mehr auf der einzigen Straße. Die Geschäfte waren geschlossen, die Menschen hatten Angst, aus dem Fenster zu schauen, die Vorhänge waren zugezogen. Der Tod der zehn unschuldigen Menschen, die er sogar selbst ausgesucht hatte, hing über dem Ort wie eine große Pestwolke. Das wollte er ihr sagen. Bildhaft. So, wie er es empfand. Und er empfand die schreckliche symbolische Kraft von allem, was über ihn und sein Dolina gekommen war.

Maria war eine gebildete Frau. Sie las viel, viel mehr als er, sie las alles, was ihr unter die Finger kam, auch Gedichte und Romane, und oft sah er, wie sie sich beim Lesen die Tränen von den Wangen wischte. Sie war durchaus nicht kalt, aber seit der Krieg im Tal war, war sie doch sehr sachlich. Sie hatte drei heranwachsende Kinder, und auch das Sägewerk und die Möbelfabrik und die Villa, die Felder, die Wälder … das alles gehörte in Wirklichkeit ihr. Die Verantwortung und der Krieg hatten die zarteren Farben von ihrem Charakter gewischt. Außerdem wusste sie, dass Kommandant Steiner mit Mihael nicht kommunizieren wollte und dass sich das nie ändern würde.

Mihael Novak war nach Ansicht des Majors in die falsche Volksgruppe geboren, er gehörte zu jenen, die gleich nach den Juden, Zigeunern und Kommunisten an die Reihe kommen würden. Dass auch er selbst zu einer Gruppe von Unerwünschten und, aus Sicht des Deutschen Reichs und der deutschen Rasse, abartigen Personen zählte, störte den Major nicht. Wahrscheinlich auch deshalb nicht, weil er wusste, wie viele seinesgleichen sich nach der *Nacht der langen Messer* in der deutschen Verwaltung und sogar in der Wehrmacht versteckt hatten. Das Doppelleben, die Mimikry, die ständigen Lügen, mit denen sie im Reich lebten, waren zu etwas Selbstverständlichem geworden, obwohl es die Homosexuellen im Vergleich zu anderen verfolgten Gruppen ein wenig besser hatten. Einen Juden konnte man nämlich schnell erkennen, am Namen, am Glauben, an der Art, sich zu kleiden, nicht zuletzt sogar an der Hakennase. Mit den kraniometrischen Methoden, die die Nazis zum Beweis für ihre Rassenphantasmen verwendeten, durch Vermessung des Schädels, des Augenabstands, der Stirnhöhe, der Kieferlänge und so weiter konnten sie augenblicklich erkennen, ob jemand Jude, Slawe, Zigeuner und sogar eine Mischung aus allen dreien war. Im Unterschied dazu ließen sich die politische Überzeugung und die sexuelle Orientierung verstecken, verdecken, verleugnen. Nach dem Massaker an der SA räumten die Nazis auch mit dem *sexuellen Schmutz* auf, wie sich Himmler bildhaft ausgedrückt hatte, war doch Ernst Röhm schwul gewesen. Deshalb wurden, wenn nicht gleich alle, so doch die emanzipierten und stadtbekannten Berliner Homos noch in derselben Woche deportiert, die meisten nach Dachau, die Übrigen in andere deutsche Konzentrationslager. In den Wochen nach der *Nacht der langen Messer* stieg in Berlin und anderen deutschen Städten die Zahl der Ehen sprunghaft an. Schwule Männer heirateten im großen Stil Freundinnen und wurden über Nacht zu vorbildlichen Familienvätern. Viele retteten so ihr Leben. Das Absurdeste an diesem ganzen blutigen Zirkus aber war, dass die Naziideologie den Kult des schönen, insbesondere des männlichen Körpers pflegte. Auch was die Familienwerte betraf, waren die Deutschen der Gleichberechtigung von Mann und Frau nicht sonderlich gewogen. Die Frau wurde als Gebärmaschine verstanden, eine echte menschliche Verbindung konnte es ihrer Ansicht nach nur zwischen Männern geben, zwischen zwei einander ergebenen Kriegern.

Das Dritte Reich war im Grunde ein Staat, der einen Kult der Liebe betrieb und bis ins Extrem steigerte, der Liebe zum Führer, der das Vaterland verkörperte. Der höchste Wert war die Liebe zur Heimat, eine Liebe, für die jede andere Form der Liebe gehasst werden musste.

Die sogenannte Heimatliebe ist die Liebe zur Heimat und zugleich der Hass auf alles, was nicht Heimat ist. Der Hass gegen Fremde, die uns die Arbeitsplätze wegnehmen, gegen andere Rassen, die die autochthone Rasse und Religion bedrohen, gegen Homosexuelle, die die heilige Familie abschaffen wollen. Die Heimatliebe war früher und ist auch heute die Wiege von Faschismus und Nazismus. Oft dient sie nur dazu, die Fehler der Herrschenden zu kaschieren. Die Berufung auf die Liebe zur Heimat verdeckt nur die Wahrheit über jene, die ständig patriotische Parolen brüllen.

Gerade darum hasste der Major inbrünstig die Juden, Slawen und überhaupt alle, die nichtarischen Ursprungs waren, denn nur so konnte er seine eigene verfolgte Andersartigkeit verstecken, nur so konnte er den Schuldigen für sein Unglück finden. Am meisten aber verachtete er jene, die das arische Blut beschmutzten. Maria gegenüber benahm er sich zwar korrekt, war sie doch eine echte, reinrassige Deutsche, noch dazu von adeligem Blut, umso mehr aber verachtete er Mihael. Er hielt ihn für einen Parasiten, einen Nutznießer, für jemanden, der sich aus niedrigen und eigennützigen Beweggründen an der höheren Rasse festgesaugt hatte, für einen Verunreiniger deutschen Bluts, und er wartete nur auf eine Gelegenheit, um die Dinge dorthin zu stellen, wo sie seiner Ansicht nach hingehörten, was bedeutete: Mihael musste weg von Maria.

Maria hatte von ihrem Vater den Sinn fürs Geschäftliche geerbt, darum setzte sie sich sofort nach dem Brand im Sägewerk ins Auto und ließ sich von einem Fahrer Plattners in die Stadt bringen, wo sie einen Termin mit dem Direktor der Deutschen Bank vereinbart hatte. Die Bank hieß noch unlängst *Slovenska ljudska hranilnica,* Slowenische Volkssparkasse, doch der Besatzer enteignete sie im Schnellverfahren und verwandelte sie in deutsches Staatseigentum. Als Bürgerin des Deutschen Reichs, die aus einer rein deutschen, noch dazu adeligen Familie stammte, empfing sie der Direktor mit Respekt, und am Ende der angenehmen, beinahe freundschaftlichen Unterredung gewährte ihr die Bank einen günstigen Kredit für die Instandsetzung des Sägewerks und die Modernisierung der Möbelfabrik. Noch am selben Tag unterschrieb Maria den Vertrag, der einen Paragrafen enthielt, dem zufolge sich die Eigentümerin des Sägewerks und der Möbelfabrik verpflichtete, auch für den Bedarf der deutschen Wirtschaft zu produzieren. Maria schien diese Klausel sogar sehr nützlich. Es sah aus, als würde der Krieg noch eine ganze Weile dauern, und das Recht, sogar die Pflicht, mit dem Deutschen Reich Geschäfte zu machen, war in Wahrheit ein großer Vorteil.

»Um eins treffe ich mich mit dem Major«, sagte sie, als sie sich vor dem Spiegel frisierte.

»Wir werden uns nicht verspäten«, antwortete Mihael und schaute noch immer aus dem Fenster.

Maria drehte sich zu ihm um. Eine Weile sah sie ihn an, wie er mit den Händen am Rücken am Fenster stand, dann näherte sie sich ganz leise, umarmte ihn von hinten und lehnte den Kopf an seine Schulter. »Ich geh allein hin«, sagte sie. »Ohne dich richte ich viel mehr bei ihm aus.«

Mihael sagte nichts. Er spürte schon lange, wie ihn Maria langsam, aber beharrlich vom Geschäftlichen und sogar von seinen Aufgaben als Bürgermeister fernhielt. Er drehte sich um und löste sich aus der Umarmung, sodass Marias Hände einen Moment lang leer in der Luft hingen, und ging zur Tür, ohne sich umzusehen. Bevor er sie schloss, sagte er: »Ich gehe zu den Kindern. Das ist ja offenbar das Einzige, wozu ich noch tauge.«

Maria verdrehte die Augen, wie sie es tat, wenn einer ihrer Söhne glaubte, stur sein zu müssen, oder Unsinn daherredete, dann ging sie zum Schrank und nahm den Zobel ihrer Mutter heraus. Aus der Holzschatulle, die ihr ebenso die Mutter vermacht hatte, zog sie eine Perlenkette und legte sie vorsichtig um ihren schlanken weißen Hals. Beim Treffen mit dem Major wollte sie schön sein.

Als der Major aus der Stadt zurückkam, wo man sich am Bahnhof mit militärischen Ehren von Hauptmann Lukas Bilharz verabschiedet hatte, war sein Zimmer schon aufgeräumt. Natürlich waren die Spuren seines Gewaltausbruchs noch zu erkennen, die Tapeten waren zerfetzt, an den Wänden hingen statt der Spiegel leere Rahmen, doch die zerschlagenen Möbel und die Scherben der Spiegel, der Glasvitrinen und Fenster, das alles war schon beseitigt. Das Bett stand wieder an seinem Platz, und das Bettzeug war neu. Die großgewachsene Grabnerin erwartete ihn am Stiegenaufgang und sagte in gebrochenem Deutsch, dass das Zimmer zwar aufgeräumt, die Fenster aber noch nicht verglast seien, der Glaser aus der Stadt käme morgen, darum habe sie ihm für heute das Kinderzimmer hergerichtet. Wenn es der Herrschaft recht sei, natürlich. Dem Major war es recht. In dieser Nacht schlief er in Lukas' Bett.

Trotz des Kauderwelschs, mit dem die Dienstmagd ihn ansprach, fing ihm die Frau zu gefallen an. Jetzt, wo er Lukas nicht mehr hatte, fühlte er sich schrecklich einsam. Lukas war seine rechte Hand gewesen, sein Sekretär und zugleich sein Freund. Sein einziger Freund. Mit den übrigen Offizieren konnte er keinen freundschaftlichen Kontakt herstellen, in Wahrheit gingen sie ihm aus dem Weg, zumindest empfand er es so. Die Grabnerin war der mütterliche Typ Frau. Obwohl sie nichtarischen Blutes war und der Major immer den Eindruck hatte, dass sie abgestanden und ranzig roch, schien er einen Draht zu ihr zu haben. Sie war eine hünenhafte Frau mit großen Brüsten und breiten Händen. Ihr Haar war immer noch blond, mit sichtbaren grauen Strähnen an den Seiten, sie trug es zurückgekämmt, im Nacken zusammengesteckt. Auf eine merkwürdige, knechtische Art war sie adrett, nie aufdringlich und immer zu Diensten. Der Major forderte sie darum oft einmal auf, sich ein wenig zu ihm zu setzen. Er bat sie nicht, er befahl es ihr: *Setzen Sie sich. Ich habe Cognac. Trinken Sie ein Glas.* Er sagte nie *bitte*, auch fragte er nicht, *möchten Sie vielleicht auch*? Er stellte sie vor vollendete Tatsachen. Dann saßen sie einander gegenüber, und er fragte nach unwichtigen Dingen. Wo sie lebe, wie lange sie schon in der Villa Eichhein arbeite, ob sie Kinder habe, einen Mann? Und sie antwortete ihm in kurzen, klaren Sätzen. Sowie sie zu reden anfing, hörte er schon nicht mehr zu, in Wahrheit suchte er nur nach einer Gelegenheit, um über sich selbst zu reden. Über seine Mutter, über München, über Freundschaft … all das natürlich sehr allgemein. Und die Grabnerin verstand es, ihm zuzuhören, wenigstens hatte er den Eindruck. Dann brachte sie ihm eines Tages Kekse, hausgemachte Kekse von ziemlich außergewöhnlicher, flachgedrückter Form. Er bedankte sich nicht, er sagte nur, dass sie gut seien.

Nachdem die Terroristen seinen Geliebten ermordet hatten, verbrachte der Major ganze Tage im Gelände. Er schloss Dolina noch hermetischer mit Armeestützpunkten ab, ließ die beiden großen Betonbunker am Ein- und Ausgang des Orts fertigstellen und sogar vergrößern, organisierte einige Expeditionen in die Wälder der Grmada, um den *Waldbanditen* auf die Spur zu kommen, vor allem aber räumte er im darauffolgenden Jahr mit den illoyalen Familien im Ort auf. Alle slowenischen Familien wurden ausgesiedelt oder in Lager gesteckt. Übrig blieben nur die richtigen Deutschen, ein paar Mischehen, die eingeschworenen Deutschtümler und natürlich die Familien, deren Söhne oder Väter auf den Schlachtfeldern der deutschen Armee standen. Viele Häuser und Bauernhöfe blieben somit leer, darum wies sie das Büro des Majors deutschen Familien als Eigentum an. Meist handelte es sich um Gottscheer Deutsche, deren Familien seit Jahrhunderten in der Gottschee gelebt hatten. Die Besatzer schickten ihnen Leute, die sagten: *Wenn ihr in der Gottschee bleibt, werdet ihr zu Italien gehören; zieht lieber auf deutsches Gebiet, dann werdet ihr unter euresgleichen sein. Wir weisen euch Häuser und Grundstücke an, viel größere und bessere als eure hier in der Gottschee.* Und sie übersiedelten und zogen in die verwaisten Häuser vertriebener und ermordeter slowenischer Familien.

Die meisten deutschen Unternehmer in Mihaels Tal arbeiteten für das Reich. Plattner erweiterte seinen Fuhrpark, unterschrieb einen Vertrag mit der Wehrmacht und wurde ihr Transportunternehmer. Der Uhrmacher und

Goldschmied Deutschmann stieg zum größten Immobilienbesitzer in Dolina auf, in der Stadt eröffnete er einen weithin bekannten Antiquitätenladen, in dem er Altwaren und Wertgegenstände aus den beschlagnahmten Häusern verkaufte. Auch die großen Grund- und Waldbesitzer bereicherten sich. Ende 1942 waren Dolina und die nahegelegene Stadt fast zur Gänze von slowenischer Bevölkerung gesäubert.

Zur Zeit der Schlacht um Stalingrad begannen schwarze Telegramme in Dolina einzutreffen, in welchen die deutschen Militärbehörden den Familien mitteilten, dass ihre Söhne an der Front den *Heldentod für Führer, Volk und Vaterland* gestorben seien. Darunter waren auch slowenische Familien, welche der Umstand, dass ihre Söhne in der deutschen Armee dienten, vor der Aussiedlung bewahrt hatte. Der Major und der SS-Leutnant, der seinen Schreibtisch noch immer im Büro des Bürgermeisters über dem Gasthaus hatte, erhielten jeden zweiten Tag einen Sack mit Feldpost. Neben den gewöhnlichen Soldatenbriefen, die natürlich zensuriert waren, *wir haben es an der Front sehr gut … wir dringen jeden Tag tiefer in Stalins Russland vor … wir eilen von Sieg zu Sieg …*, waren in der Tasche auch die schwarzen Briefe, die mit dem schwarzen Rand. Solche Briefe öffnete der Major zuerst, dann schickte er einen der Offiziere und zwei Soldaten zu den Angehörigen, um der Familie die traurige, aber heroische Nachricht zu überbringen. Manchmal traf mit dem Brief auch ein Umschlag mit einer Auszeichnung oder bloß einem Adolf-Hitler-Erinnerungsabzeichen ein. Der Major und der Leutnant hatten ein waches Auge darauf, wann eine slowenische Familie ein schwarzes Telegramm bekam. Sehr bald, höchstens eine Woche später, wurde die gesamte Familie dann ausgesiedelt und ihr Vermögen zugunsten des Deutschen Reichs beschlagnahmt. In dieser Zeit wurden die Familien nicht mehr nach Serbien, sondern nach Polen verbracht, in eines der vielen Konzentrationslager. Als am 20. April, auf einer Feier zu Hitlers Geburtstag, Bürgermeister Mihael Major Steiner höflich fragte, was es zu bedeuten habe, dass in aller Früh auch Familien deportiert wurden, die ihre Söhne an der russischen Front verloren hatten, zuckte der Major nur die Achseln und sagte: *Wir brauchen sie nicht mehr.* Der Bürgermeister sagte dazu nichts.

Nach solchen anstrengenden Tagen, an denen Transporte organisiert und die Leute erst einmal aus ihren Häusern gezerrt und in die Stadt gebracht werden mussten, von wo die Reise dann in Viehwaggons weiterging, Tage, an denen der Bau der Bunker zu beaufsichtigen war und es galt, an Orte zu eilen, wo die Terroristen mal einen Polizeiposten, mal das Wirtschaftsgebäude eines deutschen Grundherrn in Brand gesteckt hatten, saß der erschöpfte Major Steiner abends sehr gern mit der Grabnerin bei einem Glas Cognac. Ihre Nähe beruhigte ihn. Auch sie, so erzählte sie ihm, habe einen Sohn, der im Reich arbeite. Als er sie fragte, wie sie sich mit ihm verstehe und ob er ihr manchmal schreibe, hob sie die breiten Schultern und sagte, dass sie sich mit dem Sohn nicht sonderlich gut verstanden habe. Der Major sagte darauf, dass er sich mit seiner Mutter sehr gut verstehe und dass er ihr jeden Tag schreibe. Dann verbesserte er sich, *fast* jeden Tag. Seine Mutter sei seine Vertraute, sie wisse alles über ihn … Dann verstummte er und nahm einen Schluck von der goldbraunen Flüssigkeit. Er sah die Grabnerin an, in deren Gesicht eine seltsame Grimasse stehengeblieben war: Die Unterlippe war über die Oberlippe geschoben, die Nase schien aufgebläht und ihr Blick erstarrte, als erinnerte sie sich an etwas Hässliches. »Vermissen Sie ihn?«, fragte er sie. Sie antwortete nicht gleich, eine Weile starrte sie noch ins Leere, dann sah sie ihn an, sah ihm zum ersten Mal direkt in die Augen, und sagte: »Ich war keine gute Mutter«, dann wandte sie den

Blick sofort wieder ab. Der Major schlürfte den letzten goldgelben Tropfen aus dem Glas und ließ den Cognac wieder aus der Flasche gluckern, zuerst in sein Glas, dann in ihres. Er sagte, dass germanische Mütter die besten Mütter seien, und ergänzte: *»Ihr Slawen seid noch immer auf dem Niveau von Stämmen, wild, planlos, egoistisch, aber wenn wir euch zähmen, seid ihr nützliche Arbeiter.«* Und er nickte, wie zur Bestätigung seiner Worte. Die Grabnerin schwieg eine Weile, sie überlegte, ob sie ihm sagen sollte, was ihr plötzlich in den Sinn gekommen war. »Mein Sohn ist ein halber Deutscher«, flog es aus ihrem Mund. Der Major erstarrte. »Und ich auch. Die Mutter hat mir gesagt, wer mein Vater ist. Und mein Urgroßvater hat einen deutschen Vater gehabt … Wir sind gemischt, bei uns hier sind alle gemischt.« Das Gesicht des Majors war immer noch starr. Er überlegte: *Auch eine Kuh muss man manchmal von einem Stier decken lassen, der nicht von ihrer Art ist. Solche Kühe geben mehr Milch. Rinder, die es zu lange untereinander treiben, verkümmern und gehen ein.* Dann sagte sie noch, in verändertem, ernsterem Ton: »Ich war eine schlechte Mutter, weil ich keine bessere hab sein können. Ich war den ganzen Tag in der Arbeit. Daheim hab ich's nicht ausgehalten, drum war ich lieber die ganze Zeit weg. Wie oft bin ich fast schon vor der Tür gestanden und hab nicht gewusst, was ich daheim anfangen soll, was ich meinem Kind geben soll, was für ein Leben ich ihm bieten soll, was für ein Vorbild mein Leben sein soll für die Zukunft meines Buben. Das Kind hat mich nicht gebraucht, weil es von mir nichts hat kriegen können. Da hab ich mich umgedreht und bin lieber zurück ins Sägewerk gegangen, dort hat man mich mehr gebraucht.« Der Blick des Majors war von einer Art, als würde ihm jeden Moment ein Blitz aus dem Kopf fahren und sie erschlagen. »Die Welt ist verkehrt«, sagte sie noch, »drum war ich eine schlechte Mutter! Die Welt müsste man ändern, nicht mich.« Das zuletzt Gesagte war zu viel. Sie spürte es, darum verstummte sie. Der Alkohol war schuld, dass sie dem deutschen Offizier das alles aufgetischt hatte, sie war von ihren eigenen Worten überrascht.

In den folgenden Tagen bekam er sie nicht zu Gesicht. Sie war im Haus, aber sie wich ihm aus. Auch er wollte ihr nicht begegnen. Während man ihn und seine Einheit an den Rand des Tals rief, wo die Banditen in der Nacht den Jalen-Hof überfallen und hinterm Stall den Bauern und seine beiden Söhne erschossen hatten, dachte er über das nächtliche Gespräch mit der ungewöhnlichen Frau nach. Ihr Worte bestätigten zwar seine Überzeugung, dass es absolut notwendig war, an den *Werten der reinen Rasse* festzuhalten, gleichzeitig aber las er ihnen eine gewisse Zähigkeit ab. Die Frau war sich bewusst, dass sie keine gute Mutter war, und dieses Bewusstsein war es, was ihm zu denken gab. Er spürte Widerstandsgeist in ihren Worten, und die Energie, mit der sie versucht hatte, das alles zu erklären, erfüllte ihn mit einem seltsamen Gefühl, das am ehesten der Angst glich. Ja, er bekam Angst, einen kurzen Moment nur. Angst vor ihrem entschlossenen Blick. Dann sah er die drei, die von den Banditen erschossen worden waren, weil der Bauer ihnen keine Lebensmittel für ihren primitiven Widerstand hatte geben wollen, sondern sie mit der Schrotflinte in der Hand davongejagt und den jüngsten Sohn ins Tal geschickt hatte, damit er eine deutsche Patrouille holte. Die Banditen konnten damals zwar nicht gefasst werden, dazu kannten sie das waldige Terrain zu gut, aber die Familie wurde einen Monat lang von Soldaten beschützt. Als es schien, als ob nichts mehr passieren würde, und daher keine Soldaten mehr geschickt wurden, kehrten die Waldmänner zurück und erschossen sie, auf die Stalltür aber schrieben sie: *Izdajalci*, Verräter. Plötzlich war dem Major alles klar, als würden sich die Einzelteile zu einem Gesamtbild zusammenfügen. Die Worte der großgewachsenen Frau in seinem Zimmer, ihre Entschlossenheit und Klarheit, derer sie selbst sich wahrscheinlich gar nicht bewusst war, die aber machtvoll in ihr glommen, die drei getöteten loyalen Slowenen und nicht zuletzt die Kapitulation von Feldmarschall Paulus vor der sowjetischen Armee, all das ließ Major Steiner denken, dass eine neue Welt entstehen würde, an der die Deutschen letztlich aber keinen Anteil haben würden.

Als er am Abend in die Villa Eichhein zurückkehrte, wartete auf dem Tisch eine Tasse mit warmer Milch und daneben ein voller Teller mit unförmigen Keksen. Er biss in einen der Kekse und schaute aus dem Fenster. Er sah die Grabnerin, die am Wachtposten vorbei in Richtung Wald ging und zwischen den Bäumen in ihren Graben hinabstieg.

Am nächsten Abend sagte er wieder zu ihr: »Setzen Sie sich, ich habe Cognac. Trinken Sie ein Glas.«

Särge für die Soldaten

»Ich bin um eins mit Major Steiner verabredet«, sagte Maria zum mürrischen Wachmann mit der vor der Brust gehaltenen MP, als Plattners Fahrer an der Militärsperre hielt. Ein Schlagbaum verwehrte ihr den Weg zu dem Haus, in dem sie geboren war, ihre Jugend verbracht und sogar ihre Kinder zur Welt gebracht hatte. Der Wachmann zog sich ins Wachhäuschen zurück, und nach einer Weile ging der Schlagbaum hoch.

»Warten Sie hier, der Herr Major wird Sie gleich empfangen«, sagte der Offizier kühl, machte auf dem Absatz kehrt und ließ sie im Esszimmer zurück, dort, wo die Familie sonntags zu Mittag gegessen und wo ihr Vater Oto von Eichhein seine Jagdfreunde bewirtet hatte. Die große Flügeltür zum Garten stand offen. Überall herrschte Stille. *Stimmt*, dachte sie, *es gibt keine Vögel mehr.*

Als der Major eintrat, schlug er die Hacken zusammen, verneigte sich und küsste ihr die Hand, dann ließ er sie Platz nehmen. Obwohl er wusste, dass sie gekommen war, um so freundlich, wie es nur Frauen können, etwas zu erbitten, freute er sich in gewisser Weise, in richtigem Deutsch plaudern zu können, ohne den hinterwäldlerischen Akzent, den sich sogar die Deutschen hier angewöhnt hatten. Als sie Platz genommen hatte, setzte er sich ihr gegenüber, überschlug die Beine und lächelte: »Sie möchten mit mir sprechen.«

Sie nickte. »Es geht um meine Möbelfabrik.« Sie bemühte sich, ein ausgewogenes Verhältnis von Freundlichkeit und Professionalität zu finden, sie wusste, dass sie auf den Major den Eindruck einer geschäftstüchtigen Frau machen musste. Männer wie der Major, dachte sie, schätzen stabile, elegante, würdevoll zurückhaltende Frauen, sie mögen keine Frauen mit zu viel sexuellem Charme, solche Frauen bedrohen sie. Das alles hatte Maria aus ihren Romanen. Der Major und sein getöteter Partner waren das einzige männliche Paar, das sie bisher kennengelernt hatte. Am Gymnasium hatte sie einen Mitschüler gehabt, der damals ihr bester Freund war und schon früh wusste, dass er auf Burschen stand. Er vertraute sich ihr an. In jeder Pause steckten sie zusammen und unterhielten sich. Er erzählte ihr so manches über ihre Mitschüler, noch mehr über die Mitschülerinnen. Er wusste so unverblümt, man könnte auch sagen: so boshaft über ihre Charaktere zu erzählen, aber auch darüber, wie geschmacklos manche Mädchen angezogen waren und welche Schweinereien ihnen durch den Kopf gingen, während sie den Eindruck zu machen versuchten, dass sie nur das interessierte, was der junge Geschichtsprofessor erzählte. Er war direkt, geistreich, hatte viel Phantasie, sie glaubten einander vorbehaltlos. Darum dachte sie, dass sie beim Major vor allem Vertrauen erwecken musste. Wahrscheinlich hatte er es nicht leicht in dieser betont männlichen Gesellschaft, die ihre freie Zeit vornehmlich mit Träumereien über Frauen, Geliebte, Prostituierte zubrachte und in der sich die zurückgehaltene Lust und Leidenschaft staute, bis sie hervorbrach und alle Dämme niederriss. »Aber«, sagte sie, und fasste mit Daumen und Zeigefinger eine der Perlen an ihrer Kette und drehte sie ein wenig hin und her, »damit wir nicht gleich mit dem Geschäftlichen beginnen … Haben Sie Heimweh?« Sie fragte ihn unvermittelt und sah ihm in die Augen.

Der Major lächelte. Er schloss die Hände so, dass sich nur die Fingerkuppen berührten. »Worüber wollten Sie mit mir sprechen?«

Seine Zurückweisung irritierte sie nicht, sie fuhr fort, als wäre alles in bester Ordnung. »Wie Sie wissen, habe ich nach dem terroristischen Anschlag auf das Sägewerk, bei dem Ihr Freund …«

Der Major korrigierte sie sofort: »Mitarbeiter.«

Sie nickte, »… Ihr Mitarbeiter und Freund ums Leben gekommen ist …«, und sie setzte fast ohne Pause fort, »haben wir mithilfe des Kredits der Deutschen Bank das Sägewerk renoviert und modernisiert.«

Er nickte: »Vor einem möglichen weiteren Überfall ist es gut geschützt.«

»Mein Mann und ich sind Ihnen dafür sehr dankbar …«

Der Major nahm nun die Finger auseinander und machte die Augen weit auf, als wollte er sagen: *Na und?*

»Als Militärverwalter unseres Ortes und des gesamten Tals steht es in Ihrer Macht, beim Garnisonskommandanten zu vermitteln …«

Jetzt verstummte sie, sie wusste nicht, wie sie fortfahren sollte. Der Major sah sie nur an. »Wie soll ich es sagen …?«, druckste sie herum.

»Geradeheraus …«, sagte er, und seine Lippen waren jetzt ein dünner Strich.

Mich mag er auch nicht, dachte sie, *nur weil ich nicht mit einem Deutschen verheiratet bin. Zu dumm*. Sie ließ sich nicht verwirren. *Gut*, dachte sie, *wenn du willst, dann geradeheraus* … »In Russland hat unsere Armee große Verluste.«

»Wer sagt das?«, unterbrach er sie scharf.

Sie lächelte. »Ich bitte Sie! Wir alle wissen, dass große Siege große Opfer verlangen. Es geht um meine Möbelfabrik. Es ist Krieg. Die Menschen kaufen keine Stühle, Tische und Schränke mehr wie früher.«

Der Major nickte.

»Darum habe ich überlegt, ob meine Fabrik angesichts der Tatsache, dass wir demselben großen Volk angehören, nicht für die Armee produzieren könnte …«

»Was denn?!«, unterbrach er sie. »Holzpanzer?« Und er lachte.

»Särge«, sagte sie ruhig.

Sein Gesicht wurde ernst. Er überlegte, wie er reagieren sollte. Wenn das jemand gesagt hätte, der kein Deutscher war, hätte er gewusst, was zu tun war. Er hätte das Gespräch als Beleidigung empfunden, vielleicht als feindliche Propaganda. So aber …

»Unsere Soldaten, unsere Helden, die für eine bessere und gerechtere Welt kämpfen, verdienen es, dass ihre Märtyrerkörper anständig und würdevoll ihren Angehörigen zugestellt werden«, setzte sie fort. Sie wählte die Worte mit Bedacht. Sie hörte sich selbst, sie sprach so schön, als läse sie einen Absatz aus einem Roman.

Der Major nickte wieder. Die Frau überraschte ihn, sie schien es ernst zu meinen … Trotzdem merkte er an: »Und Sie würden daran verdienen.«

»Wir würden das nicht nur wegen des Geldes machen. Vor allem aus Respekt vor unseren Soldaten.«

»Sie würden trotzdem daran verdienen«, wiederholte er.

»Nicht viel«, sagte sie und wiederholte, »nicht viel.«

»Die Idee ist gut, ich meine, verstehen Sie mich nicht falsch«, sagte er, »es ist nicht gut, dass unsere Soldaten fallen, aber es wäre gut, wenn für ihre Leichname gesorgt wäre.«

»Auch ich bin dieser Ansicht«, bekräftigte sie ihn, »in meinem Betrieb sind wir uns völlig darüber im Klaren, dass für den Transport gesorgt werden muss und dass das Produkt nicht allzu massiv sein darf. Wir haben Entwürfe ausgearbeitet … Unser Produkt soll aus einfachem, weißem Fichtenholz hergestellt werden, in den Deckel soll ein schlichtes Hakenkreuz eingeschnitzt sein …«

Der Major nickte wieder. *Ein Hakenkreuz*, das gefiel ihm.

»An der unteren, schmäleren Seite soll außerdem eine

kleinere Lade sein, für alle notwendigen Dokumente und die Angaben zum Inhalt …«

Je konkreter das Gespräch wurde, umso mehr vermieden die Gesprächspartner Wörter wie *Körper, Leiche, Sarg …*, was ziemlich typisch für die militärische Kommunikation ist, wo man für *Sterben, Leichen, Töten* immer andere Begriffe verwendet. Statt Töten – *Eliminierung von Kampfkraft*, statt vernichten – *aus dem Verkehr ziehen*. Die Nazis waren große Meister darin, sich dumm zu stellen. Die Leichen in den Konzentrationslagern oder bei den Massentötungen, die von Sondereinheiten in Russland *erledigt* wurden, es konnten auch zehntausend Juden am Tag sein, bezeichneten sie immer als *Stück. Zweitausendsechshundert Stück wurden entsorgt.* Die auf der Wannseekonferenz im Jänner 1942 geprägte Floskel von der *Endlösung* war überhaupt eine der perversesten in der Geschichte der Menschheit, über das für den Genozid an den europäischen Juden zu verwendende, bereits mit großem Profit produzierte Zyklon B wurde fast wie über ein Insektenvernichtungsmittel gesprochen. Der Zynismus war perfekt. Und auch Maria und der Major fielen in diesen Jargon.

»Und jetzt das Wichtigste«, lächelte Maria. »Das Produkt soll an den Ort seiner Verwendung, wo es befüllt wird, zerlegt geliefert werden. Erst vor Ort, wenn es seinem Verwendungszweck zugeführt wird, soll es zusammengebaut werden. Alle Schrauben für die Montage werden in einem Päckchen mitgeliefert. Wir haben die Pläne schon fertig«, lobte sie sich. »Auf diese Weise ist der Transport viel einfacher. Das zerlegte Produkt braucht weniger Platz, was bedeutet, dass der Transport billiger wird. Außerdem lässt es sich auch befüllt leicht stapeln, und der Transportraum, egal ob in Lastern oder Güterzügen, wird ökonomisch genutzt. Jedes einzelne Stück hat auf der Oberseite eine Sicherheitsnut, in die das nächste gestellt wird, sodass sie einander stützen. Dadurch besteht keine Gefahr, dass das Ganze irgendwann umfällt.«

Der Major hörte ihr aufmerksam zu.

»Wir haben auch ein Modell angefertigt, das die Funktionsweise genau zeigt, Sie können es sich im Werksbüro anschauen.«

Maria verstummte.

Eine Weile sahen sie einander an. Der Major fand die Frau geschäftstüchtig, ambitioniert. Und schön. Hätte er aber zwischen Maria Novak-Eichhein und der Grabnerin wählen müssen, überlegte er, dann hätte er trotzdem die Magd als Freundin und Vertraute bevorzugt. In Wahrheit, so schien ihm, war sie weniger gefährlich und leichter zu beherrschen als *diese Deutsche.* »Und was erwarten Sie von mir?«, fragte er schließlich.

»Wie ich schon gesagt habe … Als Verwalter und militärischen Führer möchte ich Sie bitten, unseren Vorschlag zur Zusammenarbeit dem Garnisonskommando zu unterbreiten.«

Er antwortete nicht. Er nickte weder, noch schüttelte er den Kopf. Dann sagte er leise, fast ohne die Lippen zu bewegen: »Und warum sollte ich das tun?«

Maria war auf diese Frage gefasst. »Weil ich überzeugt bin, dass er gut und nützlich ist. Außerdem würde meine Familie mit ihren bescheidenen Kräften gern zum gerechten Sieg des Reichs und zur Entstehung des neuen Europa beitragen.« Dann hielt sie ein wenig inne und fügte hinzu: »Ich meine, dass dieses Projekt auch für Sie persönlich vorteilhaft sein könnte.«

»Zehn Prozent vom Jahresgewinn«, sagte er, und wieder bewegten sich seine Lippen nicht.

»Fünf«, sagte sie.

»Acht«, sagte er.

»Gut«, nickte sie und stand auf.

Auch der Major erhob sich rasch, trat einen Schritt vom Tisch zurück, schlug die Hacken zusammen und verneigte sich leicht.

Maria drehte sich um und ging zur Tür.

»Noch etwas«, sagte er, »entschuldigen Sie …«

Sie blieb stehen und sah sich um. Plötzlich trübte sich das Gesicht des Majors irgendwie ein. »Vielleicht ist jetzt nicht der richtige Moment«, sagte er, »eigentlich habe ich während unseres Gesprächs die ganze Zeit überlegt, wie ich es Ihnen sagen soll …«

Maria hob das Kinn … *Irgendetwas führt er im Schilde, er will noch was. Will er mehr Prozente? Ich habe ihn gut eingeschätzt, Manfred Steiner ist ein Mensch, der immer zuerst seine Schäfchen ins Trockene bringt.* »Bitte«, sagte sie leicht affektiert.

Der Major drehte sich zum Treppenhaus und rief: »Reinhardt!« Im Türrahmen erschien, als hätte er die ganze Zeit ums Eck gewartet, ein Unteroffizier. In der Hand hielt er einen großen Umschlag, der an ein Paket erinnerte, und einen kleineren Brief.

»Das haben wir heute Früh aus dem Hauptquartier erhalten«, sagte der Major mit bedrückter Stimme. Sie konnte nicht feststellen, ob sein Mitgefühl und die Trauer echt waren oder lediglich amtlich. Der Major nahm dem Unteroffizier das Kuvert aus der Hand, es hatte einen schwarzen Rand. Er überreichte es Maria. »Mein Beileid«, sagte er, noch bevor sie es öffnete. »Ihr Bruder, der SS-Leutnant, ist in der Schlacht um Stalingrad den Heldentod gestorben.«

Maria zog ein Blatt Papier aus dem Kuvert. Im Briefkopf befanden sich das Wappen und der Stempel des Kriegsministeriums. Sie las das Schreiben nicht. Sie hielt es nur in der

Hand, ohne irgendein Gefühl. Als wäre sie sich weder ihrer selbst noch des Augenblicks bewusst. Als wäre sie für einen Moment gestorben, zu Stein erstarrt … Sie hatte ihren Bruder Erich unendlich gern, sie verstanden sich ausgezeichnet. Doch jetzt, nach diesem Geschäftsgespräch, nach dieser Vereinbarung, oder was immer es war, war sie vollkommen leer. Noch vor einem Moment war sie sich sicher gewesen, ein gutes Geschäft abgeschlossen zu haben, jetzt aber fühlte sie sich betrogen. Der erste Sarg, den sie in ihrer Fabrik herstellen würden, war für ihren Bruder. War das der Preis?

Der Major öffnete den größeren Umschlag und zog ein hübsches kleines Schächtelchen heraus. Er machte es auf und zeigte der zutiefst betroffenen Maria den Inhalt. »Ihr Bruder wurde mit dem Eisernen Kreuz ausgezeichnet. Ich darf es Ihnen überreichen. Behalten Sie den Heldenmut Ihres Bruders in stolzer Erinnerung.«

Sie streckte die Hand aus und nahm die Schachtel. Ihr ältester Sohn Miroslav würde sie aufbewahren. Er liebte den Onkel in der schwarzen Uniform mit dem silbernen Totenkopf auf der Offiziersmütze, der sein Vorbild war … Sie sagte nichts, drehte sich nur um und verließ ihr Haus. Draußen wartete der Wagen mit dem Fahrer auf sie.

Der Leichnam Erichs von Eichhein wurde nie in seinen Geburtsort Dolina überführt, weil man ihn einfach nicht fand. Er war bei einem russischen Sabotageangriff auf ein deutsches Treibstofflager nahe dem belagerten Stalingrad ums Leben gekommen. Eigentlich war er zu Asche verbrannt. Man ging davon aus, dass die gesamte Mannschaft, die die Benzinfässer bewacht hatte, in der Explosion umgekommen und verkohlt war. Maria und Mihael richteten zwar ein Begräbnis aus und ließen das Grab seines Vaters Oto von Eichhein öffnen, sogar der Bischof kam aus der Stadt. Doch der Sarg, den sie in die Erde legten, war leer.

Alles andere als leer hingegen waren die weißen Fichtensärge, die auf den Fotos aus dieser Zeit zu sehen sind. In der zwanzig Kilometer entfernten Stadt, dem Sitz der Garnison und des Hauptquartiers, wurden im Gefängnis, im Innenhof zwischen den hohen Gefangenenblocks, Geiseln erschossen. Davon sind viele grauenhafte Fotos erhalten. Geiseln in einer Reihe vor der Wand, die auf ihre Erschießung warten. Soldaten beim Anlegen. Leichen an der Mauer. Blut, das in einer langen dunklen Spur von den toten Körpern zum Ablaufgitter rinnt. Tote, die eingesargt werden. Und wieder ein anderes Foto. Weiße Särge auf einem Lastwagen, übereinandergestapelt wie Bienenwaben des Grauens.

Offenbar war die Zusammenarbeit der Möbelfabrik Novak-Eichhein mit der Besatzungsarmee erfolgreich.

Vor dem Angriff

Mit den Details des Angriffs auf den Militärstützpunkt beim Bahnkreuz beschäftigten sich nur vier: Bataillonskommandant Slavc, Politkommissar Gaber sowie die Partisanen Matija und Silvester, die hier zu Hause waren und den Standort gut kannten. Matija hatte schon als Kind mit dem Vater das gesamte Tal durchwandert. Vor dem langen, teils hölzernen, teils gemauerten Gebäude, in dem früher die Waggons repariert und das Wasser in den Dampflokomotiven gewechselt wurden, und dem Zubau mit dem Kohlen- und Holzlager hatte Matija öfter gespielt. Der Vater hatte ihn dort zurückgelassen, wenn der Kleine zu müde gewesen war, um mit ihm den Rundgang durchs Jagdrevier zu beenden. Und genau in diesem Gebäude hatten die Deutschen einen Stützpunkt und, wie aus der Zentrale berichtet worden war, sogar ein Waffenlager errichtet.

Die Vorbereitungen auf die Aktion waren geheim, nicht aus Misstrauen, sondern aus Gründen der Sicherheit. Jeden Tag verließen Patrouillen das Bataillon, um Lebensmittel auf den entlegenen Höfen zu requirieren, und Major Steiner schickte dann und wann seine Einheiten in die Wälder, um das Partisanenlager zu finden. Gar zu tief trauten sich die Deutschen nicht in die Wälder hinein; sie hätten nämlich auf den Feind stoßen können, was tatsächlich auch mehrmals passiert war. Darum war es aber auch für die Kämpfer sicherer, möglichst wenig über die Pläne des Bataillons zu wissen. Im vergangenen Jahr hatte es einige kleinere Scharmützel gegeben. Die deutschen Patrouillen und die der Partisanen schossen von einem Hügel zum anderen rüber und rannten dann zurück in ihre Stellungen. Einmal geschah es am helllichten Tag, dass die feindlichen Patrouillen im Wald aufeinanderstießen. Die Kämpfer unterhielten sich leise, sie waren tief im Wald und fühlten sich sicher, als hinter der Biegung eines Waldwegs plötzlich ein Trupp deutscher Soldaten auftauchte. Beide Gruppen waren überrascht und zu Tode erschrocken, darum gingen sie stillschweigend aneinander vorbei, als würden sie einander nicht sehen. Keiner machte auch nur einen Mucks. Ljubo, der Jüngste, erklärte am Abend im Lager fröhlich, dass er so dicht an einem Deutschen vorbeigegangen sei, dass er das Gulasch habe riechen können, das dieser zu Mittag gehabt hätte. Die Deutschen erzählten in ihrer Basis bestimmt nichts von dieser Begegnung mit den Banditen, sie blieb wohl das Geheimnis dieser Patrouille.

Weil es viele Möglichkeiten für Begegnungen und Konflikte gab, war es besser, wenn die Kämpfer nicht viel von den Plänen des Bataillons wussten; würden sie zufällig in feindliche Hände geraten, hätten sie nichts zu verraten. Der Politkommissar sagte auf den abendlichen Besprechungen des Öfteren, dass niemand zu glauben brauche, er würde die Folter der Gestapo überstehen, ohne etwas zu sagen. *Wichtig ist, dass ihr ihnen unwichtige Informationen gebt. Es ist wichtig, dass ihr zwei Tage lang durchhaltet. In zwei Tagen können wir das Lager verlegen, die Spuren verwischen. Am besten aber ist, wenn ihr möglichst wenig wisst.* Und darum wurde der neue Angriff im kleinen Kreis vorbereitet.

»Ich sehe kein Problem«, sagte Matija zum Kommandanten. »Der Stützpunkt ist ein freistehendes Gebäude. Schon vom Wald aus können wir sehen, ob dort was los ist.«

Auf dem Fichtenstrunk, den sie in den Bunker des Kommandanten geschleppt hatten, hatten sie ein Papier ausgebreitet, auf dem in ungefähren Zügen die weitläufigen Hänge der Grmada aufgezeichnet waren: Dicht am Wald schlängelte sich die schmale, staubige Straße, und weiter vorn breitete sich das Feld aus, die freie Fläche erstreckte sich bis zur Weiche, wo sich der rechtwinklige Bau des deutschen Stützpunkts befand. Auch auf den Bereich hinter dem Gebäude gab es freie Sicht, erst weit dahinter befand sich die Straße, die nach Norden führte.

»Die Situation scheint recht klar zu sein«, sagte Kommandant Slavc.

»Sehr übersichtlich«, ergänzte Matija.

»Da unten sind nur ein paar Soldaten. Maximal acht«, mischte sich Silvester ein, der am Vorabend einige Stunden im Wald hockend den Stützpunkt beobachtet hatte.

»Am besten, wir warten den Abend ab«, schlug Matija vor, »dann können wir aus dem Wald kommen und angreifen.«

»Wir versuchen, uns dem Gebäude so weit wie möglich zu nähern, dann kappen wir die Telefonleitungen und schlagen zu«, sagte der Kommandant.

»Sie werden abhauen, da wird nicht viel Gegenwehr sein«, merkte Silvester an.

Nun meldete sich Kommissar Gaber zu Wort: »Wenn doch, dann mähen wir sie nieder. Das Haus ist keine Festung, zur Hälfte ist es aus Holz, die Fenster sind groß ... Wird nicht viel Arbeit sein. Am besten, wir nähern uns möglichst lautlos und schalten sie aus.«

»Wenn wir vom Feld aus stürmen, wenn wir viel Lärm machen, bin ich mir sicher, dass sie durch die Hintertür flüchten und ins Tal rennen werden«, schlug Silvester vor.

»Und dann mit Verstärkung wiederkommen, besten Dank, eine hervorragende Idee!«, spöttelte Kommissar Gaber.

»Gewöhnlich steht hinter dem Stützpunkt nur ein Auto. Wenn wir es fahruntüchtig machen, müssen sie über die Felder laufen. Bis zum nächsten Stützpunkt ist es gut eine Stunde zu Fuß. Außerdem werden sie in Deckung gehen und sich verstecken, bis wir aufhören zu schießen«, versuchte Silvester den Kommissar zu überzeugen. »Wir müssen sie nicht umbringen.«

»Zuerst die Telefonleitungen, dann feuern wir durch Fenster und Türen, von allen Seiten … Wir knallen sie ab, räumen das Lager aus und hauen dann wieder ab«, blieb der Kommissar unerschütterlich.

»Und wenn sie wieder Geiseln erschießen?«, fragte Silvester entsetzt. »Zehn von uns für einen von ihnen?«

»Es ist Krieg«, sagte der Kommissar scharf, »im Krieg wird nicht nachgegeben. Geiseln zu erschießen ist ein Verbrechen. Unser Widerstand aber ist notwendig und unser Recht. Wir sind keine alten Weiber, sondern Kämpfer für eine neue Welt!«

Wenn der Kommissar in Schwung kam, war er nicht zu bremsen, seine Augen strahlten, und wenn ihn Kommandant Slavc nicht unterbrochen hätte, hätte er weiter seine Phrasen gedroschen, die alle schon auswendig kannten. Manchmal machten sie sich halblaut über den revolutionären Eifer des Kommissars lustig. *Schon wieder Kartoffeln!*, beklagte sich einer, und die Kollegen antworteten im Stil des Politkommissars: *Mit Kartoffeln ist der Weg zum Sozialismus gepflastert!* Dabei kicherten sie spöttisch, besonders wenn Kommissar Gaber irgendwo in der Nähe war.

»Gut«, beendete der Kommandant die Besprechung, »wir kommen aus dem Wald, kappen das Telefon, nähern uns so weit wie möglich dem Gebäude und greifen von allen Seiten an.«

»Ich schlage vor, wir greifen um sieben an, um diese Zeit wird das Essen geliefert«, lenkte Silvester ein. »Sobald das Fahrzeug weg ist, können wir uns anschleichen. Die Soldaten werden mit Essen beschäftigt sein. Wir werden sie überraschen. Außerdem ist Neumond, das wird eine richtig finstere Nacht. Und der Schnee ist unten schon teilweise weggeschmolzen.«

Matija nickte: »Es gibt noch einzelne Schneeflecken. Trotzdem wird es um acht herum hier dunkel sein.«

»In Ordnung«, nickte der Kommandant entschlossen. »Wie viele Männer brauchen wir für diese Aktion?«, fragte er die Anwesenden.

Matija schlug vor: »Vierzig.«

»Das ist fast das ganze Bataillon!«, rief der Kommandant.

»Um den Rückzug zu sichern, brauchen wir zehn Mann. Einen Granatwerfer kann einer allein tragen, für die Kisten mit den Granaten brauchen wir jeweils zwei, also können wir, wenn wir vierzig sind, zehn Granatwerfer und zehn Kisten Munition mitnehmen. Mehr wird nicht gehen. Wir werden uns rasch zurückziehen müssen.«

Kommandant Slavc schwieg eine Weile. Das ganze Bataillon in die Aktion zu schicken, schien ihm ein wenig riskant, doch die Granatwerfer würden eine wichtige Beute sein. »In Ordnung. Im Lager bleiben nur die Wachen.«

»Abgemacht?«, sagte der Kommissar abschließend. Denn er musste immer das letzte Wort haben.

Matija und Silvester nickten.

»Wir greifen morgen Abend an. Heute sondieren wir noch einmal die Lage. Silvester, organisier eine Dreiergruppe!«

Silvester nickte und hob die geballte Faust zum Gruß. Zusammen mit Matija verließ er den Bunker des Kommandanten.

Am Abend stellte er die Patrouille zusammen und machte sich auf den Weg, um den Militärstützpunkt zu beobachten. Mit dabei waren seine Frau und der dreizehnjährige Ljubo, der ein Spaßvogel war. Alle im Bataillon mochten ihn.

Vor über einem Jahr war mit dem ersten Schnee eine Sonderabteilung der Waffen-SS zu dem hoch auf dem Kamm der Grmada gelegenen Hof von Ljubos Familie gekommen. Den Weg hatte ihnen der Nachbar gezeigt, der ein paar Jahre davor mit Ljubos Vater wegen einer Weidegrenze prozessiert hatte. Der Nachbar hatte den Prozess verloren und führte nun die SSler vor ihre Haustür. Ljubos Vater arbeitete für die Befreiungsfront und war gerade selbst drauf und dran, zu den Partisanen zu gehen. Er hatte schon alles bereit, den Rucksack mit Lebensmitteln und Kleidung, Schuhe, einen Mantel, sogar das Jagdgewehr hatte er geölt und gereinigt … In aller Früh zerrten sie die Familie aus dem Haus. Die Mutter umarmte den Sohn und drückte sein Gesicht an sich, damit er nicht sah, wie ein breitschultriger SSler die Axt schwang und dem Vater den Kopf abschlug. Der Vater stand nach vorn gebeugt, mit auseinandergespannten Armen. An dem einen Arm riss lachend der Nachbar. Der stämmige SSler musste zweimal zuschlagen, ehe der Kopf in den Schnee fiel, und das Blut spritzte mit solcher Gewalt, dass es dem Kommandanten der SS-Gruppe den Ledermantel versaute. Er fluchte und rieb sich mit Schnee das Blut ab. Dann war die Mutter dran. Sie packten sie und zogen sie fort, sie konnte sich von ihrem Kind nicht einmal verabschieden. Ljubo sah, wie sie sich nach ihm umdrehte, als wollte sie ihm noch etwas sagen, doch sie zerrten sie schon über den Körper des toten Vaters hinweg und ein wenig den Hang hinauf. *Hier, genau da*, schrie der Nachbar, *hier ist kein Blut!*, und er zeigte auf die schneeweiße Fläche. Das Kind blieb einen Moment lang unbewacht. Der Kommandant stand abgewandt und reinigte seinen Mantel. Der eine, der den Vater enthauptet hatte, entblößte seinen Oberkörper, ihm war heiß. Zwei Soldaten hielten die Mutter, der Nachbar packte sie am Handgelenk. Einer kickte den Kopf des Vaters einem anderen zu, der etwas hinter ihm stand. Der andere zwang die Mutter auf die Knie und drückte mit dem Stiefel ihren Oberkörper nach vorn, der Nachbar und noch jemand zogen ihre Arme weit auseinander. Der Soldat im Hintergrund schlenzte den Kopf des Vaters wie einen Ball nach unten. Ein anderer stoppte ihn, damit er nicht den verschneiten Hang hinunterhüpfte. Jemand applaudierte. Der Knabe drehte sich um und rannte genau in dem Moment hinters Haus, als der Halbnackte mit der Axt ausholte. Er rannte, so schnell ihn die Füße trugen. Hinter sich hörte er Stimmen, Schreie. Als er den Waldrand erreichte, sausten Kugeln an ihm vorbei und senkten sich in die weichen Fichtenrinden. Die Schüsse hörte er nicht. Oder er glaubte sie nicht zu hören. Er rannte, bis er umfiel. Im Bunker auf der anderen Seite der Grmada kam er wieder zu sich.

Silvester, Marta und Ljubo gingen also talwärts. Noch bevor es Abend wurde, saßen sie in ihrem Versteck an einem der Hänge und beobachteten den Stützpunkt. Das Versteck war zwischen drei Fichten etwa zweihundert Meter überm Tal angelegt worden. Ljubo hatte Äste herbeigeschafft, Marta Laub aus dem Schnee gegraben und die Äste damit bedeckt, und Silvester hatte mit dem Militärspaten, den sie beim Überfall auf den Polizeiposten erbeutet hatten, das Ganze mit Schnee zugeschaufelt. Ljubo machte zwischen den Ästen ein Loch, durch das Silvester Matijas Jagdfernglas schob, und die Beobachtung des deutschen Stützpunkts konnte beginnen.

Sie warteten. Im Versteck, das von drei Seiten geschlossen war, wurde es warm, ihre Körper und der warme Atem ließen die Temperatur im Inneren um ein paar Grad steigen. Rund um den deutschen Stützpunkt an der Bahnstrecke tat sich nichts Interessantes. Ein Lieferwagen, den Plattner an die Wehrmacht vermietet hatte, fuhr vor, Soldaten kamen aus dem Gebäude und trugen das Geschirr mit dem Abendessen hinein. Nach einer Weile fuhr der Wagen wieder ab. Es begann zu dämmern, dann war es schlagartig finster, als hätte jemand das Licht ausgeknipst. Unten im Stützpunkt gingen

Lichter an. Der Schnee ließ die Landschaft bizarr erscheinen, die weißen Flecken gaben ein mattes Licht ab, die Bäume verwandelten sich in groteske Silhouetten, die dunkle Erde zwischen den Schneeflecken wirkte, als wären dort große Löcher. Marta schmiegte sich an Silvester. Er schlug seinen Mantel auf, drückte sie an sich und deckte sie wieder zu. »No, no«, flüsterte der kleine Ljubo, »dass ihr mir nicht gleich zum Busseln anfangt.« Marta deutete mit den Fingern eine Ohrfeige an, und er schnitt ein Gesicht, streckte die Zunge heraus und verdrehte die Augen, als wäre er tödlich getroffen. Marta kicherte. Der dreizehnjährige Partisan war wie ein Kind, er unterhielt die Kämpfer mit geistreichen Bemerkungen und allerlei Faxen. Diejenigen, die ihn von früher kannten, sagten, dass er ein ernstes Kind gewesen sei, schweigsam und ruhig: *Er hat nie gelacht. Jetzt aber grinst er die ganze Zeit und bringt alle rundherum zum Lachen.* Als er in den Wald geflohen sei, habe er sich verändert, sagten sie, das ganze Entsetzen vor dem Haus habe ihn verändert. Damals war er wie verrückt zwischen den Fichten, über die Rutschen und durch die Dolinen gerannt, rauf und runter, über Felsen und Grate, mehrere Stunden war er auf der Flucht gewesen und schließlich bewusstlos zusammengebrochen. Wenn ihn nicht zufällig eine Patrouille der Ersten Kompanie, wie sie damals noch hieß, gefunden hätte, wäre er erfroren. Im Lager wärmten sie ihn auf und flößten ihm schluckweise warmen Tee ein. Als er die Augen aufschlug, strahlte er, blinzelte in die Runde und lachte. *Der Bub hat den Verstand verloren*, flüsterten die Kämpfer untereinander. Doch schon am nächsten Tag war alles mit ihm in Ordnung, er sprach konzentriert und logisch, auch wenn er die ganze Zeit fast lachen musste. Und auf jede Frage wusste er eine geistreiche Antwort. Von dem Entsetzen vor dem Haus wollte er nicht erzählen. Manche glaubten, dass er sich nicht erinnern konnte, dass er das, was dort geschehen war, verdrängt, in die hinterste und verborgenste Nische seiner Erinnerung verschoben hatte. Aber so war es nicht. Es hieß, das Kind sei es gewesen, das Kommandant Slavc und Kommissar Gaber so weit gebracht hatte, die zehn fanatischsten und hartgesottensten Kämpfer zum Hof des verräterischen Nachbarn zu schicken. Der kleine Ljubo führte sie an. Sie brachen ins Haus ein und brachten alle um, zuerst die Frau und die sechs Kinder. Den Knecht und die Magd erschlugen sie im Stall. Den Nachbarn aber zerrten sie hinaus in den Hof. Er verfluchte sie, schickte sie in die Hölle, wo sie in Feuer und Schwefel schmoren sollten. Er spuckte sie an, biss, schlug um sich, fluchte wieder. Er rief den blutrünstigen Gott herbei, damit er sie mit einem Feuerblitz erschlage, sie auf glühende Mistgabeln spieße, diesen verdammten, gottlosen kommunistischen Abschaum! Sie fesselten ihn an einen Birnbaum. *Er gehört dir!*, sagten sie zu dem kleinen Ljubo, der hinterm Haus gewartet und sich die ganze Zeit über das Lachen verbissen hatte. *Er gehört dir!* Der kleine Ljubo nahm ein Gewehr und drückte die Mündung gegen die Stirn des festgebundenen Nachbarn. Dieser verstummte, als er den Buben vor sich sah. Lange sei es so gegangen, hieß es, ein seltsam starres Lächeln sei im Gesicht des kleinen Ljubo gewesen. Jetzt erst sei dem Nachbarn das Herz in die Hose gerutscht. *Du wirst mich doch nicht umbringen*, jammerte er. *Du wirst doch nicht deinen eigenen Onkel umbringen!* Und dann krachte es. Den hinteren Teil der Schädeldecke riss es in Stücke, und Knochensplitter bohrten sich in den Stamm des Birnbaums. Rache. Niemals durfte die Rache ruhen.

Alle in der Kompanie und später im Bataillon hatten Ljubo unendlich gern. Er war ihr Kind. Sie riefen ihn *unseren Ljubček*, was er aber nicht leiden konnte, er wollte *Ljubo* genannt werden. *No*, sagten sie, *dann rufen wir dich halt kleiner Ljubo oder überhaupt Kleiner.* Er protestierte, das Lächeln verschwand aus seinem Gesicht; sein Blick wurde finster und seine Stirn überzog ein Schatten. *Ich heiße nur Ljubo*, sagte er zornig, und sie wussten, dass in manchen Dingen mit dem Buben nicht zu spaßen war.

»Ich schau mich mal ein bisschen um«, sagte er und kroch aus dem Unterschlupf, »damit ihr in Ruhe schmusen könnt.«

»So ein Spaßvogel!«, sagte Silvester und drückte seine Frau an sich. Marta nickte und vergrub den Kopf unter seinem Mantel noch tiefer an seiner Brust. Silvester spähte durch den Feldstecher. Unten war nichts los. Morgen um diese Zeit würden hier im Tal Schüsse hallen. Wenn alles glattging, würden sie zwanzig Minuten nach dem Überfall mit den Granatwerfern und der Munition schon auf dem Rückweg in die Wälder der Grmada sein.

»Mir ist schlecht«, flüsterte Marta.

Er senkte den Feldstecher und beugte sich über sie. Ihr warmer Atem schlug ihm entgegen. »Hast du Fieber?«, sagte er, griff mit der Hand in seinen zu großen Mantel und befühlte ihre Stirn.

»Nein«, sagte sie, »ich glaub nicht, mir ist schon die ganze Woche schlecht. In der Früh hab ich kotzen müssen.«

»Črtomir hat Medizin studiert. Ich sag ihm, dass er dich anschauen soll …«

Sie hob ihr Gesicht. Im Dunkeln konnte er ihre Augen nicht sehen. Aber er spürte ihren Blick, der ihm etwas sagen wollte. Unterm Mantel arbeitete er sich mit der einen Hand zu ihrem Bauch vor, mit der anderen packte er ihren Hintern. Er zog sie an sich, und sie rieb sich an ihm. »Ich wünsche mir nichts anderes«, flüsterte er in ihren Atem, »als mit dir in einem normalen Bett zu schlafen.« Sie gab ihm einen Kuss, und er streichelte ihren Bauch und rutschte mit der Hand zwischen ihre Beine. Sie versuchte einen Weg unter sein Hemd zu finden und seine warme Haut zu berühren.

»Seid ihr fertig?«, sagte jemand direkt über ihren Köpfen. »Wenn ihr nämlich fertig seid, könnten wir zurückgehen. Mir ist der Arsch eingefroren. Und morgen haben wir eine Verabredung mit dem Teufel«, sagte der kleine Ljubo, »ich wär gern ausgeruht für den großen Tanz.« Und er zog sich in die Dunkelheit zurück.

Sie verließen die Deckung und verschwanden zwischen den Fichten. Bis zum Lager standen ihnen noch drei Stunden Fußmarsch durch die kalte Nacht bevor.

Wir wissen nichts

Wir wissen nichts. Wir kennen keinen Schmerz außer dem eigenen. Wir wissen nichts vom Schmerz des anderen. Wir sehen uns Fotos der Vergangenheit an, sehen das Grauen, können es aber nicht empfinden. Im Buch *Mučeniška pot k svobodi* – Durchs Leid zur Freiheit, erschienen im Mai 1946, sind schreckliche Bilder zu sehen. Jemandem wird der Kopf abgehackt. Abbildung eins: vor dem Fallen der Axt. Abbildung zwei: die Axt steckt im Hals. Die Muskeln desjenigen, der zugeschlagen hat, sind angespannt. In den Gesichtern derer, die dem Opfer die Arme auseinanderziehen, ist die mörderische Anstrengung für immer festgehalten, als zögen sie ein Schiff an Land, nicht aber einen Menschen in den Tod. Abbildung drei: Beruhigung. Der abgehackte Kopf im Gras; ein Scherzbold hat ihm eine Zigarette in den Mund gesteckt. Wir sehen das alles, und trotzdem wissen wir nichts. Wir können die Augen schließen und versuchen, es uns vorzustellen: die Gedanken, die Wünsche, die Hoffnung, die Angst, den Geschmack im Mund, wenn die Brust von der Bleikugel durchschlagen wird oder die Axt in den Hals eindringt, die Unsicherheit, die Beklemmung, wenn ein junger Mann, die Hände in den Hosentaschen, von den Nachbarn, die die Uniform der Verräter tragen, zur Erschießung gebracht wird. Was empfinden die drei, die sich mitten auf einer Wiese das eigene Grab schaufeln, während die Soldaten herumstehen, rauchen und warten. Wer sagt, dass man, wenn man erschossen wird, einen metallischen Geschmack im Mund hat? Wer ist von dort zurückgekehrt? Wie fühlt es sich an, wenn etwas in deinen Körper hackt, und du nicht weißt, was es war? Der Schmerz hat das Hirn noch nicht erreicht, und schon ist es finster? Und was sind das für Gedanken in der Finsternis, falls es überhaupt noch Gedanken sind? Wir wissen nichts. Wir ahnen nur. Wir erfinden. Daten. Kleine Nebensächlichkeiten, die das Erfundene überzeugender machen. Wir versuchen uns einzufühlen. Was wäre, wenn …? Woran würden wir denken? Wie reagieren, wenn …? Wie würde ich reagieren? Täte es mir leid? Hätte ich Angst? Habe ich Angst? Was macht der Körper, wenn wir Angst haben? Die Muskeln? Verkrampfen sie sich? Der Atem? Beschleunigt er sich? Der Schweiß auf der Stirn. Ist er wirklich kalt? Kalt wie Eis? Kalt wie der Tod? Wir wissen nichts, auch dann nicht, wenn wir lieben, wenn wir hassen, wenn wir uns zu rächen versuchen … Wir wissen nichts, wir mutmaßen nur. Wie wäre das bei mir? Wie würde ich mich verhalten? Würde ich mich rächen? Wäre ich mutig? Was ist das, Mut? Gibt es so etwas überhaupt? Kann man mutig sein, wenn man stirbt, wenn man weiß, dass die Finsternis kommt und in ihr nichts sein wird? Eigentlich weniger als nichts, ein so vollkommenes Nichts, dass wir uns seiner nicht einmal bewusst sind. Wie würde ich den Rand überschreiten, wenn ich wüsste, dass mich auf der anderen Seite niemand erwartet? Wäre ich zum Heldentum fähig? In dem Buch steht, die Frau habe nach der Handgranate gegriffen, den Sicherungsstift gezogen und sich auf die Feinde geworfen, sie und noch drei Schwarzhemden seien zerrissen worden, genau die, die die Einheit verraten und die Soldaten zum Lager geführt hatten. Was hat sie dabei gefühlt? Sturheit? Hass? Rache? Rache, die Rache gebiert. Eine Geschichte, die sich ewig weiterdreht. Sie wälzt sich wie ein immer größerer Schneeball den Hügel des Hasses hinab. Nie sagt jemand: *Es reicht! Ich werde mich nicht rächen!! Sie haben meine Frau vor meinen Augen vergewaltigt, sie dann gnädigerweise vor meinen Füßen abgeschlachtet, sie haben mein Haus angezündet, mein Kind ins Feuer geworfen, die Großmutter gefoltert, sie bei lebendigem Leib im Kartoffelacker verscharrt … Nein, ich werde mich nicht rächen! Einmal muss Schluss sein!* Niemand sagt das. Die Rache ist dem Menschengeschlecht eingewoben. Auch Gerichte, militärische und zivile, Sonder- und Spezialgerichte … dienen der Rache. Grauen für Grauen! Blut für Blut! Vergewaltigung für Vergewaltigung! Es hört nie auf, weil niemand aufhört. Der Fluch der Rache, der berechtigten, gerechten, notwendigen, unausweichlichen, zivilisatorischen, wiederholt sich immer aufs Neue, schließlich wollen die Opfer es so! In Wahrheit aber wollen die Opfer das nicht, sie hätten gern Ruhe. Sie hätten gern, dass es aufhört, dass der riesige Schneeball, der über die Hänge des Hasses donnert, ein für allemal zum Stillstand kommt und in kleine Stücke zerspringt. Denn wenn er es nicht tut, war alles umsonst. Der Schmerz, die Qual, die Angst, das Grauen, der Tod: alles umsonst. Wäre *ich* dazu fähig? Könnte ich sagen: *Es reicht!* Schreien: *Es reicht!!* Und dann bis zur Erschöpfung wiederholen: *Es reicht! Es reicht! Es reicht!* Ich weiß es nicht. Wir wissen nichts. Wir wissen nicht, wie wir uns in der Haut eines anderen fühlen würden. Wir mutmaßen nur. Alles, was nicht wir sind, alles, was andere erlebt haben, können wir nur träumen. Aber wenn wir fest genug träumen, werden die Träume zu Wirklichkeit. Und was ist das Geschichtenerzählen anderes als das demütige Eingeständnis, dass wir nichts wissen, dass wir alles nur erraten, alles nur träumen, jedoch so fest und wahrhaftig, dass der Traum wahr wird. Die Wahrheit aber macht die Welt vielleicht besser. Wir wissen es nicht. Wir wissen nichts. Wir träumen nur fremde Träume, als wären es unsere. Wir leben fremde Leben, als wären es unsere. Wir stehlen fremde Geschichten und erzählen sie. Und das Ganze nur, um am Ende etwas über uns selbst zu erfahren. Nur über uns selbst.

Die Schlacht

Den ganzen Tag putzten sie an ihren Waffen herum. Eine erwartungsvolle Spannung lag in der Luft, wie früher, sagte jemand, wenn er am Abend sein Mädchen getroffen habe und deshalb schon den ganzen Tag über zappelig und so voller Ungeduld gewesen sei wie jetzt.

Für Punkt zwölf hatte Kommandant Slavc eine Bataillonsbesprechung einberufen, bei der er den Angriffsplan erklärte und die Aufgaben verteilte. Vier Gruppen zu je zehn Mann. Er legte auch fest, wer sie anführen sollte. Die erste Gruppe übernimmt Silvester, die zweite Matija. Sie decken das Zentrum und damit den breitesten Teil ab. Die dritte Gruppe unter Kommissar Gaber wird von rechts angreifen, die vierte, angeführt von Slavc, von links. Sobald es dunkel wird, kommen die ersten drei Kämpfer aus dem Wald. Sie schneiden oben an der Straße die Telefonleitungen durch, gleichzeitig bilden sich die Gruppen. Die Gruppen drei und vier gehen um den Stützpunkt herum, eins und zwei versuchen übers freie Feld möglichst nahe ans Gebäude heranzukommen. Den Befehl zum Angriff gibt Kommandant Slavc. *Alles klar? Ja!* Im Lager bleibt ein Wachtrupp zurück. Zwölf Kämpfer. *Tod dem Faschismus! Freiheit dem Volk!*

Silvester rief seine Gruppe zusammen. Zu ihr gehörte auch Marta, die blass und wortkarg war; den ganzen Morgen war ihr schlecht gewesen. Die anderen Kämpfer waren voller Tatendrang. Der kleine Ljubo ließ geistreiche Meldungen vom Stapel: *Diese Schlacht noch, und der Krieg ist vorbei! Die versohlen wir, dass sie sich bei Hitler ausweinen werden, und er wird so enttäuscht sein, dass er sich aufhängt. Und aus.* Der Partisan Pavle war wie immer schweigsam, ernst und konzentriert. Silvester bestimmte, wer sich wo in der

Angriffsformation befinden würde. Den kleinen Ljubo stellte er nach hinten, in die dritte Reihe.

»Warum muss ich hinten sein?!«

»Weil du der Jüngste bist«, antwortete Silvester.

»Ihr schiebt mich immer zurück. Das ist nicht gerecht!«

»Wir passen auf dich auf«, sagte Kommissar Gaber, der die Bildung der Stoßtrupps verfolgte.

»Könnt ihr euch sparen, das kann ich selber.«

»Außerdem bist du der Kleinste«, sagte Silvester.

»Na«, ereiferte sich Ljubo, »siehst du, wie ungerecht du bist! Du bist nicht viel größer als ich und darfst in die erste Reihe!«

Die Kämpfer schmunzelten, Silvester war in der Tat nicht viel größer als der Knabe.

»Ich führe die Gruppe an«, sagte er.

»Trotzdem ist es nicht logisch!«, fuhr Ljubo fort, »die Kleineren müssen nach vorn, damit sie überhaupt was sehen. Das ist logisch! Ihr Größeren schaut sowieso über uns drüber. Also!«

»Wir nehmen ihn zwischen uns«, sagte Matija, denn er wusste, dass die Streiterei sonst kein Ende nehmen würde. »Auf der einen Seite passt Silvester auf, auf der anderen ich.«

Auch das gefiel Ljubo nicht. »Keiner passt auf mich auf! Ich bin kein Kind!«, ärgerte er sich.

Niemand hörte ihm mehr zu, die Sache war erledigt. Sie gingen auseinander, jeder zu seiner Fichte, in seinen Bunker. Abmarsch in einer Stunde, teilte der Kurier den Gruppen mit. Abmarsch in einer Stunde, Abmarsch in einer Stunde, Abmarsch in einer Stunde …

Silvester nahm Marta um die Taille. »Du schaust blass aus«, sagte er sorgenvoll.

Sie drückte sich an ihn. Sie war weich und zart, anders als sonst. »Passt schon«, sagte sie.

Der stille Pavle kam aus dem Bunker. Er zog sich gerade einen knallroten Strickpullover über den Kopf.

»Was ist das denn?!«, rief Silvester überrascht. »Willst du, dass sie dich schon von Weitem sehen!«

Pavle schaute verwirrt zu Silvester und Marta. »Nein, nein … ich zieh noch den Mantel drüber. Aber wenn's losgeht, werf ich ihn ab. Sie sollen sehen, wer sie fertigmacht, sie sollen sehen, dass wir die Roten sind!«, fügte er hinzu und grinste. Dann eilte er an Silvester vorbei ans andere Ende des Lagers.

»Ich seh ihn zum ersten Mal lachen«, merkte Silvester an. Marta bückte sich zur Seite, Speichel floss aus ihrem Mund. »Ich hole Črtomir«, sagte er und schaute sich im Lager um. Črtomir war der Kämpfer, der vier Semester Medizin absolviert hatte.

»Nein!«, rief sie, »ich hab schon mit ihm geredet.«

»Und was sagt er«, fragte Silvester und nahm ihre Hand. Sie lächelte. »Es ist keine Krankheit.«

Silvester seufzte. Er warf einen Blick ins Lager, wo sich die Kämpfer in aller Stille auf den Kampf vorbereiteten. Die Atmosphäre war dicht, aufgeladen, zum Schneiden. »Du bleibst hier«, entschied er, »so kannst du nicht in den Kampf.«

Noch bevor sie ihr *Nein!* hauchte, war Silvester schon unterwegs zum Bunker des Kommandanten. »Marta geht es nicht gut. Ich nehme statt ihr einen anderen Kämpfer mit.« Slavc nahm die Brille ab, denn er studierte gerade die tausendmal gelesene und durchgekaute Broschüre *Was tun?* von Wladimir Iljitsch Lenin.

»Gut«, sagte er. »Du führst die erste Gruppe. Deine Verantwortung.«

»Ich nehme Genossen Črtomir mit«, sagte er, vermutlich weil von ihm gerade die Rede gewesen war.

Abmarsch in fünf Minuten, Abmarsch in fünf Minuten, Abmarsch in fünf Minuten …

Ganz leise gingen sie talwärts. In der frühen Abenddämmerung bezogen sie ihre Stellungen oberhalb der Straße. Sie warteten. Kommandant Slavc und Kommissar Gaber, die den Angriff von der linken und der rechten Flanke führen sollten, kamen zu Silvester und Matija. »Wir gehen zuerst, wir versuchen sie zu überrumpeln. Sobald ihr Schüsse hört, feuert ihr mit allem, was ihr habt, mitten rein.«

Silvester nickte: »Verstanden.«

Der Kommandant klopfte ihm auf die Schulter: »Gratuliere«, sagte er, »Genosse Črtomir hat's mir gesagt«, und schon schlich er wieder nach links zu seiner Einheit.

»Was … Was denn?«, flüsterte Silvester ihm nach, doch Slavc drehte sich nicht mehr um. Auch Kommissar Gaber ging wieder zu seiner Gruppe. Silvester und Matija blieben zurück.

In aller Stille beobachteten sie, was unten vor sich ging. Die Dämmerung brach langsam herein, und die Dunkelheit kroch wie ein behäbiges, faules Tier von den Hängen der Grmada und streckte ihre langen Finger gierig ins Tal.

Silvester flüsterte: »Wo bleibt das Essen?!«

Matija schaute ihn verwundert an.

»Sie haben ihnen kein Essen gebracht«, murmelte Silvester. Im Stützpunkt gingen jetzt die Lichter an. Drei Schatten huschten vom Waldrand zur Straße und weiter zum Telefonmasten. Das war das Zeichen, dass sie herauskommen konnten.

Sie rutschten den Abhang zur Straße hinunter. Geduckt rannten sie hinüber und dann weiter zum Feld, am Ackerrain blieben sie stehen. Silvester und Matija scharten ihre Zehnertrupps hinter sich, der kleine Ljubo stand zwischen ihnen. Silvester hob seinen Arm und schwenkte ihn in Richtung des Gebäudes auf der anderen Seite des Feldes. Rasch, geduckt, die Gewehre auf die gelb erleuchteten Fenster gerichtet, bewegten sie sich vorwärts. Man hörte ihren Atem, hin und wieder das Knirschen der Schritte auf den Schneeflecken und das dumpfe Flappen der Mäntel, als sie auf den Stützpunkt zuliefen. Silvester schaute nach links. Er sah, wie Kommandant Slavc sich dem Gebäude von der Seite näherte. Fünfzig Meter noch. Gleich würden sie die Tür eintreten und das Haus stürmen. Rechts lief Kommissar Gaber mit seinem Trupp auf das Gebäude zu; dort war weder eine Tür noch ein Fenster, deshalb würden sie ums Eck zur Vorderseite laufen und den dort stehenden Lastwagen außer Gefecht setzen. Gleich würden sie sie umzingelt haben. Ein wenig noch. Noch hundert Meter. Jetzt sind sie auf dem freien Feld, irgendwo zwischen Straße und Gebäude. Silvester beeilte sich, die Kämpfer folgten ihm. Die Fenster waren alle geschlossen. Man konnte sie von drinnen unmöglich hören, auch wenn rundherum alles still war. Nicht das geringste Geräusch. Schon vorhin, als sie oberhalb der Straße gelauert hatten, war es still gewesen, kein fernes Gebell von Wachhunden, auch keine Schreie von Nachtvögeln. Taube Stille, dachte Silvester, eine drückende Stille, sie erinnerte ihn an den heimischen Graben. Großmutter sagte immer: *Wenn du keine Vögel hörst, wenn ums Haus alles still wird, dann kommt jemand*. Großmutter wusste es immer, wenn sich jemand der Hütte näherte. Alle Geräusche verstummten. *Sogar der Bach klingt anders*, sagte sie, *und die Bäume hören zu rauschen auf, wenn im Graben ein Fremder auftaucht*. Und auch jetzt, als sie auf dem freien Feld waren und auf den deutschen Stützpunkt zueilten, war rundherum alles in Schweigen gehüllt. Keines der üblichen Geräusche. Nur Spannung. Silvester blieb stehen. Auch seine Kämpfer blieben stehen. Die Stille wurde noch stiller, nur ihre kurzen, unterdrückten, stoßartigen Atemzüge waren zu hören. Der kleine Ljubo schaute ihn verwundert an, *warum sind wir stehengeblieben, warum warten wir?* Silvester hockte sich hin und schaute zur Straße und zum Waldrand zurück. Eine eigenartige Leere. Eine seltsame Spannung. In der letzten Reihe der Kämpfer, die Silvester und Matija folgten, zog der stille Pavle den Mantel aus und ließ ihn zu Boden fallen. Jetzt stand er mit seinem roten Pullover mitten im Feld. Silvester wollte sagen, *was machst du? Warum …*, aber dazu war keine Zeit. »Vorwärts, vorwärts!«, flüsterte Matija und die Kämpfer bewegten sich weiter. Noch achtzig Meter und sie stehen direkt vor den Fenstern, noch siebzig, fünfzig … Plötzlich blitzte es wie verrückt.

Blitze fuhren in die Stille und machten die Nacht zum Tag. Es kam von vorn, als wären die erleuchteten Fenster in tausend zischende Teile zersprungen. *Wer hat das Feuer eröffnet? Jemand hat das Feuer eröffnet.* Silvester schaute sich um und sah, wie sich Matija um die eigene Achse drehte und der Länge nach hinfiel. Er hörte immer noch nichts. Silvester blickte nach vorn, da waren keine Fenster mehr, sondern Löcher, und aus den Löchern starrten Rohre, die nach links und rechts kurze Flammen verspritzten. Vor ihm fiel etwas in eine Ackermulde, als käme es vom Himmel. Ein alter Mantel, ein alter Fetzen, ein ausgetretener Schuh … Er sah das Gesicht eines Kämpfers aus der letzten Reihe. Dann erst kam der Schall. Nicht das Knallen einzelner Schüsse und das Rattern der Maschinengewehre, sondern ein ununterbrochenes Getöse, in dem sich alle Geräusche, Knattern, Zischen, Krachen, Pfeifen, dumpfes Hacken, zu einem einzigen und endlosen Höllenlärm vereinigten. Silvester schaute zum Haus und sah, wie es Kommandant Slavc vom Boden hob und dann, wie nach einem Augenblick des Stillstands, mit aller Wucht umriss. »Deckung, Deckung!«, schrie Silvester und warf sich aufs Gesicht. Er legte die Wange auf die nasse Erde. Die Welt drehte sich in die Vertikale. Vier Kämpfer, die neben ihm standen, fielen fast gleichzeitig zusammen wie leere Säcke.

Črtomir fiel neben Silvester hin. Gesicht an Gesicht, ganz nah. Ihre Nasen berührten sich. Črtomirs Augen waren offen und schauten ihn an, dann füllte eine dicke rotgraue Masse sein rechtes Auge. Silvester stand auf. »Rückzug! Rückzug!!«, schrie er und begann auf das Gebäude zu schießen, wo aus jedem Fenster MG-Projektile prasselten und in alle Richtungen pfiffen. Dann eine Explosion, ganz nah. Erde flog in die Luft, und noch etwas, das einem Arm, einem Bein, einem Kopf glich. *Granatwerfer! Sie schießen mit Granatwerfern!* Mit eingezogenem Kopf und zu Boden geduckt schoss er auf das Gebäude und bewegte sich rückwärts. Ihm flogen die Kugeln buchstäblich um die Ohren. »Rückzug, sofort Rückzug!!«, rief er, aber er hörte seine eigene Stimme nicht. Überall, wo er hinsah, riss jemand die Arme hoch, griff sich an den Kopf, kippte nach vorn, überschlug sich nach hinten. Auch Silvester flog um, auf den Rücken. Er sah, wie seine Beine einen Moment lang in der Luft hingen, als versuchten sie am Himmel Fuß zu fassen. Die Garbe aus seiner MP verlor sich im dunklen Nachthimmel, dann spürte er, wie er weich landete, wie sein Kopf gegen etwas Feuchtes stieß, wie gegen ein Kissen. Ein nasses Kissen. Da waren Sterne am Himmel, stellte er fest, nicht viele, wenige. Der Himmel war mit kleinen weißen Zeichen gespickt. Unterm Kopf war das weiche, feuchte Kissen. Er sah sich um. Er war auf einem Kämpfer gelandet, auf dessen offenem Bauch. Auf einer Masse aus Därmen, die blutschwarze Fäden zogen. Er rollte sich seitlich ab. Hinter ihm spritzten Erde und gefrorene Schneereste auf wie Staub. *Sie schießen von hinten,* wurde ihm klar, *und sie schießen mit Granatwerfern. Sie stehen auf der Straße, sie sind weiter oben versteckt gewesen. Und jetzt schießen sie von allen Seiten aufs freie Feld.* »Ein Hinterhalt! Ein Hiinterhaaalt!!, schrie er und wusste, dass es sinnlos und dumm war. Wohin er auch schaute, sah er dunkle Schatten zu Boden gehen. Er schaute nach rechts, wo die Einheit von Kommissar Gaber war. Er sah, wie dieser kniete und um sich schoss. Sein Mund stand weit offen. Er schrie etwas, schrie fürchterlich. Und schoss. Und schoss … und wurde entzweigerissen wie ein Stück altes Papier, mittendurch. Eine MG-Garbe perforierte ihn schräg von der Taille bis zur Schulter hinauf. Der Körper öffnete sich wie mit einem Reißverschluss. Und Silvester glaubte ihn immer noch schreien zu hören, selbst als der obere Teil des Körpers schon hinunterkippte. Und wieder alles weiß. Eine Detonation ganz in der Nähe. Jemand neben Silvester, wer? Ein entstelltes Gesicht. Der Kämpfer neben Silvester erhob sich, warf eine Handgranate, schrie, gleich darauf riss ihm eine unsichtbare Kraft die Schulter weg. Gerade war sie noch da, und schon ist sie weg, so schnell kann's gehen. Der Kämpfer setzte sich nur hin, als hätte er von allem genug, als wollte er jetzt rasten. Etwas fiel auf Silvester, von hinten. Eigentlich lehnte es sich gegen ihn. Der kleine Ljubo. »Wir sind verraten worden«, sagte er und rutschte von Silvesters Rücken. Dann drehte er sich auf den Bauch und stützte sich auf die Ellbogen. »Das Gewehr ist mir runtergefallen«, sagte Ljubo, »dort …«, und deutete nach hinten. Silvester schaute hin. Der Beschuss ließ nicht nach. Sie lagen über den Acker verstreut. Da und dort stand jemand auf, und schon riss es ihn hoch in die Luft. Silvester sah etwa einen Meter entfernt zwei Beine, in Stiefeln, sie lagen da, als hätte sie jemand kurz abgelegt. Es waren Ljubos Beine. Aus den abgetrennten Knien quoll das Blut, das zerfetzte Fleisch ragte in alle Richtungen. Es erinnerte an die roten Blüten einer Blume. Welcher? Einer sehr bekannten, großen Blume mit fleischigen, pulsierenden Blättern. Er schaute Ljubo an, den kleinen Jungen, das Kind. Der lag noch immer auf seine Ellbogen gestützt, er hatte eine Pistole in der Hand. Er schaute zu den Fenstern des Stützpunkts, aus denen die MGs mit unverminderter Kraft ihre Flammengarben spritzten. Die Kugeln hämmerten jetzt auf den Boden und die überall liegenden Leichen, als sollten sie in die Erde eingearbeitet werden. »Baumkraxeln werd ich nicht mehr«, sagte der kleine Ljubo, dann setzte er sich die Pistole an die Schläfe und drückte ab. In Silvesters Gesicht spritzte Blut. Wieder alles weiß. Es schob ihn über die Ackerfurchen. Eine Detonation. Dunkelheit.

Als er die Augen öffnete, sah er den Himmel. Einen Moment lang wusste er nicht, wo er war. Er glaubte daheim zu sein, im Graben. In seinen Ohren dröhnte es. Er hob den Kopf ein wenig. Der Acker. Das Echo vereinzelter Schüsse. Silhouetten kamen übers Feld. Langsam. Blieben stehen. Ein Schuss. Langsam weiter. Die Deutschen suchten nach Lebenden. Kopfschuss. Und weiter zum Nächsten. Deutsche Wörter. Rufe. Irgendwo Lachen. Silvester drehte langsam den Kopf. Neben dem langen Gebäude sah er die Silhouette eines Panzers, schweigsam, ruhig, wie ein müdes, gesättigtes Tier. Von der Straße her richteten Militärlaster ihre Schweinwerfer auf den Acker. Die langen Strahlen leckten seine Oberfläche. Manche Lichtbalken waren gelb, doch am Ende, wenn sie abbrachen, sich in den seltsamen Matsch aus Erde, Schnee und Blut rammten, schienen sie rötlich. Zwischen den Schneeflecken lagen groteske Massen, verstreut in den Furchen … Die Körper der Kämpfer. Alle tot. Silvester hob den Kopf. Er schaute an sich hinunter. Arme, Beine, alles noch da. Der Bauch ganz, die Brust unversehrt. Er bewegte die Hände, beugte die Finger. Ein Schmerz, aber nicht allzu schlimm. Erträglich. Langsam ließ er seine Hände zum Gürtel wandern. Er nahm zwei Handgranaten ab. In jede Faust eine. Wenn sie zu ihm kämen, würde er ein paar von ihnen mitnehmen. Zwei, drei … möglichst viele. Er dachte an Marta. *Ein Glück, dass sie im Lager geblieben ist. Sie werden es suchen. Sie werden es nicht finden. Sie werden rechtzeitig geflohen sein. Sie sind schon unterwegs. Vielleicht hat es jemand über die Straße und in den Wald geschafft. Er hat ihnen erzählt, dass wir verraten worden sind, dass wir in einen Hinterhalt geraten sind. Und jetzt ist Marta auf der Flucht. Marta, meine Marta …*

»Halt! Halt!! Einer lebt noch!!« Von allen Seiten war metallisches Repetiergeräusch zu hören. Er hielt die beiden Gekerbten fest in den Händen. Mit dem Zeigefinger fuhr er in die Ringe, die er abziehen würde, und *Adijo, Welt, Adijo, Licht, Adijo, Marta …* Die deutschen Soldaten machten ein paar Schritte zurück. Jetzt zielten sie von Weitem auf ihn. Er hatte den Kopf gehoben, in den Händen die Granaten. Er würde niemanden mitnehmen, dachte er, die waren zu weit weg. Wenn er ausholte und warf, konnte er vielleicht jemanden töten, aber sobald er den Arm heben würde, würden sie ein Sieb aus ihm machen.

Pech, Pech! Verdammtes Pech! Warum hab ich immer nur Pech …, murmelte er und drehte den Kopf herum. Jemand rief: »Handgranate loslassen. Hände hoch. Geben Sie auf. Zeigen Sie die leeren Hände …« Die Stimme kam von weit her. Von dort, wo die glühenden Augen des Lasters waren, der sich jetzt in Bewegung setzte und die Scheinwerfer direkt auf ihn richtete. »Ihnen wird nichts passieren. Sie sind Kriegsgefangener.« – *Ein Kriegsgefangener. Mir wird nichts passieren.* Er wusste, dass es gelogen war. Die Deutschen erkannten die Partisanen als Armee nicht an, sie behandelten sie als Banditen. Gefangene wurden erschossen. *Es ist aussichtslos*, ging ihm durch den Kopf, *es ist aussichtslos. Warum haben sie ihn bemerkt? Warum sind sie nicht an ihm vorbeigegangen, er hätte die Ringe gezogen und sie getötet. Er wäre leichter gestorben, wenn er ein paar von ihnen mitgenommen hätte. Sein Leben, sein Kampf wären nicht umsonst gewesen. Marta, Marta …* »Ihnen wird nichts passieren. Ergeben Sie sich. Wir werden nach den Regeln der Genfer Konvention mit Ihnen verfahren«, sagte die Stimme zwischen den Lastwagen auf der Straße. *Wenn ich die Gelegenheit hätte ... Vielleicht habe ich die Gelegenheit ... Vielleicht kann ich fliehen ...*, überlegte er. *Marta wird fliehen, ich werde fliehen, wir fliehen gemeinsam. Fort von hier. Von allem. Dorthin, wo es keinen Krieg gibt ... Ich muss! Ich muss leben!* Er presste die Zähne zusammen und öffnete die Fäuste. Die Handgranaten rollten jede in ihre Ackerfurche. Langsam hob er die Arme. Er zeigte die leeren Hände. *Ich habe nichts, ich habe nichts ... Ich ergebe mich. Aber nur zum Schein. Nur vorerst ... Ich will leben.* Er hob die Hände hoch. Noch immer lag er auf dem Rücken. Die Arme in der Luft, die Finger gespreizt, als wollten sie nach den Sternen greifen.

Vorsichtig näherten sie sich von allen Seiten dem am Boden liegenden Silvester. Sie standen jetzt um ihn herum. Jemand schlenzte eine Granate mit dem Fuß weit weg. Sie drehten die Gewehre um und schlugen mit den Kolben auf ihn ein. Schon nach dem ersten Schlag umhüllte ihn Dunkelheit. Eine Dunkelheit ohne Schmerzen. »Genug!«, schrie eine Stimme. Sie hörten nicht. Sie schlugen und traten weiter auf ihn ein. »Genug!!«, brüllte nun jemand anderer. Sie hörten auf.

Hinter dem Lastwagen, der den Acker beleuchtete, trat Major Steiner hervor.

Unruhe

Die Grabnerin bekam keine Luft. Als würde ihr jemand den Mund zuhalten. Dann wachte sie auf. Sie schnappte nach Luft. Sie hatte etwas Entsetzliches geträumt, was, wusste sie nicht mehr, aber es nahm ihr den Atem. In der Hütte war es stickig. Seit sie spät am Abend von der Villa Eichhein nach Hause gekommen war, hatte sie ein ungutes Gefühl. Die Armee bereitete sich auf eine Aktion vor, auch der Major war nervöser als sonst. Die Soldaten marschierten auch sonst fast jeden Tag in verschiedenste Winkel des Tals, seit Kurzem aber ging etwas Größeres vor sich. Sie wusste nicht, was es war, es interessierte sie nicht. Doch sie spürte, dass es diesmal anders war. Sie und der Major tranken trotzdem fast jeden Abend, wenn er sie einlud, das eine oder andere Gläschen miteinander. Der Major fluchte über die Bande im Wald, sie hörte ihm verständnisvoll zu, oder nicht einmal das, sie dachte lieber an andere Dinge; aber sie bemühte sich, ihn glauben zu lassen, dass sein Gerede sie interessierte. Oft las er ihr die Briefe seiner Mutter vor. Doch seit vorgestern hatte er keine Zeit. Die Atmosphäre in der Villa war aufgeladen. Die Offiziere kamen und gingen. Der Major fuhr mehrmals in die Stadt zum Garnisonskommandanten. Sie bemerkte auch, dass der SS-Leutnant, obwohl er niedereren Ranges war, ein Wort mitzureden hatte. Wenn sie abends heimging, blieb in der Villa nur die Wache zurück.

Und jetzt wachte sie auf. Jemand hielt ihr den Mund zu und ließ sie nicht atmen. Sie wollte Luft holen, aber es ging nicht. Als läge ein großer Stein in ihr. Sie japste und erwachte von ihrem eigenen Schrei. Eine Weile saß sie im Bett, dann stand sie auf. Sie machte Feuer, stellte Teewasser auf. Sie stand mitten in ihrem Haus und wartete, obwohl sie nicht wusste, worauf. Sie lauschte den Geräuschen im Haus, dem Knarren der Dielen, dem Knallen des Holzes. Dann lauschte sie den Geräuschen draußen. Sie horchte … horchte … Nichts war zu hören. Der Tag brach an, die Vögel sollten längst singen. Ihr Unterleib fühlte sich an, als hätte jemand hineingeboxt. Sie stöhnte. Dann legte sie sich den Strickschal ihrer Mutter um und eilte hinaus. Sie machte nicht einmal die Tür richtig zu. Sie wusste nicht, wohin sie ging, wohin sie lief … Sie verbiss sich in den schmalen Weg, der vom Haus nach oben, aus dem Graben führte. Sie bekam keine Luft. Sie meinte, nach oben kommen zu müssen, um durchzuatmen, und alles wäre gut. Sie beeilte sich, rutschte aus, fing sich ab, schürfte sich das Knie auf und eilte weiter. Unruhe. Beklemmung. Sie hatte das Gefühl, explodieren zu müssen. *Ich bin krank*, dachte sie, *ich werde sterben*, dachte sie … Oben angelangt, blieb sie einen Augenblick stehen. Es wurde Tag. Früher, morgendlicher Tag. Es war noch nicht ganz hell, aber auch nicht mehr Nacht. Die Bäume hatten weiße Schatten, und alles strahlte im seltsamen Weiß des beginnenden Tags. Dann lief sie aus dem Wald zur Villa hinauf. Sie meinte, dass es besser würde, wenn sie nach dem Besen griffe, nach dem Putzlappen, wenn sie das Geschirr abwüsche, Tee und Kaffee für die verschlafenen Offiziere kochte. »Halt!«, rief jemand. Ein Soldat tauchte vor ihr auf und richtete seine MP auf sie. Sie kannte ihn. Sie sah ihn jeden Tag. »Halt!«, rief er und stieß sie mit seiner Waffe zurück. »Ich bin's«, sagte sie, »kennst du mich nicht? Ich arbeite hier. Ich bring dir das Frühstück zum Wachtposten.« »Weg!!«, schrie er, »kein Zugang, weg!!« Jetzt sah sie, dass rund um die Villa viele Soldaten standen und liefen. Sie hörte den Lärm von Automotoren. Auch Wachen gab es mehr als sonst. Ein MG in einem Sandsacknest war direkt auf sie gerichtet. »Weg, oder ich schieße …«, rief der Soldat. Ein anderer in schwarzer Uniform und mit dem furchterregenden silbernen Totenkopf auf der Kappe zog die Pistole aus dem Halfter, repetierte und ging schnurstracks auf sie zu. Er zielte auf ihren Kopf: »Eins, zwei …«

Die Grabnerin drehte sich um und lief zurück in den Wald und in ihren Graben. *Etwas ist passiert*, dachte sie, *etwas Furchtbares ist passiert*, und sie spürte einen Schmerz im Unterleib, als fuhrwerkte jemand mit einem Messer in ihren Eingeweiden herum.

Der Keller

Als er die Augen aufmachte, war er sich nicht sicher, ob er noch am Leben war. Er fühlte sich wie aus dem Nichts geschält. Als hätte es vor seinem Erwachen nichts gegeben, weder ihn noch die Welt. Als hätte alles eben erst begonnen. So ist der Tod, dachte er. Da ist nichts.

Dann wurde ihm langsam bewusst, wo er war. Ein Lastwagen. Das Innere eines Lastwagens. Eine Plane, die das Weiß des Tages verhüllte. Um ihn herum Stiefel. Alles tat weh. Der Körper tat weh. Seine Hände? Die waren am Rücken zusammengebunden. Die Handgelenke taten weh, vom Draht, der sich tief ins Fleisch fraß, bis auf den Knochen. Rucken, Reißen, Stehenbleiben. Stiefel, die ihn traten. Von allen Seiten. Viele Stiefel. Wenn ihn einer am Mund traf, schmeckte er die Schuhpasta. Ihr Geruch vermischte sich mit dem Geschmack seines Bluts. Sie traten ihn vom Laster, und er fiel vornüber. Er wollte die Arme ausstrecken, um sich abzufangen, aber da waren keine. Er schlug mit dem Gesicht voran auf dem Boden auf. Ein greller Schmerz beim Ausrenken der Schulter. Vor Schmerz wurde alles weiß. Er erkannte, wo er war. Der mit hellem Sand aufgeschüttete Platz an der Vorderseite der Villa Eichhein. Überall geparkte Autos. Vor der Tür ein Panzerfahrzeug. Sie packten ihn unter den Achseln. Die verrenkte Schulter tat höllisch weh, er stöhnte. Er hörte, wie es krachte, wie der ausgekugelte Arm in die Pfanne zurücksprang. Sie schleppten ihn über den hellen Sand. »Beweg deine Beine! Na los! Komm schon, geh, du Arschloch!« Er erinnerte sich, dass er früher genau hier vorm Haus gespielt hatte. Am Rand des kreisrunden Hofs, im Schatten der langhaarigen Weide, hatte es einen weißen Sandhaufen gegeben, der im Frühling zum Auffüllen der Löcher auf dem Wendeplatz diente. Dort hatte er öfter gespielt und auf seine Mutter gewartet. Der Sandhaufen war immer noch da. Er schaute hin und sah sich, wie er mit den Händen im Sand grub, um eine Burg zu bauen …

Er konnte mit den Soldaten, die ihn schleppten, kaum Schritt halten. Die Beine taten ihm von den Schlägen mit den Gewehrkolben weh, er humpelte. Der Schmerz erinnerte ihn daran, wie er sich als Kind öfter den Köchel verstaucht hatte. Er stolperte. Die beiden Soldaten hielten seinen Körper in der Luft. Jemand trat ihm von hinten mit aller Kraft in den Rücken. »Scheißbandit! Los! Weiter, weiter!!« Sie schleppten ihn ums Hauseck, dorthin, wo die Reste des Burgturms standen. An der Mauer stand ein deutscher Offizier, er trug einen langen schwarzen Ledermantel. Er hielt den Kopf gesenkt, in seiner Hand lag eine Pistole mit weißem Griff. Er hielt sie wie ein wertvolles Andenken zwischen den Händen. Hinterm Haus, im nördlichen Teil der Villa, der an den steinernen Überresten des mittelalterlichen Wehrturms angebaut war, befand sich die eingemauerte eiserne Tür, die in den tiefen Keller führte. Er hatte sie sich sehr gut gemerkt. Die Soldaten schoben ihn dorthin. Der kantige Mann in der schwarzen Uniform öffnete sie wie einst Oto von Eichhein. Metall knirschte und quietschte. Alles wiederholte sich. Alles wiederholt sich auf blöde Weise. Vor Silvester klaffte der schwarze Schlund. Er dachte an Don Quixote, wie er mit den Riesen kämpfte und wie ihn ein Flügel der Windmühle packte, hoch in die Luft hob und dann zu Boden warf. Ein kalter Luftzug aus dem Loch hauchte ihm in sein heißes, brennendes Gesicht. Als wäre das Tier, das in dem tiefen, alten Gemäuer hauste, endlich wieder zum Leben erwacht. Die Soldaten stießen ihn über die steile Treppe in die Tiefe. Die Stufen, die ihm entgegensprangen, und ein Lichtblitz waren das Letzte, was er bewusst wahrnahm.

Dann war lange nichts.

Dann Nässe. Ein Wasserschwall ins Gesicht. Eine nackte Glühbirne inmitten eines großen Gewölbes. Und ein Geruch. Es roch nach Feuchtigkeit, Moder, nach faulem Holz. Nach Kartoffeln. Und das Bewusstsein, dass er auf einem Stuhl saß. Die Hände am Rücken gefesselt. Die Füße gefesselt. Um die Brust ein Draht, eng um die Stuhllehne gewickelt und bis zu den Füßen gezogen. Er konnte sich nicht bewegen. Als wäre er an den Stuhl genagelt. Im Mund der Geschmack von Blut. Es rann von der aufgeplatzten Stirn über Auge und Wange und rieselte ihm direkt in den Mund. Er schluckte es. Ein Auge war geschwollen, schien ihm, er konnte kaum etwas sehen, das andere war in Ordnung. Er schaute sich, so gut er konnte, in dem großen und fast leeren Keller um. Einzig in der Ecke irgendwelche Kisten, irgendein Haufen. Kartoffeln? Holz? Ausgediente Kleider? Vielleicht verfaultes Kraut? Er überlegte. Seine Gedanken flohen, beschäftigten sich mit unwichtigen Dingen.

»Wer bist du? Name?«

Jetzt sah er ihn. Er stand vor ihm. Ein Soldat, ein Offizier. Offenbar der Kommandant. Großgewachsen, mit kantigem Gesicht. Er hielt eine Pistole in der Hand. Sie hatte einen weißen Griff.

»Ich verstehe nicht«, sagte Silvester, »ich spreche kein Deutsch.«

Major Steiner lächelte. »Du verstehst schon. Du verstehst sogar sehr gut. Ich frage dich noch einmal: Wer bist du? Dein Name?«

Sie wissen nicht, wer ich bin. Das ist gut, dachte Silvester und wiederholte: »Ich verstehe kein Deutsch.«

Der Major presste die Lippen zusammen und blickte auf die Pistole, die er in der Hand hielt. »Diese Pistole haben wir bei dir gefunden. Wo hast du sie her?«

Silvester verstand sehr gut, was der Offizier fragte. Offenbar hatte er die Pistole erkannt. »Ich verstehe kein Deutsch, ich spreche nicht Deutsch«, wiederholte er stur.

»Die Pistole hat meinem Freund gehört, den ihr umgebracht habt. Ich habe sie ihm geschenkt. Hast du ihn erschossen?«, fragte der Major, und es schnürte ihm die Kehle zu, weil er daran denken musste, wie er Lukas die Pistole geschenkt hatte. Zuerst hatten sie sich geliebt, dann hatte er zu ihm gesagt: *Unterm Polster liegt was für dich*. Lukas war aufgefahren wie ein Kind, hatte das seidene Kissen quer durchs Zimmer geschmissen, die Waffe genommen und sie pathetisch ans Herz gedrückt. Dann hatten sie sich noch einmal geliebt. Und jetzt war er tot. Und vor ihm saß der Bandit, der wahrscheinlich Lukas' Mörder war und sich die Pistole als Trophäe angeeignet hatte. »Hast du ihn erschossen?«, fragte er noch einmal, diesmal schärfer, um die Tränen zu überspielen, die ihm in die Augen gestiegen waren.

»Ich verstehe kein Deutsch. Ich spreche nicht Deutsch«, wiederholte Silvester und dachte, dass es eigentlich seltsam war, dass ihn der Offizier nach seinem Namen und nach der Pistole fragte, nicht aber nach dem Bataillon oder danach, wo das Lager war. Als sie sich auf den Bataillonsbesprechungen darauf vorbereitet hatten, was geschehen könnte, wenn sie einen von ihnen erwischten, hatte Kommissar Gaber gemeint, die Gestapo würde als Erstes wissen wollen, wo ihr Lager sei, wer die Anführer seien, auch die Identität der Kämpfer würde sie interessieren, denn sie würden sich auch an den Angehörigen rächen wollen, jetzt aber fragte ihn der Offizier nach der Pistole …

»Ich verstehe kein Deutsch. Ich spreche nicht Deutsch«, wiederholte Silvester stur.

Major Steiner nickte, als wäre ihm alles klar. Was ihm klar war, war aber nur, dass er einen sturen Banditen vor sich hatte und dass es einiger Anstrengung bedürfen würde, um etwas von Bedeutung aus ihm herauszukriegen. Er drehte sich zu den beiden Soldaten, die Silvester erst jetzt bemerkte, weil sie in der Dunkelheit des Kellergewölbes standen, und flüsterte ihnen etwas zu. Einer der Soldaten schlug die Hacken zusammen und stieg die steile Treppe nach oben. Als er die Tür öffnete und das Eisen knirschte und quietschte, ergoss sich das Licht des sonnigen Tags die Stufen hinunter und brannte Silvester in den Augen. Dann wieder Dunkelheit, die einzig von der Glühbirne erhellt wurde, die über seinem Kopf hing.

Stille.

Eine von der Art, die lange dauert.

Dann bewegte sich Major Steiner. Langsam ging er auf Silvester zu, die Hände hinterm Rücken verschränkt. Silvester überlegte, dass der Raum eine interessante Akustik hatte. Die Schritte der blankpolierten Stiefel erklangen und hallten mit kurzer Verzögerung wider. Der Major blieb knapp vor Silvester stehen: »Schau mich an!« Silvester hob automatisch den Blick. Der Major lächelte: »Du verstehst mich schon.« Silvester war es egal. Klar verstand er Deutsch. Im Tal verstanden alle Deutsch, beide Sprachen wurden gesprochen, als wäre es etwas ganz Normales, und das war es ja auch. Aber jetzt war Krieg, und es war nicht mehr egal. »Ich verstehe und spreche kein Deutsch«, sagte er hartnäckig und suchte im Schatten der Offizierskappe den Blick des anderen.

»Alle, die hier leben, verstehen Deutsch«, sagte der Offizier.

»Nein«, antwortete Silvester, »ich verstehe und spreche kein Deutsch.« Und er schaute dem Offizier noch immer ins Gesicht.

Lange passierte nichts. Sie sahen einander nur an. Dann zog der Offizier hinter seinem Rücken die Pistole mit dem weißen Griff hervor und hielt sie Silvester vor die Nase. »Wo hast du sie her?«

»Ich spreche kein Deutsch.«

»Hast du ihn erschossen?«

»Ich spreche kein Deutsch.«

Major Steiner presste die Lippen zusammen und hielt inne. »Du hast ihn erschossen.«

»Ich spreche kein Deutsch.«

»Er war mein Freund.«

»Ich spreche kein Deutsch.«

»Er war ein guter Deutscher.«

»Ich spreche kein Deutsch.«

»Du hast ihn getötet. Du Mörder.«

»Ich spreche kein Deutsch.«

Metallisches Knirschen und Quietschen. Die Tür ging auf. Das helle Tageslicht warf ein Quadrat in die Tiefe. Die Gestalt des Majors, der vor Silvester stand, verwandelte sich in eine Silhouette. Schnelle Schritte eilten die Stufen hinab. Silvester konnte nicht sehen, wer es war. Es waren keine Militärstiefel, das konnte er hören. Schuhe, glatte Sohlen. Dahinter vernahm er die genau bemessenen Schritte des Soldaten. Zuerst verstummten die glatten Schuhe, gleich danach die Militärstiefel.

»Da ist er, Herr Major.«

Major Steiner trat einen Schritt zurück, ohne dabei den Blick von Silvester zu nehmen, und auch Silvester wandte seinen Blick nicht ab. Dann drehte sich der Major zu dem Neuankömmling: »Kennst du ihn? Wer ist dieser Bandit?«

»Freilich kenn ich ihn!!«, rief der Metzgersohn Joško gleich einmal auf Slowenisch. »Ja, ich weiß, wer er ist!« Silvester hatte seinen Schulkameraden Joško schon seit etlichen Jahren nicht gesehen. Jetzt war er noch größer. Riesig. Er hatte zugelegt. Hatte mächtige Pranken mit dicken Fingern dran. Vor allem aber steckte er in einer Art Militäruniform, genau genommen nur in einer bläulichen Militärjacke, die Hose war schwarz. Er trug flache Wanderschuhe und bis zu den Knien hochgezogene Stricksocken über der Hose. Auf dem Kopf ein schwarzes Barett, in dessen Mitte ein Abzeichen funkelte. Silvester kannte das Abzeichen gut. Kommissar Gaber – vor Silvesters Augen tauchte seine Gestalt auf, die von den Kugeln aus einem schweren Maschinengewehr in zwei Teile zerlegt worden war – hatte ihnen einmal so ein Barett gezeigt, das Barett der Landwehr. Das Zeichen stellte auf weißem Grund eine vereinfachte und stilisierte Version des Krainer Adlers in blauer Farbe dar. *Mein Mitschüler Joško, der Sohn des Metzgers, der mit großer Freude den Hühnern den Kopf abgeschlagen und sie dann losgelassen hat, damit sie kopflos die Hauptstraße von Dolina auf und ab gelaufen sind, arbeitet jetzt als Scherge der Besatzer, ein Verräter*, dachte Silvester, als Joško näher kam. Ohne dass es ihm jemand befohlen oder erlaubt hatte, beugte er sich zu Silvester hinunter, sodass dieser den Gestank aus seinem Mund riechen und aus der Nähe seine fettige Gesichtshaut sehen konnte, die stellenweise aus violetten Pusteln zu bestehen schien.

»Das freut mich aber, dass wir uns wiedersehen, Kamerad«, sagte Joško grinsend, und feine Speicheltropfen verteilten sich über Silvesters Gesicht.

»Wer ist er? Wie heißt er?«, rief Major Steiner.

»Silvester Grabner«, antwortete Joško.

»Grabner?!«, wunderte sich der Major.

»Ja, ja«, nickte Joško und kam noch näher an Silvesters Gesicht heran, »seine Mutter ist Magd in Ihrer Villa.« Er sagte es wieder auf Slowenisch und wiederholte es auf Deutsch.

Der Major erstarrte. Er riss die Augen auf. Das überraschte ihn. Dann lächelte er, als hätte er es von Anfang an gewusst.

»Meine Mutter hat nichts damit zu tun. Sie glaubt, dass ich in Deutschland bin«, sagte Silvester und sein Herz begann schneller zu schlagen. Bis jetzt hatte er keine Angst gehabt. Nicht die Spur. Er hatte sie mit Wut, Trotz, Widerstand, Hass überspielt. Er hatte Angst um Marta, das schon, aber nicht um sich, kein bisschen, darum hatte er das Gefühl der Angst schon fast vergessen, aus seinem Gefühlsregister gelöscht. Jetzt aber war es wieder da ... Das Zittern, die Steifigkeit in den Beinen, das Flattern im Magen. Seine Stimme bebte, sein Blick begann hilflos in dem düsteren Raum herumzuirren. Sein Herz raste und er spürte es bis in den Hals schlagen. Sein Mund war trocken. Er konnte nicht mehr atmen. Angst. Die Angst um die Mutter.

»Was sagt er«, fragte der Major.

»Er sagt, dass seine Mutter keine Ahnung hat, dass er ein Bandit ist«, erklärte Joško.

Der Major antwortete nicht. Er sah Silvester nur an, als versuchte er die Ähnlichkeit mit der Frau festzustellen, mit der er allabendlich Cognac schlürfte und der er von sich, von seiner Mutter und der Familie erzählt hatte, Dinge, die er sonst niemandem anvertraute ... Doch ihr Sohn, dieser Bandit aus dem Wald, hatte seine einzige Liebe getötet.

Joško trat einen Schritt zurück, er schaute sich im großen gewölbten Keller um. »Weißt du, dass sie hier unten früher einmal Hexen gefoltert haben?«, sagte er zu Silvester und leckte sich den Mund, als freute er sich auf ein köstliches Mahl. Dann zog er das Oberteil seiner Uniform aus und ging an den gewölbten Wänden entlang, bis er einen Nagel fand und die Jacke daran aufhängte. Dann krempelte er sich die Ärmel bis zu den Ellbogen hoch. »Herr Major, was wollen Sie vom Banditen wissen?«, fragte er. Der Major nickte gemächlich. »Wer sind seine Vorgesetzten? Wo sind sie? Wie kommen wir an sie heran?«

»Na!«, sagte Joško, »das hast du ja verstanden, oder? Also, wer sind deine Vorgesetzten? Wie hältst du mit ihnen Kontakt? Und wo? Die Namen der Leute, die sich nicht im Wald verstecken, die unter uns sind. Das wollen wir wissen.«

Silvester dachte wieder, dass es eigenartig war, dass sie nicht wissen wollten, wo das Bataillon, der Stützpunkt war … Er fand es ungewöhnlich, dass sie wussten, dass er es war, der die Verbindung mit Mirko und Nada hielt. »Ich kenne niemanden …«, sagte er, und noch bevor er Luft holen konnte, hatte er schon eine Ohrfeige sitzen. Joško schlug ihm die große fleischige Hand mit aller Kraft ins Gesicht, und gleich darauf noch einmal von der anderen Seite. Silvester wurde zuerst weiß, dann schwarz vor Augen.

»Na!«, sagte Joško. »Jetzt kann dir keine Lehrerin helfen.« Und breitbeinig, wie er dastand, nahm er Schwung und schlug ihm mit der ausgestreckten Hand, die groß wie eine Schaufel war, mit aller Wucht ins Gesicht. Silvester landete, an den Stuhl gefesselt und mit dem Gesicht voran, auf dem kalten Steinboden. Schon im nächsten Augenblick stand der Stuhl wieder auf seinem Platz. Joško packte ihn und hob ihn hoch wie ein Spielzeug, das umgefallen war.

»Das Gesicht werden wir ein wenig bearbeiten«, sagte er, »das machen wir neu, das wird nicht einmal mehr die Grabner-Hure erkennen.« Und er schlug wieder und wieder zu. Silvester fiel abermals um. Wieder mit dem Gesicht auf den Steinboden. Und gleich darauf saß er wieder.

»Wer ist deine Verbindung, na?!«, fragte Joško und schlug zu. Diesmal mit der Faust. Dann noch von der anderen Seite. Etwas barst. Der Kiefer. Es tat ihm nicht mehr weh. Der stechende Schmerz verwandelte sich in Taubheit. Und wieder und wieder. »Wo trefft ihr euch?« Ein Schlag, der ihn etwas höher am Auge traf, und dann gleich einer von der anderen Seite, diesmal aufs Ohr und weiter oben auf den Kopf.

Einmal, zweimal, dreimal, siebenmal. Wieder am Boden. Jemand schrie: »Neeeeeein! Bitte neeeeeein!« Er selbst war es. Er wollte nicht, aber der Schrei entfuhr seinem Körper. Ein Schlag rutschte ab im blutigen Nass. Wieder der Boden. Rot ist er, dachte Silvester. Er spürte kein Gesicht mehr. Ihm schien, dass es riesengroß war, dass es sich vom Schädel gelöst hatte, dass die Augen in tiefen Löchern saßen und herausschauten wie aus einem tiefen Brunnen. Ein Auge, das andere schwamm im Rot. Auch hörte er nicht mehr. Der Schall blieb außen, hohl. Wahrscheinlich war das Trommelfell geplatzt. Die Nase klebte schief im Gesicht. Zertrümmert. Und die Faust machte weiter und weiter und weiter … Schläge, Schläge, Schläge. Dann Dunkelheit. Nichts. Nichts im Nichts. Kein Schmerz, Pause. Und dann nass. Sehr nass. Kalt. Sehr kalt. Er versuchte die Augen zu öffnen, es ging nicht. Ein klein wenig, wie einen dicken Vorhang. Er wusste weder wo noch wer er war. Dann rieselte etwas, tropfenweise, eine Erinnerung scheinbar, an den Keller, an Don Quixote, an die Mutter, die ihm mit Ruten die Beine peitschte … Dann sah er alles vertikal. Stiefel, irgendwie weit weg, irgendwie ganz nah. Verzerrt. In etwas Flüssigem stehend. In Blut. Und plötzlich wusste er wieder, wo er war, und er hörte den Kommandanten Slavc, wie es ihn in die Luft warf und zu Boden schleuderte, wie er sagte, *man muss ihn aushalten. Den Schmerz muss man aushalten. Wenn du ihn aushältst, verschwindet er, und die Kameraden sind gerettet.* Wieder hob es ihn. Er hörte nichts, er sah nichts, aber es hob ihn wie eine Feder, die der Wind vom Boden blies. Der Kopf saß nicht mehr fest, der Kopf wusste nicht, was gerade und was schräg, was vorn, was hinten war, er schlenkerte nur, wie lose, als hinge er nur mehr an einem Faden. »Wer sind sie? Wo sind sie? Namen, Namen, Namen!«, konnte er aus großer Entfernung schreien hören. Nur auf einer Seite.

Auf der anderen rauschte es. *Das Trommelfell ist geplatzt,* dachte Silvester. *Ich bin taub. Und blind,* dachte er. *Auf einem Auge. Und ich habe kein Gesicht mehr.* Mit dem anderen Auge, gerade noch durch einen Schlitz, konnte er sehen und erkennen …

Er war wieder da. Nicht in der Vergangenheit, in der Gegenwart, in dem schwarzen Keller, in dem früher Hexen gefoltert worden waren. Vor ihm stand mit nacktem Oberkörper der Mitschüler. Es war der aus der hintersten Reihe. Der laute. Einmal hatte er eine Katze an die Tafel genagelt, sie lebte noch. Die Lehrerin, die Silvester die Bücher lieh, weinte. Sie ließ Joškos Vater kommen, den Metzger Jože. *Was weiß denn ein Kind,* sagte der Vater, *Kinder spielen halt! Eine Katze mehr oder weniger, wen schert das. Das Leben ist hart. Das Kind soll sich ruhig dran gewöhnen,* sagte der Metzger. *Außerdem, vergessen Sie nicht, Fräulein, wer Sie bezahlt.* »Wer sind sie? Wo sind sie? Wie trefft ihr euch? Die Namen!! Die Namen!! Wer sind diese Kommunisten? Wo verstecken sie sich? Wer versorgt sie? Wer bezahlt sie?!«, schrie sein Mitschüler Joško, dessen nackter Bauch glänzte. Er war wütend, er war schweißnass. Doch Silvester spürte nichts. Er hatte das Gefühl, dass er gar nicht hier war, dass nur sein Körper mit dem Telefondraht an den Stuhl gebunden war. *Zwei Tage muss ich durchhalten,* dachte er, *nur zwei Tage, dann ist das Bataillon in Sicherheit, und Marta ist in Sicherheit und Genosse Mirko und Genossin Nada sind es auch. Dann kann ich alles sagen, was sie wollen. Nur zwei Tage.* Und wieder traf es ihn mit voller Wucht mitten im Gesicht. Er kippte nach hinten und wieder herrschte Dunkelheit. Eine lange Dunkelheit. Wie eine Rast. Wie das Nichts. Als hätte jemand das Leben ausgeknipst, damit die Qualen wieder zu Kräften kommen. Dann war etwas zu hören, zuerst ein Echo, von Weitem. Worte taumelten durch die Dunkelheit. Sie kamen nur von einer Seite. Ganz nah am Boden krochen sie daher und wollten in Silvesters Kopf schlüpfen, wie kleine Insekten. »Geben Sie mir ein paar Stunden, und er wird singen wie ein Vögelchen«, sagte der Mitschüler auf Deutsch. Er unterhielt sich mit dem Major und mit noch jemandem. Silvester hörte das Gesagte in beiden Sprachen. Zuerst auf Deutsch, dann noch auf Slowenisch, als würde es ihm jemand Wort für Wort in eine verständliche Sprache verwandeln. Die Großmutter flüsterte ihm zu. Die alte Grabnerin, die fünfzig Jahre geschuftet hatte und dann für immer vor der Haustür erstarrt war, mit dem Schuh auf dem Schoß, im Graben, wie ein Sack faule Kartoffeln. Sie war es, die flüsterte ... *er wird alles sagen ... bitte überlassen Sie ihn mir ... še malo časa mi dajte ... kot ptiček bo prepeval ...* Silvester sah durch den schmalen Augenschlitz eine Dreiergruppe, die sich im Kellergewölbe unterhielt. Sie bewegten die Lippen, nickten. Der Oberkörper seines Mitschülers Joško war noch immer entblößt. Der Rücken war feist, Speckfalten hingen über den Hosenbund, die Schultern waren breit und bis zum Nacken, der in den großen Kopf überging, mit Muskeln bepackt. Neben ihm standen die beiden Offiziere. Einer in Schwarz. Blitzblank geputzte Stiefel, eine hohe Kappe, silberne Aufnäher. Wie ein Engel, der aus der Hölle kommt, dachte Silvester. Die Großmutter hatte gesagt, daran erinnerte er sich jetzt, dass die Engel, die aus der Hölle kommen, auch schön sind. Dass man nie weiß, welcher ein guter und welcher ein böser ist. Alle sind dem Ansehen nach schön. *Wir bringen ihn in die Stadt,* schwebte durchs Gewölbe an sein Ohr. *V mesto me bojo odpeljali,* hörte Silvester ... *Die Gestapo interessiert sich für ihn,* sagte noch der Leutnant in der schwarzen Uniform. Silvester war erleichtert. Ausruhen, dachte er, schlafen. Im Auto werden sie mich in Ruhe lassen. Er wird schlafen, Kräfte sammeln. Die Deutschen sind Soldaten. Sie werden ihn wie einen Soldaten behandeln. *Gott sei Dank, Gott sei Dank …*, murmelte er.

»Er ist schon wach, der verdammte Terrorist! Er ist schon bei Bewusstsein!«, schrie Joško und war mit zwei Schritten beim liegenden Silvester und trat ihm mit aller Gewalt gegen den Kopf. Licht. Dunkelheit. Nichts. Ein Wasserschwall, Nässe, Kälte. Dann glühende Hitze. Jemand beugte sich zu ihm hinunter, er spürte den Atem dort, wo einmal sein Gesicht gewesen war. Warme Luft. Dieser jemand war ganz nah. »Du wirst mich nicht los«, hörte er seinen Mitschüler flüstern, »ich komm mit auf die Gestapo. Dort erwarten sie dich schon. Du wirst alles sagen. Alles. Ich versprech's dir.« Dann ging unter Knirschen und Quietschen die Tür auf. Silvester versuchte ein Auge zu öffnen. Es ging nicht, das Auge gehorchte nicht. Schließlich tauchten Schatten auf, mattes Licht, Deckenbögen. Die Glühbirne, ein fahles, erlöschendes Licht. Oben, am Treppenabsatz, war es dunkel. Es war Nacht. Er war den ganzen Tag hier drin gewesen, seit dem frühen Morgen. Wann ist die Zeit vergangen, wann? … Sie packten ihn. Sie schleppten ihn. Er versuchte erst gar nicht zu schauen, etwas zu sehen. Der Kopf schlug gegen die Stufen, das Knie gegen den Stein. So gut er konnte, hob er den Kopf. Sie schleppten ihn. Er hörte Gras rascheln. Dann das Geräusch von Sand. Sie schleppten ihn über den weißen Sand vor der Freitreppe zur Villa. Die Welt drehte sich um. Drehte sich auf den Rücken, den Bauch, den Rücken. Er prallte krachend irgendwo auf, es rumste. Ein Lastwagen. Er krümmte sich, konnte nicht atmen. Versuchte es, kurz. Nicht denken. Ausruhen. Abschalten. Direkt neben ihm Schritte. Schuhe, die in etwas traten, das am Morgen noch sein Gesicht gewesen war. Sitzen. Gemurmel. Ein anspringender Motor. Brummen. Zittern. Ein Lastwagen, der losfuhr. Der fuhr und fuhr und fuhr. Silvester verschwand. Tauchte ab. Ruhte sich aus.

Der Major stand auf der Freitreppe der Villa Eichhein. Es war eine schöne Nacht, der Himmel mit Sternen gespickt. Der Lastwagen mit dem gefangenen Banditen fuhr in Richtung Stadt. Dort würde ihn die Gestapo übernehmen.

Gewalt ekelt mich an, dachte der Major. Als dieser fette Bursche, der Sohn des örtlichen Metzgers, eines dem Reich ergebenen Ortsbewohners, seinen Landsmann und Mitbürger verprügelt hatte, war ihm schlecht geworden. Nach zwei Stunden hatte er den Keller verlassen und draußen ein paar Zigaretten geraucht. Dann war er wieder hineingegangen. Auch die beiden Wachen hatten es nicht ausgehalten. Sie hatten den Major gebeten, draußen warten zu dürfen. Er hatte es ihnen erlaubt. Er verstand nicht, wie der fette Kerl, der anscheinend mit dem Banditen in die Schule gegangen war, seinen Landsmann, was heißt Landsmann, seine Generation, seines eigenen Volkes Blut derart malträtieren konnte. Ein unglaubliches Land, dachte er, wir werden es nie verstehen. Wird nicht schaden, wenn die Geschichte es niederwalzt und von der Landkarte der Menschheit wischt. Auf dem Steinboden im tiefen Keller waren Blutlachen zurückgeblieben. Wie seltsame rote Blumen des Leidens, dachte der Major. Woher diese poetischen Gedanken, dachte er wieder und erinnerte sich an Lukas, der ihm öfter aus Goethes *Faust* und den *Leiden des jungen Werthers* vorgelesen hatte. Und er war dabei immer eingeschlafen.

Er warf die Zigarette in den Sand und trat sie mit der Stiefelspitze aus. »Rufen Sie die Grabnerin«, sagte er zu einem der Soldaten und ging ins Esszimmer.

Das Abendessen schmeckte ihm nicht. Alles widerte ihn an. Mit dem kleinen Banditen hatte er kein Mitleid. Er war ein Verbrecher, ein Mörder, er hatte seinen Lukas umgebracht, ganz sicher, man hatte die Pistole bei ihm gefunden … Ihn ekelte vor all dem Blut, den Schlägen, den Schreien, dem

Gesicht, das sich langsam in eine Masse zerfetzten Fleisches verwandelte. Diese Gegend ekelte ihn an, die Leute, die einander verrieten. Menschen ohne Stolz. Dreimal hatte er hinausgehen müssen. Er rauchte mehr als sonst. Einmal war er schon drauf und dran gewesen, es genug sein zu lassen, aber dann war ihm Lukas eingefallen. Er war froh, dass der SS-Leutnant den Banditen in die Kommandantur brachte und sich jetzt die Gestapo mit ihm abplagen würde. *Der Bursche wird erschossen, das ist klar. Vielleicht wäre es sogar besser gewesen, wenn sie ihn schon heute erschossen hätten.* Er hätte es anordnen können. *Vielleicht wird er aber noch etwas Nützliches sagen, es ist Krieg, und man wird ihn belobigen. Der Hinterhalt war perfekt durchgeführt, ein ganzes Bataillon haben sie ausradiert, vielleicht kriegt er sogar einen Orden. Den Schaden, den ihm sein lieber Lukas beschert hat, hat er wieder wettgemacht, endgültig.* Er rechnete damit, in den kommenden Tagen vom Garnisonskommandanten zu sich beordert zu werden.

»Sie haben mich rufen lassen?«, hörte er hinter sich eine bekannte Stimme. Es war die Grabnerin, sie stand an der Tür. Er schaute sie an. *Die Frau hat keine Ahnung, was heute passiert ist*, dachte er, er konnte es an ihrem Gesicht ablesen. Mittlerweile kannte er sie gut genug, um zu glauben, dass sie tatsächlich überzeugt war, ihr Sohn würde sich wirklich irgendwo im Reich aufhalten und dort anständig sein Geld verdienen.

»Stimmt etwas nicht? Ich hab gehört, dass Sie einige Banditen verhaftet haben …?«, fragte sie erschrocken. Man sah fast nur ihre Augen, große, erschrockene Augen. *Sie ahnt etwas, wie jede Mutter, es beutelt ihre Seele*, dachte der Major. Nein, er wird es ihr nicht sagen. Heute noch nicht. Sie wird es nicht erfahren. Obwohl dieser Hüne, dieser grässliche Fettwanst früher oder später etwas ausplaudern würde. Heute soll es ihr erspart bleiben, dachte sich Major Steiner und sagte: »Ich habe Arbeit für Sie. Kommen Sie mit.« Dann stand er auf und ging aus dem Haus. Die Grabnerin folgte ihm.

Sie gingen um die Reste des Burgturms herum direkt zur eisernen Tür, die in das Kellergewölbe führte. Der Major öffnete sie. Zuerst knarrte, dann quietschte sie. Er streckte die Hand aus und tastete nach dem Schalter. Tief unten ging die Glühbirne an. Er drehte sich zur Grabnerin und sagte sehr freundlich, mit einem Lächeln auf den Lippen, dass sie unten saubermachen solle. Dass alles voller Blut sei, als hätte man eine Sau abgestochen, gab er sich geistreich. Jedenfalls hoffe er, dass sie Blut sehen könne. »Und«, sagte er noch, »wenn Sie fertig sind, erwarte ich Sie im Salon. Wir trinken einen Cognac zusammen. Einverstanden?«

Auch geträumte Geschichten tun weh

Ich schlafe schlecht, das ist nichts Neues. Schon seit ich vierzig war, schlafe ich nicht mehr gut. Vor allem komme ich auf keine acht Stunden mehr wie früher. Mit dreißig konnte ich noch schlafen, so lange ich wollte, auch den ganzen Tag. Ich konnte träumen, aufwachen, aufs Klo gehen, ein Glas Wasser trinken, mich wieder hinlegen und weiterträumen. Ich träumte in Fortsetzungen. Im Traum konnte ich den Geschichten nachgehen, die ich ersonnen hatte. Ich konnte meine Träume vorprogrammieren, was ein besonderer Spaß war. Die Frau, mit der ich damals zusammen war, und ich träumten zusammen denselben Traum. Wir nahmen uns vor, das und das zu träumen, und wir taten es wirklich. Dann erzählten wir uns die Geschichte. Aber mit vierzig war Schluss. Vier Stunden Schlaf, höchstens, und schlechte Träume. Später, ab fünfzig, war es mit dem Schlaf ganz vorbei, zumindest mit dem guten, erholsamen. Die Träume haben sich in Albträume verwandelt. Und niemand träumt mehr mit uns.

Als ich mich in die Geschichte der anderen Vergangenheit verbissen habe, habe ich aufgehört zu schlafen. Jetzt schlafe ich schon seit fast einem Jahr nicht mehr. Genau genommen seit diesem scheinbar legeren Gespräch auf der Terrasse über der Ljubljanica, als der Wind von allen Seiten geblasen hat und mein Freund und ich mit dem Glas in der Hand versucht haben, den großen Sonnenschirm ruhig zu halten. Ich schlafe auf Raten. Zwei Stunden am Stück. Dann wache ich auf und schlafe wieder zwei Stunden. Dann wache ich wieder auf und schalte den Fernseher ein, irgendeinen Discovery-Channel. Und dort laufen mitten in der Nacht Dokus über Hitler, über den Zweiten Weltkrieg, den Holocaust, die Widerstandsbewegung, den Genozid, über Auschwitz …

Und dann lege ich mich wieder hin und schlafe zwei Stunden. Und schon ist es Tag. Je mehr sich die Geschichte, die ich schreiben möchte, entwickelt, umso weniger schlafe ich. Eigentlich schlafe ich gar nicht mehr. Ich überlege. Grüble. Erlebe nach. Die Dokumente, die mir der überschwängliche Turnlehrer und Archivar geschickt hat, verfolgen mich auch nachts. Aus der Zentralbibliothek habe ich einen Haufen Bücher entlehnt, Erinnerungen, Zeitzeugnisse von Kämpfern, Banditen, Terroristen, aber auch von Leuten, die kollaboriert haben. Erschütternde Geschichten aus einer Vergangenheit, die nicht die einzige ist, wie wir uns für gewöhnlich vorstellen. Gegenwart gibt es vielleicht wirklich nur eine, die jetzige, momentane, in einem globalen Sinn – global, was für ein handliches und stets passendes Wort! – sogar für alle die gleiche. Wegen ihrer Ungreifbarkeit gibt es in gewisser Weise auch nur eine Zukunft. Die Vergangenheit aber, die in Wahrheit als einzige unveränderbar ist, die ist, wie sie ist, und in die wir nicht mehr eingreifen können, ist paradoxerweise stets mehrstimmig. Außer der Vergangenheit gibt es immer noch eine *andere* Vergangenheit, und noch eine und noch eine. Meine und deine Vergangenheit. Meinen und deinen Kampf. Meine und deine Wahrheit. Mein und dein Leid. Doch meine Schlaflosigkeit rührt nicht daher. Die andere Vergangenheit ist nicht das Problem, sie ist eine Tatsache. Punkt. Ich kann deshalb nicht schlafen, weil Silvester in Wahrheit ich bin. Und der Metzgersohn auch. Und Steiner und die alte Grabnerin auch. Und auch der Bürgermeister Mihael und seine Frau Maria, geborene Eichhein. Während ich zu schlafen und Kraft zu sammeln versuche, sitzen sie an meinem Bett, spazieren durch meine Küche, kochen Tee und Kaffee, stellen mir Fragen, zeigen mir ihre Wunden, Silvester liest die Gedichte vor, die niemand kennt, weil es sie nicht mehr gibt, seine Marta legt meine Hand auf ihren Bauch, ich stoße beim nächtlichen Kesseltreiben gegen die Fichten, und ich sitze im Büro des Bürgermeisters, wir trinken Nussschnaps und unterhalten uns über die Frauen. Mihael spricht von Liebe und Unglück, von der Unstimmigkeit zwischen ihm und Maria. Zugleich erzählt er, wie glücklich er ist, drei so schöne und gesunde Söhne zu haben, auch wenn Krieg ist. Und ich weiß, was er nicht weiß. Ich weiß das Schicksal seiner drei Kinder, ich weiß, wie die Geschichte mit Genossen Mirko Bregar und Genossin Nada ausgehen wird. Ich kenne die Geschichte von Mojca und dem kleinen Peter. In der Geschichte, die ich zu erzählen versuche, wachsen sie heran und nähern sich ihrer Begegnung. Das alles weiß ich, und es quält mich, und zwar so, dass ich am liebsten aufhören und sämtliche 800 Seiten, die aus den Qualen des Erinnerns und des Stöberns in Dokumenten vergangener Zeit entstanden sind, verbrennen würde.

Zugleich plagen mich die Bilder einer noch anderen Vergangenheit, jener, die ich schreibe, die erfunden und doch wahrhaftig ist. Mich plagt die in Büchern, in Fotodokumenten, in Statistiken verborgene Vergangenheit, wer wen verraten, wer wen getötet hat, wo wer von wem verscharrt worden ist, wer deportiert worden ist, wie viele vertrieben worden sind, allein aus Štajerska angeblich 80 000 … Alles in allem sollen es 260 000 gewesen sein. Ein Drittel aller Slowenen jener Zeit … Die Besatzer haben mehrere Sammellager installiert: In der Mellinger-Kaserne in Maribor, im Trappistenkloster in Rajhenburg, in den bischöflichen Anstalten in Šentvid bei Ljubljana; in den kleineren Sammelzentren im Kapuzinerkloster und im Stari pisker in Celje, auf Schloss Ankenstein bei Ptuj und in Šmartno bei Slovenj Gradec in der Steiermark, in Begunje und in Goričane bei Medvode in Oberkrain – überall wurden Menschen zusammengefasst und dann deportiert, viele von ihnen in Todeslager. Wie viele wurden ermordet, wie viele verschwanden in den Konzentrationslagern! Und schließlich: Wie viele starben in Stollen und Höhlen in den Monaten unmittelbar nach dem Krieg, durch einen Kopfschuss, zu Unrecht, zu Recht, aus Rache ... Ich sehe mir die Fotos an, und meine Nächte werden schlaflos. Ich sehe darauf meine Helden, die Menschen aus der anderen Vergangenheit, aus der Vergangenheit, die ich zum Leben erwecke, die erfunden und nur meine und gleichzeitig wahr und die Vergangenheit aller sein wird. Ich schlage die Bücher auf, lese Berichte, historische Notizen, Namen.

Bevor Silvesters Bataillon auf dem Acker ausradiert wurde, träumte ich den tiefen Keller. Noch bevor Silvester die steile Treppe hinuntergestoßen wurde, träumte ich, halb schlafend, halb wach, die Schläge in sein Gesicht. Zuerst las ich sie in irgendeinem Zeitzeugenbericht, es gibt Hunderte solche Berichte, dann dachte ich nachts darüber nach, und als ich endlich schlief, träumte ich sie, sie fielen auf mein Gesicht, und am nächsten Tag, als ich mich an den Computer setzte, stießen sie den gefangenen Silvester in das finstere Verlies. Ich bekam Fieber, 38,3, grundlos. Ich wurde Silvester. Die andere Vergangenheit. Und dann, als sie ihn in die mittelalterliche Stadt am Fluss gebracht hatten, wo das Garnisonskommando, der Sitz der Gestapo und des SS-Bataillons waren, sah ich ihn wieder. Ich schlug ein Buch auf und erblickte ein Foto von ihm. Ein junger, schmächtiger Mann wird durch die mittelalterliche Stadt geführt. Seine Hände sind vor seinem Körper gefesselt. Er ist zwei Köpfe kleiner als die Soldaten, die neben ihm gehen. Sein Gesicht ist geschwollen. Die Augen sind verklebt und die Lider dick. An den Ohren ist eine verkrustete schwarze Masse zu sehen. Um den Hals hängt ein Plakat: *Ich bin ein Bandit und ein Mörder. Wegen mir leiden ehrliche Leute.* Im oberen Teil, direkt unter dem Gesicht des Burschen, ist das Plakat blutig, ein großer, dunkler Fleck breitet sich auf dem Papier nach unten aus. Auch sonst ist es mit dunklen Flecken bespritzt. Das Foto ist schwarzweiß, jemand hat es von oben aufgenommen, aus einem der Fenster. Auf der Straße sind nicht viele Leute. Der Bursche schreitet stramm voran. In seiner Gangart, so mitten im Schritt, wie das Kameraauge ihn eingefangen hat, ist keine Angst. Einige Bürger beobachten ihn vom Gehsteig aus. Eine Frau betrachtet ihn mit entrüstetem Blick, ohne Mitgefühl, so wie man Mörder, Lumpen, Verbrecher ansieht, eben jene, die unsere Ruhe stören. Ist das Silvester? Ich bin mir sicher, dass er es ist. Einer der vielen Silvesters aus der Vergangenheit. Einer der vielen, derentwegen es uns, die immer ein wenig egoistischen Bewohner des Voralpenschattens, wie auch die übrigen europäischen Nationen noch gibt. Es gibt uns auch wegen dieses verprügelten Burschen, dessen Gesicht so entstellt ist, dass ihn nicht einmal die eigene Mutter erkennen würde, wie es so schön in einer Redensart heißt, die in diesen Tälern, Gräben und Orten traditionell daheim ist. Auf dem Foto sind nicht viele Städter zu sehen. Man hat den Burschen offenbar mit dem Zug hertransportiert, und jetzt bringen sie ihn über die Hauptstraße zum Gefängnis, zum Verhörraum, zur Folterkammer, zur weißen Mauer, wo sie ihn erschießen und anschließend in einen der weißen Särge aus Fichtenholz legen werden, die sich stapeln lassen wie Bienenstöcke.

Ganz anders ein weiteres Foto, auf dem gefangene Banditen vor einer hohen Mauer zur Schau gestellt werden. Auf diesem Foto sind viele Bürger zu sehen. Sie stehen im Halbkreis um die gefangenen Kämpfer, die Burschen und Mädchen haben Schandtafeln um den Hals hängen. Manche, die hier sind, um sich die Gefangenen anzusehen, wirken ganz fröhlich. Einige lachen. Im Buch steht, dass die Kämpfer sogar bespuckt, auf Deutsch beschimpft, aber auch mit einigen slowenischen Flüchen bedacht wurden. Bekannt ist auch die Geschichte jenes jungen Partisanen, der sich, nachdem er vom Laster gestoßen worden war, irgendwie verdrücken konnte. Die Soldaten waren unaufmerksam, sie hatten mit den anderen zu tun, die paarweise zusammengebunden wurden, während er keinen Partner hatte, und so verschwand er hinter einem Kastanienbaum, mischte sich unter die Leute und begann zu laufen. Allerdings beobachtete jemand das Geschehen vom Fenster aus und bemerkte seine Flucht. Die Leute lehnten nämlich auch in den offenen Fenstern, um die erschöpften und zusammengeschlagenen Kämpfer zu sehen, als wohnten sie einem Faschingsumzug bei. Auf der anderen Straßenseite war ein Gasthaus, und aus einem der oberen Fenster fing jemand zu schreien an. Es war der Gasthausbesitzer, der voll leidenschaftlicher Neugierde mit seiner Frau auf der Fensterbank lehnte: *Da will einer wegrennen! Hallo! Haltet den Banditen! Haltet ihn!* Die deutschen Soldaten liefen dem geflüchteten Burschen natürlich gleich nach, fingen ihn ein, zerrten ihn zurück und erschossen ihn später.

Eine Information raubt mir den Schlaf, hält mich wach bis tief in die Nacht: Dass der Umzug der gefangenen Widerständler, die paarweise aneinander und dann noch alle zusammen an ein langes Seil gebunden waren, vom Gefängnis bis zur Prangerwand im Zentrum von einer Meute begleitet wurde, die die Burschen und Mädchen, die allesamt noch keine fünfundzwanzig waren, beschimpfte und bespuckte, auslachte und sogar schlug. Die Schlaflosigkeit hat mich eines Morgens ins Auto und an den Ort getrieben, an dem sich diese Vergangenheit abgespielt hat. Ich habe sehen wollen, wie es heute dort aussieht, wo man einst die Widerstandskämpfer verhöhnt hat, dank derer wir heute in einem freien Europa leben, wie es aussieht, wenn man an der Stelle steht, wo die gefangenen *Terroristen* gestanden sind, wenn man dort steht, wo die Deutschfreundlichen gestanden sind, wenn man den Weg abgeht, den sie damals wie Vieh aneinandergebunden zurückgelegt haben.

Ich bin den ganzen Weg abgegangen, bin an den Stellen gestanden, die ich auf den Fotos gesehen habe. Die Häuser haben sich nicht verändert. Die Gehsteige sind dieselben, der Baum, der damals dort war, steht immer noch, er ist ein wenig buschiger, eine um sechzig Jahre prächtigere Kastanie ... Die Fassade des Gefängnisses ist noch immer dieselbe. Und ich fürchte, dass auch wir Leute noch immer dieselben sind. Immer bereit, auf jemanden zu spucken, jemandem in den Arsch zu kriechen, jemanden zu verspotten, jemanden zu unterdrücken, damit es uns leichter fällt, jemanden auf der anderen Seite der Mauer zurückzulassen ...

Ich bin vor dem großen Haus im Zentrum stehengeblieben. Vor gar nicht langer Zeit war hier eine Bank, die es nicht mehr gibt, sie ist pleitegegangen. Wir haben Unsummen hineingesteckt und sie dann billig verkauft. Das Haus macht was her, gute Architektur aus der Zwischenkriegszeit, finanziert von der katholischen Kirche. Der Architekt hat auf den Giebel ein großes, mächtiges Kreuz gesetzt, damit man schon von Weitem weiß, wem das Haus gehört und wozu es dient. Nach dem Krieg haben die sozialistischen Behörden das Kreuz abnehmen lassen, es ist wahrscheinlich beim Alteisen gelandet. Im Haus haben die neuen Machthaber eine Sparkasse untergebracht und später die staatliche Bank. In den oberen Stockwerken waren Büros der Stadtverwaltung.

Nach 1990, nach dem unehrenhaften Rückzug des Sozialismus in die Geschichtsbücher, haben die ursprünglichen Besitzer, also die Kirche, das Haus zurückbekommen. Ist ja schön, eine Geschichte, die trotz allem ihr Ende gefunden hat, die sich in den Schwanz beißt und wieder am Anfang angelangt ist. Die Geschichte mahlt und mischt, und vielleicht ist es ja gut, wenn manche Entwicklungen wieder ein wenig zurückgedreht werden, damit sich in Zukunft vielleicht etwas entwickeln kann. Allerdings, und das ist mir an jenem Tag, als ich unausgeschlafen und ganz fiebrig die Handlungsorte der Geschichte, die ich erzählen will, aufgesucht habe, besonders wichtig erschienen: in dem katholischen Haus, das eine Art katholisches Geschäfts- und Kulturzentrum war, hat sich ganz oben, im vierten Stock, während des Zweiten Weltkrieges der Sitz der Gestapo befunden, das Hauptquartier des brutalen Terrors. Die Kirche hatte diese Räumlichkeiten der Besatzungspolizei wohlwollend überlassen, vielleicht sogar Miete dafür genommen. Kann auch sein, dass die Deutschen das Haus einfach besetzt, sich der oberen Stockwerke bemächtigt haben … Angesichts der Fotos und Filmaufnahmen aus jener Zeit, auf denen die kirchlichen Würdenträger huldvoll lächeln, wenn sie den Nazi-Offizieren die Hand reichen, die nach dem Krieg wegen Verbrechen gegen die Menschlichkeit angeklagt und hingerichtet wurden, erscheint es mir ziemlich schlüssig, dass sie die Räume freiwillig und gern zur Verfügung gestellt haben, denn die gottlosen Terroristen waren auch ihre Todfeinde. In diesem Sinn ist die Restituierung des Gebäudes an die vormaligen Besitzer natürlich absurd, unlogisch und ungerecht, wurden darin doch Verbrechen am slowenischen Volk begangen.

Als ich noch ein Kind war, hing an dem Haus eine Gedenktafel, die an jene Zeit gemahnte. Heute gibt es die Tafel nicht mehr. Die Fassade wurde vor Jahren renoviert, und nach Abschluss der Arbeiten wurde die Tafel mit der Inschrift, dass sich hier einst ein Leidensort des slowenischen Volkes befand, kurzerhand nicht mehr montiert. Die Vergangenheit ist verschwunden. Sie ist zur anderen Vergangenheit geworden, so ist es eben. Das menschliche Gedächtnis ist ein seltsames Ding, es ist formbar, anpassungsfähig, vergesslich. Aber wenn wir versuchen, den Schmerz eines anderen nachzuerleben, wenn wir eine Geschichte zu erzählen versuchen, wie ich es versuche, dann leuchtet vielleicht eine Erinnerung auf und raubt uns für eine Weile den Schlaf.

So habe ich das Foto mit dem jungen Mann gefunden, der durch die Stadt geführt wird. Dieser junge Mann ist mein Silvester, in Wahrheit hat er wahrscheinlich anders geheißen. Doch Silvester hat immerhin ein konkretes Gesicht bekommen. Ein zu Brei geschlagenes und erschöpftes Gesicht. Ich weiß nicht, was mit dem Burschen auf dem Foto tatsächlich geschehen ist, wahrscheinlich haben sie ihn umgebracht, wie alle gefangenen Partisanen. Ich weiß aber, welchen Weg er in meiner Geschichte nehmen wird, und das lässt mich nicht schlafen. Es quält mich. Seine Qual quält mich. Mich schmerzt das Unrecht, das ihm widerfahren ist, mich schmerzen seine Wunden, wie wohl die Wunden des Erlösers den wahren Gläubigen Schmerzen bereiten. Mir wird schlecht, wenn ich daran denke, was ihn erwartet. Ich verschiebe das Weiterschreiben von einem Tag auf den anderen. Am liebsten würde ich dieses Kapitel auslassen. Aber ich tue es nicht. Ich darf nicht. Es gibt Ereignisse in der Vergangenheit, die man erzählen muss, die wir weitererzählen müssen. Wenn sie aus der Folterkammer in die Zelle geschleppt wurde, berichtete die Volksheldin Tončka Čeč ihren Mitgefangenen trotz der unmenschlichen Erschöpfung immer alles, was man mit ihr angestellt hatte, erzählte, wollte, dass alle es wüssten. Sie wollte, dass ihre Qualen nicht umsonst waren, dass jemand Bescheid wusste, dass die Menschen vom Leid und vom Verbrechen erfuhren. Auf einem Foto, zu dem ich immer wieder zurückkehre und das mich ebenfalls nicht schlafen lässt, ist Tončka Čeč zu sehen, Lehrerin, Partisanin, Aktivistin, Dichterin und Volksheldin. Ich kann Silvesters Geschichte oder auch die Geschichte über Mihael und Maria oder gar über ihre drei Kinder, die nach dem siegreichen Krieg für die Fehler ihrer

Eltern büßten, nicht weitererzählen, wenn ich nicht auch ihre Geschichte in Erinnerung rufe. An manche Geschichten kann man sich nur in Form eines Gedichts erinnern.

Tončka Čeč
Ostern 2015

ich bin oft an der Mauer vorbeigegangen
vor der du mit eingeschlagenen Zähnen standest
ich kannte das Bild aus den sozialistischen Lehrbüchern
in denen dein Leidensweg beschrieben war
dein Mut und dein Stolz

ich bin oft an der Mauer vorbeigegangen
und habe immer an den Schmerz gedacht
den du gespürt hast
als dir ein deutscher Soldat
mit dem Gewehrkolben die Zähne ausgeschlagen hat
du hast nur ganz kurz den Kopf gesenkt
und ihn dann wieder stolz gehoben
und ihm die Zahnscherben ins Gesicht gespuckt
und geschrien: *Tod dem Faschismus*
Freiheit dem Volk!

ich bin oft an der Mauer vorbeigegangen
die mit deinem Blut besprengt ist
das noch jetzt durch die Zeiten leuchtet

ich sehe das Foto von deinem gemarterten Körper
und die lachenden Gesichter der Landsleute
einige haben mit dir studiert
und die Mitbürger der Kleinstadt
die aus ihren Schulräumen

Werkstätten kleinen Geschäften
aus der Bürgerschule gekommen sind
um dein Leid zu sehen
obwohl niemand sie dazu gezwungen hat

sie sind um die Mauer gestanden und
haben in deiner Sprache gelacht
und dich angespuckt
in deiner Sprache
dich verhöhnt
in deiner Sprache

wie hast du dich damals gefühlt?
habe ich mich immer gefragt
wenn ich an der Mauer vorbeigegangen bin
warst du der alleinste
der einsamste Mensch auf der Welt?
hast du dich gefühlt
als wäre alles umsonst?

jetzt gehe ich nicht mehr in diese Stadt
die Mauer vor der du gestanden bist
bis sie dich umgebracht haben
lebt und strahlt in meinem Kopf
die Gedichte die du geschrieben hast
sind für immer verschwunden
wie dein Volk verschwinden wird
das dich in deiner Sprache bespuckt
das in deiner Sprache dein Leid
verhöhnt hat

obwohl du gestorben bist
damit dergleichen nicht passiert

Major Steiners Ende

Silvester wurde in die Kommandantur gebracht. Die knapp zwanzig Kilometer, die Dolina von der alten Stadt trennten, verbrachte er schlafend. Sein Körper schaltete ab, ging in den Ruhemodus. Silvester kam wieder zu sich, als sie ihn vom Lastwagen traten, ihn über die langen Gänge teils zerrten, teils trugen und in eine Zelle stießen, die voller Menschen war. Er versank sofort wieder in einer schlafähnlichen Ohnmacht.

Die Grabnerin, die in dem tiefen Kellergewölbe das Blut vom Boden wischte und es in den Eimer wrang, weinte. Sie hatte nie in ihrem Leben geflennt, nicht einmal als Kind. Auch wenn ihr schwer ums Herz war, verbarg sie ihre Traurigkeit, und wenn ihr die Augen einmal nass wurden, drehte sie sich weg; sie hätte nie gezeigt, dass es ihr schlecht ging. Und darum ging es ihr nicht schlecht. Sie konnte todmüde sein, fix und fertig, todtraurig, verzweifelt bis in die Knochen, aber sie weinte nicht. Jetzt aber, als sie das Blut in den Eimer wrang und dann wieder die rötliche Flüssigkeit, die dunkler werdenden und schon von einer dünnen, zähen Haut überzogenen Flecken vom Steinboden wischte, rannen ihr die Tränen herunter, dicke Tränen, sie wusste nicht, warum. Sie wollte nicht weinen, weinte aber trotzdem. Sie schluchzte, presste die Lippen zusammen, knirschte mit den Zähnen, Tränen, groß wie Johannisbeeren, rannen ihr wie von allein über die Wangen und auf den Hals. Sie hörte sich schluchzen, die gewölbten Mauern hallten wider. Damals wusste sie schon, dass die Deutschen vierzig Partisanen getötet hatten, einige meinten sogar, dass es hundert und mehr gewesen seien, der ganze Acker sei voller junger Körper gewesen. Ihr war schwer zumute, auch wenn ihr dieses Gefühl sonst fremd war. Sie hatte schon Tote gesehen, all die Toten in ihrer eigenen Familie. Sie hatte den Unfall im Sägewerk gesehen, hatte den Mann verbluten gesehen und nicht geweint. So ist das Leben. Jetzt aber Tränen, Tränen, Tränen.

Lange wusch sie sich unterm Wasserhahn die Hände. Lange trocknete sie sich mit dem gröbsten Tuch ab. Lange wartete sie vor dem Haus, damit ihr die Nachtluft die Wangen trocknete und kühlte. Dann klopfte sie an, wartete, bis auf der anderen Seite jemand *Herein!* sagte, und trat ein.

Major Steiner saß am Tisch. Er hatte schon ein paar Gläschen getrunken, sie sah, wie seine Augen glänzten. Sie setzte sich, und er schenkte auch ihr ein. Sie führte das Glas an die Lippen und trank aus, er schenkte ihr nach. Dann schlug er die Beine übereinander, langsam und vorsichtig. Er hatte mehr getrunken, als es den Anschein hatte. Er fing zu reden an. Er redete von seiner Mutter, von der Sohnesliebe, von der Mutterliebe. Dass sein Vater ihn streng erzogen habe und dass er viel öfter geschlagen worden wäre, wenn seine Mutter es geduldet hätte. Er erzählte von seiner Halbschwester. Von dem Verhältnis, das sein Vater mit einer Feldköchin hatte. Die Mutter habe ihm leidgetan, aber sie sei eine stolze Frau gewesen und habe niemals gezeigt, wie sie sich fühlte. Sie sei immer Freundin und Mutter für ihn gewesen, das wiederholte er mehrmals: Freundin und Mutter … Als wollte er sich selbst davon überzeugen, dass es wirklich so war. Er erzählte noch, dass er bei ihr geschlafen habe, als er noch klein war. Dass er Angst gehabt habe, allein zu schlafen, und dann immer zur Mutter ins Bett geschlüpft sei. Dass er noch heute oft davon träume, von diesem Gefühl der Geborgenheit. Dann sagte er, nun zum ersten Mal, dass er sich nur noch bei Lukas so geborgen gefühlt habe. Seiner Mutter habe er nie gesagt, dass er Lukas liebte, aber sie habe es gewusst. Mütter wüssten alles. Gute Mütter spürten alles. Als das gesagt war, starrte er die Grabnerin, die ihn weinen zu sehen glaubte, mit seinen geröteten Augen an und verstummte, als wollte er seinen letzten Satz damit besonders betonen. »Mütter sind mit ihren Söhnen verbunden, auch wenn Tausende Kilometer zwischen ihnen liegen«, faselte er. »Tausende Kilometer. Meine Mutter war glücklich, weil ich glücklich war«, sagte er noch, »und als ich in den Krieg gezogen bin, habe ich es ihr zuliebe getan, weil«, er hielt einen Augenblick inne, als suchte er nach der Fortsetzung seines Gedankens, »weil meine Mutter wie Deutschland ist.« Dann machte er eine Pause und nickte. »Ja, wie Deutschland. Und ich bin ihr Sohn. Nur dass ich ohne Lukas ein halber Sohn bin«, murmelte er schon sehr unverständlich. »Ohne Lukas bin ich nur ein halber Mensch. Ohne Liebe ist man nur halb so viel.« Noch nie hatte er sich mit der Grabnerin auf diese Weise unterhalten. Nie so direkt, immer nur in Gleichnissen, immer nur in Andeutungen, immer allgemein gesprochen, manchmal sogar in der dritten Person. Die Grabnerin wusste, dass dies ihre letzte Unterhaltung mit dem Major sein würde. Und das war sie auch, ihre letzte Begegnung, ihr letztes Gespräch.

Der Major stand auf. Er streckte der Grabnerin die Hand hin, was er zum ersten Mal tat, und ließ sie dann lange nicht los, er sagte, dass ihn am nächsten Tag viel Arbeit erwarte. Dass er eine Liste zusammenstellen müsse. Er dachte an die Liste der noch aus dem Tal zu deportierenden Personen. Sie würden Dolina von allen säubern, die mutmaßlich mit den Waldbanditen in Verbindung standen. Auf der Liste stand auch die Grabnerin, was er aber nicht sagte.

Als die Grabnerin in jener Nacht den Graben hinunterging, spürte sie etwas in ihrer Brust. Sie wusste nicht, was es war. Eine Ahnung, das Gefühl, dass etwas geschehen würde. Unten vor der Hütte wartete ein Arbeiter aus dem Sägewerk auf sie. Der riesige und bärtige *Dojčer*, den sie so nannten, weil er mit der deutschen Armee gekommen war. Man hatte ihm das geräumte Haus der Familie Mohorko zugewiesen, die samt ihrer mongoloiden Tochter mit dem ersten Transport weggebracht worden war. Bürgermeister Mihael hatte ihn als Sägewerksleiter einstellen müssen. Jetzt stand er vor der Hütte der Grabnerin. Er trat vor sie hin und sagte ohne Umschweife, dass ihr Sohn Silvester, der als Einziger das Massaker am Bahnkreuz überlebt habe, in Gefangenschaft sei. Er sagte auch, dass sie ihn in die Stadt zur Gestapo gebracht hätten und ihn wahrscheinlich hinrichten würden, wenn es nicht schon geschehen war. Die Grabnerin war still. Eigentlich teilte er ihr etwas mit, das sie schon geahnt hatte. Sie nickte bloß. Dann schlug ihr der bärtige Dojčer vor, bei ihr zu schlafen, wenn es ihr irgendwie helfe. Sie nickte und ließ ihn hinein.

Am nächsten Tag wurde Silvester in aller Früh von Geschrei geweckt. Seine Mithäftlinge hatten ihn in der überfüllten Zelle nach hinten unters vergitterte Fenster geschafft. Er war der Einzige, der liegen durfte, denn die Zelle war so voll, dass alle, Männer und Frauen, die ganze Nacht stehen mussten. Am Morgen herrschte helle Aufregung. *Sie werden Geiseln erschießen!*, sagten die Leute. Vom Gang drangen Stimmen herein, Geschrei, Weinen, Schritte, auch Schläge … Alle verkrampften sich, erstarrten. Rührten sich nicht, in der Hoffnung, dass ihre Tür nicht aufgehen würde. Silvester versuchte aufzustehen, eine ältere Frau half ihm dabei. Alles tat ihm weh. Das eine Auge bekam er nicht auf. Als er sein Gesicht betasten wollte, war es derart gefühllos, dass er nicht wusste, wo er hingriff. Als berührte er eine Maske, die ihm jemand aufgesetzt hatte. Die ältere Frau, die ihm aufgeholfen hatte, zog einen kleinen Tiegel aus dem Ärmel. Sie schraubte den Deckel ab und schmierte Silvesters Gesicht mit der weißen Salbe ein. »Johanniskraut«, sagte sie, »eine Salbe aus Bienenwachs und Johanniskrautöl. Sie heilt schwere Verletzungen, Verbrennungen, sie hilft gegen alles. Die ganze Nacht habe ich dich eingeschmiert«, sagte sie noch, als plötzlich die Tür aufging und im Türrahmen ein Offizier erschien, hinter ihm zwei Soldaten mit Maschinenpistolen. Der Offizier begann, Namen zu verlesen: *Rudolf Horwat, Tschilka Pototschnik* …« Er sprach die Namen mit deutschem Akzent aus. Als er sah, dass sich niemand meldete, drehte er sich zu einem der Soldaten um. Dieser trat vor und sagte in schönem, fast geschliffenem Slowenisch, auch wenn er die Uniform der Wehrmacht trug: »Wer seinen Namen hört, möge bitte laut mit Ja antworten und dann zu mir vortreten. Ich händige jedem ein Blatt Papier und einen Bleistift aus.« Die Menschen stöhnten. Die Frau, die mit der Johanniskrautsalbe Silvesters zerschundenes Gesicht einschmierte, war die Einzige, die den Soldaten den Rücken wies. Sie tat, als würde sie nicht hören, als würden sie die Vorgänge an der Tür nichts angehen. Der deutsche Offizier begann noch einmal mit der Verlesung der Namen: »Rudolf Horvat …« *Ja*, sagte jemand und drängte sich näher. Die Stille war so dick, dass man sie mit dem Messer hätte schneiden können. Die Menschen standen ganz ruhig. »Cilka Potočnik …« *Ja*. »Janez Vidmar …« *Ja*. »Mila Kovačič …« Die Frau, die Silvester einschmierte, seufzte. »Das bin ich«, sie sagte es, als wäre sie beim Doktor aufgerufen worden. Dann drückte sie Silvester den Tiegel mit der Salbe in die Hand und sagte: »Halt durch! Halt für mich noch durch.« Und sie drängte sich zur Tür, wo ihr der Soldat ein Blatt Papier und einen Bleistift in die Hand drückte. »Sie haben zehn Minuten Zeit«, sagte er und schlug die Tür zu.

Major Steiner wartete am selben Morgen schon vor dem Büro von Oberstgruppenführer Ernest Gruber, der Soldat, militärischer Befehlshaber und Politkommissar in einer Person war. Der Generaloberst der Garnison ließ ihn über eine

Stunde warten. Als er ihn endlich in seinem Büro empfing, das im schönsten mittelalterlichen Palais im alten Stadtkern, welches im Volksmund *Untere Burg* hieß, eingerichtet war, bot er ihm keinen Platz an. Major Steiner stand habt acht vor dem großen Schreibtisch, als ihm der Oberstgruppenführer kurz und knapp erklärte, dass sein Bataillon an die Ostfront verlegt werde. Abmarsch morgen Früh. Der Major schlug die Hacken zusammen und hob die Hand zum Gruß: »Jawohl, Herr Generaloberst!«

Als Manfred Steiner die Untere Burg verließ, schlug die Uhr am nahegelegenen Kirchturm zwölf. Genau in diesem Moment wurden im Hof des Gefängnisses, das direkt neben der Kirche stand, zehn Geiseln erschossen. Unter ihnen drei aus Silvesters Zelle, auch Mila Kovačič. Damals wusste niemand, dass der hiesige Fotograf sich im Glockenturm versteckt hatte und die Erschießung der Geiseln sehr genau und in hoher Qualität aufnahm. Als echter Profi gab er sich redliche Mühe, sonst fotografierte er mit demselben Eifer Hochzeiten, Firmungen, Familienfeste und auch Landschaften; und so bewahrte er die Erinnerung an die Verbrechen bis heute auf.

Auf einem dieser Fotos ist auch Mila Kovačič zu sehen. Ich bin mir sicher, dass es sich um die erste Frau ganz rechts handelt, vom Erschießungskommando aus gesehen. Ihre Augen sind verbunden. Die Hände hat sie verschränkt, aber nicht zum Gebet, eher wie jemand, der vor der Haustür auf einen Besucher wartet. Es drückt Erwartung aus, auf keinen Fall Angst, auch keine Resignation. Eher etwas wie: *Na, was ist. Ich hab keine Angst. Ich warte auf euch. Und die Zukunft wartet auch auf euch. Und in der Zukunft erwarten euch Strafe und ewige Verachtung für eure Taten.* Etwas in der Art, will mir scheinen. Die Geschichte ist nämlich sehr gut im Vergessen. Unter dem Bild stehen keine Namen.

Erschütternd ist für mich auch ein Foto, auf dem das Erschießungskommando mit dem Rücken zu den gerade erschossenen Geiseln steht. Die Erschossenen liegen an der Wand, die Soldaten weisen ihnen den Rücken. Die Tötungsmaschinerie ist präzise ausgetüftelt. Auch vorher ist das Erschießungskommando so gestanden. Hinter ihnen hat man die Geiseln gebracht: Greise, Frauen, Mädchen, junge Männer; man hat ihnen die Augen verbunden, sie für die Exekution vorbereitet, behutsam, exakt, human, beinahe liebevoll: *Alles in Ordnung? Drückt euch die Fessel nicht zu sehr? Ist ja gleich vorbei, keine Sorge, unsere Soldaten sind gute Schützen, die besten in Europa …* die Geschichte hat einen furchtbaren Sinn für Zynismus. Dann folgen kurze und schnelle Befehle: Dem Kommando wird befohlen, sich umzudrehen, die Soldaten heben die Gewehre, zielen und schießen. Die Opfer fallen, der Kommandeur befiehlt den Schützen sofort, sich abzuwenden, und sie stehen wieder mit dem Rücken zum Schauplatz des Sterbens. Hinter ihnen werden die Leichen in weiße Fichtensärge verpackt, eine neue Zehnergruppe mit Geiseln wird gebracht, und die Prozedur wiederholt sich. Das Erschießungskommando hat auf diese Weise sehr wenig Kontakt mit seinen Opfern und kann abends ruhig essen gehen und dann noch in die Kantine auf einen Sliwowitz, den man gerade hier hervorragend zu brennen versteht und den die deutschen Soldaten überaus schätzen.

Major Steiner fuhr an jenem Tag sofort nach Dolina zurück. Noch ein letztes Mal die Hauptstraße entlang, vorbei an den beiden Häuserzeilen und am Gasthaus des Bürgermeisters Mihael Novak, der genau in diesem Moment herauskam. Der Bürgermeister hob stramm den Arm zum Hitlergruß. Vor dem Haus spielten seine drei Kinder, Miroslav, Ivan und der kleine Peter, der seinen Brüdern ungeschickt hinterherlief. Auch die beiden Größeren grüßten das vorbeibrausende Auto, erkannten sie doch im Wagen den *netten Onkel Manfred*. Dann bog das Stabsfahrzeug zur Villa Eichhein ab, wo der Major seinen Untergebenen die sofortige Verlegung des Bataillons befahl. Morgen um Punkt fünf würden dreihundert Mann Dolina und die Stützpunkte unterhalb der Wälder der Grmada verlassen. Der Auftrag war erfüllt. Die Banditen waren vernichtet. Im Ort würde nur eine kleinere Einheit bleiben, um die Bahnstrecke zu schützen.

Die Soldaten begannen sofort mit den Vorbereitungen für den Abmarsch. Rasch, energisch, geordnet, wie es sich für eine Armee gehört. Auch der Major packte im Zimmer seine Sachen. Er hatte nicht viel. Soldaten haben nicht viele persönliche Dinge, die Zivilisten sind es, die an den Dingen hängen. Manfred würde nur Lukas' Pistole mit dem weißen Griff mitnehmen, die eigentlich ein Erbstück seiner eigenen Familie war. Vielleicht würde er sie irgendwann irgendwo einem neuen Lukas schenken. Wer weiß.

Das Hin und Her und das Verladen des Kriegsmaterials dauerte die ganze Nacht. Die Leute im Ort bekamen mit, dass das Bataillon sich marschbereit machte, niemand schlief, alle hockten in ihren Häusern und warteten, was der neue Tag anschwemmen würde. Die Vernichtung des Partisanenbataillons hatte noch mehr Tod in den Ort gebracht, er war überall. Die zerfleischten Körper der Kämpfer wurden noch am selben Vormittag auf Waggons verladen und in die Stadt gebracht, wo Generaloberst Ernest Gruber sie höchstpersönlich am Bahnhof inspizierte. Dann brachte man sie weiter nach Graz und verscharrte sie dort ohne jede Kennzeichnung in einem Massengrab. Die Äcker am Bahnkreuz bewirtschaftete indes niemand mehr, und so sollte es auch bleiben. Bis heute ist dieser Teil überwuchert, der Wald ist von den Hängen der Grmada herabgestiegen, hat die Straße überquert und sich wie eine Erinnerung der Natur an die Opfer bis zur Bahnstrecke ausgebreitet.

Major Steiner saß in den frühen Morgenstunden, eine knappe Stunde vor dem Abmarsch an die russische Front, in seinem Zimmer und überlegte, ob er sich nicht vielleicht von jemandem verabschieden sollte. Keinesfalls von Bürgermeister Mihael Novak, den er verachtete, aber vielleicht doch von dessen Frau Maria. Sie erinnerte ihn ein wenig an seine eigene Mutter, als diese noch sehr jung war. Schließlich entschied er, dass er eigentlich niemandem einen Abschied schuldig war. Die Gegend hier war ihm zuwider. Und auch die Deutschen, die hier lebten, waren ihm zuwider, als hätte die Nähe des anderen Volkes sie angesteckt, sie in verweichlichte, rückgratlose Menschen verwandelt.

Es klopfte, und der SS-Leutnant betrat das Zimmer: »Alles bereit, Herr Major.«

Steiner fragte: »Was ist mit den Lastwagen?«

Der SS-Leutnant nickte: »Auch, Herr Major. Sie warten vor der Ortschaft.«

Auf den Major wartete noch eine letzte Aufgabe. Er musste endgültig mit allen aufräumen, die im Verdacht standen, die Banden zu unterstützen. Die einzigen Slowenen, die nicht auf der Liste standen, waren der Metzger Jože und seine Familie. Sein Sohn Joško hatte nämlich einen fixen Posten bei der Polizei und war ein unabkömmlicher Mitarbeiter des Reichs. Sonst war die Liste vollständig. Bevor das Bataillon die Gegend verlassen würde, würde er die letzten Slowenen aus ihren Häusern gezerrt und sie noch am selben Tag nach Polen verfrachtet haben.

Major Steiner erhob sich, setzte seine Kappe auf, zog sich die Uniform gerade, legte die Lederhandschuhe an, befahl dann aber, als hätte er sich im letzten Augenblick entschieden: »Die Liste!«, und streckte dem SS-Leutnant die behandschuhte Hand entgegen. Dieser sah ihn verwundert an, dann zog er aus der schwarzen ledernen Aktentasche wortlos die Liste derer, die an diesem Morgen deportiert werden sollten. Der Major nahm sie und überflog die Namen. Auf der zweiten Seite hielt er inne: »Bleistift!«, sagte er, und der Leutnant bot ihm seine Feder an. Der Major bückte sich, legte die Liste auf den Tisch und strich einen Namen durch: Ana Grabner. Daneben setzte er seine Unterschrift: *Major Manfred Steiner.* Er reichte die Liste wieder dem Leutnant und verließ das Zimmer.

An jenem Morgen verschwanden aus dem Ort am Fuße der Grmada die letzten verbliebenen Slowenen, mit Ausnahme von Ana Grabner und dem Gestapobediensteten Joško und seiner Familie. Keiner der Deportierten sollte je nach Dolina zurückkehren.

Dasselbe galt für Major Steiner. Vielleicht war er einer der vielen Steiners seiner Generation, die noch lange nach dem Krieg als pensionierte Wehrmachtsoffiziere eine ruhige Kugel schieben sollten. Vielleicht lebt er noch, dann ist er hundert Jahre alt, mindestens. Es kann aber auch sein, dass er einer der Steiners an der russischen Front war, die auf dem Rückzug vor der vorrückenden Roten Armee fielen. Vielleicht hatte er Glück, und sein Leichnam wurde in einem weißen Fichtensarg, gefertigt in der Möbelfabrik Novak-Eichhein, in die Heimat überführt, und er liegt jetzt auf einem der vielen Soldatenfriedhöfe in der Umgebung seiner Geburtsstadt München. Noch wahrscheinlicher aber ist, dass er, wie viele andere, während des Rückzugs im gefrorenen russischen Boden bestattet wurde und dass sich auf diese Weise jede Spur von ihm für immer verlor.

Silvesters Leiden und Tod

Silvester wurde erst am nächsten Morgen geholt. Er war erleichtert. Er war überzeugt, dass Marta jetzt schon irgendwo in Sicherheit war und an ihn dachte. Das gab ihm Mut und Willensstärke. Jetzt musste er nur überleben, und er würde überleben, dessen war er sich sicher. Die Freiheit würde kommen, und er und Marta würden zusammenleben, in einem kleinen Haus am Waldrand, sie würden sich in einem großen Bett lieben, das nur ihnen gehörte, und sie würden Kinder haben. Viele Kinder.

»Silvek!«, lachte sein Mitschüler Joško im Türrahmen der überfüllten Zelle. »Machen wir uns einen schönen Tag!« Zwei Soldaten schoben die Gefangenen beiseite, packten Silvester und zerrten ihn auf den Gang, wo sie ihm die Hände am Rücken in Handschellen legten. Der Metzgersohn stand daneben, grinste und war auf seine neue schwarze Uniform mit dem silbernen Totenkopf auf der Kappe sehr stolz.

»Na, gehen wir!«, sagte er kichernd. »Ab heute bist du meine neue Arbeit. Schön, oder?« Silvester schwieg. Auch in der Schule hatte er geschwiegen, wenn Joško ihn drangsaliert und gequält hatte. Als er sich einmal bei seiner Großmutter beklagte, dass ihn der Bub des Metzgers dauernd an den Haaren zog, zwickte und schlug, sagte sie zu ihm: *Tu so, als ob er nicht da wäre. Das ist, wie wenn ein wild gewordener Hund auf dich losgeht, du darfst ihm nur nicht in die Augen schauen und du darfst keine Angst haben. Dann gibt er Ruh.* Silvester wusste, dass er Joško nicht in die Augen schauen durfte. Wie bei einem wild gewordenen Hund. Und dass er durchhalten musste.

Sie schleppten ihn durch lange Gänge und über den Hof des Gefängnisses, wo er in einer Ecke aufgestapelte weiße Särge sah. Joško wies an der Tür die Dokumente vor und dann noch zweimal, bevor sie auf die Straße gingen, wo ein *Kübel*, ein geschlossener Lieferwagen, auf sie wartete. Sie stießen Silvester in das dunkle Innere, er fiel auf stöhnende Körper. Der Wagen war voller Leute, die im Dunkeln miteinander flüsterten. *Wo kommst du her? Wo haben sie dich erwischt? Sag meinen Eltern … Meine Frau lebt in Ponikva … Sagt den Leuten, dass sie mich gefoltert haben … Sie bringen mich um. Meine Frau haben sie deportiert. Ich bin schon zwei Monate hier …* Als der Wagen stehenblieb, packte Joško Silvester und schleifte ihn auf den Gehsteig. Dann hob er ihn wie einen jungen Kater hoch und stieß ihn ins Innere eines großen Hauses. Wieder zeigte er die Dokumente. Und im ersten Stock ein weiteres Mal. Überall trafen sie auf Uniformierte und auch auf Leute in eleganten grauen Anzügen. Am Ende eines Ganges sah er zwei Geistliche, die sich mit einem Offizier unterhielten. Von irgendwo war Lachen zu hören. Es roch nach Kaffee. Joško schob Silvester in einen Seitengang, wo eine große Wendeltreppe war. »Oben ist mein Büro«, sagte er, »wir werden ein bisschen amtieren.« Dann packte er Silvester am Arm und zog ihn nach oben. Als sie in den vierten Stock kamen, war plötzlich alles still. Als käme sonst niemand hierher. An der Wand saßen zwei bewaffnete Soldaten, die Joško kaum wahrnehmbar zunickten.

Am Ende des langen Korridors sperrte Joško eine Tür auf. »Mein Büro!«, rief er und bat seinen gefesselten Mitschüler mit einer theatralischen Geste ins Innere. Silvester trat ein. Der große Raum war hellgrün gestrichen. In der gegenüberliegenden Wand war ein großes Fenster. Seitlich führte eine Tür ins nächste Büro, sie war angelehnt. In der Mitte des Raumes stand ein metallener Stuhl. An den Stegen unter der Sitzfläche hingen rechts und links Polizeihandschellen. Neben der Tür war ein Waschbecken, daneben ein Garderobenständer. Im Zimmer befand sich noch ein massiver hölzerner Schreibtisch, darauf ein großes schwarzes Telefon, an der Wand standen zwei Holzstühle. Silvester blieb mitten im Zimmer stehen. Die Handgelenke taten ihm weh, die Handschellen schnitten ins Fleisch. Er sah sich um. Im Waschbecken lag ein Tuch. Es war blutig. Um den Metallstuhl herum war es nass. Jemand hatte den Parkettboden mehr schlecht als recht aufgewischt. Joško packte Silvester an den Schultern und schob ihn auf den Stuhl. Dann löste er die Handschellen, und zwar so, dass er die befreite Hand sofort an den eisernen Steg fesselte. Jetzt saß Silvester mit fixierten Händen da. Joško fing an, vor sich hin zu pfeifen. Er zog das Jackett aus, hängte es auf den Garderobenständer neben dem Waschbecken, krempelte die Ärmel hoch, während er zur Tür ins Büro nebenan spazierte und nachschaute, ob dort jemand war, dann kam er zurück, zwinkerte zwischendurch Silvester zu und schmatzte mit den Lippen. Silvester erinnerte sich an die Großmutter, *einem wild gewordenen Hund darfst du nie in die Augen schauen*, darum senkte er den Blick, obwohl er genau sah, wie der Mitschüler zum Schreibtisch ging, aus der unteren Lade eine dunkle Hose hervorholte, dann seine Uniformhose auszog, sie vorsichtig auf dem Tisch zusammenlegte, sich die schwarze Hose über die lange Unterhose zog und sagte: »Meine Arbeitsuniform.« Dann näherte er sich langsam dem an den Stuhl gefesselten Silvester.

»Na, fangen wir an«, sagte er. »Sie haben mir aufgetragen, dich nach deinen, wie soll ich sagen, Vorgesetzten zu fragen. Nach deinen Chefs. Wir haben nämlich Informationen, dass du sie gut kennst und dich regelmäßig mit ihnen triffst. Dass genau du der Verbindungsmann zwischen den Wäldlern und den Chefs bist. Na! Erzähl! Ich hör zu!«

Silvester schwieg. Auch Joško schwieg. Dann entfernte er sich von Silvester und holte sich einen der Stühle, die an der Wand standen. Er setzte sich ganz nah vor ihn hin. Breitbeinig und mit verschränkten Armen. »Wie du siehst, wissen wir alles«, sagte er nach einer Weile. Dann schwieg er wieder. Silvester rechnete mit einem Schlag. Der dicke Metzgersohn brauchte nur den Arm auszustrecken, und schon hätte er seine Faust im Gesicht gehabt.

»Es hat keinen Sinn, stur zu sein«, fuhr Joško leise fort, »unser Informant hat gute Arbeit geleistet. Er hat uns über alles informiert, er hat nur nicht herausfinden können, wer deine Verbindung ist und wo ihr euch trefft.«

Wieder war es still.

Silvester hielt seinen Kopf gesenkt. Die Hände konnte er nicht bewegen. Er wartete nur auf den Schlag. Aber Joško machte weiter: »Genau. Ihr seid verraten worden. Und wahrscheinlich hast du auch schon eine Ahnung, von wem.«

Silvester quälte dieser Gedanke schon die ganze Zeit. Es war klar, dass sie verraten worden waren, die Deutschen hatten sie ja nur in Empfang nehmen müssen. Im Grunde plagte ihn die Frage, wer der Verräter war, schon seit den ersten Schüssen.

»Ach was … Ich mach's dir ein wenig leichter. Wer ist im Lager geblieben, als ihr ins Tal aufgebrochen seid?«, fragte Joško und schmatzte dabei ein paarmal genüsslich mit den Lippen.

Silvester hob den Kopf noch immer nicht. Doch in seinem Schädel stürmte es: *Wer? Die Wache. Eine der Wachen hätte sich davonschleichen können. Wer? Wer? Aber … verraten hat man uns wahrscheinlich schon früher … Nur … wer? Wer hat gewusst, dass ich im Tal die Anweisungen hole? Alle sind gefallen, alle sind tot. Vielleicht war es ja wirklich einer … aus dem Lager.*

»Marta!«, rief Joško ganz unerwartet, er streckte seine fette Pranke nach Silvester aus und tätschelte herablassend seinen Kopf. »Deine Marta ist eine von uns!«

»Du lügst!«, schrie Silvester und hob jetzt zum ersten Mal den Kopf. Sein Körper spannte sich an, als er ihn nach vorn warf und die Handschellen in seine Gelenke schnitten. »Du lüüüügst!«, schrie er und versuchte auf sein Gegenüber loszugehen, das ein wenig zurückwich und lächelnd zusah, wie der Gefesselte vom Stuhl loszukommen versuchte. »Du lügst! Marta würde uns nie …!!«

»Sie hat so getan, als wär ihr schlecht, als wär sie krank, nur damit sie im Lager bleiben kann. Logisch, oder?«

Silvester schüttelte nur den Kopf. »Nein. Nein. Nein!« Er rang nach Luft. Er wusste, dass das ausgeschlossen war, dazu kannte er sie zu gut. Kein Mensch hätte sich so verstellen können. Niemand wäre imstande, so zu lügen, Liebe vorzutäuschen und zugleich zu hassen. Oder vielleicht doch …? Nein, niemals! Marta hätte ihre Leute nie in den Tod schicken können. Und als sie aufbrachen, hatte sie ihm gewinkt, ihm einen Luftkuss geschickt … Oder doch …? Die Gedanken bereiteten ihm größere Schmerzen als die Wunden im Gesicht, als das Eisen, das in seine Handgelenke schnitt, als die getretenen Knochen und Muskeln.

»Du siehst, es hat keinen Sinn mehr. Du bist allein. Marta hat dich nie leiden können. Deine Genossenbande gibt es auch nicht mehr. Sogar deine Mama hat mit dem Bataillonskommandanten rumgehurt, das ganze Tal weiß das. Es ist aus, Silvek, vorbei. Kannst uns ruhig noch das eine sagen, was wir noch wissen wollen: Wie kommen wir an den Stalinagenten Mirko Bregar und an seine kommunistische Hure Nada heran? Siehst du? Wir kennen sogar die Namen. Alles wissen wir! Darum kannst du uns ruhig und ohne schlechtes Gewissen erzählen, wie und wo wir ihn verhaften können, und dich lassen wir frei und drücken beide Augen zu. Ich hab schon mit dem Bürgermeister und der Bürgermeisterin Eichhein geredet, sie geben dir Arbeit in der Säge. Na?!«

Silvester fixierte nun seinen Mitschüler. Er suchte seine grauen und leeren Augen. »Verreck!! Verstehst du, verreck! Mitsamt deinen Verrätern!! Keine Sekunde glaub ich, was du mir erzählst!!«, schrie Silvester. Er spürte, wie ihm der Hals dick wurde, wie aus seinen verschwollenen Augen, die er kaum offenhielt, die Tränen zu fließen begannen, Tränen des Zorns. Und er schrie weiter: »Stalin wird siegen! Es lebe Stalin!! Und keiner wird mehr in der Eichhein-Säge arbeiten, weil die Säge uns gehören wird!« Er dachte an die Worte von Kommissar Gaber, dachte an seine Begeisterung, als er ihnen erzählte, für welche Welt sie kämpften, er dachte an Gabers Tod, wie er bis zuletzt schrie und schoss … »Die Fabriken werden denen gehören, die darin arbeiten! Verstehst du? Du bist weg. Uns aber gibt es noch! Und wir werden immer mehr!! Wir haben eine Schlacht verloren, nicht den Krieg!« Silvester wurde plötzlich müde. Er bekam keine Luft mehr, er verschluckte sich am eigenen Speichel und begann zu husten. Wieder kehrte der schneidende Schmerz in die gefesselten Hände zurück. Als er zu Boden schaute, sah er, dass Blut von seinen Handgelenken tropfte. Tropf, tropf, tropf, fielen die roten Punkte aufs Parkett. Sein Kopf fiel vornüber. Er hätte auf der Stelle einschlafen können, er war zu Tode erschöpft. Und wenn er in diesem Moment gestorben wäre, es wäre ihm egal gewesen.

Der Metzgersohn Joško hörte sich Silvesters Geschrei an, ohne dass in seinem Gesicht auch nur ein Muskel zuckte. Aber sein Lächeln erlosch ganz langsam. Als Silvesters Kopf müde auf die Brust fiel, ging er zum Telefon am Schreibtisch und nahm den Hörer ab: »Herr Untersturmführer … Es wird nicht funktionieren. Das habe ich schon versucht, ja … Ich werde warten.« Dann legte er auf und ging am erschöpften Silvester vorbei zum Fenster, wobei er ihn absichtlich streifte. Am Fenster verschränkte er die Hände am Rücken, sein Blick schweifte über die rötlichen Dächer der Altstadt irgendwo in die Ferne, zu den Hügeln, die in den Nebelschwaden kaum zu sehen waren, und er wartete.

In den Ortschaften unterhalb der bewaldeten Hänge der Grmada wusste man sehr schnell, dass einer der Banditen das Massaker überlebt hatte und dass es sich dabei um den Sohn der Grabnerin handelte. Die Grabnerin lief am nächsten Tag zur Villa Eichhein, der bärtige Dojčer hatte sie den ganzen Morgen nicht aus dem Bett gelassen, und als sie ihm endlich entkam, war die Villa schon leer. Nur die alte deutsche Erzieherin, Frau Gertrude Lindner, saß im Liegestuhl im Garten: *Sie sind alle weg! Jetzt kann ich wieder im Garten sitzen*, sagte sie, schloss die Augen und hielt ihr faltiges Gesicht in die matte Sonne. Die Grabnerin wusste nicht, was sie machen sollte, der Major, der ihr hätte helfen können, war weg. Am Morgen waren alle Leute deportiert worden, die sie etwas besser kannte. Sie fing zu laufen an. Sie wusste nicht, wohin, sie wusste auch nicht, warum. Sie lief einfach, durch den Wald bis zur Säge und weiter, die steilen Hänge und Trampelpfade hinunter und über das Gleis, genau dort, wo die zehn Geiseln erschossen worden waren, und geradewegs zu den ersten Häusern an der Straße. Schweißgebadet langte sie vor dem Gasthaus des Bürgermeisters an. Mihael saß mit dem kleinen Peter auf dem Schoß vor der Tür. Er erschrak, ein derart verlorenes, verstörtes Gesicht hatte er noch nie gesehen. Die Grabnerin würgte kaum ein paar Wörter hervor. »Helfen Sie, helfen Sie …«, verstand Bürgermeister Mihael. Und er wusste genau, wobei er ihr helfen sollte. Alle im Ort wussten es. Die meisten hielten es für richtig, dass die kommunistische Bande ins Gras gebissen hatte. In Wahrheit hatte niemand Mitleid mit der Grabnerin. *Geschieht ihm recht, dem Banditen*, sagten die Leute, *geschieht ihr recht, dieser Schlampe*. Mihael rief Maria heraus.

Als Maria aus dem Haus kam, saß die Grabnerin auf dem Boden. Die Kellnerin Sonja brachte ihr ein Glas Wasser. Maria rief nach dem Chauffeur.

»Ich komme mit«, sagte Mihael.

»Nein«, antwortete Maria, »es ist besser, wenn wir Frauen das machen.«

Maria und die Grabnerin setzten sich in den Wagen, in jenen Ford Modell B, den der alte Oto von Eichhein zur Hochzeit gekauft hatte, und fuhren in die Stadt. Maria kannte den Garnisonskommandanten, hatte er doch das Geschäft des Tischlereiunternehmens Eichhein mit der Wehrmacht eingefädelt. Jetzt kamen die beiden Frauen zur Unteren Burg. Schon als Maria dem jungen Adjutanten sagte, warum sie hier waren, wurde ihnen mitgeteilt, dass der Kommandant sie leider nicht empfangen könne. Und dass sie warten mögen. Man ließ sie bis in die Nacht hinein warten. Dann kam der Adjutant zu Maria und flüsterte ihr diskret ins Ohr, was ihm der Kommandant aufgetragen hatte. Dann fuhren die Frauen wieder nach Hause. »Er kann nicht helfen«, sagte Maria. »Sie haben ihn der Gestapo übergeben. Tut mir leid.« Die Grabnerin nickte nur und ging zurück in ihren Graben.

Das geschah am selben Tag, an dem Joško aus dem Fenster blickte. Maria und die Grabnerin warteten damals bereits in einem anderen Teil der Stadt auf den Empfang beim Generalmajor, dem Kommandanten der Garnison.

Dic Tür ging auf, ohne dass jemand angeklopft hätte.

Ein Kerl in schwarzer Uniform trat ein, ein Soldat begleitete ihn. Joško ging auf die beiden zu. Der Uniformierte betrachtete Silvester und nickte, während ihm Joško etwas zuflüsterte. Silvester verstand nur das eine oder andere Wort ... *Eigensinnig ... ich kann ... ich werde das regeln ... ja, Herr Untersturmführer ... keine Sorge ...* Der Uniformierte nahm die Kappe ab und legte sie auf den Schreibtisch, zog den Stuhl näher, setzte sich und legte die Hände auf den Tisch, als wäre er Mitglied einer Preisjury.

Der Metzgersohn drehte sich zu Silvester: »Du willst es ja nicht anders«, sagte er und deutete mit dem Kopf dem Soldaten. Energisch traten sie auf Silvester zu, packten und zogen ihn mitsamt dem Stuhl zur offenen Tür, die ins Büro nebenan führte. Sie schoben ihn an den Spalt zwischen dem Türstock und dem massiven Türblatt heran. Der Soldat bückte sich, packte Silvester mit beiden Armen um die Schultern und drückte ihn mit aller Kraft gegen die Stuhllehne, während Joško seine rechte Hand aus der Fesselung löste und zum Spalt zwischen Tür und Türstock zog. Silvester begriff sofort, was sie vorhatten. Er ballte die Hand zur Faust und biss die Zähne zusammen. Er versuchte sich abzustoßen. Joško packte Silvesters Faust, öffnete sie Finger um Finger, wobei er die gesamte Kraft seiner Metzgerhände aufwenden musste, er wurde rot und blau im Gesicht, und schließlich schob er Silvesters Finger in den Spalt. Dann streckte er schnell die Hand aus und begann die Tür zuzuziehen. Vier Finger waren eingeklemmt, der Daumen blieb draußen. Im Zimmer nebenan guckten die Fingerkuppen mit den Nägeln hervor. Silvester wollte die Hand herausziehen. »Bist du verrückt?! Joško, bist du verrückt!!«, schrie Silvester, der noch immer hoffte, dass sie nur drohten, dass sie nicht wirklich vorhatten, es zu tun …

»Wo hast du dich mit diesem Agenten Stalins getroffen? Wo?! Sag es, und ich hör sofort auf«, sagte Joško und zog die Tür langsam zu.

Zuerst war da kein Schmerz, nur Druck. Dann spürte er, wie sich die scharfe Kante des Türstocks in die Gelenke fraß und wie der Druck in den Fingerbeeren zunahm, wie sie prall wurden, als staute sich dort alles Blut, wie ein Ballon, der drauf und dran ist, zu platzen. Joško aber zog langsam immer weiter zu.

»Wo trefft ihr euch? Nur das interessiert den Herrn Untersturmführer. Wie kommen wir an deine Genossen heran?«

Der Uniformierte am Schreibtisch warf nur einen kurzen Blick auf die drei, als er seinen Dienstgrad hörte. Dann schaute er wieder aus dem Fenster und begann mit den Fingern auf dem Tisch zu trommeln.

Jetzt kam der Schmerz. Er war weiß. Silvester heulte durch die zusammengepressten Zähne. Der Schmerzensschrei kehrte in seinen Körper zurück, der sich auf dem Stuhl krümmte, obwohl der Soldat fast mit dem ganzen Gewicht auf ihm lag. Der Mitschüler zog die Tür noch fester zu. Das Splittern der Knochen war fast lauter als der Schrei.

»Schau, was dir deine Genossen antun. Sie scheißen auf dich!«

Und die Tür ging noch weiter zu.

»Keiner von ihnen würde für dich leiden! Sie haben dich nur ausgenützt!«

»Aaaaaaaaaaaaaa!«

»Sie haben dich im Stich gelassen! Sie denken nicht an dich! Keine Sekunde!«

»Aaaaaaaaaaaaaa!«

»Sie schlemmen gerade in irgendeinem Loch. Du bist ihnen ganz egal!«

»Aaaaaaaaaaaaaa!«

Die Fingerkuppen platzten auf, das Blut spritzte unter den Nägeln hervor. Der Schmerz verbog den Arm, der sich immer noch dem Maul der sich schließenden Tür zu entreißen versuchte.

»Aaaaaaaaaaaaaa!«

»Wo sind sie? Wie kriegen wir sie? Wo passen wir sie ab?«

»Aaaaaaaaaaaaaa!«

»Räche dich an ihnen! Warum willst du für sie leiden?«

Das Blut rann übers Holz hinunter. Eine Explosion von Blut und zermalmten Knochen. Alles vernebelndes Weiß, Weiß im Gesicht, ein vollkommen weißes glühendes Weiß, das erlosch. Der Körper sackte auf dem Stuhl zusammen wie ein nasser Lappen. Als hätte ihm jemand alle Knochen gezogen und nur noch die Haut übriggelassen, nur das schlaffe, leblose Fleisch. Der Schmerz verschwand. Augenblicklich. *Sie haben aufgehört*, dachte Silvester noch, *Gott sei Dank haben sie aufgehört!* Er verlor das Bewusstsein.

Klopfen. Zur Oberfläche schwimmen. Die Erinnerung an die Angst vorm Ertrinken. *Schwimm, beweg die Arme, mach schon, mach … Und oben hol Luft!* Klopfen, Klopfen, Schläge, Schläge, Applaus, ja, auch Applaus … Er schlug die Augen auf. Der Mitschüler Joško, aber nicht der, der er heute war, fett, rot im Gesicht, aufgedunsen, mit Knopfaugen, schütterem, strähnigem Haar …, sondern der von früher, der Joško aus der Schule, der untersetzte Bub, der ihn niederschlug und dann auf seiner Brust saß und auf ihm herumhopste, bis die Lehrerin kam und ihn wegzog.

»Genug geschlafen! Hallo, weiter geht's!«, grinste der Peiniger und schlug ihm auf die Wangen, »aufstehen, du Faulpelz!«

Die Welt wurde wieder klarer. Mit der Welt kam der Schmerz. Sie hatten ihm den Arm abgerissen, unterhalb des Ellbogens, er wagte nicht hinzuschauen. Der weiße Schmerz war wieder da, jetzt brannte er, ein hell loderndes, grelles, brüllendes Feuer. Er sah nach seiner Hand. Da waren keine Finger mehr, nur eine breiige, zusammengeklumpte Masse, aus der ein gesplitterter Stumpf ragte. Weiß inmitten blutenden Schleims. Knochen? Knöchelchen?

»Ja, wie schaut denn das aus!«, rief Joško und machte *ts, ts, ts* und schüttelte ironisch den Kopf, als hätte er etwas ganz Unwahrscheinliches vor sich. »Das ist ja grauslich, richtig grauslich«, sagte er noch, und wieder wurde Silvester von hinten um die Schultern gepackt und niedergedrückt.

»Ich bin nicht zufrieden, gar nicht zufrieden«, sagte Joško und schüttelte den Kopf. »Da ist keine Ordnung drin, keine Symmetrie.« Und er ging um Silvester herum, auf die andere Seite, um die zweite Hand loszubinden. Silvester wehrte sich nicht, er machte keine Faust. »Aber das kriegen wir hin. Richten wir halt noch die anderen Finger ein bisschen. Und du überleg derweil, wo deine Genossenbande ist.«

Er schob die Finger in den Spalt.

Und alles begann von vorn. Auch das Weiß. Auch die Hölle. Und der Trotz.

Als Silvester aus der Dunkelheit zurückkehrte, lag er in der Zelle.

Zuerst stank es nach Urin und Kot, er lag mit dem Kopf neben dem Holzkübel. Gegenüber war ein schmales Fenster, knapp unterhalb der Decke. Der Schmerz kehrte zurück, er hielt an, ohne nachzulassen, er kam nicht in Wellen, sondern dauerte und war nicht abzuschalten. Silvester meinte, keine Arme mehr zu haben. Sein Körper schien an den Schultern aufzuhören. Darunter war alles wund. Er schielte nach unten. Von den Ellbogen abwärts war er verbunden. Durch das Weiß der Verbände traten rote Flecken. Er schaute in die Zelle. Leute. Männer. Sie saßen an den Wänden, sahen ihn nicht an, obwohl sie bemerkt hatten, dass er aufgewacht war. Er verspürte einen schrecklichen Drang, zu reden. Er redete. Redete. Erzählte. *Ich habe nichts gesagt. Gar nichts habe ich gesagt. Oder? Haben sie euch was anderes erzählt?* Niemand antwortete. Niemand hob den Kopf. Sie starrten zu Boden. Als schämten sie sich. *Ich habe nichts gesagt. Wirklich. Schaut, was sie mit mir gemacht haben! Schaut her!!* Einer hob den Blick. Dann kroch er wieder in sich zusammen. *Sagt den Leuten, was sie mit mir machen! Sagt es ihnen!! Bitte, sagt, dass ich nichts gesagt habe. Ich habe nichts verraten! Gar nichts. Ich weiß nichts … Sagt …* Silvester erlosch. Wieder verschwand er im Nichts. Der Schmerz verschwand.

Als er erneut zu sich kam, versuchte ihm jemand den Mund zu öffnen. Ein Löffel, erkannte er, ein Löffel an den Lippen. *Ein bisschen Suppe*, sagte jemand, *du musst essen, ein bisschen Suppe …* Abermals verschwand er im Dunkel. Abermals tauchte er ab. So schützte sich der Körper vor dem Wahnsinn des furchtbaren Schmerzes.

Als er aufwachte, hockte eine Frau neben ihm. In Weiß. *Der Tod?* Er überlegte. *Eine Krankenschwester.* Sie hatte eine Kappe auf, und auf dieser war ein rotes Kreuz. Sie verband ihm die Finger. An beiden Händen waren keine Finger mehr. Nur eine labbrige Masse aus rotschwarzem Fleisch. Ihm stiegen die Tränen in die Augen. *Wie soll ich jetzt lesen … wie soll ich umblättern …* Die Tränen flossen. Der Schmerz kam. Als die Krankenschwester langsam die blutig-eitrigen Verbände von den Wunden nahm, sah er genauer hin, sah, dass sie eine Nonne war, sie trug eine Nonnentracht, es war eine barmherzige Schwester, eine christliche Frau. Sie würde ihn frisch verbinden. *Es ist vorbei. Gott sei Dank*, dachte er. »Danke«, sagte er, als die Frau fertig war. »Sie sind selbst schuld«, antwortete sie. »Wenn Sie an Gott glaubten, wäre Ihnen das nicht passiert«, sagte sie noch, als sie die Zelle verließ. Dann schlief er wieder. Den ganzen Tag und die ganze Nacht.

Am nächsten Tag weckte ihn Geschrei. Die Tür ging auf, ein Soldat packte ihn. Jede Berührung verursachte ihm Schmerzen unter den Verbänden. Sie stießen ihn auf den Gang. Dort stand schon eine Reihe. Sechs Zerrissene, Verprügelte. Einer hatte einen bandagierten Kopf, ein anderer war barfuß und im Gesicht ganz geschwollen. Paarweise wurden sie aneinandergebunden, an den Handgelenken, dazwischen als Leitseil ein fester Strick. Silvester blieb ohne Nebenmann, er war der Letzte in der Reihe. Sie legten ihm die Schlinge um den Hals. Mit ihm endete der Zug der Gemarterten.

Sie wurden in den Gefängnishof getrieben, in den Hof, wo die Geiseln erschossen wurden. An der Wand waren weiße Flecken zu sehen, Löcher von Kugeln, die eilig mit Gips geflickt worden waren. Am Rand des Gefängnishofs stand ein Tisch, darauf ausgebreitet lagen weiße Papierbögen. Gymnasiasten standen darüber gebeugt, bedächtig und säuberlich malten sie Buchstaben darauf. Mädchen versahen die Blätter oben mit Schnüren. Diese Transparente hängten die Soldaten dann den Gefangenen um den Hals. Die Gymnasiasten sahen die Gefangenen gleichgültig an. Die Mädchen kontrollierten noch einmal die Aufschriften, sie sorgten dafür, dass alles stimmte, dass es keine Schreibfehler gab. Auf den Transparenten stand: *Ich bin ein Bandit,* dann folgten Name und Nachname. *Ich habe acht Menschen getötet und noch viele andere Verbrechen verübt.* Dann trieb man sie durch die vielen Türen bis auf die Straße vor dem Zuchthaus. Dort erwartete sie eine Reihe bis an die Zähne bewaffneter Soldaten. Auch ein Panzerfahrzeug mit einem MG war dabei. In einer Reihe wurden die Gefesselten durch die Stadt geführt. Viele Menschen waren da. Beidseits marschierten die bewaffneten Soldaten, und hinter der Kolonne gingen die Bürger. Als sich der Zug dem Stadtzentrum näherte, kamen immer mehr Bürger dazu. Auch Kinder liefen ihnen nach. Stimmen waren zu hören: *Banditen! Mörder! Schaut euch das Gesindel an! Lasst sie verrecken! Sie sind schuld am Krieg. Kommunisten! Da schau her, bist gestolpert? Ich habe acht Menschen getötet und noch viele andere Verbrechen verübt.* Und Lachen. Und Pfeifen. *Geschieht euch recht. Pfui! Pfui Teufel!* Es wurde gespuckt. Eine Frau kreischte hysterisch: *Den da kenn ich! Den kenn ich, diesen Halunken! Er war immer schon ein Halunke!* Der Umzug, der immer mehr Begleiter anzog, ging am Marktplatz, am Rathaus und am Kulturhaus vorbei und dann zu der hohen weißen Mauer beim großen Kastanienbaum. Dort lagen schon zehn tote Kämpfer auf dem Boden. Die Soldaten stellten die gefangenen Partisanen nun knapp vor die Wand, sodass ihnen die toten Kameraden zu Füßen lagen. Als Silvester als Letzter auf seinem Platz stand, begann die Menge zu applaudieren. Beifallsrufe waren zu hören: *Bravo! Recht so! Tod den kommunistischen Banditen!*, auch auf Slowenisch. Die ausgestellten Toten waren Silvesters Kameraden. Er schaute die Reihe entlang. Ganz oben lag der Körper des Kommandanten Slavc, daneben der junge Wildhüter Matija, dann der zerstückelte Kommissar Gaber und der dreizehnjährige Ljubo, der als Einziger bis zum Hals mit einer alten Militärdecke zugedeckt war … Sein ohnehin kindlicher Körper war um die Hälfte kleiner. Er sah aus wie eine Puppe, ein Spielzeug. Die Toten lagen in verschiedenen Körperhaltungen da, einigen standen die Augen offen, anderen der Mund, die Arme waren ein wenig angehoben, die Totenstarre hatte ihre Glieder in unterschiedlichen Positionen fixiert.

Silvester schaute vor sich auf den Boden und sah Marta.

Sie lag mit dem Kopf voran direkt vor seinen Füßen. Ihr Nacken war etwas überstreckt, als hätte man sie absichtlich so hindrapiert, damit Silvester sie ja erkannte. Ihre Augen waren aufgerissen. Sie sah ihn an. Ihre Brüste waren entblößt, die Haut kreideweiß. Aber am Bauch klaffte eine große schwarze Wunde. Silvester starrte ihren Körper an. Dann hob er den Kopf und schaute in die Menge. Er hörte die Stimmen nicht. Plötzlich verschwanden alle Geräusche, nur die Münder der Hohngeiferer öffneten und schlossen sich in stummem Spott. Am Rand standen Joško und der SS-Untersturmführer. Als sich ihre Blicke begegneten, lächelten sie ihm zu. Und er lächelte zurück. Sie waren überrascht. Der beruhigte

Ausdruck im verschwollenen und aufgerissenen Gesicht des gefangenen Banditen verwirrte sie. *Er hat den Verstand verloren*, dachte Joško, *die arme Sau hat den Verstand verloren*. Doch Silvester war glücklich. *Marta, meine Marta … Sie ist keine Verräterin. Danke! Danke!*, wiederholte er für sich.

An diesem Tag ließen sie ihn in Ruhe.

Er schlief auf dem Boden im Eck neben dem Kübel. Die Finger taten ihm nicht weh. Der Schmerz war verschwunden. Oder er hatte sich daran gewöhnt. Angeblich gewöhnt man sich ja auch an den Schmerz. Vielleicht aber hatte die Gestalt Martas, nicht der toten und zerfetzten, sondern der lebendigen, wie sie gewesen war, wie sie mit ihm durch die Gassen der Altstadt schlenderte oder im Café nahe der Stadtbibliothek saß, jeglichen Schmerz vertrieben. Mit ihrem Bild im Kopf sank er in den Schlaf. Es war der lange Schlaf, in den wir uns flüchten, wenn alles zu viel wird. Der Schlaf, der statt des Todes kommt und uns nur Erholung verschafft, um uns wieder in die Qualen des Lebens zu entlassen.

Am nächsten Tag in aller Früh schleppten zwei Soldaten Silvester wieder über die Wendeltreppe ins oberste Stockwerk. Sie stießen ihn in Joškos *Büro*, wo am Fenster schon drei Kerle saßen: der SS-Untersturmführer, neben ihm Joško, und dann noch jemand, den er nur von hinten sah … Sie redeten laut und übertönten einander, als debattierten sie in einem Café über das gestrige Fußballspiel. Als Silvester in der Mitte des Raumes stand, verstummten sie. Der Untersturmführer und Joško sahen Silvester an, der Dritte rührte sich nicht und saß noch immer mit dem Rücken zur Tür.

»Na!«, rief Joško, »freust du dich, dass Marta nicht für uns gearbeitet hat?«

Silvester antwortete nicht.

»Wir haben uns einen kleinen Scherz mit dir erlaubt«, sagte er, dann drehte er sich zu dem Uniformierten und wiederholte es auf Deutsch. Der Untersturmführer lächelte und nickte. Joško stand auf und ging zu Silvester: »Aber wir haben noch nicht die Hoffnung verloren. Wir warten noch immer darauf, dass du uns sagst, wo wir diesen kommunistischen Agenten und seine Hure finden!«

Silvester antwortete nicht.

»Es ist aus. Du kannst alles sagen«, meldete sich der dritte Kerl zu Wort und drehte sich langsam zu Silvester.

Silvester erkannte das Gesicht des stillen Partisanen Pavle.

»Da haut's dich um, was!«, jubelte Joško und klatschte in die Hände. »Er ist noch überraschter als gestern, als er seine liebe Martica gesehen hat.«

Pavle stand auf und kam näher zu ihm heran, wenn auch nicht so nah wie Joško. »Ja, ich bin es, dessen Verdienst es ist, dass in unserem Tal jetzt Frieden herrscht«, sagte er.

»War alles bis ins Kleinste besprochen, gell, Pavle? Das haben wir elegant durchgezogen, der Untersturmführer war begeistert«, sagte er und warf einen Blick auf den Offizier. »Wir haben das ausgezeichnet durchgeführt, nicht wahr, Herr Untersturmführer?« Der Offizier nickte.

Silvester sah jetzt alles klar. Darum hatte Pavle den roten Pullover angezogen. Darum hatte er den Mantel abgeworfen, damit er von Weitem zu sehen war, und wahrscheinlich war das auch das Zeichen für den Angriff gewesen.

»Ich gebe zu«, sagte Pavle, als wüsste er, was Silvester durch den Kopf ging, »ich hab mich fast angeschissen. Was, wenn sich einer der Soldaten irrt oder vergessen hat, dass er auf den Roten nicht schießen darf. Aber ist ja alles gut gegangen. Für mich und für Dolina.«

Silvester spuckte in diesem Augenblick auf Pavle, der, als hätte er es erwartet, einen Schritt zurücktrat, sodass ihn die Spucke nur am Rock traf. Fast gleichzeitig holte Joško aus und schlug Silvester die Faust so heftig ins Gesicht, dass sein

Jochbein knirschte und es den schmächtigen Burschen aushob und zu Boden warf. Die Soldaten, die ihn gebracht hatten, traten auf ihn ein, mit mächtigen Fußtritten beförderten sie ihn zur Wand. Einer von ihnen gab sich alle Mühe, mit den beschlagenen Militärstiefeln bei jedem Tritt die Hände mit den zerquetschten Fingern zu treffen.

»Rauf mit ihm! Auf den Tisch!!«, schrie Joško, und alle drei packten den schmächtigen, erschöpften kleinen Körper und wuchteten ihn auf den massiven Schreibtisch. Silvester wehrte sich nicht, er stöhnte nur und presste die Augen zu. Vor allem wollte er seine verwundeten Hände irgendwie vor weiteren Schlägen schützen. Er drückte sie an sich und wand seinen Körper, versuchte den Schlägen zu entgehen, als wollte er seine Hände in sich verstauen, sie in den eigenen Brustkorb sperren, sie mit seinem Körper abschirmen … Joško holte von irgendwoher breite Gurte aus Leinen, die Slowenen sagen *gurtne*, hervor, wie man sie zum Transport von Klavieren oder zum Fixieren des Hausrats bei einem Umzug verwendete und bis heute verwendet. Sie legten Silvester auf den Tisch und fixierten ihn mit den Gurten, zurrten Beine, Brust und Hals auf der Tischplatte fest, er konnte gerade noch atmen, die Hände banden sie unterm Tisch zusammen, sodass ihm fast die Ellbogen brachen, dann noch ein Gurt um die Hüften, streng, fest. Als sie fertig waren, ruhten sie sich aus. Sie gingen zum Fenster, rauchten die Zigarette davor. Pavle wusch sich am Waschbecken lange mit Seife die Hände. Die Soldaten gingen hinaus auf den Gang und machten die Tür hinter sich zu. Der SS-Untersturmführer schwieg und rauchte, die Ellbogen auf die Knie gestützt. Keiner sagte etwas. Nur Silvesters leises Stöhnen war zu hören und das Geräusch des Wassers, während sich Pavle die Hände einseifte und rieb und rieb.

»Gehen wir's an!«, klatschte Joško in die Hände. Er ging zum Garderobenständer, an dem eine schwarze Aktentasche lehnte. Er nahm sie, brachte sie zum Schreibtisch und legte sie neben dem festgezurrten Silvester ab. Er machte es routiniert, wie ein Beamter, der gerade zur Arbeit gekommen ist und gleich die Dokumente, Blätter und Urkunden herausnehmen, sie auf der Arbeitsfläche ausbreiten und mit der Arbeit beginnen wird.

»Schau mich an!«, befahl er Silvester, streckte seine Metzgerhand aus, packte ihn am Kinn und drehte den Kopf in seine Richtung. »Schau, was wir im Bunker gefunden haben. In eurem Fickloch im Wald ...« Er zog ein beträchtliches Bündel Papiere aus der Tasche. Silvester erkannte es sofort. Seine Gedichte. Der Mitschüler klatschte das Bündel auf Silvesters Brust. »Und das da war dabei«, sagte er und zog ein Buch heraus. *Don Quixote*. »Das Buch da war auch dabei. Obwohl hinten reingestempelt ist: Oto von Eichhein. Hast es gestohlen, was?« Silvester starrte auf die Manuskripte, die auf seiner Brust lagen. Er konnte die Gedichte auswendig. Er wusste genau, in welcher Reihenfolge sie kamen und wo im Bündel der Zyklus *Marta* war. Er schaute sie an, gern hätte er sie in die Hand genommen, sie berührt, darin geblättert, noch einmal die Wörter durchschritten ...

»Wer stiehlt, bringt auch Leute um«, philosophierte Joško. »Und das stimmt einfach«, fügte er noch hinzu. »In den Büchern haben sie dir beigebracht, Leute umzubringen und zu stehlen, und dich zum Atheisten und Kommunisten gemacht, gell?! Die Bücher sind schuld!«, klugscheißerte Joško und kam sich dabei irrsinnig geistreich vor. »Ich hab nie was gelesen. Und ich bin stolz drauf! Mir geht's gut. Und wenn der Krieg vorbei ist, wenn wir das Unkraut vernichtet haben, und du, mein Lieber, bist dieses Unkraut, mach ich mir ein schönes Leben.«

Pavle hörte auf, sich die Hände zu waschen. Er drehte den Hahn zu, trocknete sich ab und setzte sich ans Fenster zum SS-Untersturmführer, der ihm aus seinem silbernen Etui eine Zigarette anbot. Sie zündeten sich eine an.

»Uns würde noch immer interessieren, wo wir deine kriminellen Genossen finden. Wir würden sie sehr gern zu einem Gespräch einladen«, fuhr Joško fort und krempelte sich die Ärmel hoch. Er nahm den Stapel Manuskripte von Silvesters Brustkorb und legte ihn neben sich auf den Stuhl. Dann packte er Silvesters blutiges Hemd und riss es auf. Die Knöpfe flogen in alle Richtungen. Das Geräusch des reißenden Stoffs schnitt in den Raum, und die Kerle am Fenster schauten kurz auf, dann rauchten sie weiter. Joško machte Silvesters Brust ganz frei. »Du hast eine Hühnerbrust«, sagte er grinsend. »Du bist dünn wie ein Stecken!« Er legte seine großen Hände auf die weiße Haut gleich unterm Brustbein, »ich könnte dich problemlos zerreißen. Wie ein Huhn, das man auseinanderzieht.« Dann öffnete er Silvesters Gürtel und riss ihm den Hosenschlitz auf. Die Knöpfe flogen herum und hüpften in hohen, kaum hörbaren Tönen übers Parkett. »Wir werden viel Platz brauchen«, erklärte der Metzgersohn sein Tun, als er Silvesters Scham entblößte. Die zwei Kerle am Fenster schauten weg. Sie dämpften ihre Zigaretten in der Kaffeeschale aus, die auf dem Fensterbrett stand, und zündeten sich sofort wieder eine an.

»Ich erklär dir mal die Situation«, sagte Joško, »sie geht so: Deine Waldkumpane sind alle tot. Das weißt du. Deine Partisanenhure Marta ist tot. Du hast sie ja gesehen, gell? Ich brauch dir nicht zu sagen, was für einen Spaß die Burschen mit ihr gehabt haben«, sagte er grinsend. »Deine Mutter, die Hure aus dem Graben, will dich nicht sehen. Wir haben sie wissen lassen, dass du bei uns bist, wir haben es ihr gesagt, ich persönlich hab ihr gesagt, dass sie dich besuchen kann, aber sie hat gesagt, dass sie keine Zeit hat, dass sie lieber noch ein wenig im Sägewerk herumhurt.« Joško fing zu lachen an, er hielt sich für unendlich witzig. Vor lauter Lachen musste er sich niedersetzen, ein paarmal schlug er sich mit seinen Schaufelhänden auf die Knie. Er lachte so sehr, dass er sich verschluckte und vor lauter Husten keine Luft mehr bekam. Er ging zum Waschbecken, bückte sich und trank ein paar Schlucke. Dann trat er wieder zum Tisch. Er beruhigte sich. Obwohl er noch immer rot, fast blau im Gesicht war. »Kurz gesagt, mein Lieber, du bist jetzt allein. Und wenn ich dich erwürge, wird dir keiner nachweinen. Von dir wird nichts bleiben.« Dann funkelten seine Augen schalkhaft auf. »Außer diesen Gedichten«, fügte er hinzu, beugte sich zum Stuhl und nahm von dem Manuskriptstapel ein paar Blätter. Silvester wusste, welche Gedichte Joško in Händen hielt. Die Manuskripte waren nämlich geordnet und für die Veröffentlichung redigiert. Das erste Gedicht trug den Titel *Das Licht der Sterne*. So sollte auch das Buch heißen, das er herausbringen wollte, wenn der Krieg vorbei sein würde … Das zweite hieß *Rote Atome sind wir*, es war ein Lobgesang auf die Revolution, den Fortschritt, die Zukunft …

»Ach, Mist … Von dir wird ja nichts bleiben …«, merkte Joško schelmisch an und hielt ein metallenes Feuerzeug unter die Blätter. Ein kurzes *Ratsch*, als er mit dem Daumen übers Zahnrädchen glitt, der Feuerstein Funken schlug und eine winzige Flamme die Unterkanten der Papiere beleckte. »Außer, du erzählst uns, wo deine Chefs sind. Ort, Namen. Treffen. Meldepunkte. Geheimposten. Alles!«

Die Flamme hatte schon fast alle Blätter erfasst. Silvester sah mit Entsetzen, wie seine Worte brannten. »Wir wissen genau, dass das die einzigen Abschriften sind … Wenn ich sie verheize, wird von dir nichts bleiben. Als hätte es dich nie gegeben«, sagte Joško, und in seinen Augen flackerte immer heller der Widerschein des brennenden Papiers. Dann legte er die brennenden Blätter auf Silvesters entblößte Brust. Zuerst versuchte Silvester sich zu verrenken, irgendwie Raum zwischen den Gurten zu finden, auszuweichen, das brennende Papier von seiner Haut zu schütteln … Der Mitschüler nahm wieder ein paar Blätter und legte sie einzeln auf die noch brennenden Papiere. Sie fingen Feuer und loderten auf der Haut, die sich immer stärker rötete. Silvester schrie, riss an den Gurten, wand sich … Joško aber las und rezitierte, als wollte er mit seiner lauten Stimme den Schmerz der bratenden Haut übertönen … *Heimat, mein Augenstern … meine einzige Geliebte …* Und eins nach dem anderen ließ er die Blätter fallen, die auf der nackten Brust in Flammen aufgingen. Der Körper auf dem Tisch wand sich. Obwohl er an Brust, Hüften, Knie und Knöcheln festgezurrt war, bog er sich nach oben, der Brustkorb wollte den Flammen entfliehen, sich vom Körper losreißen, rechts, links, die Gurte schnitten ins Fleisch, aber die brennenden Blätter blieben trotzdem liegen. Silvester schrie, wie noch niemand geschrien hatte. Die beiden Soldaten, die auf dem Gang warteten, machten die Tür auf, schauten hinein und machten sie gleich wieder zu. … *Mädchen, meine Liebe zu dir … ist der Himmel mir … ich fürcht weder Tod noch Grab … solang ich dich hab …* Und Joško ließ das brennende Blatt auf den Bauch fallen, der vor Schmerz erzitterte, und um den Nabel warfen sich sogleich kleine Bläschen auf. Silvester schrie. Seine Schreie entrissen sich dem Fleisch. Der Körper rumpelte auf dem Tisch herum, mit übermenschlicher Kraft bäumte er sich auf. Der Tisch ruckte hin und her, hin und her … »Du brauchst nur zu rufen: Ich sag's!! Ich sag's! Und ich hör sofort auf, verstehst du?!«, sagte Joško und beugte sich über Silvesters knallrotes Gesicht. Die letzten Flammen verloschen auf der schwarzroten Haut. »Wirst du reden?«, fragte ein Mitschüler den anderen. »Wenn du ein echter Patriot bist, wenn du deine Heimat liebst, dann sagst du uns, wo die Mörder des Volkes, wo die Gotteslästerer sind.« Silvester begann zu zittern. Seine Zähne klapperten. Der Gurt, der um seinen Hals lag, schnitt ihm die Luft ab. Von der verbrannten Haut am Oberkörper und am Bauch rauchte es. Blasen sprangen wie Blüten auf. Da und dort, wo das Papier am längsten gebrannt hatte, war das Fleisch dunkelviolett.

Joško bückte sich zum verbrannten Brustkorb und blies die Reste des verbrannten Papiers von der Haut. »Na, was ist? Wer und wo und wie?«, fragte er den pulsierenden Körper auf dem Tisch. »Gut. Wenn du unschlüssig bist, lese ich dir noch ein paar Gedichte vor«, sagte er und hob ein neues Blatt über Silvesters Brust, hielt das Feuerzeug darunter und glitt mit dem Daumen über das kleine Rädchen. Ein Funke, ein Flämmchen. Der Metzgersohn las: *»Die Sterne sind Küsse am Himmel und die Funken in deinen Augen entzünden die Sonnen in unseren Herzen …«*, und er ließ das brennende Blatt auf den Körper fallen. Sofort nahm er das nächste, las eine Zeile und legte das Papier auf die Flamme. Silvester brüllte und schlotterte, die Blätter aber fielen weiter auf die Flammen, und das verbrannte Fleisch, das sich spannte und aufquoll, fing zu stinken an … *»Wir bauen eine neue Welt in den Flammen der alten …«*, rezitierte Joško und warf ein Blatt nach dem anderen mal auf den Brustkorb, mal auf den Bauch und noch tiefer, auf das entblößte Geschlecht und die sich sträubenden Körperhaare, die knisterten und in kleinen Flammen aufgingen … Der SS-Untersturmführer stand mit einem Ruck auf, sodass der Stuhl umfiel, ging in großem Bogen um den Tisch herum und aus dem Zimmer. Er warf die Tür hinter sich zu, während Joško las und die Gedichte auf dem Bauch des Dichters verheizte und der Dichter schrie und brüllte, wie noch kein lebendiges Wesen vor ihm gebrüllt hatte. Pavle machte das Fenster sperrangelweit auf. Der Gestank nach verbranntem Haar und Fleisch, der süße Geruch von gebratenem Menschenfleisch huschte zusammen mit dem Rauch und den kleinen, rußigen Pünktchen der verbrannten Gedichte hinaus auf die Straße.

»Ja, ja!!! Ich sag alles!«, stieß Silvester unter Qualen aus.

Joško hielt das letzte Blatt in die Luft und überlegte, ob er es in die erlöschenden Flammen auf dem verbrannten Menschenbauch werfen sollte. Er war direkt ein wenig traurig, dass alles so schnell vorbei sein würde, doch als Silvester noch ein paarmal »Aus! Aus! Biiittee!« schrie, zerknüllte er das letzte Gedicht und warf es auf den Boden. Es sollte das Schlussgedicht des Bandes sein.

Was du erkämpft hast – das bleibt.

Der Welt eine Blume. Dir Wunden.

Das zerknüllte Blatt lag noch am Abend auf dem Boden, als schon alles vorbei war und die Putzfrau kam. Es stank in dem Raum, sie machte das Fenster auf. Sie wusste, was sich da oben abspielte, doch sie fürchtete um ihre Arbeit, darum ertrug sie es und versuchte sich einzureden, dass sie nichts sah und nichts hörte … Zuerst wischte sie den Boden auf, diesmal ging es ganz gut. Ruß, Reste von verbranntem Papier … Manchmal war es schlimmer, Blut, überall Blut, blutiger Schleim und, sie hätte schwören können, auch Fleischstücke. Heute aber nur Asche. Sie hob das zusammengeknüllte Blatt auf. Sie hielt es in der Hand. Es reizte sie, es glattzustreichen und nachzusehen, was darauf stand. Sie schüttelte den Kopf, *was geht mich das an,* und warf es in den Müllsack. So würde auch das letzte Gedicht Silvesters für immer verloren gehen.

Joško zerknüllte das letzte Gedicht und warf es auf den Boden. Dann beugte er sich zu Silvester und blies in den glühenden Ruß und die erlöschenden Feuerzungen auf dem verbrannten Fleisch, nahm einen Lappen und schlug noch ein paarmal auf die Brust, den Bauch und die Scham, um die glimmenden Papierreste endgültig zu löschen. Bei jedem Schlag mit dem Lappen wand sich der Körper vor Schmerzen.

»Endlich bist du vernünftig! Hat das alles sein müssen? Dass du dich so unnötig quälst?«, seufzte der Peiniger. Dann betrachtete er seine Hände: »Jetzt hab ich mich auch noch verbrannt, Hurensohn, stalinistischer!« Und er steckte den Daumen in den Mund und saugte daran. Silvesters Körper zitterte, kleine Zuckungen überliefen ihn. Silvester konnte an nichts anderes denken als an den Schmerz. Er wünschte sich die Ohnmacht herbei, die erlösende Ohnmacht. Doch sie kam nicht. Nur ein entsetzlicher, eisiger Schmerz, als schälten Eisklingen ihn von innen aus. Er konnte das Zittern nicht kontrollieren. Es wollte es stoppen, sich konzentrieren, denken. Aber es ging nicht. Jeder einzelne Muskel im Gesicht, an den Händen, sogar an den Zehen zuckte. Denken. An etwas denken. Nicht an die Schmerzen. Denken, denken, denken … an Don Quixote, an Sancho Pansa, an die Windmühlen, den Wind … denken, denken …

»Hilf mir, wir binden ihn los«, gab Joško Pavle ein Zeichen, der am offenen Fenster stand und sich Mühe gab, nicht zu kotzen. Der Gestank des versengten Körpers fraß sich tief in seine Nasenhöhlen, und in seiner Kehle brannte es. »Sei kein Weib!! Hilf mir!!«, schrie der Peiniger seinen Helfer fast an. »Jetzt kriegen wir Informationen. Stimmt's?«, drehte er sich zu dem zitternden Körper, »sag schon, stimmt's?« Silvester gab sich Mühe. Wirklich große Mühe. Er nickte. »Na also!«, lächelte Joško und begann die Gurte zu lösen. Pavle näherte sich langsam dem Tisch, blieb stehen und begaffte den gebratenen Brustkorb und den Bauch, auf dem violette Bläschen blühten, an manchen Stellen, am Brustbein, wo die Haut am dünnsten war, schien das Weiß des Knorpels und der Rippen hervorzuleuchten. »Glotz nicht! Hilf mir! Bist doch kein Weib!«, bellte Joško. Pavle aber hielt sich den Mund zu, rannte zum Waschbecken und kotzte hinein. Joško schüttelte missmutig den Kopf: »Mein Gott, mit wem muss ich arbeiten!« Dann nahm er sich die restlichen Fesseln vor. Er band den Burschen los. Der verbrannte Körper zuckte und bebte noch immer.

Joško schaute sein erschöpftes Opfer eine Weile an, dann packte er Silvester unter den Achseln und half ihm, sich aufzusetzen. »Verdammt, bist du heiß! Wie überm offenen Feuer gebraten!«, sagte er und grinste. Silvester ließ die Füße auf den Boden gleiten und setzte sich auf. Die Schmerzen waren unerträglich. *Jetzt weiß ich*, dachte er, *was das ist, unerträglich* … Ein Schmerz, den man nicht mehr tragen kann. Ein Schmerz, der alle Gedanken frisst, der das Gehirn ganz ausfüllt. Denken, denken, denken … *Ich muss denken!* An etwas anderes denken als an die Schmerzen!

»Na, fang an!«, befahl Joško. »Wo habt ihr euch getroffen? Die Adresse!«

Denken, denken, denken …

»Halt mich nicht zum Narren! Ich kann dich gleich wieder anbinden. Ich kann den Don Quixote Seite für Seite auf deinem Arsch verheizen! Und ich sag dir, das Papier im Buch ist dicker und brennt länger. Ich brenn dich ab, bis die Scheiße aus dir herausquillt. Rede!«

»Ja …«, hauchte Silvester und stellte die Füße ganz auf den Boden, mit den blutig eingebundenen Händen stützte er sich an der Tischkante ab. Es tat ihm nicht weh. Der Schmerz der zerquetschten Finger war nichts im Vergleich zu der scharfen eisigen Klinge, die ihm ununterbrochen ins lebendige Fleisch schnitt und schnitt und schnitt. »Ich rede … Ja …«

»Na!«

»Genosse …«

»Ja!«

»Genosse Mirko Bregar …«

»Weiter!«

»Und Genossin …«

»Ja!!«

»Nada …«

»Wo? Wo finden wir sie? Wo sind sie? Wo hast du die Anweisungen gekriegt? Wo ist der Meldepunkt?«

»Die Adresse …«, hauchte Silvester und versuchte sich vom Tisch abzustoßen. Ein klein wenig. Nur so viel, um auf den eigenen Füßen zu stehen.

Pavle stand noch immer am Waschbecken und wies ihnen den Rücken. Er kotzte nicht mehr, er stützte sich nur auf.

»Ja! Wir brauchen die Adresse!«, wurde Joško langsam nervös.

Denken, denken, denken …

»Sag die Adresse!«

Silvester nickte. Und er nickte noch einmal. *Wie gut, dass ich die Adresse nicht weiß. Wie gut, dass ich …* »Die Adresse ist …«

»Ja?!«

Vier große Schritte …, dachte Silvester. *Der Metzgersohn steht hinterm Tisch … Vier Schritte und dann …*

»Die Adresse!! Scheißkerl, kommunistischer!!«, brüllte Joško und ging um den Tisch herum auf Silvester los.

Silvester stieß sich mit aller Kraft vom Tisch ab, japste, schrie, als würde der Schrei ihm helfen, die letzten Atome Kraft zu mobilisieren, lief los, ein Schritt und noch einer und noch einer, und machte einen Hechtsprung, so wie er ihn zu machen pflegte, wenn er in den Bach, in den Gumpen neben der Eisenbahn, sprang, mit dem Kopf voran ins kalte, beruhigende, kühlende, alles beendende Wasser … Er landete auf dem Fensterbrett, er spürte, wie jemand nach seinem Hosenbein griff, doch er schaffte es mit letzter Kraft über den Rand. *Marta*, dachte er noch.

Joško schaute nach unten. Er war seinen Händen entglitten. *Verdammter Bandit!* Er hatte ihn nicht zurückhalten können. *Verfluchte Kommunistensau!* Er war ihm entwischt. Und jetzt lag er unten, zerschmettert auf dem Gehsteig. Vor den Füßen einer Frau. Verdammtes, hysterisches Weib!

Joško schrie Pavle an, der mit offenem Mund noch immer beim Waschbecken stand: »Los, runter! Wir müssen aufräumen!« Und eilte zur Tür, die in dem Moment aufging. Vor ihm stand der SS-Untersturmführer. »Er ist uns aus dem Fenster gesprungen, der Bandit! Keine Sorge, Herr Untersturmführer, wir bringen Ihnen einen anderen«, sagte der Metzgersohn und rannte mit Pavle am Offizier vorbei auf den Gang.

Der SS-Untersturmführer legte sich die Hand auf Mund und Nase, denn im Zimmer hing noch immer der Gestank von verbranntem Fleisch. Er trat langsam ans Fenster und schaute vorsichtig nach unten. Da lag der leblose Körper des Banditen, mit seltsam verrenkten Beinen, neben seinem Kopf breitete sich ein roter Fleck aus. Um die Leiche begannen sich bereits Schaulustige zu scharen. Der Leutnant trat vom Fenster zurück. Er wollte nicht gesehen werden, nicht weil es ihm unangenehm gewesen wäre, schließlich war Krieg und der Tote ein gefährlicher Bandit, sondern weil er irgendwie das Gefühl hatte, dass diese Abrechnung eher eine lokale Angelegenheit war denn die seine. *Wenn der Krieg vorbei ist, werden sie noch hundert Jahre lang nicht verzeihen, was sie einander angetan haben*, dachte er und schloss das Fenster.

Das Leben geht weiter

Die Nachricht von Silvesters Tod brachte Joško gleich selbst nach Dolina. Im Gasthaus des Bürgermeisters trumpfte er damit auf, wie er *aus diesem kommunistischen Arsch den Starrsinn geprügelt habe, aber der Bastard sei im letzten Moment durchs Fenster abgehauen.* Keiner der Gäste wagte es, sein Eigenlob zu kommentieren. Die meisten Bewohner Dolinas, inzwischen waren es nur noch Deutsche, waren mit der Brutalität der Armee nicht einverstanden, obwohl es doch die ihre war. Man munkelte sogar, dass es einige gab, darunter auch eine bekannte deutschsprachige Schriftstellerin, die wegen der Gewalttätigkeit der Wehrmacht und der Gestapo zu den Partisanen gegangen seien. Die genannte Autorin, die ausschließlich auf Deutsch schrieb und sehr schlecht Slowenisch konnte, war durch den Schandzug der gefangenen Partisanen, den *die Soldaten ihres Volkes, des Volkes, das der Welt Goethe und Schiller gab*, wie sie schrieb, für die Bürger veranstaltet hatten, erschüttert gewesen. Noch im selben Monat ging sie zu den Partisanen.

Trotzdem widersprach niemand Joškos Angeberei über den Erfolg seiner Methoden. Man zog sich lieber in einen anderen Winkel des Gasthauses zurück. Es war bekannt, dass er für die Gestapo arbeitete und dass seine Vorgesetzten mit ihm sehr zufrieden waren. Auch Bürgermeister Mihael verhielt sich still und ließ ihn nie seine Zeche bezahlen. Das ganze Tal fürchtete sich vor Joško. Nur der Metzger Jože war von der Karriere seines Sohns begeistert. Joškos kleiner Bruder Milan, der in der Hauptstadt Medizin studierte, verschwand in jenem Frühling ins Unbekannte. Jože war überzeugt, dass die Banditen ihn geschnappt hatten, um sich an ihm und seiner Familie zu rächen, in Wahrheit aber war er zu den Partisanen gegangen. Joško ahnte das, denn er und sein Bruder hatten oft wegen seiner Arbeit für die Gestapo gestritten und sich sogar geprügelt, er sagte aber nichts. Es war zugleich ein familiäres und ein offenes Geheimnis.

Milan schloss sich am anderen Ende des Landes einem Bataillon an, das in Gebieten mit kroatischer Bevölkerung operierte. Er war ein mutiger Kämpfer, MG-Schütze. Der Bataillonskommissar ermunterte ihn mehrmals, den Kommunisten beizutreten. Er lehnte immer ab. Er redete sich auf die familiäre christliche Tradition aus. In der Tat hatten der Metzger Jože und seine Frau ihre Söhne im Geiste der ethischen und moralischen Werte der katholischen Kirche erzogen: Die Familie fehlte nie bei der Sonntagsmesse, und beide Buben waren als Kinder Ministranten gewesen. Dann aber kam jemand zum Bataillon, der Milan als den Bruder des berüchtigten Gestapomannes mit dem Spitznamen *Blutiger Joško* erkannte. Der Politkommissar rief Milan zur Aussprache. Milan stellte fest, dass er mit seinem Bruder nichts zu tun habe, dass er ihn für seine Taten verachte, dass er auf einen Bruder, der ein Verräter und Mörder sei, verzichten könne … Der Kommissar fragte ihn, warum er das nicht schon früher gesagt habe, und er antwortete: »Ihr habt mich nicht gefragt!« Der Kommissar nickte, das Gespräch war zu Ende. Ein paar Tage später marschierte das Bataillon vom kroatischen Küstenland wieder auf slowenischen Boden, am Abend überschritten sie schon die Grenze. In einer gut geschützten Senke in den Wäldern von Bizeljsko schlugen sie ihr Lager auf. Der Kommandant schickte Milan und einen schnurrbärtigen Montenegriner, um Feuerholz zu holen. Sie gingen. Zurück kam nur der Montenegriner. Er sagte nichts, er brachte auch kein Reisig. Alle wussten, was geschehen war.

Im Jahr nach Silvesters Tod schickte die Gestapo ihren Joško auch in andere Gegenden. Überall dorthin, wo man einen guten Folterknecht benötigte. Die Deutschen setzten dafür schon seit Kriegsbeginn und besonders nach 1944 lieber Einheimische ein, weil diese aufgrund ihres stärkeren emotionalen Engagements, aber auch ihrer genaueren Kenntnisse von Mentalität und Charakter ihrer Stammesgenossen, bei Verhören die besseren Resultate erzielten. Außerdem kannten sich Peiniger und Opfer in den meisten Fällen nahezu persönlich. Im letzten Kriegsjahr lieferte die deutsche Armee die gefangenen Partisanen lieber den Domobranzen aus, die militärisch mit ihr kooperierten. Sogar die Besatzungsarmee verschloss die Augen und sah weg, wenn die Einheimischen grausam miteinander abrechneten.

Im Haus des Metzgers Jože in Dolina wurde es immer einsamer, die Leute kauften das Fleisch, sofern es überhaupt welches gab, lieber in der Stadt. Im Tal war einst eine Geschichte umgegangen, der zufolge früher keiner der Dörfler das Wasser aus dem Brunnen des Scharfrichters trinken wollte. Vor dem Haus des gräflichen Scharfrichters stand der einzige Brunnen weit und breit, doch die Einwohner wollten das Wasser nicht dort entnehmen, wo die Frau des Scharfrichters es holte und das Wasser nach Blut schmeckte. Darum gruben sie einen neuen Brunnen, obwohl sie sich sieben Jahre und sieben Monate und sieben Tage durch den blanken Fels arbeiten mussten. Dabei litten sie sieben Jahre lang Durst. Beim Graben des Brunnens starb der schönste Jüngling im Tal, und vor Trauer starb auch noch die Tochter des Grafen. Schließlich war der Brunnen fertig. Seit damals hatten die Scharfrichter ihr eigenes Wasser. Die Geschichte ist sehr alt und stammt direkt aus der Gegend am Fuß der Grmada, wo der Volksüberlieferung nach früher tatsächlich der gräfliche Scharfrichter gelebt haben soll. Und im Fall des Metzgers Jože und seines Sohns, des Scharfrichters der Gestapo, wurde die Geschichte wieder zur Wirklichkeit. Niemand kaufte mehr in Jožes Metzgerei. Auch der Bürgermeister wurde seinem alten Freund untreu und bezog das Fleisch lieber von den Bauern in der Umgebung. Freilich sollte es bald schon nirgends mehr etwas zu kaufen geben. Die Höfe waren ausgeplündert und leer.

Als die Grabnerin vom Tod ihres Sohns erfuhr, wollte sie in die Stadt, um den entstellten Leichnam zu holen und ihn an der Seite seiner Großeltern zu begraben. Als sie am Bahnhof wartete, kam Bürgermeister Mihael zu ihr. Eine Weile stand er still da, dann sagte er, er habe gehört, dass sie Silvester holen wolle. Als sie das bejahte, riet ihr Mihael, lieber heimzugehen. Er habe gehört, dass alle Verwandten der gefangenen und getöteten *Wäldler* – auch er verwendete dieses Wort, er sagte nie *Partisanen* – in Lager und in die Verbannung geschickt würden, manche würden sogar als Geiseln erschossen. Darum solle sie lieber schweigen und heimgehen, wenn sie sich etwas Gutes tun wolle. Er versprach ihr eine Stelle als Hausbesorgerin der Villa Eichhein, dann müsste sie nicht mehr in der Säge arbeiten und könnte sich um die alte und fast blinde Erzieherin Frau Gertrude kümmern, die noch immer dort wohnte, sie könnte auch in die Villa einziehen, ins Kinderzimmer, damit die alte Frau und das Haus nicht allein wären. Die Grabnerin antwortete nicht, sie stand einfach da. Auch Mihael verstummte, er hatte alles gesagt, genau so, wie Maria es ihm aufgetragen hatte. Als der Zug kam, stieg die Grabnerin nicht ein, sie ging nach Hause, und sie nahm das Angebot des Bürgermeisters an.

In Dolina war keine größere deutsche Einheit mehr stationiert, nur die Soldaten in den beiden Bunkern wurden regelmäßig ausgetauscht, und jedes Mal waren es weniger. Auch gab es in den Wäldern der Grmada keine Partisanen mehr. Der deutsche Terror aber wurde natürlich nicht weniger. Ab 1944 erlaubten die Deutschen den Geiseln nicht mehr, Abschiedsbriefe zu schreiben, weil sie bisher nicht das gewünschte Ergebnis, nämlich die Bevölkerung vom Widerstand abzuhalten, gebracht hatten, im Gegenteil. Die Partisaneneinheiten schossen wie die Pilze aus dem Boden, es wurden immer mehr, ihre Kämpfe immer erfolgreicher. Doch all das ging irgendwie vorbei an Mihaels Dolina, das dem Anschein nach ruhig dahinlebte, ein wenig entrückt, wie in einer Art scheinparadiesischem Frieden. Mihael und Maria unterhielten sich, wenn sie die Söhne zu Bett gebracht hatten, über die Zukunft. Maria wünschte, dass die beiden Größeren, Miroslav und Ivan, die schön zwölf und elf waren, im Reich studierten, in München, wo die Verwandten der Familie Eichhein lebten, oder sogar in Berlin, wo es auch nach dem Krieg die besten Schulen Europas geben würde. Ein anderer Ausgang des Krieges, mit Deutschland als großem Verlierer, kam in diesen Gesprächen nicht vor. Es durfte und konnte nicht sein. Vor allem Maria glaubte fanatisch an den Sieg ihres Volkes. Mihael widersprach ihr nicht, obwohl er heimlich Radio London hörte.

Nach dem Ende der Kämpfe in Nordafrika kam es am 10. Juni 1943 zur Landung der Alliierten auf Sizilien. Im September begannen sie nach Norden vorzudringen. Schon am 8. September folgte die Kapitulation Italiens, das auf die Seite der Alliierten übertrat. Maria und Mihael sperrten das Gasthaus zu, drehten das Licht ab und setzten sich im Dunkeln an einen Tisch im hintersten Zimmer.

»Die Deutschen werden den Krieg verlieren«, sagte Mihael.

Maria schwieg.

»Was wird aus uns?«

»Was soll schon werden«, hob Maria die Achseln, »wir werden weiterleben wie bisher.«

Mihael sagte nichts. Er schenkte sich ein Glas Weißwein ein und trank es in einem Zug aus. In letzter Zeit trank er viel, mehr als sonst. In den letzten zwei Jahren hatte er sich sehr verändert. Er war fast glatzköpfig und der Bauch hing ihm kräftig über den Hosenbund. Im Ort hatte er alles geregelt, was sich unter den gegebenen Umständen regeln ließ. Alle Häuser waren elektrifiziert, die einzige Straße, die zugleich auch die Landstraße war, asphaltiert, die Telefonverbindungen waren sichergestellt, die Bus- und Bahnverbindungen ausgebaut, die Gemeinde hatte sich finanziell an der Renovierung einiger Hausfassaden beteiligt, es gab keine Arbeitslosigkeit, keine Armut. Es stimmte aber auch, dass die Armen vertrieben worden waren und dass viele Häuser von Slowenen leer standen oder die Deutschen Leute aus dem Reich geholt und hineingesetzt hatten. Die nationale Zusammensetzung des Ortes hatte sich völlig verändert. Seit das Bataillon mit Major Steiner an die Ostfront abgerückt war, war Mihael wieder ein selbständiger Bürgermeister, der nur den Leuten und sonst niemandem verantwortlich war. Auch mit dem Sägewerk und der Fabrik beschäftigte er sich mehr denn je. Die Fabrik arbeitete mit Volldampf, die Deutschen brauchten immer mehr Selbstbausärge. Jede Woche fuhren von der Fabrik vier Laster mit 220 cm langen, 70 cm breiten und 18 cm hohen Kartonagen zum Bahnhof, diese wurden dort in Waggons umgeladen und dann an alle Fronten des Deutschen Reichs geliefert. Die deutsche Armee bezahlte die Dienste der Möbelfabrik pünktlich, und in der Metallkassette im Büro des Bürgermeisters war ein ganz schönes Sümmchen zusammengekommen. *Der Krieg ist gar nicht so schlecht*, sinnierte Mihael manchmal. Im Grunde war es seiner Familie noch nie so gut gegangen. Die Kinder wurden größer, die Leute im Ort waren mit seiner Amtsführung zufrieden, und auch er gab sich Mühe, dass alles gut lief. Seit der Liquidierung der größten der bewaffneten Banden auf der Grmada hatten sich die Wäldler dort nicht wieder organisiert, daher lebten die Einwohner Dolinas fast wie im Frieden. Dolina war eine Oase des Friedens mitten in einer brennenden Welt.

Trotz allem war Mihael nicht so ignorant, dass er nicht wusste, was sich nur zwanzig Kilometer weiter südlich abspielte. Er wusste auch, dass die meisten deportierten Ortsbewohner nicht zurückkommen würden. Er wusste von Erschießungen und Folter. Doch nicht anders als die meisten seiner Mitbürger schob er all das weit von sich. Der scheinbare Friede und das bequeme Leben verlangten ihren Tribut. Er trank und aß. Vor allem abends suchte er Beruhigung im Wein und in geräucherten Würsten vom Wild. Auch Maria wurde zusehends unruhig. Nach dem Tod ihres Bruders hatte sie sich verändert. Sie lachte nicht mehr. Sie glaubte noch immer an die deutsche Übermacht, die den Sieg bringen würde. Mihael aber wusste, dass sie nur zum Schein daran glaubte. Er ertappte sie öfter dabei, wie sie ins Leere starrte. Und sie ermunterte ihre Söhne plötzlich dazu, mehr Slowenisch zu reden und auch slowenische Lieder zu lernen. Die beiden Älteren, Miroslav und Ivan, sträubten sich. Sie wollten nicht. Einmal gab sie Miroslav deshalb eine heftige Ohrfeige. Der Jüngere, Ivan, erschrak und fing sofort zu singen an: *Sijaj, sijaj sončece, oj sonce rumeno …*, während Peter, der Jüngste, zu weinen begann, denn es war das erste Mal, dass die Mutter zugeschlagen hatte.

Mihael hatte es lange vermieden, in die Stadt zu fahren. Die ständigen militärischen und polizeilichen Kontrollen störten ihn. Außerdem hatte er seinen Nachnamen nicht eindeutschen lassen, wie Maria vorgeschlagen hatte. Wäre es nach ihr gegangen, hätte er fortan *Michael Neuer* geheißen, was ihm, gelinde gesagt, dumm vorkam. In letzter Zeit, vor allem nach der Landung der Alliierten in Italien, hatte ihm Maria dies allerdings nicht mehr nahegelegt.

Manchmal fuhr er einfach so in die Stadt. Er ging in die Herrengasse, wo einst das Haus mit den Frauen gewesen war.

Die Deutschen hatten es geschlossen. Es hieß, dass die meisten Frauen, Slawinnen, Ungarinnen, auch Roma-Frauen und sogar Jüdinnen, in Viehwaggons gepfercht und nach Polen gebracht worden waren. Er stand lange vor dem Gebäude und schaute hinauf zum Dachgeschoss, wo sich früher die kleinen Kabinen befunden hatten. Er erinnerte sich an die Ungarin, die wie ein Mann abspritzte, und an die kleine Zahnlose, die Hässlichste von allen. Dann fuhr er wieder heim in seinen Ort, das Straßendorf am Fuße der Grmada.

Am 6. Juni 1944 landeten alliierte Truppen in der Normandie, Mihael hörte die Nachricht nachts im Radio. Am folgenden Tag spielte er den ganzen Tag mit seinen Söhnen. Maria und er erwähnten das Ereignis, eines der wichtigsten des 20. Jahrhunderts, mit keinem Wort. Mihael verbrachte den ganzen Tag im Garten hinterm Gasthaus, wo er für seine Kinder schon vor einer Weile verschiedene Spielgeräte aufgestellt hatte. Den kleinen Peter hielt er die ganze Zeit im Arm, mit den größeren Söhnen unterhielt er sich. Er erzählte ihnen von ihren Großeltern. Den Großen, Miroslav, interessierten solche Geschichten, den Mittleren, Ivan, eher nicht. Sie spielten Blinde Kuh. Er bemerkte, dass Maria sie hinterm Vorhang versteckt beobachtete.

Am späten Nachmittag kam auch sie in den Garten. Sie brachte die Schwarzer-Peter-Karten mit. Sie spielten unter der Linde, wo schon Mihaels Vater, der alte Bürgermeister Ivan, einen großen und schweren Eichentisch hatte aufstellen lassen. Sie lachten. Auch der kleine Peter spielte mit. Er mochte das Spiel besonders, weil es, wie die anderen ihm sagten, nach ihm benannt sei. Und sie ließen ihn auch die ganze Zeit gewinnen, obwohl er weder die Regeln noch die Karten kannte. Aber er fand es herrlich, wenn ihm am Ende alle applaudierten. Gegen Abend fragte Miroslav: »Werden wir von jetzt an immer so spielen?« Vater Mihael nickte.

Nach der erfolgreichen Landung in der Normandie kam es zur Schlacht um Frankreich. Bald marschierten die Alliierten in Paris ein, die Deutschen mussten aus Frankreich abziehen. Der Vormarsch ins Herz Deutschlands setzte von allen Seiten ein.

Über Nacht verschwanden etliche deutsche Familien aus Dolina. Auch die deutschen Arbeiter aus der Möbelfabrik gingen, ohne sich zu verabschieden. Die Arbeit in der Fabrik und im Sägewerk stand still. Die Lastwagen, die die Särge in die Stadt brachten, kehrten samt Ladung zurück, die deutsche Armee wollte sie nicht mehr übernehmen. Mihael hielt sich nicht weiter mit der Einstellung der Produktion auf. Die paar Arbeiter, die noch da waren, vor allem Söhne alteingesessener deutscher und deutschtümelnder Familien, begannen wieder schwere Gasthausstühle und Tische herzustellen, obwohl es auch dafür keine Bestellungen gab. Ihren Lohn zahlte Mihael aus dem Gewinn, der sich bei ihm in den letzten Jahren angesammelt hatte. Das Gasthaus hielt er nur noch ein paar Stunden am Tag offen. Besorgte Deutsche kamen, der Uhrmacher Deutschmann, der Transportunternehmer Plattner, der alte Fedensberg, der Drucker Hörlinger, auch Hirshfield und Berger, sogar der alte Grünberg kam von den Hügeln gekrochen. Manchmal fuhr auch Auerspergs Neffe vor. Sie saßen im Extrazimmer, steckten die Köpfe zusammen und flüsterten. Mihael und Maria verbrachten die meiste Zeit mit den Kindern, als wollten sie die Jahre nachholen, in denen sie sich zu wenig um sie gekümmert hatten. Oder, wie die Köchin später sagen sollte, als wollten sie sich im Voraus mit den Kindern beschäftigen. Als legten sie einen Vorrat an gemeinsamen Stunden, an Liebe an, als wollten sie schon jetzt alles erledigen, wozu sie später, in der Zeit, die bevorstand, vielleicht nicht mehr kommen würden.

»Es war direkt rührend«, erzählte viele Jahre später die Köchin Berta, als sie schon in einem der Wohnblocks lebte, die auf den Feldern etwas außerhalb Dolinas errichtet worden waren, »alle Tage waren sie zusammen. Sie haben Ausflüge gemacht. Keine größeren, nur auf die Hügel in der nächsten Umgebung. Sie sind mit dem Auto gefahren, alle fünf, haben gesungen und gelacht. Und auch wenn sie am Abend zurückgekommen sind, hat man sie lachen und singen gehört. Es war wirklich rührend. Rundherum der Wahnsinn, in der Nacht hat man ganz weit weg die Kanonen donnern gehört, Soldaten sind in alle Richtungen gerannt, Leute sind verschwunden, sie aber haben gelebt, als gäbe es keine Welt, als gäbe es nur ihre Familie. Damals, also von Anfang 1945 bis in den Frühling hinein, waren sie die glücklichste Familie in Dolina.«

Anfang 1945 zog die Wehrmacht aus der benachbarten Stadt ab. Den ganzen Tag fuhren Züge durch Dolina, beladen mit Panzerfahrzeugen und trostlosen Soldaten, die in die Landschaft starrten wie in ein Loch. Sie fuhren nach Norden, viele deutschsprachige Einwohner gingen mit ihnen. Es hieß, mit der deutschen Armee seien auch der Metzgersohn Joško und der Verräter Pavle abgehauen. Die gräfliche Sippschaft der Thurns war schon einige Monate davor verschwunden. Der Metzger Jože und seine Frau verschanzten sich im Haus, sie kamen sehr selten vor die Tür. Das Vieh schickte Jože den Berg hinauf, *auf die Weiden*, sagte er, auch den Schlachthof sperrte er zu.

In einer Märznacht schlug jemand laut gegen die Tür des Gasthauses, Mihael machte auf. Draußen stand der alte Plattner, ganz weiß im Gesicht. »Hörst du das!«, rief er. Mihael lauschte in die Dunkelheit. Da war etwas, in der stockfinsteren Nacht schrie irgendwo jemand.

»Was ist das?«, fragte der Bürgermeister.

»Sie sind bei Jože eingebrochen«, sagte der alte Plattner. »Auf dem Dachboden haben sie Joško gefunden.«

»Wie?«, fragte Mihael, »ist er nicht mit den Deutschen gegangen?«

»Er hat sich auf dem Dachboden versteckt«, sagte Plattner und starrte erschrocken in die Dunkelheit.

Die Schreie wurden immer lauter, in der finsteren Nacht, in der sich nichts rührte. In keinem Haus brannte Licht, alles war finster, der Ort war wie ausgestorben, obwohl die Einwohner Dolinas hinter den Fenstern hockten und voller Angst lauschten.

»Mama! Mama! Mama! Mama!!«, war zu hören.

»Sie führen Joško ab«, flüsterte Plattner.

»Wohin?«, fragte Mihael.

Plattner zuckte die Achseln: »In den Wald. Ich weiß es nicht.«

»Mama! Mama! Mama! Mama!!«, gellte es durch die Finsternis.

Hinter Mihael tauchte ein Schatten auf. Maria war aus dem Schlafzimmer gekommen. Sie sagte nichts, lehnte sich nur an Mihaels Schulter.

»Mama!! Mama!! Mama!! Mama!!«

»Ich gehe«, sagte Plattner und verschwand ums Haus.

»Mama! Mamaaaaa!«, war vom Bahnhof her, hinterm Feuerwehrhaus, Joškos gellendes Geschrei zu hören.

»Ich geh hin«, sagte Mihael.

Maria packte ihn an den Schultern, er spürte ihre Finger wie eine eiserne Schraubzwinge. »Bist du verrückt?! Du gehst nirgendwohin!«

»Mamaaaaa! Mama! Mama!«

»Ich bin der Bürgermeister. Ich muss wissen, was los ist!«

Maria zog ihn ins Haus und schloss die Tür.

»Mamaaaaa! Mama! Mama!«, zogen sich Laute des

Schmerzes, des Flehens, der Verzweiflung durch die Nacht. Und sie wollten kein Ende nehmen.

Mihael und Maria saßen am Schlafzimmerfenster und hörten zu.

»Mama! Mamaaaa!!« Es dauerte und dauerte.

Hinter ihnen ging die Tür auf, alle drei Söhne standen da. Der kleine Peter rieb sich mit beiden Händen die verschlafenen und verklebten Augen, seine älteren Brüder hatten ihn geweckt.

»Mama! Mama! Mama!!«

Maria ging zu den Kindern, und alle vier legten sich in das große Ehebett. Mihael saß am Fenster. Keiner sagte etwas. Sie lauschten nur den gleichmäßigen Schreien, die dauerten und dauerten und dauerten …

Es begann zu dämmern. Die Schreie kamen jetzt seltener, aber immer noch durchdringend: »Mama! Mama! Mama!!«

Jetzt kroch auch Mihael ins Bett. Hinter den Fenstern wurde es langsam hell. Zugedeckt bis zum Hals lagen sie da. Auf der einen Seite Maria, auf der anderen Mihael, dazwischen ihre drei Kinder.

»Mama! Mama! Mamaaa!«

Als es Tag wurde, verstummten die Schreie. Es war still. Totenstill.

Das Haus des Metzgers Jože war leer, die Tür eingetreten, drinnen alles durcheinandergeworfen. Mihael rief am Morgen bei der Gendarmerie an, lange hob niemand ab. Dann meldete sich jemand und sagte, dass sie kommen würden. Sie kamen nicht.

Mihael ließ die Tür reparieren und das Haus versiegeln, damit kein Ungebetener hineinginge. »Wenn sie zurückkommen, muss alles so sein, wie sie es zurückgelassen haben«, sagte er. Der Arbeiter aus der Möbelfabrik, der die abgerissene Türklinke ersetzte, sagte nichts.

Letzte Tage, neue Tage

Am 30. April 1945 brachte sich Adolf Hitler um. Admiral Karl Dönitz, der ihm als Reichspräsident und Oberbefehlshaber der Wehrmacht nachfolgte, traf die Entscheidungen, die zur endgültigen Kapitulation Deutschlands führten. Dönitz dachte zunächst nicht an Kapitulation, sondern lediglich an einen Waffenstillstand an der Westfront und an die Fortsetzung des Kampfes gegen die Rote Armee. Er wollte möglichst viele Deutsche in den von den Alliierten besetzten Gebieten wissen. Die Deutschen hatten Angst vor den Kommunisten und ihrer Rache für die Gräueltaten der Wehrmacht in Osteuropa. Doch die Ereignisse überschlugen sich. Am 2. Mai kapitulierte Berlin. Wenige Tage später ergaben sich die Armeeformationen in Süddeutschland, Österreich, Holland und Dänemark. Und in der Nacht des 7. Mai wurde im Hauptquartier der alliierten Expeditionsstreitkräfte im französischen Reims der Akt über die bedingungslose Kapitulation Deutschlands unterzeichnet.

Maria sagte beim Frühstück zu Mihael: »Was machen wir jetzt?«

Mihael tunkte ein Stück Brot in den Dotter seines Spiegeleis. Als er es in den Mund steckte, tropfte ihm etwas Eigelb auf die Weste. »Was? Nichts. Wir leben weiter.« Er sprach mit vollem Mund und war sich vollkommen sicher, dass er sagte, was sie dachte.

Maria verdrehte die Augen: »Bist du blind?!«, rief sie.

Er glotzte sie an. *Was soll das jetzt?!*, dachte er sich, riss ein weiteres Stück vom frischen Brot ab und wischte damit über den Teller, auf dem noch Grammelreste lagen.

»Sie werden sich rächen!«, sagte sie.

»Wer?«, fragte er aufrichtig verwundert.

»Die Partisanen«, sagte Maria. Zum ersten Mal in ihrem Leben verwendete sie jetzt dieses Wort.

»Warum denn?«, fragte er.

»Weil sie die Sieger sind«, antwortete sie, »und die Sieger rächen sich immer an den Verlierern.«

»Aber … aber«, wetzte er herum und legte das Stück Brot auf den Tellerrand. »Man rächt sich, wenn einer etwas Schlechtes getan hat. Haben wir etwas Schlechtes getan?!«, fragte er sie.

Maria war sich nicht mehr sicher, ob er wirklich so naiv war oder ob er nur so tat. Plötzlich glaubte sie ihn nicht mehr zu kennen. Mit einer derart unvernünftigen, blinden Reaktion wie von jemandem, dessen Verstand sich eingetrübt hat und der sich hinter einem Bollwerk kindlicher Naivität verschanzt, hatte sie nicht gerechnet …

»Du warst als Bürgermeister den Deutschen gegenüber loyal. Du hast eine deutsche Frau, deine Kinder sind halbe Deutsche. Wir haben für die deutsche Armee gearbeitet. In unserem Haus haben deutsche Offiziere gewohnt. Wir haben ihnen alles zur Verfügung gestellt.«

Er schüttelte den Kopf. »Ich sehe keinen Grund, warum sie sich rächen sollten.«

»Du hast die Besatzer mit allen Ehren empfangen. Du hast mit ihnen kooperiert. Du hast zehn Leute auf eine Liste gesetzt, die sie ermordet haben.«

»Ich habe neunzig gerettet. Du weißt genau, dass sie hundert haben erschießen wollen. Außerdem … Ermordet? Damals hast du das nicht so gesagt.«

»Jetzt ist es anders. Damals hat man sie bestraft, jetzt aber ist klar, dass sie sie ermordet haben. Und wir beide haben die Liste aufgesetzt.«

»Was redest du?!«

»Wenn sich die Politik ändert, ändert sich auch die Wahrheit!«

»Das ist mir zu klug«, antwortete er ironisch.

»Ich habe Angst«, sagte sie plötzlich und wurde still, in ihrem Blick war Entsetzen. »Ich habe Angst um unsere Buben. Was wird aus ihnen?«

»Was, was?!«, rief er und schob den Teller von sich. »Alles kommt in Ordnung. Wir werden leben wie vor dem Krieg. Ich habe viel für das Tal getan, und mein Vater auch. Das vergisst man nicht einfach so. Ich habe eine neue Schule gebaut. Jedes Haus hat Wasser und Strom. Wir haben die Straße asphaltiert, wir haben eine Bushaltestelle …«

»Red keinen Unsinn!«, unterbrach sie ihn. »Jetzt geht es um andere Dinge!«

»Es gibt keine anderen Dinge. Nur die Arbeit zählt. Und ich habe gut und korrekt gearbeitet.«

»Es geht um Rache.«

Beide verstummten. Auch Mihael wusste das, und er hatte Angst. Trotzdem hoffte er, dass Dolina am Rand bleiben würde, dass auch der Friede, wie schon der Krieg, ohne größere Erschütterungen an seinem Ort vorbeigehen würde.

»Wir könnten flüchten«, fuhr Maria leise fort, »woanders hinziehen …«

»Wohin? Hier sind wir doch daheim!«, sagte Mihael aufrichtig entrüstet.

»Nach München. Zu meinen Verwandten … hab ich gedacht … oder in den Norden …« Dann hielt sie inne: »Aber das wird nicht gehen … Deutschland ist völlig zerstört. Ich weiß gar nicht, ob meine Verwandten noch leben.«

Beide schwiegen eine Weile.

»Wir gehen nirgendwohin!«, schlug Mihael mit der flachen Hand auf den Tisch. »Wir haben keine Schuld. Ich hab ein reines Gewissen.« Er wurde immer entschlossener.

»Weißt du was … Ich hab mir auch Gedanken gemacht, nicht nur du …« Jetzt lächelte er. »Wir werden den Sieg feiern, die Befreiung!«

»So wie die Okkupation«, merkte Maria bitter an.

»Genau so! Wir sind Menschen. Die Geschichte, die Zeit wirft uns herum. Im Angesicht der Geschichte können wir nur unser Haupt beugen und versuchen zu überleben. Die Politiker, die Soldaten, sie sind schuld an unseren falschen Entscheidungen, nicht wir!«

Maria sagte nichts, eigentlich hörte sie ihm gar nicht mehr zu. Sie dachte an ihre Söhne und ihr ungewisses Schicksal.

»Ich hab eine geniale Idee!«, sagte Mihael. Seine Augen leuchteten. »Weißt du noch, wie wir uns kennengelernt haben … Also, wie es mit uns angefangen hat? Sie haben dieses Stück gespielt … Das Feuerwehrhaus war gerammelt voll. Wir sind in der ersten Reihe gesessen. Wie hat es schnell geheißen …? *Eine Handvoll Groschen zu viel.* Es war im Dezember 1930, mein glücklichstes Jahr! Der Saal ist vor lauter Lachen schier geplatzt. Wie wär's, wenn wir es wieder spielen, als Gruß an die Freiheit? Als Gruß an das Ende des Krieges?«

»Viele, die damals gespielt haben, sind tot«, sagte Maria ernst.

»Die Grabnerin war großartig. Was haben wir über sie gelacht!«, glühten Mihaels Wangen vor Begeisterung auf.

»Joško ist tot, der Knecht des Weinhändlers ist verschwunden, den alten Mikel, der den Richter gespielt hat, haben sie ausgesiedelt, die meisten sind vertrieben, tot, erschlagen …«

»Wir ersetzen sie durch andere«, ließ er sich nicht abbringen. »Ich habe schon einen Blick auf die Bühne geworfen, gestern. Die Kulissen sind noch dort, wo wir sie abgestellt haben, alles ist noch da. Sogar den Beutel mit dem Theatergeld hab ich gefunden. Im Stück hat ihn die Grabnerin unterm Kopfpolster gehabt, und als ich dort nachgeschaut habe, ist er immer noch dort gelegen. Das Theater wartet auf uns, so wie wir es zurückgelassen haben. Und ein Plakat«, fuhr er begeistert fort, »lass ich auch drucken. Alle werden kommen. Wir werden lachen und lustig sein. Wir und die Kinder werden in der ersten Reihe sitzen. Der Krieg wird vorbei sein! Und wir werden froh sein!«

Maria stand auf und verließ, ohne ein Wort zu sagen, das Zimmer.

In jenen Tagen rückten Partisanenverbände nach Slowenisch-Venetien und nach Kärnten vor. Der Kokra-Verband marschierte am 8. Mai in Klagenfurt ein, die Kämpfer des 7. Korps und der 29. Herzegowinischen Division einen Tag später in Ljubljana. Weil der Rückzug von deutschen Einheiten und Quisling-Formationen aus dem gesamten Balkan über Slowenien verlief, kam es im Norden des Landes noch nach dem 8. Mai zu Kämpfen. In Dolina war indessen alles still, scheinbarer Friede herrschte. Aus der Ferne hinter den Hügeln waren Schüsse zu hören, doch den ganzen Tag fuhr kein einziges Auto durch den Ort. Auch die Züge fuhren nicht, oder sie sausten einfach durch, ohne Ankündigung und ohne Fahrplan. Es hieß, die Partisanen seien schon in der nahegelegenen Stadt, wo man ihnen einen begeisterten Empfang bereitet habe. Die Bürger begleiteten den Umzug der Partisanenkämpfer, ähnlich wie vor drei Jahren jenen der gefangenen, verprügelten und aneinandergefesselten Banditen. Nur winkten sie jetzt mit Fahnen und bewarfen die Kämpfer mit Blumen. Der deutsche General Alexander Löhr ergab sich in Topolščica bei Šoštanj den Partisanen. Damit war der Zweite Weltkrieg auch inoffiziell vorbei. Mihael aber setzte in jenen Tagen hochoffiziell die erste Probe für das Lustspiel *Eine Handvoll Groschen zu viel* an.

Er hatte mit allen Ortsbewohnern geredet, die für eine Rolle in Frage kamen, und alle hatten versprochen, mit dem eingelernten Text zur ersten Probe zu kommen. Am fraglichen Tag schickte er schon in der Früh den Knecht aus, damit die Schauspieler in der Euphorie über das Kriegsende nicht zufällig auf die Probe und das Theater vergaßen. Es hieß, dass in zwei Tagen die Partisanen in den Ort kommen und ihn damit auch symbolisch befreien würden. Und der Ort würde ihnen einen schönen, herzlichen Empfang und eine köstliche Unterhaltung bereiten. Nach vier Jahren Krieg seien Lachen und gute Laune der einzig wahre und richtige Willkommensgruß, meinte der Bürgermeister.

Mihael konnte den Beginn der Proben kaum erwarten. Schon eine Stunde davor war er im Feuerwehrhaus, um alles Nötige vorzubereiten. Auch Maria konnte es kaum erwarten, dass ihr Mann aus dem Haus ging. Sie füllte zwei Koffer mit Kleidern und Spielsachen ihres jüngsten Sohns. Aus der Kassa nahm sie einen hübschen Packen Geldscheine und einen Beutel mit Goldschmuck. Dann packte sie den kleinen Peter und zog ihn zum Wagen, der im Hof stand, wo einer von Plattners Fahrern schon auf sie wartete. Der älteste Sohn Miroslav schrie aus dem Fenster: »Wo fahrt ihr hin?«

»Wir sind bald wieder da, keine Sorge!«, sagte sie zu dem Vierzehnjährigen, lächelte und winkte ihm zu.

Der Fahrer brachte sie zur Villa Eichhein. Der kleine Peter spielte den ganzen Weg über mit seinem Plüschpferdchen. In der Villa war niemand. Hinten auf dem Rasen lag die alte deutsche Erzieherin im Lehnstuhl und schlummerte.

»Wo ist die Grabnerin?«

Die alte Frau Gertrude antwortete: »Ja, was für ein schöner Mai, so schön ist noch keiner gewesen!!« Sie war alt, halb blind und taub.

Maria winkte ab. Sie rannte zum Auto zurück, setzte sich den kleinen Peter auf den Arm und trug dem Fahrer auf, ihr mit den Koffern zu folgen. Dann eilte sie zum Waldrand und stieg in den steilen, finsteren Graben ein.

»Warten Sie auf mich. Es dauert nur eine Minute«, trug sie dem Fahrer auf, der gerade die Koffer vor der Hütte der Grabnerin abstellte. Sie klopfte an und trat mit dem Kind auf dem Arm ein, noch bevor sie jemand hinein gebeten hatte.

Die Grabnerin saß neben dem Sparherd. Mihael hatte ihr einen alten ausgedienten Gasthausherd geschenkt. Erstaunt sah sie Maria und den kleinen Peter an, der ihr fröhlich zuwinkte: »Tante, Tante!«

»Ich bitte dich …«, sagte Maria hastig. Jetzt duzte sie die Grabnerin zum ersten Mal. »Vielleicht ist ja nichts …«, fuhr sie fort, dann verstummte sie. Sie wusste nicht, was sie noch sagen sollte. Sie schaute ihren kleinen Sohn an, und es schnürte ihr die Kehle zu.

Die Grabnerin stand auf und zeigte mit schwerer, plumper Hand auf den Stuhl, der beim Tisch stand, dabei machte sie sogar eine leichte Verbeugung. Irgendwie dachte sie, dass man einen Gast auf diese Weise an den Tisch bitten müsste.

»Setzen Sie sich, Gospa«, sagte sie.

Maria schüttelte den Kopf. »Wenn ich mich setze, wird's noch schlimmer …«, sagte sie und verstummte wieder.

Die Grabnerin wusste nicht, was sie noch tun sollte. Sie verschränkte ihre großen Hände auf dem Schoß und ließ sie bald wieder hängen. Schließlich nahm sie sie hinter den Rücken.

»Ich möchte, dass du Peter nimmst«, platzte Maria heraus.

Die Grabnerin machte große Augen und ließ die Kinnlade hängen. »Was …?« Dann nickte sie. »Gern. Heut hab ich eh nichts Vernünftiges zu tun.«

»Nicht für heute. Für eine Weile«, antwortete Maria schnell.

»Wie …? Warten Sie …«

»Vielleicht für immer. Ich weiß nicht. Jedenfalls aber für eine Weile.«

Die Grabnerin schüttelte energisch den Kopf. »Das geht nicht.«

»Ich bitte dich«, sagte Maria, ging zur Grabnerin und drückte ihr den Buben in die Arme. Der kleine Peter lachte: »Machst du mit mir hopp, hopp, hopp?«, plauderte der fast fünfjährige Knabe munter drauflos. Er kannte die Grabnerin. Wenn sie zu ihnen ins Gasthaus aushelfen kam, trug sie ihn immer auf den Schultern oder warf ihn hoch.

»Er kennt dich«, sagte Maria, »er mag dich.« Dann drehte sie sich zu ihrem Sohn: »Magst du die Tante?«

»Ja, wenn sie mit mir hopp, hopp, hopp macht!«, antwortete der schlaue kleine Peter.

»Wenn ich weiß, dass er bei dir ist, mache ich mir keine Sorgen«, sagte Maria. »Vielleicht ist es nicht für lange«, sagte sie noch. »Kann aber auch sein, dass es lange dauert … Was weiß ich …«

»Warum lange?«, fragte Peterlein. »Mama, warum lange?«

Maria antwortete ihm nicht. Sie zog die dicke Geldrolle und den Seidenbeutel mit dem Schmuck aus der Tasche. Beides legte sie auf den Tisch. »Wenn es sein muss, wirst du ihm eine gute Mutter sein«, sagte sie zur Grabnerin.

»Ich bin nicht seine Mutter. Ich werde nie mehr Mutter sein«, bellte die Grabnerin fast. Peter auf ihrem Arm schaute verwundert.

»Du bist seine Tante«, sagte Maria kühl.

Die Grabnerin schwieg.

Die Frauen sahen einander an. Der kleine Peter spürte die Spannung zwischen ihnen. Er beobachtete mal die Mutter, mal die Grabnerin.

Dann kam Maria näher und strich ihrem Sohn über die Wangen. Die kleinen Kinderaugen begannen glasig zu werden. Der Kleine wusste nicht warum, er wusste nicht wozu, aber er spürte, dass das Ganze etwas Unangenehmes, Trauriges zu bedeuten hatte.

Maria schaute der Grabnerin direkt in die Augen. Auch das, wie sich die Grabnerin im Alter erinnern sollte, war nicht oft vorgekommen. Eigentlich geschah es in all den Jahren, seit sich die beiden Frauen kannten, und sie kannten sich ihr Leben lang, zum ersten Mal. Und zum letzten Mal. *Sie hat blaue Augen, die verrückte Henne*, dachte die Grabnerin, Maria aber flüsterte: »Danke«, drehte sich um und ging aus dem Haus.

Sie stürmte am Fahrer vorbei, ohne ihm auch nur ein Wort zu sagen, und begann den Aufstieg. Hinter sich hörte sie ihr Kind weinen. Das Geheul begleitete sie, bis sie aus dem Graben gekrochen war und zum Auto rannte.

Als sie ins Gasthaus zurückkam, sah sie Mihael allein am Tisch in der Ecke sitzen. Vor ihm stand ein Doppelliter Weißwein.

»Keiner war auf der Probe«, sagte er, ohne sie anzusehen.

»Ich habe Peter bei der Grabnerin gelassen«, sagte sie.

Er nickte und schenkte sich den letzten Schluck aus der Flasche ein. »Gut, morgen geht's sowieso drunter und drüber. Angeblich kommen die Befreier schon morgen. Er würde eh nur im Weg stehen.«

Die Befreiung

Die Befreiung begann mit einem Brand.

»Es brennt! Es brennt!!«, schrie jemand auf der Straße. Mihael erwachte wie aus einem bösen Traum. Weil er sich am Vorabend betrunken hatte, hatte er angezogen auf der Bank im Gastraum geschlafen. Er taumelte zum Fenster und schaute auf die Straße. Ums Feuerwehrhaus kamen Leute zusammen. Der Tag brach gerade an, es musste etwa halb fünf sein. Er ging hinter die Theke und trank ein Glas Wasser. Und dann noch eins. Er erinnerte sich, dass es am Abend nicht beim Wein geblieben war. Als er die Haustür aufmachte, sah er den Löschwagen aus der Garage fahren. »Wo brennt es?! Wo!!«, schrie er ihnen nach.

Fritz, Fedensbergs Sohn, der hinten aus dem Wagen hing, schrie: »Der Wald brennt! Über dem Eichhein-Schloss.«

Mihael schaute zur Villa hinauf. Im blassen Licht des erwachenden Morgens war in der Ferne ein roter Schein zu sehen. *Es brennt überm Haus*, dachte er. *Soll ich Maria wecken?* Dann winkte er ab. *Soll sie schlafen, ärgern kann sie sich auch noch in zwei Stunden*. Er ging ins Gasthaus zurück und stellte Kaffee auf. Einen starken Kaffee. *Das wird ein langer und widerlicher Tag*, dachte er sich. Als das Wasser aufkochte, hörte er in der Ferne Schüsse, mehrere kurze Garben. Er hielt es nicht für bemerkenswert, neuerdings knallte es zu jeder Tageszeit.

Doch brannte nicht nur der Wald. Mitten in der Nacht waren Lastwagen vorgefahren. Burschen in Uniform sprangen herunter, auch Zivilisten waren dabei, Tagelöhner von den Bauernhöfen in der Umgebung und Burschen aus der Stadt. Sie stürzten in die Villa, die seit Jahren als *Nazinest* verschrien war. Zuerst schlugen sie die Fensterscheiben ein, überzeugt, dass die Villa leer war. Dann drangen sie ins Haus vor und plünderten die Küche. Sie fanden Flaschen mit Cognac und Wein. Den Hausrat, Stühle, Tische, Porzellan, Teppiche, luden sie auf die Laster. Dabei tranken sie. Einige gingen in den Garten und zertrümmerten die Gartenmöbel. Sie öffneten die Tür zum tiefen Keller in den Resten des mittelalterlichen Burgturms. Sie wussten, dass die Nazis dort unten gefangene Partisanen gefoltert hatten. Alle wussten von Silvesters Qualen und von seinem Mut. In Wahrheit waren sie hier, um sich zu rächen. Jemand warf eine Handgranate in das Verlies. Ein anderer gab triumphierend eine lange Garbe in die Luft ab. Im Wohnzimmer zertrümmerten die Burschen das Klavier, mit dem ja wirklich nichts anzufangen war. Die fast taube und blinde deutsche Erzieherin Frau Gertrude Lindner, die in ihrem Zimmer im Zubau schlief, wachte davon auf. Sie war erschrocken, sie wusste nicht, was los war. Sie taumelte die Gänge entlang und nach oben, um sich zu verstecken. Ihr fiel ein, dass sich vor langer Zeit Eichheins Sohn Erich im kleinen Turm über der Hauptfassade versteckt hatte, dort, wo das ausgediente Mobiliar stand, und dass er nicht zu finden gewesen war. *Ja, das ist ein gutes Versteck.* Sie ging die Treppe hinauf und verschanzte sich zwischen den alten Stühlen. Sie hörte Musik, Wagner, dachte sie. Bevor es sie in diese, wie sie meinte, deutsche Provinz verschlagen hatte, war sie in München oft in der Oper gewesen. Wagner! In einer Vorstellung hatte sie Hitler gesehen, als er noch nicht der Kanzler und unbesiegbare General war, er hatte ihr die Hand geküsst. Und jetzt wieder: Wagner, München, Hitler. Sie war wohl in der Oper, aber nicht im Parterre, sondern auf der Bühne, mitten im Geschehen. Und als zwischen den Bodendielen der Rauch aufzusteigen begann, war ihr vollkommen klar: *Ich bin in der Oper. Ich bin eine Walküre. Es ist wunderbar. Es brennt. Die Welt brennt in Musik!*

Jemand zündete die Couch im Wohnzimmer an. Ein anderer warf den Petroleumbehälter in der Küche um. Ein dritter saß draußen auf dem Rondell vor der Freitreppe auf dem Laster und spielte Harmonika. Die Flammen schossen die Wände hoch und fraßen sich in den Holzplafond. »Wir haben noch nicht alles rausgeholt! Wir haben noch nicht alles rausgeholt!!«, schrien die Nüchternen, während die Betrunkenen sangen, als wetteiferten sie im Grölen, und die kaputtgeschlagenen Möbel ins Feuer warfen. Die Flammen schlugen bald unkontrolliert nach oben, und die Bibliothek fing Feuer. Man konnte das Haus nicht mehr betreten. Die Deckenbalken in der Küche krachten nieder. »Raus! Raus!«, schrien die Burschen und entfernten sich vom Haus, das sich in eine lodernde Fackel verwandelt hatte. Dann brannte der Wald. Zuerst die Buche, die ganz nah am Haus stand, dann die Fichten hinten im Hof. Als wollte er das Feuer anfachen, blies der Wind und trieb die Flammen, die jetzt zehn Meter hoch und höher schlugen, noch tiefer in den Wald hinein. Man hörte das Feuer schauerlich donnern, wie in einem überheizten Ofen im Winter, und man hörte das erschütternde Ächzen der Bäume, die wie Zunder brannten. Die Laster mit den Möbeln, dem Porzellan und den Teppichen schoben sie ein wenig zurück. Da war nichts mehr zu machen, das Haus brannte, die Hitze war so stark, dass man sich dem Gebäude keine zwanzig Meter nähern konnte. Die Balken stürzten ein, und das Feuer stieg immer höher den Hang hinauf. Der junge Harmonikaspieler nahm einen Schluck aus der Flasche und sah dabei an dem Biedermeiertürmchen hoch. In dem großen Fenster, an dem die Flammen vom Dachstuhl leckten, glaubte er eine Frau zu sehen, eine Frau mit grauem, brennendem Haar, die die Arme hob, als dankte sie einem applaudierenden Publikum. Der Bursche schüttelte den Kopf. *Ich seh schon Hexen*, dachte er, *zu viel von dem herrschaftlichen*

Cognac ... Als er neuerlich nach oben schaute, stürzte das Türmchen gerade in sich zusammen.

Die Feuerwehr eilte die Straße herauf, doch kurz vor der Abzweigung zur Villa hielt eine Gruppe Uniformierter sie an. Sie schossen in die Luft und schrien: »Halt! Halt!!« Die Feuerwehr konnte nicht weiter. Zum Fahrer des Löschwagens, Ervin Bernhauser, dem Sohn des alten Milchhändlers Bernhauser, kam ein junger Mann mit Oberlippenbart und mit einer MP in der Hand: »Da gibt's nichts mehr zu löschen!«, sagte er und grinste. »Es brennt! Die alte Welt brennt. Soll sie verdammt noch mal brennen!!« Und er sah nach den Flammen, die hinter ihm himmelhoch stiegen.

Die Lastwagen mit dem Hausrat fuhren ins Tal und dann weiter in die Stadt. Die Harmonika spielte die ganze Fahrt über. Der Wald brannte. Die Feuerwehrmänner, es waren nur fünf, standen hilflos in einiger Entfernung zur Villa, die sich mit dem Wald zu einer einzigen Flamme vereinigt hatte.

Der Wald brannte noch den ganzen nächsten Tag, der ganze Hang brannte ab. Das Feuer kam erst weit oben zum Stehen, als es die Weidegründe erreichte. In keiner der umliegenden Ortschaften gab es genug Feuerwehrmänner, die Höfe waren leergeräumt, die Menschen vertrieben oder getötet. Niemand scherte sich mehr um Dolina. Europa hatte sechs lange Jahre gebrannt, deshalb war ein Feuer auf den Hängen über einem abgeschiedenen Tal in irgendeiner abgeschiedenen Provinz in der Tat kein großes Ereignis. Ganz erlosch das Feuer erst in der Nacht, als von der anderen Seite der Grmada die Feuerwehren aus dem Bergwerksrevieren anrückten. Das kroatische Bataillon, das gerade den Bergwerksgraben befreite, half ihnen beim Löschen. Das meiste aber erledigte ein wohltuender Regenguss.

Von der Villa Eichhein, wo die Nazis gewohnt hatten und wo der gefangene Partisan Silvester Grabner gefoltert worden war, der 1948 zum Volkshelden ernannt werden sollte, blieb nichts übrig.

Überlebt hatten lediglich ein Teil des mittelalterlichen Gemäuers und darunter die Reste zweier Steinbögen, denen das Feuer nichts anhaben konnte. Heute veranstalten die Ortsbewohner bei den Steinen des Burgturms, von denen einige noch schwarz von dem Großbrand sind, ihre Picknicks. Und oft einmal sagt jemand, dass abends, wenn die Feuer ausgehen, auf denen den ganzen Tag gegrillt worden ist, und der Abfall und die Plastikbecher aus dem Gras geklaubt werden, dass oben zwischen den Steinen des alten Gemäuers ein Schatten zu sehen sei, der an eine Frau erinnere. An eine grauhaarige Hexe, die zum Abschied winke. Andere behaupten, dass der Schatten der grauhaarigen Frau sogar singe, und zwar in Opernmanier: *Kommt wieder! Kommt wie-hieeeeee-der!!*

Noch ehe Bürgermeister Mihael wusste, dass eigentlich die Villa brannte, hörte er die Lastwagen brummen, die von beiden Seiten in den Ort vordrangen, als sollte er abgeriegelt werden. Es war schon helllichter Tag. *Sie sind zu früh dran!*, dachte er. *Warum haben sie nichts gesagt? Wir haben alles vorbereitet!* Der Bürgermeister lief auf die Straße und schlug mit den Fäusten gegen die Haustüren. »Alle heraus! Alle heraus!! Die Freiheit ist da! Der Krieg ist aus!«, schrie er. Und wirklich kamen die Leute aus ihren Häusern, so wie es auf der Sitzung des Gemeinderats beschlossen worden war. Die Männer kamen mit Fahnen, die Frauen und Kinder mit Blumen.

Gleich hinter den Lastern, die vor einzelnen Häusern hielten, kam eine Gruppe Partisanen geritten.

Auf einem weißen Pferd ritt Genosse Mirko Bregar. Ihm zur Seite ritt auf einem Fuchs eine junge, schwarzhaarige, schöne Partisanin, seine Frau Nada. Sie war vor Tagen aus

Belgrad gekommen, wo sie kurz vor Kriegsbeginn Mojca zur Welt gebracht hatte. Um das Mädchen, das jetzt, wie der Bürgermeistersohn Peter, fünf Jahre alt war, hatten sich Nadas Eltern gekümmert, Nada aber hatte in den Hügeln Südserbiens und Bosniens gekämpft, war bei der Schlacht an der Sutjeska dabei gewesen und am Ende im Stab bei Marschall Tito. Jetzt ritt sie stolz an der Seite ihres Mannes. Maria schaute aus dem Gasthausfenster. Sie sah die Gruppe berittener Partisanen. Sie erkannte Mirko sofort. Er hatte sich kaum verändert. Er war nur etwas fester, und auf dem Pferd und in der Partisanenuniform sah er schön aus, wie mit dem Tier zu einem triumphierenden Wesen verwachsen. Sie war erleichtert, ihnen würde nichts geschehen. Mirko war ein guter Mensch, sie kannten sich, er mochte sie. Die Kinder, die mit ihr aus dem Fenster geschaut hatten, rannten aus dem Gastzimmer auf die Straße. Sie stürzten auf die Pferde zu und winkten begeistert. Der ältere Sohn, der vierzehnjährige Miroslav, sprang vor lauter Entzücken umher.

Bürgermeister Mihael ging mitten auf der Straße, an der Spitze der Ortsbewohner, auf den Befreier zu, der über ihm auf dem Schimmel saß. Hinter ihm gingen die Leute, deutsche Familien, Volksdeutsche und Gottscheer Deutsche, die die Besatzer in den Häusern der vertriebenen Slowenen angesiedelt hatten. Alle waren auf der Straße, Frauen, Kinder, Großväter und Großmütter, alle, die Dolina nicht mit der abziehenden deutschen Armee verlassen hatten. Von einem der Laster sprang ein Mann mit einem Fotoapparat. Er postierte sich auf dem Gehsteig vorm Gasthaus und fotografierte. Das Foto ist erhalten, unten steht: *Kommandant Mirko Bregar befreit mit Genossen seinen Geburtsort.* Im Archiv gibt es etliche Fotos von diesem Moment. Auch das Foto eines glatzköpfigen Mannes mit kräftig überhängendem Bauch, der vor dem Pferd steht, den Hut in der einen Hand, die andere streckt er dem Kavalleristen zum Gruß entgegen. Der Reiter nimmt sie nicht, vielleicht hat er sie noch nicht gesehen, denn er schaut irgendwie über ihn hinweg und nach oben, wahrscheinlich in Richtung Gasthaus. Hat Genosse Mirko Bregar im Fenster vielleicht ein bekanntes Gesicht gesehen? Wir wissen es nicht. Wir werden es nie erfahren. Wie wir auch nicht wissen, ob der Befreier die angebotene Hand nicht annehmen will oder ob er sie einfach noch nicht bemerkt hat. Auf einem der erhaltenen Fotos sehen wir auch zwei Buben, die mit dem Rücken zur Kamera stehen, Miroslav und Ivan. Mit erhobenen Köpfen betrachten sie die Gruppe der berittenen Partisanen.

Der Bürgermeister hatte eine Rede parat, eine ähnliche wie damals, als die deutschen Soldaten nach Dolina gekommen waren. Da der Partisan auf dem Schimmel die angebotene Hand nicht nahm, was auf dem Foto verewigt ist, ließ er sie wieder sinken, räusperte sich und fing an … »Liebe Freunde und Befreier!«

»Bürgermeister!«, rief der Reiter, »Bürgermeister Mihael Novak! Sie sind des Hochverrats angeklagt!«

Mihael schaute nur verwundert, als zwei Partisanen an ihn herantraten und ihn an den Armen packten. Der Schimmel des Partisanen Mirko schnaubte und stellte sich ein wenig auf die Hinterbeine. Die Genossin auf dem Fuchs zügelte ihr Pferd, damit es nicht dem Beispiel des Schimmels folgte. Im selben Augenblick sprangen Partisanen von den Lastern und liefen zu den überraschten Leuten, die im Chor hinter dem Bürgermeister standen, und begannen sie zu den Lastwagen zu stoßen. Auf der Straße kamen aus beiden Richtungen noch weitere Fahrzeuge. Sie blieben vor den Häusern stehen und drangen, ohne anzuklopfen, ein.

»Ihr werdet in ein Sammellager zum Verhör gebracht«, rief der berittene Befreier, und die Soldaten begannen zu schreien und die Menschen auf die Laster zu treiben. Viele liefen zurück in ihre Häuser, die Bewaffneten rannten ihnen nach und zerrten sie nach einer Weile wieder heraus. Einer der Uniformierten packte die Deutschmann-Tochter Ingrid an den Haaren und zog sie übers Kopfsteinpflaster zum nächsten Laster. Mihaels Kinder standen neben dem Vater, den die beiden Soldaten festhielten, sie waren wie erstarrt. Miroslav stand regungslos und mit offenem Mund da, Ivans Gesicht verzog sich zu einer seltsamen Grimasse aus Weinen und Entsetzen, und zwischen seinen Schuhen bildete sich ein dunkler Fleck von dem Urin, der ihm am Bein herunterrann.

»Warten Sie … Das ist ein Missverständnis … Ich bin der Bürgermeister … Meine Leute sind anständig …«, wiederholte Mihael, doch in dem Wirrwarr von Geschrei, Weinen und Stöhnen hörte ihn niemand. Maria, die vom Fenster aus die plötzliche Wendung verfolgte, rannte ins Schlafzimmer, zog unterm großen Ehebett die eiserne Handkasse hervor, stellte die Nummer ein, das Geburtsjahr ihres jüngsten Sohns, öffnete den Deckel und nahm zwei Beutel mit Goldmünzen heraus. Einen Großteil des Geldes vom Verkauf der Särge für die Wehrmacht hatte das Ehepaar in Gold umgemünzt. Sie stopfte sich die Beutel in den Unterrock und eilte einen Stock tiefer. Sie wollte noch in Mihaels Büro, wo in einer Schublade das Bargeld weggesperrt war, doch sie wurde im Stiegenhaus von zwei Jünglingen mit Maschinenpistolen abgefangen. Hinter ihnen stand die Kellnerin Sonja und zeigte mit dem Finger auf sie: »Die da!« Die jungen Soldaten, die vielleicht etwas älter als ihr Miroslav waren, packten sie, zerrten sie die Treppe hinunter und stießen sie auf die Straße. Maria lief sofort zu ihren Kindern und drückte sie an sich. Sie versuchte, Mirkos Blick zu erhaschen, doch dieser trieb sofort, als er sie sah, sein Pferd an und trabte die Straße hinauf, wo schon die Familie Fedensberg in einen Laster verfrachtet wurde.

Ihr folgten die Familien der Volksdeutschen und der Gottscheer: die Engelmanns, die Sendelbachs, die Hörlingers, die Hirshfields, die Kraners, die Kulturbündler und Funktionäre des Steirischen Heimatbunds waren. Auf den Laster krochen auch die beiden alten Lackners, deren Familie seit zweihundert Jahren in dieser Gegend lebte. Die Kinder wurden von den Eltern getrennt, sie mussten auf der Straße bleiben. Die Deutschmann-Tochter Ingrid hielt in ihren Armen ein einjähriges Mädchen. Ein Soldat versuchte es ihr zu entreißen. Das Kind weinte. Ingrids Mann, der junge Gottscheer Dieter, kam herausgerannt, er stürzte sich auf den Soldaten und stieß ihn weg. Ein Schuss fiel. Dieter griff sich an den Kopf und fiel um. Der alte Deutschmann und seine Frau stolperten aus dem Haus, mit Koffern und Taschen in den Händen. Alles schrie und weinte. Das Kind wurde Ingrid entrissen und auf die andere Straßenseite gebracht. »Sie nehmen uns die Kinder weg«, flüsterte Maria. »Alles kommt in Ordnung, alles wird gut«, flüsterte Mihael hilflos und schaute herum, als suchte er Hilfe. »Mirko!!«, schrie Maria. »Mirko Bregar!!«, schrie sie noch lauter. Der Partisan auf dem Schimmel drehte sich um. Auch die Partisanin auf dem Fuchs blickte über die Schulter. Dann zuckte Mirko den linken Zügel, das Pferd schnaubte und schritt langsam und ruhig, als ginge nichts Besonderes vor sich, zum Bürgermeister, zur Bürgermeisterin und ihren zwei Söhnen. »Wir bringen Sie zum Verhör«, sagte er und zog wieder am Zügel. Das Pferd hatte sich schon umgedreht, als Maria fragte: »Mirko! Kennst du mich nicht?« Das Pferd schnaubte. Mirko sah sie an, diesmal vielleicht zum ersten Mal wirklich. »O ja. Ich kenne dich. Alle kennen euch, ihr Verräter!« Und er trieb das Pferd an und ritt auf der Straße weiter, die Frau auf dem Fuchs folgte ihm.

Neben Mihael und Maria blieb ein kleinerer Laster stehen. Die Partisanen, die den Bürgermeister festhielten, schoben ihn auf die offene Ladefläche, auf der beidseits Bänke standen. Jemand packte Maria von hinten und stieß sie vorwärts. Sie drehte sich um und streckte die Arme nach ihren Kindern aus, die dastanden und sich nicht rührten. Dem kleinen Ivan liefen Tränen über die Wangen, der Ältere starrte die Mutter an, als wäre er nicht überzeugt, dass all das wirklich geschah.

»Passt aufeinander auf!«, sagte sie. Der Soldat schubste sie weiter. Die Buben schauten sie an. Hinter ihnen tauchte die junge Kellnerin Sonja auf, die Tochter der Stallmagd, die schon seit dem Vierzigerjahr im Gasthaus arbeitete, jetzt hatte sie eine Partisanenkappe mit einem Stern auf, sie schrie: »Wo hast du den Kleinen hingebracht, du deutsche Hure?!«

Maria hörte sie nicht, ihr war überhaupt nicht wichtig, was die Kellnerin schrie, von der sie immer gewusst hatte, dass sie für die Befreiungsfront arbeitete, jetzt waren die beiden Söhne wichtig. Sie sagte noch einmal, diesmal auf Deutsch: »Passt aufeinander auf! Versprecht mir das!!«

Der junge Partisan, der sie auf den Laster schob, wurde bleich im Gesicht, als wäre er auf eine Schlange gestiegen. Er biss die Zähne zusammen: »Ihr habt meine ganze Familie umgebracht, und du willst jetzt Deutsch reden, du verfluchte Verräterin!« Und er holte aus und schlug ihr mit voller Wucht auf den Mund, dann packte er sie an der Taille, hob sie wie eine Feder und warf sie auf den Laster. Ihr Mund blutete, aber es tat nicht weh. Sie spürte auch nicht, wie Mihael sie anfasste und in den Arm nahm, sie schaute nur ihre Buben an, die nun aus vollem Hals weinten, und rief ihnen noch einmal zu: »Passt aufeinander auf! Vor allem auf den kleinen Peter! Versprecht mir das!«

Der Laster fuhr los.

Maria und Mihael sackten auf der Bank zusammen. Mihael nahm ihre Hand und drückte sie fest. Vor ihm saßen zwei Burschen, die deutsche MPs auf sie gerichtet hielten.

Das Foto vom Bahnhof oder zwei Enden einer Geschichte

Auf dem Foto, das nach 1990 ins Museum kam, sieht man den Bahnhof im Mai, vielleicht Anfang Juni 1945. Das Foto wurde offenbar heimlich und von Weitem aufgenommen. Darauf ist eine große Ansammlung von Menschen zu sehen, die von Soldaten in Partisanenuniformen in einen Zug verfrachtet werden, nicht in einen Reisezug, sondern in Güterwaggons. Ihrem Äußeren, den schönen Kleidern und Hüten nach, dürfte es sich bei den Leuten um wohlhabendere Bürger handeln. Auf dem Foto ist sehr deutlich ein Partisanenoffizier zu sehen, der mit ausgestreckter Hand einer Frau den Weg zu den Waggons weist. Im Vordergrund, links vom Bahnsteig, stehen zwei blühende Kirschbäume.

Von den Lastern trieben sie die Einwohner Dolinas auf den Bahnhof der nahegelegenen Stadt. Mihael schaute sich ständig um. Er glaubte, als Bürgermeister etwas unternehmen, die Situation, das Missverständnis aufklären zu müssen.

»Wer ist hier der Oberste. Wer ist euer Chef?«, fragte er die bewaffneten Wachen, die von den Lastern bis zum ersten Bahnsteig ein Spalier bildeten. Niemand antwortete ihm. Die Menschen, die den Zug der Deutschtümler und Gottscheer begleiteten, waren ausgesprochen feindselig. Geschrei und Schmährufe waren zu hören: *Verräter! Verfluchte Nemčurji! Tod den Verrätern des slowenischen Volks! Tod den Profiteuren und Ausbeutern! Nazihuren! Mörder! Tod dem Faschismus, Freiheit dem Volk!*

Am Bahnsteig wimmelte es vor Menschen. Sie standen eingepfercht zwischen dem Bahnhofsgebäude und dem ersten Gleis. Auf diesem engen Raum drängten sich ein paar hundert Menschen. Auf der anderen Seite des Gleises standen bewaffnete Partisanen und alle zehn Meter auch ein MG. Gewehre und MPs waren auf die Menge gerichtet. Deutsche Worte waren zu hören, Rufe und Klagen auf Deutsch. Die Leute waren aufgeregt, in größter Unruhe, und unter solchen Umständen redet man immer in der Sprache des Herzens und der Zugehörigkeit. Mihael hielt Maria fest an sich gedrückt. Die meisten Leute waren ihnen bekannt. Mihael sah den zerknirschten Tobias Engelmann und seine Frau Sophia, den Bürgermeister und die Bürgermeisterin aus dem Nachbarort, in dem auch immer mehrheitlich Deutsche gewohnt hatten. Auf dem Bahnsteig drängten sich auch die Familie Auersperg, der Transportunternehmer Plattner mit seiner Frau, den beiden Söhnen und der Tochter. Noch vor der Befreiung Dolinas waren Plattners Laster beschlagnahmt worden, und so wurde die Familie Plattner auf einem jener Laster zum Bahnhof gebracht, mit denen die Leichen des niedergemetzelten Bataillons vom Acker in die Stadt transportiert worden waren. Die Geschichte kennt weit mehr Ironie und Zynismus als das Leben. Auch der blaue Bus, der so etwas wie ein Markenzeichen des Orts war, war im Einsatz. Auf dem Bahnhof drängten sich neben den Deutschen Dolinas, den Hörlingers, Hirshfields, Grünbergs, deutsche und Gottscheer Familien aus der ferneren Umgebung: Die Pirkmaiers, Messners, Reiters, Haberls, Feinigs, Vastls … Dazwischen trieb sich auch der alte Professor Ebner herum, der die Leute verwirrt an den Ärmeln zupfte und fragte: *Was ist los? Was ist los? Was ist los?* Dicht gedrängt standen am Bahnsteig Männer, Frauen, junge Burschen und Mädchen, alle, die älter als achtzehn waren; wer jünger war, wurde woandershin gebracht, damals wusste noch niemand, wohin. In der Menge befanden sich auch Greise und Greisinnen. Der alte Koller saß im Rollstuhl. Die Menschen waren unruhig, sie fragten, verlangten nach dem

Verantwortlichen, dem Kommandanten, die Frauen weinten, die Männer waren aufgeregt … Die Soldaten befahlen ihnen, still zu sein: *Tišinaaa!* Und weil das Jammern und Stöhnen nicht aufhörte, schossen einige in die Luft. Die Menschen verstummten augenblicklich. Jetzt war es still. Und in völliger Stille warteten sie die nächsten fünf Stunden.

Die Sonne schien. Das Gedränge war so groß, dass man sich nicht auf den Boden setzen konnte. Auch Wasser gab es keines. Wenn jemand stöhnte, bekam er Schreie zur Antwort: *Hurenpack! Was wollt ihr?! Wasser? Haben eure Nazi-Mörder ihren Opfern zu trinken gegeben?!* Wenn auch das nicht wirkte, feuerten die Wachen eine MP-Garbe über die Menge hinweg. Es kam auch vor, dass jemand, der zu laut war, herausgezogen und geschlagen wurde. Das Warten dauerte bis in den späten Nachmittag, als eine Gruppe von Partisanenkommandanten den Bahnsteig betrat. Unter ihnen war auch Mirko Bregar. Es war sofort klar, dass er einer der wichtigen Partisanenführer war. Bald darauf fuhr ein Zug mit Viehwaggons ein. Maria schaute Mihael an, er drückte ihre Hand. Maria dachte: *Jetzt oder nie.* Sie drängte sich durch die Menge geradewegs zum Kommandanten Mirko durch. Mutig ging sie an einem Soldaten vorbei, der so überrascht war, dass er nicht einmal Anstalten machte, sie aufzuhalten.

»Mirko!«, rief sie.

Ein Wächter packte sie am Arm und wollte sie wieder in die Menge schieben.

»Lass gut sein!«, sagte Mirko Bregar.

Der Wächter ließ überrascht los. Maria schritt weiter. Auch Mihael hatte sich durch die Menge zu einem der Wächter durchgedrängt, dieser aber legte die MP auf ihn an. Mihael blieb stehen, ein paar Meter hinter seiner Frau.

»Maria«, sagte Mirko. In seiner Stimme war plötzlich keine Schärfe mehr, vielmehr etwas wie ein Reflex der Erinnerung an den Wald, die Wiese, die Fichten, die Futterkrippe, das Baumharz, die Haut, die Hände, den Duft …

»Mirko«, wiederholte sie. Sie wusste, dass sie aufrichtig und überzeugend sein musste.

Er sah sie an.

»Du weißt, dass wir nichts Schlimmes getan haben, darum …«

Er unterbrach sie. »Ihr habt mit den Besatzern kollaboriert, die unsere Leute umgebracht haben.«

Maria schüttelte den Kopf. »Wir haben niemanden umgebracht. Wir haben nur überleben wollen …«

»Du und dein Mann«, er wollte Mihaels Namen nicht aussprechen, er sah die beiden vor sich, wie sie damals vor dem Feuerwehrhaus standen und sich küssten, »ihr habt eine Liste gemacht, nach der Leute erschossen wurden.«

Maria schwieg. Sie wusste, dass es schnell gehen musste und dass sie nicht die Zeit hatte, die Umstände des damaligen Ereignisses zu erklären. Sie sagte: »Ich habe drei Söhne …« Sie suchte seine Augen. Auch er sah sie an. Seine Augen hatten sich nicht verändert, sie waren noch immer so sanft wie damals … Mihael, der im Hintergrund stand, konnte ihr Gespräch nicht hören. Er hatte das Gefühl, auch etwas zur Lösung der Situation beitragen zu müssen. Auch er kannte Mirko, wenn auch nur vom Sehen. In Dolina kannten sich alle, sie waren wie eine große erweiterte Familie.

»Ich habe drei Söhne«, wiederholte sie, als fasste sie Mut. Dann schluckte sie und sagte: »Der Älteste heißt Miroslav …«

Mirko hob das Kinn: »Ja?«

»Weißt du …«, bereitete sich Maria darauf vor, zu sagen, was sie noch niemandem gesagt hatte …

Jetzt nahm Mihael seinen Mut zusammen, er schob den Lauf der MP, der fast seine Brust berührte, zur Seite und ging an der Wache vorbei zu seiner Frau. »He! Halt!«, rief der junge Partisan.

»Na?!«, fragte Mirko. »Was hast du mir sagen wollen?«

Maria war in Verlegenheit. Neben ihr stand Mihael, er nahm sie an der Hand. Wie sollte sie in Mihaels Anwesenheit sagen, was sie sagen wollte? Sie hatte nicht erwartet, dass er sich neben sie stellen würde. Sie hatte es Mirko unter vier Augen sagen wollen. Vielleicht hätte es ihnen das Leben gerettet.

»Was?«, fragte Mirko noch einmal.

Sie entschied sich. »Mihael und ich haben drei Söhne. Lass uns gehen, du kannst das machen.«

Die Zugmaschine gab einen Pfiff ab.

»Über eure Verbrechen wird das Volksgericht urteilen. Tut mir leid«, sagte er, und er meinte es ernst. »Ich kann euch nicht helfen.«

»Du kannst«, sagte Maria, »sag uns nur, wohin wir gehen sollen, und wir gehen, du siehst uns nie wieder.«

Kommandant Mirko streckte die Hand aus und zeigte auf die Waggons, in die die Wachen bereits die Leute vom Bahnsteig trieben.

Diesen Augenblick fing der Fotograf ein, der in der Kirschlorbeerhecke unweit des Bahnhofs versteckt war. Der Moment, als der Partisanenkommandant einem Mann und einer Frau die Richtung weist: Viehwaggon, Lager, dieser Moment ist für immer festgehalten.

Man brachte sie mit dem Zug einige Dutzend Kilometer nach Westen, an einen Ort, den Mihael und Maria gut kannten. In dem Tal zwischen den Bergen hatten die Deutschen 1943 ein Lager für die Hitlerjugend errichtet. Die deutschen Familien hatten ihre Söhne während des Schuljahrs und in den Sommer- und Winterferien zum Zelten hierhergeschickt. Auch ihre beiden älteren Söhne waren hier gewesen, die Ferienaufenthalte hatten sie restlos begeistert, denn im

Lager hatten sie schießen geübt, Landkarten gezeichnet, mit dem Kompass umzugehen gelernt, allerlei Sportarten betrieben und sich pfadfinderische und auch militärische Kenntnisse angeeignet. Wenn Maria und Mihael hinfuhren, um sie abzuholen, luden die Offiziere sie in die Kantine ein, und sie aßen gemeinsam mit den jungen Pfadfindern, der Hitlerjugend. Die Buben waren stolz, dass sich ihre Eltern so gut mit den Leitern verstanden. Und sie wollten nicht nach Hause. Vor allem Miroslav, der ganz begeistert seine Uniform trug und ständig den Arm zum Hitlergruß hochstreckte.

Jetzt war das Lager um einiges größer und mit einem hohen Stacheldrahtzaun umgeben. Schon von Weitem konnte man sehen, dass es aus drei Teilen bestand. Im mittleren Bereich standen noch immer die Baracken, in denen noch vor wenigen Monaten die Kinder deutscher Familien ihre Winterferien verbracht hatten, die Baracken waren winterfest, sie hatten Fenster, Türen und sogar Rauchfänge. Die beiden anderen Teile des Lagers waren neu und provisorisch. Einer war bloß ein Platz mit Zelten.

Im zentralen Teil des Lagers, in das die Leute aus dem Zug getrieben wurden, waren schon Gottscheer Deutsche aus Krško und Umgebung. Mihael und Maria wurden in dieselbe Baracke geschickt, in der ihre Söhne die Ferien verbracht hatten, das Schicksal spielte mit ihnen ein weiteres Mal ein ironisches Spiel. Die Baracken waren natürlich überfüllt, auf den Betten war nicht für alle Platz. Mihael und Maria hatten Glück, sie bekamen ein Bett am Fenster. Durchs Fenster schwebte hin und wieder ein kleines Blütenblatt von den Apfelbäumen hinterm Stacheldraht herein.

Schon am nächsten Tag wurden sie verhört. Die Verhöre wurden gruppenweise in der ehemaligen Kantine durchgeführt. In dem langgestreckten Raum standen jetzt nur sechs Tische, hinter denen die Vernehmer saßen. Dahinter an der

Wand befand sich ein langer Tisch, auf dem Mappen lagen. Dort stand eine junge Partisanin. Mihael trat vor den ersten freien Tisch, an dem ein großer, hagerer Mann schwer bestimmbaren Alters saß, er dürfte zwischen dreißig und vierzig gewesen sein. Er trug einen grauen Anzug. Die Hände hatte er auf dem Tisch verschränkt. Vor ihm standen drei große Stempel. Er blickte sie geistesabwesend an.

»Name, Nachname, Beruf!«

»Mihael Novak, Bürgermeister …«

Mehr konnte Mihael nicht sagen. Der Vernehmer hob den Kopf: »Aha! Mihael Novak, Bürgermeister!«

Mihael nickte.

Die Partisanin suchte die Mappe heraus, brachte sie und legte sie dem Vernehmer auf den Tisch.

»Meine Frau Maria und ich …«, fuhr Mihael fort, denn er hoffte, das Missverständnis endlich aufklären zu können.

»Maria von Eichhein, kennen wir, kennen wir«, nickte der Vernehmer ironisch. Auch an den Nebentischen unterbrachen sie die Arbeit und schauten zu Mihael rüber. »Alles klar, wir haben alles dokumentiert. Ich muss nicht mal in den Akt schauen, so gut kennen wir euch«, sagte der Lange mit einem freundlichen Lächeln. Mihael wusste nicht, was das zu bedeuten hatte. War es gut oder schlecht? Er schaute zu seiner besorgten Frau zurück, nickte ihr zu, *es kommt schon in Ordnung, endlich ein vernünftiger Mensch.*

»Ich würde gern erklären«, fuhr Mihael fort.

»Es gibt nichts zu erklären«, sagte der Vernehmer und schmatzte mit den Lippen, »wir haben euch beobachtet, wir haben alles notiert«, sagte er und trommelte mit den Fingern auf die graue Mappe.

»Dann wissen Sie, dass meine Familie, ebenso wie meine Gemeindebürger, dass wir uns weder beteiligt noch irgendwie mitgemacht …«

Wieder unterbrach er ihn: »Wissen wir, wissen wir, wir wissen alles.« Und er lächelte.

Mihael war verwirrt. Was sollte das ganze Lächeln bedeuten, warum ließ er ihn nicht einen Satz zu Ende sagen? Hieß das, dass alles in Ordnung war, dass man sie gehen lassen würde …? Und auch die anderen? Er fuhr fort: »Ich habe für das Wohl von Dolina gearbeitet, wir haben den Strom eingeleitet, das Wasser, die Kanalisation, wir haben einander geholfen, der Bus ist nach Plan gefahren …«

»Gruppe C«, sagte der Vernehmer und schlug einen Stempel auf die Mappe. »Der Nächste!«

Alle, die den Vermerk C bekommen hatten, wurden in eine gesonderte Baracke gebracht. Diesmal hatten sie kein Glück, die Betten waren belegt. Sie drückten sich ins Eck neben dem Eingang, wo auch der einzige Kübel für die Fäkalien stand. In der Nacht musste die Tür geschlossen sein. Wegen des Gestanks konnten sie nicht schlafen. Sie saßen umarmt im Dunkeln.

»Gruppe C, das ist gut«, sagte Mihael.

»Woher willst du das wissen?«, fragte Maria.

»Gruppe A ist am schlechtesten, B ist besser, C am besten«, erklärte er ihr souverän.

»Und wenn es umgekehrt ist?«, fragte sie nach einer Weile.

»Warum denkst du immer das Schlechteste?!«, tadelte er sie, »Ivan ist auch so. Das hat er von dir. Immer ist alles schlecht. Miroslav ist der ewige Optimist. Das hat er von mir.«

In den folgenden Tagen kamen neue Gefangene ins Lager. Das waren Rupnik-Leute, entwaffnete Domobranzen aus Rupniks Regiment. Für sie galt ein strengeres Regime. Man trieb sie in einen gesonderten Teil des Lagers, wo sie die nächsten Tage im Freien verbrachten und Sonne, Regen und Kälte ausgesetzt waren. Kontakt zu den übrigen Gefangenen hatten sie nicht.

Mihael und Maria waren noch mehrere Tage im Lager. Nachts konnten sie nicht schlafen, von überall waren seltsame Laute zu hören, Schreie, Schritte, manchmal auch ein Schuss … Sie hockten neben der Tür und redeten miteinander, flüsterten, küssten und umarmten sich. Mihael schmiedete Zukunftspläne: »Ich werde nicht mehr kandidieren. Es reicht.«

Maria sagte darauf nichts.

»Wir werden mehr zusammen sein, von jetzt an eigentlich immer. Das Gasthaus sperre ich eine Weile zu, wir werden uns um den Hof kümmern.«

Maria schwieg.

»Ivan hat geschickte Hände. Aus Miroslav könnte was anderes werden, er interessiert sich für Technik. Weißt du noch, wie begeistert er von Panzern und Lastwagen war? Beim kleinen Peter weiß ich noch nicht. Er ist so …«

Mihael verstummte. Auch Maria schwieg.

Er umarmte sie und drückte sie an sich.

»Er ist noch so klein«, brachte er nach einer Weile seinen Gedanken zu Ende.

In jener Nacht wurden sie und noch vierzig weitere Mitglieder der deutschen Gemeinschaft abgeholt. Vor dem Lager stand ein blauer Bus. Sie quetschten sich hinein.

»Endlich!«, seufzte Mihael. »Nach Hause!«

Und dann verlor sich jede Spur von ihnen.

Immerhin gibt es zwei Möglichkeiten, zwei Erklärungen für ihr Verschwinden.

Möglichkeit 1

Der blaue Bus war eine ganze Weile unterwegs. Neben dem Fahrer standen zwei bewaffnete Männer. Auch hinten, in der letzten Reihe, saßen zwei. Die übrigen zweiundvierzig Frauen und Männer drängten sich dazwischen. Reden war verboten, aber nach Reden war ohnehin keinem zumute. Sie freuten sich, dass sie die stickigen Baracken hinter sich lassen konnten. Mihael und Maria saßen ganz vorn. Sie hielten sich an den Händen wie zwei Verliebte. Auch die anderen, viele von ihnen aus Dolina, waren froh. Ein bisschen noch, und wir sind daheim, flüsterten sie einander zu.

Dann bog der Bus von der Hauptstraße ab.

Die Menschen im blauen Bus wurden nervös. Die Soldaten richteten die MPs auf sie. Der Bus fuhr bergauf in den Wald. Die Straße wurde immer schwerer befahrbar und verwandelte sich schließlich in einen Waldweg. Baumäste schlugen an die Scheiben. Der Bus hielt an. Die Tür wurde aufgerissen. Soldaten schrien: *Raus! Alle raus!* Draußen warteten wieder Soldaten auf sie. Sie trieben sie vor den Bus. Ringsum war es dunkel, nur vorn griffen zwei lange gelbliche Lichtstreifen zwischen die Bäume.

Nicht stehenbleiben! Weiter! Lauft weiter! Wer nicht läuft, wird erschossen!

Und sie liefen in die Dunkelheit. Die Soldaten liefen beidseits neben der Kolonne her. Sie schrien: *Schnell!! Schnell!!*

Zwischen den Bäumen leuchtete etwas auf.

Eine Lichtung, irgendeine Lichtung. Geparkte Lastwagen. Lärm. Laufende Motoren. Auf die Kolonne gerichtete Scheinwerfer. Sie blendeten. *Schneller!! Schneller!! Schneller!! Schnelleeeeeeeer!!*, wurden sie angetrieben. Und sie stolperten, fielen. Mihael hielt Maria fest an der Hand.

Und plötzlich war vor ihnen ein schwarzes Loch.

Ein Ungeheuer. Finsternis. Ein Schlund. Einen Moment lang blieben sie stehen. *Nicht stehenbleiben!!* Ein Schuss. Ein Schrei. Jemand fiel hin. Sie liefen. Sie rannten in das schwarze Loch. Weiter, nur weiter. Weg von den Schüssen. Mihael zog Maria, Maria zog Mihael. Immer tiefer in den Bergwerksstollen. Jetzt wussten sie schon, sie ahnten nicht mehr, sie wussten. Und sie rannten vor ihrem Wissen davon. Jemand blieb stehen und rannte zurück. Ein Schuss, eine Garbe. Die anderen rannten weiter, bis nur noch Dunkelheit war. Und ein Sturz, ins Tiefe. Bewusstlosigkeit. Dann wieder Besinnung. Maria, die ihn noch tiefer in die Dunkelheit zieht. Jetzt wird aus allen Rohren geschossen. Garben. Eine Explosion, die den langen Tunnel erhellt und an seinem Ende hohe steinerne Wände. *Dorthin, dorthin!!* Stolpern. Eine Explosion. Tiefe. Tiefe. Schüsse. Das Lichtspiel einer sehr nahen Explosion. Ein Gesicht, ganz nah. Sehr nah. Du bewegst dich und trittst in etwas Weiches. In Fleisch. In den Menschen unter dir. Wieder eine Explosion. Licht. Dunkelheit. Dunkelheit. Dann lange nichts. Stille. Irgendwo oben eine Detonation. Ein Schrei in der Dunkelheit: *Sie verschütten uns!* Weinen. Ein Schrei. Geschrei. *Sie verschütten uns!!* Ein Schrei. Wieder eine Detonation. Man kann nicht mehr atmen. Staub. Das Maul voller Staub. Du beugst den Kopf, Nase und Mund steckst du unters Jackett. *Wo bin ich? Wo ist sie? Wo ist er? Ich hab sie verloren. Ich hab ihn verloren. Wo ist die Hand? Da ist etwas Laues. Wie Blut. Ist es Blut oder ist nur die Dunkelheit so dicht*? Wieder ohne Bewusstsein. Wieder das Nichts. Wir wissen nicht, wie viele. Wie lange? Eine Nacht? Einen Tag? Zwei Tage? Mihael weiß nicht, ob er die Augen auf oder zu hat. Vollkommene Finsternis. Das einzig Vollkommene ist die Finsternis. Und der Tod. Bin ich tot? Ich bin tot. Es ist finster. Ich bin mir der Finsternis bewusst. Ist das die Hölle? Ewige Finsternis? Das ewige Dasein im Dunkeln? Er hebt die Hand und versucht sie sich vor Augen zu halten. Nichts. Er berührt sein Gesicht. Die Berührung überrascht ihn. Vollkommene Finsternis. Der Staub hat sich gelegt. Der Mund ist trocken, wie aus Sand. Die Zunge, Sand, die Kehle, Sand, die Lunge, Sand. In der Finsternis ein Stöhnen. Leise. Kaum hörbar. Mihael versucht sich zu bewegen. Er kann nicht. Von den Hüften abwärts Steine. Die andere Hand. Er kann sie nicht finden. Er kann seine Hand nicht finden. Er kann sie nicht bewegen. Alles ist feucht. Er hat Durst. Er betastet die Feuchtigkeit. Die Steine neben seinem Kopf sind nass. Er berührt sie, mit den Fingern der Hand, die er hat. Die Feuchtigkeit fließt, rieselt. Gott sei Dank! Auch in der Hölle gibt es Wasser! Ein kleiner Bach. Er benetzt die Finger und führt sie zum Mund. Er benetzt die Lippen. Salz. Salzig. Blut. Kein Wasser. Es ist Blut. Von irgendwo rinnt jemandes Blut. Entferntes Stöhnen. Ein Stöhnen, das schwächer wird. *Maria!!*, ruft er in die Finsternis. *Maria!!* Er weiß nicht, ob er wirklich gerufen hat. Da war keine Stimme. Oder sie war da, aber er hat sie nicht gehört. Er ruft noch einmal: *Mariaaaaaa!* In der stockdunklen Finsternis löst sich seine Stimme vom Körper. Körper und Stimme sind entzweit. Er öffnet den Mund, der nicht seiner ist, er hört die Stimme, die nicht seine ist. Sie hallt ein bisschen, immerhin. Sie wird von der Dunkelheit zurückgeworfen. Immerhin. Die Stimme. *Maria!* Wenn die Dunkelheit selbst körperlich ist, dann gibt es keinen Körper, keine Stimme mehr. Da ist ein Stöhnen im Schwarz. *Maria?* Denkt er. *Maria!*, ruft er. Das Stöhnen kommt näher. Das Geräusch von Steinen ist zu hören, die sich irgendwo in der Nähe lösen. *Mihael*, eine schwache, raue Stimme. Als wäre es nicht ihre. *Mihael …*, ertönte es abermals irgendwo im Schwarz. *Ich bin hier … Maria!*, sagt er und versucht sich zu bewegen. Keine Füße, kein Körper. Nur Dunkelheit und in der Dunkelheit Schmerz. Automatisch hebt er die Hand und winkt. Er glaubt zu winken. Er macht die Bewegung, wie sie ihm in Erinnerung ist. Unsinnig. In der schwarzen Finsternis gibt es keine Bewegungen. Wieder eine Steinlawine, die sich löst und beim Fallen klingt und kracht. *Ich bin hier … Ich bin hier*, wiederholt er. *Ich kann mich nicht bewegen*, sagt er noch in die Finsternis. *Ich bin hier …* Wieder Steine, Sand …

über den jemand kriecht. *Wart auf mich …*, hört er Marias Stimme. Diesmal näher. *Wart auf mich.* Er muss lächeln. Er glaubt gelächelt zu haben. Fast will er sagen: *Wohin soll ich denn gehen?! Maria!* Er sagt es nicht. Er wiederholt nur: *Ich bin hier … Ich bin hier …*, damit sie ihn hört, damit sie seiner Stimme folgt, damit sie zu ihm kommt. Und wirklich kommt es immer näher. Irgendwo von unten kriecht es in Richtung seines Atems. Ihr Atem. Er würde ihn unter einer Million Atemzüge erkennen. Ihr Atem. Näher, näher. *Ich bin hier, Maria, hier …* Sie berührt ihn. Etwas berührt ihn. *Es hat keinen Sinn, in die Dunkelheit zu glotzen,* denkt er. Er schließt die Augen. Er sieht Maria. Im Licht. So, wie sie war. Er spürt, wie etwas sein Gesicht berührt. Plötzlich ist ihre Stimme ganz nah. Sie ist außer Atem. Sie flüstert: *Hier bin ich, hier …* Ihre Finger auf seinen Wangen. Er hat die Augen geschlossen. Er sieht sie. Er hebt die Hand und streicht ihr über den Kopf. Die Haare. Er sieht sie. Ihr Lächeln. Unter den Fingern Nässe. Blut. Viel Blut. Anstelle der Haare eine eingedellte Oberfläche. Blut. Sie ist am Kopf verletzt. Er denkt den Gedanken weg. Sie soll aussehen wie damals, bei der Theateraufführung, in der ersten Reihe neben ihm, und dann auf der Straße, als sie sich geküsst haben, und dann oben in seinem Zimmer. Er dreht den Kopf. Er glaubt ihn gedreht zu haben. Zu ihrem, der an seiner Schulter lehnt. Er spürt ihren Atem. Den Duft ihrer Haut. Noch immer. Sie atmet. Sie atmet schwer. Er sieht sie. Er nähert sich ihr. Ihre Lippen. Seine Lippen an ihren Lippen. Sie atmen, flüstern: *Hier bin ich. Hier bist du. Alles ist in Ordnung. Alles. Sei bei mir. Ich bin bei dir. Siehst du mich? Ich sehe dich. Ich bin glücklich. Ich bin glücklich.* So flüstern sie. Lange. Sie küssen sich. Sie werden eins. Dann flüstern sie nur noch in Gedanken. Sie sehen einander. Von Anfang an. Wie sie über die Wiese hinter der Eisenbahn gehen. Überall Licht, Farben, wie in einem Film. Und sie gehen weiter. Bergauf. Zwischen die Fichten. In den Wald. Und da sind noch mehr Farben. Und ein Licht, das den Schmerz schmelzen lässt, in dem sich alles verliert, außer den Bildern. Kein Stöhnen mehr. Kein Stein rührt sich. Der Staub hat sich gelegt. Der Gesang der Vögel ist in den Wald und ins Tal zurückgekehrt. Sie halten sich an den Händen. Die Zeit ist stehengeblieben. Zehn, zwanzig, fünfzig, sechzig Jahre.

THE END

Möglichkeit 2

In der Baracke war das Ehepaar Novak-Eichhein für die Entleerung des Kübels mit den Fäkalien zuständig. Wenn er voll war, mussten sie ihn hinter die Baracke bringen, zu einer Grube am Stacheldraht, wo auch einer der vielen Wachtposten war. Maria fiel auf, dass dort immer ein junger Wächter stand, sie schätzte ihn auf etwa achtzehn Jahre. Anfangs sah er die beiden nicht einmal an, später nickte er ihnen sogar leicht zu. Maria versuchte jedes Mal, den Kontakt mit dem jungen Mann herzustellen. Der Posten war relativ weit weg von den anderen, sodass sich der Bursche letztlich doch traute, den Mund aufzumachen. Es sagte, dass er nicht weit von hier wohne. Den Partisanen habe er sich erst im letzten Kriegsjahr angeschlossen. Er sagte, dass sein Bruder schon vor dem Krieg nach Amerika ausgewandert sei und dass er ihm irgendwann folgen werde. Der junge Mann war Maria und Mihael gegenüber nicht so unfreundlich wie viele andere. Seine Eltern seien schon gestorben, erzählte er, der Vater kurz vor dem Krieg, die Mutter vor einem Jahr. Er sei allein geblieben. In einem fort redete er von seinem Bruder in Amerika. Der Krieg hätte seine Familie nicht betroffen, sie hätten Glück gehabt, sagte er und lächelte. Maria flüsterte in der Nacht Mihael zu: »Ich hab die Goldmünzen dabei. Dreißig Stück.« Mihael war überrascht und froh, dass Maria in dieser verrückten Situation so geistesgegenwärtig gewesen war, die Goldmünzen mitzunehmen. »Sollen wir es versuchen …?«, sagte sie.

»Was?«, fragte er.

»Der Junge kann uns hinauslassen«, flüsterte sie.

»Sie hassen uns. Die Deutschen und die Verräter haben furchtbare Dinge gemacht«, flüsterte er.

»Wir nicht. Egal, was mit uns passiert, es ist ungerecht«, sagte sie.

Er nickte.

»Probieren wir's. Der Junge will zu seinem Bruder nach Amerika, die Münzen werden ihm wie gerufen kommen«, sagte Maria aufgeregt.

»Sie werden bemerken, dass wir weg sind«, sagte Mihael.

»Jetzt sind wir schon seit zwei Wochen in dieser Baracke, und niemand führt eine Evidenz. Am Abend sperren sie uns ein und am Morgen machen sie auf, Leute kommen und gehen, werden in andere Baracken verlegt … Wenn wir in der Nacht gehen, aus dem Fenster steigen und der Junge uns unterm Stacheldraht durchlässt, wird uns bis zum Morgen niemand vermissen.«

»Und wenn sie uns erwischen …«, flüsterte Mihael.

Maria schwieg eine Weile, dann antwortete sie seelenruhig: »Dann wissen wir wenigstens, dass wir unser Schicksal selbst in die Hand genommen haben.«

Mihael nickte.

Am nächsten Abend ließ Maria eine Goldmünze vor die Füße des jungen Mannes fallen und erklärte ihm ihren Plan. Sie sagte, sie könne ihm weitere zehn geben, was wirklich viel Geld sei. Der junge Mann war still. Er hob das Goldstück auf und setzte seinen Rundgang entlang des Stacheldrahts fort.

Diese Nacht war schrecklich, sie hatten Angst, dass er sie melden würde, dass am Morgen jemand kommen und sie holen würde.

Er verriet sie nicht.

Er sagte, er habe nachgedacht. Er wolle fünfzehn Goldstücke, dann werde er sie unter dem Stacheldraht durchlassen. Niemand werde sie sehen. Alles sei gut überlegt, niemand werde Verdacht schöpfen. Sein Hof befinde sich einen Kilometer weiter die Straße hinunter. Die Tür werde offen sein. Im Haus würden sie etwas zum Anziehen finden. Auf dem Tisch werde etwas Geld für sie liegen. Außer den Arbeitskleidern seiner Eltern werde er ihnen noch Körbe mit Kartoffeln bereitstellen. Der Bahnhof sei ein paar Kilometer weiter unten. Der erste Zug gehe früh, um 4 Uhr 35. Den würden nur die Bauern und Bäuerinnen nehmen, die in die Stadt auf den Markt fahren. Sie sollten sich unter sie mischen und alles wäre gut. Wenn sie geschnappt würden, kenne er sie nicht, habe er sie nie gesehen. Ihm, einem Partisanen, würde man eher glauben als zwei Verrätern. *Versteht ihr?* Sie nickten.

In der Nacht stiegen sie aus dem Fenster. Sie hatten Angst, dass jemand in der Baracke sie sehen und verraten würde. Doch niemand sah sie, alle schliefen. Maria gab dem Burschen noch vierzehn Goldmünzen. Damit blieben ihr fünfzehn, mit denen sie über die Grenze und auf die andere Seite fliehen würden. Die dreißig Goldmünzen, die sie mit dem Verkauf von Särgen an die deutsche Armee verdient hatten, würden ihnen das Leben retten. Sie krochen unterm Zaun durch, zogen sich im Haus des Burschen um, mischten sich unter die Leute im Zug und kamen in die Stadt. Sie klopften bei einem Freund Mihaels an. Er war nicht da, man hatte ihn irgendwohin gebracht. Wohl aber machte sein Nachbar die Tür auf, der sie kannte, denn er hatte sie mehrmals gesehen, wenn sie mit den Kindern zu Besuch waren. Er ließ sie in die Wohnung. Für fünf Goldmünzen – Maria sagte, dass das alles sei, was sie hatten – brachte er sie in eine Stadt nahe der Staatsgrenze. Von dort schaffte sie ein Freund für weitere fünf Goldmünzen, wieder waren es die letzten, in der Nacht über die Grenze. Sie waren auf der anderen Seite. Flüchtlinge. Sie gingen zum Roten Kreuz. Sie meldeten sich. Sie warteten in Baracken. Monate vergingen. Maria begann beim Roten Kreuz zu arbeiten, dort war man von ihrer Arbeit begeistert. Sie konnte mit Leuten umgehen. Die Leute vertrauten ihr. Sie bekamen das Angebot, nach Australien oder Kanada auszuwandern. Sie lehnten ab, sie wollten warten, bis sich alles beruhigt hätte und sie ihre Söhne wiederfinden würden. Die Zeit verging. Mihael arbeitete bei einer Baufirma, zuerst als Arbeiter, später als Vorarbeiter einer kleinen Mannschaft, die Wasserrohre verlegte. Er trank, mehr und mehr. Sein Bauch wuchs. Die Jahre vergingen. Zehn Jahre nach dem Krieg wurde Österreich durch den Staatsvertrag wieder ein souveräner Staat. Die Alliierten zogen ab, Österreich war nicht mehr besetzt. Die Verhältnisse ordneten sich. Maria hoffte, dass sie jetzt leichter mit ihren Söhnen in Kontakt kommen könnten. Eines Nachts brachte man Mihael ins Krankenhaus. Leberzirrhose. Er starb gegen Morgen. Sie beerdigten ihn auf einem Friedhof in Klagenfurt. Maria war ein Jahr lang in Trauer. Dann lernte sie jemanden kennen. Ein älterer Herr namens Jürgen hatte sich in sie verliebt. Er war Apotheker, ein Österreicher vom Scheitel bis zur Sohle. Sein jüngerer Bruder, auch Pharmazeut, war Leiter einer kleineren Außenstelle des KZ Mauthausen gewesen, wo für die pharmazeutische Industrie Versuche an Gefangenen durchgeführt worden waren. Er war davongekommen, die Alliierten hatten ihn nicht entdeckt. Es gab auch niemanden, der gegen den Bruder des Apothekers ausgesagt hätte. Keines der menschlichen Versuchskaninchen, unter denen viele Slowenen gewesen waren, hatte überlebt. Die ganzen Unterlagen hatte er rechtzeitig beseitigt, versteckt und verbrannt. Sie waren nach wie vor eine angesehene und reiche Familie. Maria sprach nie wieder ein slowenisches Wort. Aber sie sollte bis zu ihrem plötzlichen Tod nach ihren Söhnen suchen. Das Herz. Sie starb im Bett. Nach dem Essen, als sie sich zur Mittagsruhe niedergelegt hatte und Herr Jürgen neben ihr die Zeitung las. Er merkte es gar nicht, als sie von ihm ging.

HAPPY END

Zwei mögliche Enden einer Geschichte. Eine dritte Möglichkeit gibt es nicht. In Wahrheit gibt es immer nur zwei Enden. Tod oder Leben. In Zeiten des Krieges gibt es keine andere Wahl, kein Dazwischen. Du lebst oder du stirbst, ganz einfach. Es gibt kein Fegefeuer, nur Hölle oder Himmel. Es gibt keine sogenannte Neutralität. Wenn der Krieg unter den Menschen wütet, gibt es nur zwei Seiten, die eine und die andere. Du kannst auf Seiten der Angreifer oder der Verteidiger stehen, aber du kannst nicht so tun, als ginge dich das Ganze nichts an und als wärst du bloß ein Mensch, der lebt. Und auch wenn der Krieg vorbei ist, gibt es nur Sieger und Verlierer. Und die Verlierer sind immer in der schlechteren Position. Schrecklich die Zeiten, in denen man nirgends dazwischen sein kann, in denen alles nur schwarz und weiß ist und es nur Richtig und Falsch gibt, in denen nur Leben und Tod bleiben. Keine Kompromisse, keine Verhandlungen.

Und was ereignete sich in Dolina am Fuße der Grmada in den folgenden Monaten?

Mitte Juli 1945 klopfte eine Partisanengruppe, angeführt von der Kellnerin Sonja, die jetzt schon die Uniform einer Partisanenoffizierin trug, bei der Grabnerin an.

»Genossin«, sagte Sonja, »ich höre, dass du auf das Kind von Volksverrätern aufpasst.«

Die Grabnerin stand in der Tür, der kleine Peter spielte hinter ihr im Haus. Sie starrte die jungen Leute an und schrie: »Was wollt ihr mir noch wegnehmen?! Meinen Sohn hab ich euch gegeben! Er hat sich zu Tode quälen lassen müssen, damit ihr euch jetzt mit dem Sieg brüsten könnt! Ich geb ihn nicht her!«, brüllte sie, dass ihnen das Blut in den Adern stockte. »Meinen Sohn hab ich euch gegeben, den Peter geb ich euch nicht!« Und sie knallte ihnen die Tür vor der Nase zu.

Alle kannten die Leidensgeschichte von Silvester Grabner, er war ihr Vorbild, fast eine Legende. Sie drehten sich um und gingen. Eine Weile hatte die Grabnerin Ruhe vor ihnen. Der kleine Peter fragte manchmal, wann die Mutter käme, dann hörte er allmählich zu fragen auf.

Die Grabnerin verbrachte alle Tage mit dem Kind, wie sie es mit ihrem Sohn nie getan hatte. Sie schleppte ihn überall mit sich herum. Sie versuchte sich an die Märchen zu erinnern, die sie dem Sohn nicht erzählt hatte, spielte mit ihm, wie sie es mit dem Sohn nie getan hatte. Und oft rief sie den kleinen Peter: »Silvester!« Und der kleine Bub stammelte: »Ich bin nicht Sil … silster«, und sagte: »Ich bin der Peter.«

Dann kamen sie wieder, eine größere Gruppe Uniformierter, unter ihnen auch Männer und Frauen in Zivil. Einer von ihnen hielt einen Blumenstrauß in der Hand. Die Grabnerin war entschlossen, den kleinen Peter nicht ohne Weiteres herzugeben. Sie griff nach dem großen Fleischmesser und öffnete die Tür. »Was wollt ihr!!«, schrie sie.

Alle traten einen Schritt zurück, dann fasste doch jemand Mut, tat einen Schritt auf sie zu und beruhigte sie: »Ist alles in Ordnung, Genossin … Wir sind da, um dir eine Plakette und eine Prämie zu überreichen. Dein Sohn ist ein slowenischer Volksheld. Und du, Genossin, bist die Mutter eines Volkshelden.« Alle klatschten.

Die Grabnerin schaute skeptisch. Von drinnen kam Peter angezockelt und hielt sich an ihrem Rock fest. »Ihr wollt also nicht den Kleinen holen?«, fragte sie ungläubig.

Fast gleichzeitig schüttelten alle den Kopf. Die Partisanin Sonja trat vor und sagte wie auswendig gelernt: »Nein, Genossin, wir wollen ihn nicht mitnehmen, wir möchten, dass Sie ihn adoptieren, dass er Ihren Namen bekommt.«

»Geht scheißen!«, sagte die Grabnerin und knallte ihnen wieder die Tür vor der Nase zu.

Die Gruppe stand noch eine Weile vorm Haus. Dann legten sie die Plakette und die Blumen vor die Tür und gingen. Seit damals klopfte jeden Monatsersten der Briefträger bei der Grabnerin an und brachte ihr Geld, die Rente, die sie als Mutter eines Volkshelden erhielt. Die Frau konnte es nicht glauben: »So viel Geld für keine Arbeit!«

»Sie haben genug gearbeitet, Genossin«, erklärte ihr der Briefträger, »das ist die Rente. Jetzt sind wir im Sozialismus, und jeder, der sein Leben lang fleißig gearbeitet hat, bekommt am Ende eine Rente. Sie als Mutter eines Volkshelden haben sie ganz besonders verdient.«

Und so gefiel der Grabnerin der Sozialismus immer besser.

Bald übersiedelte sie mit Peter, der langsam in die Schule musste, in die alte Stadt. Fort aus dem Graben, fort aus Dolina. Ein großes, schönes Auto holte sie ab. Sie brauchten nicht in Dolina auf den Bus oder Zug zu warten, sie fuhren direkt in die Stadt. Sie bekamen eine große Wohnung mitten im Zentrum. Früher hatte sie Volksverrätern gehört, jetzt gehörte sie dem neuen Staat. Sie unterschrieb die Papiere. Peter wurde ein Grabner. Er kam in die erste Klasse. Die Grabnerin vermisste den Wald und den heimischen Graben zwar ein wenig, doch die Wohnung war wirklich schön. Es gab ein Klo, ein Bad und einen Balkon. Außerdem bekam sie in den ersten Nachkriegsjahren als Mutter eines Volkshelden Lebensmittel aus besonderen Beständen. Zum ersten Mal konnte sie sich einen neuen Rock und ein neues Kopftuch leisten. Peter fragte nicht mehr, wann seine Mutter käme. Er mochte die Grabnerin sehr. Und die Genossinnen Lehrerinnen in der Schule mochten ihn.

Eines Tages wurde seine Klasse in den Turnsaal gebracht, wo Peter die Grabnerin erblickte. Sie winkte ihm. Er war sehr erstaunt, als er sah, wie respektvoll die Lehrerinnen mit ihr umgingen. Man hatte sie eingeladen, über den Volkshelden Silvester Grabner zu erzählen, nach dem die Schule benannt war. Die Grabnerin war in Verlegenheit. Sie hatte nichts zu erzählen. Sie stotterte, die anderen aber applaudierten ihr. Sie versuchte sich an interessante Ereignisse aus Silvesters Leben zu erinnern, ihr fiel ein, dass er sehr viel gelesen hatte. Darum sagte sie: »Silvester hat sehr gern Bücher gelesen. Auch ihr müsst Bücher lesen. Wenn ihr Bücher lest, werdet ihr zu Volkshelden.«

Die Kinder klatschten, die Genossinnen und Genossen schmunzelten und lobten den Scharfsinn der Mutter des Volkshelden, und am Ende tranken alle einen Himbeersaft.

Damals im Turnsaal lief der Erstklässler Peter zur Grabnerin hin und umarmte sie. Er war sehr stolz auf sie. »Das ist meine Mama«, rühmte er sich. Er sagte zum ersten Mal Mama zu ihr. Und dabei sollte es bleiben.

Nach Dolina am Fuß der Grmada kehrten die Vögel zurück.

Dritter Teil

Glaubt man an das Leben,
kommt die Versöhnung von selbst.

Drittes Telefonat

– Oh, was für eine Überraschung!

– Ich steh auf Symmetrien.

– Was?

– Ich ruf immer bei dir an, wenn ein Teil der Geschichte fertig ist. Ich mag Ordnung. Symmetrie.

– Ordnung und Symmetrie sind nicht dasselbe.

– Okay. Dann nur Symmetrie.

– Symmetrien gibt es nur in der Geometrie, ich sag dir das als Architekt. Im Leben sind sie künstlich, unnatürlich. Und wenn ich mich richtig erinnere, hast du darauf bestanden, eine Geschichte zu schreiben, die so lebendig wie das Leben selbst ist.

– Ja, das hab ich gesagt.

– In einer Geschichte, die *so lebendig wie das Leben* sein soll, hat Symmetrie nichts verloren.

– Dann eben Ordnung.

– Es gibt auch keine Ordnung, das ist auch eine Erfindung. Die Natur kennt keine Ordnung.

– Aber wie erklärst du dann die ständige Wiederkehr der Jahreszeiten?

– Ha! Als gäb's da eine Ordnung. Von wegen! Eine scheinbare, ungefähre, sehr lockere vielleicht. Wir Menschen haben uns wiederkehrende Ordnungen ausgedacht, aber nur zur Orientierung, wir haben sie erfunden, weil wir glauben, dass wir dann leichter leben können. Aber wir müssen sie ständig ändern und uns anpassen. Ordnung führt zu Totalitarismus, Faschismus. Armeen kennen Ordnung, das Ergebnis dieser Ordnung ist der Tod.

– Bravo!

– Danke.

– Du bist richtig in Fahrt gekommen.

– Stimmt.

– Ich geb dir ja recht, aber mit Symmetrie und Ordnung meine ich bestimmte Augenblicke und Phänomene im Leben, die sich irgendwie wiederholen. Auch die Kunst und die Literatur verwenden oder suchen nach strukturellen Ähnlichkeiten, aus denen neue Inhalte entstehen.

– Entschuldige, ich hab so viel geredet, weil du dich so lange nicht gemeldet hast. Und dann der Typ … du weißt schon, mein Bekannter aus dem Archiv, der pausenlos bei mir angerufen hat. Einmal bin ich rangegangen. Er hat gefragt, ob ich weiß, warum du ihm nicht antwortest. Er hat dir einen Haufen Material geschickt, und du hast dich nicht mal bei ihm bedankt.

– Ja. Ich hab ein schlechtes Gewissen. Ich hätte mich bei ihm bedanken müssen, er war ja wirklich sehr hilfreich, hat mir wichtiges Bildmaterial und eine Menge Informationen geschickt.

– Und warum hast du es nicht getan? Du hättest ihm kurz zurückschreiben können: *Alles erhalten. Danke.* Nicht mehr.

– Ich weiß nicht. Es war mir unangenehm, wegen der Sache da, vor Gericht.

– Mir ja auch. Es ist widerlich, einen Bekannten zu haben, der ein Pädophiler ist.

– Außerdem habe ich geschrieben, jeden Tag. Am Vormittag hab ich das Material gesichtet, am Nachmittag hab ich an der Geschichte gearbeitet.

– Ist sie fertig?

– Noch nicht ganz. Letztes Mal hab ich dich angerufen, weil ich mit dem ersten Teil halbwegs durch war, heute, weil der zweite fertig ist. Das hab ich vorhin mit Symmetrie gemeint.

– Das ist eher ein Ritual. Du meldest dich immer dann, wenn du was fertig hast.

– Einverstanden.
– Und, wie läuft's? Die Geschichte, meine ich.
– Der dritte Teil, mit dem ich jetzt anfangen werde, ist eigentlich der Teil, den du mir erzählt hast.
– Jetzt erst? Aber was hast du denn bis jetzt geschrieben?
– Die Vorgeschichte … den Hintergrund.
– Findest du, die Geschichte ist nicht interessant genug, um für sich zu stehen?
– Schon, aber sie wäre weniger überzeugend, wenn ich damit angefangen hätte. Es geht um wichtige Entscheidungen von Menschen, um große moralische und ethische Dilemmata, die nicht einfach vom Himmel fallen, sondern aus der Verflechtung vieler persönlicher und historischer Momente entstehen. Bei solchen Geschichten besteht immer die Gefahr, dass man nur die eine Seite erzählt, vor allem wenn sie in einer Zeit spielen, in der man sich zwischen Richtig und Falsch entscheiden musste, aber noch nicht gewusst hat, was richtig und was falsch ist. Die Entscheidung war dem Einzelnen überlassen.
– Wenn ich recht verstehe, fürchtest du, parteiisch zu sein.
– Eine gute Geschichte darf sich auf keine Seite schlagen, vor allem dann nicht, wenn sie in sensible historische Vorgänge eingebunden ist. Und Kriege sind solche Vorgänge.
– Aber ist es nicht die Essenz einer Geschichte, dass sie versucht, die Wahrheit zu sagen?
– Ja, schon, aber das Wesen des Geschichtenerzählens besteht ja nicht darin, zu sagen: Schaut her! Das ist die Wahrheit, die einzige und wahre! Sondern darin, dass die Erzählung die Handlung in allen ihren Details ausbreitet, sie von allen Seiten beleuchtet, keinem Aspekt der Geschichte gegenüber schonender oder nachsichtiger ist … Kurz: dass sie die Geschichte möglichst komplex

darstellt, wie eine Art Fresko der Zeit, erst dann kann die Wahrheit hervortreten. Die Wahrheit ist nichts Absolutes, sie ist keine Formel, sie strahlt wie ein radioaktives Element. Sie dringt in unser Gewebe ein, berührt uns jenseits aller deklarierten Standpunkte und moralistischen Tiraden. Die Wahrheit kommt und erscheint von selbst, aber nur, wenn der Erzähler dem Bild des Lebens gegenüber wirklich ehrlich war.

– Aber wenn jemand die Kraft aufgebracht hat, einem anderen zu vergeben …

– Es geht nicht um Vergebung, Vergebung ist Arroganz! Ich vergebe dir, denn ich bin das Opfer, ich vergebe dir, weil ich recht habe, ich habe recht und du nicht und ich vergebe dir trotzdem: Arroganz, Überheblichkeit! Das ist keine Basis für einen Neuanfang. Statt vergeben würde ich eher verstehen sagen. Gleichberechtigtes Verstehen meiner und deiner Geschichte in einer bestimmten Zeit.

– Da werden wir nicht zusammenkommen, nie!! Wenn etwas Grässliches passiert ist, und die Nachkriegsmassaker waren etwas Grässliches, und wenn zum Beispiel der Nachkomme eines der Opfer in der Lage ist, den Nachkommen der Mörder zu vergeben, dann ist das etwas Gutes. Das ist Versöhnung.

– Das ist keine Versöhnung. Der erste Schritt zur Versöhnung ist, wenn niemand mehr das Recht auf absolute Wahrheit beansprucht, wenn sich niemand das Recht nimmt, jemandem etwas zu vergeben, sei es Verrat oder Mord. Versöhnung beginnt, wenn die Nachkommen, die jetzt selbst schon Großväter sind, sich eingestehen, dass die Kriege, die Feindseligkeiten und Racheaktionen der Vergangenheit etwas sind, das ihre Vorfahren und nicht ihr eigenes Leben betrifft.

– Und was dann? Sollen wir alles lassen, wie es ist?!

– Nein. Erzählen wir die Geschichte. Erzählen wir uns Geschichten. Wenn wir das tun, werden sie sich vielleicht nicht mehr wiederholen.

– Also nichts tun.

– Von mir aus auch nichts, ja, denn das Leben hat die wunderbare Kraft, sich selbst zu heilen. Aber Zeit muss vergehen, manchmal viel Zeit. Die Enkel und Ekelinnen der früheren Todfeinde verlieben sich heute schon, haben Kinder miteinander und leben zusammen. Es liegt in der Natur des Lebens, vorwärts und nicht rückwärts zu gehen. Es stimmt aber, dass die Tagespolitik die Vergangenheit für ihre eigenen niedrigen Interessen nutzt. Den Politikern ist es nur recht, wenn die Leute zerstritten sind, der gegenseitige Hass ist für manche von ihnen die Goldgrube ihres Erfolgs. Anstatt ihre Erfolge aus dem Leben zu beziehen, beziehen sie sie aus dem Tod.

– Ich verstehe nicht, was die Politik mit alldem zu tun haben soll. Ich seh schon, du hast die Geschichte nicht verstanden.

– Ich hab versucht, das Leben in einer bestimmten Zeit zu verstehen.

– Das ist nicht der Punkt. Das Wesentliche an der Geschichte ist die Möglichkeit der Versöhnung.

– Wenn man an das Leben glaubt, kommt die Versöhnung von selbst.

– Und die Toten, die unbegraben geblieben sind?

– Die müssen begraben werden. Das schreibt schon Sophokles, du weißt schon, Antigone und so.

– Und was ist mit der Strafe?

– Für den Verrat oder für die Rache am Verrat?

– Tut mir leid, dass ich dir die Geschichte erzählt habe.

– Mir tut es nicht leid, dass ich sie geschrieben habe.

– Du hast sie schon fertig?

– Fast.

– Na gut, ich muss jetzt aufhören. Es kommt jemand.

– Eine Frau?

– Eine Schülerin.

– Verstehe.

– Tust du nicht.

– Ich melde mich dann bei dir auf der Terrasse, wenn ich den dritten Teil fertig habe.

Miroslav und Ivan

Miroslav und Ivan wurden zusammen mit den anderen Kindern Dolinas auf Lastwagen verfrachtet und abtransportiert. Miroslav, der mit knapp fünfzehn der Älteste war, bohrte mit einem rostigen Nagel, den er aus dem Holzboden zog, ein Loch in die Plane und lugte hinaus. Er wollte wissen, wohin man sie brachte, doch er verlor bald die Orientierung. Stundenlang fuhren sie durch unbekannte Gegenden, durch Wälder und Ortschaften, die Miroslav nicht kannte. Die Kinder waren durstig und hungrig, die Kleinsten weinten und riefen nach ihren Müttern. Am späten Nachmittag hielten sie zum ersten Mal an. Unter Schmähungen, *deutsches Gesindel, Volksfeinde, Parasiten, Volksverräter, Ausbeuter, Hitlerkrätzen*, die die Kinder nicht verstanden, wurden sie von der Ladefläche getrieben. Sie bekamen jeder einen Blechnapf, in dem eine Art Gemüsesuppe war. Einige Kinder bedankten sich, wie sie es gewohnt waren: *Danke*. Sofort setzte es Ohrfeigen, und der Soldat, der das Essen austeilte, riss dem Kind, das sich auf Deutsch bedankt hatte, das Geschirr aus der Hand und schüttete die Suppe ins Gras. Unter den Kindern waren auch welche, die überhaupt kein Slowenisch konnten, vor allem jüngere. Die bekamen eins hinter die Ohren, obwohl sie nicht wussten, was sie schon wieder falsch gemacht hatten. Wenn keine der Wachen herschaute, zog Miroslav die Kleinen zu sich und schärfte ihnen flüsternd ein: »Haltet den Mund! Wenn ihr nicht geschlagen werden wollt, müsst ihr ganz still sein.«

Auf der Weiterfahrt kamen noch ein Dutzend Kinder aus den umliegenden Ortschaften dazu. Der Laster blieb ein paarmal stehen, gegen Abend war die Ladefläche dann voll. In der Nacht erreichten sie ein großes Gebäude, eine Art

Schloss. Die Kinder wurden in einen Saal getrieben, einen Rittersaal, wie sie am nächsten Tag sehen sollten, und mussten sich auf den nackten Boden legen. Die meisten schliefen sofort ein. Miroslav und Ivan steckten die Köpfe zusammen, Ivan sagte: »Morgen suchen wir Mama und Papa. Wir befreien sie, und dann gehen wir heim.« Miroslav nickte nur. »So machen wir's.« Ivan schlief augenblicklich ein.

Am Morgen wurden sie von Pfiffen und Schreien geweckt. Soldaten polterten in den Rittersaal. *Hallo, auf! Volksverräter! Hitlerkrätzen! Auf, marsch!* Die jüngsten Kinder weinten und riefen, *Mutti! Mutti!* Sofort gingen Erzieherinnen auf sie los und packten sie an den Haaren. *Bei uns wird Slowenisch geredet! Slowenisch!! Kapiert?! Rotzlöffel!* Die oberste Erzieherin war eine große, schwarz gekleidete Frau, die in der Zeit, die Miroslav und Ivan dort verbrachten, kein einziges Mal lächeln sollte. Dann trieb man die Kinder in den Hof, wo sie registriert und auf die Räume im Schloss aufgeteilt und die Jüngeren von den Älteren getrennt wurden. Die Mädchen in den Nordtrakt, die Buben in den Trakt gegenüber. Der Gang, der von einem Gebäudeteil in den anderen führte, war kurzerhand zugemauert worden. Die Brüder wurden getrennt. Ivan weinte. »Hör zu plärren auf, Deutschenfreund«, schrie ihn die Obererzieherin an. Sie wurde, wie Ivan und Miroslav erst später erfuhren, die *Schwarze Witwe* genannt. Die Deutschen hatten ihren Mann, einen Mathematiklehrer, und ihren zehnjährigen Sohn Ende März, als der Frühling des letzten Kriegsjahres begann, festgenommen. Ein deutscher Nachbar hatte sie verraten, denn im sogenannten *deutschen Block*, in dem sie wohnten, lebten vorwiegend Deutsche und loyale Slowenen. Der Nachbar hatte zufällig festgestellt, dass die netten Nachbarn, die mit ihm und den anderen Bewohnern des Blocks Jahr für Jahr begeistert Hitlers Geburtstag feierten, in ihrer Wohnung eine illegale Druckerei der Befreiungsfront betrieben. An dem Morgen, an dem die Familie festgenommen werden sollte, war die spätere Schwarze Witwe in aller Früh aus dem Haus gegangen, um auf dem Markt die Bäuerin zu treffen, die ihnen Lebensmittel brachte. Als sie auf dem Rückweg in ihre Straße einbog, sah sie, wie ihr Mann und ihr Sohn aus dem Haus gezerrt wurden. Sie ging auf der anderen Straßenseite vorbei, als kennte sie sie nicht, und auch die beiden taten, als würden sie sie nicht kennen. Noch am selben Tag ging sie zu den Partisanen. Weil das Kriegsende nahte und sich die Deutschen bereits ins Innere des Reichs zurückzogen, übergaben sie den Lehrer und seinen Sohn den Domobranzen. Damit verlor sich jede Spur. Sie begann gleich nach dem 8. Mai mit der Suche. Sie fand nur heraus, dass beide mit Gewehrkolben totgeprügelt und in den Fluss geworfen worden waren, denn der Kommandant der Domobranzen-Einheit hatte gesagt, dass eine Kugel für einen Kommunisten zu schade sei. Sie erfuhr nie, ob das stimmte. Es heißt, sie hätte noch Jahre, Jahrzehnte auf sie gewartet, bis zu ihrem Tod in den Achtzigern.

Die Schwarze Witwe hasste die deutschen Kinder, besonders die Zehnjährigen. Ivan, der fast vierzehn, aber schmächtig war wie ein Zehnjähriger, schlug sie einmal bewusstlos. Er erinnerte sie an den Sohn, der ihr genommen und erschlagen worden war. Eigentlich eine seltsame Reaktion, denn im Grunde hätten Kinder, die ihrem Sohn ähnlich sahen, an ihre Mutterliebe appellieren müssen, aber die menschliche Natur kennt unendlich viele Formen von Reaktionen und Gefühlen. Wahrscheinlich beherrschte sie ein irrationaler Neid, dem sie sich nicht entziehen konnte, weil das Kind von *Verrätern* am Leben war, ihres aber nicht. Miroslav sah vom dritten Stock aus durch die Gitterstäbe zu, wie die Schwarze Witwe mitten im Hof seinen Bruder verdrosch. Er konnte ihm nicht helfen.

In den ersten Wochen und sogar Monaten, bis zum Herbst, als die Schule begann, brachten die Kinder das Schloss in Ordnung. Sie trugen die Möbel hinaus. Die schönsten Stücke wurden in die Stadt gebracht, in die Häuser prominenter Partisanen, viele massive Barock- und Rokokomöbel aber kamen ins Theater, wo man über die Jahre Nägel in sie einschlug, sie mit Ölfarben bestrich, an ihnen schnitt und sägte, je nach den Erfordernissen der jeweiligen Inszenierung. Die kleineren und weniger schönen Tische und Stühle, selbst wenn sie für das geschulte Auge eines Kunsthistorikers von einigem Wert gewesen wären, warfen die Kinder im Schlossgarten auf einen Haufen zusammen, sie wurden verbrannt. Aus dem Rittersaal wurde ein Turnsaal. Die Fresken wurden mit weißer Ölfarbe übermalt. In der Schlosskapelle entstand ein Lagerraum für Kartoffeln und Gartengemüse. Jeden Tag turnten sie im Hof und sangen Partisanenlieder. Wenn jemand versehentlich Deutsch sprach, wurde er bestraft; er musste im Schweinestall arbeiten, der in den Schlossstallungen eingerichtet worden war. Miroslav und Ivan konnten sich nur sonntags sehen. Dann träumten sie davon, zu fliehen, die Eltern und den kleinen Bruder zu finden und mit ihnen zusammen in das Gasthaus in Dolina zurückzukehren.

Im September begannen Leute ins Schloss zu kommen, die ein Kind adoptieren oder in Pflege nehmen wollten. Es waren Bauern, die auf ihrem Hof Hilfe brauchten, oder Leute, die das Geld reizte, das der neue Staat für die Pflegschaft bereitstellte. Miroslav, einer der Ältesten in den Schlafräumen im obersten Stock, war sich sicher, dass ihn keiner würde haben wollen, nichtsdestoweniger interessierten sich Bauersleute für ihn, die im Krieg ihre drei Söhne verloren hatten und deren Bergbauernhof kräftige, junge und sehnige Hände brauchte. Die Schwarze Witwe ließ ihn in ihr Büro rufen, ein Erzieher, der in Wahrheit ein Aufseher war, brachte ihn. Der Bauer und die Bäuerin saßen im Büro, sie waren sehr alt. Sie hatte ein buntes Kopftuch auf, er einen Hut, den er auch im Büro nicht abnahm. Als die Frau mit dem Kopftuch Miroslav erblickte, schlug sie die Hände vors Gesicht und weinte. »Mein Janez«, sagte sie schluchzend. »Er schaut genauso aus wie mein Janez!« Der alte Bauer ging zu Miroslav und sah ihn sich genauer an, als kaufte er ein Stück Vieh für seinen Stall. »Er schaut ihm sehr ähnlich«, sagte er nickend. »Er gleicht unserem Jüngsten.«

Miroslav war augenblicklich klar, dass sie ihn mitnehmen würden. Er erschrak. Was würde mit Ivan sein? Wie sollten sie dann die Eltern befreien? Er sagte: »Ich bin nicht euer Janez. Ich will nicht euer Janez sein!« Er dachte, wenn er unverschämt wäre, würden sie ihn nicht haben wollen. Er sagte: »Meine Eltern sind Deutsche. Ich bin Deutscher.« Es war, als explodierte mitten im Büro eine Bombe. Die Schwarze Witwe wurde im Gesicht ganz rot, dann stürzte sie durchs Zimmer auf Miroslav zu und begann, mit beiden Händen auf ihn einzuschlagen, zuerst auf den Kopf, dann wahllos überallhin. »Verdammter Schwabenbalg! Hitlersau! Hurensohn!«, kreischte sie und prügelte wie verrückt auf den Buben ein, bis das Bauernpaar dazwischenging und sie mit Gewalt von ihm wegzog.

»Hören Sie auf!! Was kann das Kind denn dafür?!«, versuchten die beiden Alten sie zu beruhigen. »Das Kind hat keine Schuld!«, sagte die Frau mit dem Kopftuch und ging sofort zu Miroslav. Sie zog ein großes buntes Taschentuch aus ihrer Tasche und drückte es ihm in die Hand, damit er sich das Blut abwischen konnte, das ihm aus der Nase geschossen war. »Entschuldige, das haben wir nicht gewollt«, sagte die Bäuerin.

Miroslav hörte nach Langem zum ersten Mal ein freundliches Wort. Später, nach vielen Jahren, sollte er seiner Tochter erzählen, dass ihm damals die Worte der Bergbäuerin, die im Krieg drei Söhne verloren hatte, die Hoffnung gegeben hatten, dass irgendwann wieder alles gut werden könnte.

Der Bauer und die Bäuerin entschieden sich für ihn. »Nur, wenn er selber will«, sagte der alte Bauer und richtete sich den Hut. Die Bäuerin schaute ihn so liebevoll an, wie es schon lange niemand getan hatte.

»Da wird nicht lang gefragt«, fuhr die Schwarze Witwe dazwischen. »Pack deine Sachen jetzt«, sagte sie zu ihm, »du kannst froh sein, dass sie dich wollen.«

Den Alten lauf ich leichter davon, dachte Miroslav, *Ivan kann ich schon jetzt nicht helfen. Ihn werden sie auch irgendwo hinschicken, es gibt sicher schon jemanden*, dachte er noch.

»Du hast eine Stunde Zeit. Ich mache nur noch die Papiere fertig. Tod dem Faschismus!«, rief die Schwarze Witwe.

»Freiheit dem Volk«, murmelte Miroslav, drehte sich um und verließ das Büro. Draußen wartete der Aufseher auf ihn. »Ich möchte mich von meinem Bruder verabschieden«, bat Miroslav. Der junge Aufseher überlegte kurz, dann nickte er. Er brachte ihn in den ersten Stock, wo die Tischlerwerkstätten waren, in denen Ivan das Handwerk erlernte. Der Aufseher klopfte an und trat ein. Miroslav wartete vor der Tür. Er schaute aus dem Fenster. Er wusste nicht genau, was er dem Bruder sagen sollte. Was konnte er tun, damit sie sich irgendwann wiedersahen? Im Hof rechten Kinder das Laub zusammen, sie säuberten den Park, weiter weg turnte eine Gruppe von Kindern … Die Tür ging auf und Ivan kam zu Miroslav gelaufen, er war kahlgeschoren. »Warum denn das?«, fragte Miroslav.

»Sie sagen, dass ich Läuse hab. Aber ich hab keine«, antwortete Ivan mit gepresster und weinerlicher Stimme.

»Ich gebe euch fünf Minuten«, sagte der Aufseher, zündete sich eine Zigarette an und spazierte den langen Gang hinunter.

»Ivan … hör zu. Sie schicken mich weg aufs Land.«

»Was …?« Ivans Augen begannen, feucht zu glänzen.

»Ich komme zu guten Leuten. Von dort wird es leichter sein, abzuhauen.«

»Mama hat gesagt, dass wir aufeinander aufpassen müssen«, sagte Ivan und weinte schon, »wir haben es ihr versprochen.«

Miroslav packte Ivan an den Schultern und schüttelte ihn ein wenig, als wollte er ihn wecken. »Hör zu … Sie werden uns auf jeden Fall trennen, wenn nicht heute, dann morgen. Auch dich werden sie wegschicken. Wir müssen abmachen, wie wir uns wiederfinden.«

»Und Mama und Papa? Und Peter?«, schluchzte Ivan.

»Zuerst wir zwei«, sagte Miroslav entschieden. Er sah nach dem Aufseher, der genüsslich den letzten Zug nahm und den Tschick auf den Boden warf und austrat. »Wann hat Mama Geburtstag?«, fragte er den Bruder.

»Warum?«

»Sag es!«

»Am 18. April …«

»Und unser Papa?«

»Am 22. September«, antwortete der verwirrte und verweinte Ivan.

»An jedem 18. April und 22. September warten wir unter der Kastanie vor unserem Gasthaus in Dolina. Von Mittag bis fünf Uhr am Nachmittag. Ja?«

»Das wär's, gehen wir!«, sagte der Aufseher und ging zu den Buben.

»Hast du verstanden?«

Ivan nickte.

»Jedes Jahr, bis wir uns finden. Wenn du mal nicht kannst, macht es nichts, dann eben den anderen Tag oder im Jahr darauf …«

»Machen wir uns fertig für die Reise«, sagte der Aufseher ironisch und packte Miroslav am Arm, »und du verschwind in den Unterricht, los!«, bellte er in Richtung Ivan. »Tod dem Faschismus.«

»Freiheit dem Volk …«, schluchzte Ivan und rannte zur Werkstatt. Bevor er die Tür hinter sich schloss, sah er seinen Bruder an. Er war beleidigt, getroffen, er fühlte sich verraten, er wusste nicht, warum ihn der Bruder im Stich ließ, er verstand nicht, das ging ihm alles zu schnell … Dann zog er die Tür zu.

Miroslav und die beiden alten Bauern wurden mit einem Militärfahrzeug zu einem hochgelegenen Bergbauernhof mit drei versoffenen Knechten gebracht. Alles musste wieder zum Laufen gebracht und ins Leben zurückgeführt werden. Und Miroslav machte sich an die Arbeit.

Knapp eine Woche später kam auch Ivan in Pflege. Ein Kaufmannsehepaar aus der Stadt, das selbst keine Kinder hatte, nahm ihn zu sich. Der Mann war ein Partisan der ersten Stunde, der ab dem 9. Mai 1945 das Glas nicht mehr aus der Hand gegeben hatte. Die Partisanenuniform mit den Auszeichnungen zog er ein Jahr lang gar nicht mehr aus, bis ihn seine Mitstreiter dazu nötigten: »Gašper, der Krieg ist vorbei! Du hast gewonnen! Es ist jetzt Zeit, die Uniform auszuziehen und mit dem Feiern aufzuhören!«, sagten sie zu ihm. Und er legte die Uniform ab, mit dem Feiern aber hörte er nicht auf.

Der kleine Ivan arbeitete von früh bis spät im Geschäft. Nachts hatte er Albträume. Er machte ins Bett und schrie, auf Deutsch. Besonders schlimm war es am 18. April und am 22. September, wenn er wusste, dass er in Dolina auf seinen Bruder warten sollte, aber nicht konnte. Auch der ältere

Bruder war an diesen beiden Tagen im Jahr ganz außer sich. Ein paar Jahre lang konnte weder der eine noch der andere zum vereinbarten Treffpunkt kommen, immer kam etwas dazwischen. Miroslav sah Dolina erst am 18. April 1951 wieder, als er allein in die Stadt auf den Bauernmarkt fuhr, um im Namen der sozialistischen Genossenschaft, deren Mitglied er war, eine neue Schafherde zu kaufen. Ihr Gasthaus gab es nicht mehr. Wo früher der Eingang gewesen war, waren jetzt Fenster. Aus dem Gasthaus war ein Wohnhaus geworden, in dem mehrere Familien lebten, nur in einem der Räume war eine Art Genossenschaftskanzlei. Von zwölf bis fünf wartete Miroslav auf seinen Bruder. Er spazierte die lange Straße auf und ab und erinnerte sich an die sorglosen Stunden gemeinsamen Spiels. Er musste daran denken, wie er vor dem Gasthaus auf einem deutschen Panzer herumgeklettert war, und wie ihm die Fahrer erlaubt hatten, sich ans Steuer zu setzen und sogar ein paar Meter zu fahren, ja, er fuhr den Panzer, saß auf dem Knie des Panzerfahrers und bewegte den Hebel mal nach links, mal nach rechts.

Das war der Tag, an dem hinter dem Feuerwehrhaus beim Bahnhof die zehn Geiseln erschossen wurden, darum stand der Panzer dort. Doch daran erinnerte er sich nicht, das hatte ihm damals niemand gesagt. Und selbst wenn, er hätte es verdrängt und vergessen.

Bis fünf wartete er gegenüber dem Gasthaus seines Vaters, das kein Gasthaus mehr war, betrachtete die Schaukästen des Feuerwehrhauses, wo ein Plakat für das Theaterstück *Raztrganci*, Die Zerlumpten, hing. Kurz nach fünf setzte er sich in den Bus und fuhr wieder in die Stadt, von dort dann weiter mit dem Zug, und schließlich ging er noch zwei Stunden zu Fuß, bis er daheim auf dem Gehöft in den Bergen war.

Auch Ivan konnte jahrelang nicht zum vereinbarten Treffpunkt kommen. Immerzu musste er im Geschäft arbeiten. Er besuchte auch einen Abendlehrgang an der Handelsschule, in den ihn die Pflegemutter eingeschrieben hatte. Mit achtzehn wurde er zum Militärdienst einberufen. Sie schickten ihn ins ferne Surdulica, eine Stadt an der Grenze zu Rumänien. Kurz davor hatte auch Miroslav die Einberufung erreicht. Er sollte in der serbischen Garnisonsstadt Niš dienen. Der alte Bauer hatte den Hut aufgesetzt, seinen Stock in die Hand genommen und sich zu Fuß ins Tal und schnurstracks ins Büro der lokalen Sektion der kommunistischen Partei begeben. Er sagte, dass der Hof ohne den jungen Hausherrn nicht auskommen könne und dass sein Ziehsohn deshalb nicht einrücken werde. Und schon gar nicht so weit weg. Und dann noch irgendwo in Serbien. Außerdem habe er dem Staat drei Söhne geopfert, und das sei mehr als genug. Sie wagten nicht, ihm seinen Wunsch abzuschlagen, und so blieb Miroslav auf dem Hof, während Ivan zwei Jahre in den Schützengräben an der Grenze hockte und seine neue Heimat beschützte, die Föderative Volksrepublik Jugoslawien.

Miroslav wartete von 1951 bis 1955 zumindest einmal im Jahr vergeblich unter dem Kastanienbaum vor ihrem einstigen Familienhaus. Ivan kam zum ersten Mal, nachdem er seinen zweijährigen Militärdienst abgeleistet hatte. Er stieg in der nahegelegenen Stadt aus dem Zug, wartete ein paar Tage und fuhr am Geburtstag seines Vaters in den stark veränderten Ort seiner Kindheit. Er wartete vergeblich. Im Frühjahr hatte Miroslav unterm Baum gewartet, im Herbst aber konnte er nicht, weil eine Kuh kalbte und er auf dem Hof gebraucht wurde. Ivan kehrte enttäuscht in die Hauptstadt und hinter den Ladentisch zurück.

Während seiner Militärzeit hatte die Leberzirrhose den Erstkämpfer Gašper dahingerafft, und die Pflegemutter hatte sich einen neuen Mann gefunden. Als Ivan, der jetzt schon zwanzig war, einmal erwähnte, dass es schön wäre, wenn er für die ganztägige Arbeit im Geschäft und im Lager auch irgendeinen Lohn bekäme, kam sie auf die Idee, dass es vielleicht gut wäre, wenn der Bursche seine Verwandten fände, die er, wie er selbst behauptete, in Deutschland, in München, hatte. Sie ging mit ihm zum Roten Kreuz, wo man Ivan half, nach Österreich und später weiter in das noch immer ziemlich zerstörte Deutschland zu reisen. Dort fand man zwar entfernte Verwandte von ihm, Onkel zweiten Grades aus der Familie Eichhein, die aber selbst nichts besaßen. Der Krieg hatte den Großteil der Familie geholt. Doch Ivan blieb trotzdem in Deutschland. Er begann, als Kaufmann zu arbeiten. Und zweimal im Jahr sperrte er sich in sein Zimmer und weinte. Er schwor sich, irgendwann zurückzukehren und vor dem Haus ihrer Jugend auf seinen Bruder zu warten. Ja, das würde er tun!

Auf dem Bergbauernhof starb eines Frühlings die Bäuerin, die immer ein Kopftuch trug und zu der Miroslav in den letzten Jahren Mama gesagt hatte. Der alte Bauer vegetierte noch ein paar Monate dahin, dann fasste er einen Entschluss und legte sich kerngesund und mit dem Hut auf dem Kopf ins Bett und verkündete, dass er sterben werde. Was er auch tat. Eine Woche später begrub man ihn an der Seite seiner Frau. Noch davor hatte er, wovon Miroslav nichts wusste, seinem Ziehsohn alles vermacht, den Besitz, das Vieh, die Felder, die Wälder …

Nach dem Tod seiner Pflegeeltern fuhr Miroslav einige Jahre nicht ins heimatliche Dolina. Er heiratete die Tochter des Nachbarbauern. Im Handumdrehen waren drei Kinder da. Seinen Geburtsort suchte er erst wieder im April 1963 auf; im November desselben Jahres wurde der amerikanische Präsident erschossen. In jenem Frühling wartete er abermals vergeblich auf seinen Bruder. Es sah, dass in ihrem ehemaligen Zuhause wieder ein Gasthaus eröffnet worden war.

Natürlich war das Gasthaus kein Gasthaus, sondern nur ein Buffet, ein sozialistisches Buffet. Einen der Gasträume der vormals großen Wirtschaft hatte man in ein kleines Lokal mit ein paar hohen Stehtischen verwandelt, wo man schnell etwas trinken konnte. Vor dem Lokal standen drei kleine Tische. Miroslav hatte das Gefühl, dass die Wunden heilten, dass das Leben in die alten Bahnen zurückkehrte. Damals beschloss er, ab nun regelmäßig, zweimal im Jahr, auf seinen Bruder zu warten, und wenn sie sich gefunden hätten, würden sie zusammen den Jüngsten, Peter, die Mutter und den Vater ausfindig machen, und alles würde sein wie früher. In jener Zeit wagte er sogar, sich ein wenig nach den Ereignissen in der Vergangenheit zu erkundigen. Er fragte nach der Familie Novak, den deutschen Namen Eichhein traute er sich noch immer nicht auszusprechen. Nebenbei fragte er den einen oder anderen Gast im Buffet, ob er etwas über die Geschichte des Orts wisse. Niemand konnte ihm etwas sagen. Alle waren neu in Dolina, Zugereiste. Sie hatten keine Ahnung von einer Familie Novak. Doch Miroslav gab nicht auf. Nur ein wenig musste er sich noch gedulden. Nur ein wenig, ein wenig noch.

Mojca

Mojca kam in Belgrad zur Welt, Ende Mai 1941, einige Monate nach Peter, der im November 1940 geboren wurde.

Genossin Nada fuhr kurz vor der Niederkunft zu ihren Eltern. Es schien ihr sicherer, das Kind dort zu bekommen, schließlich waren sie eine alteingesessene Belgrader Familie. Als eigensinniges Einzelkind eines königlichen Offiziers war sie vor ihren Eltern direkt zu den Kommunisten geflohen. Sie nutzte das Chaos, das nach dem deutschen Luftangriff am 6. April 1941 im zerfallenden Königreich entstanden war, und reiste Mitte Mai hochschwanger und mit falschen Dokumenten nach Belgrad. Die Deutschen hatten die Stadt mit fast fünfhundert Fliegern angegriffen und bei den Bombardements, die noch den ganzen nächsten Tag angedauert hatten, neben konventionellen Sprengkörpern auch 440 Tonnen Brandbomben abgeworfen. Nadas Familie hatte Glück, ihr Haus blieb nahezu unversehrt. Dort brachte Nada Ende Mai ihre Tochter Mojca zur Welt, sehr bald darauf ging sie in den Untergrund und dann zu den Partisanen.

Bis Kriegsende kümmerten sich die Großeltern um das kleine Mädchen. Sie verkauften die vielen Wertsachen, Bilder alter Meister, Silberbesteck, kostbares Porzellan, alles, was sie besaßen, während des Krieges auf dem Schwarzmarkt und überlebten irgendwie.

Die kleine Mojca sah ihre Eltern zum ersten Mal im Sommer 1945. Sie war gerade mal fünf, als zwei Fremde in Uniformen kamen, um sie abzuholen. Sie hatte Angst vor ihnen und wollte nicht mit. Sie war stur und kein bisschen weinerlich. Sie setzte sich auf *baka* Svetlanas Schoß, klammerte sich mit den kleinen Fingern an ihrer Bluse fest und ließ ums Verrecken nicht los. Sie sagte auch nichts, obwohl sie sonst immer den Schnabel offen hatte. Mirko und Nada bemühten sich auf jede erdenkliche Weise um sie, aber sie sah sie nicht einmal an. Krampfhaft hielt sie sich an *bakas* Bluse fest, sie hing an ihrer Oma wie eine Zecke, und ihre kleinen Finger lösten sich erst nach vielen Stunden, als sie müde einschlief. Mojca war stur, *wie eine Slowenin*, sagte Nada, Mirko dagegen sagte: *Stur wie eine kleine Serbin. Deda* Svetozar fügte noch hinzu, und sein Wort galt: *Ist doch alles dasselbe. Wir Jugoslawen sind hartnäckig. Du hackst die Hand ab, aber die Finger lassen nicht los.*

Nach ein paar Tagen krabbelte Mojca schon auf Papa Mirko und Mama Nada herum. Im Herbst gingen sie zusammen nach Slowenien, wo sie zuerst in einer geräumten Wohnung in der Stadt wohnten. Die Kleine sah ihre Eltern nicht oft. Genosse Mirko Bregar, seine Mitstreiter nannten ihn General, obwohl er nie diesen hohen Rang bekleidet hatte, leitete bis 1950 die Gebietsabteilung des Staatssicherheitsdienstes und hatte wirklich viel zu tun. Der junge Staat wurde von allen Seiten, von inneren und äußeren Feinden bedroht. Mirko und Nada arbeiteten Tag und Nacht. Um die kleine Mojca kümmerten sich zunächst Kindermädchen und Freundinnen. Etliche Male dachten die Eheleute sogar daran, das Mädchen wieder zu den Großeltern nach Belgrad zu schicken, doch am Ende entschieden sie sich, lieber ihre Pflichten zu reduzieren, soweit das damals überhaupt möglich war, und alles so einzurichten, dass immer zumindest einer von ihnen bei Mojca sein konnte.

In der Zeit, als das Informationsbüro der Kommunistischen und Arbeiterparteien die Resolution zur Lage in der Kommunistischen Partei Jugoslawiens verabschiedete, übersiedelte die Familie für ein paar Jahre in die Hauptstadt, wo Mojca die Grundschule besuchte. Sie war ein sehr kommunikatives Kind. Ein wenig mollig, wie sie es auch später in ihren besten Mädchen- und Frauenjahren sein sollte, aber alles andere als dick, sie war *voll*, was in perfektem Einklang mit ihrem energischen, lebhaften, gutmütigen Charakter stand. Sie knüpfte sehr schnell Kontakte und hatte viele Freundinnen. Auch den Buben gefiel sie. Eigentlich war sie lieber mit Buben als mit Mädchen zusammen. Sie raufte auch hin und wieder wie ein Bub. Einmal verspottete ein Bursche aus einer höheren Klasse eine ihrer Freundinnen, die ihm wahrscheinlich einfach nur gefiel, indem er sagte, ihre Zöpfe sähen *wie aufgefädelte Pferdeäpfel* aus. Die Freundin beklagte sich bei Mojca, die, noch bevor die Freundin fertig erzählt hatte, zu den Burschen marschierte, die an einer Ecke des Spielplatzes im Kreis standen und einfach so, ohne besonderen Grund, grinsten wie frisch lackierte Hutschpferde, stellte sich vor sie hin, streckte die Hand aus, packte den Langen an den Haaren und zog ihn hinunter bis zum Boden. Der Bursche war so perplex, dass er nicht reagieren konnte. Sie drückte sein Gesicht in die Erde und kniete sich sogar auf seinen Hals. Der Bursche begann sich zu winden wie der hintere Teil eines zerquetschten Regenwurms, Mojca aber sagte, so würden es später die Buben, die erstaunt herumstanden, erzählen: »Schade, dass hier keine Pferdeäpfel sind, die würdest du jetzt fressen.« Der Lange weinte, mehr aus Scham und Demütigung als wegen der ausgerissenen Haare. Doch die Sache wurde kompliziert, als die Mitschülerin gelaufen kam und schrie: »Du hast den Falschen! Den Falschen!« Denn nicht der Lange hatte die Freundin beleidigt. Der Richtige war, als er sah, was Mojca mit dem Langen machte, auf die andere Seite des Spielplatzes geflüchtet. Mojca zuckte nur die Achseln und sagte, dass das die beiden unter sich ausmachen sollten. Der Lange solle es diesem Waschlappen, der sich verdrückt habe wie ein *Švaba*, heimzahlen, wenn er glaube, zu Unrecht vermöbelt worden zu sein. Ansonsten war's schon für etwas gut. Die Angelegenheit endete, wie so oft, vor dem Direktor, der ihre Eltern ständig zu Gesprächen vorlud. Zu Hause nahmen sie ihre Tochter zwar ins Gebet, am Abend aber, als sie allein waren und *das Kind schon schlief*, saßen sie bei einem Glas Rotwein und lachten Tränen.

Nach Stalins Tod am 5. März 1953 wurden Genosse Mirko und Genossin Nada von den jüngeren Genossen allmählich aus den wichtigen Funktionen entfernt. Die Familie zog deshalb zurück in die mittelalterliche kleine Stadt. Sie bekamen eine Villa *unter der alten Burg* zugeteilt. Die Villa war früher im Besitz einer deutschen Familie gewesen, die sich nach dem Krieg aus dem Staub gemacht hatte. Sie hätten auch ein Haus und einen Besitz in Dolina bekommen können, doch Mirko lehnte das ab. Er wollte nicht, wie er sagte, an seine Jugend in dieser Gegend, wo vor dem Krieg Deutsche und Deutschtümler die Könige waren, erinnert werden. In Wahrheit erinnerten ihn Dolina und die umgebenden Wälder zu sehr an seine erste wirkliche Liebe, mit der er die heimlichen Plätze in der Umgebung entdeckt hatte, um sich dort wie von Sinnen der Leidenschaft hinzugeben.

Genosse Mirko Bregar sollte nach dem Tag, an dem er an der Spitze seiner Einheit auf einem Schimmel und seine Frau auf einem Fuchs in den Ort eingeritten waren, um ihn symbolisch zu befreien, kein einziges Mal mehr nach Dolina kommen. Er fuhr immer nur durch. Später, als es schon die Umfahrung gab, brauchte er an Dolina nicht einmal mehr zu denken, wenn er mit seinem Dienstwagen in die Hauptstadt fuhr. In den frühen Siebzigern bat man ihn sogar, die Festrede bei der Enthüllung des Denkmals für die zehn erschossenen Patrioten zu halten, aber er wollte nicht. Er schob irgendeine Unpässlichkeit vor. Er wollte mit dem Ort seiner Jugend nichts mehr zu tun haben. Nicht aus schlechtem Gewissen, er fand nicht, dass er ein schlechtes Gewissen haben musste.

Schließlich hatte er Dolina befreit, es von Verrätern und Kollaborateuren, Verbrechern und Kriegsgewinnlern gesäubert; er wollte aus dem einfachen Grund nicht mehr zurück, weil er sich dort als junger Mann zurückgesetzt gefühlt hatte. Wenn er an Dolina dachte, dachte er zugleich auch an das Königreich Jugoslawien, das für ihn und für viele Menschen ein ungerechter, rechtloser und schlechter Staat gewesen war. Mit jedem Gedanken an den Ort mit seiner einzigen Straße, seinem Gasthaus und seiner Feuerwehr, die zugleich das Kulturhaus war, war eine Erinnerung an seine Jugendzeit verbunden, in der er sich erniedrigt, deklassiert und schließlich auch auf intimer Ebene betrogen gefühlt hatte. Ja, Maria, seine erste Liebe, hatte sich für einen anderen, für den reicheren, zukunftsträchtigeren Sohn des Bürgermeisters und Wirts entschieden. Darum hatte er Dolina aus seinem Gedächtnis gestrichen.

Mirko Bregar begann sich nach Stalins Tod mit Wirtschaft zu beschäftigen. Er war Direktor bedeutender sozialistischer Unternehmen. Nada kümmerte sich in der kleinen Stadt um das Schulwesen und die Kultur. Mitte der Fünfzigerjahre wechselte ihre Mojca ans Gymnasium. Sie war ein wildes Mädchen und wurde zu einer immer attraktiveren jungen Frau. Sie war immer gut gelaunt, die Burschen umschwirrten sie wie die Motten das Licht. Sie hatte einen Verschleiß, dass ihre Eltern mit dem Kennenlernen der immer neuen Pickelgesichter gar nicht mehr nachkamen. *Sie sind doch der Aleš? Nein, ich bin Matej. Ah, Matej! Also der Matej vom letzten Monat? Nein, Mami, das ist ein ganz anderer Matej.* Das Gymnasium war nicht ihr Ding, obwohl sie ein heller Kopf war. Sie konnte nicht länger als ein paar Sekunden über einem Buch sitzen. Die Lehrer resignierten, zugleich aber mochten sie sie. Sie sorgte immer für Lachen und gute Laune. Mit Ach und Krach schaffte sie das zweite Jahr, dann hatte sie genug. Eines Abends kam sie heim, warf sich auf die Wohnzimmercouch und sagte: »Morgen geh ich nicht mehr in die Schule.« Und dabei blieb es.

Mirko bat Nande, den ehemaligen MG-Schützen seiner Brigade, der eine Metzgerei samt Feinkostladen im Stadtzentrum führte, sie als Gehilfin aufzunehmen, denn er konnte nicht zulassen, dass das Mädchen bis zum nächsten Herbst, wenn er und seine Frau für sie eine andere Schule gefunden haben würden, wobei sie natürlich keine Vorstellung davon hatten, was für eine das sein sollte, den ganzen Tag daheim auf der Couch liegen oder sich ständig mit neuen Pickelgesichtern verabreden würde. Und so begann Mojca in der Metzgerei zu arbeiten.

Sogleich verliebte sich der junge Metzgerlehrling in die Sechzehnjährige, die aber nur freundlich zu ihm war, sonst nichts. Der Bursche fand das so schlimm, dass er eines Tages mit dem Messer in seine Pulsadern schnitt, statt ins Schweinekotelett. Sie mussten ihn in eine andere Metzgerei und sogar in eine andere Stadt versetzen. Mojca aber mochte die neue Arbeit sehr. So sehr, dass sie sich im Herbst in die Handelsakademie einschrieb, in der sie bald die beste Schülerin war. Die Handelsakademie wurde bald in Handelsmittelschule umbenannt.

Obwohl sie auch während der Schulzeit in Nandes Metzgerei aushalf, kam sie ihren schulischen Verpflichtungen mit Leichtigkeit nach. Sie genoss es unendlich, wenn sie hinter der Theke in der immer kühlen Metzgerei stehen und mit den Kunden plaudern und den Schülern, auch Mitschülern, die Jause machen konnte. Sie lachte und sagte stets etwas Witziges, wenn sie sich über die Theke zu den Kunden, besonders zu den Burschen, vorbeugte und ihnen die in weißes Papier eingewickelte Meterwurst oder eine Semmel mit zwei dünnen Scheiben von der billigsten Wurst überreichte.

»Also deine Mojca …«, sagte Nande zu seinem ehemaligen Kommandanten, »die ist wirklich …«, dann schluckte er, wurde ein wenig rot und kippte sein Gläschen Schnaps hinunter.

»Was ist sie?«, fragte Mirko streng. »Was ist sie?!«, fragte er noch einmal, weil Nande nicht gleich eine Antwort gab. Diesmal fragte er als Vater, der auch eifersüchtig sein konnte.

»Sie ist ein zünftiges Mädel«, sagte Nande.

»Sie ist noch ein Kind, keine achtzehn«, drehte Mirko jetzt auf.

»Klar ist sie das! Du kannst mir glauben, dass ich auf sie aufpasse, als wär sie meine Tochter«, sagte Nande und hob, um es gleichsam auch zu beschwören, zwei Finger. »Ich hab nur gemeint, dass sie Talent hat. Die Leute mögen sie, und der Verkauf hat sich verdoppelt, nein, verdreifacht, seit sie hinter der Budel steht.«

Mirko war's zufrieden, und an die Stelle des Zorns trat ein Gefühl des Stolzes und erfüllte sein Herz. Er schenkte seinem Mitkämpfer und besten Schützen, der ein paarmal allein eine ganze Kompanie Wehrmänner und deren verbissene Unterstützer von Rupniks Gnaden in Schach gehalten hatte, mit Freuden noch ein Gläschen von dem Cognac ein, den er als Werbegeschenk von den serbischen Brüdern bekommen hatte.

»Aber nicht nur das …«, fügte Nande hinzu und seine Augen leuchteten, als die edle Flüssigkeit auf dem Boden seines Glases zusehends gelber wurde. »Du glaubst nicht, was für Ideen sie hat! Sie denkt sich Jausensemmeln aus, ganz verschiedene. Für sie ist eine Wurstsemmel nicht nur eine Wurstsemmel, nein, sie nennt sie eine kleine Mahlzeit, weil sie noch ein Blatt Salat dazwischenlegt, ohne irgendwas, nur gewaschen. Und wenn sie noch Radieschen und Käse hineintut, nennt sie es ein französisches Sandwich. Und die jungen

Kerle zahlen dafür einen Dinar mehr. Nicht viel, nur einen Dinar. Und sie denkt sich ständig was Neues aus. Die hat was auf dem Kasten, sag ich dir, Kommandant, die hat was auf dem Kasten!« Und er leerte das Glas und streckte es sofort wieder dem stolzen Vater hin, der ihm logischerweise gleich wieder einschenkte.

Und so beschloss Mirko Bregar, dass Mojca nach der Handelsschule an der ökonomischen Fakultät studieren würde, die die Genossen nach dem Krieg im Jahr 1946 als Teil der Universität gegründet hatten. So würde es sein und Punkt, jetzt brauchte sie nur noch die Handelsschule fertig zu machen, beschloss Vater Mirko. Und so ging Mojca zum Nachmittagsunterricht, während sie vormittags in Nandes Metzgerei aushalf. Für gewöhnlich stand sie schon in aller Früh hinter der Theke und wartete gut gelaunt auf die kleinen und größeren Schüler, die ihre Lieblingswurstsemmeln bei ihr kauften. Auch die ältere Kundschaft wollte immer nur von Genossin Mojca bedient werden, dem schönen Mädchen, das so gern lachte, oder wie eine pensionierte Lehrerin einmal sagte, als sie eine blutige Packung mit frischer Leber aus ihren Händen entgegennahm: »Genossin Mojca, niemand auf der Welt lacht so schön wie Sie.« Mojca errötete, zumal alle, die vor der Theke Schlange standen, fast gleichzeitig nickten.

Doch sie stand nicht nur in der Fleischerei, weil sie es liebte, Jausensemmeln zu machen und mit der Kundschaft zu plaudern. Ihr gefiel auch der Bursche, der ihr schon eine Weile durch die Auslage dabei zusah, wie sie für seine Mitschüler das *französische Sandwich* belegte: eine Semmel, ein Stück Meterwurst, Käse, Radieschenscheiben und ein Blatt Salat.

Peter

Peter lebte mit Mama Grabner in einer bürgerlichen Wohnung in der Altstadt. Die Grabnerin wartete jeden Ersten im Monat schon im Stiegenhaus auf den Briefträger, der ihr die Pension brachte. Noch nie hatte sie so viel Geld gehabt. »Jetzt weiß ich, was der Himmel ist«, sagte sie öfter einmal, »der Sozialismus ist der Himmel.« Peter musste lachen und sagte zu ihr: »Mama«, jetzt nannte er sie nur noch so, »das ist nicht der Himmel, das hast du dir verdient. Dein Leben lang hast du geschuftet, und jetzt kriegst du deine verdiente Rente.« Die Grabnerin schüttelte den Kopf: »Nein, nein, ich hätte ihm glauben müssen, aber ich hab's nicht getan.«

»Wem hättest du glauben müssen?«, fragte er sie.

»Er hat Bücher gelesen und daran geglaubt, dass der Sozialismus der Himmel ist.«

Peter wusste, dass sie von ihrem Sohn Silvester sprach.

»Wegen ihm kriege ich die Rente«, sagte sie mindestens einmal im Monat. »Dabei war ich so grauslich zu ihm.«

»Mama«, sagte Peter, »du warst nicht grauslich, du kannst überhaupt nicht grauslich sein«, und er nahm sie in die Arme. Die Grabnerin war eine große Frau, der achtzehnjährige Peter aber war trotzdem einen Kopf größer, sie verlor sich fast in seiner Umarmung. Anfangs wollte sie es nicht zulassen, aber mit den Jahren gab sie nach, und Peter spürte, dass es ihr gefiel, wenn er sie manchmal wie nebenbei einen Moment lang fest an sich drückte und mit ihr hin und her schaukelte.

Peter besuchte ein Gymnasium, das nach einem Partisanendichter benannt war. »Er hat auch Gedichte geschrieben«, sagte die Grabnerin, als ihr Peter erzählte, in welche Schule er sich eingeschrieben hatte. Die Grabnerin sprach selten über

Silvester, und wenn sie es tat, gab sie sich alle Mühe, seinen Namen nicht zu erwähnen. Wahrscheinlich wegen Peter. Sie fand, dass in ihrem Leben jetzt nur mehr Peter wichtig war. Sie wollte ihm nicht das Gefühl geben, dass er für sie erst an zweiter Stelle kam.

»Und wo sind diese Gedichte jetzt?«, fragte Peter.

Sie hob die Achseln. »Ich weiß es nicht. Sie sind verlorengegangen. In der Hütte hat er sie unterm Bett versteckt gehabt. Ich hab gewusst, wo er sie hat, unterm Bodenbrett ganz an der Wand. Ich hab sie mir angesehen, aber nichts verstanden, ich und lesen, du weißt ja. Und es war auch so ein verqueres Zeug. Für irgendein Mädel hat er sie geschrieben. Als er gesagt hat, dass er nach Stuttgart geht, in Wirklichkeit aber in den Wald gegangen ist, hat er die Schachtel mit dem ganzen Geschreibsel mitgenommen. Dann ist sie verlorengegangen«, sagte sie, und dann noch, mehr für sich: »Mir tut's leid, dass ich damals nicht ein paar Gedichte versteckt hab.«

Wie die meisten Schüler, die in der Stadt lebten, kannte auch Peter die Metzgerei oder Feinkost, obwohl der Ausdruck damals noch nicht so geläufig war, in der ein *zünftiges Mädel* arbeitete, das sich *mit jedem unterhalten* konnte. Die Burschen aus den höheren Klassen gaben sogar damit an, abends auf sie zu warten und dann ein wenig mit ihr zu schmusen.

Auch Peter ging jeden Tag an der Metzgerei vorbei. Die Grabnerin machte ihm immer eine Jause, zwei Scheiben Schwarzbrot mit Speck, oder sie gab eine Eierspeise mit Zwiebel und Grammeln zwischen die Brote, wie sie es von ihrer Zeit im Sägewerk gewohnt war, sodass er sich keine Jause kaufen musste. Darum wartete er vor dem Laden, während seine Mitschüler Schlange standen und bei dem Mädchen ihre Wurstsemmeln bestellten. Er beobachtete Mojca durch die Auslage. Damals standen die Verkäufer, zumal in den Metzgereien, stets zwei Stufen höher als die Kundschaft, sodass sich Mojca immer ein wenig über die Glasvitrine beugen musste, wenn sie einem Kunden das in Wachspapier gewickelte Sandwich oder Fleisch reichte. Und dann verstummten die Burschen, die hinten Schlange standen, für einen kurzen Moment und gafften. Mojca ließ schon damals die obersten Knöpfe an ihrer Bluse offen, und einen Moment lang konnten sie den Spalt, die Bucht zwischen ihren schönen, festen, großen Brüsten sehen. Nichts Anstößiges, doch für jene Zeit, so um 1957–1958, gewagt, nicht protzend, aber mutig. Auch andere Mädchen ließen ziemlich tief blicken, zogen damit aber bei Weitem nicht so viel Aufmerksamkeit auf sich. Die erotische Anziehungskraft der jungen Mojca lag in ihrem Charakter und ihrer Lebensenergie. Auch im Winter, wenn sie Pullover trug, weil es in der Metzgerei schlicht kalt war, strahlte sie eine weiche, anschmiegsame Körperlichkeit aus.

Sie stand im Ruf, viele Verehrer zu haben. Die Wahrheit aber war eine ganz andere. Sie verabredete sich mit vielen, aber immer nur ein, zwei Mal. Sie war wählerisch, nur wenige durften den Arm um ihre Taille legen, noch weniger durften sie küssen, und das war's. Wenn die Burschen damit angaben, mit ihr geschlafen zu haben, rächten sie sich nur an ihr, weil sie sie nicht rangelassen hatte.

Und so schaute Peter monatelang durch die Auslage, während er auf seine Mitschüler wartete. Eines Tages sah ihn Mojca an, als sie sich gerade über die Vitrine beugte und einem der Knaben aus der Grundschule eine eingewickelte Semmel reichte. Sie sah ihn noch an, als sie sich hinter der Theke wieder aufrichtete. Dann lächelte sie und deutete ihm: *Komm doch rein! Warum stehst du da draußen und schaust!* Peter errötete, seine Ohren glühten. Er schaute weg, tat, als gälte ihr Lächeln nicht ihm. Er schaute auf die Kirchturmuhr in der Nähe, schirmte sogar mit der Hand die Augen ab, um das große Ziffernblatt zu betrachten und das Mädchen in der Metzgerei glauben zu lassen, dass er nur vor ihrer Auslage stehengeblieben war, um auf die Uhr zu schauen. Dann fiel ihm ein, dass er genau an diesem Handgelenk die große Armbanduhr trug, die ihm die Grabnerin zum Ende der achten Klasse geschenkt hatte, und dass das Mädchen also sehen konnte, dass er hochinteressiert die Uhrzeit vom Kirchturm ablas, obwohl er sie mit sich herumtrug. Schande! Er schielte in die Metzgerei und sah, wie sie herzlich über ihn lachte. Er wollte sie nie wieder sehen, beschloss er, nie wieder.

Doch er sah sie noch in derselben Woche, und zwar auf einer Veranstaltung, zu der er und seine Mama geladen und auf der sie eigentlich die Hauptpersonen waren. Am Haus, genauer gesagt vor dem Haus, wo der Sohn der Grabnerin verstorben war, enthüllte die Stadtverwaltung eine Gedenktafel zu Ehren und zum Gedenken an Silvester Grabner.

Die Grabnerin hatte schreckliches Lampenfieber, sie war solche Feierlichkeiten nicht gewohnt. Sie kaufte sich ein neues Kopftuch und zog sich daheim dreimal um. Sie wollte nicht wie eine arme Bäuerin aussehen, wie eine Dame aus der Stadt aber auch nicht. Peter hielt das alles für entbehrlich. Die Schule hatte ihm am Vormittag freigegeben, mehr noch, seine ganze Klasse und sogar die beiden Parallelklassen waren verpflichtet, zur Enthüllung der Gedenktafel zu gehen.

Die Straße vor dem hohen Haus im Zentrum der Stadt, wo die Gestapo ihre Folterkammern gehabt hatte, war für den Verkehr gesperrt. Die Leute drängten sich. Es gab auch eine Ehrenwache. Vor der Gedenktafel an der Hausfassade, genau an der Stelle, wo der gepeinigte Körper des Partisanen zerschellt war, stand das Rednerpult, dahinter war ein Sockel für die drei Fahnen: die slowenische, die der Partei und die jugoslawische. Festredner war niemand anderer als Mojcas Vater, Genosse Mirko Bregar. Und dort standen, in der ersten

Reihe gegenüber dem Denkmal, auch Mojca und ihre Mutter. Für Mojca war das alles, genauso wie für Peter, sehr entbehrlich. Viel lieber wäre sie in der Metzgerei gewesen. Peter aber musste mit Mama Grabner direkt unter der Gedenktafel stehen, vor aller Augen. Die Grabnerin hielt Peter am Arm, er spürte, wie sie ihn packte und zusehends fester drückte. Mojcas Vater begann zu reden.

Es war eine lange und gefühlvolle, aber auch sehr langweilige Ansprache, rundherum standen die Schulkollegen. Peter fühlte sich unwohl, das war ihm alles zu viel. Zu viele Jahrestage, zu viele Feiern, zu viele Ehrungen, zu viele Siege und bedeutende Schlachten. Dann erblickte er Mojca. Sie schaute zu ihm herüber, er schaute zurück. Sie lächelte ihn an und machte etwas mit den Lippen, als wollte sie ihm etwas sagen, etwas Schönes, das hatte noch kein Mädchen gemacht. Aus der Entfernung flüsterte sie. *Wie geht es dir? Warum bist du letztes Mal nicht in den Laden gekommen? Wie heißt du? Heute ist ein schöner Tag.* Solche Dinge schien sie ihm mitzuteilen. Und er erwiderte: *Es war mir peinlich. Du hast so viele Bewunderer. Ich hab es eilig gehabt. Ja, es ist ein schöner Tag. Dann muss ich wieder in die Schule. Und du?* Natürlich standen sie zu weit voneinander, um einander etwas zuflüstern zu können. Sie unterhielten sich in Gedanken. Vor allem schauten sie einander an, und keiner wandte auch nur einen Moment lang den Blick vom anderen. *Du sollst eine Menge Burschen haben. Das ist eine Lüge. Ich hab keinen. Echt nicht? Echt. Du bist sehr schön. Danke. Du bist auch kein Dreck. Was? War nur ein Scherz. Du machst gern Scherze? Pausenlos.* Dann sagte der Festredner, Genosse Mirko Bregar: »Ehre seinem Andenken«, und verbeugte sich. Die Gymnasiasten klatschten. Der Direktor, der ganz vorn stand, drehte sich schnell zu ihnen um und schrie beinahe: »Neiiin!« Die Schüler hörten zu klatschen auf. Dann murmelte die Menge:

»Ehre seinem Andenken.«

Hierauf folgte die Enthüllung der Tafel, die die Grabnerin vornehmen sollte. Sie drückte Peters Arm noch fester und schaute erschrocken um sich. Genosse Mirko musste zweimal wiederholen: »Die Mutter des Volkshelden, Genossin Ana Grabner, wird jetzt die Gedenktafel enthüllen.« Man drückte ihr das Ende des schwarzen Tuchs in die Hand, und die Grabnerin zog sehr ungeschickt daran. Es verhakte sich am oberen Rand der Marmortafel und wollte sich nicht abnehmen lassen. Verlegenheit machte sich breit. Genosse Mirko versuchte die Situation zu retten, doch das Tuch wollte sich einfach nicht ergeben. Ein peinliches Gezupfe und Gezerre folgte, die Schüler grinsten vor sich hin. Mojca war die Erste, die etwas lauter kicherte. Peter beobachtete das Ganze eine Weile, dann stellte er sich vor die Tafel und sprang hoch wie ein Basketballspieler unterm Korb. Im Springen versuchte er den verhakten Rand des Stoffs zu lösen. Beim ersten Mal ging es nicht, beim zweiten Mal auch nicht. Die Schüler begannen ihn anzufeuern, Genosse Mirko blickte zornig um sich. Auch die anderen Funktionäre schauten immer finsterer. Erst beim vierten Versuch löste sich das Tuch und gab den Blick auf die Gedenktafel frei. Die Schüler applaudierten, und durch den Applaus hindurch war Mojcas perlendes Lachen zu hören. Der Ernst der Feierlichkeit war dahin. Der Direktor, der den Schülern hilflos beim Lachen zusah, fürchtete sich schon vor dem, was er auf der Sitzung der Parteizelle zu hören bekommen würde, er wollte nicht wegen so was seinen Direktorsposten verlieren. Die Grabnerin aber teilte die ausgelassene Stimmung mit den Schülern; sie war sehr stolz auf Peter und atmete gleichzeitig auf, weil endlich alles vorbei war.

Mojca lachte noch, als sich der Applaus bereits gelegt hatte und die Leute langsam auseinandergingen, sie konnte einfach nicht aufhören. In ihrem Lachen lag eine gewisse

Bewunderung, Peter spürte das und lachte auch. Sie lachte, weil er die peinliche Situation auf dieser todernsten Feier, die damals sowieso schon jedem zum Hals heraushing, so gut und so männlich gemeistert hatte. Genossin Nada kam zu Mojca und nahm sie an der Hand. Peter sah, wie die beiden stritten, Genossin Nada war sehr streng, Peter glaubte sogar einen drohenden Finger zu sehen, die freche Mojca aber schnabelte irgendetwas zurück, was die Mutter offenbar noch mehr reizte, denn sie stand einen Moment lang nur da und schnaubte, dann rannte sie ihrer Tochter nach. Streitend und unter Vorwürfen verloren sie sich in der Menge. Dort war auch der Fotograf, derselbe, der im Krieg sowohl die deutschen Paraden durch die Stadt abgelichtet hatte als auch die Verhöhnung der gefangenen Banditen, die Erschießung der Geiseln und den triumphalen Einzug der Partisanen. Aller Wahrscheinlichkeit nach hatte er auch das Foto mit den auf dem Bahnhof versammelten deutschen Bewohnern gemacht, auf dem Genosse Mirkos ausgestreckte Hand auf die Viehwaggons weist, in denen die Gefangenen kurz darauf ins Unbekannte verbracht werden sollten.

Der Fotograf dirigierte die Grabnerin vor die Wand, platzierte Peter neben ihr und sagte: »Jetzt stillgestanden!«, und fotografierte sie.

Das war ihr einziges gemeinsames Foto. Wie sie vor der weißen Wand des Hauses stehen, genau dort, wo Silvesters Körper liegengeblieben war, und die Grabnerin sich an Peter festhält, als fürchtete sie, dass auch er ihr davonlaufen könnte. In seinem Gesicht stand ein etwas seltsames Lächeln, wie bei Leuten, die unerwartet eine gute Nachricht erhalten haben. Sein Blick ist nicht auf das Objektiv gerichtet, sondern geht irgendwie oben und seitlich daran vorbei. Als der Fotograf auf den Auslöser drückte, schaute Peter Mojca und ihrer Mutter Nada nach, die sich streitend entfernten. Ganz oben rechts fing der Fotograf nur einen Teil der schwarzen Marmortafel mit den goldenen Lettern ein. Darauf stand: *An dieser Stelle starb der Kommunist und Volksheld Silvester Grabner für unsere Freiheit. Er wählte den Tod, um seine Kameraden nicht zu verraten. Er starb, damit wir leben. Ehre seinem Andenken!* An jenem Tag hatte niemand die Aufschrift verlesen.

Schon am nächsten Morgen erschien Peter vor der Vitrine in der Metzgerei. Mojca war kein bisschen erstaunt, in Wahrheit hatte sie ihn erwartet.

»Magst du's französisch?«, fragte sie ihn schmunzelnd.

Er schaute nur groß.

»Also, das Sandwich. Mit Käse, Radieschen und einem Blatt Salat ist es französisch«, sagte sie.

Er nickte. »Vielleicht.«

»Ja oder nein?«, lachte Mojca. Alle, die hinter ihm Schlange standen, verstummten und hörten zu.

»Ja, aber nur, wenn …«

Sie sagte nichts, sondern hob nur das Kinn, *na' sag schon!*, und ihre Augen funkelten schelmisch.

»Nur, wenn du«, sagte er und hielt ihr über die Vitrine einen Zettel hin, »nur, wenn du das da liest.«

Mojca schaute den Zettel an und sagte: »Ich hab nasse Hände, lies vor!«

Peter wurde rot. »Das geht nicht. Lies es halt später.«

»Dann sag mir, was draufsteht. Ist doch von dir, oder?«

Peter schüttelte nur den Kopf, drehte sich um und ging hinaus.

»Also französisch?«, rief sie ihm neckisch hinterher.

»Gern«, sagte der Nächste in der Schlange und sah sie verliebt an.

Auf dem Zettel stand, *wenn sie wolle, wenn sie wünsche, wenn sie es nicht ganz daneben fände, wenn auch sie damit einverstanden sei, wenn sie … vielleicht sich treffen könnten, aber keine Verabredung, einfach so, zum Plaudern, heute Abend, um halb sechs vor ihrer Schule oder ein bisschen weiter oben bei den drei Birken, weil er schon wisse, er habe sich ja erkundigt, dass sie in die Handelsschule gehe, und sie könnten sich ja treffen und zusammen heimgehen, denn er wisse ja schon, wo sie wohne, er könnte ja ein Stück weit mit ihr gehen, sie würden sich unterhalten, er wohne zwar woanders, aber das mache nichts, er könne ja dann allein zurückgehen, natürlich, also, wie wär's.*

Einen derart verworrenen und chaotischen Brief hatte Mojca noch nie bekommen, sie sollte ihn für die Ewigkeit aufheben. Bei der Hochzeit ihrer Tochter zweieinhalb Jahrzehnte später holte sie ihn hervor und las ihn laut vor. Alle lachten, auch Peter. Zwischendurch sagte er zwar ein paarmal, *hör schon auf! Das interessiert doch keinen!* Doch am Ende lachte auch er.

Und so trafen sie sich.

Dann trafen sie sich jeden Tag. Jeden Tag begleitete er sie und sie unterhielten sich. Er hatte vormittags Schule, sie nachmittags. In aller Früh stand er schon vor ihrer Theke, und abends wartete er wieder vor der Schule auf sie. Und am nächsten Morgen dann wieder, und am Abend wieder.

Sie wurden ein richtiges Paar.

Ein sehr schönes Paar, das schönste in der Stadt. Er blond, groß und kantig, sie ein wenig kleiner, mollig und dunkel, lebhaft und energiegeladen. Er etwas ruhiger, sie unruhig. Aber beide verliebt wie selten jemand. Wenn sie sich an den Händen hielten und durch die Stadt gingen, als gäbe es niemanden auf der Welt, nur sie beide, drehten sich alle nach ihnen um. Öfter gingen sie in den Stadtpark und setzten sich zum Brunnen. Wenn es dämmerte, küssten sie sich, und ihre Küsse wuchsen zusammen, klebten aneinander, verschmolzen miteinander. Auch ihre Füße und Hände verflochten sich. Je dunkler es wurde, je dichter die Dunkelheit über dem Brunnen wurde, umso mehr verdichteten sich ihre Körper zu einem einzigen pulsierenden lebendigen Wesen, das denselben Atem, denselben Herzschlag, dieselben Gedanken, dasselbe Leben hatte.

Doch ihre Liebe hatte auch wirtschaftliche Folgen. Als die Mittelschüler, aber auch die Schüler der siebenten und achten Klassen erfuhren, dass die hübsche, nette Mojca einen Freund hatte, waren die Wurstsemmeln nicht mehr so interessant. Die Schlange vor ihrer Vitrine gab es zwar noch, aber sie wurde kürzer. Das bemerkte auch Nande.

Mirko Bregar nickte zufrieden, Peter gefiel ihm, Mojca redete ununterbrochen über ihn. »Noch einen?«, fragte er seinen Kampfgefährten und streckte sich mit der Flasche Cognac, einem Geschenk der Wirtschaftsvereinigung der Sozialistischen Volksrepublik Albanien, zu ihm rüber.

Nande schaute mit lüsternem Blick auf die noch fast volle Flasche: »Ich hab Leberzirrhose«, sagte er, »ich soll ja nicht, sagt unsere Ärztin.«

Mirko zog die Flasche zurück und stellte sie ans andere Ende des Tisches.

»Sie hat gesagt …«, fuhr Nande fort, »wenn ich vor dem Herbst sterben will, soll ich ruhig trinken, wenn ich aber bis zum Frühjahr durchhalten will, dann keinen Tropfen mehr.«

Beide schwiegen eine Weile.

»Fescher Kerl, ihr Freund«, wiederholte Nande.

»Ich weiß«, sagte Mirko, »und auch sonst, er ist von einem Volkshelden der …« Zum ersten Mal überlegte er jetzt, wie der sympathische junge Mann mit dem Helden Silvester eigentlich verwandt war. Zur Grabnerin sagte er Mutter, in Wahrheit aber war sie seine Tante, so hieß es jedenfalls. Er schrieb sich Grabner, beim Händeschütteln hatte er sich als

Peter Grabner vorgestellt. Wahrscheinlich war er der Sohn ihres Bruders, sie sah ihn aber so liebevoll an, als wäre er ihr eigenes Kind. Nach dem Krieg sind viele aus den Lagern und aus der Vertreibung nicht mehr zurückgekehrt, überlegte Mirko. In den Wäldern gibt es viele Gräber, in denen unbekannte Soldaten aller Kriegsparteien liegen. Der Krieg hat alles vermischt und durchmischt. Die Leute haben einander aus dem Blick verloren und wiedergefunden ... Viele Kinder sind allein geblieben. Eltern haben ihre Kinder verloren, und Kinder ihre Eltern, Schwestern ihre Brüder. Tanten, Cousins, sogar Nachbarn haben sich der Kinder angenommen. Über die Grabnerin wusste Genosse Mirko nur, dass sie aus Dolina stammte. Er winkte ab. Ist ja egal, woher Peter kommt, er gehört zu ihr. Und zu uns. Er ist ein schöner und anständiger Bursche, und Mojca hat ihn gern, das ist das Wichtigste. Und Nada mag ihn auch, das ist wichtig. Mirko nahm die Flasche und wollte sich wieder einschenken, doch dann erinnerte er sich an Nande. Seine Hand blieb am Flaschenhals hängen, als wollte sie dort ein wenig ausruhen.

»Weißt du«, sagte Nande, »dass es mir manchmal leidtut, dass sie mich nicht umgebracht haben.«

Mirkos Hand ruhte immer noch auf dem Flaschenhals.

»Damals, weißt du noch, ihr wart auf dem Rückzug, da waren Hunderte von den Rupniks. Sie haben verbissener gekämpft als die Deutschen. Diese verbissenen Slowenen! Ich war oben und hab auf sie gefeuert, dass der Lauf meines MG geglüht hat. Der eine Kleine, *Sine* haben wir ihn gerufen, er hat mir die Munition rübergelangt und ich hab geschossen ... *Draufhalten ... Draufhalten!*, hat er mich ermuntert, während es gekracht und gepfiffen hat wie verrückt. Plötzlich war er still. Ich hab hingeschaut ... Ein Loch in der Stirn, die Augen offen, als wär er am Leben. Den Patronengurt hat er noch immer festgehalten ... Es war wie ein Stich ins Herz, ich kann's dir gar nicht sagen! Es war ungerecht. Er jung und tot, ich alt und am Leben. Ich bin einfach aufgestanden, hab die Zähne zusammengebissen, bin, *ihr weißgardistischen Scheißkerle*, mit dem MG nach unten marschiert und links und rechts dreingefahren wie mit der Sense. Damals, weißt du, hab ich sterben wollen. Es hätte mir überhaupt nichts ausgemacht, ich hab's mir direkt gewünscht. Aber sie haben den Schwanz eingezogen, und ich ihnen nach. Zwei Patronengurte hab ich noch umgehabt, dann die Handgranaten und die Pistole. Ich hab möglichst viele mitnehmen wollen, nur das, nicht nur wegen dem Sine. Der Tod war ständig bei uns, du weißt, wie viele gegangen sind, meine zwei Brüder, vom Jüngeren hab ich den Darm auf dem Schoß gehabt, das weißt du ja. Es war nicht der Tod des fünfzehnjährigen Sine, der mich den Tod hat suchen lassen, gar nicht, das Leben hat mir Sorgen gemacht, das Leben!« Er verstummte und schaute auf Mirkos Hand an der Flasche. »Das Leben, wie es nach alldem sein würde, nach diesem ganzen Morden. Das hat mir auf einmal Angst gemacht. Und ich hab recht gehabt.« Wieder verstummte er, es war, als müsste er eine Entscheidung treffen. »Wir haben es verschissen, wir sind zu weit gegangen, glaub ich. Nach dem Krieg sind wir zu weit gegangen. Wir hätten aufhören müssen, alle zusammen hätten wir aufhören müssen. Wir Kämpfer sind nicht für den Frieden geschaffen. Mir ist langweilig, Genosse Mirko, ich hab alles satt. Schenk mir ein!«, sagte er energisch und streckte sein Glas der Flasche entgegen. »Es spielt keine Rolle, ob im Frühjahr oder im Herbst, besser im Herbst. Die Erde ist weich und leichter zu schaufeln.«

Wortlos schenkte Mirko von dem goldgelben Cognac ein.

»Auf Mojca und ihren Freund!«, hob Nande das Glas, »wie heißt er doch gleich …?«

»Auf Peter«, sagte Mirko.

»Ja, auf Mojca und Peter! Ihnen gehört die Welt.« Und er trank das Glas mit einem Schluck leer.

Während die alten Kämpfer an der Flasche albanischen Cognacs hingen, schmusten Mojca und Peter in Peters Zimmer. Peter hatte den Stuhl vor die Tür gezogen, ihn unter die Klinke geklemmt und sich überzeugt, dass sich die Klinke nicht hinunterdrücken ließ. Mama Grabner guckte nämlich manchmal, ohne anzuklopfen, ins Zimmer und fragte: *Möchtet ihr Tee?* Mojca gefiel ihr, zugleich aber war sie eifersüchtig auf sie. Jetzt hatte Peter einfach nicht mehr so viel Zeit für sie wie früher, als er Mojca noch nicht kannte; und das mochte sie nicht. Außerdem fürchtete sie, dass die Kinder ein Kind machen würden, denn dann wäre alles vorbei gewesen, so, wie es bei ihr gewesen war. Vor ihrer Schwangerschaft hatten sie die Burschen aus allen Ecken Dolinas umschwirrt; Söhne reicher Bauern. Als sie aber ein Kind bekam, war sie nur noch die *Hure aus dem Graben*. Ein Kind zu haben, das verband die Grabnerin mit dem *Ende von allem*. Sie hatte Angst um Peter; sie glaubte nicht, dass sich gewisse Dinge, wie man ihr einzureden versuchte, in der *neuen Welt* wirklich verändert hatten.

Peter hatte sich entschlossen. Er stellte den Stuhl vor die Tür, und fertig. Auch wenn Mama die Klinke drücken und anklopfen und ihnen Tee und Kaffee und Himbeer- und Holundersaft anbieten würde, den sie selbst herstellte und auf den sie besonders stolz war, würden sie sich nicht melden. Auch wenn sie ihn später böse ansehen und einen Tag lang kein Wort mit ihm reden würde, er würde nicht aufmachen. Er schaltete im Zimmer das Licht ab und zündete eine Kerze an. Mojca lag aufgestützt auf dem Bett und sah ihm schelmisch zu.

»Hast du was Gröberes vor?«, fragte sie ihn herausfordernd. Er wurde rot und sagte: »Nein.« *Warum muss sie das sagen? Warum muss sie alles verderben?*, dachte er und setzte sich verärgert zu ihr.

»Schaltest du das Radio ein?«, sagte sie nach einer Weile, als wäre nichts passiert.

Er stand auf und drückte auf eine der vielen Tasten am unteren Teil des hölzernen Radioempfängers, der groß wie eine Kommode war. Es schnalzte ziemlich laut, und nach einer Weile ging das grüne Licht an und erhellte das Zimmer. Als der Apparat warmgelaufen war, konnte man langsam, wirklich ganz langsam, eine Stimme vernehmen. *Nikita Chruschtschow zum Vorsitzenden des Ministerrats der Sowjetunion ernannt, Genosse Tito …* Er drehte am Knopf, und es rauschte fürchterlich. Er suchte Musik. Ein kroatischer Sender, er war schwächer zu hören, aber trotzdem … *Opatijski festival eröffnet …* Und dann Musik: *Tata, kupi mi auto*, Ivo Robić und Zdenka Vučković.

»Das!«, klatschte Mojca in die Hände, stand auf und zog sofort den Rock aus. Dann schlüpfte sie nur im Höschen, das weiß war und ihr fast bis zur Mitte der Oberschenkel reichte, unter die Decke, die sie sich bis zur Nase hochzog. Aber ihre Augen sahen ihn an, als er beim Radio stand und Zdenka Vučković sang: *Tata, kupi mi auto …*

»Komm!«, sagte sie nach einer Weile, als sie sah, dass er keinerlei Anstalten machte.

»Ja, klar«, sagte er, als hätte er es sowieso vorgehabt, sei aber kurz durch irgendwas abgelenkt gewesen. Und er schlüpfte unter die Decke.

»Ziehst du nicht die Hose aus?«, fragte sie ihn.

Warum muss sie so direkt sein? Warum kann sie nicht still sein oder das irgendwie anders sagen, dachte er, sagte aber: »Ja, klar, sicher.« Und er stand auf und zog sich aus. Nur in der Unterhose schlüpfte er zu ihr.

Dann zog sie unter der Decke das Höschen aus, und nach

einer Weile, als sie ihm sagte: »Du auch!«, tat er es ihr nach. Beide Unterhosen fielen vor dem Bett auf den Boden.

Dann küsste er sie, von sich aus. Sie küsste ihn. Und dann küsste er wieder sie, und sie küsste wiederum ihn, und wahrscheinlich wäre es bis in alle Ewigkeit so weitergegangen, wenn Mojca ihn nicht während der ganzen Küsserei langsam auf sich gezogen hätte. »Weißt du«, sagte er zwischen den Küssen, als er ihre Haut auf seiner, ihren Bauch unter seinem spürte, »weißt du«, stotterte er und keuchte einigermaßen, »es ist …«, und er wusste nicht, wie er es sagen sollte … »Es ist bei mir das erste Mal …« Sie antwortete nicht. Er dachte, sie hätte es nicht gehört, *Gott sei Dank!* Sie küsste ihn und umarmte ihn und versuchte ihm zu helfen, sich und ihm, damit ihre Knutscherei nicht mit einer Verletzung endete; und als sie spürte, wie sein Körper so wahnsinnig ungeschickt den richtigen Weg suchte, hauchte sie in sein Ohr, das sich gerade vor ihrem Mund befand: »Bei mir auch.« Und das Radio leuchtete grün. Es leuchtete mehr, als es spielte. Aber trotzdem war *More, more* zu hören, das Lied, das Anica Zubović 1958 auf dem ersten Schlagerfestival in Opatija zum besten gab.

Das Vergessen

Das Vergessen ist die Anästhesie des Lebens.

Wir vergessen, damit es nicht wehtut, für den Augenblick. In Wahrheit aber vergessen wir nie ganz, wir löschen auf Zeit. Wir drängen etwas ins Vergessen, schieben es irgendwo nach hinten, um es irgendwann, wir wissen nicht, wann, wieder hervorzuholen. Das gilt vor allem für schmerzliche, unangenehme Ereignisse, Momente, Erkenntnisse, Erlebnisse. Ohne Vergessen würden wir nicht überleben. Und manche überleben eben deshalb nicht, weil sie nicht vergessen können. Wenn man vergisst, kann die Reise weitergehen. Wenn man nicht vergessen kann, tritt man auf der Stelle, rotiert, dreht sich im Kreis, stellt sich ständig Fragen, sucht nach Antworten, wiederholt Geschehenes, Bilder, Szenen, Gefühle, bis man anfängt, sich selbst aufzufressen, und am Ende die Wäscheleine aus dem untersten Fach der Kommode holt.

Am leichtesten und gründlichsten vergisst ein junger Mensch. Die Jugend sammelt Eindrücke, darum weichen die alten Bilder neuen, und die neuen werden immer mehr und mehr. Neue Empfindungen, interessante Ereignisse, neue Gefühle, neue Enttäuschungen, neue Einsichten und Kenntnisse. Junge Leute sind von der Gegenwart ganz in Beschlag genommen und überlassen sich der Zukunft. Die Jungen sind anpassungsfähig, halten vieles aus, das Überleben treibt sie an. Zellen wachsen, teilen sich, differenzieren sich, bilden Haufen, Keime. Junge Wunden verheilen schnell, ob auf der Haut oder in der Seele. Junge Menschen haben auch nichts für die Vergangenheit übrig, die Vergangenheit langweilt sie. Erst in den späten, reifen Jahren beginnen wir uns für das Vergangene, für unsere Wurzeln zu interessieren, erst dann bekommt die Vergangenheit Bedeutung für uns. Üblicherweise ist es dann schon zu spät. Die Großmütter und Großväter, die uns etwas hätten erzählen können, sind schon gestorben. Auch den Eltern haben wir für gewöhnlich die wichtigsten Fragen nicht gestellt. Als sie uns ihre Geschichte erzählt haben, haben wir nicht zugehört, jetzt, wo uns die Vergangenheit interessiert, sind sie nicht mehr da. Das wiederholt sich von Generation zu Generation.

Der kleine Peter hatte eine Weile noch gefragt, wo seine Mutter sei, wann sie ihn holen würde. Und die Grabnerin hatte zu ihm gesagt, *sie wird schon kommen, morgen kommt sie, wenn der Schnee fällt, kommt sie, wenn die Birke wieder grün ist, kommt sie.* So sprach sie, weil sie selbst daran glaubte. Als dann nach etwa einem Jahr auch den Graben die Gerüchte erreichten, dass die Deutschen, die Gottscheer und Deutschfreundlichen nicht mehr zurückkommen würden, dass sie in Gruben, Schluchten und Sturzbächen verschwunden oder über die Grenze geflohen seien, beschloss sie, dem kleinen, kaum fünfjährigen Peter nicht mehr zu sagen, dass seine Mutter zurückkommen würde. Sie sagte: *Mama ist fort, sie kommt nicht mehr.* Der kleine Peter schaute sie eine Weile verwundert an, dann sagte er: *Sie ist fort, sie kommt nicht mehr.* Die Grabnerin nickte. Auch der Kleine nickte. Der Grabnerin zerriss es das Herz, aber so war es nun mal. Es war die Wahrheit, sie tat weh, aber nur kurz. Wie ein kurzer Schnitt, der weniger schmerzt als eine lange und langsame Schinderei. Sie erinnerte sich, wie der Förster, ein Gottscheer Deutscher, der zeitweise ihr Liebhaber gewesen war, ihr geholfen hatte, das Holz für den Winter zu hacken. Er hatte es selbst angeboten. Mit der einen Hand packte er das Holztrumm, mit der anderen schwang er die Axt, und kein Trumm war so dick, dass es nicht mit einem Schlag entzweiging. Weil der Mann aber mit Schnaps abgefüllt war, holte er aus und hackte sich in den Daumen. Er hob die Hand, und der Finger, der nicht ganz abgetrennt war, baumelte herunter. Ohne viel Federlesens legte er ihn auf den Hackstock und schlug noch einmal zu. Der Daumen flog in den Schnee. Ein schneller, glatter Schnitt tut weniger weh als langes Herumdoktern. Und so sagte sie auch dem kleinen Peter, dass seine Mutter nicht mehr kommen würde. Und das Kind nahm es an und schob die Mutter weit weg, in einen heimlichen Winkel der Erinnerung.

Doch damit war es nicht getan. Die Grabnerin wollte dem Buben die Mutter unbedingt ersetzen. Sie wusste, dass ihr dies nicht in allem gelingen würde, sie wollte aber, dass es der Knabe möglichst gut und schön bei ihr hatte. Jeden Tag nahm sie sich Zeit für ihn. Sie hatte ihn überall dabei, sie schliefen gemeinsam. Obwohl der Knabe viele Jahre ins Bett machte, hielt sie ihm das nie vor, sie schimpfte ihn nie. Als der Mutter eines Volkshelden ging es ihr gut Als sie in die Stadt zogen, hatte es Peter besser als andere Kinder, wahrscheinlich fragte er auch deshalb nie nach der Mutter. Er träumte auch nicht mehr von ihr oder vom Vater, und an die Brüder konnte er sich sowieso kaum erinnern. Und so verblasste langsam das Gesicht der Mutter, vor allem, weil er kein Bild von ihr besaß, keinen Gegenstand, der ihn an sein früheres, sein frühestes Leben erinnert hätte. Die Grabnerin ging nie ins Gasthaus, in Peters Geburtshaus, um nach etwas zu suchen, das den Buben später an seine richtige Familie erinnert hätte. Nicht, dass sie nicht gewollt hätte, sie dachte einfach nicht, dass es wichtig sein könnte. Sie war eben jemand, der über solche Dinge nicht nachdachte. Außerdem war das Gasthaus schon am ersten Tag geplündert worden. Einen Teil hatten die Knechte und Mägde davongetragen, den Rest zufällige Passanten. Eigentlich hatte die Grabnerin ihre Brotgeber immer auch als ihre Ausbeuter empfunden und sie deshalb gehasst. Manchmal bekam sie Geld, meistens nicht, weil man in ihr nichts weiter als eine Art geknechtetes Familienmitglied sah.

Und so wurde die Grabnerin allmählich zu Peters einziger Familie und zur einzigen Vergangenheit, an die er sich erinnerte. Wenn er sie gefragt hätten, was er aber nie tat, wo seine Eltern wären, woher er kam, wer er war, was die Bilder bedeuteten, die er manchmal träumte, dann hätte ihm die Grabnerin die Wahrheit gesagt. Vielleicht hätte sie nicht gerade gesagt, dass seine Eltern Volksverräter waren, die mit den Besatzern paktiert hätten und darum geflohen, irgendwo untergetaucht wären, aber sie hätte ihn jedenfalls nicht angelogen. Sie dachte öfter darüber nach, was sie ihm sagen sollte, wenn er sie fragen würde. Besonders in der Zeit, als der Knabe ins Gymnasium kam, machte ihr das Sorgen. Was sollte sie ihm sagen? Dann entschied sie, ihm zu sagen, dass seine Eltern Deutsche waren, die nach dem Krieg mit der deutschen Armee abgezogen seien und ihn nur vorübergehend bei ihr gelassen hätten. Doch dann habe sich ihre Spur verloren, vermutlich seien sie im Wirrwarr der Nachkriegszeit verschwunden. Etwas in der Art hätte sie ihm gesagt, wenn er gefragt hätte. Doch Peter fragte nicht. In Wahrheit setzte er sich damit gar nicht auseinander, es gab so viel anderes. Mojca kam, er schloss das Gymnasium ab, maturierte mit Auszeichnung. Man lud ihn ein, der Jugendorganisation beizutreten, was er mit Freude tat. Am 25. Mai wurde ihm und noch vielen anderen im Stadion das Jugendabzeichen verliehen, auch Mojca. Sie waren glückliche junge Leute. Die Abzeichen überreichte Mojcas Vater. Alles war miteinander verwoben, alles war schön. Mama Grabner war sehr stolz. Alle gratulierten ihr. Ihr. Weil sie so einen prächtigen und gescheiten Buben hatte und weil er und Mojca ein so schönes Paar waren. Auch Genosse Mirko und Genossin Nada waren auf den Freund ihrer Tochter stolz. Immer öfter übernachtete er in Mojcas Zimmer. Er war mehr bei den Bregars als daheim, worüber die Grabnerin anfangs betrübt war, womit sie sich aber allmählich abfand. Peter beschäftigte sich in diesen späten Fünfzigerjahren überhaupt nicht mit der Vergangenheit. Die Zukunft brauste ihm in einem Tempo entgegen, dass für einen Blick zurück überhaupt keine Zeit war. Nur manchmal, wenn Mojca und er nach dem Liebesakt auf dem Bett lagen und zur Decke starrten, während das Radio nette melancholische Schlager spielte, aber auch Jazz, und sie bei guter Wetterlage auch italienische Sender reinbekamen, schloss er die Augen und ein Bild tauchte auf, von dem er nicht wusste, woher es kam. Das Bild eines Holzpferds, das vor ihm hin und her schaukelte und groß war wie die ganze Welt, das Bild von Leuten, die sich niederbeugten und *wutzi-wutzi* zu ihm sagten, das Gesicht einer Frau mit einem lächerlich großen Hut und die Figur eines glatzköpfigen, dicken Mannes, der ihn umarmte und in die Luft warf, und auch das Bild einer Straße mit niedrigen Häusern auf beiden Seiten … Manchmal passierte es ihm, dass er auf der Straße stehenblieb, weil ein Geruch an ihm vorbeizog, der ihn an etwas erinnerte, und er wusste nicht, woran. Dann dachte er kurz an die Vergangenheit, aber nicht übertrieben interessiert, es war einfach etwas aus einer fernen Zeit, von dem er nicht sicher war, ob er darin vorkam, vielleicht hatte man ihm auch nur davon erzählt … Erinnerungen, die keine Erinnerungen waren, denn er wusste nicht genau, ob es überhaupt Erinnerungen waren, und wenn ja, wessen Erinnerungen, sie verschwanden im Nu, wenn Mojca sich an ihn schmiegte.

Seit er Mojca kannte, gab es auf der Welt nichts Wichtigeres mehr als sie, denn die junge Liebe hat die Kraft, alles zu überwinden und zu ersetzen. So war das mit der Vergangenheit im ersten und zweiten Jahrzehnt nach dem großen

Krieg. Die Menschen, das lehrt uns die historische und die menschliche Erfahrung, wollen sich nach Kriegen eine ganze Weile nicht erinnern. Sie wollen nur vergessen. Sie wollen nur leben, bauen, weitermachen, lieben, ausruhen. Und so war es auch in Peters und Mojcas Jugend. Ihre Generation hatte die Geschichten über Helden wie Nande und über heroische Schlachten, die Schuldzuweisungen, kurz: die Vergangenheit satt, die eigene und die fremde.

Weil Peter immer *daheim* bei Mojca war, fühlte sich die Grabnerin einsam. Sie suchte den Fotografen auf, der sie und Peter unter der Gedenktafel fotografiert hatte, die sie sich nie wieder angeschaut hatte, so war sie eben. Sie wollte, dass er das Foto vergrößerte, und zwar so, dass darauf nur sie und Peter zu sehen wären. Dann ließ sie noch eine Vergrößerung machen, auf der nur Peter war, der mit verwirrtem, aber glücklichem Blick irgendwie über den Rand hinausschaute. Dieses Foto ließ sie rahmen. Sie wählte einen hässlichen Rahmen, die Verkäuferin sagte: *Der Rahmen ist viel zu massiv für ein Bild von einem so schönen jungen Mann, gnädige Frau.* Die Grabnerin sah sie nur böse an.

Trotz des Fotos, das sie immer vor sich hatte, tagsüber in der Küche, abends auf dem Nachtkästchen, war ihr langweilig. Den Großteil der Woche war sie allein zu Hause. Sonntags kochte sie ein Mittagessen, dann kamen beide, Peter und Mojca. Sogar bei Tisch drückten und berührten sie einander ständig. Dann fasste sie sich eines Tages ein Herz und ging zu Fuß *unter die Burg*, wo die Bregars ihr Haus hatten. Sie klingelte. Nur Mojcas Mutter war da. Die Grabnerin unterhielt sich nicht gern mit Nada. Sie sah in ihr immer eine Fremde. Sie hatte noch immer einen leichten Akzent, weil sie Serbin war, aber das allein war es nicht. Nada erinnerte die Grabnerin in gewisser Hinsicht an Maria von Eichhein: etwas Herrschaftliches haftete ihr an, etwas Erhabenes.

»Ich hab gedacht, Genosse Mirko ist vielleicht da«, sagte sie.

»Mirko ist in Belgrad auf einer Wirtschaftskonferenz«, antwortete Genossin Nada. »Kann ich irgendwie helfen?«

Zuerst schüttelte die Grabnerin entschieden den Kopf, dann hob sie die Schultern: »Ich weiß nicht, vielleicht.«

Nada lächelte, was bedeutete, *na, dann raus damit!*

Die Grabnerin schluckte, dann sagte sie: »Ich frag ja nur … Ich hab mich noch nicht entschieden, es interessiert mich nur.«

Nada nickte wieder.

»Ich hab mich zuerst mit Peter beraten wollen, aber er ist ja mehr bei euch als daheim«, sagte sie, ohne sich im Geringsten zu bemühen, den vorwurfsvollen Ton zu verstecken.

Nada lächelte nur und überhörte elegant und im Einklang mit ihren bürgerlichen Belgrader Manieren den Vorwurf, der in den Worten der Grabnerin mitschwang.

»Gut«, nickte die Grabnerin noch einmal, als nähme sie ihren Mut zusammen und Anlauf für das, was sie quälte: »Ich würd gern wissen, ob ihr mir die Pension wegnehmt, wenn ich anfange, in die Kirche zu gehen«, presste sie schließlich heraus und fügte hinzu: »Ich möchte es nur wissen, ich hab noch gar nichts entschieden.«

Nada konnte nicht anders, als laut zu lachen. »Gute Frau«, sagte sie und verwendete absichtlich nicht das Wort *Genossin*, »niemand wird Ihnen die Pension wegnehmen. Wenn Sie wollen, können Sie jeden Tag in die Kirche gehen, in der Früh und am Abend.«

»Ich bin ja nicht fromm«, begann sich die Grabnerin zu rechtfertigen, »bei uns ist man halt in die Kirche gegangen, aber nicht zu oft. Ich war nie, wirklich nie in der Kirche, meine Mutter ist auf ihre alten Tage ständig dort gehockt, ich nicht. Ich bin getauft, das ist schon alles. In Wahrheit weiß ich aber nicht einmal das, vielleicht bin ich's, vielleicht nicht. Aber neulich ist mir das eingefallen, irgendwie ist mir eingefallen, dass es schön war. Als ich ein Kind war.«

Dann verstummte sie.

Sie hatte das Gefühl, zu viel gesagt zu haben. Sie begann sich zu schämen, für die Erinnerung, das Bild, das von irgendwoher in ihr Leben hineingeschwappt war.

Manchmal kommen Erinnerungen ungefragt, aber im Grunde ist uns klar, was sie bedeuten. Der Mensch vergisst nichts, er glaubt nur, vergessen zu haben. Wir sind aus demselben Stoff wie unsere Erinnerungen, die abgespeichert, aber nie wirklich gelöscht werden.

»Könnten Sie für alle Fälle auch noch den Genossen Mirko fragen?«, bat die Grabnerin.

»Keine Sorge. Mirko wird dasselbe sagen. Natürlich können Sie in die Kirche gehen«, sagte Nada und glaubte der Grabnerin auf die Schulter klopfen und sie trösten zu müssen.

Die Grabnerin stand auf. »Danke«, sagte sie und ging zur Tür. »Und sagen Sie Peter, er soll wieder mal heimkommen.« Sie fügte es in einem ernsten Tonfall hinzu, auch wenn es Genossin Nada als Scherz auffasste.

»Ich sag's ihm, natürlich. Jetzt sind wir ja sowieso bald verwandt«, sagte sie noch und biss sich im selben Moment auf die Zunge. Sie erinnerte sich, dass Peter die freudige Nachricht der Grabnerin selbst überbringen wollte. Mojca war schwanger.

Die Hochzeit, die Armee und die Metzgerei

In Wahrheit kam zuerst die Armee und dann die Hochzeit, beziehungsweise kam zuerst die Einberufung nach Zaječar, ins ferne, ferne Südserbien. Peter hatte keine Lust, so weit von Mojca entfernt zu sein, vor allem jetzt, wo sie schwanger war. Doch als guter Jungsozialist fügte er sich gehorsam. Noch einen Monat, dann ab in die Armee. *Hoppala*, sagte Genossin Nada, *willst du dich einfach so aus dem Staub machen?! Kommt ja gar nicht in Frage. Zuerst die Hochzeit, dann die Armee.* Und sie lachte. Dieses ansteckende, klingende Lachen, das einfach nicht aufhören wollte, wenn es einmal begonnen hatte, hatte Mojca von ihrer Mutter geerbt. Kein Zweifel.

Es wird eine bescheidene, sozialistische, kommunistische Hochzeit sein, ohne viel Tamtam, beschloss Genosse Mirko. Die Grabnerin weinte, aber nicht vor Peter, sie weinte in der Kirche, in der hintersten Bank, direkt neben der Seitenkapelle der Muttergottes. Sie wusste nicht, warum. Ihr schien, dass Peter, ihr kleiner Peter, jetzt wirklich und endgültig drauf und dran war, sie zu verlassen.

Geheiratet wurde auf dem Standesamt. Die Stadtverwaltung befand sich im unteren Stadtteil, genauer gesagt dort, wo in der Besatzungszeit das Garnisonskommando seine Räume gehabt hatte und wo vor knapp zwei Jahrzehnten Maria Novak-Eichhein und Ana Grabner den Oberstgruppenführer Generaloberst Ernest Gruber um das Leben von Silvester Grabner hatten bitten wollen. Er aber hatte sie vor seiner Kanzlei, in der jetzt die Hochzeitsleute saßen, bis zum Abend warten lassen, um ihnen durch seinen jungen Adjutanten auszurichten, dass er sie leider nicht empfangen könne und dass man den Grabner-Sohn schon der Gestapo übergeben habe. Das war auch der Grund dafür, dass die Grabnerin den Trauungssaal nicht betreten wollte und lieber draußen im Stadtpark wartete, was damals alle für eine Marotte hielten. Der Brautvater erklärte es sich mit dem Starrsinn eines *Bauernweibes*, das beleidigt war, weil die Hochzeit nicht in der Kirche stattfand. Alle hatten natürlich schon vergessen oder vergessen wollen, dass einst in genau diesem Rittersaal der Oberstgruppenführer über Leben und Tod entschieden hatte. In den frühen Sechzigerjahren hauchten die jungen Leute dortselbst ihr lebenswichtiges Ja, und zwar unter Titos Porträt neben der Staatsflagge, und eine Zeitlang sogar neben der roten Parteifahne. Auch heute wird dort geheiratet, nur die Bilder und die Embleme an den Wänden sind wieder andere.

Zur Hochzeit waren Peters und Mojcas Mitschüler und eine ganze Reihe Partisanen gekommen, die die Jungvermählten gar nicht kannten. Auch Nande war dabei, was verständlich war, denn er war ein Freund des Vaters und Mojcas Arbeitgeber, Nadas Eltern aus Belgrad waren da, also Mojcas Großeltern, und noch viele andere. Aus der bescheidenen sozialistischen Heirat wurde eine große Hochzeit. Genosse Mirko reservierte ein Gasthaus etwas außerhalb der Stadt, aber nicht zu weit draußen, unter einem großen, überhängenden Felsen. Das Gasthaus hieß deshalb *Skalna klet*, Felsenkeller. Vor dem Krieg hatte es dort auch ein paar Bocciabahnen gegeben, darum waren im Königreich Jugoslawien genau dort die Balkanmeisterschaften in Boccia abgehalten worden. Die teilnehmenden Vereine waren außer aus Jugoslawien auch aus Albanien und Griechenland gekommen, und in den umliegenden Dörfern hatten im darauffolgenden Jahr viele Kinder das Licht der Welt erblickt, die griechische und sogar albanische Vornamen trugen. Seit dem Krieg befanden sich im Gastgarten, im Schatten der hohen und alten Kastanien, die schon so manches *gesehen* hatten, anstelle der Bocciabahnen lange Gasthaustische mit Bänken. Die Gesellschaft besetzte die gesamte Gaststätte, und weil Mirko eine wichtige Parteiautorität war, kamen zur Hochzeit auch Parteikollegen aus der Hauptstadt, die aber bald wieder gingen. Es gab Livemusik, die Band spielte alles, von Schlagern des Festivals in Opatija bis zur *seichten imperialistischen Musik*, die die Jungvermählten und ihre Mitschüler liebten. Zum Schluss wurden auf Nadas Wunsch Altstädter Lieder aus Belgrad gesungen, serbischer Kolo und Oberkrainer Polka getanzt. Zwischendurch mussten alle zusammen, auf besonderen Wunsch Nandes, sein Lieblingslied anstimmen: *Jutri gremo v napad*, Morgen greifen wir an.

Peter und Mojca fühlten sich in der Gesellschaft der alten Kämpfer nicht sonderlich wohl, darum übersiedelten sie mit den Jungen auf die nahegelegene Wiese und holten sich im Felsenkeller lediglich Getränke und Essen. Die Hochzeitsfeier im Gasthaus verwandelte sich dadurch immer mehr zu einem Veteranenfest. Als der Mond schon kräftig schien, es war Vollmond, wankte Genosse Mirko zur Gruppe der Jungen. Er hatte ein Geschenk für das frischvermählte Paar, ein sehr spezielles. Er zog einen blauen Umschlag aus der Tasche und sagte, *dass er persönlich, nur er, persönlich und noch einmal persönlich, und sie hätten es ihm nicht ausschlagen können, weil er, er persönlich, dieses Land befreit und ihm die Freiheit gegeben habe, er und Tito und Nande, die gekämpft hätten, Blut und Tote gesehen hätten, und deshalb hätten sie auf der Gemeinde, im Stellungsamt, nicht nein sagen können, sollen sie es nur wagen, Nande hat noch immer das MG, und er zwei Handgranaten und die Pistole unten in der Lade zwischen den Leintüchern und Bettbezügen seiner Frau, aber es sei nicht nötig gewesen, die Schusswaffen zu gebrauchen, weil er alles geregelt …* Es hatte den Anschein, dass der glücklich betrunkene Vater auf der Hochzeit seiner Tochter nicht über die Lippen bringen würde, warum er zu den Jungen und ihren Hochzeitsgästen herausgekommen war, aber schließlich überreichte er Peter doch das blaue Kuvert und schaukelte zurück ins Gasthaus, wo Nande schon zum x-ten Mal alle nötigte, einträchtig sein Lied anzustimmen.

Genosse Mirko hatte es so eingerichtet, dass Peter seinen Militärdienst nicht in Zaječar ableisten musste, wo sich eine Art Strafkaserne befand, eine Kaserne für junge Delinquenten, Gegner des Sozialismus und für die Söhne von Schleichhändlern, Verrätern und überhaupt *inneren Feinden*. Jetzt hielt Peter einen Bescheid in der Hand, dem zufolge er sich in der Marschall-Tito-Kaserne in Pula zu melden hatte. Was natürlich viel näher war. Diese Kaserne war eine elitäre Einrichtung, eine Schule für Marineunteroffiziere. Mojca und Peter freuten sich, denn auf diese Weise würden sie die zwei langen Jahre leichter überstehen.

Zweifellos war Genosse Mirko in der Position, seinem Schwiegersohn problemlos einen besseren und bequemeren Ort für die Ableistung des Militärdienstes zu besorgen. Er war politischer Funktionär, ein bedeutender Kämpfer und Kommunist. Auf jeden Fall aber musste es ihn verwundert haben, dass Peter in eine derart weit entfernte Kaserne einberufen worden war, die für ihren besonderen Umgang mit problematischen Jugendlichen berüchtigt war. Als ausgefuchster Parteigenosse wusste er, dass so etwas nicht ohne Absicht geschah. Und wenn er sich der Sache angenommen hatte, musste ihm sehr schnell klar geworden sein, wer Peter war, aus welcher Familie er stammte und wie Peters Vergangenheit mit seiner eigenen verbunden war. Schwer, sich vorzustellen, dass es anders gewesen sein könnte. Die Beamten in der Rekrutierungskanzlei hatten Zugang zu den Daten der Staatssicherheit, und auch wenn Peter jetzt von Amts wegen

Grabner hieß, so war vermutlich trotzdem irgendwo, *die Udba weiß alles,* wie die Leute sagten, seine wahre familiäre Herkunft verzeichnet.

Kann aber trotzdem sein, dass dem nicht so war. In jener Zeit galt die politische Doktrin, dass *Brüderlichkeit und Einheit* des neuen Staates dadurch zu stärken seien, dass die junge Generation an verschiedene und möglichst weit entfernte Enden der gemeinsamen Heimat verschickt wurde. So würden sich die Jungen kennenlernen, wertvolle zwischenmenschliche und freundschaftliche Kontakte knüpfen, die einzig und allein die blutigen Konflikte, die schon immer wie ein schlafender Vulkan in diesem Teil der Welt zu Hause waren, verhindern würden. Kann sein, dass es so war. Und dass Genosse Mirko auch damals nichts über Peters Herkunft erfuhr.

Es gibt natürlich noch eine dritte, sehr naheliegende Möglichkeit. Die Archive, die Aufzeichnungen der Geheimpolizei, der Staatssicherheit und des Militärsicherheitsdienstes waren gar nicht so detailliert und systematisch. Da gab es große *Ungenauigkeiten,* wenn man es überhaupt so nennen kann. Es gab viel Konfusion und fatale Missgeschicke, die glatt unter den Teppich gekehrt wurden, denn es war viel besser, wenn die Leute glaubten, dass die Geheimpolizei genau informiert war und dass ihr niemand so einfach durch die Lappen ging. Gleich nach dem Krieg geschah es zum Beispiel, dass ein Kollaborateur, ein Verräter, liquidiert werden sollte, der nicht nur aus Geldgier denunziert hatte, sondern aus purem Vergnügen. Sie kamen in der Nacht und klopften an. Ein schnurrbärtiger Mann machte auf und bekam sofort einen Schuss in den Bauch und noch einen in den Kopf. Seine Frau lief herbei und begann zu schreien: *Mate, joj, mein Mate!!* Die Burschen vor der Tür schauten einander an. *Ist das nicht Ervin?,* fragte der junge operative Agent, der eine, der den Bauchschuss abgegeben hatte. *Was für ein Ervin? Das ist Mate, mein Mate!! Vorige Woche ist er aus der Brigade gekommen!* Und sie kniete sich zu ihm und weinte und rang die Hände. Die Leute von der Spionageabwehr sahen einander an. *Wo ist dann Ervin?* Die Frau rang die Hände, *dort, dort!*, und zeigte auf das Haus nebenan. Die Burschen kratzten sich die Köpfe, drehten sich um und klopften beim Nachbarn, wo sie unterm Bett einen schnurrbärtigen Mann fanden, der das Vaterunser betete. *Bist du Ervin?*, fragten sie für alle Fälle. *Nein, bin ich nicht*, jammerte er. Sie glaubten ihm nicht. Auch ihm schossen sie zuerst in den Bauch, dann in den Kopf.

Trotz allem, der Krieg hatte lange gedauert, und nach dem Krieg musste alles neu organisiert werden, daher kam es zu gewissen Oberflächlichkeiten, Beliebigkeiten, *balkanischen Schlampereien*, würden die Leute sagen, und es kann gut sein, dass Peter nirgends als Sonderfall, als gesellschaftsschädlich registriert war. Vor allem auch, weil er mit der Grabnerin verbunden war, der Mutter eines Volkshelden. Er trug ihren Familiennamen, er war ihr Kind, ihr Neffe, was immer, und ein Teil der Märtyreraureole des Helden Silvester beschien auch ihn. Außerdem: Als er das Gymnasium abschloss, war er Mitglied der Jugendorganisation, er war Klassensprecher, ein guter sozialistischer Sportler und Vorzugsschüler. Selbst wenn irgendwo etwas über ihn stand, korrigierten es die Beamten, löschten es, als einen Fehler, ein Versehen.

Außerdem bekamen viele seiner Mitschüler zur selben Zeit die Einberufung in dieselbe Kaserne oder an ähnlich entfernte Orte des neuen Staates. Darum kann es wirklich sein, dass Genosse Mirko Bregar damals, als er sich der Sache mit der Einberufung annahm, nichts erfuhr, gar nichts. Sein Verhältnis zu Peter änderte sich nämlich nicht. Seine Liebe nahm im Gegenteil noch zu; er verhielt sich seinem Schwiegersohn gegenüber immer mehr wie ein Vater, und mehr als einmal sagte er: *Ich habe nicht nur einen Schwiegersohn, sondern auch einen Sohn bekommen.*

Das aber konnte wiederum eine Reaktion auf die Wahrheit sein, die er erfuhr. Wir können auch die Wahrheit verdecken, indem wir uns paradox verhalten, statt feindschaftlich liebevoll, statt argwöhnisch offen. Kann sein, dass es sogar der erste bewusste Schritt zur sogenannten Versöhnung war, von der man im Land erst gut zwei Jahrzehnte später zu reden begann. Wer weiß, wir werden es nie wissen, und es ist gut so.

Peter rückte ein. Auch der Abschied war ein besonderes Ereignis. Eigentlich ging eine ganze Generation von Jungmännern zum Militär. Die Bahnhöfe waren voller Burschen und Mädchen. Sie winkten mit Fahnen, winkten mit Flaschen, sogar die Miliz hatte ein Auge auf die jungen Hallodris, und beim Bahnhof standen Erste-Hilfe-Zelte für den Fall, dass einer der euphorischen Jünglinge stürzte und sich verletzte. In Wirklichkeit wurde vielen in den Zelten nur der Magen ausgepumpt. Natürlich gab es viel Freude und auch viel Wehmut. Die Mädchen weinten. Einige Paare liefen kurz vor der Abfahrt des Zugs hinter die Güterwaggons für eine letzte, schnelle Nummer. Da hinten war wirklich was los. Sie nahmen voneinander überhaupt keine Notiz, sie lagen neben- und aufeinander, manche standen, die Mädchen stützten sich an den ausrangierten Waggons ab, und die Burschen nahmen mit zusammengebissenen Zähnen und glasigem Blick ihre süßen jungen, hübschen Mädchen von hinten. Es war eine lange, unüberschaubare Reihe von Paaren, die noch ein letztes Mal vor der langen Abstinenz Liebeslust erfahren wollten, während die Züge auf den ersten Gleisen pfiffen und die Abfahrt ankündigten.

Mojca sah man den wachsenden Bauch schon recht deutlich an. Und sie war nicht die Einzige, viele schwangere Mädchen standen am Bahnsteig, wischten sich die Tränen ab und winkten den abfahrenden Zügen nach.

Gleich nach der Ankunft in Pula, in der Kaserne *Marschall Tito*, schrieb Peter ihr einen Brief. Und Mojca, gleich nach ihrer Ankunft zu Hause, schrieb ihm. Und so schrieben sie sich jeden Tag. Manchmal auch zweimal am Tag, morgens und abends. Peter besorgte sich in der Kaserne eine Schuhschachtel, die etwa so breit war wie die Briefe, und bewahrte darin Mojcas Schreiben auf. Jeden ihrer Briefe markierte er links oben mit einer Nummer. Bis zum Ende des Militärdienstes füllten ihre Briefe drei Schachteln, insgesamt waren es 833. Und genauso nummerierte auch Mojca seine Briefe und hob sie auf, und zwar in der unteren Lade ihres Schreibtisches, den Schlüssel trug sie an ihrem Halskettchen. Auch er verbarg ihre Briefe vor den anderen. Sie schrieben sich so manches. Er bat sie um ein Löckchen ihres dunklen Schamhaars, damit er vor dem Einschlafen daran riechen, es zwischen den Fingern drehen und an sie denken konnte. Und sie schickte es ihm. Und er schickte ihr im nächsten Brief ein ganzes Büschel, als wollte er mit der schieren Menge zeigen und beweisen, dass er sie noch mehr vermisste, noch mehr liebte.

Irgendwann im ersten Drittel von Peters Militärzeit fand die Entbindung statt. Ein Mädchen. Genosse Mirko Bregar intervenierte sofort, und Peter bekam fünfzehn Tage Sonderurlaub. Das Mädchen wurde natürlich nicht getauft. Aber man suchte lange und bedächtig nach einem Namen. Sie saßen im Haus unter der Burg, auch die Grabnerin war da und Großmutter Nada und natürlich der MG-Schütze Nande, der sich hingeschleppt hatte, er war sehr krank und ganz gelb. Die Ärztin hatte gesagt, dass er ein medizinisches Wunder sei, und bitter gescherzt, dass man sich in Amerika, in Houston, für seinen Fall interessiere.

»Wie wär's mit Nada«, sagte Genosse Großvater Mirko.

Nada winkte ab: »Mein Name hat mir nie gefallen, und jetzt soll ich noch meine Enkelin so rufen!«

Und sie schwiegen ein wenig.

»Stanka«, sagte Nande.

»Warum denn Stanka?«, wunderte sich Mirko.

»Nach Kommandant Stane«, antwortete Nande mit großer Selbstverständlichkeit und trank seinen Obstler aus.

Peter und Mojca lachten. Mirko und Nada schüttelten den Kopf.

Und sie schwiegen wieder.

»Marija«, sagte die Grabnerin nach einer Weile leise. Alle schauten sie an. *Die Alte spinnt. Sie geht zu viel in die Kirche*, dachte Mirko. »Marija ist ein schöner Name«, wiederholte die Grabnerin leise.

Keiner sagte etwas, sie überhörten es einfach. Sie wollten sie nicht kränken, *das ist so kirchlich, klerikal, schwarz, unmodern, unsozialistisch, reaktionär …* Man schwieg lieber.

»Was meinen denn die Jungen?«, fragte schließlich Großmutter Nada. *»Es ist ihr Kind! Was mischen wir uns da ein!«*

Offenbar war sie ziemlich aufgeregt, denn nur dann redete sie in ihrer Muttersprache.

»Na?!«, sagte Großvater Mirko.

Mojca und Peter schauten sich an, dann sagte Mojca: »Ich denke mir, Ana wär schön.«

Die Grabnerin war den Tränen nahe.

»Wie wär's mit Tita?«, murmelte Nande und trank aus.

»Ein schöner Name, Ana«, nickte Großmutter Nada.

»Ana Marija«, murmelte die Grabnerin.

»Die Kirche lassen wir da raus«, polterte Großvater Mirko. »Ana soll sie heißen!« Und er schenkte allen ein, dem MG-Schützen etwas weniger. »Auf Ana! Auf Jugoslawien! Auf den Sozialismus, der überall siegen wird! Zum Wohl!«

Das Mädchen hieß am Ende trotzdem Ana Marija. Die Grabnerin hatte lange genug auf die jungen Eltern eingeredet, *was, wenn die Kommunisten nicht ewig da sind, wenn sich die Welt verändert? Marija ist ein schöner Name und passt in jede Zeit. Ana Marija.* Die Grabnerin siegte, der Säugling wurde als Ana Marija ins Personenstandsregister eingetragen. Damals versäumte die Grabnerin die letzte Gelegenheit, Peter zu sagen, wie sie auf den Namen Marija gekommen und warum der Name wichtig war, besonders für ihn.

Peter kehrte nach Pula zurück. Am 25. Mai wurde er in die Kommunistische Partei aufgenommen. Zu dieser Feierlichkeit kamen Nada und Mirko, zusammen mit Mojca und der kleinen Ana Marija. Genosse Mirko überraschte den Schwiegersohn mit seinem buschigen und ganz grauen Schnurrbart, den er sich gleich nach der Geburt der ersten Enkelin hatte stehen lassen, wie er sagte. Auch sein dichtes Haar war in den wenigen Monaten fast völlig ergraut. *Das passt zu Großvätern*, sagte er, *wenn man Opa wird, wird man grau und lässt sich einen Bart stehen. Aber nicht aus Sorge, aus Freude!*, setzte er noch hinzu, gleichzeitig rückte er damit heraus, dass er dem Schwiegersohn bei seinen Partisanengenossen ein *sehr verlängertes* Wochenende verschafft habe, das fast die ganze Woche dauern würde. Die ganze erweiterte Familie wohnte in einem schönen Armeehotel, das eigentlich der Partei gehörte. So verbanden alle Peters Militärdienst mit einem Sommerurlaub. Die junge Familie hatte ihr Appartement, einen Stock tiefer hatten Opa und Oma ihr Zimmer. Und Mojca wurde wieder schwanger.

Als sie nach Hause kamen, erfuhren sie, dass das medizinische Phänomen, der MG-Schütze Nande, gestorben war. Mojca übernahm die Metzgerei.

Nach der Rückkehr aus der Jugoslawischen Volksarmee ging Peter nicht auf die Universität. Er hatte zwei Töchter,

Ana Marija und die ein knappes Jahr jüngere Nada, Mojca nahm indessen die Umgestaltung der Metzgerei ernsthaft in Angriff, die sie zusehends in einen modern ausgestatteten Feinkostladen verwandelte. Peter begann als sozialistischer Beamter in der Stadtverwaltung zu arbeiten. Kann durchaus sein, dass er durch dieselben Büros spazierte wie einst sein Vater Mihael, der vor seiner Zeit als Bürgermeister eine Weile als Beamter in der Stadt gearbeitet hatte. Doch davon wusste Peter natürlich nichts.

Das Studium verschoben Mojca und Peter auf künftige Zeiten. Später stellten sie fest, dass künftig so viel bedeutete wie *nie*. Aber sie nahmen das sehr gelassen, ihr Leben verlief geordnet und ruhig, eigentlich blutleer und ambitionslos. Die Siebzigerjahre brachen an. Diverse Krisen kamen und gingen. Die ungarische, die kubanische, die liberale, die kulturelle … Man baute Hochhäuser, Gewerkschaftsferienheime, Wochenendhäuser, Kindergärten, Schulen, Stadien, zwischendurch auch mal ein Theater und eine Galerie. Die Menschen verließen die alten Stadtkerne und zogen in die neuen Wohnsiedlungen. Jeder etwas größere Ort musste sein Hochhaus haben. Höher und höher und noch höher. Fortschritt! Neue Fabriken! Neue Schlager! Festivals! Konzerte! Vielleicht auch mal ein Streik, ein paar wilde, zornige Jünglinge, ein paar kämpferische Philosophen, die sich alles ganz anders vorstellten, doch darüber berichtete und debattierte niemand, und wenn doch etwas zu hören war, reagierten die Leute nicht, sondern gingen lieber auf ihre Parzelle und halfen mal bei diesem, mal bei jenem Nachbarn die *Platte* für ein Wochenendhäuschen *zu legen*.

In Dolina wurde aus der alten Eichhein-Tischlerei eine große Holzfabrik mit tausend Arbeitern. Im Ort entstanden noch zwei weitere Betriebe, eine Zuckerraffinerie und eine große Fabrik für landwirtschaftliche Geräte, die aus Plattners

Transportunternehmen hervorging. Der Ort am Fuß der Grmada wurde zu einem ziemlich bedeutenden wirtschaftlichen Zentrum. In den Fabriken waren Arbeiter aus den anderen Republiken des neuentstandenen Staates tätig. Sie wohnten in solide gebauten, schönen Wohnungen, denn *für unsere Arbeiter ist nichts gut genug*, wie Genosse Tito sagte. Sie gründeten Familien, spielten sonntagnachmittags Fußball oder picknickten bei den Resten der Burg beziehungsweise der Villa Eichhein. Auf dem Feld, auf dem einst das Partisanenbataillon niedergemetzelt worden war, wurden kleine Arbeiterhäuser errichtet, sogenannte Doppelhäuser. Am Straßenrand befand sich übrigens eine Marmortafel zum Gedenken an die *Schlacht* des Bataillons. In den schwarzen Marmor hatte man folgende Worte eingraviert: *In den Lebenden werdet ihr für immer leben.*

Heute gibt es auch diese Tafel nicht mehr, in den Neunzigern wurde die Straße verbreitert, und man *vergaß*, die Tafel wieder aufzustellen. Das hatte auch damit zu tun, dass ein Politiker die Leitung des Bezirks übernahm, der der Erinnerung an die Partisanen und die sozialistische Vergangenheit nicht sonderlich gewogen war, und so fand das Denkmal, das den Ort bezeichnete, an dem vierzig junge Menschen massakriert worden waren, in unserer Gegenwart keinen Platz mehr. Wenn die Bewohner der niedrigen sozialistischen Häuschen, die mittlerweile durch Anbauten ergänzt und zu Villen ausgebaut sind, in ihren umzäunten Gärten auf ihren Liegestühlen liegen, haben sie keine Ahnung, dass genau dort, wo sie ihre Beine ausstrecken, ein dreizehnjähriger Partisan gefallen ist, und dass im Rosenbeet, das die zweite Buchhalterin der Möbelfabrik gerade umgräbt, der in zwei Teile gehackte Politkommissar gelegen ist … Nicht nur die Menschen vergessen, auch die Natur vergisst. Das Gras, das alles überwächst, die Zeit, die alles bedeckt und heilt. Und manchmal haben wir den Eindruck, dass die Zukunft gerade auf mit Blut gedüngter Erde gut gedeiht.

Peter und Mojca wollten nicht mehr bei Mirko und Nada wohnen. Wie alle bekamen sie einen günstigen Kredit und bauten sich ein Haus. Sie bauten langsam, Jahr für Jahr. Und als die Mädchen schon tüchtig in die Schule marschierten, zogen sie in ihr neues Heim, das über ein hohes Erdgeschoss und noch zwei Stockwerke verfügte, genau wie es hierzulande üblich ist. Irgendwann in der Zukunft, dachten sie, würden sie im Erdgeschoss wohnen, und in den übrigen Stockwerken die beiden Töchter mit ihren Familien. Dazu sollte es nie kommen.

In den frühen Siebzigerjahren habe auch ich Mojca kennengelernt, glaube ich. Als Schüler kauften wir auf dem Weg ins Gymnasium jeden Tag bei ihr unsere Jause, die Wurstsemmeln waren wirklich etwas Besonderes. Am liebsten war uns, wenn sie uns bediente. Eine lachende, freundliche, schöne Frau. Sie machte ein hervorragendes Sandwich, und sie kannte jeden beim Namen. An ihren Mann Peter erinnere ich mich nicht, ich weiß nicht, ob ich ihn je gesehen habe. Und wenn, dann war er wahrscheinlich so uninteressant, dass ich ihn vergessen habe. Ich glaube aber, dass er ein großer, schlanker Kerl war, langweilig und farblos. Ich bin mir nicht ganz sicher. Mojca, die damals etwas über dreißig war, war noch immer sehr schön, sehr sexy, sagten wir, eine *Sexbombe*. Das war der Ausdruck, der sich damals eingebürgert hatte. Und wenn ein neuer Modetrend aufkam, Glockenhosen oder die sogenannten Hotpants oder ein neuer Frisurentyp à la Janis Joplin, folgte Mojca ihm immer zumindest ein wenig, als wollte sie ihren jungen Bewunderern gefallen. Sie war eine Frau für alle Generationen.

Zu einem Wendepunkt in Mojcas Leben, eigentlich im Leben der gesamten Familie, wurde ein Montag so gegen

Mittag, als Großmutter Nada den Feinkostladen – anstelle der faden Aufschrift *Metzgerei* leuchtete jetzt über der Eingangstür die Neonaufschrift *Delikatesa* – betrat.

»Oh, Mami!«, freute sich die Tochter, obwohl sie sich ein paar Stunden davor gesehen hatten, weil Nada bei ihnen gewesen war, um die Enkelinnen abzuholen, die das Wochenende bei den Großeltern verbringen sollten. »Bist du nicht beim Arzt?«

Nada antwortete nicht, sie starrte nur die Glasvitrinen an: *»Sag mir, meine Tochter«*, Mojca war erstaunt, denn ihre Mutter redete selten Serbisch, eigentlich nie, *»wie schaut das Pankreas aus?«*

Mojca sah sie noch erstaunter an. »Pankreas?!«, und sie lachte, dass es von den glatten, weiß gekachelten Wänden widerhallte. »So was haben wir nicht«, und sie schaute zum Metzgergehilfen, der die Schultern hob.

»Egal«, winkte ihre Mutter ab, »ich hab nur wissen wollen, wie das ausschaut«, sagte sie wieder in völlig korrektem Slowenisch. »Wir sehen uns morgen?«, fragte sie und wartete Mojcas Antwort nicht ab.

Zwei Monate später war sie tot. Ein Bauchspeicheldrüsenkrebs hatte sie dahingerafft.

So war das mit der Hochzeit, dem Militärdienst und der Metzgerei, die nach dem Tod des MG-Schützen bald zum bekanntesten Feinkostladen in der Stadt avancierte.

Inzwischen vergingen, wie ein Wimpernschlag, drei Jahrzehnte.

Das Treffen unterm Kastanienbaum

Miroslav saß unterm Kastanienbaum gegenüber dem Gasthaus, in dem er seine Kindheit verbracht hatte.

Es war der 22. September, der Geburtstag seines Vaters Mihael, man schrieb das Jahr 1987. Die Uhr schlug halb fünf. Noch eine halbe Stunde, und er würde sich wieder in den Wagen setzen und nach Hause fahren, in die Berge, auf seinen Bauernhof, der längst nicht mehr nur ein Bergbauernhof war, sondern ein großer Besitz, der von den interessantesten Bergwanderwegen durchzogen war. Miroslav war sehr geschäftstüchtig. Er hatte eine Reihe kleinerer, verfallender Höfe aufgekauft und war Anfang der Achtziger in den Tourismus eingestiegen. Er hatte seinen eigenen Urlaubsbauernhof, und seine beiden Schwiegersöhne waren auch in diesem Bereich tätig. Sie schufen ein großes Familienunternehmen. Er hatte Schafe, Kühe und seine eigene Käserei. Er schuftete tagein, tagaus und ärgerte sich über den Staat, der alles falsch machte und den unternehmerisch denkenden Bauern, zu denen er zweifellos zählte, Knüppel zwischen die Beine warf. Obwohl er sich große Mühe gab, möglichst wenig, das heißt praktisch keine Steuern zu zahlen, und gleichzeitig vom Staat alle Subventionen zu kassieren, fluchte er und ärgerte sich ständig über die sozialistische Gesellschaft, die schon damals, Hand aufs Herz, immer weniger sozialistisch war.

Seit zehn Jahren ließ sich Miroslav einen Schnurrbart stehen, der jetzt buschig und schon ganz grau war, er hatte keine Ahnung, wie er darauf gekommen war. Als hätte ihm etwas ins Ohr geflüstert: *Ein Schnurrbart muss sein! Du wirst dich besser fühlen. Er wird dich schützen, man wird deine Gedanken nicht so leicht lesen, du wirst männlicher wirken, furchteinflößender*, etwas in der Art. Auch sein Haar, das immer noch dicht und drahtig war, *wie eine Wurzelbürste*, pflegte seine Frau zu sagen, war zu früh ergraut. Hinter seinem Rücken wurde gemunkelt, dass er ausschaue *wie dieser Politiker, na, dieser Stalin*. Der Schnurrbart, die fleischige, breite Nase, das drahtige Haar … Wenn ihm das zu Ohren gekommen wäre, wäre er wahrscheinlich ausgerastet oder hätte vielleicht sogar jemanden totgeschlagen. Insgeheim dachte er immer noch, und wenn er ein wenig betrunken war, erklärte er es auch seinem Schwiegersohn mit flüsternder Stimme, dass die Welt ganz anders aussehen würde, wenn Stalin und die jüdische Weltverschwörung nicht gewesen wären. Dabei zwinkerte er geheimnisvoll und fügte hinzu: *Besser.*

In den vergangenen Jahrzehnten hatte er nur ein paarmal den *Besuch unterm Kastanienbaum* ausgelassen. Als seine zweite Tochter geboren wurde, als der Blitz einschlug und einer seiner größten Ställe, der zufällig, und Zufälle gibt es im Leben nun mal, sehr hoch versichert war, abbrannte. Das Gerücht machte die Runde, dass der Brand gelegt worden sei, denn zufällig waren ausgerechnet in dieser Nacht sehr wenige Kühe im Stall, und auch sie wurden gerettet, alles andere aber brannte vollständig, buchstäblich bis auf die Grundmauern nieder. Mit dem Geld aus der Versicherung und weiteren Krediten errichtete Miroslav ein noch größeres, noch moderneres Gebäude für zweihundert Stück Vieh samt vollautomatischer Melkanlage. Ein paarmal kam er auch deshalb nicht, weil er oder seine Frau oder die Kinder erkrankt waren, öfter war er auch einfach nur zu müde, doch er achtete darauf, wenigstens einmal im Jahr, sei es am Geburtstag der Mutter oder des Vaters, unter der mächtigen Krone des Baums in Dolina zu warten.

Nach Titos Tod schien es ihm angebracht, etwas mehr über das Schicksal seiner Brüder und seiner Eltern zu erfahren. Wärmere Zeiten schienen angebrochen zu sein.

Die Menschen begannen über die Ereignisse gleich nach dem Krieg zu reden, man schrieb darüber, im Fernsehen wünschte ein politischer Funktionär den Leuten sogar frohe Weihnachten. Obwohl sich Miroslav als Jugendlicher eigentlich nichts zuschulden hatte kommen lassen, trieb ihn all die Jahre ein schlechtes Gewissen um. Er konnte sich sehr gut erinnern, wie er mit den deutschen Soldaten in ihrem Gasthaus gespielt, wie er die Hand zum Hitlergruß erhoben und viel lieber Deutsch als Slowenisch geredet hatte. Er hatte auch deshalb ein schlechtes Gewissen, weil er damals der Meinung gewesen war, die von den Deutschen verübten Gräuel gingen in Ordnung. Darum verheimlichte er seine Vergangenheit und sprach nicht darüber. Unter den Kastanienbaum und vor das Gasthaus seines Vaters, das Mitte der Achtziger wieder zum Gasthaus wurde, trieb ihn der Wunsch, den Bruder wiederzusehen, um den Willen seiner Mutter zu erfüllen, den sie auf einem Lastwagen stehend als Letztes geäußert hatte: *Passt aufeinander auf! Vor allem auf den kleinen Peter! Versprecht mir das!*

Anders war es mit Ivan. Er hatte in München bald einen Gemischtwarenhandel eröffnet. Die deutsche Staatsbürgerschaft hatte er sofort bekommen, denn die weitschichtigen Verwandten hatten für ihn gebürgt. Jetzt nannte er sich Eichhein. Auf dem Amt für innere Verwaltungsangelegenheiten, Niederlassung und Naturalisierung, Abteilung Staatsbürgerschaft, wurde er gefragt, ob er vielleicht lieber Johann statt Ivan heißen wolle. Ivan klang so russisch, und in der damaligen Zeit hassten die Deutschen die Russen, die sie für Vergewaltiger, Barbaren und Wilde hielten, während sie selbst nebenbei und mit Leichtigkeit die Konzentrationslager, die sie überall in Europa errichtet hatten und von denen sich eines, Dachau, nördlich von München befand, vergaßen. Johann Eichhein lebte bis zu seinem Tod im Jahr

2005 nur ein paar Minuten von dem berüchtigten Lager entfernt, und ihm wäre im Traum nicht eingefallen, das Lager einmal zu besuchen und den Opfern die Ehre zu erweisen. Damals, auf dem Amt, stimmte Ivan zu, ja, *Johann* gefiel ihm viel besser. In den darauffolgenden Jahren widmete er sich dem Handel. Er eröffnete noch zwei Geschäfte und später ging aus den drei Läden eine erfolgreiche Lebensmittelkette hervor. Er sollte nie heiraten. Er hatte keine Freundin. Er hatte Angst, auch wenn er nicht wusste, wovor. Dann zeigte ihm ein junger Gehilfe aus einem seiner Läden den Münchner Stadtteil Schwabing, der Johanns Leben völlig veränderte.

Obwohl er deutscher Staatsbürger war, hatte er Angst davor, in die Sozialistische Föderative Republik Jugoslawien, wie sie damals schon hieß, einzureisen. Ähnlich wie sein älterer Bruder wagte er erst nach Titos Tod, über das Schicksal seiner Familie nachzudenken und Erkundigungen einzuholen. Erst da überschritt er auch zum ersten Mal die Grenze. Als die Milizionäre seinen Pass kontrollierten, standen ihm die Schweißperlen auf der Stirn. Er hatte Angst, dass hinter dem kleinen Zollhaus die *Schwarze Witwe* hervorkommen, ihn anschreien und vor aller Augen windelweich prügeln würde. *Srečno pot*, wünschte ihm der freundliche Milizionär, und der Zollbeamte, der neben ihm stand, sagte sogar auf Deutsch: *Ich wünsche Ihnen einen schönen Urlaub!* Damals fuhr er in der Tat auf Urlaub an die Adriaküste. Auf dem Rückweg wollte er am 22. September in Dolina Halt machen und unter der Kastanie auf seinen älteren Bruder warten. Doch die Fähren von der Insel Hvar waren voll. Er hatte sich mit einem jungen Dalmatiner angefreundet und vergessen, sich einen Platz auf dem Trajekt zu reservieren, so verpasste er den Tag. Trotzdem hielt er vor dem Gasthaus und ging auf der Straße seiner Kindheit spazieren. Er hatte ein ungutes Gefühl. Als wäre er ein Fremder. Ein Verbrecher, der an den Tatort zurückkehrte. Je mehr er sich einredete, dass er nichts zu befürchten hatte, umso unwohler fühlte er sich. Er spazierte zum Feuerwehrhaus, ging zum Bahnhof und zum Gedenkstein, der dort stand, wo die Deutschen zehn Banditen erschossen hatten. Er erinnerte sich daran. Er war zehn Jahre alt gewesen. Damals sagte jemand im Gasthaus, dass der Krieg jetzt bestimmt bald zu Ende sei, weil die Banditen sich aus Angst vor der Strafe ergeben würden. Wenn er sich nicht täuschte, hatte das die Mutter gesagt, vielleicht sogar der Vater. Ins Gasthaus traute er sich nicht. Es war anders als früher, eine andere Aufschrift, größere Fenster. Oder er hielt sie zumindest für größer. Auch der Garten war verändert, früher hatte ihn ein Holzzaun eingefasst, an dem Blumen, Buchsbaum, Nelken wuchsen; jetzt standen dort nur Tische. Aber die Kastanie stand noch immer mächtig da. Wie damals.

Als er so auf der anderen Straßenseite stand und die Fassade seines Geburtshauses betrachtete, hörte er hinter sich plötzlich eine Stimme: »Suchen Sie etwas?« Er drehte sich um. Ein Milizionär stand vor ihm. Auf seiner Kappe prangte der Stern. Johann erschrak, jetzt hatten sie ihn. Er war gefangen, er würde nicht mehr heimfahren können. Erschrocken begann er sich umzuschauen, der Milizionär aber lächelte nur freundlich. »Kann ich Ihnen helfen?«, fragte er noch einmal. »Nein, danke«, stotterte Johann und bewegte sich rückwärts in die Richtung, in der er den Mercedes geparkt hatte. Dann drehte er sich um und ging schneller, am Ende lief er beinahe. Er stieg in den Wagen, sperrte sogar die Tür zu, holte zweimal tief Luft, strich sich übers schüttere Haar und fuhr los. Der Milizionär sah ihm nach, bis er auf der Autobahnauffahrt verschwand.

Die nächsten zwei Jahre kam Johann nicht nach Dolina,

obwohl er jeden Urlaub auf den Inseln der Adriaküste verbrachte.

Einmal aber, er urlaubte immer von Ende August bis Ende September, spielte das Wetter nicht mit. Auf den Inseln regnete es die ganze Woche, der Wind blies und hob in den Nudistencamps die Zelte hoch und warf die Wohnwagen um. Er beschloss, ein paar Tage früher abzureisen. In jenem Jahr stellte er fest, dass er alt geworden war. Er hatte einen dicken Bauch und eine Glatze. Die jungen Dalmatiner gingen ihm aus dem Weg, er bekam nur noch den einen oder anderen femininen, gealterten Jüngling ab, und auch das nur, wenn er gut zahlte. Deprimiert packte er seine Koffer und machte sich auf den Heimweg. Noch vor Slowenien schlug das Wetter um, der Wind und die kalten herbstlichen Regenschauer hörten auf. Er näherte sich dem Abschnitt, wo er von der Straße, die direkt zur Grenze führte, hätte abbiegen müssen. Er machte an einer Tankstelle Halt. Als er genug Benzin gezapft und den jungen Tankwart angelächelt hatte, stieg er ins Auto und blieb eine Weile sitzen. Er sah, dass es an der Tankstelle auch Kerzen gab, rote Plastikkerzen mit Blechdeckel, solche für den Friedhof. Er dachte, dass Mutter und Vater wahrscheinlich tot waren, und wenn nicht, dann wären sie jetzt … Und er rechnete … Er stellte fest, dass er nicht genau wusste, in welchen Jahren sie geboren waren. *Wenn sie noch am Leben sein sollten, sind sie jetzt über achtzig. Vielleicht fast neunzig. Achtundachtzig …*, mutmaßte er. *Auch wenn sie die Nachkriegszeit überlebt haben sollten, was wenig wahrscheinlich ist, kann es gut sein, dass sie längst tot sind. Und sein Bruder? Beide Brüder? Der kleine Peter? Mama hat ihn irgendwo hingebracht und nicht gesagt, wohin. Vielleicht sind die Brüder auch schon tot?* Er ging in den Tankstellenshop und kaufte vier Kerzen. Er würde nach Dolina fahren, auf den Friedhof, der sich, wenn er sich richtig erinnerte, unterhalb der Kirche befand, irgendwo außerhalb des Orts, und unterm Kreuz die Kerzen anzünden. So würde er die Geschichte beenden, er würde nicht mehr kommen, nie wieder. *Aber*, dachte er sich, *wo zünde ich die Kerzen an? Bei uns in Deutschland gibt es auf jedem Friedhof ein großes Kreuz, wo man eine Kerze für all jene anzünden kann, die keine Grabstätte haben, oder für alle, von denen man nicht weiß, wo sie liegen. Weiß Gott, ob sie das im Sozialismus auch haben*, überlegte er und nahm die Abzweigung, die von der Grenze fort ins Landesinnere führte.

Miroslav saß noch ein wenig unterm Kastanienbaum. Noch eine halbe Stunde bis fünf. Heute wäre Mihael 84 geworden. *Niemand weiß mehr von ihm*, dachte er sich, *dabei hat er so viel für diesen Ort getan*. Er hielt sein Gesicht der Herbstsonne entgegen und schloss die Augen. Das sanfte, orangegelbliche Licht legte sich wärmend auf sein Gesicht. Der September war immer schön. Vor allem an Vaters Geburtstag, der zugleich Bürgermeistertag war, der lokale Kirchtag sozusagen. Heute hat der Ort keinen Bürgermeister mehr, man hat ihn mit anderen Orten zu einer Gemeinde zusammengelegt, die ihre Verwaltung in der zwanzig Kilometer entfernten Stadt hat. Er hörte Leute aus dem Gasthaus kommen, er machte die Augen nicht auf. Die Leute vor dem Gasthaus unterhielten sich laut, stritten beinahe. *Fußball*, hörte er. *Tor*, hörte er. *Schlecht verteidigt*, hörte er. Von der anderen Seite waren andere Stimmen zu hören. Noch immer machte er die Augen nicht auf. Er ließ das Herbstlicht sein Gesicht streicheln, das Herbstlicht seines Geburtsortes. Er erinnerte sich an die besondere Farbe des Himmels, an das dunkle Blau. Auch jetzt sah der Himmel so aus. Vater hatte gesagt – oder er glaubte nur, dass er es gesagt hatte, so viel Zeit war vergangen, dass er nicht mehr wusste, woran er sich erinnerte und was seine Phantasie über die Jahre der Sehnsucht erschaffen hatte –, dass im September, an seinem Geburtstag, am Himmel ein ganz besonderes Blau zu sehen sei. Und dass er dieses Blau September nannte. *Dunkelblau wie September. September wie Dunkelblau.* Ja, das hatte Vater gesagt. Ungefähr vom Feuerwehrhaus her, das noch immer auch das Kulturhaus war, schwebten vorwiegend weibliche Stimmen heran. Er konnte die Worte … *Chor … Veranstaltung … Dirigent …* heraushören. *Die Mädchen versammeln sich zur Chorprobe,* dachte er. Die Stimmen vor dem Gasthaus entfernten sich. Ein Auto fuhr vor, er hörte, wie es von der Straße auf den Sand abbog. Ein Hund bellte in der Ferne. Es war Zeit, die Augen zu öffnen und zu gehen. Die Kühe warteten, die Arbeiter auf dem Hof warteten auf den Hausherrn: *Wenn der Hausherr nicht da ist, schinden sie Zeit. Im Sozialismus schinden alle Zeit, keiner hat was zu befürchten. Wenn der Kapitalismus wiederkommt, kommt alles ins Lot. Die Leute werden arbeiten, wie es sein soll,* träumte er vor sich hin. Er musste die Augen aufmachen und aufhören, auf den Bruder, die Mutter, den Vater zu warten. Zu viele Jahre waren vergangen. Es reichte.

»Gospod …«, hörte er jemanden sagen.

Rufen die mich?, dachte er und machte trotzdem die Augen nicht auf. *Ich hab keine Lust, zu reden, sie sollen weitergehen. Sollen sie denken, dass ich betrunken aus dem Gasthaus gekommen bin und jetzt in der blauesten Sonne schlafe, die wie der September ist.* Und er lächelte selbstzufrieden mit geschlossenen Augen.

Eine Hand berührte ihn an der Schulter. »Gospod … Können Sie mir bitte sagen, wo hier …«, dann folgte eine kurze Pause, Miroslavs Augen blieben zu, »der Dings ist, wie heißt das, Friedhof, *britof*«, sagte die Stimme und korrigierte sich sogleich, als wäre ihm gerade eben das richtige Wort dafür eingefallen: »*pokopališče*.«

Miroslav öffnete die Augen und sah seinen Vater vor sich stehen. Glatzköpfig, erschrocken, mit einem dicken Bauch und einem Arm voller Kerzen.

Die Brüder hatten sich gefunden.

Tisch ist Tisch

Manchmal scheint es, als stünde das Leben still. Als gäbe es keine Erwartungen mehr, als wären alle Pläne in Erfüllung gegangen. Die Metzgerei, die Feinkost, die Arbeit, das Haus, das Kind, noch ein Kind, beide gesund, Matura, Studium, Venedig, ein Zweitagesausflug, Urlaub, Dubrovnik, Fensterblumen, eine Reise nach Sutjeska, und nächstes Jahr dann in den Đerdap, ein technologisches Wunder, eine gigantische Schöpfung des Sozialismus, erbaut auf Kilometer 863 der Donau, Đerdap eins, Đerdap zwei. Und dann der Besuch in Belgrad, Haus der Blumen, Tränen im Gesicht und in der Seele. Heimkehr. Pläne? Keine. Na ja, dass es in der Familie keinen Krebs mehr gibt, vielleicht. Ein neues Auto, für das man nicht einzahlen muss, um dann zwei Jahre zu warten. Aber sie vergehen doch schnell, zwei Jahre. Zwanzig Jahre.

Peter war glücklich. Sehr glücklich. Doch dann glaubte er nur noch eine Erinnerung an das Glück zu haben. Und dann dachte er: *Was, wenn ich gar nicht glücklich war und mir das von Anfang an nur eingebildet habe?* In der Nacht ging er in den Garten. Er spazierte herum, und er dachte, dass es eigentlich grauenhaft war. Alles war grauenhaft. Die erste Tochter Ana Marija hatte schon mit fünfzehn ihren ersten Freund. Dann hatte sie einige feste Freunde, viele feste Freunde, ältere und jüngere. Peter schien es, er wagte nie zu fragen, als wäre darunter auch ein junger Mittelschullehrer gewesen. Jetzt war sie auch schon einmal geschieden. Kein Problem, sie hatte einen neuen Partner. Und die zweite Tochter Nada. Ihre Freunde wechselte sie öfter als die Unterwäsche. Und er? Er hatte sein Leben lang nur Mojca gehabt, eine einzige Frau. Und er würde sterben, ohne je eine andere gehabt zu haben, ohne einen anderen Kuss geschmeckt zu haben. Das trieb ihn um.

Er legte sich eine Geliebte zu, sie arbeitete im Büro neben seinem. Eigentlich, um ehrlich zu sein, war sie es, die ihn sich zulegte. Auch ihre Welt stand still. Mann, zwei Kinder, Haus, Kredite, die sie mit Leichtigkeit abzahlten. Alles und nichts, kein Fortschritt, kein Weiterkommen, nur auf der Stelle treten. So wie das ganze Land. Ein Glück, das auf der Stelle tritt, ist kein Glück. Peter und die schöne Kollegin, reif wie eine späte Julikirsche, machten gemeinsam Mittagspause. Obwohl sie Büroarbeit verrichteten, gab es bei ihnen eine volkseigene Werkskantine wie für die Schwerarbeiter in einer Eisenfabrik. Sie berührte ihn mehrmals, zufällig, einfach so, Hand an Hand, Knie an Knie. Sie setzte sich zu ihm. *Darf ich?*, fragte sie beim ersten, beim zweiten Mal, dann nicht mehr. Jemand machte eine Andeutung: *Die will was von dir.* Er wurde rot. *Wenn du sie nicht nimmst, nehm ich sie.* Lachen. Und dann passte sie ihn vor der Arbeit ab, er hätte es nicht gewagt. Aus Angst? Unsicherheit? Aus schlechtem Gewissen, das die Dinge von einem Tag auf den nächsten verschiebt und verschiebt. Sie saß im Auto. Als er vorbeikam, kurbelte sie die Scheibe herunter und fragte: *Soll ich dich mitnehmen?* Er überlegte kurz und sagte: *Nein, danke, ich hab's nicht weit.* Ihr Gesicht wurde ernst. *Sofort einsteigen!*, sagte sie im Befehlston. Sie fuhr mit ihm in das Weinberghäuschen einer Freundin außerhalb der Stadt. Das erste Mal war grauenhaft, Peter erstarrte, statt die Initiative zu ergreifen, redete er wie ein Wasserfall. Doch sie gab nicht auf. Sie hatte Zeit, und Peter gefiel ihr. Er war verheiratet, die Ehe war glücklich, so jemand würde ihr Familienleben nicht ruinieren. Außerdem: *Übung macht den Meister*, oder wie Tito zu sagen pflegte: *Nur harte Arbeit führt zu Ergebnissen und Zufriedenheit.* Und sie wurden ein Liebespaar.

Mojca kümmerte sich derweil tagein, tagaus um die Feinkost. Peter half ihr dabei kaum, fürs Geschäftliche hatte er keinen Sinn. Am meisten störte sie, dass der Raum, das Lokal, wo sie selbst ein erfolgreiches Gewerbe aufgezogen hatte, damals nannte man Unternehmer *Gewerbetreibende*, nicht ihr gehörte, sondern gesellschaftliches, eigentlich kommunales Eigentum war. Sie überlegte, das Lokal zu kaufen, und schließlich tat sie es auch. Ihr Vater, der Partisan, ging ihr zur Hand, geringer Kaufpreis, wieder ein günstiger Kredit. Kein Problem. Peter war einverstanden, er zuckte die Achseln. Er hatte ein schlechtes Gewissen; seit er sich mit der Kollegin traf, wagte er Mojca nicht mehr in die Augen zu sehen, er wich ihr aus, war gereizt. Mojca bemerkte die Veränderung, war damals aber gerade mit ihrer Feinkost beschäftigt, und die Tage vergingen ihr wie Minuten.

Vater Mirko Bregar lebte allein in dem großen Haus. Er war ein pensionierter Genosse, Partisan, Direktor vieler Unternehmen, der nach 1980 immer öfter mit *Herr* angesprochen wurde. Eine Weile besserte er die Anrede beharrlich aus, *ich bin kein Herr, gegen die Herren haben wir gekämpft, ich bin ein Genosse*, dann gab er auf. Die Genossen wurden wieder zu Herren. Von der großen Revolution, die kaum noch gloste, blieb nur noch das Zusammentreffen auf Begräbnissen. Fast alle seine Genossen waren schon tot, er ging nur noch zu Beerdigungen. Eine neue Generation trat an, und er fühlte sich abgehängt.

Mojca bemerkte, wie sich ihr Vater immer mehr zurückzog, manchmal tagelang den Pyjama nicht ablegte und nicht aus dem Haus ging. *Vater wird bei uns einziehen*, sagte sie eines Tages zu Peter. Peter war einverstanden, wie er mit allem einverstanden war, was seine schöne Frau vorschlug. Vater Mirko sträubte sich zuerst, dann kam er nur übers Wochenende, dann für eine Woche, dann blieb er. Er hatte sein eigenes Zimmer, eigentlich sein Stockwerk, denn die Töchter studierten in der Hauptstadt, und die Ältere, Ana Marija, blieb überhaupt dort.

Der Vater half Mojca in der Feinkost. Er war es, der sich den neuen Namen ausdachte: *Delikatesa pri Mojci.* In den Achtzigerjahren gingen nicht nur die Schüler dorthin, der Laden war auch für sein gutes Fleisch und seine neuen Angebote bekannt. Mojca stellte auch ein paar Tische auf, wo man sich hinsetzen und etwas essen konnte. Die Glasvitrinen waren immer voller Köstlichkeiten. Vater Mirko schlug der Tochter vor, noch das Lokal nebenan zu pachten, die Trennwand einzureißen und eine Mischung aus Café und kleinem Gasthaus einzurichten. Und so wurde *Feinkost Mojca* zum angesagtesten Lokal in der Stadt, das nach Europa, nach dem Feinschmeckertum Frankreichs, nach der Lockerheit Amerikas roch. Es war beliebt bei Jung und Alt, und das Beste war, dass Mojca bediente. Obwohl sie Anfang vierzig war, klang ihr Lachen immer noch hell und wollte kein Ende nehmen. Immer noch hatte sie die Namen der Stammgäste im Kopf, und die Leute hatten das Gefühl, ihr eigenes Wohnzimmer zu betreten.

Peter fühlte sich vernachlässigt. Mojca war nie daheim. Sein schlechtes Gewissen verwandelte sich in Eifersucht. Er war eifersüchtig auf Mojcas Geschäftserfolg und auf ihre Beliebtheit bei den Jugendlichen und Männern, die in ihr Lokal kamen, das seinen Namen wieder geändert hatte und jetzt *Gurmanski bistro pri Mojci* hieß. Oft ging er heimlich hin, das Lokal war immer voll, und beobachtete durch die Auslage das Geschehen im Inneren. Er sah, wie Mojca lachte, wie sie sich mit den Kunden unterhielt. Er sah, wie sie manchmal hinter der Theke hervortrat und zu den Tischen ging, wie sie sich manchmal an einen der Tische setzte. Er sah, wie freundlich Männer ihres Alters mit ihr umgingen. Die Männer kannten sie, sie hatten dieselbe Schule besucht, sie hatten vor ihr Schlange gestanden und gewartet, dass ihnen die junge Mojca ein französisches Sandwich mit Meterwurst, einem Blatt Salat, Käse und Radieschen machte. Einige umarmten sie und küssten sie auf die Wange, wenn sie gingen. Er war eifersüchtig, wütend, außer sich. Nach der Arbeit setzte er sich sofort zu seiner Kollegin ins Auto, sie fuhren in den Weinberg über der Stadt, und er bumste sie, dass sie vor süßem Schmerz kreischte, fickte sie mit zusammengebissenen Zähnen, als wollte er Mojca damit bestrafen.

»Du fickst mit ihnen«, sagte er eines Abends, »du glaubst, ich weiß das nicht.«

Sie sah ihn überrascht an. »Was …?«

»Ich hab gesehen, wie du lachst, wie du flirtest, und du bist nie zu Hause. Und am Abend schläfst du immer gleich ein. Wer von ihnen bearbeitet dich so gut? Vielleicht sind es mehrere?«, brodelte es aus ihm heraus. Mojca hörte sich alles in Ruhe an, dann sagte sie: »Das sagt der Richtige, meinst du, ich weiß nicht, dass du es mit deiner Tippse treibst? Die ganze Stadt weiß es. Und jetzt beschuldigst du mich. Armes Würstchen.«

Er verstummte. Und sie stand auf und ging aus dem Zimmer.

So hatte er sie noch nie gesehen, dieser Ausdruck in ihrem Gesicht, als sie sagte: *Armes Würstchen.* Er glaubte sie überhaupt nicht zu kennen. Als hätte er bis jetzt mit einer Fremden zusammengelebt.

Mojca ging aus dem Haus, stieg ins Auto und fuhr ins Bistro. Es war Nacht, das Lokal war längst geschlossen. Sie sperrte die Tür auf und trat in die Dunkelheit. Sie sperrte hinter sich zu und setzte sich an einen der Tische. Sie weinte. *Ich hab zwei Töchter mit einem Fremden.*

Am nächsten Tag im Weinberghäuschen über der Stadt sagte Peter zur Kollegin, er werde sich scheiden lassen, dass sie es auch tun solle, sie rede ja sowieso die ganze Zeit davon, wie sehr ihr ihr Mann auf die Nerven gehe, er liebe sie, und sie sollten sofort zusammenziehen.

Die Kollegin sah ihn groß an, dann begann sie zu lachen. Sie lachte noch, als sie sich anzog.

»Na, was meinst du?«, fragte er.

»Ich glaube, wir sollten Schluss machen«, sagte sie ernst und fuhr ihn in die Stadt. Am nächsten Tag wollte sie ihn nicht mehr sehen. Sie bat um Versetzung, einen Monat später arbeitete sie schon in einer anderen Abteilung.

Peter blieb zu Hause hängen.

Zu Mittag ging er nicht mehr in die Werkskantine im Erdgeschoss des Verwaltungsgebäudes der Stadtgemeinde. Er ging zu Mojca, die freundlich wie immer war. Sie tat, als wäre nichts gewesen, und das schmerzte ihn noch mehr. Er wollte sich bei ihr entschuldigen, er schämte sich. Doch er tat es nicht, er ließ das Ganze einfach zuwuchern, wie eine Wunde, die nicht genäht wird und hässlich vernarbt.

Dann gab auch die jüngere Tochter Nada bekannt, dass sie in die Hauptstadt ziehen werde, zu ihrem Freund, der jetzt endlich der Richtige sei. Vater Peter und Großvater Mirko mieteten einen Kombi und beluden ihn mit den Möbeln aus ihrem Zimmer, ihren Klamotten und Klamöttchen, nur die Bücher, sagte sie, brauche sie nicht, ihr Freund möge keine, und sie habe sie schon gelesen, das wären bloß Staubfänger. Vater und Großvater stiegen in den Kombi und fuhren in die Hauptstadt, wo sie vor einem Wohnblock irgendwo außerhalb des Zentrums auf die Tochter und Enkelin mit ihrem *endlich Richtigen* warten würden.

Auf halbem Weg unterbrach Mirko das Schweigen. »Weißt du, dass ich in meinem Leben nur zwei Frauen gehabt habe«, sagte er, als würde er Peters Gedanken lesen. »Nur zwei Lieben«, wiederholte er und schaute auf die Straße.

Peter antwortete nicht. Er nickte nur.

»In Moskau hat es viele Gelegenheiten gegeben, damals, in den Dreißigern, in der Lenin-Schule. Na, dort hat es wirklich viele Gelegenheiten gegeben, also, was die Genossinnen betrifft. Da hat so etwas wie eine kollektive Moral geherrscht. Die Frauen waren gleichberechtigte Genossinnen, sie haben ausgesucht. Aber in mir war alles in Aufruhr. Eigentlich bin ich dorthin, um meine erste Liebe zu vergessen. Sie hat mich sitzenlassen, weil ich nicht gut genug für sie war. Ich, ein Arbeiter, sie, fast eine Adelige. Eigentlich bin ich geflohen, nach Moskau, und dort hab ich Nada, meine Frau, gefunden. Das war's.«

Wieder schwiegen sie. Peter fixierte die Straße. *Warum erzählt er mir das?*

»Warum ich dir das erzähle?«, las Mirko die Gedanken seines Schwiegersohns. »Ich weiß nicht, einfach so. Vielleicht um mir selbst zu sagen, was für ein Glück ich gehabt habe. Ich habe zweimal geliebt. Manche finden ihr Leben lang keine Liebe, und ich habe zweimal geliebt. Was für ein Luxus.«

»Ich auch …«, sagte Peter nach einer Weile. Dann räusperte er sich. »Ich hab auch Glück.«

Mirko sah rüber. Peter spürte den Blick seines Schwiegervaters.

»In Wahrheit geht es nur darum …«, redete Mirko weiter und starrte wieder auf die Straße, »Veränderungen, Revolutionen, Kriege, Politik, der Arbeit Ehre und Macht der Arbeit, Tod den Kapitalisten, Tod den Sozialisten, hoch lebe Jesus Christus, Reichtum, Aktien, Geld, ein Auto, zwei Autos, ein Haus, Wahlen, Parteien, Schurken, Polizisten … In Wahrheit sucht man nur das Glück.«

»Die Liebe«, sagte Peter.

»Das größte Glück ist, wenn man die Liebe findet. Alles Übrige ist nichts«, schloss der alte Mann.

Dann schwiegen sie fast bis zum Zielort.

Als sie auf einem Parkplatz zwischen hohen und etwas niedrigeren sozialistischen Hochhäusern hielten, mit Straßen dazwischen, die noch heute die Namen von Städten und Regionen des Staates tragen, den es nicht mehr gibt, Prištinska, Črnogorska, Novosadska, erblickten sie in der Ferne ihre Tochter und Enkelin Nada, die ihnen zuwinkte. Neben Nada stand eine dickliche Person männlichen Geschlechts mit X-Beinen, ein Vorbote der späteren Computergeneration, die den ganzen Tag vorm Bildschirm verbringen und in der Freizeit in den Fernseher glotzen würde. Großvater Mirko seufzte. »Krise ist Krise und Tisch ist Tisch.«

Was soll das wieder bedeuten?!, dachte sich Peter.

»Das bedeutet, dass man wegen einer Krise nicht den Tisch wechselt«, sagte der alte Partisan. »Na, aber das weißt du ja.«

Dann stiegen sie aus.

Die Suche

»Und wo könnte man das erfahren?!«, fragte Miroslav aufgeregt.

Sein Bruder Ivan beziehungsweise Johann stand neben ihm und schwitzte, was das Zeug hielt.

»Ich weiß nicht, wovon Sie reden«, sagte die Beamtin im Stadtarchiv, wo sie vorstellig geworden waren.

»Ich rede vom Verschwinden unserer Eltern, Bürgermeister Mihael Novak und Maria Novak-Eichhein.«

»Diese Daten haben wir leider nicht in unserem Archiv.«

»Wo habt ihr sie dann?«

»Ich weiß es nicht.«

»Wie, ich weiß es nicht?! Unsere Eltern sind im Mai 1945 verschwunden und wir, ihre Söhne, möchten gern wissen, wohin sie verschwunden sind.«

»Wissen Sie, wie viele Menschen im Krieg verschwunden sind?!«, widersprach die Genossin und richtete die ziemlich dicke Brille, die auf der schweißnassen Nase immer tiefer rutschte.

»Ich rede nicht vom Krieg!«, schrie Miroslav schon fast, »unsere Eltern sind nach dem Krieg verschwunden, da war der Krieg schon vorbei!!«

Jetzt meldete sich auch Johann zu Wort. »Wir haben noch einen jüngeren Bruder, auch von ihm wissen wir nicht, wo er ist. Peter war vier Jahre alt. Wie können wir ihn finden?«

Die Genossin hob die Schultern. »Ich weiß es nicht. Aber ich glaube, das mit Ihrem Bruder werden Sie leichter herausfinden. Die Kinder hat man nach dem Krieg in Pflege gegeben, und wahrscheinlich gibt es eine Liste, aber nicht bei uns.«

»Wo dann?!«, fuhr Miroslav hoch.

»Ich weiß nicht. Vermutlich aber werden Sie den Bruder eher finden als Ihre Eltern.«

»Wo sollen wir zu suchen anfangen?«, fragte Johann freundlich.

»Vielleicht in der Gemeinde, in der Sie gelebt haben«, sagte die Genossin und schob mit dem Zeigefinger die Brille zurück bis zur Nasenwurzel.

»Da waren wir schon!«, brauste Miroslav auf. »Die haben auch nichts, die wissen überhaupt nichts von Adoptionen. Archiv haben sie auch keines. Aber ich weiß, dass unser Vater, der Bürgermeister war, und unser Großvater auch, dass sie alles, was sich im Ort getan hat, genau dokumentiert haben!! Alle Geburten, Todesfälle sind aufgezeichnet … Wohin zum Teufel ist das alles verschwunden?!«

»Werden Sie bitte nicht laut«, sagte die Genossin schon strenger, »das ist nicht meine Schuld. Ich nehme an, dass das Archiv verlorengegangen ist. Hier haben wir nichts darüber, ich hab's Ihnen schon gesagt.«

»Wie kann das sein?! Der Ort existiert seit ein paar hundert Jahren. Volksdeutsche wie unsere Familie haben in Dolina hundert Jahre und mehr gelebt und gearbeitet. Wie kann es sein, dass alle Dokumente verschwunden sind?! Einfach so, spurlos!«

»Sie werfen da Äpfel und Birnen zusammen. Nach dem Krieg hat eine neue Zeit begonnen, alles war neu. Und wenn alles neu ist, geht allerhand Altes verloren. Das ist nicht anders als beim Umzug von einer Wohnung in eine andere, da wird vieles weggeworfen. Die Ortsgeschichte und die Aussiedlung einer nationalen Minderheit sind aber zwei grundverschiedene Dinge.«

»Das glaube ich weniger«, sagte Miroslav, fast ohne den Mund beim Reden aufzumachen. »Vor unseren Augen hat man sie auf einen Laster geladen und weggebracht. So wie ich hier stehe, kann ich mich daran erinnern, es ist die furchtbarste Erinnerung in meinem Leben.«

»Ich verstehe«, sagte die Genossin, und ihre Brille begann wieder nach unten zu rutschen.

»Das tun Sie nicht, das können Sie nicht verstehen!«, wurde Miroslav noch lauter.

»Wir wollen ja nichts«, versuchte Johann die immer aufgeheiztere Situation zu beruhigen, »wir möchten nur wissen, wo unsere Eltern sind. Wir sind uns bewusst, dass sie wahrscheinlich nicht mehr leben, aber trotzdem … Es ist für uns sehr wichtig.«

»Vielleicht sind sie nach Deutschland geflohen«, sagte die Genossin direkt, obwohl ihre gespielte Direktheit den Brüdern vermittelte, dass sie selbst nicht glaubte, was sie sagte. »Viele Menschen deutscher Nationalität sind ausgewandert. Haben Sie es schon beim Internationalen Roten Kreuz versucht? Die haben Flüchtlingslisten und so weiter.«

»Sie sind nicht ausgewandert. Man hat sie auf einen Laster geladen!«, regte sich Miroslav wieder auf.

Johann ergänzte: »Beim Internationalen Roten Kreuz habe ich schon vor Jahren angefragt, man hat nichts gefunden. Und die Deutschen, das können Sie mir glauben, sind wirklich nicht, wie sagt man gleich, *šlampast* …« Dann konnte er es sich nicht verkneifen und fügte noch hinzu, »… wie die Balkanesen.«

»Oh, das weiß ich!«, rief die Genossin, diesmal sehr vehement. »In Auschwitz haben sie meinen Großvater und meine Großmutter und alle meine Verwandten ermordet, bis auf den Letzten. Sehr systematisch, ohne Schlamperei. Und sie haben sogar ihren Tod dokumentiert, penibel, Tag und Uhrzeit ihres Abgangs. Todesursache: Typhus. Merkwürdig nur, dass alle gleichzeitig verstorben sind, und zwar am Tag ihrer Ankunft im Lager. Nur mein Vater hat überlebt, weil er rechtzeitig zu den Partisanen gegangen ist.« Dann ging sie zur Tür und öffnete sie. »Ich muss jetzt weitermachen.«

»Entschuldigen Sie«, sagte Johann, »ich habe es nicht so gemeint.«

Die Entschuldigung erweichte die Genossin ein wenig. Als die Brüder am Gehen waren, sagte sie: »In der Hauptstadt, auf der Polizei, also im Amt für Staatssicherheit, gibt es ein Archiv … Es ist nicht sehr wahrscheinlich, aber Sie können es auch dort versuchen.«

Und sie schloss die Tür hinter ihnen.

»Vielleicht sollten wir uns auf die Suche nach Peter konzentrieren. Die Frau hat recht, unsere Eltern werden wir nicht finden«, sagte Johann, als sie durch die Altstadt spazierten, durch die Gassen, in die ihre Mutter sie mindestens einmal im Jahr gebracht hatte, um alles für das neue Schuljahr einzukaufen. In Dolina hatte es nämlich außer dem Metzger, dem Schneider, dem Uhrmacher und der Sämerei mit dem landwirtschaftlichen Zubehör kein Geschäft gegeben.

»Sie sollen sagen, was sie mit unseren Leuten gemacht haben. Mit allen, nicht nur mit unseren Eltern«, sagte Miroslav immer noch aufgeregt.

»Vielleicht ist noch nicht die Zeit«, sagte Johann gelassen.

»Wie, noch nicht die Zeit?!«

»Ich meine … vielleicht ist die Zeit dafür noch nicht reif«, korrigierte er sich.

»Tito ist tot, sie lassen uns Unternehmer sein, auch Privatbesitz ist keine Sünde mehr, keiner sagt mehr zum anderen Genosse, die Leute schreiben allerhand, und die Zeitungen veröffentlichen allerhand. Die Zeit ist reif!«, tobte Miroslav, er schien jedes einzelne Wort mit Wut und Zorn zu speien.

»In meinen Läden arbeiten welche, die nicht wissen, wo ihre Väter geblieben sind, deutsche Offiziere, Soldaten … sie sind verschwunden, als der Krieg vorbei war. Sie waren in amerikanischen Lagern, dann waren sie plötzlich nicht mehr dort. So ist es immer bei denen, die den Krieg verlieren«, sagte Johann, der zusehends ruhiger wurde.

»Unsere Eltern waren keine Soldaten, sie waren keine Nazis, wie kannst du so denken! Sie waren unschuldig, vollkommen unschuldig!!«, schrie Miroslav jetzt schon. Die Leute auf der Straße sahen sich nach ihnen um.

»Weißt du noch, was Mama öfter gesagt hat, warum du so heißt?«, versuchte Johann ihn zu beschwichtigen.

»Nein!«

»Sie hat gesagt, dass du deswegen Miroslav heißt, weil sie den Namen schön und in die Zeit passend gefunden hat. Sie hat gesagt, dass das ein Name ist, der den Frieden feiert, Slava – Feier, Mir – der Friede.«

»Blödsinn!«

»Und sie hat nie erlaubt, dass man dich anders ruft, Slavko oder Mirko. Sie hat stur darauf bestanden, dass wir dich Miroslav nennen«, sagte Johann und lächelte. »Ich war eifersüchtig. Dein Name hat etwas bedeutet, ich war einfach nur der Ivan. Einer von vielen Ivans.«

»Was hat das mit dem Verschwinden unserer Eltern zu tun?!«, fragte Miroslav, der seinem Bruder mit immer größerem Missfallen zuhörte.

»Der Friede. Jetzt ist der Friede da. Lieben wir ihn, feiern wir ihn!«

Miroslav sah seinen Bruder an, der einen ganzen Kopf kleiner war als er. Auch wenn er es nicht wollte, schaute er immer, vor allem wenn sie nebeneinanderstanden, auf ihn herab. »Du redest wie ein altes Weib. Du jammerst wie meine jüngste Tochter, und die ist erst acht.«

Johann seufzte. *Es ist sinnlos*, dachte er sich, *auch als wir klein waren, war er so. Ein störrischer Esel, der sich nichts sagen lässt. Wir haben uns vierzig Jahre nicht gesehen, und wir streiten genau wie damals, als wir im Hof gespielt haben. Kaum zu glauben, wie wenig wir uns im Lauf des Lebens verändern. Fünfzehn oder fünfzig. Das spielt keine Rolle*, dachte er. »Suchen wir Peter. Das hat uns Mutter auch aufgetragen. Weißt du noch? Vom Laster aus hat sie es geschrien …«

»Ja, ich weiß«, unterbrach ihn sein Bruder. Es war eine Qual, die Erinnerung an dieses Bild wachzurufen, daran, wie Vater und Mutter auf dem Lastwagen stehen, wie der Wagen sich entfernt, wie sie ruft: *Passt aufeinander auf! Vor allem auf den kleinen Peter! Versprecht mir das!*

»Zuerst suchen wir Peter, dann schauen wir weiter.«

Miroslav beruhigte sich. *Vielleicht hat der Krautschädel sogar recht*, dachte er. »Und wo sollen wir ihn suchen?«

Johann zuckte die Achseln. »Fangen wir daheim an, in Dolina. Da ist bestimmt jemand, der weiß, was passiert ist und wohin Mama Peter damals gebracht hat.«

»Hab's schon versucht«, winkte Miroslav ab, »lauter Zuwanderer, Arbeiter aus dem Süden. Der Ort ist ein ganz anderer, keiner weiß was.«

»Wir fahren hin und bleiben eine Woche dort. Wird sich schon jemand finden. Soweit ich mich erinnere, hat es im Gasthaus und auf dem Gut immer viele Knechte gegeben. Die müssen was wissen.«

»Na gut«, stimmte der ältere Bruder schließlich zu.

Auf dem Parkplatz, wo sie ihre Autos abgestellt hatten, umarmten sie einander. Lange standen sie so, als wollten sie alle versäumten Umarmungen nachholen. Dann stieg jeder in seinen Wagen und fuhr in seine Richtung davon, Miroslav auf seinen Bergbauernhof, Johann nach Bayern.

Der nächste Tag war ein Samstag. Miroslav fuhr am Wochenende an die drei Standorte seines Tourismusbetriebs. Er klapperte die Häuser ab, dann noch die Ställe und die Käserei. Er kontrollierte die Angestellten, unterhielt sich mit den Gästen, ärgerte sich über den Staat, in dem alles schieflief … Ansonsten war es ein schönes Wochenende. Die Zimmer, die sie vermieteten, waren belegt. Vor der Abfahrt deckten sich die Gäste mit selbstgemachtem Käse, Topfen, Rahm, Milch, Würsten ein, die einen wesentlichen Teil seines steuerfreien Einkommens ausmachten. Am wohlsten fühlte sich Miroslav im Umgang mit ausländischen Gästen, Italienern, Österreichern, Deutschen, die sich aber leider nicht über Politik unterhalten wollten, und schon gar nicht über den vergangenen Krieg. Das ärgerte ihn. Er konnte es nicht verstehen, vor allem wenn ihm zum Beispiel ein Deutscher erzählte, dass sein Vater nach dem Krieg irgendwo in der Sowjetunion verschwunden war und sein Onkel in einem amerikanischen Lager in der Nähe von Breinigerberg in Nordrhein-Westfalen, irgendwo an der Grenze zu Belgien und den Niederlanden, in einem Lager, das auf NSDAP-Mitglieder *spezialisiert* war … *Interessiert es Sie denn gar nicht, was mit ihm passiert ist?*, fragte Miroslav. Der Deutsche winkte ab und sagte: *Ihr Käse ist wirklich hervorragend. Und günstig, sehr günstig. Ich werde Ihren Urlaubsbauernhof meinen Kollegen empfehlen.*

Am Montag bekam Miroslav, der in seinem größten Betrieb *Pri Mariji* übernachtet hatte, einem Holzgebäude mit zwölf Zimmern und acht Familienappartements, um die Mittagszeit Besuch von zwei Männern.

Etwa eine halbe Stunde, bevor sie die Rezeption betraten, war ein Hubschrauber zu hören gewesen, der offenbar auf dem Weg zur Militärbasis ein paar hundert Meter weiter oben gewesen war.

»Guten Tag«, sagten die Männer freundlich. Sie waren zwischen dreißig und vierzig. Miroslav bemerkte sofort, dass sie keine Wanderer waren, sie waren nicht so angezogen, keine Bergschuhe, keine warmen Sachen, Schals und Hauben. Sie trugen einfache graue Anzüge, als wären sie gerade noch am Schreibtisch gesessen.

»Nur herein!«, sagte Miroslav, »womit kann ich dienen?« Die Männer wirkten nicht vertrauenerweckend.

»Wir möchten mit Ihnen reden«, sagte der eine, der offenbar älter oder wenigstens wichtiger als der andere war.

»Ich habe nicht viel Zeit. Die Gäste brechen ins Tal auf. Es ist Montag.«

»Ich rate Ihnen, sich die Zeit zu nehmen«, sagte der Mann lächelnd. Der andere nickte nur, als wäre er unbedingt derselben Meinung.

Miroslav packte der Zorn, die Sturheit, etwas wie Trotz. »Warum soll ich mir die Zeit nehmen müssen?«, sagte er und sah sie an.

Der Jüngere räusperte sich. »Sie haben einen Kredit beantragt. Und auch einen nicht rückzahlbaren Zuschuss.«

»Ja. Ich will das Angebot im Bergtourismus erweitern …«

»Sie zahlen fast keine Steuern«, unterbrach ihn der Jüngere.

»Sie verkaufen Ware ohne Rechnung. Ihre Buchführung ist sehr rustikal.«

»Da ist alles, wie es sein muss,« begann sich Miroslav zu wehren.

»Man findet immer etwas, das nicht stimmt«, sagte der Ältere freundlich. »Sie wissen ja, wer sucht, der findet. Außerdem … der nicht rückzahlbare Zuschuss, den Sie beantragt haben …«

»Nicht ich, das war mein Schwiegersohn«, ging Miroslav immer mehr in die Defensive.

Der Jüngere lachte auf, der Ältere lächelte. »Kommen Sie! Wir wissen doch, dass es auf dasselbe hinausläuft.«

Miroslav wurde ernst, er spürte, dass der Besuch viel bedrohlicher war, als er angenommen hatte. »Wer sind Sie eigentlich?«, fragte er. Diesmal leiser, als hätte er es mit Leuten zu tun, mit denen man leiser reden musste.

Sie antworteten nicht. Sie überhörten die Frage einfach. »Der Urlaubsbetrieb in Višnja Gora wurde ohne entsprechende Genehmigungen errichtet.«

»Ich habe die alte Hütte meiner Eltern renoviert und ausgebaut, und zwar schon vor fünfzehn Jahren.«

»Ohne Genehmigung, schwarz.«

Miroslav verstummte.

»Außerdem waren das nicht Ihre Eltern«, sagte der Jüngere, »sondern gute Leute, die Sie an Sohnes statt angenommen haben.«

»Sie waren wie Eltern für mich. Sie haben mich geliebt, und ich habe sie auch geliebt. Ich habe für sie gesorgt«, verteidigte sich Miroslav.

»Ihre drei Söhne waren Helden, Sie aber betrügen den Staat, der Ihnen alles gegeben hat«, sagte er Ältere. Das freundliche Lächeln verschwand aus seinem Gesicht.

»Auch dieses kleine Hotel *Pri Mariji* ist größer als beantragt, es ist um ein ganzes Stockwerk höher, als die bewilligten Pläne vorsehen. Haben Sie gedacht, wir wissen das nicht? Die Kommission überlegt ernsthaft, es abzureißen, außer Sie stellen selbst den ursprünglichen Zustand wieder her«, sagte der Jüngere, der offenbar für die praktischen Dinge zuständig war.

Sie schauten sich eine Weile an, Miroslav wusste nicht, was er sagen sollte. Er bekam es mit der Angst zu tun, sie stieg ihm ganz ähnlich auf wie … Später, als er über den Besuch nachdachte, stellte er fest, dass das Gefühl, das sich zuerst im Bauch zusammenzog und dann über den ganzen Körper verteilte, jener fernen Empfindung glich, als der Soldat der Mutter auf den Mund schlug und sie auf den Lastwagen schob, während er und sein Bruder hilflos zusahen.

»Auch die Kommission, die Ihren Antrag auf einen nicht rückzahlbaren Zuschuss behandelt, den das Sekretariat für Landwirtschaft und Tourismus vergibt, hat Bedenken«, fuhr der jüngere Mann fort.

»Und die Bank, bei der Sie den Kredit beantragt haben, ist mit Ihrem Antrag nicht ganz zufrieden. Von der Steuerverwaltung gar nicht zu reden«, ergänzte der Ältere.

Miroslav schwieg. Die Kellnerin brachte Kaffee und stellte ihn auf den Tisch.

»Was wollen Sie von mir?«, fragte er leise.

Die Männer tauschten einen Blick und lächelten. »Das wissen Sie.« Und sie sahen ihn regungslos an.

Miroslav nickte. Er lenkte ein, er wusste, dass er sich nicht wehren durfte. Dass er folgen musste, obwohl es ihn drückte, jetzt nicht mehr im Bauch, in den Armen und im Kopf, sondern im Herzen.

Er nickte. »Gut«, flüsterte er.

»Wie bitte?«, fragte der Ältere. »Entschuldigen Sie, ich habe es nicht gehört.«

Miroslav nickte noch einmal und wiederholte lauter: »Gut.«

Die Männer lächelten, gleichzeitig, als wäre alles einstudiert, jede Geste. Sie reichten ihm die Hand. Händedruck folgte auf Händedruck.

»Möchten Sie einen Kaffee?«, fragte er schließlich.

»Warum nicht«, sagten sie. Sie setzten sich und tranken schweigend ihren Kaffee aus. Dann gingen sie. Miroslav blieb am Tisch sitzen. Ihm war, als hätte man seine Eltern noch einmal abtransportiert.

Nach einer knappen halben Stunde war der Lärm eines Hubschraubers zu hören, der über den bäuerlichen Tourismusbetrieb *Pri Mariji* flog.

Die Alten

»Mama, isst du nichts?«, fragte Peter eines Sonntags im Mai beim Mittagessen die Grabnerin.

Fast die ganze Familie saß am Tisch. Die ältere Tochter Ana Marija hatte wie üblich im letzten Moment abgesagt. Die Jüngere, Nada, hatte es sehr eilig, auch das war üblich. Sie wollte schnell zurück, *bevor es sich auf den Straßen staut*. Mojca saß an der Längsseite, damit sie es näher zur Küche hatte, wenn sie das Essen auf- und die leeren Teller vom Tisch forttrug. Großvater Mirko saß am oberen Ende, nicht weil er es so wollte, der Herr im Haus war Peter, das war klar, aber sein Rollstuhl konnte dort am leichtesten an den Tisch geschoben werden. Großvater Mirko mochte es, Genosse Opa genannt zu werden, dann kicherte er immer freundlich und sagte: *Wenn Genosse Opa mal stirbt, gibt es keine Genossen mehr. Wir sind wie die Dinosaurier, wenn der Letzte geht, ist es mit unserer Art vorbei*. Vor einiger Zeit hatte man bei ihm eine akute *periphere arterielle Verschlusskrankheit*, eine Arteriosklerose oder wie es im Volksmund hieß, Arterienverkalkung diagnostiziert. Als tapferer Partisan, der keinen Schmerz zugab, denn für einen Kämpfer wäre das eine Schmach gewesen, hatte er jahrelang verheimlicht, dass ihm die Beine wehtaten, dass ihm das Gehen schwerfiel, bis es so schlimm war, dass er einen Rollstuhl brauchte. Die Ärzte wiesen Peter, der den Schwiegervater zu allen Untersuchungen begleitete, darauf hin, dass zu den Erscheinungsformen der arteriellen Verschlusskrankheit noch die koronare Insuffizienz, die Sklerose der Hirngefäße, die Stenose der Aorta und der Nierenarterien gehörten. Peter traute sich nicht zu fragen, was das in einfacheren Worten bedeutete, doch angesichts der ernsten Mienen der

Ärzte hatte er den Eindruck, dass es um seinen Schwiegervater recht schlimm stand.

Und so saß man eines schönen Sonntags zusammen, und Peter fragte die Grabnerin, die das Backhuhn mit Bratkartoffeln, das hierzulande auf dem Sonntagsteller liegt, nicht einmal angerührt hatte: »Mama, isst du nichts?«

Die Grabnerin gab keine Antwort, sie glotzte vor sich hin.

»Du hast noch gar nicht probiert, das Hendl ist sehr gut«, wiederholte er.

Ihre Enkelin Nada nahm sie am Ellbogen und sagte: »Babi, paniert magst du es am liebsten!«

Die Grabnerin hob langsam den Kopf und sah die Enkelin an, sie machte ein Gesicht, als hätte sie eben etwas sehr Wichtiges herausgefunden: »Ich werde nicht mehr auf dem Wasser Ski fahren können.«

Alle schauten eine Weile verwundert. Enkelin Nada begann zu lachen, auch Mojca lachte. Ihnen fiel ein, dass sie vor Kurzem eine Fernsehwerbung gesehen hatten, in der junge Burschen und Mädchen Wasserski fuhren und einander ein Erfrischungsgetränk reichten, und dass die Oma Grabnerin sie bestimmt auch gesehen hatte. Alle lachten, nur Mirko war ernst. Dann nahm die Grabnerin, als ob nichts Besonderes gewesen wäre, Messer und Gabel zur Hand und schnitt ins Gebackene. Nach dem ersten Bissen sagte sie: »Mojca, die Panier gelingt dir wirklich immer, ist gar nicht fett.« Dann unterhielten sie sich über den Garten und die Blumen. Mirko sagte, dass er sich Sorgen ums Haus mache, das, seitdem Nada gestorben war, leer stand, und dass er, wenn er nicht im Rollstuhl säße, wieder hinziehen würde. Mojca sagte, dass er nirgendwo hinziehen werde, dass bei ihnen genug Platz für ihn sei und dass er vor Langeweile eingehen würde, wenn er allein lebte. Auch Peter sagte, dass er froh sei, eine männliche Gesellschaft zu haben, und dass Mirko sich um das alte

Haus keine Sorgen machen solle, er habe sich schon bei der Gemeinde erkundigt, und man könnte es an die Stadtverwaltung vermieten, als Büros für das Kommunalressort. Dann verabschiedete sich Enkelin Nada, sie gab Mutter, Vater, Oma Grabnerin und zum Schluss noch Opa Mirko, den sie am liebsten hatte, einen Kuss. Sie zerzauste ihm das graue Haar, zwirbelte neckisch seinen buschigen Schnurrbart und ging. Das Essen war zu Ende. Mojca begab sich in die Küche, um abzuwaschen, Peter machte Kaffee. Die Grabnerin sagte: »Joj, um fünf wär ich gern in der Kirche, Pater Bonifacij predigt am Sonntag immer so schön. Heute wird er über die Vergebung reden.« Und sie stand auf und eilte davon. Mojca lief ihr nach und steckte ihr ein paar in Folie eingewickelte Stücke Gebackenes in die Tasche, »die sind noch in einer Stunde warm«, rief sie der Grabnerin nach, die auf die Straße eilte. Peter brachte Mirko in den Garten. Dann ging er ins Haus, um eine Decke zu holen und sie dem Schwiegervater auf die Beine zu legen.

»Er ist mir peinlich, dass du dich so um mich kümmerst«, sagte Mirko.

»Ich bitte Sie!«, rief Peter, der seinen Schwiegervater einfach nicht duzen konnte, obwohl dieser es ihm längst vorgeschlagen hatte. *Ich habe zu viel Achtung vor Ihnen*, antwortete Peter üblicherweise, und es war keine Phrase. Er bewunderte seinen Schwiegervater, den Genossen und Partisanen, den er in den Jahren des gemeinsamen Lebens mit Mojca gründlich kennengelernt hatte. Er hatte gesehen, wie gut er und seine Frau Nada sich verstanden und einander all die Jahre bis zu ihrem Tod geliebt hatten. Nada war heißblütig, sie konnte sogar schreien oder Dinge auf dem Boden zerschmeißen, mit den Türen schlagen, und wenn das serbische Blut in ihr aufkochte, fluchte sie rückhaltlos die ganze Skala rauf und runter. Ihr Mirko aber schaute nur zu, wartete, bis der *Anfall*, wie er es nannte, vorbei war, dann ging er zu seiner geliebten Frau, nahm sie in die Arme und hielt sie so lange fest, bis sie vollkommen ruhig war. Dann küssten sie sich, wie Teenager. Es war ihnen völlig egal, ob rundherum Leute, Verwandte, die Enkelinnen standen, oder ob die Nachbarn über den Gartenzaun spähten. Peinlich fand es meistens nur Mojca, die ihnen auf die Schulter zu klopfen begann, *na, wir sehen ja alle, dass ihr euch gernhabt*, oder *hebt euch noch was für später auf*, oder *ihr verderbt mir noch die Mädchen*, oder sie sagte nur *na, na, na!!* Als politischer Funktionär tat Mirko Bregar für die Menschen viel Gutes, das fand zumindest Peter. Den vollen Einblick in die Arbeit seines Schwiegervaters hatte er natürlich nicht, doch er sah, wie verschiedene Leute, nicht nur Parteimitglieder, bei ihm Hilfe suchten, und vielen half er auch, allen, wie Peter fand. Jetzt, wo der Schwiegervater krank war, kümmerte vor allem er sich um ihn. Er fuhr ihn spazieren, und als Genosse Opa nicht mehr allein aus dem Bett kam, trug er ihn auf den Armen zum Rollstuhl. Dem alten Kämpfer war das anfangs unangenehm, aber dann gewöhnte er sich auch daran.

Die Abende verbrachten Schwiegersohn und Schwiegervater gemeinsam. Sie spielten Schach. Der Alte spielte ziemlich gut, doch mit der Zeit besiegte ihn Peter immer öfter, obwohl er den Eindruck hatte, dass der Alte, *um dem Jungen eine Freude zu machen*, absichtlich einen guten Zug übersah und sich dann mit der Hand auf die Stirn schlug, *Mensch, wie hab ich das übersehen können!* Auch an jenem Sonntagnachmittag im Mai spielten sie im Garten. Mojca wusch das Geschirr ab. Das Küchenfenster stand offen. Vor mehr als vierzig Jahren waren um die Zeit herum alle Bewohner deutscher Nationalität und diejenigen, die in irgendeiner Weise mit dem Besatzer gemeinsame Sache gemacht hatten, aus Dolina abtransportiert worden.

Daran dachte niemand mehr, nicht einmal Genosse Mirko, für den das damals nach all den Jahren des Krieges der schönste Monat gewesen war. Ein Jahrzehnt lang hatten die Genossen die Maitage noch beschwingt in ihren Herzen getragen, jetzt war es schon lange nicht mehr so. Der Mai war wieder ein gewöhnlicher Monat im Jahr, zwar der blühendste und bestens geeignet, um sich zu verlieben, aber ein immer gewöhnlicherer Zeitraum im gleichmäßigen Kommen und Gehen der Jahreszeiten.

Mojca schaute durchs Fenster zu, wie ihr Mann und ihr Vater unterm Kirschbaum saßen und die Holzfiguren auf das Schachbrett stellten. Sie dachte daran, dass sie Glück hatte. Peter verhielt sich ihrem Vater gegenüber liebevoll, als wäre er sein eigener. Die Männer einiger ihrer Freundinnen hassten ihre Schwiegerväter. Und umgekehrt. Die zwei aber plauderten, als gehörten sie zur selben Generation.

Sie war müde. Der Sonntag ging zu Ende und sie war müde, als hätte sie keinen Sonntag gehabt, schon wartete wieder die Arbeit im Lokal auf sie. In letzter Zeit fand sie das Ganze ermüdend, sie musste nur einmal nicht da sein, und schon ging alles schief. Sie war eine Perfektionistin, sie wollte alles unter Kontrolle haben. Allerdings kamen tatsächlich viele Gäste, jetzt schon längst nicht mehr nur Gymnasiasten, wegen ihr ins Lokal, in einer Kleinstadt, in der jeder jeden kennt, ist das wichtig. Sie aber war vor allem müde. Die Töchter würden in der Hauptstadt bleiben, das wusste sie schon, Peter und ihr Vater würden Schach spielen, und sie würde alles allein schaukeln dürfen. Sie legte die Stirn auf den Tisch, schloss die Augen und döste ein.

Als sie aufwachte, dämmerte es schon. Jemand hatte an der Tür geklingelt. Sie stand auf. Durchs Fenster sah sie, wie Peter die Schachfiguren in die Schachtel räumte. Vater Mirko erklärte ihm etwas, wieder irgendeine heroische Schlacht, dachte sie, und gestikulierte, von links kommen Panzer, wir stehen rechts, im Graben, mit Molotows in der Hand, eins, zwei, drei … Peter lacht. Es klingelte. Sie richtete sich die Bluse und ging zur Tür. Draußen standen eine Milizionärin und ein Milizionär.

»Entschuldigen Sie … Wir haben die Information, dass Sie mit Genossin Ana Grabner verwandt sind.«

Mojca erblasste. »Was ist passiert?«

Die Milizionärin trat einen Schritt näher: »Ist alles in Ordnung, nichts Schlimmes.«

»Hätte aber schlimm ausgehen können«, ergänzte der Milizionär. »Man hat sie aufgegriffen, mitten auf der Hauptstraße ist sie gegangen.«

Mojca drehte sich um und rief ins Haus: »Peter! Peter! Deine Mama …«

Im Hintergrund erschienen der Schwiegervater im Rollstuhl und dahinter der Schwiegersohn.

»Wir haben Ihre Mutter gefunden«, sagte die Milizionärin. »Ist alles in Ordnung. Sie ist auf der Hauptstraße herumgetappt und hat uns nicht sagen können, wohin sie geht.«

»Sie hat ein paarmal gesagt, dass sie heimgeht«, sagte der Milizionär, »hat aber nicht gewusst, wohin. Fast hätte ein Lastwagen sie niedergefahren. In der Handtasche haben wir einen Ausweis gefunden, drum sind wir jetzt hier.«

»Das Beste wird sein, wenn Sie mitkommen. Wir haben sie ins Krankenhaus gebracht.«

Peter und Mojca eilten sofort ins städtische Krankenhaus.

Die Grabnerin war völlig in Ordnung, sie ärgerte sich sogar, weil man sie zum Arzt geschleppt hatte, sie sei doch nicht krank. Und sie gehe jetzt heim und Punkt. Sie konnte aber nicht sagen, wie sie auf die Hauptstraße geraten war, noch dazu ein paar Kilometer außerhalb der Stadt. Der Arzt bat Peter und Mojca in einen anderen Raum. Er sagte, dass die

Frau Mutter krank sei, sehr krank, und dass die sogenannte Demenz, an der sie erkrankt sei, sehr schnell fortschreiten würde. Er schlug vor, sie stationär aufzunehmen und dann möglichst schnell in ein Heim zu geben.

»Aber«, widersprach Peter, »schauen Sie sie an, sie ist ganz in Ordnung.«

Der Arzt zuckte die Achseln. »Sie werden sehen.«

Peter und Mojca brachten Mama Grabner heim. Sie war gut gelaunt, ihr tat nur leid, dass sie die Predigt versäumt hatte. Warum sie auf der Hauptstraße und zwischen den vorbeirasenden Autos gegangen war, wusste sie nicht. Am Schluss sagte sie nur ein Wort: »Spazieren.« Sie wollte nicht mehr darüber reden, für sie war die Geschichte erledigt.

Schon eine Woche später verschwand sie wieder. Sie suchten den ganzen Tag und fast die ganze Nacht nach ihr. Mirko engagierte seine Kämpfer, die sich in Dreiertrupps organisierten, *wie in den guten, alten Zeiten*, und die ganze Stadt absuchten. Auch das Radio schaltete eine Durchsage: *Seit etwa zehn Uhr vormittags ist Genossin Ana Grabner abgängig. Sie trägt …* Peter schob seinen Schwiegervater durch den Stadtpark, und beide riefen alle paar Meter zwischen die Bäume hinein: »Ana, Mama!!«

Die Miliz fand sie um drei Uhr morgens am Flussufer. Sie hockte auf einem Stein und hielt die Füße ins Wasser. Sie war unterkühlt. Sie schaute geistesabwesend um sich. Sie wirkte nicht erschrocken, sondern verloren. »Guten Abend« war das Einzige, was sie sagte. Man brachte sie sofort ins Krankenhaus, der Arzt meinte, sie sollten mit dem Schlimmsten rechnen. Aber sie kam zu sich. Außer Peter erkannte sie niemanden, aber mit ihm redete sie ganz normal. Sie trug ihm auf, was er ihr bringen sollte, weil sie wahrscheinlich eine Weile im Krankenhaus bleiben würde. Peter sah den Arzt an, der danebenstand und nur den Kopf schüttelte. Sie aber verlangte ein Blatt Papier und einen Bleistift. Sie schrieb alles auf, was er ihr aus der Wohnung bringen sollte.

Nach einer Woche kam sie ins Altersheim. Sie war überzeugt, dass sie auf Kur war. Das Zimmer teilte sie sich mit einer Frau, die auch nicht mehr bei sich war, sie waren ein ideales Paar. Eines Tages, als Peter auf Besuch kam, packte ihn Mama Grabner am Ärmel und zog ihn ans Fenster: »Die Frau da …«, und sie zeigte auf die Zimmergenossin im anderen Bett, »die gehört in kein Kurhaus, sie ist krank, dement. Ich weiß nicht, warum sie sie hergebracht haben. Die kennt sich ja gar nicht mehr aus. Ich hab's schon dem Arzt gesagt, ich hab gesagt, *Herr Doktor, meine Mitbewohnerin hat die Demenz und wird nicht mehr heimgehen. Sie kann nicht für sich sorgen, gebt sie in ein Heim*. Und er hat gesagt, dass er meine Meinung berücksichtigen wird.«

Peter besuchte sie jeden Tag. Gleich nach der Arbeit ging er zu ihr und fuhr mit ihr in den Stadtpark. Sie hängte sich bei ihm ein und lächelte. Manchmal blieb sie stehen schaute ihn an, als würde sie ihn zum ersten Mal sehen und sagte: »Sie, Herr, können Sie Klavier spielen?«

»Mama!«, rief Peter mit Bitterkeit im Herzen, »ich bin es doch, Peter, dein Sohn!«

»Ich weiß, ich weiß«, winkte sie verärgert ab, und sie gingen weiter zum Brunnen, um den herum im Halbkreis die Bänke standen. Sie wollte immer zur selben Bank, zu der, die mit dem Rücken zu den Bäumen stand. Obwohl die anderen Bänke näher waren, wollte sie immer dorthin. Auf Peter machte sie einen müden Eindruck, und er dachte, sie würde sich gleich auf die erste Bank setzen wollen, aber nein, irgendetwas trieb sie genau dorthin. Dann saßen sie eine Weile. Anfangs unterhielten sie sich, später immer weniger. Manchmal sagte sie den ganzen Nachmittag kein Wort, sie lächelte nur. Der Arzt hatte es vorhergesagt, das langsame

Versinken ins völlige Vergessen, den Verlust der Erinnerung, der Bilder, der Sprache, der Wörter … Die Vergangenheit, die erste, zweite, unsere, eure, spielt überhaupt keine Rolle mehr … Die Vergangenheit verschwindet. Die Splitter flirren noch eine Weile, vermischen sich, Gegenwart, Vergangenheit, Zukunft, fremde Gedanken, die wir für unsere halten, fremde Bilder, die wir uns aneignen, nichts ist mehr da und alles ist zu viel. Und am Ende wird auch der Körper ausgelöscht. Die Muskeln erschlaffen, die Füße versagen, die Hände bleiben auf dem Leintuch liegen, das Herz vergisst zu schlagen und erlischt …

Als sie nur noch im Bett lag, nahm Peter Genossen Opa Mirko mit zu Besuch. Der Schwiegervater selbst hatte den Wunsch geäußert, sie zu sehen. Peter öffnete die Tür und schob den Rollstuhl ins Zimmer: »Mama, schau, wen ich dir mitgebracht habe!«, sagte er.

»Genossin Grabnerin, wie geht es Ihnen?!«, rief Mirko und streckte ihr vom Rollstuhl aus seine lange, dünne Hand entgegen.

Die Grabnerin sah ihn an und schrie: »Der Teufel!!«

Peter schob den Schwiegervater näher ans Bett. »Das ist Mojcas Papa, du kennst ihn doch!«

»Den Teufel hast du mir gebracht!«, wiederholte die Grabnerin und richtete sich im Bett auf, was sie seit Monaten nicht mehr getan hatte. Als wollte sie so weit wie möglich fort von ihm.

»Du kennst ihn doch, Mama!«, versuchte Peter sie zu beruhigen.

»Weg! Weg!!«, begann sie zu schreien. »Bring ihn weg!«

Eine Pflegerin kam gerannt: »Was ist los?«

»Mama erkennt uns nicht«, sagte Peter.

»Erkennt uns nicht, so ein Blödsinn«, rief die Grabnerin vollkommen klar. »Natürlich kenne ich dich! Du bist mein

Sohn, der Peter. Und der da ist der Teufel. Bring ihn weg. Bring in weeeeg!«

Genosse Mirko sagte nichts, er schaute die Grabnerin nur an. Er versuchte nicht, sie zu beruhigen, er strich sich langsam mit der Hand den Schnurrbart glatt. Das war alles, was er machte.

»Es ist besser, wenn Sie gehen«, sagte die Frau in dem blauen Kittel und half, den Rollstuhl mit dem schnurrbärtigen Opa aus dem Zimmer zu schaffen. Noch als Peter den Schwiegervater über den langen Gang zum Lift schob, hörten sie die Grabnerin schreien.

»Keine Ahnung, was Mama heute hat«, versuchte Peter sich zu entschuldigen. Mirko Bregar antwortete nicht. Er sollte diesen Vorfall später nie erwähnen.

Dann ging es bergab. Der Arzt sagte: *Die Krankheit entwickelt sich sprunghaft, wenn der Patient einen Schock erlebt hat.*

Die Grabnerin lag nur noch, und zwar mit umgebundenem Kopftuch. Das Einzige, was sie jeden Morgen verlangte, war, dass man ihr das Kopftuch band.

»Ist ihr nicht heiß?«, fragte Peter.

»Sie will es so«, sagte die Pflegerin lächelnd, »sie sagt, dass sie bald verreist.«

»Wohin wirst du verreisen, Mama?«, fragte sie Peter und nahm sie an der Hand. Sie war knochig, eine Haut wie aus Wachs und darunter lange, blaue Adern.

»In den Graben«, flüsterte sie schwach. Dann drehte sie langsam den Kopf zum Nachttisch. Darauf lag ein Plastiksack mit irgendwas drin.

»Was ist das?«, fragte Peter die junge Pflegerin, die die regungslose Greisin auf dem Nachbarbett gerade umlagerte.

Die Pflegerin hob die Schultern. »Offenbar hat sie es sich zurechtgelegt. Wir dürfen es nirgendwo anders hinlegen.

Sie sagt, das ist ihr Sack für unterwegs.«

»Mama«, fragte Peter, »darf ich nachschauen, was du in dem Sack hast?«

Die Greisin antwortete nicht, sie schaute nur.

Peter stand auf und nahm den Sack in die Hand. Es war ein ganz ordinärer Plastiksack, wie man ihn im Supermarkt bekommt, die Henkel waren verknotet. »Er ist schwer«, lächelte er und sah sie an. Sie folgte ihm mit Blicken, ihre Lippen verzogen sich zu einem zarten Lächeln. Peter hatte den Eindruck, dass sie ihn verstand.

»Darf ich reinschauen?«, fragte er.

Er fand, dass sie nickte.

»Gut«, sagte er, »ich schau nach.«

Der Knoten oben war fest zugezogen, er hatte Mühe, ihn zu lösen. »Du warst aber gründlich«, sagte er lächelnd. Dann schaute er hinein. In dem Sack waren zwei Pakete. Jedes war für sich in ein weißes Tuch gewickelt, eigentlich waren es Handtücher vom Heim. »Hast du das allein eingewickelt?«, fragte er sie, und wieder schien sie zu nicken. Er nahm beide Pakete heraus und legte sie auf den Nachttisch. Die Pflegerin verließ das Zimmer: »Wenn Sie mich brauchen sollten, ich bin auf dem Balkon, ich geh eine rauchen.«

Zwei in Stoff eingewickelte Pakete *für unterwegs.*

Er machte das erste auf: Darin war ein Stück Brot.

Er machte das zweite auf: Darin war ein Schwarz-Weiß-Foto in einem hässlichen, schweren Rahmen. Auf dem Bild waren die Grabnerin und Peter zu sehen. Peter schaute irgendwie nach oben aus dem Bild hinaus. Er sah Mojca nach, die sich entfernte. Die Grabnerin hatte sich bei ihm eingehängt. Hinten an der Mauer sah man einen Teil der Gedenktafel, die dem Volkshelden Silvester Grabner gewidmet war.

Ana Grabner machte sich eines Nachmittags auf den Weg. Peter war nicht dabei.

E-Mail mit Adresse oder Die andere Vergangenheit – ein letztes Mal

Sehr geehrter Herr. Es ist das letzte Mal, dass ich mich bei Ihnen melde – ich arbeite nämlich nicht mehr im Stadtarchiv. Eine lange, für mich sehr unangenehme Geschichte. Aber das ist nicht der Grund, warum ich Ihnen schreibe. Ich weiß, dass Sie mit Ihrer Geschichte vollauf beschäftigt sind und deshalb nicht die Zeit gefunden haben, mir zu antworten. Dann aber hat mir unser gemeinsamer Freund, als ich ihn endlich einmal erreicht habe, bestätigt, dass Sie mein Material erhalten haben und es gut brauchen können, das hat mich sehr gefreut. Ich hoffe, Sie haben nicht aufgegeben und schreiben die Geschichte, oder haben Sie sie inzwischen gar schon geschrieben? Ich war von der Idee, die Sie mir damals, bei unserer ersten und einzigen Begegnung, skizziert haben, ganz eingenommen. Das Problem der Interpretation von Vergangenheit erscheint mir immer interessanter. Ich frage mich nach der Objektivität. Kann es überhaupt eine objektive Wahrheit geben, oder ist die Wahrheit immer nur subjektiv, immer nur persönlich? Vielleicht hängt die allgemeingültige Wahrheit immer von der Zeit ab, den Umständen, den Menschen, die sich mit ihr beschäftigen? Was weiß ich. Mir ist klar, dass Geschichte aus Lebensgeschichten besteht. Das Leben aber ist immer nur ein einzelnes Leben. Man kann nicht ganz allgemein vom Leben sprechen, das Leben ist keine Formel. Auch die Vergangenheit ist keine Formel. Vergangenheit und Leben lassen sich nicht in ein allgemeingültiges Regelwerk zwingen. Es gibt nur die einzelnen Leben. Wenn es immer unendlich viele Leben im selben, besonderen, bedeutenden, dramatischen historischen Moment gibt, dann gibt es auch unendlich viele Wahrheiten und Zeugnisse über den sogenannten besonderen, bedeutenden, dramatischen historischen Moment. Und alle haben recht, denn die Zeugnisse sind durch Leben, sogar durch Tode beglaubigt. Es gibt also nicht nur eine Vergangenheit. Es gibt unendlich viele Vergangenheiten, wie es in der Natur alles in unendlich vielen Formen gibt, die Steine, die Pflanzen, Insekten, große und kleine Tiere, Mikroben gleicher und verschiedener Art, jeder ist ein anderer und jeder ist anders … Die Natur tendiert zu endlos neuen Formen, es gibt nichts Unikales. Darum gibt es auch keine Wahrheit. Und auch kein Leben, das wichtiger wäre als ein anderes. Jedes Leben ist wichtig, und keines ist wichtig. Ach! Nichts für ungut, ich spinne vor mich hin. Vergessen Sie das, löschen Sie es! Ich schicke Ihnen dieses Mail ja nur, weil mir scheint, dass ich Ihre beiden Hauptprotagonisten entdeckt habe. Einen Mann und eine Frau, es sind Nachkommen der einen und der anderen Seite. Ich habe sie gefunden, habe ihre Adresse ausfindig gemacht! Heute sind sie über siebzig, fünfundsiebzig, um genau zu sein. Sie leben noch, ich denke, dass es die beiden sind, Ihre literarischen Helden, es gibt sie! Wahrscheinlich sind sie nicht ganz so wie in Ihrer Geschichte, und wahrscheinlich sind sie auch nicht die Einzigen. Es gibt eine Menge solcher und ähnlicher Geschichten. Aber ich denke, dass der Mann und die Frau, deren Wohnadresse ich am Ende meines Schreibens beifüge, Ihre Leute sind. Ich habe es überprüft, die Geschichte stimmt in vielen Details überein. Sie leben! Ich glaube, für einen Schriftsteller ist es ein besonderes Gefühl der Zufriedenheit, wenn er feststellt, dass die Menschen, die er geschrieben hat, leben. Oder dass sie ein ähnliches Leben führen, dass sie eine ähnliche Vergangenheit haben wie seine Helden. Ich bin nicht hingegangen, na ja, eigentlich schon. Ich bin am Haus vorbeigefahren, in dem sie seit vierzig Jahren wohnen. Nun, wie auch immer, vielleicht nützt Ihnen diese Information. Vielleicht wollen Sie sie ja kennenlernen, vielleicht auch nicht, das entscheiden Sie. Ich verabschiede mich. Ich werde Ihnen nicht mehr mailen. Ich wünsche Ihnen eine gute Geschichte, egal ob Sie sie schon geschrieben haben oder noch schreiben werden. Sie brauchen auch kein schlechtes Gewissen zu haben, weil Sie mir nicht geantwortet haben. Unser gemeinsamer Freund hat etwas in diese Richtung erwähnt. Ich bin nicht nachtragend ☺ Wirklich nicht. In letzter Zeit habe ich einen Narren an den Smileys gefressen, die uns die moderne Computer- und Telefonindustrie anbietet, Smileys, die verschiedene vereinfachte Gefühle bedeuten: ☺, ☹ … Was sich nicht alles mit ihnen ausdrücken lässt: Weinen, Freude, Trauer, Zweifel, Wut, Drohung, Liebe, alles vereinfacht … Zeichen für alles. Keine überflüssigen Worte mehr. Nur Zeichen. Und … Stille. Ich mache Schluss. Ich wünsche Ihnen alles Gute,

And a big smile ☺!

Unter den Toten wirst du die Lebenden finden

Miroslav hatte schon vor ein paar Tagen geregelt, wo er und sein Bruder in Dolina übernachten würden. Mittlerweile sagte er Johann zu ihm, nicht mehr Ivan. Er überlegte, seinen eigenen Namen zu ändern, auch den Familiennamen, denn nach dem Vater hieß er Novak. Sein Bruder hatte in Deutschland den Namen der Mutter angenommen. Die Brüder hießen nicht einmal mehr gleich, und das ärgerte den starrköpfigen, schnurrbärtigen Miroslav sehr.

Er fand für sie beide ein Zimmer in einem Urlaubsbauernhof oberhalb der Landmaschinenfabrik, die aus Plattners Transportunternehmen hervorgegangen war. Miroslav konnte sich an die großen Garagen mit den Lastwagen erinnern. Sogar ein Bus war darunter gewesen, der erste Bus im Ort. Der blaue Autobus war das Markenzeichen Dolinas. Miroslav überlegte: *Ein blauer Bus, Plattner hat einen blauen Bus gehabt! Für Sonderfahrten. An meinem zehnten Geburtstag hat Vater ihn gemietet, und wir sind auf einen Ausflug nach Bled gefahren. Da war auch die Köchin mit Körben voller Brote und anderer Leckerbissen dabei. In Bled hat der Bus vor dem Grand Hotel Toplice gehalten, und wir sind auf einen Himbeersaft und einen Apfelstrudel eingekehrt. Damals waren sie noch nicht für ihre Cremeschnitten bekannt, die hat sich Tito ausgedacht. Der alte Plattner und unser Vater sind mitgefahren. Der Plattner hat alles bezahlt, sogar meine Geburtstagstorte. Ich habe wirklich eine schöne Jugend gehabt*, seufzte Miroslav in sich hinein. *Weiß Gott, wo der Plattner und seine Familie sind. Hoffentlich haben sie es nach Deutschland geschafft, wie mein Bruder.*

In dem Bauernhof, wo er ein Appartement für zwei Personen mietete, fragte die Besitzerin: »Für Sie und Ihre Frau?«

»Nein. Für mich und meinen Bruder«, antwortete er.

Sie nickte, dann bat sie ihn um die Namen, und Miroslav sagte: »Miroslav Novak und Johann Eichhein.«

Die Besitzerin zeigte mit keiner Regung, keinem Wimpernzucken, dass sie es sehr seltsam fand, dass die Brüder unterschiedliche Namen trugen und dass der eine ein Deutscher, der andere Slowene war. Sie dachte sich, *wieder zwei dieser seltsamen Männer* … Während sie die Namen ins Empfangsbuch eintrug, beobachtete Miroslav ihr Gesicht sehr genau. Es interessierte ihn, ob sie auf die Namen Novak und Eichhein reagieren würde, ob sie auf die eine oder andere Weise verraten würde, dass ihr die Namen geläufig waren.

»Früher haben wir in dieser Gegend gelebt«, sagte Miroslav.

Die Frau nickte nur gleichgültig: »Wie schön.«

»Unser Vater war der Bürgermeister. Novak«, fügte er hinzu.

»Schön«, wiederholte die Besitzerin des Urlaubsbauernhofs. »Und wann genau kommen Sie und Ihr Bruder?«, fragte sie, wobei sie das Wort Bruder unwillkürlich betonte. Für einen Moment erschrak sie, dass der schnurrbärtige Herr ihren heimlichen Gedanken erraten haben konnte, denn sie hatte an eine Redensart gedacht, die in jener Zeit geläufig war und in der Homosexuelle *warme Brüder* genannt wurden. Gott sei Dank, der Herr hatte nichts mitbekommen, Miroslav hatte den Kopf voll mit eigenen Gedanken. »Unsere Mutter hat sich Eichhein geschrieben. Sie war eine Gräfin, Maria von Eichhein. Auf der anderen Seite des Tals haben wir eine Villa gehabt, die Leute haben sie das Schloss genannt.«

»Tut mir leid. Mein Mann und ich haben den Hof vor zehn Jahren übernommen«, unterbrach sie ihn freundlich,

»darum weiß ich wirklich nicht …«, und sie breitete die Arme aus und hob die Schultern, um auf diese Weise zu betonen, wie sehr sie wirklich nichts wisse.

Miroslav strich sich den Schnurrbart glatt, mit ausgestrecktem Zeige- und Mittelfinger zuerst nach links, dann nach rechts, was er immer tat, wenn er verlegen war. Und das war er jetzt. Er war zu weit gegangen, das war ja schon fast ein Verhör. *Was, wenn die Frau die Miliz ruft oder die Staatssicherheit, wie vor ein paar Monaten die eine Beamtin*, dachte er. Und sie würden ihn wieder besuchen und ihm drohen … Obwohl dann eigentlich nichts passiert war. Er hatte den Kredit bekommen und den nicht rückzahlbaren Zuschuss auch. Er nickte: »Wir kommen am Freitag so um zwei Uhr am Nachmittag.«

Die Frau nickte. »Das Bett wird gemacht sein«, sagte sie und wurde fast augenblicklich rot. Wieder war sie ins Fettnäpfchen getreten. Warum hatte sie *Bett* gesagt?! Sie wollte sagen, *das Zimmer wird gemacht sein*. Doch der Schnurrbärtige hatte wieder nichts bemerkt. Er nickte und ging.

Am Freitag wartete er auf dem Autobahnrastplatz auf seinen Bruder. Seit ihrer Begegnung unter dem Kastanienbaum hatten sie sich nur zweimal getroffen, aber sie hatten fast jede Nacht telefoniert. Miroslav stellte Johann seine Frau, die Kinder und sogar die Enkel vor. Er hätte seinen Bruder auch bei sich, in einem seiner Häuser, unterbringen können, doch dann hätten sie jeden Tag nach Dolina fahren müssen und zu viel Zeit verloren, darum beschlossen sie, lieber Touristen zu spielen. Möglichst unauffällig würden sie durch den Ort spazieren, die Stätten ihrer Kindheit aufsuchen und die Leute ein wenig befragen. Da wird sich doch verdammt nochmal irgendjemand an ihre Familie erinnern und ihnen helfen können, den jüngsten Bruder zu finden.

Johann kam mit seinem neuen schneeweißen Mercedes. Und er trug einen weißen Anzug, dazu einen weißen Hut mit einem breiten rosafarbenen Band. *Na*, dachte Miroslav, als er ihn sah, *da fallen wir garantiert nicht auf*, und er umarmte den Bruder. Die Besitzerin des Urlaubsbauernhofs lächelte freundlich, als sie sie sah. *Hab ich doch recht gehabt. Ich hab eine Nase für solche Typen*, dachte sie zufrieden.

Die Brüder fuhren gleich am Nachmittag nach Dolina. Sie parkten vor dem Feuerwehrhaus. »Ich bitte dich, lass den Hut im Wagen«, bat der ältere Bruder den jüngeren.

»Warum? Gefällt er dir nicht? Saint Laurent, sehr nobel«, lobte sich Johann.

»Lass ihn trotzdem im Auto, es ist zu heiß. Und das Sakko auch.«

»Von mir aus«, gehorchte der Jüngere, legte den Hut auf den Rücksitz und zog das Sakko aus.

»Weißt du was, ich glaube, das Sakko lass lieber an«, sagte Miroslav, als er sah, dass sein Bruder darunter eine Weste trug, deren seidenes Rückenteil von grellrosa Farbe war.

Und so gingen sie auf der einzigen Straße in der Ortschaft spazieren.

Alles hatte sich sehr verändert.

»Erinnerst du dich«, rief Miroslav, »hier war das Uhrengeschäft von Herrn Deutschmann!«

Johann überlegte. »War es nicht dort?« Er zeigte auf das Haus gegenüber.

»Neeeein!«, antwortete Miroslav genervt und fühlte sich kurz in die Zeit zurückversetzt, als er und Ivan vor dem Gasthaus des Vaters spielten und sich in einem fort zankten. Plötzlich klang sein eigenes *Neeeein* genauso wie damals, sogar seine Stimme war verändert, sie war hoch, irgendwie kindlich, »dort war die Schneiderei von Frau Fedensberg.«

»Wahrscheinlich hast du recht«, lenkte Johann wie einst in der Jugend sofort ein. »Aber das da, das war die Metzgerei!«, zeigte er begeistert auf das Haus neben der großen renovierten Schule.

»Die Schule ist jetzt viel größer«, sagte Miroslav fast bedauernd.

Dann standen sie eine Weile vor ihrem Geburtshaus, dem einstigen Gasthaus Novak, in dem jetzt wieder ein kleines Buffet war. Sie wagten es nicht, die Straße zu überqueren, sie standen einfach da und schwiegen.

Dann sagte Miroslav: »Gehen wir auf den Friedhof. Dort müssten die Gruft von Opa Eichhein und das Grab von Großvater Novak sein.«

Auch der Friedhof sah anders aus.

Unterhalb der Kirche befanden sich ein asphaltierter Parkplatz und ein flaches weißes Gebäude mit zwei Aufbahrungsräumen. Der Friedhof war in den letzten Jahrzehnten über die alte Einfriedung hinausgewachsen. Die neuen Gräber erstreckten sich einen Hang hinunter, der früher eine Wiese gewesen war. Dann betraten sie den alten Teil des Friedhofs.

»War hier nicht früher ein großes Eisentor?«, fragte Miroslav. »Ein schmiedeeisernes Tor mit Rosen und Vögeln, eine Art eisernes Paradies, und oben ein großes Kreuz. Alles geschmiedet. Der Engelmann hat es gemacht, und unser Opa, der Bürgermeister, hat es bei ihm bestellt.«

Johann schüttelte den Kopf. »Ich kann mich nicht erinnern. Hat unser Opa Ivan geheißen?«

»Klar!«, ärgerte sich der ältere Bruder. »Du heißt nach ihm, du Blödmann!«

Die Brüder gerieten wieder aneinander wie die Kinder.

Der Friedhof war menschenleer. Nur in einer Ecke ganz hinten an der Mauer bückte sich eine ältere Frau über ein

Grab. Die Brüder stapften zwischen den Gräbern herum und stritten … *Ich glaube, es ist dort … Ach was … Dort ist es. Ich erinnere mich. Es war nahe an der Mauer. War es nicht da, neben der Kirche? Nein, du hast keine Ahnung! Wie hast du alles vergessen können!* Sie näherten sich der Frau. Diese richtete sich auf und sah sie an. »Sucht ihr was?«

Die Brüder tauschten einen Blick. Dann strich sich Miroslav den Schnurrbart und ging auf sie zu. »Unsere Familie hat früher in Dolina gelebt, Eichhein und Novak. Unser Großvater war der Bürgermeister, und unser Vater auch. Wir suchen ihre Gräber.«

Die Frau richtete sich noch mehr auf. Sie war an die siebzig, aber sie färbte sich, wie Johann sofort bemerkte, noch immer die Haare. Sie sah die beiden an und schwieg.

»Na, wahrscheinlich wissen Sie es nicht …«, sagte Miroslav, »trotzdem danke.«

»Sie sind weg«, sagte sie plötzlich, als sich die Brüder schon umgedreht hatten.

»Wie bitte?«, fragte Miroslav verwirrt.

»Alle deutschen Gräber, um die sich niemand gekümmert hat, sind in den Siebzigerjahren aufgelassen und an andere vergeben worden.«

Die Brüder schauten sich an. In Miroslav stiegen Zorn und Wut auf. Johann wurde wehmütig, es schnürte ihm die Kehle zu.

»Ihr seid die Novak-Buben, oder?«, fragte die Frau.

Die Brüder sahen einander an. Miroslav hatte plötzlich ein schlechtes Gefühl. Die Stimme der Frau kam ihm bekannt vor, auch das Gesicht. Augenblicklich war irgendwie alles vertraut. Er erinnerte sich an die zwei Männer, die ihn besucht hatten …

»Ja«, sagte Johann jetzt, »wir sind die Novak-Buben. Ich bin der Ivan, also, jetzt heiße ich Johann, und das da ist …«

»Mirko«, sagte die Frau.

»Miroslav«, korrigierte der Schnurrbärtige sie sofort.

Die Frau trat näher und reichte ihnen die Hand: »Sonja.«

Sie begrüßten sich. *Freut mich … Miroslav … Johann … Ich lebe jetzt in Deutschland. Ich bin Kaufmann … Johann, das interessiert die Frau nicht … Lebensmittelhandel, aber ich expandiere gerade, wir werden auch Kleider verkaufen … Die Frau interessiert das wirklich nicht … Gute Marken,* hörte der geschwätzige kleine Bruder Johann, der sich offenbar bestens auf Frauen verstand, nicht auf, *auch für mittlere Einkommen … Für Ihre Figur. Wir haben Bestellkataloge. Ich überlege, wenn das Klima besser wird, Sie wissen schon, was ich meine, ob ich nicht hier vielleicht eine Filiale …*

»Kennt ihr mich nicht?«, unterbrach ihn die Frau.

»Sie kommen mir bekannt vor …«, sagte vorsichtig der Ältere.

»Mir nicht …«, unterbrach ihn Johann, »aber Sie sind sehr sympathisch. Es ist, als würden wir uns seit Längerem kennen.«

»Ich hab im Krieg bei euch im Gasthaus gearbeitet. Sonja, die Kellnerin. Meine Mutter, die seit dreißig Jahren tot ist, war bei euch Stallmagd. Sie hat die Kühe gemolken.«

Ein Augenblick der Stille entstand, wie immer, wenn Menschen einander nach langer Zeit unerwartet begegnen.

Erst mal fuhr Johann auf: »Sonja!«, er ging auf die Frau zu, umarmte und küsste sie, »natürlich erinnere ich mich an Sie! Sie haben auf uns aufgepasst, wenn Mama irgendwas zu erledigen hatte. Wie geht es Ihnen, Fräulein Sonja?« Er nannte sie Fräulein, als hätte er auf einmal die junge Frau aus der Vergangenheit vor sich. »Ich bin so glücklich, Sie zu sehen!« Und er umarmte sie wieder und wieder.

Miroslav war vorsichtiger. Er begann sich umzusehen, ob nicht vielleicht noch jemand auf dem Friedhof war. Auch er erinnerte sich an Sonja, die den ganzen Krieg über bei ihnen im Gasthaus gearbeitet hatte, er erinnerte sich aber auch daran, dass sie an dem Tag, an dem die Eltern abtransportiert wurden, eine Partisanenuniform getragen hatte und nicht mehr freundlich gewesen war.

»Wir suchen unseren Bruder«, sagte er ernst und unterbrach damit die Wiedersehensfreude von Johann und Sonja, die schier endlos zu werden drohte.

»Peter, Petrček. Wir suchen unseren kleinen Bruder«, sagte nunmehr auch Johann ernst.

»Können Sie uns helfen?«, fragte Miroslav vorsichtig. Das Bild der Partisanin Sonja, die jahrelang so getan hatte, als wäre sie bloß eine Kellnerin und ein nettes Mädchen, das der Bürgermeisterfamilie half, wurde in seiner Erinnerung immer lebendiger. Plötzlich fiel ihm ein, dass die Frau, die vor ihnen stand, es war, die ihn und den Bruder zu den anderen deutschen Kindern auf den Lastwagen geschoben hatte.

Die Frau nickte. »Ich denke, ich kann euch helfen«, sagte sie.

Der jüngere Bruder schaute den älteren an und rief: »Unter den Toten wirst du die Lebenden finden.« Als ihn beide verwundert ansahen, erklärte er: »Als ich in Deutschland gleich nach dem Krieg die Eltern gesucht habe, hat man zu mir gesagt: Unter den Toten wirst du die Lebenden finden. Das war eine Phrase, die andauernd zu hören gewesen war. Ich habe sie nicht wirklich verstanden. Sie hat aber bedeutet, dass man zuerst in die Listen der Toten schauen muss. Such nicht nach Lebenden, solange du nicht weißt, ob sie nicht tot sind. Bizarr, nicht wahr«, schmunzelte Johann. »Und jetzt verstehe ich. Erst jetzt verstehe ich! Miroslav!«, rief Johann, »wie gut, dass wir zuerst zu den Toten gegangen sind, sie werden uns helfen, Peter zu finden!«

Miroslav schwieg. Er hörte seinem geschwätzigen Bruder nur mit einem Ohr zu. Er dachte über Sonja nach, die Kellnerin, die Partisanin, die jetzt eine alte Frau war.

»Nicht die Toten«, sagte die Frau, »ich werde euch helfen, ihn zu finden. Und ich bin noch lebendig, sehr lebendig.«

»Hunger und Freiheit. Zwei Dinge, die den Menschen in ein Tier verwandeln. Das habe ich erkannt, als ich auf Sveti Grgur war. Manchmal haben sie uns wie Tieren ein Stück Brot in die Umzäunung geworfen, und wir haben uns darauf gestürzt und es einander aus dem Mund gerissen. Lehrerinnen, Arbeiterinnen, Kauffrauen, Wissenschaftlerinnen, Kommunistinnen, Liberale … wir haben uns die Brotstücke gegenseitig aus dem Mund gefischt und sie uns selbst hineingestopft. Wenn man Hunger hat, vergisst man, dass man ein Mensch ist. In diesem Moment haben wir einander verleugnet, für ein Stück, für einen Bissen Brot, und die anderen haben gelacht: Wo bleibt eure Kollegialität, Genossinnen? Wo ist jetzt eure Frauensolidarität? Wo ist euer geliebter Stalin, auf den ihr so wild wart?!«, erzählte ihnen Sonja mit ruhiger Stimme in ihrem Zimmer über der ehemaligen Metzgerei. Davor hatte sie ihnen einen Tee gemacht, aus Holunderblüten, die sie selbst gesammelt und getrocknet hatte.

»Rund um die ehemalige Eichhein-Säge gibt es jede Menge Holler«, sagte sie und schenkte ihnen nach.

Die Brüder saßen in der bescheidenen Küche am Tisch, der auf einem abgewetzten Linoleumboden stand, überall türmten sich alte Möbel. Die Brüder hörten konzentriert zu.

»Und die Freiheit. Ja, auch die Freiheit kann einen in ein Tier verwandeln. Der Wunsch nach Freiheit, der Hunger nach Freiheit«, fuhr sie fort. »Auf Sveti Grgur, das ist die Insel neben Goli otok … Von der habt ihr wahrscheinlich schon gehört?«

Miroslav nickte, Johann schüttelte den Kopf.

»Sveti Grgur ist eine Insel, die die Unsern nach dem Krieg in ein Lager für die Stalin-Huren, wie sie uns genannt haben, umfunktioniert haben, ein Frauengefängnis. Ja, ich war für Stalin, warum auch nicht, schließlich haben sie uns vor dem Krieg und den ganzen Krieg über und noch bis 1948 tagtäglich vorgebetet, dass Stalin *der Größte, der Beste, der Sieger* sei … und dann ist er es über Nacht auf einmal nicht mehr gewesen. Sonja, was denkst du über Stalin, fragt mich mein Mann geradeheraus. Ich sage, Stalin ist der Größte, der Beste, der Sieger … Und schon am nächsten Tag bin ich in Untersuchungshaft. Nach ein paar Wochen, in denen ich stur dabei geblieben bin, dass Stalin *der Größte, der Beste, der Sieger* sei, haben sie mich und viele andere Genossinnen auf Lastwagen verfrachtet und uns in die Hafenstadt Bakar gebracht und von dort auf der *Punat* nach Sveti Grgur.«

Sie schwieg eine Weile. Sie schaute aus dem Fenster. Die Brüder sahen ihrem Gesicht an, dass ihr Bilder durch den Kopf gingen, von denen sie ihnen nichts erzählen würde. Sie seufzte: »Er hat mich loswerden wollen, er hat eine andere gehabt. Gleich nachdem sie mich auf die Insel deportiert haben, hat er die Scheidung verlangt, und ein paar Wochen später hat er sie geheiratet. Es war viel leichter, mich zu verraten, als zu sagen, dass er eine andere hat und dass es zwischen uns aus ist. Ja, so seid ihr Männer.«

Die Brüder führten fast gleichzeitig die Tassen mit dem Holundertee an den Mund. Sie wussten nicht, was sie darauf sagen sollten, zu schweigen schien ihnen am passendsten.

»Nach ein paar Jahren ist er gestorben. Die Leber. Davor hat ihn noch seine *Neue* verlassen. Sie haben keine Kinder gehabt, ich hab auch keine, wegen Sveti Grgur. Zwei Jahre Hitze und Burja, Hunger und Durst …« Wieder schwieg sie. Wieder lebten die stummen Bilder in ihrem Gesicht. »Aber ich geh trotzdem auf sein Grab«, schloss sie.

Zuerst lächelte Johann, dann Miroslav. Auch sie lächelte. Bitter.

»Ich nehm's ihm nicht übel, jetzt nicht mehr. Er hat für seinen Verrat bezahlt, wie ich für meinen Stalin. Es war schwer auf Sveti Grgur. Trotzdem bin ich glücklich, dass ich dort war.« Die Brüder sahen sie komisch an. »Überrascht es euch, dass jemand glücklich sein kann, weil er gelitten hat?« Sie schwieg, als wünschte sie sich eine Antwort von ihnen. »Leiden ist auch Erkenntnis. Ich hab erkannt, wie schnell der Mensch zum Tier wird. Und wie zerbrechlich unsere Überzeugungen sind. Ich hab zugegeben, mich geirrt zu haben. Das war nicht gelogen, ich hab wirklich erkannt, dass ich im Irrtum war und dass meine Strafe verdient war. Wenn der Sozialismus und unser Kampf mein Opfer gebraucht haben, soll's mir recht sein. Ein Opfer ist nichts im Vergleich zum Glück aller.«

»Ich denke nicht so«, entfuhr es Miroslav. Er hatte es gar nicht sagen wollen. Johann packte ihn unterm Tisch am Knie und drückte es heftig, er lächelte, *still, gib Ruh, ist schon gut, lass es …* Darum redete Miroslav nicht weiter.

Eine Weile schwiegen sie und sahen einander an.

Sonja war von Miroslavs Reaktion nicht überrascht. Nichts im Leben konnte sie mehr überraschen. »Ihr wisst ja nicht …«, sagte sie lächelnd. »Ich weiß. Als mich dieses Schiff, die *Punat*, das schönste Schiff von der Welt, nach zwei Jahren wieder abgeholt hat, hab ich mich von meinen Genossinnen nicht mal verabschiedet. Ich hab mich so nach der Freiheit gesehnt, dass mir egal war, was aus ihnen wird. Ich hab nur das Schiff gesehen, wie es sich langsam der steinernen Mole nähert. Die Genossinnen, mit denen ich zwei Jahre unter denselben Schlägen verbracht habe, im selben Staub, im selben Schweiß, Kot und Urin, haben mir aufgetragen, wen ich alles aufsuchen, umarmen, grüßen soll, was ich sagen soll, wohin und zu wem ich gehen soll, um ihnen zu helfen … Ich hab das nicht mal gehört. Ich hab nur für mich ein kleines Stück Freiheit abreißen wollen. Was gehen mich die anderen an!« Sonja wurde fast laut. »Auch der Wunsch nach Freiheit ist etwas Egoistisches, auch die Freiheit ist etwas, das der Mensch zuerst für sich braucht, wie das Essen. Zuerst für sich, dann kommen die anderen! Freiheit ist Überleben! Wenn ein junger Staat seine Freiheit behalten will, muss er halt auf die treten, die ihm vermeintlich im Weg sind, genauso wie der Einzelne das macht. Was ist der Staat anderes als die Summe der Einzelnen? Und für uns alle gilt: Hunger und Freiheit. Wenn du Hunger hast, frisst du dem anderen das Stück Brot aus dem Maul, wenn du nicht frei bist, erkämpfst du dir die Freiheit, und sei es auf Kosten der Freiheit eines anderen.«

Johann spürte, wie bei seinem Bruder die Spannung zunahm, wie er jeden Augenblick zu explodieren drohte und damit vielleicht die Chance, ihren jüngeren Bruder zu finden, zunichtemachen würde. Darum drückte er ihn unterm Tisch noch fester, *still! lass sie reden! Wir müssen nur unseren Bruder finden!*

»Als ich auf dem Schiff war, hab ich mich nicht mal umgedreht, ich hab nur Angst gehabt, um mich hab ich Angst gehabt! Dass sie es sich überlegen und mich zurückschicken könnten. Damals hab ich erkannt, dass die Sehnsucht nach Freiheit so groß sein kann, dass man andere dafür verrät. Darum trag ich ihm auch nichts nach, auch er hat sich nur nach Freiheit gesehnt. Und genau deswegen geh ich noch immer auf sein Grab. Und deswegen tut mir nichts leid. Ich will mich an niemandem rächen. Sie haben mir eine Pension gegeben. Ich lebe gut, ich bin zufrieden, wenn ich sehe, dass die Menschen in Fabriken, Ämtern, Geschäften, Theatern arbeiten, dass sie Kinder haben, sie in Kindergärten und Schulen bringen, dass keiner hungern muss oder arbeitslos ist, dass alle zum Arzt gehen können, studieren können, Kredite bekommen, Häuser bauen … Wenn es für das alles meinen Schmerz gebraucht hat, bin ich glücklich.«

Sonja stand plötzlich auf, ging zum Schrank, bückte sich und zog die unterste Schublade auf. Sie nahm eine abgestoßene Schuhschachtel heraus und stellte sie mitten auf den Tisch.

»Ich werde euch helfen, euren Bruder zu finden«, sagte sie. »Da drin sind Fotos … In denen stöbern wir ein bisschen. Vielleicht helfen sie weiter.«

Die Brüder beugten sich über die Schachtel mit den alten Fotos. Sonja legte sie Stück für Stück auf den Tisch.

»Das ist von der Befreiung Dolinas.«

Die Brüder sahen darauf eine lange Reihe marschierender Partisanen, und allen voran zwei Pferde: einen Schimmel, den ein großgewachsener Partisan mit Schnurrbart ritt, und daneben einen Fuchs, auf dessen Rücken eine junge, schwarzhaarige Partisanin saß. Das nächste Foto war ähnlich: Fahnen, winkende Menschen, im Hintergrund die Fassade eines Hauses und über dem gewölbten Eingang die Aufschrift: *Gostilna Novak.*

»Unser Haus«, rief Johann.

»Ein paar Tage vor der Befreiung hat euer Vater die Aufschrift ausgetauscht. Davor hat es immer Gasthaus Novak geheißen«, sagte Sonja.

»Ist das nicht auch Freiheit?«, konnte Miroslav sich nicht helfen und merkte mit zugekniffenen Lippen an: »Die Freiheit, auf sein Haus schreiben zu können, was man will?«

Johann rief: »Na, na … Ist ja nicht wichtig … Das ist jetzt gar nicht wichtig.«

»Es war die Angst vor der Freiheit«, sagte Sonja, »aus Angst vor der Freiheit hat er die slowenische Aufschrift aufgehängt.«

Miroslav stand zornig vom Tisch auf und ging zum Fenster. Er hatte das Gefühl, gleich explodieren zu müssen.

»Miroslav, ich bitte dich …«, flüsterte Johann.

»Das ist ein weniger bekanntes Foto«, fuhr Sonja fort und zeigte ihnen ein Bild mit dem Partisanen auf seinem Schimmel, und vor ihm stand Bürgermeister Mihael Novak und streckte zum Zeichen des Willkommens dem Befreier die Hand entgegen. Der Partisan schaute irgendwie seitlich über ihn hinweg. Aus der Szene ging klar hervor, dass er nicht die Absicht hatte, ihm die Hand zu reichen. Ganz vorn standen zwei Burschen. Ihre Gesichter waren nicht zu sehen, denn sie standen mit dem Rücken zur Kamera und beobachteten das Geschehen. »Das seid ihr«, sagte Sonja.

Johann holte das Foto näher: »Wir?«

»Und das ist euer Vater, Bürgermeister Mihael Novak«, sagte Sonja und nickte.

Jetzt kam auch Miroslav wieder zurück an den Tisch und bückte sich zum Foto. »Papi«, sagte er gerührt.

»Woher wissen Sie, dass das wir sind?«, fragte Johann.

»Natürlich sind wir es!«, rief Miroslav. »Hast du wirklich alles vergessen?!«

»Ich war dabei«, antwortete Sonja auf Johanns Frage, »ich bin hinter dem Fotografen gestanden.«

»Und wer ist das?«, fragte Miroslav und bohrte seinen Zeigefinger in die Figur des Partisanen auf dem weißen Pferd.

»Kommandant Mirko Bregar, ein hohes Tier in der Partei. Jetzt ist er schon lange in Pension.«

»Und wo ist unsere Mutter?«, fragte Johann gerührt. »Haben Sie vielleicht ein Foto von unserer Mutter?«

Sonja schaute ihm in die Augen. Sie schwieg eine Weile, dann griff sie in die abgestoßene Schachtel und zog ein Foto heraus. »Das da hab ich vor ein paar Jahren bekommen. Der Fotograf, der die Okkupation und die Befreiung fotografiert hat, aber auch Firmungen und Begräbnisse, hat es mir gegeben.« Sie legte es auf den Tisch. »Es ist zwar nicht scharf, ich glaube aber, dass es das letzte Foto von euren Eltern ist.«

Die Brüder beugten sich über die Fotografie.

Zuerst sahen sie die blühenden Kirschbäume, dann das Bahnhofsgebäude und in der Mitte eine große Menschenmenge. Von der Menge abgesondert standen ein Mann und eine Frau.

»Ja, ja«, nickte Johann gerührt, »das ist unser Papi.«

»Und Mutti«, flüsterte Miroslav kaum hörbar.

»Und das da ist Kommandant Mirko Bregar«, sagte Sonja, indem sie auf den Partisanen zeigte, der sich offenbar mit den Eltern unterhielt und ihnen mit ausgestreckter Hand die Richtung wies.

Eine Weile sahen sie das Foto schweigend an, dann fragte Miroslav: »Warum glauben Sie, dass es das letzte Foto von ihnen ist?«

Sonja hob die Schultern. »Ich hab keine Ahnung, ich hab das nur so gesagt. Ihr könnt die Fotos haben, sie werden euch befreien.«

»Was?«, fragte Miroslav mit verzerrtem Gesicht. Er hatte die Frau endgültig satt. Wäre Johann nicht gewesen, der ihn ständig beschwichtigte, er hätte längst durchgedreht.

»Und wo ist unser Bruder?«, fragte Johann vorsichtig, auch um Miroslav wieder zu beruhigen.

»Ach ja!«, sagte Sonja, als hätte sie fast vergessen, was sie ihnen versprochen hatte.

»Er lebt in der Stadt. Ana Grabner hat ihn adoptiert, die Mutter des Volkshelden Silvester Grabner.«

Grabner? Den Brüdern kam der Name bekannt vor.

»Ihre Familie hat im Graben unterhalb der Villa Eichhein gelebt. Sie war Magd beim alten Eichhein, und nach seinem Tod ist sie als Dienstmädchen bei euch geblieben. Darum schreibt sich Peter jetzt Grabner. Er ist glücklich verheiratet, er hat zwei Töchter. Mama Grabner ist schon gestorben …«

»Wo lebt er? Die Adresse!«, schrie Miroslav aufgeregt.

»Ihr werdet keine Probleme haben, ihn zu finden. Seine Frau hat den bekanntesten Feinkostladen in der Stadt mit einem kleinen Gasthaus. *Gurmanski bistro pri Mojci.* Direkt neben dem früheren Rathaus, ihr könnt es nicht verfehlen.«

»Wo ist das?«, fragte Johann verwirrt.

»Ich weiß es«, antwortete der ältere Bruder.

»Mojca ist Peters Frau. Alle kennen sie, eine schöne Frau, erfolgreich, auch wegen dem Vater. Aber das werdet ihr bald selber sehen. Noch Tee?«

Die Brüder schüttelten fast gleichzeitig den Kopf.

Sonja nickte. »Gut. Aber ich rate euch: Überstürzt nichts. Lasst euch Zeit … Hört euch um, geht auf Nummer sicher.«

»Was soll das?«, knurrte Miroslav. »Ist es unser Bruder Peter Novak oder ist er es nicht?«

»Natürlich ist er es. Ich selbst habe die Adoption mit der Mutter des Volkshelden geregelt. Aber trotzdem … Ihr habt euch seit Jahrzehnten nicht gesehen. Er war vier oder fünf …«

»Ja, fünf«, sagte Miroslav, und vor seinen Augen tauchte das Bild des kleinen Hosenscheißers auf, der damals noch Windeln trug.

»Euer Bruder kann sich wahrscheinlich an nichts erinnern. Ihr müsst vorsichtig sein …«

»Ich verstehe«, sagte Johann.

Auch Sonja nickte.

Dann sahen sie sich eine Weile an. Sonja, sie wusste selbst nicht warum, traten Tränen in die Augen. Sie drehte sich weg, sie wollte nicht, dass die Männer ihre Rührung sahen. »Also dann. Wenn ihr keine Fragen mehr habt …«

»Warum haben Sie uns das alles erzählt?«, fragte Miroslav ernst.

Die Frau wandte sich wieder um. Die Tränen in ihren Augen waren verschwunden. »Wegen der Freiheit«, sagte sie, »meiner und eurer.«

Das Weib spinnt. Sie ist total verrückt, dachte Miroslav. Johann aber lächelte und streckte die Hand aus: »Danke. Und wir sehen uns noch. Ich gebe Ihnen Bescheid, wenn wir irgendwann in der Nähe, was weiß ich wann, wenn das Klima besser ist, ein Kaufhaus aufmachen …«

Miroslav zog den geschwätzigen Johann aus der Wohnung.

»Und schaut euch die Fotos genau an!«, rief ihnen Sonja nach.

Als sie die Straße betraten, stand die Sonne hoch. »Verrücktes Weib!«, polterte Miroslav.

»Ich hab sie sehr nett gefunden. Und herzlich.«

»Sie ist noch immer eine fanatische Kommunistin! Nicht einmal die eigenen Leute haben ihr das austreiben können.«

»Sie hat uns von unserem kleinen Peter erzählt«, sagte Johann gerührt.

»Er ist nicht mehr klein. Er ist 46. Und ob er noch unser Peter ist, werden wir bald sehen. Gehen wir!«

»Wohin?«, fragte der emotional völlig erschöpfte Johann.

»In die Stadt, zwanzig Kilometer von hier.«

Eine halbe Stunde später standen sie schon gegenüber dem Eingang des *Gurmanski bistro pri Mojci*, wie die Neonaufschrift über der Tür verkündete. Doch an diesem Tag gingen sie nicht hinein. Sie schauten, beobachteten, warteten. Sie wussten nicht, worauf sie warteten, sie warteten nur. Und nach etwa einer Stunde kam ein Mann vors Lokal. Er schob einen Rollstuhl mit einem schnurrbärtigen Alten vor sich her. Eine schöne Frau sah durch die Auslage zu ihnen hin. Sie kam heraus, beugte sich zum Alten im Rollstuhl und gab ihm einen Kuss. Dann unterhielt sie sich mit dem Mann. Nach einer Weile schob der Mann den Alten weiter. Die Frau stand vor dem Lokal und winkte ihnen. Ein bisschen sah sie ihnen noch nach. Dann ging sie wieder hinein.

»Das ist unser Peter«, flüsterte Miroslav.

»Woher weißt du das?«, fragte Johann.

»Sagt mir mein Gefühl.«

»Sollen wir ihm nachgehen?«

Miroslav schüttelte den Kopf. »Nein. Warten wir noch ein wenig. Ich würde mich gern noch ein bisschen umhören.«

Herbst

Bis Mojca und Peter feststellten, dass Großvater Mirko seine Tabletten nicht schluckte, sondern sie unter der Zunge versteckte und dann durchs offene Fenster in den Garten spuckte, vergingen Monate.

So wurde Mirko immer schwächer. Der Arzt wunderte sich: *Scheinbar wirken die Medikamente nicht, wir werden andere verschreiben müssen.* Aber auch die anderen Medikamente wirkten nicht, weil sie im Gras unterm Fenster verschwanden. Die arterielle Verschlusskrankheit schritt deswegen fort. Noch andere Probleme kamen hinzu, die Zuckerkrankheit und die schwere Inkontinenz, die den alten Kämpfer infolge seines allgemeinen Gesundheitszustands überfielen. Am Ende zeigten sich auch erste Anzeichen einer multiplen Sklerose. Mirko Bregar war immer mehr auf die Hilfe der Tochter und des Schwiegersohns angewiesen. Die Ärzte wunderten sich, dass kein Medikament half, und auch Mirko schien sich zu wundern. Dann spazierte Mojca eines Tages zufällig die Hauswand entlang und bemerkte im Gras aufgeweichte Häufchen, in denen sie die Reste der Medikamente erkannte, die schnurstracks aus Vaters Fenster ins Gras gewandert waren.

»Ich hab nicht Tag für Tag benebelt sein wollen wie irgendein Drogensüchtiger«, lautete Vaters Antwort.

»Papi!«, rief Mojca, »darum geht es dir nicht besser. Die Krankheit ist fortgeschritten. Weißt du, wie sehr du deiner Gesundheit damit geschadet hast!«

Vater Mirko schüttelte nur stur den Kopf, wie ein Halbwüchsiger im Körper eines Greises: »Im Wald hat's das ganze Tablettenzeug nicht gegeben, und wir haben trotzdem überlebt! Und zwar schlimme Dinge. Arme und Beine sind amputiert worden, ohne Betäubung, ist auch gegangen! Wir haben gesiegt!«

»Du spinnst vielleicht!«, rief Mojca. Zum ersten Mal sagte sie so etwas zu ihrem Vater. Er war für sie immer ein Vorbild an Vernunft, Gelassenheit, Stolz und Gerechtigkeit gewesen, und jetzt redete er solchen Unsinn.

Von da an standen Mojca und Peter neben dem Alten, bis er die Tabletten geschluckt hatte. Mojca nötigte den Vater, den Mund aufzumachen, und schaute ihm sogar unter die Zunge. Er wehrte sich lange, er war beleidigt: *Ich bin doch kein Kind! Meine eigene Tochter verlangt von mir …* Dann gab er langsam nach. Das Mundaufmachen und Zungeheben nach dem Hinunterschlucken wurde zur üblichen Routine. Mojca war noch sturer als ihr in die Jahre gekommener Vater.

»Wenn es so weitergeht, müssen wir ihn in ein Heim geben«, sagte sie eines Abends besorgt.

Peter lehnte entschieden ab: »Solange wir für ihn sorgen können, schicken wir ihn nirgendwohin.«

»Er schafft fast nichts mehr allein. Er schafft es nicht mehr, sich die Windeln zu wechseln. Ich kann nicht den ganzen Tag daheimbleiben«, sagte sie.

»Wir wechseln uns ab«, sagte Peter. »Ich bin bis zwei in der Arbeit, dann übernehme ich ihn. Wir spielen Schach, unterhalten uns, gehen in den Park, ins Kino. Am Nachmittag hab ich sowieso nichts zu tun.« Als er das sagte, dachte er an die Kollegin, mit der er die Nachmittage im Kellerhaus verbracht hatte. Seit sie ihn verlassen hatte, hatte er in der Tat nichts mehr zu tun. Er fühlte sich alt, schrecklich alt. *War das wirklich schon alles? Ich bin keine fünfzig, war's das? Die Töchter in der Hauptstadt führen ihr eigenes Leben. Ist damit alles gelaufen? Die Frau, die mehr Zeit in ihrem Lokal verbringt als daheim, die Arbeit, mit der es nirgendwo hingeht, weder rauf noch runter. Der Garten vorm Haus, der sich mit den*

Jahreszeiten verändert, die sauren Äpfel klauben, das Gras mähen, den Weg herrichten, wenn das Unkraut zwischen den Steinplatten zu sehr wuchert, der Rosenstrauch in der Ecke, der langweilig ist in seiner immergleichen Schönheit, am interessantesten ist es noch, wenn er Läuse hat, das Haus, das so, wie es ist, zu groß ist, nichts Freundliches daran, schlechte Raumaufteilung, kleine Reparaturen, alle paar Jahre wieder alles streichen, weiß, versteht sich, Mojca liebt weiße Räume, Bücher in den Regalen, die mich nicht interessieren, Nachbarn, die in die Kiste glotzen, langweilige Fußballspiele, politische Themen, die keine sind … Wann ist mein Leben derart zum Stillstand gekommen? Ist am Ende wirklich alles so armselig und langweilig?

»Glaubst du, wir schaffen das?«, fragte Mojca.

Peter nickte. »In der Früh machen wir alles Nötige. Für den Vormittag organisieren wir ihm eine Pflegerin, damit ihm nicht langweilig wird, und nach zwei übernehme ich ihn.«

Mojca war gerührt. Sie hatte sich in Wahrheit schon entschlossen gehabt, den Vater in ein Heim zu geben. Von ihrem Mann hatte sie nicht erwartet, dass er sich seiner so annehmen würde. »Ich möchte nicht, dass es für dich eine zu große Belastung wird«, sagte sie noch, als sie bemerkte, dass ein Schleier von Nachdenklichkeit seinen Blick verdunkelte.

Peter starrte einen Moment ins Leere, dann sah er, als wäre er aufgewacht, Mojca an, lächelte und umarmte sie. »Mirko ist auch mein Vater«, sagte er, und so meinte er es auch.

An seinen richtigen Vater, Bürgermeister Mihael Novak, erinnerte er sich nicht. Als er noch ein Junge war und mit Mama Grabner im Stadtzentrum lebte, träumte er oft vom Vater, der jedes Mal ganz anders aussah. Einmal war er groß und trug einen Hut, ein andermal war er ein freundlicher dicker Mann, dann wieder war er stattlich und mächtig wie ein Berg. Oft erschien ihm im Traum eine männliche Gestalt ohne Gesicht. Als er Mojca heiratete und ihren Vater Mirko kennenlernte, hörte er auf, von seinem Vater zu träumen. Nur einmal sollte er noch von ihm träumen. Da war eine unendliche Landschaft, eigentlich eine Wiese, die einfach kein Ende nahm. Mitten in der Wiese stand ein Mann. Und er wusste im Traum, dass es sein Vater war. Der Mann war ziemlich weit weg, sodass er kein Gesicht erkannte. Er ging durchs Gras auf seinen Vater zu. Das Gras wurde mit jedem Schritt höher und undurchdringlicher. Und obwohl er immer näher kam, wurde der Vater immer kleiner. Als verschwände er und verflüchtigte sich in der grünen Landschaft. Dann winkte ihm der Vater. Er hob die Hand und winkte ihm lange zum Abschied. Danach sollte er nie wieder von ihm träumen.

»Ich liebe ihn wie meinen eigenen Vater«, flüsterte er seiner Frau ins Ohr. Und sie hielten sich lange umarmt.

Und so war es dann auch.

Am Morgen machte die Tochter den Vater zurecht. Peter stand dabei. Dem Vater war es unangenehm, dass der Schwiegersohn sah, wie die Tochter die Windel wechselte. Peter aber sagte: »Vater … Ich muss das lernen, damit ich Ihnen helfen kann, wenn Mojca nicht da ist. Auch bei den Partisanen habt ihr euch gegenseitig geholfen, nicht wahr, Vater?« Peter nannte seinen Schwiegervater jetzt zum ersten Mal Vater. Dem Alten gefiel es. Er zwinkerte ihm zu und lächelte. Schon am selben Nachmittag, als Peter zum ersten Mal die Windel wechseln musste, ging es ohne größere Probleme.

»Ich werde Ihnen helfen«, sagte er, hob den Schwiegervater aus dem Rollstuhl und legte ihn wie ein Baby aufs Bett. »Machen Sie die Hose auf, ich hole inzwischen eine frische Windel.« Als er zurückkam, mühten sich Mirkos schwerfällige Finger immer noch mit den Knöpfen am Hosenschlitz ab. Peter öffnete sie wortlos. »Noch ein bisschen höher«, sagte er, als er die Hüften des Alten anhob und ihm die Hose auszog,

»ich werde Ihnen jetzt helfen, die Windel zu wechseln.« Als er die Windel aufmachte, stieg der Geruch nach abgestandenem Urin zwischen den knochigen und käseweißen Beinen auf. Die Muskeln waren schlaff, eigentlich gar nicht vorhanden, nur etwas Gewebe unter der dünnen Haut, das an den Knochen befestigt war. »Ein bisschen noch, ich helfe Ihnen«, sagte er, zog die Windel schnell unter ihm weg und drehte sich um, um nicht allzu lange hinzusehen und es für den Schwiegervater nicht peinlich werden zu lassen. Jetzt folgte der lästigste Teil, nicht für Peter, sondern für Mirko. Mit einem nassen Tuch musste Peter ihn zwischen den Beinen waschen, bevor er ihm die neue, frische Windel anlegte. »Wir haben's gleich«, sagte er und legte das nasse Handtuch rasch auf das Becken des Schwiegervaters. Dann, dabei schaute er weg, wusch er ihn zügig, unangenehme Dinge dürfen nicht lange dauern, wobei er aufpasste, die intimen Teile nicht allzu oft zu berühren. »So, fertig«, sagte er, drehte sich schnell um, breitete die neue Windel aus, schob sie unter den Hintern. »Ich werde Ihnen beim Anheben ein wenig helfen …«, sagte er und schloss die Windel, so schnell es ging. Dabei schaute er dem Schwiegervater kein einziges Mal in die Augen oder auch nur ins Gesicht. Zuletzt zog er die Hose wieder hinauf und knöpfte sie zu. »Geschafft, Vater«, sagte er am Ende, »mit vereinten Kräften!« Erst jetzt schaute er dem alten Partisanen ins Gesicht. Mirko hielt die Augen geschlossen, die Lider, obwohl zusammengepresst, zuckten. Auf beiden Schläfen glänzte eine Tränenspur.

Die Verlegenheit verlor sich allmählich. Schon eine Woche später lachten Schwiegervater und Schwiegersohn beim Windelwechseln und unterhielten sich über Schachprobleme.

Es wurde Herbst.

Und Peter fuhr Mirko jeden Nachmittag in den Stadtpark. Sie saßen beim Brunnen. Peter schob den Schwiegervater zur Bank, auf der er immer mit Mama Grabner gesessen war. Sie stellten das Schachbrett darauf und spielten. Manchmal saßen sie auch einfach da und starrten in die Fontäne. Peter überlegte, ob er ihm sagen sollte, dass er genau auf dieser Bank mit seiner Mutter gesessen war. Aber es erschien ihm unpassend. Da Mama Grabner bereits gestorben war, hätte der Schwiegervater darin etwas wie eine Ankündigung seines eigenen Todes sehen können. *Alle, die auf dieser Bank sitzen, sterben. Aber sterben wir nicht alle, wo auch immer wir herumgesessen sind, auf Konferenzen, in Kinos, in Theatern, Kindergärten und Schulen ...?*, überlegte Peter, während er ins Wasser starrte. *Ich werde es ihm nicht sagen. Dass ich mit ihm genau dort sitze, wo ich mit meiner Mutter gesessen bin, bedeutet vor allem mir etwas. Das ist meine Erinnerung an die Vergangenheit. Für ihn würde meine Erinnerung nur eine Todesahnung bedeuten.*

Auch Mirko überlegte, ob er dem Burschen sagen sollte, dass genau dieser Brunnen im Krieg der Meldepunkt war, wo er für den jungen Dichter Silvester, den leiblichen Sohn Ana Grabners, die Anweisungen für die Aktionen des Bataillons hinterlegt hatte. *Ich werde es ihm nicht sagen. Das ist meine Erinnerung an die Vergangenheit. Der jüngeren Generation bedeutet das nichts. Und das ist gut so. Sie werden eine andere, ihre eigene Vergangenheit haben.* Und er erzählte ihm die Geschichte nicht.

Gegen Abend begaben sie sich durch die herbstliche Kastanienallee wieder nach Hause. Sie wirkte wie ein mächtiger Tunnel in rotbraunen Farben. Am Ende des Parks stand ein Auto auf der Straße, und zwar an einer Stelle, wo sonst nie Fahrzeuge parkten. Die Vorderräder ragten in den Sandweg hinein, die Hinterräder standen auf dem Asphalt. Es versperrte einen Teil des mit Sand aufgeschütteten Wegs. Scheinbar hatte jemand kurz angehalten und das Auto stehenlassen, wie es ihm gerade passte. Peter kam mit dem Rollstuhl gerade noch vorbei. Er sah den weißen Mercedes an. Niemand saß drin. Deutsches Kennzeichen.

»Als die Schwaben noch in ihren Panzern hier herumgefahren sind, haben wir sie mit Leichtigkeit vertrieben. Jetzt aber kommen sie mit teuren Autos zurück und lassen sie stehen, wo es ihnen passt. Ich weiß nicht, welche Besatzung die schlimmere ist …«, scherzte der alte Kämpfer, der immer gern etwas Ironisches anmerkte, wenn von deutschen Produkten die Rede war oder von deutschen Touristen oder von unseren Arbeitern, die nach Deutschland gingen, um besser zu verdienen. Beide lachten.

An jenem Abend wechselte Peter dem Schwiegervater die Windel, sie plauderten ein wenig, dann widmete sich Mirko den Fernsehnachrichten. Kurz bevor die Geschäfte zusperrten, musste Peter noch die Sachen einkaufen, die ihm Mojca auf einem Zettel notiert hatte. Es war Freitag, und sie hatte gesagt, dass sie spät aus dem Lokal kommen würde. Als er das Haus verließ, sah er am oberen Ende der Straße ein geparktes weißes Auto. Es kam ihm bekannt vor, aber nur einen Moment lang, dann schaute er schon auf Mojcas Einkaufszettel, den er vom Kühlschrank gepflückt hatte, wo Mojca ihn mit einem Magneten in Form eines fünfzackigen Sterns befestigt hatte.

Im Geschäft kaufte er alles, was auf der Liste stand. Das Backpulver fand er nicht. Fürs Wochenende hatte sich ihre jüngere Tochter Nada angekündigt, um ihnen ihren neuesten Freund vorzuführen, der *wirklich und endgültig* der Richtige sei. Mojca hatte versprochen, etwas zu backen. Eine Verkäuferin zeigte ihm, wo im Regal die Päckchen mit dem Backpulver standen. Dann wartete er an der Kassa. Die Schlange war lang, und nur eine Kassa war offen. Er hatte es nicht eilig. Er glotzte vor sich hin und dachte nach. Worüber? Über nichts.

Über Schachfiguren, über Strategien, ob das sogenannte Königsgambit die bessere Eröffnung war, oder ob es besser war, das Zentrum vorerst geschlossen zu halten und auf der Seite zu eröffnen. Der Schwiegervater und Partisan war ein Verfechter des Königsgambits, weil sich das Spiel auf diese Weise schneller entwickelte, die Eröffnung von der Seite erachtete er als von Anfang an defensiv. Er kam an die Reihe, zahlte, räumte die Sachen in die Säcke. Wieder einmal hatte er die Einkaufstasche nicht dabei, weshalb er zwei Plastiksäcke kaufen musste. Mojca würde sich ärgern, *wir haben eine ganze Lade voller Plastiksäcke, und du kaufst neue*. Was soll's! Er verließ das Geschäft. Später erinnerte er sich, dass er in Wahrheit die ganze Zeit das Gefühl gehabt hatte, beobachtet zu werden. Draußen dämmerte es schon, es war fast dunkel. Für Peter waren das schöne Momente, Momente der Ruhe vor dem Schlafengehen. Der Himmel war schon fast nächtlich, mit einer dunklen Nuance von Indigoblau. In den Fenstern der sozialistischen Doppelhäuser, von denen es in diesem Bezirk zahlreiche gab, brannten schon die Lichter. Die Seitenstraße bestand nur aus solchen Häusern. Die Textilfabrik hatte ihren Arbeiterinnen einen günstigen Kredit für den Bau von Wohnhäusern ermöglicht, eine Art Kollektivdarlehen. Sie hatten sogar eine Baugenossenschaft gegründet. Und die Fundamente für alle Häuser wurden damals gemeinsam gelegt. Auch alleinerziehende Frauen errichteten ihre eigenen. Alle halfen mit. Sie kontaktierten eine andere Textilfabrik am anderen Ende der Republik, und Textilarbeiter aus dem gesamten Staat kamen, um die erste Betonplatte zu gießen. Jetzt standen die kleinen Häuser seit bald fünfzehn Jahren. Und vor ihnen die gleiche alte Kastanienallee. Immer wenn er diese Abzweigung passierte, dachte er daran, wie mutig und solidarisch die Leute in den späten Siebzigerjahren ihre Wohnstätten errichtet hatten.

»Entschuldigung«, hörte er jemanden in der Dämmerung sagen.

Er blieb stehen und drehte sich um. Hinter ihm gingen zwei Männer, ein größerer mit Hut und buschigem Schnurrbart und ein kleinerer, dickbäuchiger in einem ziemlich ungewöhnlichen karierten Anzug.

»Ja?«, fragte Peter.

Die Männer antworteten nicht. Sie kamen langsam näher. Wie seltsam sie ihn ansahen. Peter warf einen Blick in die Gasse. Aus dem Geschäft kamen Leute, im Garten des Wohnhauses gegenüber klappte der Nachbar die Liegestühle zusammen.

Die Männer standen vor ihm und lächelten ihn ziemlich blöde an.

»Kann ich Ihnen helfen?«, fragte er die Unbekannten.

»Peter?«, fragte der Ältere und strich sich den Schnurrbart glatt.

»Ja«, antwortete Peter.

»Novak?«, fragte wieder der Größere und sah ihm direkt in die Augen.

»Nein, Peter Grabner. Wer will das wissen?«

»Aber früher hast du …«, fuhr der Mann mit dem Schnurrbart fort, hielt dann inne, das Du schien ihm plötzlich nicht passend zu sein, er korrigierte sich … »haben Sie Novak geheißen.«

Peter antwortete nicht. Zuerst wollte er sagen, *das stimmt nicht, ich heiße nicht Novak, Sie irren sich*, dann aber lebte eine Erinnerung auf, sie kam von irgendwo weit her, wie von außerhalb des Vertrauten.

»Eichhein«, sagte der kleinere Mann gepresst, »unsere Mutter hat Eichhein geheißen.« Es schien, als würde der karierte Dicke gleich zu weinen anfangen.

»Wir haben in Dolina gelebt, in dem Ort an der Grmada«,

fuhr der Ältere fort. »Unser Vater hat ein Gasthaus gehabt, Gasthaus Novak.«

»Ich verstehe nicht«, war Peter zusehends verwirrt.

»Wir sind deine Brüder«, sagte der Ältere gepresst.

»Petrček!«, jammerte der Kleinere auf und seine Augen füllten sich mit Tränen.

Peter schwieg. In seinem Kopf sammelten sich Bilder, die die Leerstellen in seiner Erinnerung zu füllen begannen.

»Ich bin Peter Grabner«, stammelte er.

»Du bist adoptiert worden, stimmt's?«, fragte ihn der Ältere.

Peter nickte.

»Wir sind deine Brüder. Ich bin Miroslav, und das ist Ivan. Erinnerst du dich?«

Peter nickte automatisch.

Der Größere nahm die Geldbörse aus der Innentasche seiner Jacke. Er stöberte darin und zog eine Visitenkarte hervor. Dasselbe machte der Kleinere, der dabei aber zu schluchzen begann, *Entschuldigung, Entschuldigung* … Wie Zwillinge streckten sie Peter gleichzeitig die Visitenkarten hin.

»Miroslav Novak, Agrotourismus und landwirtschaftliche Produkte.«

»Johann Eichhein, München, Gemischtwarenhandel.«

Peter nahm die Visitenkarten. Er wusste nicht, was er sagen sollte, er schaute zwischen den beiden hin und her. »Und da gibt's keinen Irrtum?«, fragte er. »Kann das kein Irrtum sein?«

Der Größere schüttelte den Kopf, der Kleinere tat es ihm gleich. »Wir haben alles überprüft. Wir waren auf der Gemeinde, wir haben uns erkundigt«, sprudelte es aus dem Schnurrbärtigen, »du bist 1946 adoptiert worden, da warst du fünf, davor hast du Novak geheißen, unsere Eltern sind verschwunden …«

Jetzt brach der jüngere Mann in krampfhaftes Weinen aus. Er zog ein seidenes Taschentuch aus dem Hosensack und schnäuzte sich, *Entschuldigung, Entschuldigung …*, wiederholte er.

»Unsere Mutter hat gesagt, dass wir dich finden müssen. Und jetzt haben wir dich gefunden«, sagte der größere Mann, breitete die Arme aus und näherte sich Peter. Er zog ihn an sich und umarmte ihn. Auch der Kleinere trat hinzu und umarmte ihn. Peter war völlig verwirrt. Mitten auf der Straße, ein Stück vor dem Haus, das er mit Mojca gebaut hatte, in dem er zwei Töchter großgezogen und die Grabnerin einquartiert hatte und in dem er jetzt seinen Schwiegervater betreute, umarmten ihn zwei wildfremde Männer, die seine Brüder waren.

»Seid ihr sicher?«, fragte er noch einmal.

»Petrček«, schluchzte der kleinere Mann, »kannst du dich wirklich an nichts erinnern?!«

»Doch«, sagte Peter gepresst, »ich erinnere mich … ich weiß nur nicht woran.«

»Hat man dir nicht gesagt, dass du adoptiert warst?«, fragte der Ältere.

»Ja, schon. Ich meine … ich habe es gewusst … Ich habe nicht gefragt, es war so selbstverständlich. Mama hat mich gerngehabt …« Er verstummte, er hatte einen Kloß im Hals. Als er das Wort *Mama* aussprach, spürte er, dass es anders klang, dass dahinter keine *richtige* Mutter stand, sondern nur eine gute Frau, die er *Mama* nannte. Als hätte sich die Bedeutung vom Wort gelöst und als wäre nur noch die Schale aus Buchstaben übrig. Plötzlich war ihm klar, dass alles stimmte, dass das wirklich seine Brüder waren. Die verschleierten, ins Dunkel der Vergangenheit getauchten Bilder begannen sich aufzuhellen. Aus der Erinnerung entstand eine weitere, andere Erinnerung, eine andere Vergangenheit.

»Da wohne ich«, zeigte er verwirrt irgendwohin hinter sich. »Kommt rein! Meine Frau …«

Die Brüder schüttelten den Kopf. »Das geht zu schnell«, sagte der Ältere. »Wir holen dich morgen von der Arbeit ab. Um zwei.«

»Wir haben dich beobachtet«, sagte der Jüngere und zog den Rotz hinauf, »schon seit einem Monat tun wir das. Mein kleiner Peter!«, und er umarmte ihn ein weiteres Mal. Der kleine Mann roch zu stark, das süßliche Parfüm stach aufdringlich in Peters Nase.

»Besser, wir treffen uns morgen. Wir haben Dokumente, Fotos«, fuhr der Schnurrbärtige sachlich fort.

»Meine Frau kommt jeden Moment. Und mein Schwiegervater lebt bei uns …«, drehte sich Peter verwirrt immer wieder um. Er wollte die beiden unbedingt Mojca und ihrem Vater vorstellen. Vielleicht würde er auf diese Weise zu Atem kommen, für ein paar Augenblicke die Last der unverhofften Begegnung auf Mojca und Mirko abwälzen können. Es war zu viel auf einmal. Plötzlich Brüder, plötzlich Fragen, blinde Flecken aus der Vergangenheit …

»Nein«, sagte der ältere Bruder entschlossen. »Es ist besser, wenn wir uns erst einmal zu dritt treffen.«

»Weißt du noch«, sagte Ivan, »wie ich dich auf das große Holzpferd gesetzt habe, das dir Onkel Deutschmann zum vierten Geburtstag geschenkt hat. Du hast dich an den Holzgriffen festgehalten, die aus dem Kopf gestanden sind, und hast geschrien: fester, fester, fester! Ich bin vorn gestanden und hab dich geschaukelt. Hin und her, hin und her … Du hast vor Begeisterung gejuchzt. Dann warst du auf einmal still. Ich hab aufgehört, dich zu schaukeln. Was hast du, Peter?, hab ich gefragt. Ist dir schlecht? Du hast mich nur angeschaut und dann hast du mich angekotzt, in hohem Bogen. Du hast mir direkt ins Gesicht gekotzt, weißt du noch?«

Peter nickte. Er hatte das Gefühl, dass ihm jemand anderer seine Träume beschrieb. »Ja«, hauchte er, »ich glaube mich zu erinnern.«

»Morgen holen wir dich ab, und dann unterhalten wir uns über alles«, sagte der Ältere.

Sie umarmten sich noch einmal.

Diesmal umarmte auch Peter seine Brüder.

»Peter.«

»Miroslav.«

»Johann … Ivan eigentlich.«

»Bis morgen …«, sagte Miroslav noch.

Dann ging Peter nach Hause. Alle paar Schritte drehte er sich um und sah sie an. Sie standen da wie zwei Statuen, die winkten und lächelten.

Er ging ins Haus. In der Küche stellte er die Plastiksäcke ab. Mojca war schon daheim.

»Ich habe Vater ins Bett gebracht«, sagte sie, »er will immer die Nachrichten schauen, schläft aber schon am Anfang ein.«

Er sah sie an.

Sie sah sein weißes Gesicht und seinen völlig konfusen Blick.

»Ist was passiert?«, fragte sie erschrocken und ging auf ihn zu.

Er schüttelte den Kopf. »Nichts.«

»Was ist dann?«

»Ich habe meine Brüder kennengelernt.«

Die Nacht vor dem Morgen, der morgige Tag

Am nächsten Tag konnte er sich nicht konzentrieren. Er taumelte über die Gänge, von Büro zu Büro, machte Fehler beim Weitergeben der Akten, heftete Dokumente falsch ab und stellte die Ordner in die falschen Fächer. Er war ein waschechter sozialistischer Beamter in der Stadtverwaltung: mit den Gedanken woanders, relativ lustlos, apathisch, bemüht, möglichst wenig zu machen und es trotzdem aussehen zu lassen, als würde er viel arbeiten. Wie alle wartete er auf die Mittagspause und auf den möglichst frühen Feierabend. »Was hast du denn?!«, fragte ihn in der Kantine, wie man die Mensa hausintern nannte, der Chef: »Hast du einen Kater? Ist dir schlecht? Hat dich deine Alte verlassen?« Peter antwortete nicht. Er war drauf und dran zu schreien: *Ich habe Brüder bekommen! Zwei Brüder!*, biss sich aber im letzten Moment auf die Zunge. *Es ist noch zu früh, später, ein andermal.*

Die Nacht war schlaflos vergangen. Auch Mojca war aufgeregt. Sie lagen im Dunklen, sie löcherte ihn mit Fragen …

»Erinnerst du dich an sie …«

»Ein bisschen.«

»Dass du zwei Brüder gehabt hast, das weißt du noch?«

»Ich glaube ja.«

»Wie, ich glaube?«

»Ich war nicht ganz fünf, als wir getrennt worden sind.«

»Aber irgendwas wirst du ja wohl noch wissen. Irgendwas musst du wissen!«

»Ich erinnere mich an ein großes Schaukelpferd. Ich erinnere mich an eine Frau, ja, an eine Frau, die mich auf dem Schoß gehalten hat. Ich erinnere mich daran, wie sie gerochen hat.«

»Das war deine Mutter.«

»Ich weiß nicht, vielleicht. Vielleicht erinnere ich mich auch an Mama Grabner, sie hat mich ständig auf dem Schoß gehabt. Aber es war anders ...«

»Erinnerst du dich an das Haus?«

»Im Wald.«

»Nicht im Wald, das war später, als du schon bei der Grabner warst. An das Haus, in dem ihr gelebt habt, wo du mit den Brüdern gespielt hast. Kannst du dich erinnern?«

»Mir kommt vor, dass da was ist ...«

»Und der Ort, in dem ihr gelebt habt? Die Leute? Die Straßen? Hat dich die Grabner irgendwann vor ein Haus geführt und gesagt: Da bist du geboren?«

»Nein. Ich erinnere mich nur an den Graben und an die Säge, zu der sie mich immer mitgeschleppt hat und wo die Männer mich weitergereicht und auf ihre Schultern gesetzt haben und mit mir um die toten Bäume herumgelaufen sind. Das geschlägerte Holz haben sie tote Bäume genannt, daran erinnere ich mich. Ich hab immer weinen müssen, wenn sie *tote Bäume* gesagt haben. Einmal hab ich einen toten Spatz gesehen. Mama Grabner und ich haben ihn am Bach begraben. Und dann hab ich mir vorgestellt, dass auch die toten Bäume in Wahrheit große, hölzerne Spatzen sind. Ich war gern bei den Arbeitern in der Säge.«

»Du hast aber gewusst, dass die Grabner nicht deine richtige Mutter ist?«

»Sie hat mir später gesagt, dass meine Mutter und mein Vater ... dass sie geflohen sind. Wenn ich sie gefragt hab, warum, hat sie immer die Schultern gehoben und gesagt, dass ich es schon erfahren werde.«

»Später hast du sie nicht mehr gefragt?«

»Nein.«

»Warum nicht?«

»Hat keinen Grund dafür gegeben. Sie war meine Mama, sie hat mich gerngehabt, ich hab sie gerngehabt. Warum hätte ich nach der anderen Mutter fragen sollen, die nicht da war? Ich war glücklich.«

»Deine richtige Mutter hast du nicht vermisst?«

»Sie war meine richtige Mutter. Die richtige Mutter ist die, die dem Kind Sicherheit bietet.«

»Und die Liebe?«

»Liebe ist Sicherheit.«

Dann schwiegen sie, sie lagen nebeneinander und starrten zur Decke. Die Autos, die hin und wieder vorbeifuhren, warfen bewegliche Vierecke an die Decke, die durch das ganze Zimmer wanderten und irgendwo hinterm Schrank verschwanden.

In Wahrheit hatte er öfter gefragt, wie seine frühe Kindheit gewesen war, wer seine richtige Mutter war. Auch hatte er, wollte ihm plötzlich scheinen, etwas über seine Brüder gehört. Jemand hatte irgendwann etwas fallengelassen, er konnte sich nicht erinnern, wer. Denn die Leute reden ja einfach dahin, denken, der Knirps hört und versteht nichts, aber das Kind besteht nur aus Ohren und merkt sich alles. Dann vergisst es vielleicht, aber nur scheinbar. Irgendwo wird alles aufgehoben, in einer Schublade, tief im Innern, irgendwo ganz unten. Und so hatte er einmal gehört, es war im Haus der Grabnerin, er war sechs Jahre alt, ja, sechs, erinnerte er sich, im Jahr darauf übersiedelten sie in die Stadt und er kam in die erste Klasse, das Haus war voller Arbeiter aus dem Sägewerk; sie tranken, lachten, ja, und jemand sagte, dass *unser Kleiner noch zwei Brüder hat*, damals hatte er überlegt: *Ich? Ich hab zwei Brüder?*, und am Morgen war es schon vergessen. Aber es war nicht vergessen. Er hatte es sich gemerkt. Und als das erste Kind kam, Ana Marija, dachte er an seine Brüder, ganz plötzlich kamen sie ihm in den Sinn: *Das Mädchen hat zwei Onkel. Es hat nicht nur mich, nicht nur den Großvater, sondern auch noch zwei Onkel.* Damals tauchte das Bild der beiden Knaben auf. Und das Bild der Frau, die ihre Mutter war. Und des Mannes, der der Vater war.

Die Turmuhr auf der Kirche des Heiligen Josef schlug vier.

Mojca schlief.

Die Lichter am Plafond, die sich ineinander verschoben und sich irgendwo in der Mitte überlagert hätten, wenn die Autos ganz nah am Haus abgebogen wären, gab es schon seit zwei Uhr nicht mehr. Um halb sechs, wenn die Leute zur Arbeit fuhren, würden die Rechtecke aus Licht wieder auftauchen. Er nickte ein.

Er schlief nicht, er fiel nur in einen leichten Schlummer. Und sie kamen: Die Mutter, er sah sie ganz deutlich, sie trug ihn auf den Armen, durch den Wald, er konnte ihr schmales, aristokratisches Gesicht, ihr gepflegtes blondes Haar berühren. Der Vater, dünn, mit einem großen Bauch, auf dem er ritt wie auf einem Wal, wenn der Vater sich nach dem Essen hinlegte und sich nach links und nach rechts bewegte, als wogte das Meer. *Im Meer, da schwimmt ein Wal nach Haus, aus dem Wasser guckt der Arsch heraus*, das Lied schwebte von irgendwo heran. Der Vater sang es ihm vor, während er auf seinem großen Bauch schaukelte, dann zog er ihn zu sich und flüsterte ihm ins Ohr: *Geh zu Mami und sing ihr das Lied vor. Du darfst aber nicht sagen, dass ich es dir beigebracht habe.* Und der Knabe steht schon vor seiner Mutter, seine Brüder sind auch da, der Größere hat einen Schnurrbart. Nein! Im Traum macht er ihn weg, ein Knabe hat keinen Bart. Der jüngere Bruder hat eine glatte und weiße Haut. Sie stehen neben der Mutter. Alle drei hören ihm zu, als er singt: *Im Meer, da schwimmt ein Wal nach Haus, aus dem Wasser guckt der Arsch heraus.* Das Gesicht der Mutter verzieht sich, es ist nicht mehr so schön. Der Bruder, der keinen Schnurrbart mehr hat, bricht in Lachen aus. Der jüngere Bruder wirft sich auf den Boden und wiederholt lachend: *Arsch heraus, Arsch heraus, Arsch heraus …* Die Mutter ärgert sich, sie freut sich gar nicht. Er hat gedacht, sie würde sich freuen, ihn loben: *Was für ein schönes Lied du gelernt hast.* Doch sie tut es nicht: *Pfui! Das ist garstig! Du darfst nicht so garstige Lieder singen. Wer hat dir denn das beigebracht? Pfui! Solche Wörter sind pfui!* Sie war beleidigt und ging aus dem Zimmer. Geht aus dem Zimmer. Geht noch immer und geht und geht aus dem Zimmer. Die Brüder biegen sich vor Lachen, wälzen sich auf dem Teppich. Er weint. Er schaut zurück und sieht den Vater, wie er durch den Spalt bei der angelehnten Tür ins Zimmer guckt. Auch er lacht. *Was hab ich falsch gemacht? Warum mag mich keiner? Sie mögen mich nicht, sie lachen mich aus. Sie mögen mich nicht.* Er weint, lässt sich nicht beruhigen. Mama geht aus dem Zimmer.

Er stand auf, als auf dem Plafond wieder die ineinander übergehenden Lichtvierecke auftauchten, weil die Leute zur Arbeit fuhren. Es war kurz nach fünf. Er machte Kaffee, für Schwiegervater Mirko Tee. Als er an Mirkos Zimmer vorbeiging, hörte er ihn husten. Bevor er zu Arbeit fährt, wird er dem Alten die Morgenmedizin geben und ihm die Windel wechseln. Für gewöhnlich macht das Mojca, heute wird er es machen. Mojca ist erst um vier eingeschlafen, soll sie noch ein wenig liegen. Etwas vor sieben kommt die pensionierte Krankenschwester und bleibt bis zwei bei dem alten Partisanen, dann löst er sie ab.

Heute wird es nicht so sein, um zwei ist er mit den Brüdern verabredet.

Er klopfte an und trat ein. »Guten Morgen«, grüßte er. Der Schwiegervater lag im Bett und glotzte die Decke an.

»Wie haben wir geschlafen?«, fragte er wie immer, Routine, und lächelte. Mirko Bregar antwortete immer: *Wir haben geschlafen wie die alten Partisanen.* Und grinste dabei.

»Ich habe nicht geschlafen«, sagte diesmal der alte Mann. »Wir Alten schlafen langsam. Wir schlafen viel mit offenen Augen. Weißt du, Peter, wenn man alt ist, ersetzt die Vergangenheit den Schlaf.«

»Erst mal nehmen wir die Tabletten«, sagte Peter und stellte die Tasse mit dem Holunderblütentee auf das Nachtkästchen. Dann half er dem Alten, den Kopf aufzurichten, nahm aus den verschiedenen Pillengläsern eine Handvoll Tabletten und wartete geduldig, bis der alte Mann sie geschluckt und hinuntergespült hatte.

»Ich helfe Ihnen beim Wechseln …«, für gewöhnlich sprach er das Wort *Windel* nicht aus … An diesem Morgen ließ er auch das Wort *Vater* weg.

Dann schlug er die Decke zurück, zog die Pyjamahose herunter, machte die Windel auf, es stank nach Urin und Scheiße, der alte Mann konnte in letzter Zeit auch den Kot nicht mehr halten, hob das Becken an, hielt den Alten mit der einen Hand unterm Rücken und zog mit der anderen vorsichtig die Windel heraus, damit nichts herausfiel, drehte sich um, trug die Windel über den Gang ins Bad, warf sie in den Abfalleimer, drehte das Warmwasser auf, machte ein Handtuch an einem Ende nass, nahm eine frische Windel aus dem Regal, ging zum Alten zurück, wusch ihn mit dem nassen Handtuch gründlich zwischen den Beinen, atmete dabei durch den Mund, drückte vorsichtig die knochigen Beine auseinander und rieb die bräunlich-schwarzen Kotspuren weg, drehte das Handtuch dann um und wischte mit dem trockenen Ende sorgfältig die Schenkel und die Arschbacken und die Scham ab, nahm die Tube mit der Creme vom Nachtkästchen, gab etwas davon auf die Hand und schmierte den Alten zwischen den Beinen ein, dann hob er wieder das Becken an, hielt ihn mit der einen Hand unterm Rücken, legte mit der anderen die frische Windel unter, schlug sie zwischen den Beinen hoch, schloss sie um die Hüften, zog am Ende die Pyjamahose wieder hoch und sagte: »Jetzt können Sie die Augen aufmachen.« Das sagte er sonst nie, nur an diesem Morgen. Er vermied es üblicherweise, auch nur im Geringsten auf das Schamgefühl anzuspielen, das immer noch da war und wegen dem der alte Mann die Augen fest geschlossen hielt. »Am Nachmittag kommt Mojca vor mir heim. Ich habe zu tun«, sagte er noch, als er ging.

Im Büro wollte ihm die Zeit gar nicht vergehen. Schon einige Minuten vor zwei schloss er alle Schubladen, legte die Dokumente, die er acht Stunden lang sortiert hatte, ohne zu wissen, was er da sortierte, ab und sperrte die Bürotür hinter sich zu. Er sagte zu niemandem *auf Wiedersehen, bis morgen, adijo*, in Wahrheit schlich sich der Großteil des Büropersonals in dieser Abteilung der Stadtverwaltung, die für gesellschaftliche Aktivitäten zuständig war und in der viel zu viele Leute arbeiteten, schon kurz nach eins unauffällig aus dem Dienst.

Als er aus dem Haus kam, erblickte er sie. Sie standen auf der anderen Straßenseite.

Die Brüder.

Sein Herz begann zu pochen, er spürte den Herzschlag bis in den Hals. Wie damals, fiel ihm ein, als seine erste Tochter Ana Marija zur Welt gekommen war, auch damals hatte sein Herz geklopft, als wollte es zerspringen. Er ging hinüber, sie umarmten sich.

»Wir haben die ganze Nacht nicht geschlafen«, sagte Miroslav.

»Ich auch nicht«, flüsterte Peter kaum.

Dann standen sie da und schauten sich an.

»Hast du gestern nicht einen Schnauzer gehabt …?«, fragte Peter.

»Heute Morgen habe ich ihn abrasiert«, antwortete Miroslav, »ich hab ihn lange genug getragen.«

»Er war aber gut«, wollte Peter seinem älteren Bruder schmeicheln.

»Er war ein Fehler«, antwortete der Bruder kühl und beendete damit die Geschichte rund um seinen Schnauzer, »setzen wir uns wohin.«

Jetzt meldete sich der Jüngere, Ivan beziehungsweise Johann, zu Wort, der heute einen hellen, taubengrauen Anzug, ein violettes Hemd und eine Krawatte trug. »Wir haben in der Nähe was reserviert, einen separaten Raum, wir werden uns in Ruhe unterhalten können.«

»Guten Tag«, war plötzlich hinter ihnen eine Stimme zu hören. Es war Mojca. Die Brüder schauten Peter verwundert an. *Was macht die denn da, hast du ihr was gesagt? Warum taucht sie hier auf? Wir haben gedacht, wir treffen uns allein …*

»Das ist Mojca, meine Frau«, sagte Peter.

Miroslav nickte und strich sich aus Verlegenheit unter der Nase, wo der Schnurrbart gewesen war. Johann stürzte sich nach der ersten Peinlichkeit gleich auf sie: »Oh, freut mich! Mein Bruder und ich haben Sie schon gesehen, ich meine, wir wissen, wer Sie sind, freut mich sehr, ich habe in Deutschland ein Kaufhaus, mehrere Kaufhäuser, vielleicht schaffe ich es auch auf euren Markt, wenn sich die Dinge zum Besseren wenden …«

Miroslav sagte nichts, er stand nur da und schaute mal Mojca, mal Peter an.

»Ich habe es mir nicht verkneifen können. Mein Mann hat zwei Brüder! Und unsere Töchter haben zwei Onkel! Ein wirklich bedeutsames Ereignis. Ich freue mich. Ich weiß, ich weiß«, sagte sie, als sie das finstere Gesicht des Ältesten sah, »ihr wollt ein bisschen allein sein, normal, klar. Später werden wir uns sowieso öfter sehen, mein Vater wird sich sehr freuen. In der Straße nebenan habe ich ein Lokal, ich kann es euch zeigen.« Weil keiner der Brüder reagierte, hakte sie sich bei ihrem Mann ein und ergänzte: »Nur ganz kurz, damit ihr seht, was mein Mann und ich aufgebaut haben, dann lasse ich euch allein. Wir können einmal zusammen essen. Ihr könnt übers Wochenende bei uns bleiben, wir haben ein großes Haus. Die Mädchen werden bestimmt gern kommen, wenn sie erfahren …« Sie konnte einfach nicht aufhören zu plappern, obwohl das nicht ihre Art war. Sie war aufgeregt, aber auch erschrocken, sie wusste nicht genau, warum. Sie war erschrocken, als stünde sie im eigenen Haus vor einer Tür, die die ganze Zeit da war, die sie aber nicht bemerkt hatte, eine Tür, die in ein unbekanntes Gemach führt, vielleicht in einen tiefen Keller, vielleicht in einen Märchenpalast aus Kristall …

Mojca schritt mit Peter am Arm in Richtung ihres Lokals, das weiter oben, aber in derselben Straße lag wie die Stadtverwaltung. Die Brüder folgten ihnen langsam. Miroslav war still, Johann aber ging nach einer Weile schneller und gesellte sich zu Mojca und Peter. »Miroslav und ich wissen, wo Ihr Lokal ist, sehr nobel«, fing er zu schwatzen an. »Wir haben uns auch umgehört, die Leute lieben Ihr Lokal!« Als Mojca ihn verwundert anschaute, besserte er sich sofort aus: »Entschuldigen Sie, ich weiß, Sie verstehen kein Deutsch, sie haben Englisch gelernt, stimmt's? Ich wollte sagen, dass die Leute ihr Lokal sehr schätzen. Das ist gut, Sie haben ein Gespür fürs … fürs …« Johann konnte das passende slowenische Wort nicht finden, er drehte sich zu Miroslav, der mit finsterer Miene ein paar Schritte hinter ihnen ging, »wie sagt man schnell … Gespür fürs … Dings …«

Miroslav senkte den Kopf und brummte ärgerlich: »Fürs Geschäft.«

Johann war ganz begeistert: »Ja, fürs Geschäft, Sie haben ein Gespür fürs Geschäft.« Jetzt hakte er sich bei Mojca ein, wie man es bei Leuten macht, mit denen man seit Jahren befreundet ist. »Man hat uns erzählt, dass früher dort nur eine Metzgerei war, so eine öde Bude mit ein paar aufgehängten Fleischbatzen und irgendeinem billigen Wurstzeug in einer schmutzigen Vitrine, so ein sozialistischer Sauhaufen halt. Dass aber die Kundschaft, vor allem die Schüler, Sie sehr gerngehabt hat, Sie waren eine sehr beliebte Verkäuferin, und dann haben Sie das große Geschäft gemacht.«

Mojca musste lächeln: »Da haben Sie sich aber gut umgehört.«

»Ja«, quasselte Johann, »Sie können sich nicht vorstellen, was die Leute alles sagen! Wir haben zwar schon vor Monaten erfahren, wo unser kleiner Bruder lebt, aber Sie wissen ja, man muss vorsichtig sein, nach dem Krieg ist allerhand passiert, und …«

»Wir kennen Ihr Lokal«, unterbrach Miroslav seinen Bruder.

»Warum seid ihr nicht einfach reingekommen und habt gefragt?«, wunderte sich Mojca.

»Wie schon Johann gesagt hat, wir haben sichergehen wollen, dafür haben wir eine Weile gebraucht. Johann lebt in München, ich habe eine Landwirtschaft …«

»Wenn wir uns vierzig Jahre lang nicht gefunden haben, dann kommt es auf einen Monat auch nicht mehr an«, fuhr Johann hastig dazwischen, »haben wir uns halt gesagt und dann alles langsam erkundet …«

»Was alles?«, war Mojca neugierig.

»Was nötig war«, antwortete der ältere Bruder kühl.

Und schon standen sie vor dem Lokal, über dem die Neonaufschrift *Gurmanski bistro pri Mojci* blinkte.

»Wollt ihr reinkommen? Bitte schön! Das ist unser einziger und größter Reichtum!«, zeigte Mojca stolz auf die Tür ins Lokal, das um diese Zeit bummvoll war.

»Unser größter Reichtum sind unsere Töchter«, lächelte Peter.

Mojca hielt einen Moment inne und wurde verlegen. »Natürlich, selbstverständlich! Aber ...«, sie war etwas aus dem Konzept, »ihr versteht sicher, was ich gemeint habe!« Eine leichte Röte färbte ihre Wangen.

Johann begann Mojca auf die Schulter zu klopfen, nein, eigentlich zu streicheln, wie jemand, der sie verstand und ihr beistand, »die Kinder sind unser größter Reichtum, natürlich, das ist klar, versteht sich, versteht sich ...«

»Einige haben das nicht verstanden«, sagte leise der finstere Bruder, und wieder fuhr seine Hand automatisch unter die Nase, wo gestern noch der Schnurrbart gewuchert hatte.

»Na! Kommt rein! Bei uns gibt es einen ausgezeichneten Kaffee!«, lud Mojca sie abermals ein, obwohl ihr klar war, dass der ältere Bruder nicht besonders begeistert war und der jüngere sich ohne seine Zustimmung nicht traute. Peter, der Jüngste von den dreien, stand da und sagte nichts.

»Es ist voll«, sagte schließlich der mürrische Miroslav, »wir kommen ein andermal.«

»Ja, ja«, sprang Johann wieder ein, »wir kommen ein andermal, Gelegenheiten wird es noch reichlich geben! Kommt einmal nach München, ich habe eine schöne Wohnung. Ich lebe allein, vorläufig, ich habe noch nicht den richtigen Partner gefunden. Wenn sich die Zeiten ändern, und ich hoffe, das werden sie, wird Europa sowieso ein einziges großes Kaufhaus sein ...«

»Ich glaube, man wartet schon auf uns«, schnitt Miroslav seinem Bruder wieder das Wort ab. »Wir haben einen Raum reserviert.«

»Gut, gut«, gab Mojca auf. Plötzlich spürte sie eine schreckliche Kälte. Die drei Brüder standen zusammen auf der anderen Seite, und sie war allein. Sie stellte sich vor die Tür des Lokals, dem sie ihre Jugend, ihr Leben gewidmet hatte, und sah die drei an, eine Einheit, ohne Zweifel. Sie kannte seine Brüder erst seit ein paar Minuten, hundert Meter waren sie zusammen gegangen, doch sie glaubte sie von jeher zu kennen. Von beiden war etwas in ihrem Peter. Später dachte sie, dass sie jetzt wusste, was sie manchmal so sehr an ihm störte: Er war nicht vollständig. Ihm fehlten die Brüder, und gerade darum war er ihr ein ewiges Rätsel. Ein Rätsel, das sie gerade darum so unendlich liebte, weil sie es nie hatte lösen können.

»Gut, ich werde euch nicht länger stören. Hat mich gefreut, dass wir uns kennengelernt haben …«, sagte sie, und die Brüder waren einfach still. Peter war verwirrt, Johann gutmütig und Miroslav mürrisch wie der Winter.

»Peter«, sagte sie, »mach du mit deinen Brüdern alles Weitere aus. Jetzt, wo wir uns gefunden haben, dürfen wir uns nicht mehr verlieren. Mach für Sonntag was aus, oder Samstag, oder egal wann …« Ihre Begeisterung war langsam am Erlöschen. Peter nickte, Johann lächelte, Miroslav, so schien es, schaute woanders hin.

Dann ging sie ins Bistro. Als sie hinterm Ladentisch stand und zum Eingang sah, waren die Brüder schon weg.

In einem separaten Raum

Die beiden Brüder hatten im ersten Stock des Gasthauses *Pri Lovcu* ein Extrazimmer reserviert. Miroslav kannte den Pächter dieses Gasthauses, der der Sohn eines Großbauern war und sich so wie er rechtzeitig mit Agrotourismus zu beschäftigen begonnen hatte. Um nicht allzu viel Geld hatte er von der Gemeinde das alte Gasthaus im Zentrum der Stadt gepachtet, das immer eine Wirtschaft gewesen war, schon zu Zeiten der seligen österreichisch-ungarischen Monarchie, dessen Anfänge aber bis ins Mittelalter zurückreichten. In den späten Achtzigerjahren verpachtete die Stadt nämlich zu sehr günstigen Preisen jene Gaststätten, von denen einige politische Autoritäten schon damals wussten, dass sie bald der Privatisierung anheimfallen würden. Auf diese Weise stießen die sozialistischen Machthaber, die sich insgeheim schon seit Jahren auf den Rückzug von der Macht vorbereiteten, eine Menge Objekte ab, die später in den Prozess der Restitution an die ursprünglichen Besitzer inkludiert wurden.

Das Gesetz über die Denationalisierung sollte 1991 beschlossen werden und in Paragraf 1 Artikel 1 der Allgemeinen Bestimmungen die Privatisierung von Vermögen, welches mit den *Vorschriften zur Agrarreform, Nationalisierung und Beschlagnahme* verstaatlicht worden war, regeln. Diese Vorschriften reichten noch in die Zwischenkriegszeit, also in die Zeit des Königreichs Jugoslawien, zurück und hatten mit der sozialistischen Revolution nach dem Krieg überhaupt nichts zu tun; damals hatte man die großen Waldflächen, die davor Großgrundbesitzern, auch der Familie Eichhein, vor allem aber der Kirche, gehört hatten, verstaatlicht. Zweck des Gesetzes über die Denationalisierung von 1991, das die neuen demokratisch gewählten Machthaber umgehend in Kraft setzen sollten, war somit vor allem die Rückgabe von Vermögen an Ausländer und natürlich an die Kirche. Mit diesem Gesetz sollte auch das Vermögen zurückerstattet werden, das die Sozialisten aus Gründen einer Ökonomie und Ideologie, laut welcher Privateigentum eine schwere Sünde und ein Überbleibsel der alten, ungerechten Welt darstellte, kollektiviert hatten. Dieser Teil der Privatisierung ist der nachvollziehbarste, wenn man die Tatsache in Kauf nimmt, dass das Gesellschaftssystem sich wieder in ein kapitalistisches verwandelt hat. Mit dem neuen Gesetz sollte aber auch beschlagnahmtes Vermögen von Denunzianten, Kriegsverbrechern, Verrätern und Kollaborateuren rückerstattet werden, und das richtete unglaublich viel Schaden an, weil es auf eine Korrektur der Geschichte hinauslief. Das Privatisierungsgesetz war in den meisten seiner Artikel revisionistisch, es sollte die Vergangenheit in eine andere Vergangenheit verwandeln. Es ging nicht so sehr um die Wiedergutmachung von Unrecht, das manchem im Zuge der sozialistischen Kollektivierung von Handwerksbetrieben, kleinen Fabriken, Geschäften, Wohnhäusern tatsächlich zugefügt worden war. Bei der Privatisierung ging es vor allem um den indirekten Beweis, dass die anderen den Sieg im Land davongetragen hatten. Die Rückführung der Gesellschaft in vergangene Verhältnisse sollte beweisen, dass den Krieg nicht die Alliierten und die faktischen Sieger, also die Partisanen, gewonnen hatten, sondern jene, die die Okkupanten und ihre Idee des großen, *einrassigen* Europa unterstützt hatten und deren Werte Verbrechen, Xenophobie und Ausrottung waren.

Miroslavs Freund hatte das Gasthaus, das ihm die sozialistische Stadtverwaltung zu günstigen Konditionen und mit gekreuzten Fingern überlassen hatte, von Grund auf renoviert und einen Haufen Geld hineingesteckt, um später alles zu verlieren, denn das Gasthaus sollte wieder in den Besitz der Familie übergehen, der man es nach dem Krieg wegen ihrer Kollaboration mit den Besatzern genommen hatte. Damals waren dort nämlich Nazi-Offiziere ein und aus gegangen, und ausgerechnet der Eigentümer Dieter Lackner war es gewesen, der vom Fenster des Gasthauses aus geschrien hatte: *Da will einer wegrennen! Hallo! Haltet den Banditen! Haltet ihn!,* als aus der Reihe vor der Wand, wo die Nazis die gefangenen und toten Partisanen zur Schau stellten, ein junger Partisan zu entwischen versucht hatte. Natürlich war sein fanatisches und hasserfülltes Geschrei den Leuten der Befreiungsfront, die dort in der Menge standen, nicht entgangen. Schon am 9. Mai wurde er auf Nimmerwiedersehen abgeführt; das Gasthaus und das gesamte Familienvermögen wurden konfisziert.

Die Brüder betraten das Gasthaus.

Der neue Wirt, der Sohn des Bergbauern von der Menina Planina, kam, um sie zu begrüßen. »Das Zimmer ist hergerichtet. Keine Sorge, euch wird niemand stören. Meine Freundin wird euch bedienen. Zuerst die Vorspeise: Ein wenig geräucherte Forelle und hausgemachtes Osso Collo, ein herrliches Stück vom Schopf. Und Wein, versteht sich, ich habe einen ausgezeichneten Steirer. Davor vielleicht noch einen kleinen Birnenschnaps, von mir oben am Berg.« Und er begleitete sie ins obere Stockwerk.

Die Gaststube war im Jägerstil eingerichtet. Dunkle Eiche, die noch frisch roch, denn die Renovierung des alten sozialistischen Gasthauses mit seinen Alutischen und -stühlen war erst vor Kurzem beendet worden. An den Wänden hingen ausgetopfte Tiere, Eberköpfe, ein Dutzend Hirschgeweihe, an einer Extrawand sogar präparierte Fische, riesige Forellen, Hechte, Karpfen, Welse und ein enormer Hausen, den der Sohn des Eigentümers, wie dieser sich rühmte, gefangen hatte, als er keine zehn Jahre alt gewesen war.

Mitten in der Stube stand ein großer Eichentisch, die anderen Tische waren zur Wand geschoben. Es war klar, dass sonst niemand kommen würde. Bevor sie das Gasthaus betraten, ging Miroslav noch zu dem weißen Mercedes mit dem deutschen Kennzeichen, der gegenüber vom Gasthaus parkte, genau vor der Mauer, wo im Jahr 1942 die gefangenen Partisanen gestanden waren, wo Silvester, der Sohn der Grabnerin, vor seinen Füßen die tote Marta liegen gesehen hatte und wo jetzt Parkplätze waren. Miroslav öffnete den Kofferraum von Johanns Auto, denn die Brüder waren gemeinsam gekommen, und nahm eine Aktentasche heraus. Diese Tasche, die offenbar voller Dokumente war, denn die ledernen Seitenteile waren ausgebuchtet, legte er jetzt auf den Tisch. Dann setzten sie sich. Der älteste und der mittlere Bruder saßen dem jüngsten gegenüber.

»Schön eingerichtet«, sagte Johann und schaute sich in der Stube um. »So wie bei mir daheim, in München, da gibt es auch solche Jagdstuben.«

Die Kellnerin brachte auf einem Tablett den Schnaps. Die Brüder stießen an.

»Schaut wirklich gut aus«, fuhr Johann fort, »wenn es sich weiterhin so schön entwickelt, hab ich hier auch bald ein Geschäft.«

Peter zog seine Brieftasche heraus und entnahm ihr die Fotos seiner beiden Töchter. Er legte sie vor seinen Brüdern auf den Tisch. »Meine Töchter, Ana Marija und Nada.«

Die Brüder sahen sich die Fotos aufmerksam an. Miroslav nahm eins in die Hand und betrachtete es ganz aus der Nähe. »Maria hat unsere Mutter geheißen, Maria von Eichhein.«

Peter schüttelte den Kopf. »Das hab ich nicht gewusst.«

»Du hast dich nicht dafür interessiert«, sagte Miroslav

fast vorwurfsvoll, dann griff auch er nach seiner Brieftasche und legte Fotos von seinen Kindern auf den Tisch. »Das sind meine.«

Auch Johann legte einige Fotos auf den Tisch. »Mein Einkaufszentrum. Das da ist noch im Bau, und der eine da neben dem jungen Mann, das bin ich, aber man sieht mich nicht so gut, weil mein Schutzhelm zu groß ist. Das da ist mein Haus. Noch ein Kaufhaus, na ja, das war mein erstes, dort habe ich als Verkäufer angefangen, später habe ich es gekauft.«

Sie tauschten eine Weile Fotos aus und nickten mit zufriedenem Lächeln. Die Kellnerin brachte das dünn geschnittene Osso Collo, dazu noch Verhackertes und auf einer eigenen Platte geräucherte Forelle. Der Chef des Lokals brachte den Wein, sagte etwas über den guten Tropfen, wo er herkam, wo die Weingärten waren, wie viele Preise er abkassiert hatte, dann schenkte er ein und wartete, bis die Brüder das erste Glas ausgetrunken und den Wein gelobt hatten, und dann ließ er sie allein.

Die Brüder aßen schweigend.

»Ich freue mich, dass wir uns endlich gefunden haben«, sagte Peter.

»Passt aufeinander auf! Vor allem auf den kleinen Peter! Versprecht mir das!«, sagte Miroslav. »Das waren die letzten Worte unserer Mutter. Sie ist auf dem Lastwagen gestanden, Vater hat sie um die Schultern gehalten, ich erinnere mich daran, als wäre es heute passiert.«

»Pazite drug na drugega! Še posebej pazita na malega Petra! Obljubita mi!«, übersetzte Johann ins Slowenische. »Ich kann mich auch dran erinnern.«

»Und wo war ich?«

»Mama hat dich davor in den Graben gebracht. Sie hat geahnt, was passieren wird. Der Grabnerin hat sie vertraut, ich weiß nicht, warum«, antwortete Miroslav.

»Man hat geredet, dass die Grabnerin die Geliebte unseres Großvaters Oto von Eichhein war und dass Silvester ihr gemeinsamer Sohn war«, ergänzte Johann, und seine Augen begannen zu glänzen.

»Nein!!«, bellte Miroslav seinen Bruder an, »die Leute reden und verleumden in einem fort. Unser Großvater hätte sich nie …«, jetzt brach er ab, er hatte sagen wollen, er *hätte sich nie mit einer gewöhnlichen slowenischen Magd eingelassen*, aber er verkniff es sich lieber. »Mama hat der Grabnerin vertraut«, fuhr er ruhiger fort, »sie war ihr Leben lang beim Haus gewesen. Und so hat sie dich vor den grausigen Zeiten bewahrt.«

»Uns haben sie zuerst in ein Heim und dann zu Pflegeeltern gegeben«, sagte Johann und die Tränen standen ihm schon in den Augen.

»Ich habe Glück gehabt, ich bin zu Bauern gekommen, wo mich die Alten wie ihren eigenen Sohn behandelt haben«, sagte Miroslav leise und schaute auf den Teller. »Sie haben mich gerngehabt.«

»Und Mutter und Vater?«, fragte Peter.

»Verschwunden,« sagte Johann.

»Sie haben sie umgebracht«, sagte Miroslav schroff.

Dann schwiegen sie eine Weile, und jeder schaute auf seinen Teller. Peter hob das Glas, die Brüder taten es ihm gleich. Sie hielten die Gläser hoch, bis sich ihre Blicke fanden, dann tranken sie aus. Keiner sagte: *Auf die Seelen unserer Eltern*, obwohl alle drei dasselbe dachten.

»Woher weißt du, dass sie sie umgebracht haben?«, fragte Peter nach einer Weile.

»Sie haben alle Deutschen im Tal auf Laster geladen und weggebracht, niemand weiß, wohin. Niemand ist je zurückgekommen.«

Peter nickte. Dann fragte er: »Warum?«

»Wie, warum?!«, brauste Miroslav auf. »Wie kannst du das überhaupt fragen? Sie haben sie umgebracht, weil sie Deutsche waren, weil sie anderer Meinung waren als die Terroristen im Wald, weil sie gegen den Kommunismus waren, darum.«

»Nur darum«, bestätigte Johann und steckte sich eine dünne Scheibe Osso Collo in den Mund.

»Die Partisanen waren keine Terroristen«, sagte Peter resolut. »Sie haben für die Freiheit gekämpft.«

»Ach«, seufzte Miroslav, »ich sehe schon, sie haben dir das Hirn gewaschen. Sie waren Terroristen, sie haben unser Sägewerk niedergebrannt. Wenn die kommunistischen Banditen nicht gewesen wären, hätten die Unsern keine Geiseln erschossen. Du hast ja keine Ahnung, wie viele Unschuldige gestorben sind!«

Peter schüttelte den Kopf. »Hätten die Nazis nicht alles ausrotten wollen, was nicht deutsch war, dann wäre es gar nicht dazu gekommen.«

»Du bist Deutscher!«, sagte Miroslav, »unsere Mutter war Deutsche.«

»Und unser Vater?«, fragte Peter.

»Er war loyal, er hat gewusst, was richtig ist«, antwortete Miroslav.

»Wir haben ein Foto gefunden«, erinnerte sich Johann begeistert, »zeig es ihm, Miroslav.«

Miroslav griff in die Aktentasche und entnahm ihr eine graue Mappe mit Fotos. Er stöberte darin, zog eines heraus und schob es über den Tisch zu Peter.

Auf dem Foto ist ein offener Militärwagen zu sehen, im Hintergrund kann man eine Militärkolonne erahnen. Vor dem Auto steht ein Mann mit dem Hut in der Hand. Neben ihm eine Frau, sie lächelt. Im offenen Wagen steht ein deutscher Offizier. Hinter dem Mann mit dem Hut in der Hand, der den Offizier offenbar anspricht, hat sich eine Menschenmenge mit strahlenden Gesichtern versammelt und winkt mit kleinen Naziflaggen. Darunter sieht man deutlich auch junge Paare in slowenischer Tracht.

»Das ist unser Papa«, sagte Johann, »daneben steht Mama. Sie war eine schöne Frau.«

»Vater hat nur Frieden gewollt«, sagte Miroslav, »sonst nichts.«

»Er hat die Besatzer begrüßt«, sagte Peter leise.

»Nein!!«, rief Miroslav, »unser Vater war für den Frieden! Der alte Staat ist zerfallen, und die deutsche Armee war die stärkste der Welt. Unser Vater war ein Mann des Friedens, er hat seine Gemeindebürger verteidigt. Wir kleinen Leute dürfen uns nicht in die Geschichte einmischen. Man muss warten, bis sich die Dinge geklärt haben, bis die Waffen schweigen. Er hat drei Kinder gehabt, er hat an uns gedacht.«

»Er hat die Besatzer begrüßt«, sagte Peter noch einmal.

»Na und? Was ist schon dabei?! Hat man ihn deswegen nach dem Krieg aus der Welt schaffen müssen? Und Mama auch? Und den ganzen Ort, alle Deutschen?«, schrie Miroslav nun fast.

Die Kellnerin kam herein: »Können wir die Hauptspeise bringen?«, fragte sie freundlich.

»Warten Sie noch«, sagte Miroslav schroff.

»Sagen Sie dem Chef, dass das Osso Collo wirklich hervorragend schmeckt«, sagte Johann und lächelte süß.

Die Kellnerin machte die Tür hinter sich zu.

»Schau«, sagte Miroslav und holte ein neues Foto aus der Mappe, das er in die Mitte des Tisches schob. Es war das Foto, auf dem Bürgermeister Mihael Novak dem Partisanen auf dem weißen Pferd die Hand reichen will. Im Vordergrund ist der Rücken zweier Buben zu sehen. »Er hat auch die sogenannten Befreier begrüßt«, kommentierte er das Foto.

»Und das da vorn sind Miroslav und ich«, zeigte Johann mit dem Finger.

»Ein paar Minuten später sind schon die Laster gekommen und haben alle Ortsbewohner irgendwohin gebracht«, sagte Miroslav.

»Er hat auch die Partisanen begrüßt«, sagte Peter leise.

»Ja. Er war für den Frieden, er hat niemandem etwas antun wollen. Armeen kommen und gehen, wir Menschen aber bleiben«, sagte Miroslav.

Peter schob das Foto seinem großen Bruder rüber.

»Und warum zeigt ihr mir das alles?«

»Damit du es weißt.«

»Was? Dass Krieg war und dass er vorbei ist? Dass die Nazis sechs Millionen Juden und Tausende Slowenen umgebracht haben? Dass sie uns gleich nach den Juden ausgerottet hätten, wenn sie gewonnen hätten? Ausgerottet und versklavt. Das weiß ich alles, meine lieben Brüder, ich weiß, dass der Krieg eine schreckliche Sache ist. Gott sei Dank war ich noch ein Kind und ich kann mich nicht an viel erinnern. Kriege entzweien, Menschen verschwinden, flüchten, stehen auf der falschen, stehen auf der richtigen Seite, im Krieg passieren furchtbare Dinge, grauenhafte Verbrechen, die Menschen machen Fehler, die sie sonst nicht machen würden … Der Krieg ist grauenhaft. Aber er ist vorbei. Und er interessiert mich nur als Geschichte, aus der hin und wieder mal jemand ein bisschen erzählt, gefühlsmäßig lässt er mich vollkommen kalt. Es war der Krieg unserer Väter und Großväter, wir drei haben damit gar nichts zu tun. Ich freue mich, dass wir uns endlich gefunden haben, das andere aber will ich nicht wissen. Mich interessiert euer Leben, ich möchte, dass wir das Versäumte nachholen. Ich möchte, dass wir uns treffen, dass wir uns kennenlernen. Mich interessiert, ob meine Tochter den Richtigen findet, ob ich Enkel haben werde, solche Dinge gehen mir durch den Kopf. Eine Vergangenheit, die nicht meine eigene ist, interessiert mich nicht.«

»Wie kannst du so reden?«, sagte Miroslav entrüstet.

»Unser Leben war zerstört«, sagte Johann. »In München war ich ganz allein. Die ersten Jahre habe ich im Flüchtlingsheim gewohnt, ich habe nächtelang geweint.«

»Das tut mir leid«, sagte Peter aufrichtig, »aber die Vergangenheit liegt längst hinter uns, wir können nichts korrigieren. Wir haben nichts mehr mit ihr zu tun, abgesehen von den guten oder schlechten Erinnerungen, die wir haben.«

»Manche von euch sind mit der Vergangenheit verheiratet«, sagte Miroslav und schob wieder ein Foto vor Peter hin.

Peter verstand immer weniger. Er schaute den älteren und dann den jüngeren Bruder an. Der Ältere streckte die Hand aus und zeigte auf einen Partisanen auf einem weißen Pferd. Peter nahm das Foto und sah es sich aus der Nähe an.

»Kommandant Mirko Bregar«, sprach der Ältere.

Peter schaute, er begann zu lächeln. »Ja, er ist es, ich weiß. Er war Kommandant, eine Partisanenlegende. Einer der wichtigsten Organisatoren des Widerstands gegen die Besatzer in dieser Gegend. Ein wunderbarer Mensch, ein anständiger Mensch. Wenn alle in unserem Land so wären wie er, wäre der Sozialismus das beste Gesellschaftssystem der Welt.«

»Ein Mörder«, sagte Miroslav.

Die Kellnerin betrat die Gaststube, sie brachte die Hauptspeise. Wildragout mit Semmelknödeln und Preiselbeeren.

Das andere Foto

»Der Vater deiner Frau, Mirko Bregar, der vielfach ausgezeichnete Mann mit allen möglichen Orden, hat im Leben unserer Familie eine wichtige Rolle gespielt. Er hat den Partisanenstern mit dem goldenen Kranz erster Klasse gekriegt, hat den Orden der Brüderlichkeit und Einheit mit goldenem Kranz bekommen, auch erster Klasse, er hat die Medaille für Verdienste um das Volk ...«

»Ich weiß«, unterbrach Peter Miroslavs Aufzählung, »die ganzen Anerkennungen bedeuten ihm nichts. Er hebt sie in einer Schuhschachtel auf, irgendwo unten im Schrank. Er ist ein bescheidener Mensch.«

»Wir haben uns sehr genau über seine Karriere informiert«, sagte Johann. »Heute ist das bereits möglich. In ein paar Jahren, wenn die politische Situation eine andere ist, wie die Kommentatoren in Deutschland sagen, ist dann überhaupt alles öffentlich.«

»Er war ein ganz hohes Tier in der UDBA«, fügte Miroslav hinzu.

»Das ist kein Geheimnis, das hat Vater nie versteckt«, sagte Peter.

»Vater? Hast du ihn Vater genannt?!«, empörte sich Miroslav.

»So nenne ich ihn halt.«

»Er ist nicht dein Vater. Das ist dein Vater«, sagte er und zeigte mit dem Finger auf den Mann, der vor dem weißen Pferd steht und die Hand zum Zeichen des Grußes ausstreckt. Die Hand, die der Reiter nicht annehmen will.

»An ihn kann ich mich leider nicht erinnern. Manchmal sehe ich im Traum eine Gestalt, aber kein Gesicht. Ich war zu klein.«

»Blut ist dicker als Wasser«, merkte Johann an.

»Blut, das es nicht gibt, ist dünner«, antwortete Peter.

Die Brüder sahen ihn schweigend an.

»Entschuldigt«, seufzte Peter, »ich habe mich schlecht ausgedrückt. Das war nicht so gemeint. Ich will sagen, dass ich das Glück gehabt habe, jemanden zu finden, der mir den Vater ersetzt hat. Natürlich ist es nicht dasselbe, wie auch eine Ersatzmutter nicht dasselbe ist wie die leibliche Mutter. Aber ihr müsst verstehen, ich habe fast keine Erinnerung an unsere Eltern. Alles ist wie im Nebel, ich erinnere mich an einzelne Momente. Auch an euch erinnere ich mich, wie groß ihr seid, wie ihr herumlauft und ich euch nicht nachkomme, wie ihr euch anschreit. An Mutter erinnere ich mich als jemanden in Violett mit einem ganz speziellen Geruch, einem angenehmen, süßen, den ich nie mehr gerochen habe. Ich habe danach gesucht, habe ihn aber nicht gefunden. Und an Vater erinnere ich mich, weil er einen großen Bauch und goldene Knöpfe an seiner Weste gehabt hat, die ich für kleine Monde gehalten habe, die jede Nacht über den Himmel ziehen, vielleicht war er es sogar, der das gesagt hat. Und das ist schon fast alles. Ihr müsst verstehen, dass ich von diesen Erinnerungssplittern nicht habe leben können. Ich habe mir eine neue Vergangenheit erschaffen müssen.«

Seine Brüder schwiegen.

»Wir haben nicht dieses Glück gehabt«, sagte der Ältere nach einer Weile.

»Das tut mir leid«, antwortete Peter.

Sie schauten sich an.

»Lasst uns essen!«, schlug Johann vor. »Es wird kalt. Dieses Wild mit den Preiselbeeren schaut hervorragend aus, ganz bayrisch.«

Und sie fingen an.

Beim Essen beobachteten sie einander.

Miroslav aß hastig. Ohne Empfindung. Wie ein Bauer, der den ganzen Tag geschuftet hat und sich am Abend beim Essen auf die Ellbogen stützt, abwesend auf den Teller starrt, sich große Bissen in den Mund stopft, sie schluckt, als hätten sie keinen Geschmack, und dabei überlegt, was rund ums Haus noch zu tun ist, bevor er sich zur Ruhe begibt.

Johann band sich zuerst die Serviette um, dann schnitt er mit Messer und Gabel, die er elegant wie ein Schönheitschirurg zwischen zwei Fingern hielt, ganz kleine Stücke vom Fleisch und führte sie zum Mund und kaute sie langsam und genüsslich.

Wie bin ich?, dachte Peter, *wie sehen mich meine Brüder? Der Mensch isst so, wie er ist. Miroslav nach Plan, ohne Genuss, nur damit der Sack voll ist; die Zeit, die er fürs Essen aufwendet, findet er verschwendet, aber notwendig, er hat andere Dinge im Kopf. Miroslav ist ein Mensch, der keine Zeit verliert, der wie ein Panzer, na ja, vielleicht wie ein Traktor stur über alle Hindernisse drüberfährt, ein Mensch der immer recht hat. Johann genießt jeden Bissen. Er hält es auch für wichtig, wie man isst, und nicht nur, was man isst. Bei jedem Bissen stöhnt und jammert er vor Genuss. Er mag es, wenn andere sehen, wie schön er es findet, jeden einzelnen Bissen im Mund zu wälzen. Er hat etwas Aristokratisches an sich, wie in den alten Filmen über das Leben adeliger Familien.* Derlei überlegte Peter, dann versuchte er, auch sich zu sehen. *Ich esse ganz unterschiedlich. Wenn ich es eilig habe, esse ich schnell. Wenn ich Zeit habe, kann ich auch genießen, es hängt von den Umständen ab. Eigentlich bin ich eine Mischung aus beiden, ich habe keine eigene Art, keinen eigenen Charakter, ich kann so sein, und ich kann auch anders sein. Ich war gar nicht verlegen, als wir am Tag der Republik beim Gemeindevorsitzenden zum Festessen eingeladen waren. Auch in einer Werkskantine fühle ich mich wohl. Ich kann mich anpassen, ich bin zur Anpassungsfähigkeit erzogen. Mein Leben lang habe ich mich angepasst. Blut ist vielleicht wirklich dicker als Wasser, aber in meinen Adern ist es zu Wasser geworden. Meine Brüder sind sie selbst geblieben, sie haben Persönlichkeit. Und ich? Nicht Fisch, nicht Fleisch, ein sozialistischer Mensch, adoptiert, erzogen. In der Hinsicht haben sie recht, die Gesellschaft hat mich erzogen, ich bin wie alle, gleich, ohne Eigenschaften.* Letzteres dachte er, als der ältere Bruder den Teller in die Mitte des Tisches schob und damit signalisierte, dass die Essensaufnahme vorbei war. Obwohl seine Brüder noch nicht fertig waren, wandte er sich wieder den Fotos zu.

»Über deinen Schwiegervater, den Partisanen auf dem weißen Pferd, den Befreier«, zählte er spöttisch auf, »haben Johann und ich uns gut erkundigt.«

Johann nickte, legte Messer und Gabel zur Seite und nahm die Serviette ab, wie auf Befehl schob auch er den Teller von sich.

»Er hat im Sägewerk unserer Familie gearbeitet. Er war damals schon Kommunist, hat sich im Ort herumgetrieben und die Arbeiter aufgehetzt. Unser Großvater Oto …«

»Oto von Eichhein …«, ergänzte Johann.

»Ja … unser Großvater hat ihn entlassen. Mit alldem hat er sich später, in einem Interview in den frühen Fünfzigerjahren, als er Ehrenbürger geworden ist, auch gebrüstet. Kurz, er hat unsere Familie und den ganzen Ort bestens gekannt. Er war derselbe Jahrgang wie unsere Mutter.«

»In diesem Land kennt jeder jeden, und damals schon überhaupt. In Dolina hat es nicht viele deutsche Familien gegeben. Alle haben immer alles über alle gewusst«, sagte Johann, »das ist offenbar ein Merkmal dieses Volkes.«

»Mein Schwiegervater hat nie erwähnt, dass er meine Eltern gekannt hat«, sagte Peter.

»Eben!«, unterbrach ihn Miroslav, »genau das finde ich sehr seltsam.«

»Ich bin mir sicher, dass er nichts von der Vergangenheit unserer Familie gewusst hat. Die Grabnerin hat mich sehr bald adoptiert. Er aber ist mit seiner Frau Nada, Mojcas Mutter, in die Hauptstadt gezogen. Er hat wichtige politische Funktionen bekleidet. Ich habe anders geheißen. Auch die Grabnerin und ich sind fortgezogen, in diesen Ort an der Grmada sind wir nie wieder gekommen, es war nicht nötig. Wir haben kein einziges Mal nach der Hütte im Graben gesehen.«

»Vielleicht hat dein Schwiegervater seine Gründe gehabt, dir nichts über diese Zeit zu erzählen«, merkte Miroslav an.

»Warum reden wir nicht lieber über etwas anderes?«, sagte Peter, dem es langsam reichte.

»Moment!«, rief sein Bruder und stand vom Tisch auf. »Wir haben Hinweise gefunden, dass genau er zuständig war für die Deportation der deutschen Familien und derer, die den neuen Machthabern nicht gepasst haben. Keiner wird mir einreden, dass er das alles nicht gewusst hat.«

»Er und unsere Mutter, Maria von Eichhein, haben sich sehr gut gekannt«, fügte Johann hinzu und seine Augen leuchteten. »Die Leute erzählen sogar, dass er eine Weile hinter ihr her war, ohne besonderen Erfolg, versteht sich.«

»Außerdem hat ihn Großvater rausgeworfen. Kann gut sein, dass er sich rächen wollte, was ihm nicht schwergefallen ist, schließlich war er Kommunist. Für Kommunisten sind Kapitalisten sozusagen die natürlichen Feinde«, fuhr Miroslav fort. Jetzt kam er um den Tisch und setzte sich neben Peter. »Und noch etwas …«, sagte er, streckte die Hand nach der Aktentasche aus, die am Tischrand lag, und holte ein neues Foto hervor, das er Peter hinschob. Auch Johann stand auf und setzte sich auf der anderen Seite des Tisches neben seinen jüngsten Bruder. Die älteren Brüder hatten den jüngeren jetzt zwischen sich.

»Schau dir das Foto gut an«, sagte Miroslav.

Die Brüder steckten die Köpfe zusammen. Johann drückte Peter eine Lupe in die Hand.

»Und?!«, fragte Peter verärgert.

»Ein Foto vom Bahnhof. Es ist Mai, oder Anfang Juni, die Kirschen blühen«, beschrieb der älteste Bruder das Foto. »Eine Menschenmenge wartet. Die Viehwaggons auf dem ersten Gleis sind offen … Und da ist er wieder, dein Schwiegervater, Kommandant Mirko Bregar.«

»Ja«, sagte Peter und nickte, »das ist er.«

»Die Frau, die vor ihm steht«, sagte Johann, »das ist unsere Mutter. Der Mann neben ihr ist unser Vater.«

»Schau dir ihr Gesicht an«, sagte Miroslav, »das ist ein Gesicht, das bittet, das ihn überzeugen will. Ihr Mund ist offen, sie schaut ihm direkt in die Augen, stimmt's?«

Peter antwortete nicht. Er hielt die Lupe näher an das vergilbte Foto.

»Und er? Was macht er? Dein Schwiegervater? Der Sieger?«

Peter sah sich das Foto an.

»Er zeigt ihnen, wohin sie gehen sollen. Die Hand zeigt auf die Viehwaggons«, fährt Miroslav fort. »Wir haben noch ein Foto gefunden. Wir haben die Verwandten des Fotografen besucht, der das alles heimlich fotografiert hat.« Miroslav griff wieder in die Aktentasche und holte ein weiteres Foto hervor. Derselbe Bahnhof, die Menschenmenge steigt in die Waggons. Der Bahnsteig ist schon fast leer. Einige Waggons sind schon zu. Auf dem Bahnsteig steht ein Partisan, breitbeinig, die Hände in die Hüften gestützt, beobachtet er die Waggons. Um ihn herum ein paar Uniformierte mit Gewehren.

»Unsere Eltern sind weg, offenbar sind sie schon im Waggon. Wir haben alles abgesucht. Mit der Lupe«, sagte Johann.

»Dieser Zug ist in ein Lager gefahren«, fuhr Miroslav fort, »von dort hat man sie irgendwohin gebracht. Kein Volksdeutscher ist je zurückgekehrt.«

Die Brüder schauten das Foto an. Dann lehnte sich Peter zurück und legte die Lupe hin. »Was wollt ihr mir damit sagen?«

»Er hat sie in den Tod geschickt«, sagte Miroslav.

»Du bist mit der Tochter des Mannes verheiratet, der unsere Eltern umgebracht hat«, sagte Johann mit einer heiseren Stimme, die klang, als würde sie jeden Moment in Weinen umschlagen.

Lange bewegte sich keiner.

»Ihr seid verrückt!«, rief Peter und stand auf. Er schob den Stuhl zurück und sich selbst an den Brüdern vorbei in die Mitte der Stube. »Wie könnt ihr so reden?! Anhand von zwei unscharfen Fotos verurteilt ihr einen Mann zum Mörder!«

»Es sind nicht nur die zwei Fotos«, sagte Miroslav ruhig und selbstsicher, »trotz allem gibt es einige Notizen und Dokumente. Angaben zu dem Lager, in das man die Leute gebracht hat. Obwohl man später versucht hat, die Spuren des Lagers zu verwischen, wissen die Leute noch ganz genau, wo es war, wie es ausgesehen hat und wie man sie nachts weggebracht hat. Und der alte Mann, den du jeden Nachmittag im Rollstuhl spazieren fährst und mit dem du Schach spielst, hat davon gewusst. Und er hat gewusst, was sich dort abspielt. Mehr noch! Auf einer Sitzung einer Parteizelle hat er eine Brandrede darüber gehalten, dass man unbedingt ein Sammellager für die Volksverräter und Klassenfeinde errichten muss. Die Leute erinnern sich an ihn. Kommandant Mirko Bregar war zu wichtig, um nicht zu wissen, was so ein Lager in Wahrheit bedeutet … Das redet mir keiner ein.«

»Er hat genau gewusst, wohin er sie schickt, und als sie dort waren, hat er gewusst, was mit ihnen passiert. Unser Vater war Bürgermeister, einer der bekanntesten Bürgermeister«, fuhr Johann fort.

»Und unsere Mutter war die einzige Tochter einer der ältesten deutschen Familien in der ganzen Region«, ergänzte Miroslav, »neben den Grafen von Auersperg waren die Eichheins besonders bekannte Waldbesitzer. Ich bin mir sicher, dass genau er, dein geliebter Schwiegervater, ihre Ermordung angeordnet hat.«

Peter stand mitten in der Gaststube und schaute die beiden Brüder an, die sich auf ihren Stühlen nach ihm umgedreht hatten und ihn beobachteten. »Ich glaube euch nicht«, sagte er.

»Wir haben Beweise!«

»Was für Beweise!«, rief er. »Bis vor Kurzem habe ich gar nicht gewusst, dass ich Brüder habe. Und jetzt zeigt ihr mir irgendwelche Fotos, die beweisen sollen, dass mein Schwiegervater, zu dem ich Vater sage, der Mörder meiner Eltern ist, und dass meine Frau, mit der ich zwei wunderbare Töchter habe, die Tochter eines Mörders ist.«

»Das ist alles wahr!«

»Was ist wahr? Was ist überhaupt wahr? Wahr ist das Leben, das ich geführt habe und führe. Das ist wahr. Die Vergangenheit ist nicht wahr. Vergangenheit ist Vergangenheit. Sie ist vergangen und sie ist nicht wahr. Weil die Vergangenheit nicht mehr das Leben ist. Man kann mit ihr hausieren gehen, mit ihr handeln, sie drehen und wenden, sie frisieren, verkaufen, ausnützen und missbrauchen … Das ist das, was ihr macht. Wegen einer Vergangenheit, von der ich gar nichts mehr weiß, die nicht meine Vergangenheit ist, wollt ihr mein Leben auf den Kopf stellen, dazu habt ihr kein Recht!«

»Die Vergangenheit ist die Zukunft!«

»Das stimmt nicht! Die Vergangenheit ist ein Toter, den man begraben muss. Wenn wir es nicht tun, verpestet er uns die Gegenwart und vergiftet unsere Zukunft.«

»Genau das machen wir, wir wollen die Vergangenheit begraben. Aber du kannst sie nur begraben, wenn du zuerst aufdeckst, was wirklich geschehen ist.«

»Nein«, reißt Peter plötzlich die Geduld, »ihr zwei wollt Rache!«

»Du verstehst uns nicht …«

»Ich verstehe euch sehr gut. Ihr sagt die ganze Zeit Mörder, Mörder, die Tochter eines Mörders, du bist mit der Tochter des Mörders unserer Eltern verheiratet … Glaubt ihr, euer kleiner Bruder ist so dumm und noch immer ein naiver Fünfjähriger, der eure Absichten nicht durchschaut?! Bis jetzt habt ihr euch noch überhaupt nicht für eure Nichten interessiert, kein Wort darüber, wann wir alle einmal zusammenkommen und bei einem gemeinsamen Essen miteinander reden und uns erinnern … Euch interessiert nur die Rache.«

»Nein. Wir möchten, dass du verstehst …«

»Ihr wollt, dass ich denke wie ihr, aber daraus wird nichts! Ich kann das nicht. Ich teile nicht eure Vergangenheit. Ich habe mich gefreut, als ich euch kennengelernt habe, mir war immer, als würde mir im Leben etwas fehlen. Aber jetzt bin ich mir nicht mehr so sicher.«

Miroslav stand auf, auch Johann stand auf. Sie näherten sich dem aufgeregten Bruder.

»Petrček«, sagte Miroslav, zum ersten Mal nannte er ihn Petrček, wie er ihn wahrscheinlich genannt hatte, als sie noch Kinder waren, »wir möchten nur, dass du siehst, mit wem du lebst, mit wem du Kinder hast …«

»Wollt ihr sagen, dass mein ganzes Leben eine Lüge war?!«, fragte Peter.

»Es ist ja nicht deine Schuld, du hast nichts gewusst.«

»Und ich sage euch, es ist keine Lüge. Ich habe Glück gehabt. Es tut mir leid, dass es bei euch anders war, aber ich habe Glück gehabt. Nach jedem Krieg ist es halt so, dass man Glück haben muss. Einige haben Glück gehabt, andere nicht. Der Krieg ist eine schreckliche Zeit. Und wenn der Krieg vorbei ist, müssen wir ihn vergessen, und wenn nicht, dann geht er weiter. Mein Leben war glücklich! Ich habe den Krieg vergessen, in Wahrheit erinnere ich mich gar nicht an ihn. Und ich habe nie, niemals die Vergangenheit vermisst. Und auch jetzt vermisse ich sie nicht.«

»Es geht um unsere Eltern!«, erhob der älteste Bruder wieder die Stimme. »Ihnen ist Unrecht widerfahren, sie haben nichts verbrochen, sie haben nur nicht mitgemacht. War das so ein Verbrechen, dass man sie hat umbringen müssen?«

»Ja«, antwortete Peter stur, »ich denke, das war so ein Verbrechen.«

»Was redest du denn, Petrček«, empörte sich Johann.

»Die Kommunisten haben dir das Hirn gewaschen«, sagte Miroslav fuchsteufelswild und presste die Zähne zusammen.

»Wenn damals alle so gedacht hätten wie unsere Eltern, dann gäbe es uns heute nicht mehr. Gegen das Böse muss man sich auflehnen«, fuhr Peter fort.

»Gerade deshalb wollen wir, dass du die Wahrheit erkennst!«, rief Johann, »nur die Wahrheit hilft gegen das Böse. Und das Böse hat unsere Eltern umgebracht. Das müssen wir wissen, wenn wir wollen, dass das Böse zu Ende geht.«

»Eure Wahrheit ist nichts anderes als Rache«, antwortete Peter, »Rache ist genauso böse. Und so geht das Ganze immer weiter.«

»Gut, gut …«, lenkte Miroslav ein und fuhr sich mit den Fingern durchs dichte, graue Haar. »Es war nicht der richtige Zeitpunkt, wir haben es verbockt. Wir hätten es anders angehen sollen, lassen wir das.«

Die Brüder standen mitten in der Gaststube, sie sahen einander nicht an. Jeder schaute vor sich auf den Boden.

»Ich kann das Haus nicht betreten, in dem der Mörder meiner Mutter wohnt«, sagte Johann, ohne den Kopf zu heben.

Miroslav sah ihn wortlos an.

»Mir sind schlimme Dinge passiert«, sprach Johann leise weiter, »ich habe niemandem davon erzählt, ich habe überhaupt nie darüber gesprochen, nicht einmal mit mir selbst, habe es verdrängt, habe jeden Gedanken daran beiseitegeschoben …« Dann schwieg er und ließ den Kopf hängen. Nach einer Weile fuhr er fort. »Ich war allein, in einem Barackenlager irgendwo bei München. Ich habe meine Verwandten gesucht, ich war ohne Papiere. Aber ich habe sehr gut Deutsch gekonnt, das hat sie überzeugt. Ein halbes Jahr war ich dort … Ich war der Jüngste. Ihr könnt euch nicht vorstellen, was mir in diesen Baracken passiert ist … Nacht für Nacht …«

»Hör auf«, unterbrach ihn Miroslav.

»Nacht für Nacht … bis irgendein Eichhein mich abgeholt hat, der gesagt hat, ich weiß nicht, ob du mit uns verwandt bist, aber ich glaube, dass irgendwelche Eichheins dort unten gelebt haben, in Serbien … In Slowenien, habe ich ihn korrigiert. In Slowenien, in Serbien, ist ja egal … Und er hat mich gerettet. Alle Männer in der Baracke haben gewusst, dass ich am nächsten Tag gehe, also haben sie …«

»Genug!!«, schrie Miroslav, »man muss nicht immer alles sagen.«

Johann schwieg, er schlug sich die Hände vors Gesicht. Eine Weile verharrte er so, dann fuhr er sich ein paarmal mit der flachen Hand über die Wangen, als wollte er aufwachen oder alle Spuren des Schmerzes aus dem Gesicht wischen. Dann schaute er dem jüngsten Bruder direkt in die Augen.

Er sagte: »Ich möchte, dass deine Mojca wenigstens einen Augenblick lang spürt, was ich wegen ihrem Vater alles hab erleiden müssen.«

»Was …?«, stieß Peter hervor, als könnte er nicht begreifen, dann verstummte er. Er wusste nicht, was er darauf sagen sollte … »Waaaas?!«, wiederholte er.

»Lass gut sein!«, sagte Miroslav, »du musst dich nicht jetzt entscheiden.«

»Wofür soll ich mich entscheiden?!«, würgte Peter schließlich heraus. »Warum soll ich mich vierzig Jahre nach dem Krieg für etwas entscheiden müssen?«

»Wir können dir helfen«, sagte Johann, »ich bin reich. Ich habe keine Familie. Ich habe eine Kaufhauskette, und die bayerische Regierung steht einer Erweiterung positiv gegenüber, ich werde Kredite kriegen …«

»Ich verstehe nicht«, sagte Peter verwirrt.

»Auch ich kann dir helfen«, sagte Miroslav, »wir sind drei Brüder, wir müssen zusammenhalten. Wir bauen ein großes Unternehmen auf. Der Sozialismus wird scheitern, das ist klar, wir werden uns zusammenschließen, die Gebrüder Eichhein!«

»Du bist noch jung, du kannst eine neue Familie gründen, kein Problem.«

Peter sah sie eine Weile fassungslos an. Seine Brüder lächelten ihm gönnerhaft zu, *alles in Ordnung, kein Problem, lass uns weitermachen, alles in bester Ordnung, lass dir Zeit, du wirst sehen, dass wir recht haben …* Dann ging er zu seinem Stuhl, nahm sein Jackett und zog es an. Als er die Türklinke drückte, sagte er, ohne sich umzusehen: »Meinen Anteil zahle ich unten.« Und er zog die Tür hinter sich zu.

Noch am selben Abend

Noch am selben Abend sollte Peter bei seinem Schwiegervater anklopfen.

Mojca stürzte auf ihn zu, sobald er das Haus betrat. »Wie war es, habt ihr es fein gehabt? Wann besuchen sie uns? Vielleicht schon am Wochenende …« Peter lächelte sie an, er war froh, ihr Gesicht zu sehen, das schöne Gesicht einer reifen und guten Frau. »Ich erzähle dir alles, alles …«, sagte er und ging ins Bad. »Vater ist schon im Bett«, hörte er sie noch sagen.

Dann klopfte er bei seinem Schwiegervater an und ging hinein.

Das Zimmer war abgedunkelt, auf dem Nachtkästchen lief das Transistorradio. Der alte Partisan hörte regelmäßig die Nachrichten, das schwache Licht der Programmskala leuchtete. Als er Peter erblickte, streckte er sich zur Nachttischlampe.

»Nicht nötig«, sagte Peter, »lass es dunkel.«

Der Alte zog die Hand zurück.

Der Schwiegersohn setzte sich auf den Stuhl am Fenster. »Ich bleib ein wenig bei dir …«, sagte er.

»Ich hör die Nachrichten«, erklärte der alte Mann und richtete in der stillen Konzentration, die die Abendnachrichten erforderten, den Blick zur Decke.

Dann hörten sie zu. Das schwache Licht am Radio leuchtete.

… Nationalisten mit Slobodan Milošević an der Spitze haben auf der achten Sitzung des Zentralkomitees die Kontrolle im Bund der Kommunisten Serbiens übernommen. Der prominenteste Kritiker Miloševićs, Dragiša Pavlović, wurde auf dem Kongress seiner Funktion im Zentralkomitee

enthoben. Die neue Führung kritisierte schon in der Eröffnungsansprache den Inhalt der im Februar erschienenen 57. Nummer der Zeitschrift Nova revija und die darin enthaltenen Beiträge zu einem slowenischen nationalen Programm. Ebenso empört äußerten sich die Redner über die sogenannte slowenische Plakataffäre, nachdem sich herausgestellt hatte, dass es sich bei dem Plakat für die Stafette der Jugend im Mai, das der Bund der sozialistischen Jugend drucken ließ, um ein überarbeitetes Erzeugnis nationalsozialistischer Propaganda handelt. Nun die Nachrichten aus aller Welt … Der sowjetische Generalsekretär Michail Gorbatschow reagierte auf die Forderung des amerikanischen Präsidenten Ronald Reagan nach Abriss der Berliner Mauer. Gorbatschow spielte den Ball an den amerikanischen Präsidenten zurück, indem er ihm vorschlug, noch diesen Dezember den Vertrag über die Vernichtung atomarer Mittel- und Langstreckenwaffen zu unterzeichnen. Aus dem rumänischen Braşov erreicht uns die Meldung von einem Massenaufstand der Arbeiter gegen Ceauşescus Wirtschaftspolitik, die in letzter Zeit …

Der alte Mann betätigte mit seiner knochigen Hand den Schalter, die Stimme aus dem Radio verstummte, das schwache Licht an der Programmskala erlosch. Zuerst war alles schwarz, dann, als sich die Augen an die Dunkelheit gewöhnt hatten, hob das blassweiße Licht der einsamen Straßenlaterne, die durchs Fenster hereinschien, die dunklen Umrisse des Schranks, des Tisches, die Silhouette des alten Mannes im Bett und des Mannes am Fenster aus dem Schwarz hervor.

»Mojca hat mir erzählt, dass du deine Brüder kennengelernt hast«, sprach es leise aus der Ecke, in der das Bett stand.

»Ja«, antwortete Peter versonnen.

»Ich habe keine Brüder oder Schwestern gehabt«, sagte der Alte. Nach ein paar Sekunden fügte er noch hinzu:

»Na ja, zumindest keinen richtigen Bruder. Einen Halbbruder hat's gegeben, den Sohn, den mein Vater vor mir gehabt hat. In der Zwischenkriegszeit war er eine Zeitlang Bergmann irgendwo in Bosnien, dort hat er sich in eine bildschöne Serbin verliebt. Dann ist er heimgekommen, zurück ins Knappental auf der anderen Seite der Grmada, und nach ein paar Monaten hat er einen Brief bekommen: Dobio si sina, du hast einen Sohn. Mein Halbbruder Neboljša hat bei uns immer die Ferien verbracht. Er hat nach seiner Mutter geheißen, Petrović, ich habe ihn gemocht. Obwohl er mein Halbbruder war, habe ich ihn bewundert wie einen richtigen großen Bruder. Kurz vor dem Krieg habe ich ihn eingeladen, die Mutter war gestorben, die Hütte war leer, und er ist gekommen. Damals hat er in Bosnien schon Frau und Kind gehabt. Er hat etwas verdienen wollen, sie haben ihn als Straßenarbeiter genommen, in Dolina hat er sich um die Gehsteige gekümmert. Sie haben ihn als Geisel erschossen, auf einem Denkmal beim Bahndamm steht sein Name. Er hat nicht erlaubt, dass man ihm die Augen verbindet. Angeblich hat er gesagt: Ich bin noch nie erschossen worden und ich will sehen, wie das geht.«

Dann saßen die beiden Männer eine Weile in der Stille.

Aus der Dunkelheit war nur der gleichmäßige Atem des Alten zu hören. Peter lehnte sich zurück, legte die Hände auf seine Knie und schloss die Augen. Er hatte das Gefühl, auf der Stelle einschlafen und tausend Jahre schlafen zu können. Er war müde, sehr müde.

»Hast du mich etwas fragen wollen?«, kam es aus dem Dunkeln.

Peter öffnete die Augen.

Die Frage des gealterten Partisanen, vor dessen Augen im Jahre 1987 die Welt zusammenbrach, blieb in der Luft hängen. *Hast du mich etwas fragen wollen?*

»Nein«, antwortete Peter, stand auf und ging zur Tür. »Gute Nacht«, sagte er, »wir sehen uns morgen.« Aus der Dunkelheit des Zimmers kam keine Antwort.

Mojca erwartete ihn im Bett. Er legte sich zu ihr.

»Erzähl, wie war es? Was haben sie dir erzählt?«, fragte sie ihn enthusiastisch. Sie drehte sich auf die Seite, stützte den Kopf in die Hand, war aufgeregt wie ein Kind, das jeden Abend vor dem Schlafengehen begierig auf die Fortsetzung des Märchens wartet, das ihm Vater oder Mutter erzählen wird. »Na, sag, wie läuft's bei ihnen? Was machen sie beruflich? Haben sie Kinder? Wie viele? Wie ist es ihnen ergangen?«

Peter hörte ihr eine Weile zu, dann sagte er: »Es war ein Irrtum.«

»Wie?!«, sagte Mojca beunruhigt.

»Ein Irrtum. Wir haben uns geirrt, alle zusammen.« Dann drehte er sich auf die andere Seite und zog sich die Bettdecke bis über die Ohren. »Ich möchte jetzt schlafen. Ich möchte nur schlafen.«

Blut ist kein Wasser, / schreibt mit Blut / die blutige Freiheit.

(Veno Taufer)

Auch im späteren Leben gibt es Momente, in denen wir beginnen, uns Fragen über uns selbst zu stellen.

Aber nicht so wie in der Jugend, wo wir uns eigentlich gar nichts fragen, sondern nur feststellen. Und die Erkenntnisse, so scheint es, vom Himmel fallen, aus dem Nichts … *Mir gefallen schwarzhaarige Mädchen, ich mag Hunde lieber als Katzen, ich hab nichts übrig für Homos, ich hasse Ausländer und Migranten,* oder *sie stören mich nicht, ich höre lieber Rock als Pop …* Die Jugend fragt nicht, *woher komme ich* oder *zu wem gehöre ich? Warum bin ich, wie ich bin? Von wem habe ich die Augenfarbe, von wem das schüttere Haar, den Bauch? Bei welchen meiner Vorfahren hat sich das Fett um den Nabel gesammelt und nicht an Schenkeln und Armen? Von wem hab ich den schiefen Mund und die große Nase?* Das alles beginnt uns später zu interessieren, wenn wir die dreißig überschritten haben. Und die Fragen: *Woher komme ich, zu wem gehöre ich, wer waren meine Vorfahren, gleiche ich ihnen …?* tauchen mit den Jahren immer öfter auf und werden immer fundamentaler. Schwierig wird es, wenn wir feststellen, dass es niemanden mehr gibt, den wir fragen könnten, dass Tanten und Onkel gestorben sind, dass es Mutter und Vater nicht mehr gibt. Noch schlimmer ist es, wenn wir anfangen, uns nach unserem eigenen Charakter zu fragen, der ebenfalls, wie uns mit den Jahren immer klarer wird, eine ererbte Eigenschaft ist. Wir stellen uns Fragen über unseren Starrsinn, der uns oft geschadet hat. Wir wollen wissen, warum wir im Leben so reagiert haben, wie wir reagiert haben, warum wir Opportunisten sind, warum wir ohne Grund rebellieren, warum wir zu Träumereien neigen, zum Erzählen von Geschichten, die wir selbst glauben, die andere aber für Lügen, für Vorwände, für eine Verdrehung von Tatsachen, für Unaufrichtigkeit halten. Wir fragen uns, warum uns manche nicht mögen, warum sie glauben, dass wir aufgeblasen und überheblich sind, warum wir diesen Eindruck erwecken, obwohl wir selbst uns für nichts dergleichen halten. Wir fragen uns, warum wir nicht richtig gesehen, nicht richtig verstanden werden. Und dann sehen wir eines Tages die Bilder, die alten, vergilbten Fotos unserer Blutsverwandtschaft … und stellen fest, woher die Nase kommt, die unser Gesicht verunziert, woher das zynische Lächeln, die Naivität in den Augen. Wenn wir uns dann noch für die Lebensgeschichte des Onkels, des Großvaters, des Urgroßvaters väterlicherseits, mütterlicherseits interessieren, erkennen wir in ihren Lebensentscheidungen unsere Entscheidungen, erkennen wir uns selbst. Die Tatsache, dass wir in einer ähnlichen oder sogar gleichen Situation genau gleich reagiert haben wie unser genetischer Vorfahre, wie unser Vater, unsere Mutter, die Tante, der Onkel zweiten Grades, lässt uns erschaudern. In der gleichen Lebensphase wie sie haben wir uns scheiden lassen, haben uns neu verliebt, der Gang zu den Partisanen ist uns erspart geblieben, Gott sei Dank, weil eben die Zeit eine andere ist, aber wir haben uns für dasselbe entschieden, für dieselben ethischen und moralischen Werte, für die Aufnahme von Flüchtlingen, für die Anerkennung gleichgeschlechtlicher Ehen und Rechte, für die Schwachen und Armen. Und ähnlich wie ihre Väter und Großväter haben sich auch die anderen entschieden, für Reichtum, für Klassenunterschiede, für Militanz, für Frömmigkeit, für Volksverehrung, für Verherrlichung, für Tradition, für Gesetze … Wären die Umstände ähnlich, wird uns plötzlich klar, würden wir vermutlich die gleichen Entscheidungen treffen wie unsere Vorfahren, ähnlich richtige und ähnlich falsche. Obwohl: Was ist richtig und was falsch? Wer soll das wissen? Wer entscheidet sich immer richtig? Tatsache ist, dass sich das Leben nur langsam verändert. Wir leben auch die Leben unserer Vorfahren, setzen sie fort und wiederholen sie, gleiche Fehler, ähnliche Entscheidungen. Das menschliche Leben ist zu kurz, um viele Veränderungen zuzulassen. Kriege sind entsetzliche Einschnitte im Rhythmus des Lebens, genau wie Seuchen, Hungersnöte, Kreuzzüge, Naturkatastrophen, Tsunamis, Erdbeben, Vulkanausbrüche … Ohne diese Störungen vergeht das Leben zumeist im selben Tal am Fuße bewaldeter Hügel, im selben Dorf, in derselben oder benachbarten Stadt, unter denselben Familien, die jahrzehnte-, jahrhundertelang dieselben Ressentiments hegen. Kriege und Revolutionen peitschen unsere Leben auf, machen aus Ressentiments blutige Ressentiments, aus Eifersucht blutige Eifersucht, aus Missgunst blutige Missgunst, aus ideologischen Auseinandersetzungen blutige Auseinandersetzungen … In Kriegen fliehen die Menschen, werden zu Flüchtlingen, in Kriegen verschwinden Menschen, Städte, Länder, alte Stammbäume werden mit einem Strich ausgelöscht, bis ins letzte Glied … In Zeiten des Friedens aber spielt sich alles langsam ab, ohne große Schwankungen, ein Leben, eine Jugend, eine Generation, zehn Generationen …

Ein Dichter hat in etwa Folgendes geschrieben: *Wir können immer dem Nachbarn die Augen ausstechen und ihn pfählen, der Zeitpunkt muss nur passen.* In besonderem Maß gilt das für Völker, die sich in Wahrheit wie Stämme verhalten. Kleine Völker, kleine Geschichte, kleine Propheten, kleine Umwälzungen, die aber, wenn die Zeiten danach sind, noch blutrünstiger, noch fataler ausfallen können, weil sie unter wenigen Leuten geschehen. Bei einem kleinen Volk, wie der Dichter auch schreibt, jagst du fünf Lateinprofessoren durch den Schornstein eines KZs, und keiner wird mehr die Sprache lernen, legst du zwei Dichter um, wird keiner mehr ein regelrechtes Sonett schreiben können. Kleine Gemeinschaften sind bedrohter, jeder Krieg, jede Revolution, jeder radikale gesellschaftliche Umbruch kann sie tödlich erschüttern und beschädigen. Jeder politische Streit kann eine kleine Volksgruppe spalten, mit fatalen Folgen. Ein kleines Volk ist wie eine Familie. Alle sind miteinander verbunden, und mehr oder weniger alle sind gezwungen, sich zu entscheiden, auf welcher Seite sie stehen wollen. Alle sind unentwegt gezwungen, sich zu erklären, sich der Probe nationaler Streitigkeiten und Teilungen zu unterwerfen. Entscheidungen, die große Völker ohne viel Lärm und sozusagen im Vorbeigehen treffen, spalten kleine Völker in zwei Teile. Kleine Völker sind immer kurz vor dem Aussterben. Sie sind erfüllt von gegenseitigem Ressentiment, aber nicht nur von Ressentiment, sondern auch von einer verschrobenen Eifersucht. Weil jeder jeden kennt, gibt es weder echte Konkurrenz noch uneigennütziges Wohlwollen. Sie sind wenige, aber doch im ständigen Wettkampf miteinander. Unter den wenigen Leuten gibt es ganz wenige, die wir nicht kennen, von denen wir keine Meinung haben. Kleine Völker haben eine kleine Geschichte, die vor ihrer eigenen Haustür endet. Sie haben zwar auch große Feinde, sie brauchen Feinde. Aber was hilft es, wenn die großen Feinde sie nicht einmal bemerken. Kleine, in enge Täler gepresste Gemeinschaften sind ihr eigener größter Feind. Sie leiden an ihrem Zwergentum und wünschen sich nichts mehr, als in der Gesellschaft der Großen irgendwie aufzugehen, und sie glauben es zu erreichen, indem sie den Wünschen und dem Willen der Großen mit unendlicher Dienstfertigkeit und Arschkriecherei zuvorkommen. Darum schätzen sie ausländische Dichter, ausländische Politiker, ausländische Wissenschaftler stets höher, Frauen bevorzugen ausländische Männer und Männer ausländische Frauen. Wenn du klein bist, kannst du dir keine Großherzigkeit leisten, du kannst nicht sagen: *Bravo!* Jedes Bravo bedroht dich, da ist kein Platz für zwei Bravos, nur für eines. Darum ist es besser, jemandem Bravo zuzurufen, der nicht zu uns gehört.

Und so sind wir bis zu unserem Verschwinden alle in diesem selben Tal eingesperrt, dazu gezwungen, zusammen zu sein. Nicht weil wir es uns so gewünscht hätten, sondern weil es ganz einfach kein anderes Tal gibt, das klein genug für uns wäre.

Danach und bis zum Schluss

Mojca hörte nicht auf, Peter zu löchern. Was war denn los? Wie haben sie sich so täuschen können? Bist du sicher, dass sie wirklich nicht deine Brüder sind? Sie fragte so lange, bis Peter zum ersten Mal im Leben auf den Tisch haute, und zwar buchstäblich, er schlug so fest mit der flachen Hand auf die Tischplatte, dass die Gabeln hochhüpften: »Es reicht!« Mojca fragte nicht mehr. Peter aber war sich plötzlich bewusst, dass er auch ein bisschen was von seinem älteren Bruder hatte.

Der alte Partisan Mirko hörte nach jenem Abend langsam zu reden auf. Sein Zustand verschlechterte sich *drastisch*, wie der Arzt, ein Alzheimerspezialist, sagte. *In den nächsten Monaten könnt ihr mit dem Schlimmsten rechnen*, meinte er. *Dass er stirbt?*, fragte Peter geradeheraus. *Schlimmer*, antwortete der Arzt, *dass er nur mehr vegetiert*. Und tatsächlich kam es so. Der alte Kämpfer hörte weiterhin, Monat für Monat, die Radionachrichten über das Erlöschen des Sozialismus, und auch er erlosch langsam. Die Demenz schritt beharrlich voran. Das unbarmherzige Rad der Geschichte, das die heroischen Momente in die Vergangenheit und dann noch tiefer ins Vergessen schiebt, und die chronisch-progressive neurodegenerative Erkrankung, die die persönliche Erinnerung auslöscht und den Menschen in Gemüse verwandelt, gingen im Fall des Partisanen, des Erstkämpfers, des überzeugten Sozialisten, des Aktivisten und Hörers an der Internationalen Lenin-Schule Hand in Hand. Die Welt ging in die Brüche und verlor den alten, glanzvoll sozialistischen Sinn, und auch die Bilder im Kopf des alten Mannes begannen zu verschwinden.

Peter führte seinen Schwiegervater täglich spazieren, eine Weile spielten sie noch Schach. Dann begann der Schwiegervater die Figuren zu verwechseln, und irgendwann wusste er nicht mehr, wie der Springer gezogen wird. Danach klappten sie das Schachspiel für immer zu. Das Ganze verlief ziemlich schnell, binnen eines knappen Jahres, als fielen Dominosteine, als stürzte eine Sandburg ein.

Schon auf dem Heimweg aus dem Gasthaus hatte Peter die Visitenkarten aus der Tasche gezogen, sie zerknüllt und weggeworfen. In den folgenden Monaten tat ihm das leid. Oft, wenn im Flur das Telefon klingelte, hoffte er insgeheim, dass es einer der beiden Brüder wäre. Natürlich hätte auch er einen von ihnen ausfindig machen können, er wusste, dass Miroslav Novak einen bekannten Agrotourismus betrieb. Auch seinen Eichhein-Bruder hätte er finden können. Die Telefonbücher waren sowohl im Sozialismus, den es damals nur noch auf dem Papier gab, als auch auf der anderen Seite der Grenze, im Kapitalismus, der seinen Kopf immer triumphierender erhob, sehr genau. Aber er sah nicht hinein, er behielt sich nur die Möglichkeit vor, sie anzurufen und zu finden, wenn er es wollte. Auf gewisse Weise war der Bruch zwischen ihnen unvollständig geblieben. Er vermied es aber, und das bemerkte auch Mojca, dem alten Kämpfer die Windeln zu wechseln; wenn es nicht anders ging, machte er es natürlich noch immer, aber nach Möglichkeit wich er dem aus. Das war auch schon die einzige Veränderung in seinem Verhältnis zum Schwiegervater. In der Stadt kannte man die beiden als interessantes, fast schräges Duo, als zwei lokale Sonderlinge. Den alten Knaben im Rollstuhl, der schwieg und vor sich hin starrte, und den Mann mittleren Alters, der den Rollstuhl geduldig vor sich herschob und in einem fort redete, murmelte, sich mit dem Alten unterhielt, ohne je eine Antwort zu bekommen. Viele in der Stadt hielten den Alten für Peters Vater, und wenn sie erfuhren, dass er bloß sein Schwiegervater war, staunten sie über die an Liebe grenzende Verbundenheit zwischen den beiden Männern. Die Nachbarin, die im Haus gegenüber wohnte, erzählte immer, wie ihr vor Rührung die Tränen in die Augen stiegen, wenn sie durchs Fenster sah, wie der Schwiegersohn den Schwiegervater aus dem Rollstuhl hob und ihn wie ein Kind auf den Armen ins Haus trug.

Der alte Partisan, Sozialist, Kommunist sogar, sollte irgendwann 1992 im Schlaf sterben. Die letzten beiden Jahre vor seinem Tod war er völlig absent. Er redete nicht mehr, der Körper gehorchte nicht mehr. Peter und Mojca mussten ihn in ein spezielles Heim geben, sie konnten nicht mehr für ihn sorgen. In Wahrheit hatte der alte Partisan Glück, er sah nicht, wie unrühmlich der Sozialismus zugrunde ging, wie blutig Jugoslawien zerbrach, das, wie er immer gesagt hatte, *der beste sozialistische Staat auf Erden* war. Einen Tag, bevor er für immer einschlief, wurde in Sarajevo der Büroturm des *Oslobođenje* bombardiert. Aus dem Hochhaus schlugen dunkelrote Flammen, darüber quoll der schwarze Rauch. Es war wie eine Fackel des Bösen, das noch jahrelang auf dem Balkan brennen sollte und das in Wahrheit irgendwo tief drinnen noch immer glost und auf den richtigen Zeitpunkt wartet, um wieder aufzuflammen. Der Balkankrieg, so sagen die in das historische Geschehen Eingeweihten, hat sein letztes Wort noch nicht gesprochen.

In jenem Jahr, als Peter im Gasthaus die Tür hinter sich zuzog, *meinen Anteil zahle ich unten* sagte und seine Brüder in der Gaststube sitzen ließ, selbst aber gekränkt, getroffen und verwirrt über die Geschichte ihrer Vergangenheit davonrannte, kam es zu einem unangenehmen Ereignis.

Es war etwa ein halbes Jahr später. Der alte Mann versank in Schweigen, die Dinge in der Welt und auch in ihrer Familie liefen mit unglaublicher Geschwindigkeit ab. Die ältere Tochter Ana Marija wurde schwanger und hatte nach einem Monat, zum großen Bedauern der potentiellen Großeltern, einen spontanen Abgang. Alle waren traurig, sogar ihre jüngere Schwester Nada weinte. Am Ende wurden alle zusammen ausgerechnet von Ana Marija getröstet, *ist ja keine Katastrophe, ich bin noch jung, ich kann euch immer noch zehn Enkelinnen und Enkel gebären* … In seiner älteren Tochter erkannte der Vater oft etwas aristokratisch Erhabenes, denn auch wenn sie sich einmal mies fühlte, benahm sie sich, als würde sie nicht nur ihr Leben, sondern auch die aller anderen meistern. Ana Marija war von woanders, aus einer anderen Familie, *als wärst du keine von uns*, pflegte ihre Mutter Mojca zu sagen, *als wärst du irgendeine Prinzessin aus einem untergegangenen Königreich*. Die Tochter verzog nur immer das Gesicht und sagte: *Vielleicht bin ich das ja*. Peter wurde immer klarer, warum Mama Grabner auf dem Namen Marija für die Erstgeborene bestanden hatte, aber das konnte und wollte er, um ihrer aller Leben nicht durcheinanderzubringen, niemandem sagen. Immer klarer wurde ihm die andere Vergangenheit, über die er schwieg wie ein Grab.

In jenem Frühling, es war Mitte April, verließ Mojca wie gewöhnlich als Letzte ihr Lokal. Die Gäste und das Bedienungspersonal waren längst gegangen, nur der Koch und die Putzfrau waren noch geblieben. Als auch sie fort waren, sperrte sie zu, schaltete die Lichter aus, bis auf die paar Lämpchen über der Theke, und blieb im Dunkeln sitzen. Sie schenkte sich ein Glas Bier ein und trank es langsam aus. Aus der Dunkelheit schaute sie durch das große Schaufenster auf die Straße, die menschenleer und still war, wie um Mitternacht. Dann zählte sie das Geld, steckte es in einen Umschlag und schob es in die eiserne Handkassa unter der Theke. Am nächsten Morgen würde sie wie üblich das Geld zusammen mit der Abrechnung, die sie daheim machen würde, zur Bank bringen. Dann schaltete sie alle Lichter aus, ging in der

Dunkelheit die Räume des Lokals ab, blieb noch ein wenig im Finstern stehen, dann ging sie hinaus, schloss ab, zog das Eisengitter hinunter und brachte unten das Vorhängeschloss an. Die Schlüssel behielt sie an jenem Abend in der Hand. Später, als sie über die Ereignisse nachdachte, konnte sie sich nicht erklären, warum, denn sie steckte die Schlüssel sonst immer sofort in die Tasche. Der letzte Bus, der zu ihnen nach Hause fuhr, ging um zehn vor zwölf. Wie immer hatte sie es eilig, darum nahm sie die Abkürzung durch die Seitengasse zum Stadtpark und dann bis zur Haltestelle. Fünfzehn Minuten zu Fuß bei normalem Tempo. In der engen mittelalterlichen Gasse, die zum Park am Fluss führte, begegnete sie niemandem. Später sollte sie sich erinnern, dass ihr an jenem Abend mulmig war wie noch nie. Sie hörte ihre einsamen Schritte, die merkwürdig zwischen den Hausmauern widerhallten, und am Ende lief sie schon ein wenig. Im Park eilte sie zum zentralen Spazierweg, der alle paar Meter von den weißen Lichtinseln erhellt war, die die Lampen der städtischen Beleuchtung erzeugten. Zwischen den Lichtinseln war es dunkel. Schwarze Finsternis, dichter Schatten. Das Unbehagen nahm zu, ihr Herz schlug wild. Plötzlich bereute sie, nicht doch durch die Stadt gegangen zu sein. Wäre sie damals umgekehrt, dann hätte sie den Bus versäumt und zu Fuß nach Hause gehen müssen, überlegte sie später, das hätte eine knappe Stunde gedauert. Nein, sie würde etwas schneller gehen, beschloss sie.

Durch den ersten Flecken Dunkelheit ging es noch, durch den zweiten auch. Als sie den dritten, finstersten betrat, den die Krone des größten Kastanienbaums im Park noch verdunkelte, roch sie zuerst für einen Moment Zigarettenrauch. Sie ging schneller. Dann sah sie, wie sich aus dem Schatten des dicken Baumstamms ein zweiter löste, als fiele ein Teil des Stammes vom Stamm, als fiele ein Ast. Sie schrie auf, als der Schatten auf sie stürzte und sie niederriss. Zuerst dachte sie, dass etwas vom Baum gefallen war, als sie aber Hände am Hals spürte, wusste sie, dass der Schatten ein Angreifer war. Sie begann zu schreien und mit aller Kraft auf den Schatten einzuschlagen, aus dem plötzlich zwei Schatten wurden. Vier Hände waren auf ihr. Alles schwarz, auch die Hände schwarz, in Handschuhen. Die einen Hände hielten ihr den Mund zu, die anderen lagen um ihren Hals, und sie spürte das ganze Gewicht eines der schwarzen Körper auf sich lasten. Die Hand, in der sie immer noch die Schlüssel festhielt, war durch ein Knie fixiert, was ihr wehtat. Mit der anderen Hand schlug und drosch und fuchtelte sie immer noch und versuchte den Kopf zu treffen, etwas, das einem Kopf ähnelte, obwohl es in Wolle gehüllt war, wie ihr schien, die übers Gesicht gezogen war, eine Art schwarze Skimütze. Die Hände, die ihr den Mund zuhielten, trennten sich. Eine blieb am Mund, die andere, ungeschicktere, versuchte, ihre zweite, widerspenstige Hand zu erwischen und sie auf den Boden zu drücken. Wenn er das schafft, dachte sie, ist es aus mit mir. Sie begann sich noch heftiger zu wehren, drehte sich hin und her, trat nach allen Seiten, versuchte zu schreien und den, der auf ihr saß, mit den Knien zu treffen. Es gelang ihr scheinbar ein paarmal … Beim dritten, vierten Mal jaulte er auf. Sie hatte ihn vermutlich in die Nieren getroffen, und er wich vor Schmerz zurück, gab ihre Hand frei, die Hand, die er mit dem Knie fixiert hatte, in der sie die Schlüssel hielt, und sofort schlug sie zu, traf seinen Kopf mit den Schlüsseln, mit dem großen Schlüssel, der die Tür in ihr Bistro sperrte. Er stöhnte und jammerte. Die Hand des anderen Mannes, die ihr den Mund zuhielt, ließ ebenfalls los, als würde der eine für den anderen erschrecken: Sie trifft einen, weh tut es beiden. Das nutzte sie aus. Sie drehte sich seitlich weg, schlug mit den Füßen um sich, trat, befreite sich irgendwie, kam fast auf die Knie, schrie dabei aus vollem Hals, als wollte sie mit den Schreien sich selber Mut machen und die Angreifer abschrecken. Sie dachte gar nicht an Hilfe, sie schrie nicht hilflos, sie kämpfte. Einer packte sie am Knöchel, erinnerte sie sich, der andere packte sie von hinten an der Brust, zerriss ihr die Bluse, die Hand, die sie am Knöchel festhielt, zog sie nach hinten, sie wehrte sich, winkelte das Bein ab und schlug dann mit ganzer Kraft aus, sie traf, wieder ein Aufjaulen, die Hände, die sie an der Brust hielten, ließen los, sie richtete sich auf, drehte sich herum und ging wild fuchtelnd auf den dunklen Schatten los, der sie wieder packen wollte, diesmal am Hals. Sie schrie, trat, drosch, schlug zu. Die Männer wollten sie unbedingt niederringen. Der eine, den sie getreten hatte, hatte ein Knie am Boden, packte sie aber am Bauch und zog sie zu sich. Sie versuchte ihn wegzustoßen, er fuhr ihr mit der Hand zwischen die Beine, schob ihr die Faust dazwischen, dass es wehtat, obwohl es kein Schlag war. Der andere, der stand, wehrte ihre Schläge ab und versuchte ihr wieder und wieder an die Brust zu greifen. Irgendwie befreite sie sich und rannte davon. Die Tasche, fiel ihr ein, hatte sie zurückgelassen. War nichts Wichtiges drin, etwas Geld. Aber darum, dachte sie, ging es gar nicht. Sie schrie und rannte, mit aller Kraft. Als sie sich den ersten Häusern näherte, warf sie kurz einen Blick über die Schulter: Sie waren ihr nicht gefolgt. In der Tiefe des Parks, entlang des sich verjüngenden Spazierwegs, war gähnende Leere. Sie waren weggerannt. Und auch sie würde rennen, beschloss sie und lief. Sie hörte Stimmen. *Gospa! Gospa! Was ist los? Heh! Hallo!* Sie blieb nicht stehen. Weiterlaufen, dann die Straße hinunter und weiter nach Hause. Die Miliz? Sie hätte auf die Milizionäre warten müssen. Warum waren keine da? Sie war fortgerannt, als wäre sie die Schuldige, zerrissen, aufgeschürft, mit blauen Flecken. Schnellen Schritts eilte sie nach Hause. Die Nacht kühlte ihre heißen Wangen, sie beruhigte sich langsam. Die Gedanken rannten noch. Das Ganze war seltsam gewesen, die Männer hatten, abgesehen vom Stöhnen, als sie sich wehrte, keinen Laut von sich gegeben. Beide waren vermummt gewesen, mit Sturmhauben, die nur die Augen frei ließen, und selbst die waren in den zerrissenen Flecken aus Licht und Schatten nicht immer zu sehen gewesen. Sie wusste selbst nicht, wie sie nach Hause gefunden hatte. Vor der Gartentür blieb sie stehen. Sie stützte sich mit einer Hand auf den Zaun und beruhigte sich, bevor sie ins Haus ging.

»Ich rufe die Miliz«, sagte Peter.

Sie schüttelte den Kopf.

»Warum nicht?«

»Ich weiß nicht«, sagte sie.

Sie ging ins Bad, Peter ging ihr nach. Sie besah sich ängstlich im Spiegel, sie hatte Angst, jemand anderen dort zu erblicken. Sie war es immer noch, rot im Gesicht, mit geschwollenen Augen und einem langen Kratzer im Gesicht. Ihre Hände waren schmutzig, schwarz, die Bluse zerrissen, der Rock auch, die Knie aufgeschlagen … Sie setzte sich auf den Rand der Badewanne.

Peter öffnete den Schrank mit dem Verbandszeug und dem Desinfektionsmittel. Er kniete sich vor ihr hin. »Lass mich erst mal …«, sagte er.

»Neeein …!«, schrie sie und stieß ihn weg.

Überrascht stand er auf und stellte die Watte und das Fläschchen mit dem Alkohol auf die Ablage beim Waschbecken. »Ich hole die Miliz«, sagte er.

Wieder schrie sie: »Ich will das nicht!«

»Wieso nicht?«, fragte er sie.

»Ich weiß nicht, wieso«, schnauzte sie ihn an, als wäre er der Schuldige. »Ich will nicht, dass sie mich ausfragen, ich will das nicht noch einmal erleben. Ich will nicht, dass die

Leute reden. Und sie werden reden, sie werden es mir gönnen. Wir leben in einem kleinen Land, alle wissen alles und alle wünschen allen alles!«, sagte sie.

»Die zwei haben dich ausrauben wollen«, sagte Peter. »Wenn wir sie nicht anzeigen, werden sie es wieder tun.«

»Du verstehst nicht! Du verstehst gar nichts!«, schrie sie. »Die haben mich nicht ausrauben wollen.«

Peter sah sie schweigend an.

»Sie haben mich erniedrigen wollen!«

»Woher weißt du das?«, fragte er nach einer Weile.

»Woher ich das weiß?!«, lächelte sie schmerzlich. Peter wandte den Blick ab, als würde er sich schämen. »Ich weiß es«, sagte sie. »Mach die Tür zu, ich will mich waschen.«

Sie war sehr lange im Bad. Er hörte, wie sie unter der Dusche stand. Das Wasser floss und floss an ihrem Körper hinunter. Sie kam einigermaßen ruhig in die Küche zurück. Peter saß am Tisch, vor sich hatte er eine Flasche Obstler stehen. Er drehte das Gläschen mit der klaren Flüssigkeit in seiner Hand hin und her. Sie setzte sich im Bademantel ihm gegenüber. An der Wange hatte sie eine Schramme. Sie legte die Hände auf den Tisch. Sie waren rot. Ihm schien, dass ihre Finger geschwollen waren.

»Ist nicht schlimm. Mein Knie ist aufgeschlagen, ich bin ein wenig zerkratzt …«

»Willst du nicht wenigstens zum Arzt gehen?«, bat er sie.

»Und was soll ich ihm sagen?«, fragte sie ironisch, »dass ich gegen die Kastentür gerannt bin, dass ich die Treppe hinuntergefallen bin? Soll ich ihm sagen, dass du mich geschlagen hast?!«

»Wir sagen die Wahrheit. Dass dich ein paar Männer überfallen haben …«

»Zwei haben mich überfallen«, besserte sie ihn aus. »Zwei waren es.«

Er nickte. »Gut. Wir sagen, dass dich zwei Männer überfallen haben …«

»Ich nehme eine Tablette«, unterbrach sie ihn und ließ ihn damit wissen, dass die Sache für sie erledigt war. »Vater hat irgendwelche Beruhigungstabletten verschrieben bekommen«, sagte sie noch.

»Haben sie was gesagt?«

»Wer?«

»Die zwei, die dich überfallen haben …«, fragte er, ohne sie anzusehen.

Sie schüttelte den Kopf. »Sie haben kein Wort gesagt. Nur der eine hat ein paarmal aufgestöhnt. Ich hoffe, dass ich ihm die Rippen gebrochen habe.« Sie lächelte verkniffen. »Sonst haben sie geschwiegen. Sie waren vermummt, schwarz angezogen, wie aus irgendeinem Film …«

Peter starrte unverwandt in sein Glas.

»Sie haben auf mich gewartet«, sagte sie, »und sie haben mich nicht ausrauben wollen, das habe ich gespürt. Ich habe schon lange gespürt, dass etwas passieren wird.«

Peter kippte das Glas und trank den Schnaps aus, als wäre es Wasser.

»Ich nehme eine Tablette«, sagte sie und stand auf.

»Sie liegen auf seinem Nachtkästchen. Die weiße Schachtel …«

»Ich weiß«, unterbrach sie ihn, »ich nehm öfter mal eine.« Und sie ging.

Peter saß noch eine Zeitlang regungslos in der Küche. Er schenkte sich nicht wieder nach, es hatte keinen Sinn. Nach einer Weile, als ihm schien, dass im Haus alles ruhig war, ging er in den Flur, bückte sich und nahm aus dem kleinen Schrank, auf dem das Telefon stand, das dicke Telefonbuch heraus.

Über allen Wipfeln ist Ruh

Der alte Mann lächelte zufrieden, als sie von der Landstraße auf eine enge Nebenstraße abbogen und dann zwischen den hohen Fichten bergauf fuhren.

Am Morgen hatte Peter seinen Schwiegervater auf den Beifahrersitz bugsiert, den Rollstuhl zusammengeklappt und zusammen mit einem Plastiksack voller Reservewindeln im Kofferraum verstaut, denn er rechnete damit, dass sie den ganzen Tag außer Haus sein würden. Jetzt fuhren sie auf einem Waldweg, und der alte Mann blinzelte fröhlich und blickte nach allen Seiten.

»Die Fichten erinnern Sie an die Partisanenzeit, nicht wahr, Vater?«, fragte er mit leiser Ironie. Der Alte sah ihn an, er nickte nicht, er schüttelte nicht den Kopf, er sah ihn nur an, und sein seliges Lächeln wurde noch breiter. Manchmal erwachte für einen kurzen Moment der Geist des alten Mannes aus der dementen Verdunkelung, und Peter glaubte, dass er die Frage verstanden hatte und ihm in Gedanken sogar Antworten gab, *ja, zwischen diesen Fichten haben wir gekämpft, wir waren echte Kameraden, wie nie zuvor und nie danach …*

Durch den Wald kamen sie auf ein Plateau, dort zweigte eine Straße ab. Peter hielt an und breitete auf den Knien die Karte aus, die er an der Tankstelle gekauft hatte. Er drehte sie in alle Richtungen, faltete den Plan auf, bog ihn um, machte Knicke hinein, schüttelte den Kopf, *keine Ahnung, da ist nichts eingezeichnet, jebenti, und was sind das für Karten!* Schließlich stopfte er sie buchstäblich und wütend hinter sich irgendwo rein und fuhr auf die Abzweigung.

»Wenn du mit den Partisanen hier oben Glück gehabt hast, dann hast du es auch mit mir«, sagte er und stieg aufs

Gas. Der alte Mann lachte. *Versteht er wieder?*, dachte Peter, *oder lacht er nur, weil es heute ein wenig Abwechslung gibt …* Die Straße führte sie über einen steilen Hang noch höher hinauf. Es war eine gute und gepflegte Bergstraße, die Peter mit der Hoffnung erfüllte, dass sie sie ans Ziel bringen würde. Wieder fuhren sie in einen Wald hinein. Noch höhere Fichten, die Wälder noch dunkler, und am Ende ging es wieder bergauf … und dann eröffnete sich vor ihnen plötzlich eine Hochebene …

Und mitten auf der Ebene stand ein Haus, eigentlich ein großes Gebäude. Der erste Stock war gemauert, die zwei Stockwerke darüber waren aus Holz. An der vorderen, zu einem Dreieck hochgezogenen Fassade befanden sich zwei Reihen Holzbalkons mit herabhängenden roten Blumen. Das Hotel, jetzt wusste Peter schon, dass er vor dem Hotel stand, war stirnseitig dem Tal zugewandt. Nicht einem Tal allein, sondern mehreren Tälern, denn der Hügel, den sie erklommen hatten, war der höchste weit und breit. Die Einheimischen nannten ihn *Gora*, Berg. Und in der Tat war er wie ein Berg, der von seinen Höhen herab auf die Fernlinge, Hügel und Täler, auf das Miniaturland unter sich schaute.

Unterhalb der Stirnfassade befanden sich eine große Steinterrasse und der Eingang in ein Gasthaus. Vor dem Plateau stand eine Tafel mit der Aufschrift *Kmečki turizem Novak*. Peter wusste, dass sie Glück gehabt hatten, sie waren richtig abgebogen.

Er parkte auf dem gepflegten Parkplatz, auf dem einige Autos mit ausländischen Kennzeichen standen, Deutsche, Österreicher, Italiener …

»Wir sind da, Vater …«, sagte er und stieg aus. Er nahm den Rollstuhl aus dem Kofferraum und klappte ihn auf. Er bückte sich in den Wagen, hob den Partisanen Mirko vom Vordersitz in seine Arme und setzte ihn in den Rollstuhl. Dann legte er ihm eine warme Decke über die Beine, stopfte links und rechts die Ränder hinein, richtete ihm den Hemdkragen und legte seine faltigen, mageren und fleckigen Hände auf seinen Schoß. Der Schwiegervater schaute ihn die ganze Zeit dankbar an. Dann schob er den alten Mann auf die Terrasse.

Dort war niemand. Nur kleine Tische und Stühle und ein wunderbares Panorama nach allen Seiten. Es war etwa zehn, die Frühlingssonne wärmte. In der Ferne, fast schon am Horizont, stiegen Nebelschwaden auf, und unten, gleich unterhalb eines Steilhangs, konnte man deutlich Obstgärten und gepflügte Ackerflecken sehen, die scheinbar ohne Ordnung über die Steigungen verstreut lagen.

»Wie schön es auf den Bergeshöhen ist!«, sagte Peter, und wurde sich im selben Moment bewusst, wie kitschig sein Gedanke war. *Na und*, dachte er, *manchmal kann man die Dinge nicht anders beschreiben als kitschig*. Der Alte im Rollstuhl rührte sich nicht, wie verzaubert starrte er in die Ferne.

»Sie warten hier, Vater«, sagte er und klopfte dem alten Mann auf die Schulter. Der Alte reagierte nicht, wie Peter überhaupt manchmal den Eindruck hatte, dass er nicht einmal mehr auf Berührungen reagierte. »Laufen Sie mir halt nicht davon«, sagte er und ging auf das Haus zu.

Im großen Foyer, das zugleich Gastzimmer und Rezeption war, saßen ein paar Gäste beim späten Frühstück. Der riesige Raum war ganz mit Holz ausgekleidet. Überall hingen ausgestopfte Tiere, allerlei Birkhähne, Fasane, Marder, sogar ein Fuchs grinste aus einer Ecke. In einem der Winkel stand ein großer gemauerter Ofen, es roch nach Schamott. Offenbar brannte das Feuer seit dem frühen Morgen.

»Guten Tag«, begrüßte er ein rundes, rotwangiges Mädchen. *Genau so was wollen wir in den Bergen sehen!* »Ich suche den Chef, Herrn Miroslav.«

»Hier bin ich«, meldete sich hinter ihm eine Stimme.

Peter drehte sich um. »Zdravo«, sagte er lächelnd und streckte ihm die Hand entgegen.

Die Brüder reichten sich die Hand. Dann schwiegen sie und schauten einander an.

»Ich hab mal nach dir schauen wollen«, sagte Peter.

»Schön.«

»Und einen Ausflug machen.«

Miroslav nickte, es war ihm unangenehm, er wusste nicht, wo er hinsehen sollte.

»Mein Schwiegervater ist auch hier«, sagte Peter. »Na ja, ich hoffe, dass er weiß, dass er hier ist.« Und er lächelte.

Miroslav nickte und strich sich über den Schnurrbart, den er erneut hatte stehen lassen. Er war nicht mehr so buschig wie damals, als sich die Brüder zum ersten Mal getroffen hatten, dafür war er grauer, eigentlich vollkommen grau.

»Darf ich was anbieten?«, fragte Miroslav endlich.

»Natürlich darfst du«, antwortete Peter geistreich. »Für mich einen großen schwarzen und starken Kaffee und für unseren Partisanen einen Saft, mit Strohhalm. Er kann nur noch mit Strohhalm trinken.«

Miroslav nickte. »Bring ihn rein«, sagte er.

»Wir bleiben lieber draußen, wenn es geht. Die Aussicht ist so schön.«

»Gut.«

Peter ging auf die Terrasse zurück, zog einen Stuhl zum Rollstuhl und setzte sich neben den Schwiegervater, der noch immer völlig regungslos und mit einem Lächeln auf den Lippen die Welt unter sich ansah. Es war wirklich schön. Die Landschaft nach allen Seiten offen, in der Ferne stiegen die Nebel auf. Die kleinen Hügel wirkten, als ragten sie aus einem flachen Nebelmeer, und dazwischen zeigte ein mächtiger Bergzug seinen Rücken. Er erinnerte an einen schwarzen Wal, der sich im Wellengeplätscher der hellgrünen Hügel an die Oberfläche kämpfte … Peter tätschelte dem alten Mann die Hand. »Schön, Vater, oder?« Der alte Mann, so schien es Peter, nickte ein wenig, ohne den Blick vom Horizont zu wenden.

»Kaffee, schwarz, stark«, ertönte hinter ihnen eine Stimme. »Und ein Saft, hausgemacht, Preiselbeer. Ein Strohhalm ist auch dabei.«

Miroslav stellte das Tablett auf den Tisch.

»Setzt du dich zu uns?«, fragte ihn Peter.

Miroslav antwortete nicht gleich, er schaute den alten Mann an.

»Das ist Mojcas Vater.«

Miroslav nickte finster.

»Ihr habt fast den gleichen Bart«, lächelte Peter. »Seiner war früher noch buschiger, fast so wie deiner. Aber seit ein paar Monaten stutzen wir ihn immer, damit sich das Essen nicht in den Haaren verfängt, jetzt, wo er nicht mehr allein essen kann.«

Miroslav sagte nichts.

»Guten Tag«, sagte nun jemand im Hintergrund.

Peter drehte sich um. Zu den dreien gesellte sich langsam, mit zögernden Schritten Johann. Am Jochbein, direkt unter dem Auge, hatte er eine Schürfwunde, die ein breites Pflaster überdeckte.

»Zdravo!«, rief Peter und stand auf.

Johann nickte. »Zdravo.«

Peter würde ihn nicht nach der Verletzung am Auge fragen, *was hast du gemacht, war's ein Unfall, bist du gestürzt, war es schlimm, wenn nur nichts Schlimmes passiert ist …* Und Johann würde nicht sagen, *ich bin hingefallen, ich hab mich gestoßen, ist nicht weiter schlimm, Gott sei Dank ist das Auge noch drin …* Keiner würde über die Verletzung reden, es gab sie nicht, hatte sie nie gegeben. Als wäre sie unsichtbar.

Als würde sie zu jemand anderem gehören, zu einer anderen Zeit. Einer anderen Vergangenheit.

»Darf ich euch Mojcas Vater vorstellen, Mirko Bregar!«, rief Peter freudig und trat vor den Rollstuhl.

Miroslav und Johann standen jeder auf einer Seite des Rollstuhls. Peter beugte sich zu dem alten Mann, nahm die dürre, kalte Hand und hob sie Miroslav entgegen. Die Hand des Alten hing in der Luft. »Das ist Miroslav«, sagte er, »mein ältester Bruder.«

Miroslav glotzte die Hand an. Der alte Mann drehte langsam den Kopf, er lächelte.

Miroslav streckte die Hand aus, die Hände vereinigten sich still.

»Na«, fuhr Peter fort und bewegte die Hand des Alten nach der anderen Seite, zu Johann. »Und das ist mein anderer Bruder, Ivan«, sagte er. Der alte Mann drehte sich langsam auf die andere Seite.

»Freut mich«, sagte Johann und nahm die ausgestreckte Hand des alten Mannes und schüttelte sie leicht, dann ließ er sie los und schaute zu Miroslav, *habe ich es richtig gemacht? Du hast ja auch …!*

»So, damit hätten wir uns kennengelernt!«, rief Peter und legte die Hand des alten Mannes zurück auf den Schoß.

Die Brüder setzten sich um den Rollstuhl herum. Peter saß neben dem Schwiegervater, neben Peter nahm Miroslav Platz, und auf der anderen Seite Johann. Die vier ließen den Blick über die Welt unter sich schweifen.

»Hier oben ist so eine Ruhe«, sagte Peter.

Niemand antwortete ihm.

»Wenn man einmal weit genug weg ist, ich meine, weit genug oben, ist das da unten alles so unwichtig.«

Jetzt streckte Miroslav den Arm aus und zeigte in die Ferne. »Dort ist unser Dolina.«

Peter schirmte die Augen vor der blendenden Sonne ab. »Wo?«, fragte er.

»Dort, ganz am Horizont. Der längste, dunkelste Bergzug dort … Das ist unsere Grmada, und unterhalb davon ist Dolina. Man sieht nicht richtig hin, aber dort ist es. Die Straße, die Bahn, der Bach, der von den Bergen kommt, die Wiesen, die Wälder, die Kirche auf dem Hügel, der Friedhof … Dort sind wir geboren. Das ist unser Zuhause.«

Jetzt schaute der alte Mann zu Miroslav, Miroslav spürte den Blick. Der alte Mann sah ihn an, als wollte er etwas sagen … Der Mund öffnete sich, die Augenlider bebten … Auch Johann auf der anderen Seite wandte sich dem alten Partisanen zu. Alle drei Brüder sahen ihn an.

Der Alte nickte nur.

»Hat er mich überhaupt verstanden?«, flüsterte Miroslav leise.

»Ich glaub schon«, antwortete Peter, der sich zu dem Alten drehte und ihn fragte: »Das Tal da hinten, von dort kommen wir her, oder?«

Der Alte nickte wieder und lächelte. Dann wandte er sich langsam der Weite zu.

Die vier Männer starren ins offene Land. Ich schaue vom Balkon im zweiten Stock des Berghotels auf sie hinunter. Blumen hängen über das Holzgeländer, ich sehe ihre Rücken. Auch unter mir öffnet sich die Weite meines Landes, es ist fast zur Gänze zu sehen: Von den Bergen im Hintergrund über die Hügel und Kämme, die Berghänge und bis hin zum Meer, das von einem Dunst verhangen ist, der sich nie ganz auflöst.

Die vier Männer schweigen, sie sitzen regungslos und schauen. Die Welt unter uns leuchtet, als hätte man sie gerade frisch aus dem Wasser gezogen. Die Nebel schwinden, die Ränder der Welt sind schärfer zu sehen. Unten sind Punkte, die Menschen sind. Etwas Rotes, ein Traktor vielleicht, der pflügt. Und weit hinter der sanften Hügellandschaft liegt vielleicht eine Stadt, eines der wenigen Städtchen in diesem Land. Irgendwo ist ein Schornstein zu sehen, von einer Fabrik? Er lugt aus einem der Täler hervor, vielleicht raucht er sogar. Und dort hinten ist eine Straße, stellenweise weiß, woanders eine gräuliche Schlange, die sich durch die Pampa windet. Sie verschwindet und taucht auf, verschwindet und taucht auf. Und wieder eine Ahnung von Ortschaft. Häuser? Vielleicht sind es Häuser. Etwas flirrt, das Sonnenlicht prallt von den Dächern ab, von weißen, aufrechten Häusern, die Hochhäuser sind, Wolkenkratzer, mit denen die Menschen verzweifelt den Himmel zu berühren versuchen. Und Menschen sind auch irgendwo. Ihr Gewimmel ist nicht zu hören, ihre Schicksale, ihre Leben. Aber sie sind da, versteckt in der Landschaft. Ihr Blut. Ihre Tränen. Ihre Nöte, Probleme. Auch ihr Glück. Man kann es von den Höhen herab nicht sehen, aber es ist da, es existiert. Irgendwo heiratet gerade jemand, die Braut sagt ihr *Ja*, der Bräutigam sagt sein *Ja*. Die Glocken läuten. Sie ertönen auf allen Hügeln, in allen Tälern. Ist das eine Kirche? Ein Wallfahrtsweg? Und dort? Ein Friedhof. Jemand ist gestorben, jemand wird gerade begraben, jemand weint, jemand lacht, jemand sitzt beim Arzt und bekommt eine schlechte Nachricht. Jemand hat seinen Bruder, seine Frau, das verlorene Grab gefunden. Menschen kommen aus den Fabriken, Menschen kümmern sich um das Leben anderer Menschen, Kinder spielen in Höfen, in Kindergärten, lachen, singen Lieder, feiern, kreischen, Hunde bellen, die Rettung fährt, die Welt verändert sich zwischen diesen Bergen, Hügeln, Hängen, Kämmen, Flussufern und Meeresküsten. Manchmal fließt die Zeit laut, manchmal vor aller Augen, manchmal unbemerkt an uns vorbei. Hier oben aber ist Ruh. Kein Hauch weit und breit, keine Zeit, keine Vergangenheit, weder die eine noch die andere. Alles belanglos, abgesehen vom Wechsel der Jahreszeiten, vom Steigen und Sinken der Nebel, alles, außer dem, der kommt, der sich ins neue Zeitalter schreit … Alles andere steht bedeutungslos still, in der kurzen Ewigkeit von allem.

Das Ende der Geschichte

Die Geschichte beißt sich selbst in den Schwanz.

Wieder eine Terrasse, die schönste Terrasse der Stadt. Ein Jahr später, vielleicht mehr, ja, mehr. Ein Jahr und drei Monate sind vergangen. Unten die Ljubljanica, grün, ruhig, zufrieden. Schon tausend Jahre fließt sie hier, ein wenig nach links, ein wenig nach rechts. Mein Freund bringt eine Bouteille Wein.

»Bravo!«, ruft er feierlich. »Auf das Ende der Geschichte!«, und er hebt die Flasche in die Luft wie ein Sieger den Pokal.

Ich nicke bescheiden. Ich versuche, bescheiden zu sein, diesen Eindruck zu vermitteln, obwohl ich mich keineswegs so fühle. Mehr als ein Jahr habe ich an der Geschichte geschrieben, habe andere Geschichten gelesen, um meine Geschichte erzählen zu können, habe Hunderte Fotos durchgesehen, vielleicht Tausende, viele Bücher gelesen und durchgeblättert, Erinnerungsbücher, historische Chroniken, linke und rechte Broschüren, habe mir allerlei Erzählungen angehört, bin mitten in der Nacht aufgefahren, wenn ich mich im Traum an eine Erzählung aus der Vergangenheit erinnert habe. Als Kind habe ich sie nicht verstanden, aber ich habe alles gehört, ich war ganz Ohr, und jetzt, mitten in der Nacht, wird mir plötzlich klar, was sie erzählt, worüber sie geflüstert haben, womit sie sich lauthals gebrüstet haben. Ich habe in den Erinnerungen gekramt, aus dem Dunkel des Unterbewusstseins Bilder gekratzt, Gesichter, ungewöhnliche Ereignisse, die mir fünfzig Jahre lang keine Ruhe gelassen haben. Ich habe mich an ein Ereignis erinnert, das ich dann schließlich nicht berücksichtigt habe, obwohl es meine Absicht gewesen war, aber ich habe weder den passenden Platz noch die passende Bedeutung dafür gefunden.

Als Zehnjähriger habe ich mit Freunden hinterm Bahnhof gespielt, genau hinter der Station, die auch in der Geschichte vorkommt. Wir waren ein unzertrennliches Dreiergespann und haben uns am liebsten am Fluss herumgetrieben, der schwarz war. In ihm war kein Leben, er war eine zähe Brühe, die nach Öl, nach Erdöl, stank. Die Fabrik und die Eisengießerei in der Nähe leiteten ihre Abwässer in den Fluss. Das war 1968, ungefähr, nicht unwichtig. Die Steine am Flussufer waren schmierig und bräunlich, auch schwarz vom Masut. Aber genau dort war das Spielen am schönsten. Über die rutschigen Felsen springen, das Gleichgewicht halten, sich im hohen bräunlichen Gras verstecken, in den Eisenabfällen stöbern und in den ausrangierten Waggons, die etwas weiter oben auf Abstellgleisen standen, Verstecken spielen. Eines Tages fand einer meiner Freunde, der vielleicht ein Jahr älter war als ich, unter einem Stein einen bräunlichen Knochen, den Unterkiefer von jemandem. Trotz unserer Jugend, wir waren zehn, der Älteste war zwölf, wussten wir, dass er von einem Menschen stammte. Zähne waren darin, und zwar nicht die Reißzähne eines Tiers. Sie ähnelten ziemlich genau den Zähnen, die Großmutter allabendlich in das Glas auf ihrem Nachtkästchen gab. Wir reichten einander den Unterkiefer weiter, bewarfen uns gegenseitig damit, *bäh, eklig, pfui, zum Kotzen*, er fiel uns etliche Male hinunter, aber wir hoben ihn auf und warfen ihn wieder einem von uns in die Arme, *bääääh!, Pfui Teufel, pfui …*

»Buben, was habt ihr da?!«, fragte ein Mann, der uns von oben, vom Bahndamm aus, zugesehen hatte. Wir zeigten ihm den Knochen. Er reagierte sehr merkwürdig, wie erschrocken, keine Ahnung, warum. Er sagte: »Bringt das zur Miliz.« Und eilte weiter, rannte fast. Und wir brachten den Knochen hin. Ich brachte ihn rein, die anderen zwei warteten draußen.

»Wo habt ihr das gefunden?«, fragte mich der Milizionär. Ich sagte es. »Warum spielt ihr dort, Saubande!«, zischte er.

»Ist es verboten?«, fragte ich naiv.

»Nein, ist es nicht«, schnauzte er mich an, »aber einer könnte in den Dreck hineinfallen.« Dann kam ein anderer Milizionär ins Aufnahmezimmer. »Schau mal! Wieder so was …«, sagte der Erste und zeigte auf den Kiefer, der auf dem Tisch lag.

»Es hat stark geregnet«, antwortete der andere, »das Wasser schwemmt das Ufer aus und bringt allerhand zum Vorschein …« Dann fassten mich die beiden ins Auge.

»Verschwinde, Kleiner«, sagte der Erste, »und erzähl nicht herum, was ihr gefunden habt.«

Die Neugier gab mir keine Ruhe, darum fragte ich, und ich fühlte mich auch ein wenig an der Untersuchung beteiligt, zumal ich damals die Sherlock-Holmes-Bücher verschlang: »Ist er von einem Menschen?«

Die Milizionäre schauten mich verwundert an. »Verschwinde, sonst reiß ich dir die Ohrwascheln ab«, sagte der andere, und augenblicklich drehte ich mich um und ging.

Später habe ich die Begebenheit ganz vergessen, erst beim Schreiben der Geschichte ist sie mir wieder eingefallen. Heute, fünfzig Jahre später, ist mir klar, dass der verschmutzte Fluss, der heute nicht mehr verschmutzt ist, weil das Eisenwerk und die Gießerei verkauft, geschlossen und gestohlen und die Arbeiter entlassen wurden, auf seinem Weg an einem geheimen Friedhof aus der Nachkriegszeit vorbeifloss, der wahrscheinlich etwas weiter flussaufwärts lag. Der Fluss hatte den Kiefer eines Unglücklichen aus der Erde geschwemmt und drei kurzhosigen Bengeln in die Hände gespült. Die andere Vergangenheit kommt unaufhaltsam zum Vorschein und fällt den zweiten, dritten Generationen in die Hände.

»Wie herrlich ist des Korkens Knall auf seinem Weg zur Öffnung!«, rief wieder mein Freund und zitierte den großen slowenischen Dichter sehr schlampig. Er schenkte uns ein, und sofort bildete sich Tau am Glas.

»Ist das der verfolgte Wein?«, frage ich ihn.

»Ja. Es ist ein Zelen«, antwortet er, ohne meine freundliche Ironie zu bemerken.

Dann setzt er sich mir gegenüber.

Wir stoßen an: »Auf die Geschichte!«, sage ich.

»Auf die Wahrheit!«, sagt er.

Und wir trinken in einem Zug aus. Wir stoßen den Inhalt den Schlund hinunter, und noch ehe ich das Glas auf den Tisch gestellt habe, fließt mir bereits die frische, wohlschmeckende, leuchtend gelbe Flüssigkeit des einst verfolgten und in den neuen, kapitalistischen Zeiten rehabilitierten und wiederbelebten Weins zu.

Und wir leeren noch ein Glas. Und noch eins.

Dann machen wir eine Pause.

»Weißt du noch«, sage ich, »als wir letztes Mal hier gesessen sind und du mir deine Geschichte erzählt hast, war es windig, fast hätte es uns mitsamt dem Schirm über die Ljubljanica geblasen.«

»Wirklich?«, wundert sich mein Freund. »Das weiß ich nicht mehr.«

»Ja, der Wind hat so gepfiffen, dass er uns den Schirm aus der Hand gerissen hat. Wir haben ihn jeder mit einer Hand festgehalten, und mit der anderen haben wir uns eingeschenkt, abwechselnd.«

Der Freund überlegt ein wenig. »Du warst das?«, fragt er.

»Danke«, sage ich.

»Warum danke?«

»Weil ich offenbar ein Freund von der Sorte bin, die man leicht mit jemand anderem verwechselt«, sage ich und spiele den Beleidigten.

»Ach!«, winkt er ab, »entschuldige, ich weiß schon. Wir waren recht lustig. Eine ganze Flasche Whiskey haben wir uns reingestellt, oder?«

»Ja, haben wir, eine Flasche Whiskey war's«, sage ich.

»Na!«, der Freund ändert den Ton, »dann hast du die Geschichte also geschrieben. Ist sie dir gelungen?«

Ich zucke die Achseln.

»Klar ist sie dir gelungen«, bekräftigt er und schenkt uns wieder ein. »Es ist eine gute Geschichte. Eine …«, der Freund sucht nach dem richtigen Wort, er blickt irgendwo in die Ferne, über die roten Dächer der Stadt, »… eine aussagekräftige. Ja.« Er freut sich, weil er einen passenden Ausdruck gefunden hat. »Das ist eine aussagekräftige Geschichte. Eine Geschichte, die uns etwas zu sagen hat«, schließt er. »Zum Wohl!«

Und wir trinken wieder. Die Flasche ist leer. Was ist schon eine Bouteille Wein für zwei Hundertkilomänner, nicht der Rede wert.

»Ich kann es kaum erwarten, sie zu lesen.«

»Vielleicht wirst du das aber nicht«, sage ich.

»Warum?!«, fragt er überrascht.

»Vielleicht verbrenne ich sie und gebe sie so der Vergangenheit zurück.«

»Du?!«, ruft er. »Du sicher nicht. Du hast zu viel Arbeit investiert. Und du hast dich selbst viel zu gern, um so was zu tun. Für dich wäre das, als würdest du dich selbst verbrennen.«

Er hat recht.

Dann schweigen wir eine Weile.

Er erwägt, dass er die Treppe hinuntergehen müsste, um noch eine Flasche zu holen, und dass er dazu keine rechte Lust hat.

Ich fühle mich müde, sehr müde. Wehmütig. So viele Geschichten sind durch mich hindurchgegangen. So viel

Vergangenheit hat plötzlich gesprochen, nicht nur durch die Buchstaben der Erzählung, sondern durch mich. Es hat mir beim Schreiben wehgetan. Ich habe geweint. Ich war Silvester, ich war die Grabnerin, ich war Maria und Johann, und auch Manfred Steiner und der hirnverbrannte Sohn des Metzgers. Es ist meine Geschichte, denke ich wieder, wahrhaftig meine. Darum habe ich sie auch geschrieben.

»Hör mal …«, unterbricht der Freund meine Gedanken. »Der eine, du weißt schon, mein Bekannter aus dem Archiv, na, der Turnlehrer, den sie verurteilt haben, weil er was mit einer Vierzehnjährigen gehabt hat … Hat er dir helfen können?«

Ich nicke. »Er hat mir viel geholfen. Er hat mir Dokumente, Fotos, Buchtitel geschickt. Manches hätte ich nicht entdeckt, wenn er nicht gewesen wäre.«

»Eine tragische Figur«, sagt der Freund und nickt.

»Ich hab mich bei ihm bedankt. Ich ruf ihn noch an, ich glaub, er hat mir seine Handynummer gegeben.«

»Er hat sich aufgehängt.«

»Was?!«

»Hast du es nicht gewusst?«

Ich schüttle den Kopf und es schnürt mir die Brust ein. Ich habe gelogen. Ich habe mich nicht bedankt, ich habe es aufgeschoben, morgen, morgen, morgen … Ich weiß nicht, warum. Bedanken hätte ich mich doch wenigstens müssen, *danke, alles erhalten, melde mich nächste Woche bei Ihnen.* Wenigstens das hätte ich schreiben müssen.

»Ja«, nickt der Freund in sich versunken. »Ich hab ihn auch verraten. Ich hab mich nicht bei ihm gemeldet. Er hat bei mir angerufen, andauernd, am Ende hab ich seine Nummer blockiert. Dabei haben wir uns gekannt, gut gekannt. In der Grundschule waren wir in derselben Klasse, acht Jahre lang, länger. Acht Jahre haben wir dieselbe Bank gedrückt.

Und ich hab ihn in der Zeit, als ihn das Gericht in die Mangel genommen hat, kein einziges Mal angerufen. Du weißt ja … Er war pädophil. Ich kann nicht mit einem Pädophilen befreundet sein!«, schreit er fast.

Ich schweige. Ich bin ihm aus demselben Grund ausgewichen, überlege ich.

»Er hat sich in eine Vierzehnjährige verliebt. Bei der Verhandlung hat sie ausgesagt, dass sie sich geliebt haben, dass sie abgemacht haben, zu warten und später zu heiraten. Dass er sich scheiden lassen und sie dann heiraten würde. Stell dir mal vor! Das hat das Mädchen gesagt. Obwohl … wie kann man eine Vierzehnjährige lieben?! Sie haben ihn verurteilt, er hätte sitzen müssen, sechs Monate. Gleich nach der Verurteilung hat er die Arbeit verloren. Seine Kinder haben sich abgewandt, seine Frau hat ihn nicht mal mehr sehen wollen, seine Freunde auch nicht. Er war ganz allein. Als ich zum letzten Mal mit ihm gesprochen habe, hat er gesagt, dass ihn nur das Stöbern in der Vergangenheit, einerseits als Hobby und andererseits, weil er es dir versprochen hat, noch aufrecht hält. Na … und am Ende hat er sich aufgehängt.« Der Freund senkt den Blick. »Ich fühl mich …«, sagt er noch, und wieder sucht er nach dem richtigen Wort, »ich fühl mich, als hätte ich meine Jugend verraten.«

Dann schweigen wir.

»Ach!«, seufzt er, »ich hol noch eine Flasche«, und er steht auf.

»Ist nicht nötig«, halte ich ihn zurück. »Wir können ja einfach so ein wenig sitzen.«

Der Freund setzt sich wieder hin. »Gut«, sagt er. »Dann hast du also alles geschrieben?«, fragt er nach einer Weile.

»Was *alles*?«

»Na, alles im Zusammenhang mit der Schuld, den Verbrechen, den Tötungen unschuldiger Menschen … Das alles.«

»Darüber habe ich nicht geschrieben«, sage ich.

»Worüber dann?!«, braust er auf. »Die Geschichte handelt doch davon!«

»Ich hab über die Menschen geschrieben. Ich hab mich an sie erinnert, sie sind zu mir gekommen, als ich sie gerufen hab, sie haben durch mich gesprochen. Verschiedene Leute, ich hab ihnen Gesichter gegeben und Worte in den Mund gelegt.«

»Aber gesagt hast du es schon?«

»Gesagt hab ich es.«

»Na, das hab ich hören wollen!«

»Gesagt hab ich es. Ich hab die einen und die anderen aus der Vergangenheit gerufen. Mehrere Generationen hab ich gerufen, und alle haben sich gemeldet. Längst vergangene, schon völlig vergessene, und die jetzigen, die eben erst begonnen haben … Ich hab Oto von Eichhein gerufen, seine Tochter Maria und ihren Bruder Erich, die Kellnerin Sonja, den Bürgermeister Ivan Novak und den Kommandanten Mirko Bregar, Kommissar Gaber, den Wildhüter Kolenc und seinen Sohn Matija, den Helden Silvester und seine Marta, den Metzger Jože und den sadistischen Folterknecht Joško sowie seinen ganz anderen Bruder Milan. Ich hab die Dienstmägde und die robusten Arbeiter im Sägewerk herbeigerufen, die Partisanen, den dreizehnjährigen Ljubo, den Verräter Pavle, die deutschen Kraftradfahrer, Manfred Steiner und den unglücklichen Lukas … Ich hab den kleinen Helden gerufen und den Menschen, der feig war, ich hab die Beamten gerufen und jene, die vor ihren Pulten standen. Nada Petrović und ihre Eltern aus Belgrad, Stalins Krieger und seine Opfer. Die Grabnerin und ihre Großmutter. Ich hab den Ururgroßvater der Grabners herbeigerufen und den, an den sich niemand mehr erinnert hat, den namenlosen Partisanen. Ich hab die getöteten Geiseln zurückgerufen, Slavko Kremžar,

Ivan Šmon, Stanko Pilih, Igor Mastnak, Gabriela Steničnik, Franjo und Leopold Mokrin, Pero Nikolić, den Straßenarbeiter Nebojša Petrović, den Halbbruder Mirko Bregars, Branko Kukovec, den pickeligen Jungen, der im Feuerwehrhaus bei den Veranstaltungen die Karten abgerissen und am Schluss die Mäntel ausgegeben hat. Und die deutschen Soldaten auf ihren Lastern hab ich gerufen, die in die Stadt fahren und dann mit dem Zug in den kalten russischen Tod, und die Familien der Deutschen, die Höllingers, Hirshfields, Bergers, Grünbergs, Professor Ebner, die Deutschmanns, die Plattners, Frau Gertrude Lindner, und alle haben kurzzeitig Gesichter bekommen, auch wenn ich sie mir ausgedacht hab, auch wenn ich sie aus vielen Gesichtern zusammengefügt hab, sie sind lebendig geworden, haben zusammen das Fresko gebildet, das man Leben nennt. Niemand ist schuldig und niemand ist unschuldig. Alles zusammen ist nur das Leben, sonst nichts.

»Das heißt, du hast alles erfunden«, seufzt der Freund enttäuscht.

»Ich hab nichts erfunden, rein gar nichts«, widerspreche ich.

»Du hast es gerade gesagt.«

»Du verstehst nicht …«

»Gut, gut!«, fällt er mir ins Wort. »Ich hör nicht mehr zu. Ich werd's lesen, und dann treffen wird uns und reden darüber. Einverstanden?«

Ich nicke.

»Ich hol noch diesen Wein«, sagt er und steht wieder auf.

»Ich hab sie besucht«, unterbreche ich ihn.

»Wen jetzt wieder? Deine erfundenen Helden?«, bemerkt mein Freund zynisch.

»Peter und Mojca.«

»Die sind also nicht erfunden?«

»In seinem letzten Schreiben hat mir unser unglücklicher Bekannter die Adresse geschickt. Die Straße und die Hausnummer in der Vorstadt, wo Peter und Mojca seiner Meinung nach leben.«

»Dann sind sie jetzt …«, überlegt der Freund, »wenn sie um 1940 geboren sind, sind sie jetzt sechsundsiebzig, siebenundsiebzig Jahre alt.«

»Ich bin hingefahren, unter die alte Burg.«

»Und? Was haben sie gesagt?«, fragt der Freund aufgeregt.

»Ich hab am Anfang der Straße geparkt. Reihenhäuser, in den Siebzigern mit günstigen Krediten, mit den Arbeitergenossenschaften gebaut. Vor den Häusern sind Gärten, Sträucher, ein paar Bäume.«

»Und?! Bist du hingegangen? Zu den Zeitzeugen? Bravo!«

»Ich hab die richtige Hausnummer gefunden. Ich bin auf der anderen Straßenseite gestanden. Sie waren im Garten. Er ist in einem Liegestuhl gesessen und hat Zeitung gelesen. Sie hat die Rosen geschnitten. Dann hat sie die Rosen in eine Glasvase auf dem Gartentisch gestellt. Sie hat sich zu ihm gesetzt. Er hat weitergelesen. Sie ist dagesessen und hat die Augen zugehabt.« Dann schweige ich.

»Und?! Bist du hingegangen? Hast du gesagt: Ich kenne eure Geschichte. Ich habe sie geschrieben. Ich möchte, dass ihr mir noch was aus eurem Leben erzählt.«

»Ich hab's nicht getan. Eine Weile hab ich ihnen zugeschaut, dann bin ich wieder zum Auto gegangen und heimgefahren.«

»Na ja!«, resignierte mein Freund.

»Als ich zum Auto gegangen bin, bin ich an ähnlichen Gärten vorbeigekommen. Es war ein schöner Spätnachmittag, alles war draußen, Frauen und Männer, Fünfzig-, Sechzig-, Siebzigjährige … Einige haben ihre Enkel auf dem Schoß gehabt, einige haben die Blumen gegossen, einige haben sich unterhalten … Es gibt viele, sie haben ähnliche Geschichten, dieselben, unterschiedliche. Und alle sind wahr, so wie meine.«

Mein Freund schaut mich an. Dann steht er auf. »Ich hol den Wein.« Er geht.

Ich sitze allein auf der Terrasse.

Die Geschichte beißt sich beharrlich in den Schwanz. Wie immer im Leben. Ich sitze auf der schönsten Terrasse der Stadt. Unten fließt die Ljubljanica. Sie ist dunkelgrün, manchmal hellgrün. Oft ist sie schwarz, dann wieder kakaofarben. Und olivgrün. Je nachdem, mit welchen Augen wir sie betrachten und was wir in ihr sehen wollen. Sie aber fließt nur dahin. Fließt, schon seit tausend Jahren.

Der Wind frischt auf.

Ich bin schon Vergangenheit.

Ich bin schon Vergangenheit.

Denke ich.

ENDE

Ereignis in der Stadt

30 Jahre – 30 Texte: Neue Literatur aus Slowenien

Herausgegeben von Jelka Ciglenečki

Broschur, 352 Seiten, 125 x 205
ISBN 9783701717729
€ 28,00

Dreißig Jahre – dreißig Geschichten: Die klug zusammengestellte Anthologie »Ereignis in der Stadt« führt uns kenntnisreich und mit viel Witz durch die neue slowenische Literatur. Vor dreißig Jahren erlangte Slowenien seine Unabhängigkeit – und diesen historischen Wendepunkt nehmen wir zum Anlass, zeitgenössische slowenische Autor*innen in ihrer Vielfalt zu präsentieren. Lyrik und Kurzprosa, postmodernes Raffinement und soziales Engagement, radikale Innerlichkeit und ein kritischer Blick auf die sozialen und politischen Verhältnisse der Gegenwart – all das vereinigt »Ereignis in der Stadt«. Der Band lädt ein zu einer Entdeckungsreise durch eines der kleinsten, aber vielseitigsten Länder Europas und seine Literatur.

Mit Texten von Andrej Blatnik, Dušan Čater, Sergej Curanovič, Nejc Gazvoda, Tadej Golob, Drago Jančar, Polona Glavan, Boris Kolar, Tomaž Kosmač, Mojca Kumerdej, Vesna Lemaić, Mirana Likar, Jedrt Lapuh Maležič, Miha Mazzini, Eva Markun, Vinko Möderndorfer, Desa Muck, Anja Mugerli, Maja Novak, Arijan Pregelj, Sebastijan Pregelj, Andraž Rožman, Dušan Šarotar, Ana Schnabl, Veronika Simoniti, Andrej E. Skubic, Agata Tomažič, Suzana Tratnik, Jani Virk und Goran Vojnović.